고
양
이
신
사

고양이 신사

SCARLET ROMANCE STORY

감초비 장편 소설

contents

프롤로그

북아현동의 어느 전원주택. 주택에 딸린 너른 정원을 둘러친 담은 그날 밤도 여지없이 높다랬다. 그러나 그 못지않게 거만한 자세로 행인들을 굽어보던 가로등은 무슨 곡절에서인지 불을 꺼트렸다.

그 바람에, 대문 앞에 뱀 허물처럼 버려진 무채색 슈트가 야음에 감추어졌다. 그런 따분한 옷을 입고 다니는 남자는 평소에 체면 깨나 차리는 양반일 터인데, 그는 하늘로 솟았는지 땅으로 꺼졌는지 온데간데없었다.

대신에, 버려진 슈트보다도 까만 고양이가 그 위에 엉덩이를 붙이고 앉아 있었다.

아, 사실 다 까맣지는 않았다. 만약 가로등 불이 켜져 있었다면 콧등에서 시작하여 아랫배까지 이어지는 새하얀 털이 숫눈처럼 반짝였으리라. 하지만 당사자는 그저 암담하고 칙칙한 기운만 풀풀 내뿜어

댈 뿐이었다.

달도 뜨지 않은 10월 말 늦가을 밤. 누군가 모의라도 한 듯 구겨 넣어진 광경 앞에 진남색 무광 클래식 슈트 차림의 남자가 서 있었다.

"아아, 정말 애석하군요! 캐트 시(Cait Sith)님들의 마력은 워낙 강력한지라 저처럼 미천한 샐러리맨은 시원시원하게 풀어 드릴 수가 없거든요. 더욱이 고양이에 관한 한 요람에서 무지개다리까지 죄다 그분들의 소관인지라……. 이건 아마 염라대왕님조차도 방도가 없으실 겁니다요."

탄식조의 내용과 달리 남자의 말투는 유들유들하기 그지없었다. 손에 팝콘 봉지라도 슬쩍 들려 주면 눈 하나 깜짝 안 하고 입에 한 움큼 털어 넣을 기세였다.

이윽고 남자는 대화를 기묘한 국면으로 이끌었다.

"하지만, 저주의 내용을 조금 바꿔 드릴 순 있지요."

"설마 이 나이에…… 몇 날 며칠 몇 시까지 진정한 사랑을 찾아야 한다느니, 헛소리를 지껄이고 싶은 건 아니겠지? 나 올해로 서른둘이야……."

고양이의 목소리는 깔고 앉은 옷가지만큼이나 구깃구깃했다. 고양이의 말을 듣는 내내 남자는 정중하게 고개를 끄덕여 보였다. 그러나 만약 이 자리에 제3자가 있었다면 영락없이 고양이 울음소리만을 들었으리라.

"답은 이곳에 있답니다."

남자는 센스 있게 무릎을 굽혀 고양이에게 명함만 한 쪽지를 건넸다.

"이곳에 사는 분과 함께 9주를 보내면, 완전한 인간으로 돌아오실

수 있습니다."

"여기는……."

지푸라기 잡는 심정으로 남자가 내민 쪽지에 시선을 꽂아 넣은 고양이가 말끝을 흐렸다.

❋

2015년 10월 이대역 대학가의 어느 카페

"오빠. 여기 앉자."

여자가 지목한 자리는 햇볕이 너무 쬐지 않으면서 오후의 아늑함이 충만했다.

"설아야. 뭐 시킬래? 아메리카노 따뜻한 거?"

"나야 항상 똑같지 뭐. 오빠는?"

"난 요거트 아이스크림…… 말고 카페라떼. 요샌 따뜻한 게 당기네."

"그러고 보니 이 카페 라떼아트 잘하기로 유명한 곳인데. 웬만한 모양은 주문하는 대로 다 만들어 준다더라. 오빠는 무슨 모양으로 할래?"

"그래? 글쎄. 딱히 생각한 건 없는데. 아무거나 해 달라지 뭐."

남자가 다시 자리에서 일어나 카운터로 향했다. 올해로 3년째 사귄 두 살 연상의 남친 서인겸이 계산을 하는 동안, 이설아는 테이블에 놓인 작은 조형물을 물끄러미 바라보았다. 철사나 와이어가 들어간 끈을 엮어 만든…… 까만 고양이. 보면 볼수록 묘하게 눈의 힘을 풀어 주는 맛이 있었다.

9

"커피는 사장님이 직접 자리에 갖다 주신대."

"오빠. 이 고양이 좀 봐 봐. 이거 뭐로 만든 거 같아?"

인겸의 시선이 설아의 손끝을 따라 고양이의 몸체를 파고들었다.

"어? 이거 혹시 빵 봉지 묶을 때 쓰는 그거 아냐?"

"그치? 어떻게 그걸로 이걸 만들 생각을 했을까? 발상도 좋지만 되게 꼼꼼하게 잘 만들었다."

그들의 찬사를 한 몸에 받은 고양이 조형물은 정말로 검게 채색한 빵끈을 엮어 만든 것이었다. 검은 고양이의 몸체를 이룬 빵끈의 이음새들이 군더더기 하나 없이 마무리되었다. 만든 이가 손에서 떠나보내는 순간까지 몇 번이나 또 살피고 매만졌을지…….

"이거 만든 사람, 진짜로 고양이 키워 봤을 거 같아."

설아의 손가락이 조심스럽게 고양이의 몸체를 덧그렸다. 인겸은 굳이 끼어드는 대신 옅게 미소를 띤 채 자신의 연인을 지켜보았다. 그녀의 목소리가 나직이 떨어질 때는 되도록 방해하지 않는 게 그 나름의 불문율이다. 지금쯤 그녀의 눈앞에선 잠시나마 생명을 얻은 검은 고양이가 오후 햇살 속에서 뛰놀고 있으려나.

"진짜 귀엽죠? 이거 작가가 만든 거예요."

주문한 커피를 서빙하러 온 카페 점장이 말참견을 했다.

"그래요? 어디 작가님이신데요?"

"삼청동이요. 거기 프리마켓 열리는 거 아시죠? 여러 작가들이 주기적으로 모여서 핸드메이드 작품을 이것저것 팔아요. 액세서리도 있고, 팬시도 있고……. 저희 카페의 소품들도 제가 거기서 직접 골라 온 것들이죠."

"그러시구나."

점장의 말대로 카페 안 곳곳에는 저마다 독특한 아우라를 풍기는 소품들이 자리하였다. 개중엔 고양이를 만든 작가의 또 다른 작품일 것 같은 조형물도 몇몇 보였다.

"그러고 보니 라떼아트도 고양이 모양이네."

설아가 머그잔 안에서 앙증맞은 고양이 얼굴을 찾아냈다.

"예. 남자분이 그냥 가장 인기 있는 모양으로 만들어 달라 하셔서. 여기 오시는 여자 손님들은 거의 다 그 모양으로 해 달라고 하시거든요."

"고양이 좋아하는 사람이 의외로 많네요."

인겸은 솔직히 고양이를 좋아하지도 싫어하지도 않는 편이었다. 하지만 설아가 어릴 적에 고양이를 키워 본 적이 있다는 사실만큼은 새겨들어 놓았다.

"혹시 그 작가님 성함이 어떻게 되는지 아세요? 나중에 삼청동 놀러 갈 일 생기면 한번 찾아가 보고 싶네요."

"음. 아마 '조마포'였을걸요."

점장이 카운터로 돌아간 직후 설아가 낮게 중얼거렸다.

"이름 한번 특이하네. 진짜 이름은 아니겠지?"

"설마! 당연히 예명이겠지. 성은 진짜 조씨일 수도 있겠지만."

"남자일까 여자일까."

설아가 머그잔에 든 아메리카노를 한 모금 홀짝이며 중얼거렸다.

"그야 여자일 거 같은데……."

인겸이 검은 빵끈 고양이와 머그잔을 번갈아 보며 얼버무렸다. 그 시선을 놓치지 않은 설아는 문득 재미있는 생각이 떠올라 눈을 반짝였다.

"우리 내기 함 해 볼래? 삼청동 프리마켓에 가서 직접 확인하면 되잖아."

"엥? 내기하자고? 이런 거 가지고?"

"그래. 이참에 고양이는 여자만 좋아한다는 오빠의 편견을 날려 주려고 그런다."

"그렇게까지 생각하는 건 아니지만…… 그러는 너야말로 왠지 작가 이름이 남자 같다고 생각하는 거 아니야?"

인겸이 오른손 검지를 굽혀 불쑥 설아의 코앞에 들이댔다. 설아가 흠칫하며 코를 찡그리는 찰나 그의 손가락은 그녀의 코끝을 아슬아 슬하게 비껴가서는 공연히 고양이 코를 간질이는 시늉을 했다. 인겸 의 의도대로 설아는 손쉽게 그에게 눈을 흘겼다.

"만 원 빵 할래?"

"너 그러다 지면 어쩌라고? 아무리 너라도 나 돈 내기는 확실한 거 알지?"

이번엔 인겸이 머그잔 안의 고양이를 인질로 삼았다. 머그잔 손잡 이를 쥐고 가볍게 흔드는 손놀림에 먹기도 아까운 우유 거품이 일렁 이자 설아는 더욱 발끈했다.

"내가 할 소리거든? 좋아, 그러면 3만 원 빵……."

"에헤이! 설아 씨. 까먹을 돈 액수는 거기까지 늘리셔요!"

두 사람은 자신의 귀를 의심했다.

그 목소리를 환청이라 치부하기도 전에, '그 남자'가 사위에 들어 왔다. 그때처럼 기척도 허락도 없이. 두 사람은 목소리의 주인공을 확인하고는 누가 먼저랄 것도 없이 경악성을 내질렀다.

"다, 당신은!"

"아이, 설아 씨. 혼기가 찬 아가씨가 요런 삿대질 하시면 오또케 요. 진짜 오랜만인데 저 안 반가우세요?"

파드드 떨어 대는 설아의 검지를 천연덕스럽게 걷어 내며 남자는 자신의 존재를 굳이 재인시켰다. 머리카락 한 올도 변한 것 같지 않은 댄디 헤어. 무광의 진남색 클래식 슈트를 입은 기다란 신체. 안 본 새 또 남의 간 여럿 내먹고 다녔을 것 같은 서글서글하고…… 불길한 미소.

오후 1시. 파스텔 톤의 리넨 방석과 나른한 커피 향. 그에 걸맞은 소박한 사람들이 소담한 마음을 나누고 있는 한낮의 카페에, 몽마(夢魔)가 나타났다.

그 남자, 자유형이 테이블 위의 고양이를 내려다보며 찡긋 눈웃음을 쳤다.

"제가 요 아이를 만든 작가분을 좀 알지요. 우선 그분은 여자분이 맞습니다요. 아, 그러면 3만 원은 인겸 씨 차지가 되나요? 올해 들어 설아 씨에게 세 번을 지고 두 번째로 이겨 보시는 거죠? 축하드립니다."

"가르쳐 줘서 고맙긴 한데, 그건 또 어떻게 안 거죠?"

인겸이 무언가 이의를 제기하고자 하였으나 자유형은 미꾸라지처럼 둘 사이를 비집고 들어와 자신의 머그잔을 두 사람의 잔 사이에 슬그머니 끼워 놓았다. 정상적인 방법으로 얻었는지 심히 의심스러우나 그의 잔 안에도 앙증맞은 우유 거품 고양이가 들어 있었다. 자유형은 그 옷발에 그 덩치로 엉덩이를 들썩이며 까불까불 입을 놀렸다.

"아, 그리고 조마포 작가님의 예명에 얽힌 재미있는 이야기가…… 꾸아악!"

"서, 설아야?"

인겸은 전광석화처럼 양팔을 뻗어 자유형의 셔츠 칼라를 무참히 구겨 잡는 설아를 보고 침을 꼴깍 삼켰다. 설아는 좀 전까지 따스한 아메리카노를 기분 좋게 머금던 입을 벌려 자유형의 면전에 한 음 한 음 빙수 조각을 튀겼다.

"미리 말해 두겠는데, 이번엔 단 1분이라도 과거로 안 돌아갈 테니까 절대 헛수작 하지 말아요. 알아들었어요? 아. 혹시 이거만으로도 부족하면 미리 얘기하시고요."

"부, 부족하다뇨! 설아 씨의 손아귀 힘은 여전히 국대급…… 아닛! 이번엔 또 얼마나 더한 걸 생각하고 계신…… 아아! 하려던 말이 이게 아닌데? 아, 알겠으니까 일단 이거 놓고 얘기하자고요!"

입으로는 갖은 엄살을 떨어 대면서 자유형은 그리 어렵지 않게 설아의 손가락을 제 목에서 직접 떼어 놓았다. 그 작태가 더 얄미워 설아가 전략을 바꿔야 하나 진심으로 고민하는 기색을 보이자, 자유형은 돌연 탄식가를 속사포 랩으로 쏘아 댔다.

"하이고, 너무하십니다! 예전부터 설아 씨는 절 자꾸 이상한 여행 상품만 권하는 샐러리맨 취급하시는데, 제 영업엔 나름의 철학이 있다고요! 무슨 이유에서든 전 제 고객이 불행해질 만한 일은 절대 안 권합니다. 설아 씨 건도 잘 마무리되어 진심으로 보람을 느꼈고 애프터서비스 차원에서 지금까지 두 분을 조용히 지켜봐 드렸어요. 그러다 마침 두 분이서 제가 잘 아는 분의 작품에 흥미를 보이시길래, 이건 또 무슨 반가운 인연인가 하여 간만에 인사도 드릴 겸 재미있는 썰을 풀어 드리려 했는데! 참으로 무정하고도 또 무정하십니다욧!"

가뜩이나 존재 자체만으로도 정신 사나워 죽겠는데 장신의 남자는 테이블을 주먹으로 내리치기까지 했다. 사실은 테이블 위의 고양이들이 다치지 않도록 시늉을 하는 데 그쳤지만, 설아와 인겸은 좌불안석이 되어 주변을 살폈다.

바로 옆 테이블에서 손을 포갠 채 은근한 눈빛을 교환하는 커플이 보이고, 그 근처에서 맹렬한 기세로 전공서를 들여다보는 대학생이 보였다. 친절한 카페 점장 역시 다른 테이블들을 둘러보며 평화를 만끽하는 듯 보였다.

안온하기 그지없는 한낮의 카페. 설아는 자기네 테이블만이 투명한 쪽배에 실려 소리 없이 망망대해로 밀려온 듯한 느낌이 들어, 뒷목의 솜털이 쭈뼛 섰다.

"진짜 재미있는데……. 혼자만 알고 있기 아까울 정도로 재미진 썰인데에!"

숫제 어제 배운 태권도 품새를 봐 달라고 떼쓰는 하얀 띠 초딩처럼 구는 자유형을 흘겨보며, 설아는 슬그머니 테이블 밑으로 손을 집어넣었다. 마침 똑같은 마음이었는지 그 아래서 익숙한 손가락과 마주쳤다.

결국 두 사람은 그쯤에서 입이 근질근질해 죽으려 하는 몽마와 합의를 보기로 했다.

"알았어요. 어디 얘기해 보세요. 대신 재미없으면 그냥 가 버릴 거예요."

사전에 동작을 맞춰 본 것도 아닌데 두 사람은 거의 동시에 팔짱을 끼고 의자 등받이에 권태롭게 등을 대었다.

"오! 잘 생각하셨습니다! 재미는 확실히 보장하지요! 음…… 어디까지 했더라? 아, 조마포라는 예명의 유래에 대해 말하는 중이었지요. 그 예명은 작가님의 반려묘 두 아이의 이름에서 따온 거랍니다. 한 아이의 이름은 마포. 작가님께는 인생의 전부라 하여도 과언이 아닌 존재였지요. 그리고 또 다른 아이의 이름은 조조. 삼국 시대의 조조와 닮은 구석은 별로 없지만 그 아이 역시 아주 특별한 고양이였어요."

그래서 지금 고양이 사랑이 각별한 애묘인의 이야기를 하고 싶다는 건가. 정말 이 이야기에 재미있는 요소가 존재하기는 할까. 벌써부터 살짝 흥이 깨지려 하는 인겸의 표정을 캐치한 자유형이 깜짝 상자처럼 검지를 쑥 뽑아 올렸다.

"에헤이, 지금 애묘인 이야기를 하려는 게 아닙니다. 이 이야기의 진짜 주인공은 바로 조조라는 고양이예요. 이 고양이가 실은 제 또다른 고객이었거든요. 당시 서른둘이었던 그분은 인겸 씨를 만나기 전의 설아 씨만큼이나 무미건조한 삶을 사는 남자였어요. 하지만 지금으로부터 5년 전인 2010년 10월 25일 월요일! '그 사건'을 계기로 인생의 중차대한 변화를 맞이하게 되는데……."

고양이. 남자. 고객.

심상찮은 조합의 키워드를 들은 순간 설아는 자세를 고쳐 앉았다. 그녀는 상당히 떨떠름한 표정을 지어 보이며 속으로 중얼거렸다.

'이 악마, 또 누구에게 요상한 짓을 한 거야…….'

✽

'여러분은 무엇을 할 때가 제일 행복해요?'

초등학교 1학년 수업 시간. 담임 선생님의 물음에 일곱 살 조진혁은 반 친구들 중 가장 먼저 '저요!' 하고 손을 번쩍 치켜들었다.

'엄마랑 아빠랑 같이 거실 소파에 앉아서 영화 볼 때요!'

그때 같은 반 친구들은 발표 내용보다는 진혁이 가장 먼저 발표한 보상으로 받은 초콜릿을 더 부러워했다. 하지만 진혁이 선생님한테 한 말은 진심이었다.

'현재 당신을 가장 힘들게 하는 일은 무엇인가요?'

중학교 1학년 재량 시간. 어디 심리 상담 센터에서 왔다는 외부 강사가 나눠 준 페이퍼에 적힌 질문에 열세 살 조진혁은 이렇게 적어 냈다.

'어머니가 오랫동안 편찮으신 일.'

사실 당시의 그를 더 힘들게 한 건 어머니의 병에 대해 혼자만 알고 있으려 하는 아버지였지만, 진혁은 볼펜 끝을 엄지로 꾹 눌러 심을 집어넣었다.

'지금까지 당신의 인생을 돌아보았을 때 가장 불행한 일은 무엇이었나요?'

고등학교 2학년 겨울 방학을 목전에 둔 날. 윤리 교사가 시간 때우기 용으로 뿌린 프린트에 적힌 질문을 본 열일곱 살 조진혁은, 종이 치자마자 차가운 얼굴로 프린트를 갈가리 찢었다. 종이는 쓰레기통에 버려졌지만 그 안에 적힌 몹쓸 글귀는 녹지 않는 눈이 되어 마음 어딘가에 하염없이 내렸다. 진혁은 그 설원에 높은 담을 친 다음 대문에 빗장을 단단히 질러 두었다.

어쩌면 너무 완벽하게 감추는 바람에 그리되었던 게 아닐까?

'진혁아. 이미 눈치챘는지도 모르겠다만…… 나는 지금까지 날 지탱해 준 이 고마운 사람과 진지하게 두 번째 인생을 시작해 보고 싶구나.'

어느 세 사람을 세상에서 가장 행복한 가족으로 만들어 주었던 소파에선, 낯선 여자와 그 못지않게 낯설어진 아버지가 앉아 담소를 나누었다. 또한 열세 살 소년이 암 투병 중인 어머니의 쾌유를 간절히 비는 곳이기도 했던 그 소파는, 낯선 여자가 데려온 고양이가 한가로이 오수를 즐기는 곳이 되었다.

마지못해 어머니라고 부르는 횟수라도 줄이고 싶어 진혁이 최대한 피해 다녔던 그 여자는 나쁜 사람은 아니었다. 오히려 그녀는 진혁에게 잘 보이려고 노력했고 정말로 잘했다. 죽는 날까지.

4년 전 전주 여행길에서 아버지와 함께 급살을 맞지 않았더라면, 그녀는 진혁의 서른두 번째 생일날에도 따스한 닭개장을 한 솥 끓여 놨을지 모른다. 그 부름에 응하지 않으면 다음 날 회사에서 맞닥뜨릴 아버지의 표정이 어떨지 눈에 선하여, 결국 가기는 갔겠지. 언제든 들어오라는 듯 수년째 비밀번호를 바꾸지 않는 도어록 버튼을 누르면……

"……"

무의식적으로 내민 검지 끝에 닿은 건 도어록 버튼이 아니라, 사무실 철문의 서늘한 감촉이었다. 홀연히 사라진 본가 대문과 함께 백일몽도 끝이 났다.

조진혁은 아버지와 새어머니의 줄초상을 치르고, 그들을 따라간 요망한 고양이 시체도 치우고, 그 모든 잔상을 어느 방엔가 처박아 두고 문을 굳게 닫아건 다음, 사는 게 참으로 징글징글해진 서른둘 직장인으로 돌아왔다.

숨을 들이쉬어 굳어진 얼굴을 풀었다. 이 문 뒤에서 맞닥뜨릴 사람들한테 아침 댓바람부터 공연히 책잡히고 싶지 않다. 기계적인 손길이 사무실 문에 달라붙은 늦가을 서릿바람을 몰아냈다.

"사랑하는 지영 언니에에! 생일 축하합니다! 와아아아!"

문을 열었을 때 그녀들만의 파티는 이미 클라이맥스에 달해 있었다.

"어? 세무사님. 이제 오세요?"

그들 중 진혁을 가장 먼저 알아본 나이 좀 있는 여직원이 알은체를 하는 순간, 팡 하고 폭죽이 터졌다. 진혁은 반사적으로 미간을 구겼다.

"어서 오세요, 세무사님!"

폭죽을 터트린 여직원이 제 머리에 달라붙은 종이 쪼가리를 걷어낼 생각도 않고 고개 숙여 인사했다. 갈색 기가 도는 숱 많은 단발이 그녀의 귓가에서 물결쳤다.

"오늘 지영 언니 생일이라 다들 일찍 와서 파티 하고 있었어요. 아, 잠시만요! 세무사님도 케이크 좀 드릴게요."

조악한 케이크 칼로 솜씨 좋게 생크림 과일 케이크를 베어 내는 여직원은 이 사무실에서 가장 어렸다. 그럼에도 불구하고 진혁은 그녀의 늘씬한 등허리를 보고는 누군가의 모습을 떠올려 버렸다.

"세무사님. 여기 접시 받으세요. 이거 캐트 시 과자점 케이크라 되게 맛있어요!"

'진혁아. 이리 와 보렴. 내가 아는 분이 운영하시는 제과점 케이크인데 되게 맛있단다.'

어떤 경우에서건 20대 초반 아가씨에게 중년 여성을 갖다 대는 건 어불성설이리라. 그러나 그녀가 내민 접시를 보는 순간, 무엇보다도 대고 그린 듯한 보조개를 본 순간, 또다시 백일몽이 시작되었다.

날이 추워질수록 잘 우려낸 국화차처럼 향긋함을 더해 가는 미소. 그 미소의 위력을 자신하듯 반짝반짝 빛나는 눈. 침을 뱉는 건 고사하고 그야말로 누구라도 호의를 품을 수밖에 없는 낯.

조진혁은 그런 그녀가,

"난 됐어요."

싫었다.

#1
말실수

세무 신고, 장부 기장, 세무 조사 준비. 모든 게 어렵고 막막하시다고요?
세무 법인 묘촌은 고객님의 모든 세무 문제에서 '묘'수를 찾아 드리며,
'촌' 철살인으로 시원시원하게 상담하여 드립니다!

세무 법인 묘촌. 국세청 재직 시절 지방청 조사국 팀장까지 역임하며 조사계의 살아 있는 전설로 이름을 떨친 조정민 조사관이 20여 년의 공직 생활을 정리한 이듬해 설립한 세무 법인이다. 실력뿐만 아니라 인망까지 두터웠던 조 회장이 조성한 연못엔 쟁쟁한 전문가들이 물 만난 잉어처럼 모여들었다. 서울 역삼 본점과 4개 지점으로 시작한 지 어언 10여 년, 세무 법인 묘촌은 전국에 수십 개의 지점과 알곡 같은 인적 자원을 한 포대 거느린 세무 그룹으로 거듭났다.

그러나 눈부신 발전을 이루며 승승장구하던 그룹에도 시련이 닥쳤다. 몇 해 전, 조 회장이 전주 여행길에서 불의의 교통사고를 당해 세상을 등지고 말았다. 그와 함께 유명을 달리한 고이슬 회계사는 회장 사모이자 세무 법인 묘촌의 개국 공신이기도 했다.

두 사람은 젊은 나이에 배우자와 사별한 공통점이 있었다. 좋은 사업 파트너로 만나 닮은꼴의 아픔을 서로 보듬던 두 사람이 함께 인생의 제2막을 열겠노라 선언하였을 때 주변의 많은 이들이 진심으로 축복해 주었다. 식장에서 천국에 온 듯한 표정을 지었던 조 회장 부부의 모습을 기억하는 하객들은, 그 참사가 일어나자마자 손가락을 꼽아 보고는 고작 3년밖에 되지 않았다며 개탄을 금치 못했다.

왕이 죽어도 왕국은 남는다고 하였던가. 동생과 다른 방식으로 세무 업계에 종사한 조 회장의 맏형이 그룹의 회장직을 승계했다. 영업 마인드가 강한 신임 회장이 취임한 뒤로 세무 법인 묘촌은 퇴직 공무원 출신 세무사들을 적극 영입하는 한편 다각도의 영업망을 펼쳐 거래처를 쓸어 담는 등 유례없는 공세를 폈다. 특히 거래처의 이탈을 막기 위해서라면 아무 잘못도 없는 제 식구를 쳐 내는 일도 마다하지 않았다. 생전에 직원들을 내 사람처럼 보듬어야 모두가 산다고 입버릇처럼 말했던 초대 회장의 온후한 초상을 부정하듯이.

"전 회장님 계실 땐 말단 직원들 입장에선 꽤 다닐 만했지. 그때도 각 지점 대표 세무사가 왕이긴 했지만, 전 회장님은 여직원 못살게 구는 진상 거래처 있다는 얘기가 들리면 먼 지방 지점 일이라도 직접 나서려 하셨어. 그땐 뭔가 분위기가 달랐는데."

세무 경력 20년 차. 서울특별시 마포구 묘안동에 소재하는 세무 법인 묘촌 묘안동 지점의 왕언니 나 실장이 원형 은테 안경을 밀어 올렸다. 조만간 안경점 가서 안경 코받침 좀 조여 달라 해야겠다고 생각하며.

"전 회장님이 그런 분이셨구나. 전 그분이 돌아가신 뒤에야 여기 입사해서 몰랐네요. 근데 이상적이다 못해 비현실적인 분이셨네. 요새 그런 세무사가 어디 있어? 거래처 하나라도 더 붙잡겠다고 기장료 덤핑 치고 여직원 월급 까먹는 판국에."

세무 경력 8년 차. 묘안동 지점에서 경단녀 딱지를 뗀 아이 둘 엄마 도애수 과장이 종이컵을 입에 댔다. 복스러운 뱃살과 결별하겠다는 결의를 다져 본 지 불과 사흘째이건만 아침에는 역시 믹스커피가 제격이었다.

"어쩔 수 없지 뭐. 매년 세무사 시험 합격자가 수백 명씩 쏟아져 나오지, 세무서 공무원들 퇴직해 가지고 너도나도 사무실 차린다지, 가뜩이나 세무사가 과잉 공급인데 일도 점점 사람 손이 필요 없어져 가잖아. 전자 세금계산서가 완전 의무화되면 엔간한 업체는 지들이 알아서 엑셀로 마감 다 할걸? 더존도 요새 건 사람 손 갈 구석이 없다더라. 이런 식으로 가면 세무사 사무실은 전화받을 직원 하나만 남기고 다 내보내도 될 거야."

"에이. 그건 너무 극단적이다!"

도 과장이 유난스레 도리질을 치며 슬그머니 맞은편 파티션을 살폈다. 입사 3년 차 사무원 안지영은 두 언니의 대화를 듣는 둥 마는 둥 하며 PC 모니터를 들여다보고 있었다. 무엇을 하는지 대놓고 보려 들면 화면에 인터넷 쇼핑몰만 남겠지만, 도 과장은 그녀가 두어 달 전부터 '잡한국'과 '일넷'을 들춰 보기 시작했다는 걸 빤히 알고 있었다.

"내 아는 사람이 근무하는 사무실은 세무사가 신고 때에만 신입 여직원 두어 명 채용해서 일용직처럼 부리다가 상반기 지나면 가차 없이 자른다더라. 그래 놓고 한다는 소리가 역시 영수증 붙이는 데엔 2년 차 여직원이 팔팔한 맛이 있어서 좋다나?"

"어머머, 그 세무사는 진짜 악질이네요!"

도 과장의 새된 소리에 맞은편 파티션의 마우스 누르는 소리가 묻혔다. 하지만 그 소리가 일순 높아진 걸 나 실장과 도 과장은 놓치지 않았다. 일반 회사에서 비로소 경력으로 쳐준다는 세무사 사무실 3년 차에, 시기도 마침 이 바닥에서 이직하기 딱 좋다는 하반기. 게다가 올해로 29세인 그녀는 3년 사귄 남친과 결혼 얘기도 오가는 중이랬다. 한마디로 미스 안은 현재 이 사무실에서 가장 일촉즉발에 가까운 존재였다.

도 과장이 슬그머니 화제를 바꿨다.

"그에 비하면 우리 대표님은 양반이지 않았나요. 공무원 출신답게 서류에 너무 집착하는 게 흠이긴 했지만. 근데 대표님은 치질 언제 다 나으신대요?"

"글쎄. 나이가 워낙 있으신 양반이라 그것만이 문제는 아닌가 보더라. 그래도 본인은 몇 달만 더 쉬면 괜찮아질 거 같다고 바락바락 우기니. 언젠간 복귀하시겠지 뭐."

나 실장의 말에 도 과장의 얼굴에 왜인지 실망한 기색이 역력했다.

"으이그! 그러게 술 좀 작작 드시지. 나이 드신 양반이 '내가 본청에 있을 적엔!' 하고 노래를 부를 때부터 알아봤다니까요? 그래 가지고 왜에 '구관이 명관'이라는 말씀을 새삼 새기게 해 주시는지! 역시 나이 좀 있는 양반이 위에 있어야 편해. 사람 다루는 것부터가 확실히 다르니. '새파란 대타'까지 세워 가면서 꼭 세무사가 자리에 있어야 하나? 어차피 이 정도 지점은 실장님만 계셔도 충분히 돌아가지 않나요?"

거래처 서류철을 펼쳐 보던 나 실장이 고개를 들어 도 과장과 눈을 맞췄다.

"세무사법이 그렇다네. 분사무소마다 1명 이상의 이사인 세무사가 상근해야 된다고. 뭐, 지점 대표 맡기엔 좀 어린 감이 있지만. 그래도 그쪽이 재학 중에 세무사 따고 대학 졸업하자마자 바로 일해서 나이에 비해 경력은 제법 되잖아. 또 본점 조세 불복 팀에 있었을 정도면 나름 유능하겠지."

얼핏 들으면 그녀가 '새파란 대타'로 지칭된 인물을 변호하는 듯하였다. 그러나 나 실장의 눈빛에서 미묘한 냉소를 포착한 도 과장은 신바람 나게 입방아를 찧어 대기 시작했다.

"유능은 무슨! 지가 맡은 사건 줄줄이 패소하는 바람에 여기 귀양 온 거잖아! 그것도 완전 중요한 거래처 건들이었다면서요? 전 회장님 아들이니 망정이지 딴 사람이었으면 벌써 잘렸지! 그 바람에 본점에선 풉, 별명이 '조필패'가 됐다던데."

"위에서 패소할 게 뻔한 사건들만 그쪽에 떠안기는 바람에 그리됐단 얘기는 있어. 그쪽이 자기 백부랑 별로 사이가 안 좋잖아. 현 회장이 동생인 전 회장에게 은근히 콤플렉스가 있었다는 거 알 사람은 다 아는 얘기지."

대체 누구의 편인지 영 모를 모호한 화법으로 나 실장이 말을 받았다. 다만 '그쪽'에 강세를 한 꼬집 넣어 말하는 것만은 잊지 않고 말이다.

"솔직히 그쪽이 어른한테 예쁨받는 상은 아니잖아요. 윗사람한테 잘 보이는 것도 다아 능력이지 뭐. 무슨 일이든 인간관계 말고 남는

게 있나. 그리고 오히려 이런 얘기도 있더만요. 전 회장님 빨로 콩고물 제일 잘 떨어지는 데 간 거 아니냐고."

'그쪽'에 대한 진위를 알 수 없는 뒷담은 점점 무성해져 갔다. 그녀의 말들이 이젠 새롭지도 않은지 나 실장과 안지영은 저 할 일을 하며 귀만 열어 두고 있었다. 넘치는 에너지와 무언의 긍정이 기묘한 밸런스를 이루었다.

"그리고! 옷 입고 다니는 꼴도 보라죠. 지가 본점에서 왔단 걸 그리도 강조하고 싶은지 맨날 칙칙하고 뻣뻣하게 입고 댕기고……
헉!"

눈앞에 있으면 자근자근 밟기라도 할 듯 문제의 인물을 열렬하게 까대던 도 과장의 눈이 해까닥 뒤집어졌다. 불현듯 눈을 홉뜨며 눈치를 주는 나 실장을 보고 의자를 뒤로 돌린 순간, 있어서는 안 될 인물이 보였기 때문이다.

'맨날 칙칙하고 뻣뻣하게' 입고 다닌다는 남자는 달리 표현하자면 빈틈이 없어 보였다. 무채색 트렌치코트 사이로 드러난 네이비 계통의 슈트는 딱 봐도 고급인 원단부터가 위압감을 주었다. 손목에 찬 시계도 오른손에 들린 가방도 고급이었다. 비단 셔츠 칼라만이 아니라 등을 곧게 펴고 선 장신 자체가 잘 다려진 듯 보였다.

세무 법인 묘촌 묘안동 지점 '임시' 대표 세무사 조진혁. 자신에 대한 험담을 고스란히 듣고도 냉연히 다물린 입은 더없이 방어적이었다. 폭풍 전야를 담은 듯 고요하고 오만한 눈은 힘들여 노기를 표출하지 않아도 너무도 확실하게 도 과장에게 하고 싶은 말을 했다.

상대할 가치도 없는. 한심한.

그의 급작스러운 등장에 당황하고 민망해하던 도 과장도 그 표정을 보고는 이내 정색했다. 그래. 차라리 이 샌님이 이럴 때 정직하게 화내는 인간이었음 진즉 싸우다 정들기라도 했을 터.

"도 과장님."

진혁이 입술만 기계적으로 움직였다.

"주식회사 미소랑 주식회사 미수에 부가가치세 예정신고 납부서 줄 때 사업자 번호를 바꿔 주셨다면서요? 다행히 세무서에서 바로 알고 정정해 줘서 망정이지 업체에 과소 납부 고지서가 나가기라도 했으면 어쩌려고 그랬습니까? 나중에 바로잡을 수 있는 일이라 해도 이런 일 있으면 과장님 때문에 여기가 기본도 안 되는 지점이 돼 버리는 겁니다."

"죄송하네요. 앞으로 주의할게요."

가뜩이나 이름도 일란성 쌍생아 같은 두 업체가 자료까지 사이좋게 촉박하게 넘기는 바람에 나무에서 떨어져 버린 도 과장은, 변명할 의욕도 나지 않아 볼멘소리를 냈다.

"그리고 안지영 씨. 민완 실업이 이번에 받은 매입 세금계산서 중에 설비 투자 건이 있어서 조기 환급 신청할 수 있는데 체크 안 하고 전자 신고 넣었다면서요. 그쪽 경리가 신고서 출력분 보고 이상하게 생각해서 전화했던데. 환급액은 별로 안 크지만 기본적인 건 챙기세요."

'그년이 두 번 세 번을 물어도 아니라고 바락바락 우겨서 그랬거든?'

도 과장은 시퍼런 스파크를 튀기는 안지영의 눈에서 그 말을 고스란히 읽었다. 그러나 결국 그녀는 별다른 대꾸 없이 PC 화면으로 눈을 내리깔았다.

여직원들의 리액션이 하나같이 불순하기 그지없었으나 진혁은 굳이 더 물고 늘어질 생각은 없는 듯 보였다. 대신 자신의 손목시계와 안지영 옆의 빈 파티션을 보고는 나 실장을 쳐다보았다. 나 실장은 그 시선을 아는 듯 모르는 듯 거래처 서류철만 들여다보고 있었다.

"나 실장님. 설지예 씨는 아직도 안 왔습니까?"

그녀가 입을 열기도 전에 진혁의 뒤편에서 가을바람이 일었다.

"안녕하세요!"

뛰어오느라 흐트러진 숨을 조금도 부끄러워하는 기색 없이 활기찬 인사. 찬물을 끼얹은 듯한 기류에 그녀는 너무도 가붓이 날아들었다.

"어머 지예야 어서 와. 마포는 좀 어때? 병원에 입원시키고 왔어?"

이 사무실에서 그녀와 가장 친한 도 과장이 대번에 반색을 하였다.

"네. 오늘은 그냥 검진만 받기로 한 날이라. 지금은 상태가 괜찮은 거 같아요."

"하여간 고생이 많아. 한창 자기 한 몸 챙기기도 바쁠 나이인데. 너 도대체 연애는 언제 할래?"

도 과장이 기특하기 그지없다는 듯 그녀의 등을 토닥여 주었다.

"오늘 지예 씨가 자기 고양이 병원에 데려다주느라 조금 늦을 거 같다고 저한테 미리 말했어요. 안 그래도 세무사님한테 전하려던 참인데 생각보다 빨리 왔네요."

이 바닥에서 살아온 20년 세월에 웃음기란 게 닳아 없어진 줄 알았던 나 실장마저 은근하게 그녀의 역성을 들었다.

설지예. 입사 2년 차. 올해로 스물네 살. 묘안동 지점의 막내인 그녀는 앞장서서 자신을 감싸 주는 언니들을 보며 감격한 표정을 지었다.

"그래도."

진혁은 제멋대로들 그녀의 틈을 봉합하려는 바늘과 실을 단호히 뺏어 들었다.

"실장님한테만 말할 게 아니라 나한테도 미리 양해를 구했어야 하는 거 아닌가. 전상호 대표님 와병 중에 빈자리를 메우러 온 입장이지만 너무 없는 사람 취급받는 거 같아 기분이 별로 좋지 않네요."

"죄송합니다!"

지예는 바로 고개 숙여 진혁에게 사과했다.

"오늘이 제 고양이 병원 검진일인 걸 어제 늦게야 깨달아서…… 너무 늦은 시간이라 혹시 세무사님께 실례될까 봐……. 그래도 앞으로는 꼭 미리 연락드릴게요. 정말 죄송합니다."

'너는 떠들어라. 나는 내 갈 길 간다.' 식인 다른 여직원들에 비하면 그녀의 사과는 갑절은 예발랐다. 아니. 사실은 이렇게까지 까칠하게 질책할 사안도 아니다. 그러나 진혁은 이번에도 그녀의 보조개가 거슬렸다.

아무리 잘 웃는 사람이라도 골치 아픈 일이 생기면 애써 표정 관리하는 티가 나기 마련이다. 그러나 설지예의 얼굴은 양 볼의 보조개를 기점으로 잘 닦인 웃음길이 나 있었다. 미소가 초깃값으로 설정되어 있다시피 한 얼굴은 사과를 할 땐 미워할 수 없는 얼굴이 되고, 가만히 있을 땐 언제든 부담 없이 말 걸기 좋은 얼굴이 된다.

가는 곳마다 절대 다수를 힘 안 들이고 자기편으로 끌어들이고 다닐 것 같은 얼굴. 타고난 거라면 필시 족보 윗줄 어딘가에 둔갑한 여우가 있을 터이고, 만약 연습으로 이룬 거라면…… 어쩌면 본인이.

사과를 했는데도 진혁이 별말 없이 자신을 내려다보고만 있자 지예의 목울대가 옴찔했다. 그녀는 아직도 코트를 벗지 못했다. 마른 플라타너스 잎 같은 코트는 20대 아가씨가 입기엔 추레해 보이는 데다 머잖아 닥쳐올 한파를 막는 데 하등 쓸모가 없어 보였다. 하지만 빈틈없이 다린 슈트를 입고 정시 출근하고도 칙칙하고 뻣뻣한 인간이 되어 버린 누구와 달리, 싸구려 코트 차림의 설지예는 지각을 하고도 단풍에 색을 입히러 온 요정인 양 환영받았다.

진혁은 팩 돌아섰다. '앞으론 주의하기 바란다. 이제 앉아서 일 봐도 좋다.' 식의 사려 깊은 말을 할 마음이 나지 않았다. 자리로 돌아가는 그녀의 걸음 소리가 들렸다. 그의 뒤틀린 심사를 고스란히 읽어 냈는지 힘이 없었다.

침묵은 생각보다 빨리 깨졌다.

"너 스타킹에 뭐 묻었다?"

지예가 자리에 앉는 순간 옆자리의 지영은 그녀의 스타킹에서 빠르게 무언가를 집어냈다.

"이거 혹시 마포 털 아니야?"

"어멋!"

진혁은 집무실로 들어가려다 말고 그쪽을 보았다.

"내가 못살아! 오늘 아침에 이동장 찾는다고 잠깐 이불에 놔뒀는데 그새 깔고 앉았나 봐요! 설마 발톱까지 박아 넣은 건 아니겠지?"

보풀이 다 일어난 진갈색 기모 스타킹의 생사가 진심으로 걱정되는지 지예가 손가락으로 제 스타킹을 조심스레 당겨 보았다.

"그냥 이참에 하나 사. 어차피 보풀 다 일어났구만. 내가 기모 싸게 파는 데 찾았는데 공구할래?"

"괜찮아요. 다행히 나가진 않은 거 같아요. 그래도 고마워요. 언니."

묘안동 지점 여직원들 입장에선 지극히 일상처럼 일어나는 훈훈한 대화였다. 그러나 진혁은 안지영의 손에 들린 연갈색 털 뭉치를 보고는 눈살을 확 찌푸렸다.

설지예가 주는 것도 없이 미운 이유. 그래, 까놓고 말해 미소길이 튼 얼굴이 '그 여자'를 빼닮아서였다. 그리고 고양이라는 요물에 대한 집착까지도.

푹신하고 뜨뜻한 데만 골라잡아 배를 깔고 하루 종일 처자빠져 자는 게으른 족속. 먹이나 화장실 청소 등 저 필요한 게 있을 때만 앙칼지게 울어 대는 성가신 족속. 허락도 없이 남의 영역을 발톱으로 찢어발기는 악마 같은 족속.

그 요망한 생물, 기껏해야 10년 안쪽으로 살지 않던가? 앞으로 얼마 살지도 못할 것한테 사람 먹는 것보다도 비싼 사료 사 먹이고, 제주제에 가당찮은 전용 화장실에 비싼 모래 들이붓고. 정말, 그런 쓰잘데기 없는 짓을 왜 하는지.

"세무사님. 지금 그 말씀…… 혹시 저 들으라고 하신 거예요?"

고양이 털을 봐 버린 순간 유독성 가스를 분출하며 끓어오른 악의를 적당히 억누르려는 찰나, 진혁은 떨리는 목소리를 들었다.

설지예가, 미소가 싹 가신 얼굴로 그를 괴물 보듯 보고 있었다. 가뜩이나 뽀얀 얼굴이 얼음처럼 새파랗게 질렸다.

이 여자가 이런 표정도 지을 줄 아는구나 하고 한가하게 감탄할 때가 아니었다. 피차 경악 일색인 다른 여직원들의 표정을 확인하고 나서야 진혁은 깨달았다. 지금까지는 요령 좋게 싸매 두었던 유독성 가스의 일부가 저도 모르는 새 누출된 모양이다. 입에서.

"사료값이랑 전용 화장실이랑 비싼 모래값, 세무사님이 보태 주셨어요? 그리고 얼마 살지도 못할 것한테 쓰잘데기 없는 짓 하는 거…… 무슨 상관이신데요."

턱을 덜덜 떨어 대면서도 발음은 용케 또박또박 했다. 진혁은 입매를 일자로 고쳐 물었다. 이미 엎질러진 물. 욕이든 악에 받힌 여자 주먹이든, 까짓 거 계급장 떼고 몇 대 맞아 주자는 심산이었다. 진심으로 미안하건 전혀 그렇지 않건 말실수는 말실수니까.

한 걸음 두 걸음. 그녀가 다가왔다. 말끔히 지퍼를 채운 진혁과 달리, 그녀의 입술은 내내 갈피를 잡지 못했다. 입술이 도저히 붙지를 않아 이라도 맞물려 하였지만, 그마저도 되지를 않아 미약하게 딱딱 소리가 났다.

진혁은 그녀가 코앞에 올 때까지 같은 표정을 고수했다. 그 모습이 먼발치 강에서 떠가는 나뭇잎만큼이나 감흥이 없는 연유는 단지 진부해서일까? 사람이 이토록 화를 내는 모습쯤이야 이 바닥 일 하다 보면 싫어도 연례행사처럼 겪게 되니. 아니면 그녀가 싫어서일까? 그녀가 웃는 모습이 안 그래도 주는 거 없이 거슬렸으니.

무엇보다도, 조진혁이 간악한 인간이어서인지도 모르겠다. 치명적인 말실수를 하고도 사과 한마디 없이 그저 이토록 오연한 얼굴로 시간을 벌고 있으니. 그리함으로써 아랫사람이 이내 제 입장을 자각하고 절로 힘이 빠지도록.

기술은 유효했다. 설지예는 진혁의 맞은편에 도착하기도 전에 정말로 제풀에 지쳐 버렸다. 그녀는 양손을 꼭 쥐고 턱을 치켜들어, 딱 한마디만 했다.

"남의 사정 잘 알지도 못하면서."

심한 욕설도 세련된 독설도 못 되는 말이지만, 일순 진혁의 눈썹이 옴찔거렸다. 지예는 입을 막고 뒤돌아서서 사무실 밖으로 뛰쳐나갔다.

"지예야! 잠깐만!"

도 과장이 황망히 그녀의 뒤를 쫓았다. 이 와중에 그녀가 착실히 문을 닫고 나가서 사무실은 아무 일도 없었던 듯이 금방 조용해졌다.

"세무사님. 저도 고양이를 썩 좋아하지는 않지만, 지예 씨한테 좀 지나치게 말씀하신 감이 있네요. 컨디션이 별로 안 좋아 보이는데 오늘은 그냥 댁에 가서 좀 쉬시는 게 낫지 않을지. 무슨 일 있으면 핸드폰으로 전화드릴 테니까요."

미친놈은 집에 가서 발 닦고 잠이나 자라는 말을 나 실장이 능란하게 순화했다. 안지영은 팔짱을 끼고 소리 없이 혀를 차며 어떻게 하면 표정만으로 사람을 찌를 수 있는지 연구하는 듯 보였다.

진혁은 노골적인 적의를 내쏘는 여직원들을 공허하게 바라보다가, 철문으로 걸음을 옮겼다. 세 번째로 들이친 늦가을 찬바람이 순식간에 썰렁해진 사무실 안을 휘돌았다.

※

"정말 죄송합니다. 제가 참았어야 하는데 저도 모르게 그만⋯⋯. 아, 아니에요! 저 곧 돌아갈게요. 잠시만 기다려 주세⋯⋯ 네? 알겠습니다. 실장님. 그러면 내일 뵙겠습니다. 정말 죄송합니다."

지예는 핸드폰을 든 손을 서서히 아래로 떨어뜨렸다. 플라타너스 나무가 그녀를 토닥여 주려는 듯 고운 잎을 하나 골라 떨어트렸다. 그러나 발치에 보태어진 낙엽을 굽어보는 맑은 눈은 고인 웅덩이처럼 음울했다.

지예는 핸드폰을 코트 주머니에 밀어 넣고는 걸음을 옮겼다. 인도에 쌓인 각양각색의 마른 낙엽이 바스락 소리를 내며 밟혔다. 선선하고 부드러운 바람으로 머리칼을 쓸어 주던 인심 후한 가을도 어느덧 끝물이다. 곧 있으면 혹독하기 그지없는 계절이 들이닥치리라. 무엇이든 따스하게 품어 보려는 마음이 만사형통약이 될 수 없음을 뼈저리게 느끼게 하는 계절이.

오늘 본의 아니게 연차를 내고 만 지예는 당장 해야 할 일을 머릿속에 그려 보았다. 우선은 동물 병원에 가서 '마포'를 되찾은 다음에 집에 가야지. 집에 가서 옷을 갈아입고 화장을 지우고 점심을 간단히 차려 먹은 다음, 매일 하던 대로 '미래'를 준비하고……

'얼마 살지도 못할 것한테 쓰잘데기 없는 짓 하는 거…… 무슨 상관이신데요?'

부아앙—

산처럼 거대한 화물 트럭이 그녀의 자그마한 몸을 뒤흔들고 지나갔다. 지예는 차게 식은 입술을 맞물었다. 먼저 몹쓸 말을 한 건 그 사람인데, 정작 귀에 아프게 박히는 건 상사에게 대들고 만 자신의 맹랑한 목소리였다.

맞은편에서 걸어오는 사람들이 보였다. 지예는 반사적으로 입꼬리를 당겼다. 사람이 항상 웃고만 살 수는 없다. 더욱이 설지예처럼 가진 게 별로 없는 사람이 잠시나마 활짝 피어나려면 곱절로 힘이 든다. 그래서 더더욱 지예는 치열하게 웃으며 살아왔다. 고운 수박이 되지 못하리란 걸 알기에, 잘 안 지워지는 줄이 그어진 호박이라도 되고자 하였다.

열 번이 아니라 백 번을 잘해도 오늘처럼 딱 한 번 못하면 내일이 너무도 두려운 처지. 그녀는 천애고아였다.

직장이 있는 묘안동에서 바로 옆에 있는 염리동으로 건너온 지예
는 어느 골목의 들머리에서 잠시 서성였다. 공덕역에서 이대역 부근
까지 이르며 마포구를 관통하는 그 골목은 염리동의 정체성과도 같
았다.

지예는 이 동네에서 버려져 인근 보육원에서 자랐다. 보육원에서
독립한 뒤에도 이 골목과의 인연은 계속되었다. 주로 이용하는 24시
간 동물 병원에 가기 위해선 이곳을 거쳐야 하기 때문이다. 그러나
몇 번을 다녀도 이 골목과는 도무지 친해질 수 없었다. 가난한 사람
이 겨울과 결코 친해질 수 없는 것처럼.

정오가 지났는데도 골목 어귀의 가파른 돌계단이 거뭇하였다. 계
단길 양옆에 빼곡히 들어찬 낡은 담벼락과 벽돌집들이 좁은 길목에
그림자를 욱여넣은 탓이다. 겹붙은 전신주에서 뻗어 나온 새까만 전
선들이 금방이라도 올가미가 되어 떨어질 듯했다.

지예는 계단에 엉겨 붙은 검푸른 이끼를 무시하려 노력하며 첫 계
단에 발을 올려놓았다.

'우리는 진흙에 꼭꼭 싸인 원석과 같아. 그래서 그 진흙을 닦는
데 시간이 더 걸릴 수밖에 없어.'

지예는 화들짝 놀라 고개를 번쩍 치켜들었다. 전선이 거미줄처럼
엉겨 있어도 그 사이로 보이는 하늘은 높고 푸르렀다. 그 하늘처럼
아련한 목소리가 지예의 귓가에 울려 퍼졌다.

'하지만 난, 내가 무슨 보석인지 꼭 확인하고 말 거야.'

지예는 서글픈 미소를 지었다. 그 목소리는 보육원에 있었을 적에 자신이 많이 의지했던 언니의 것이었다. 그 목소리가 간만에 들리는 걸 보니 자신이 오늘 기가 죽기는 확실히 죽은 모양이다. 언니는 주눅이 들기 십상이었던 지예를 다독여 주고 때론 따끔한 충고도 해 줬다.

'너, 세상이 얼마나 살벌한지 아니? 열아홉이 되면 우린 보육원을 나와서 이 무서운 세상에서 혼자 살아가야 해. 우린 부모도 형제도 돈도 없기 때문에 더 독하게 마음먹어야지. 그래야 진짜 보석이 될 수 있어.'

지예는 언니가 4년 먼저 보육원을 나설 때까지 그녀가 팥으로 메주를 쑨대도 믿고 따랐다. 하지만 그녀가 누누이 강조하였던 '진짜 보석'만은 도무지 마음에 와 닿지 않았다. 언니는 얼굴도 예쁘고 공부도 정말 잘했지. 물론 그녀가 그 모든 걸 거저 얻은 게 아니라는 건 안다. 잘 연마된 자신을 찬연한 햇볕에 비추며 언니는 너도 노력하면 그렇게 반짝일 수 있다고 했다.

그러나 지예는 언니와 이별하면서 마음에 뚫린 구멍을 막아 보기조차 버거웠다. 운명의 날이 가까워질수록 자신에겐 '할 수 있는' 게 아니라 '될 수 없는' 것 투성이었다. 아무래도 자신은 누군가의 빛나는 인생 한 귀퉁이에 버려진 돌멩이에 지나지 않는 듯했다.

그러나 비록 돌멩이라도 이 작은 삶 속에서만큼은 주인이 되게 해 준 존재가 있었다. 몇 번을 치이고 굴러도 심장의 온기를 되찾아 준 존재가.

지예의 얼굴에 다시금 미소가 꽃 피듯 우러났다. 날아오르듯 계단을 오르며 그녀는 진정한 자기 삶이 시작된 날을 떠올렸다. 인생에서 가장 특별했던 순간이 골목의 허름한 담벼락에 투사되었다.

'그날'은 하마터면 지예의 마음이 영영 흉하게 일그러질 뻔한 날이기도 했다. 묘안 여자 상업고등학교 1학년 설지예는 안 그래도 코앞에 닥쳐온 홀로서기에 대한 한없는 걱정 때문에 터져 버릴 지경이었다.

상고에는 그녀처럼 머잖아 허공에 던져질 때를 대비해 살기 위한 날갯짓을 배우러 온 학생과, 부모를 너무 잘 만난 덕에 사회가 장난인 줄 아는 날라리가 혼재했다.

'쟤 왜 저렇게 공부 열심히 해? 혹시 대학 가려는 거야?'

'그럴 리가 있니? 쟤가 무슨 돈이 있다고. 열아홉 살만 되면 고아원에서 바로 나와야 한다던데? 고아들이 나갈 때 나라에서 3백만 원인가 5백만 원인가밖에 안 준대.'

'대박! 난 고아면 나라에서 다 해 주는 줄 알았는데. 근데 쟤 고아치곤 가방도 브랜드로 들고 다니잖아. 우리가 낸 세금으로 너무 사치 부리는 거 아니야?'

'그러게. 아주 배가 불렀나 보지. 큭.'

지예의 '사치스러운' 가방은 해당 브랜드에서 기업 이미지 제고 차원에서 보육원에 기부한 것이었다. 하지만 그 순간 귀중한 가방이 꼴도 보기 싫어져서 지예는 맨몸으로 교실을 나섰다.

도로의 차들이 가을바람을 휙휙 가르며 제 갈 길을 갔다. 처음으로 수업을 빼먹고 점심도 거른 채 지예는 마포 대교의 인도를 거닐었다.

될 수 있으면 원망이란 걸 하지 않으려 노력해 왔다. 누군가를 원망한들 지금의 암담한 처지가 하나도 나아지지 않을뿐더러, 외려 지금보다 더한 수렁에 빠질 수도 있다고 배워 왔기에.

하지만 보육원에선 원망을 모르던 언니 오빠들마저도 사회에 나가면 일그러졌다는 소식이 들려왔다. 얼마나 살아가기 힘들면 그랬을까? 성공은 기대치도 않으니 나쁜 사람만은 되고 싶지 않은데……. 자신도 결국은, 살기 힘들다고 그렇게 변하고 마는 게 아닐까?

지예는 난간 밖으로 고개를 내밀어 보았다. 아래에서 잿물처럼 흐르는 한강을 보자니, 원망보다 더 흉한 생각들이 밀려왔다. 이와 손톱이 날카롭게 돋아나는 듯한 섬뜩한 기분이 들었다. 나쁜 사람으로 변해 버릴 때의 느낌이 이런 거구나 싶었다.

'야옹.'

뒤따라온 걸까, 아니면 혹시 하늘에서 내려온 걸까? 등허리가 치즈색인 고양이가 그녀를 물끄러미 올려다보고 있었다. 지예는 멍든 듯 욱신거리는 눈두덩을 손으로 비볐다. 그녀가 제 존재를 의심하는 듯하자 고양이는 야오옹 하고 좀 더 길게 울었다.

'야옹아. 여긴 웬일이니? 주인은 어디 가고?'

지예는 무릎을 굽혀 고양이의 머리를 쓰다듬었다. 고양이는 그 손의 온기를 음미하듯 나른하게 눈을 감았다. 고양이는 말랐지만 어리지는 않아 보였다. 원래 눈처럼 새하얄 배와 다리가 잿빛에 가까웠다. 거리로 나온 지 꽤 된 듯 보이는데도 이리 사람을 잘 따르다니. 어쩌면 이 아이도……

'미안해 야옹아. 나 지금 너한테 줄 게 하나도 없어.'

가뜩이나 마른 고양이의 시간을 빼앗는 게 미안하여 지예는 자리에서 일어섰다. 하지만 발걸음을 옮기자 고양이는 그녀를 따라왔다.

'야옹아. 언니 따라오면 안 돼. 너 데려가면 언니 혼나. 너 줄 사료도 없고……'

하지만 고양이는 외려 지예의 다리에 뺨을 뱌비작 비벼 댔다. 순간 지예는 코끝이 시큰했다. 형언할 수 없는 감정이 마음을 녹진하게 풀어 버렸다.

'알았어. 같이 가자. 더 좋은 사람이 나타날 때까지.'

마포 대교에서 만난 고양이는 그렇게, 세상에 단 하나의 길만 존재하는 것처럼 설지예의 인생에 다가들었다.

작성자 : 마포야미안해(5eㅁl***)
상품 가격 : 마포는 물건이 아니에요.
제목 : (전국)마포를 돌봐 주실 천사님을 찾습니다.
사진처럼 천사 같은 코숏 치즈 태비입니다. 비록 나이는 좀 있는 아이지만 사람을 정말 좋아하고 잘 따라요. 정말 떠나보내고 싶지 않았지만 저 자신도 먹고살기 힘든

상황이 되어 글 올립니다. 저희 마포를 구해만 주신다면 제주도라도 제가 직접 데려다 드립니다. 죄송하지만 저처럼 끝까지 책임지지 못하실 분은 연락하지 말아 주세요.

'마포야!'

한 통의 전화를 받고, 지예는 다시는 올 일이 없으리라 생각했던 울산에 부랴부랴 왔다. 품종이 좋은 것도 아니고 나이도 적지 않은 고양이를 품어 주겠다는 애묘인을 만난 건 기적에 가까웠다. 그렇게 천사 같은 새 주인에게 가고도 마포는 식음을 전폐하고 밤마다 누구를 찾는 듯 울어 댄다 하였다. 처음엔 다른 고양이들도 흔히 겪는 적응 문제이려니 하던 새 주인은, 이러다가 정말 굶어 죽은 고양이 시체를 치우겠구나 싶어 황급히 지예를 호출했다.

지예가 현관문을 열었을 때 마포는 이미 그 앞에 바짝 붙어 서 있었다. 처음 만난 날처럼 야윈 마포를 덮어 누르듯 안으며 열아홉 살 설지예는 평생 흘릴 눈물을 다 쏟아 냈다.

처음엔 혼자 살아갈 자신조차 없었다. 하지만 먹일 입이 늘자 오히려 없던 용기가 샘솟았다. 투잡 쓰리잡도 불사하며 둘이 살아갈 길을 찾았다. 언제는 마포가 손가락을 핥고 깨물어 준 덕에 과로사를 모면한 적도 있었다. 뭉치면 살고 흩어지면 죽는다는 말이 어떤 뜻인지 절감했다. 열아홉과 20대 초반을 치열하게 살아 낸 덕에, 둘은 묘안동의 어느 원룸에 안착하였다.

동물 병원에서 마포를 되찾아 집에 오니 오후 5시가 넘었다. 지예는 이동장을 내려놓고 나른하게 기지개를 켰다.

"자, 마포야. 나와."

이동장이 열리자 안에서 뱃살이 늘어진 치즈색 고양이가 느긋하게 걸어 나왔다. 놈은 토실한 엉덩이를 뒤로 빼고 상체를 길게 늘어뜨리며 기지개를 켰다.

"마포. 기분 좋아?"

지예가 말을 걸자 마포가 뭉툭한 꼬리를 좌우로 흔들었다. 지예가 싱긋 웃으며 재차 물었다.

"정말?"

이번에도 마포는 꼬리를 좌우로 흔들었다. 지예는 마포의 등허리를 쓰다듬다가 '후' 하고 입바람을 뺐다.

"내일 세무사님한테 사과해야겠지? 그래도 그분이 상사니까."

지예는 시무룩하게 중얼거렸다.

무언가 크게 잘못을 저지른 기억도 없는데 그 사람은 자신을 주는 것 없이 미워하는 듯하다. 한눈에 봐도 비싸 보이는 정장하며 손목시계하며 가방하며…… 흘깃 보는 것만으로도 주눅이 드는 그 사람이 자신을 곱지 않은 시선으로 볼 때면, '나는 진짜 보석이 어떤 건지 아주 잘 아는 사람이니 너 따위는 언감생심 흉내도 낼 생각 마.'라고 질책하는 듯하다.

지예는 연신 한숨을 쉬며 코트를 정리하다가 주머니에서 삐져나온 종이를 보았다. 오늘 동물 병원에서 받아 온 마포의 건강 검진 결과지였다. 종이에 손을 대려는 순간 냉혹한 목소리가 귓전을 때렸다.

'앞으로 얼마 살지도 못할 것한테……'

지예의 손가락이 곱아들었다.

"야옹."

마포의 울음소리가 지예의 상념을 비집고 들어왔다. 기모 스타킹을 신었을 땐 밀어 내야 한다는 사실을 잊고, 지예는 자신의 다리 사이로 파고드는 고양이를 보며 미소 지었다.

"맞아. 그 사람이 신은 아니잖아. 주눅 들지 말자. 나는 아주 잘하고 있어."

마포의 앞발을 주무르며 지예는 스스로에게 주문을 걸었다. 하지만 내일도 아무렇지도 않게 완벽한 자태로 출근해 자신을 깔볼 그 사람을 생각하니 솔직히…… 억울했다. 그래서 출세하기 위해 매일같이 공무원 수험서와 씨름하고 있지 않은가. 올해 시험도 딱 두 문제만 더 맞았더라면, 그래서 보란 듯이 면접도 딱 붙었다면, 오늘 같은 일을 당하지 않았을 텐데.

"두고 봐. 내년엔 반드시 세무서에서 만나 주겠어."

조진혁 세무사가 자신을 '조사관님'이라고 깍듯이 부르는 상상을 하며, 설지예는 투지를 불태웠다. 하지만 오늘은 이것만으로 끝내기 억울하다. 그래서 지예는 소심하게 뒤끝을 부렸다.

"그 인간이, 자기도 어디 한번 고양이가 돼서 작살나게 고생해 봤으면 좋겠다!"

콰아아앙—

"까악!"

말이 끝나기 무섭게 돌연 방을 뒤흔드는 굉음에 지예는 반사적으로 귀를 틀어막았다.

"뭐, 뭐지? 밖에 비 오나?"

지예는 문을 열고 나가 바깥을 살폈다. 좀 전의 천둥소리는 단지 환청에 불과했을까. 해가 저물어 가는 늦가을 하늘은 여전히 구름 한

점 없이 푸르렀다.

　얼마 뒤. 한 사진작가가 개인전에 '마른하늘에 고양이벼락' 이라는 작품명의 사진을 전시했다. 사진 속 하늘을 가르는 번개는 흡사 발톱을 세운 고양이 발 같았다. 작가는 늘 그러하였듯 자신은 사진에 진실만을 담았노라 강경히 주장하였으나, 관람객들은 그저 그가 드디어 리얼리즘과 결별하기로 하였나 보다 생각하였다.

#2
공로상 시상식

　명동역 1번 출구에서 1998년도에 발행된 오백 원짜리 동전을 굴린다. 동전은 구르는 동안 단 한 번이라도 넘어져선 안 된다. 비 오는 날에도 복작이는 관광객들의 발길질에서 용케 살아남은 동전은 정확히 30초 만에, 선 채로 멎어야 한다.

　대놓고 가르쳐 줘도 아무도 못 해내는 그 방법을 상상으로나마 성공했다 치자. 그 지점에서 수십 미터 아래로 내려가야 한다. 그렇게까지 운과 노력이 따라 준다면야, 당신은 1년 365일 열리는 특별한 연회에 참석할 자격이 충분할지도 모르겠다.

　10월 마지막 주 월요일 오후. 반짝이는 크리스털이 주렁주렁 달린 샹들리에가 지하 세계를 한낮의 지상보다도 환하게 밝혔다. 서너 개의 인영이 길게 늘어진 공중그네를 날렵하게 타 넘었다. 이 그네 저 그네 옮겨 타는 솜씨만 해도 범상치 않은데, 곡예사들은 그 와중에 바구니에 든 싱그러운 생화를 흩뿌리기까지 했다.

금침수정 타일이 깔린 바닥과 백옥으로 만든 테이블 위로 꽃비가 내렸다. 요리사들이 싱싱한 해산물이 푸지게 찬 쟁반을 나르고, 신사 숙녀들이 음료가 든 유리잔을 부딪쳤다. 연회장 한 귀퉁이에선 깔밋한 정장을 쫙 빼입은 관현악단이 기름진 음식을 소화할 때 듣기 좋은 클래식을 연주했다.

여기까지만 묘사하고 보면 여느 소설에 나올 법한 궁정 연회 같다. 그러나 이런 파티에 한 번도 초대받아 본 적 없는 촌놈 티 그만 내고 연회객을 직시해 보면, 당신은 분명 자신의 눈을 의심하리라.

공중에서 신묘한 곡예를 부리는 곡예사들도, 수십 개의 칵테일 잔이 든 쟁반을 능란하게 이고 가는 요리사도, '당신의 눈에 건배'를 운운하는 느끼한 신사도, 오케스트라 단원들도, 온몸이 각양각색의 털로 뒤덮여 있다. 또한 엉덩이에 달린 꼬리가 저마다 흔들린다.

그러하다. 연회객들은 모두 고양이였다.

특히 연회장 한가운데서 모두의 시선을 잡아끄는 터키쉬 앙고라의 미모가 압권이다. 고도의 연기력으로 마음에 드는 신사의 품에 무너진 뒤 그의 턱을 간질이며 우아하게 몸을 일으키는 그녀의 미소는 코튼 캔디처럼 달달했다. 정말이지 남자라면 은사처럼 한 올 한 올 빛나는 그녀의 꼬리에서 눈을 뗄 수 없으리라!

아, 사실 이 이야기의 핵심은 그 화려한 파티와 별 위화감 없이 공존하는 회의석이긴 하다. 개다래나무가 함유된 목재 테이블에는 9인(?)의 캐트 시가 모여 앉아 있었다. 그들은 일반적인 고양이보다 좀 더 귀가 길고 표정도 어딘지 진중해 보였다. 허나 역시 가장 중요한 차이는 그들이 의자에 등을 붙이고 앉아 있다는 사실이 아닐까.

오늘은 고양이 세계에서 아주 중요한 연례행사가 열리는 날이다. 상석에 앉은 캐트 시 한국 지부장이 입을 열었다.

"야오오옹."

그러자 다른 캐트 시가 말을 받았다.

"니아아앙!"

❋

"꾸아아악!"

또 한 번 전광석화처럼 날아와 셔츠 칼라를 구겨 잡는 손길에, 자유형은 한창 이야기를 하다 말고 비명을 내질렀다.

"이봐요. 당신이 엮인 이상 이야기가 호그와트로 새는 것까진 그러려니 하겠는데……."

설아가 으스스한 목소리를 내며 자유형을 잡아먹을 듯 노려보았다.

"적어도 사람이 알아들을 수 있는 언어로 이야기해야 할 거 아니에요? 그리고 쓸데없는 부분에는 포커스 맞추지 말아요. 좀!"

"아, 맞다. 죄송, 죄송. 설아 씨와 인겸 씨가 고양이 언어를 모르신다는 걸 깜박했습니다. 하지만 그래도 그 터키쉬 앙고라의 미모는 워낙 각별한지라 한 번쯤 언급할 가치가 있……."

"저기, 그런데 캐트 시가 뭐죠? 간단하게 설명 좀 해 주실래요?"

자유형이 더 험한 꼴을 당하기 전에 인겸이 얼른 질문을 던졌다.

"예. 흔히 알려진 설화대로라면, 캐트 시는 스코틀랜드 고지대에 사는 고양이의 수호 요정이지요. 하지만 사실 캐트 시 지부는 전 세계 각국에 존재합니다. 특히나 캐트 시 한국 지부는 단기 원년에 창설된 유서 깊은 단체입죠."

"하하, 고양이가 지부씩이나……. 그럼 캐트 시는 고양이 세계의 공무원 같은 건가요?"

"고양이 계의 공무원이라. 그것도 썩 괜찮은 표현입니다만 캐트 시님들이 하는 일은 좀 더 광범위하고 심오하지요. 그분들은 모든 고양이의 요람에서 무지개다리까지 관장하십니다. 특히 임종을 앞둔 고양이를 고양이 세계로 소환하여 자신의 마지막을 미리 볼 수 있게 해 주시지요. 간혹 가다 죽음을 앞둔 고양이가 자신의 집사에게 작별 인사를 하듯 병에서 다 나은 양 행동하는 연유가 바로 이거랍니다."

"어머…… 진짜로요?"

기이하고도 애잔한 이야기에 입을 벌리는 설아를 보고 자유형이 부드럽게 눈웃음을 지었다.

"그럼요. 비록 말 못 하는 생물이지만 고양이들은 죽는 순간까지 자신의 소중한 집사님들을 가슴에 품고 살아가지요. 그리고 일반인들은 잘 모르는 기묘한 사실이 하나 더 있어요. 캐트 시 한국 지부는 1년에 한 번, 지상의 인간들 중에서 딱 한 명을 선정하여 '공로상' 시상식을 엽니다. 물론 일방적으로 수여하는 상인지라 수상자가 실제로 시상식에 참석하는 일을 드뭅니다만, 당사자에게는 아주 큰 혜택이 주어지지요. 그 혜택은 바로……."

✸

턱시도 고양이가 캐트 시 한국 지부장에게 붉은색 비단 봉투를 건넸다. 손가락, 아니 발톱으로 봉투를 열어 그 안에 든 한 장의 사진을 확인한 다음, 지부장이 포효하듯 외쳤다.

"다들 주목! 투표 결과가 나왔소이다. 이번 수상자는 999표 중 무려 700표를 얻었소. 올해의 공로상을 수상할 선량한 집사는 바로!"

지부장이 매년 하던 대로 부러 뜸을 들이며 연회장 분위기를 고조시켰다. 수백 쌍의 캐츠아이가 반짝반짝 빛나며 지부장의 손가락, 아니 앞 발톱을 주시했다. 이윽고 그의 손에 들린 사진이 좌중에게 보이도록 뒤집혀졌다.

지부장이 사진 속 인물의 이름을 한 자 한 자 크게 외쳤다.

"설. 지. 예!"

"와아아아!"

고양이들이 손에, 아니 발가락 볼에 끼운 칵테일 잔을 일제히 들어 올리며 환호했다.

"정말이지 마포 대교에서의 사연은 감동적이었어요. 요즘 세상에도 그런 착한 집사가 있다니. 세상은 아직 살 만한가 봐요!"

샴고양이 귀부인이 코를 훌쩍이며 손수건으로 눈가를 콕 찍었다.

우아한 장모를 가진 지부장이 회의용 테이블 위로 폴짝 뛰어올랐다. 앞발에 든 공로상 수상자의 사진이 좀 더 잘 보이도록 하기 위함이다. 늘어진 꼬리가 흥겨운 분위기를 타 바쭉 섰다. 이 연례행사에서 그가 가장 좋아하는 순간이 왔다.

"공로상 수상자에게는 매년 그러하였듯이! 지금 이 순간부터 본인이 가장 먼저 말한 소원이 이루어지는 특권을 수여하는 바이오!"

쾅아아앙!

지부장의 근엄한 선언이 떨어지기 무섭게 벼락 소리가 연회장을 뒤흔들었다. 수백 쌍의 캐츠아이가 탁구공처럼 똥그래지고 떠들썩하던 장내가 일순 고요해졌다.

반사적으로 테이블 위에 납죽 엎드린 캐트 시 한국 지부장은 '크, 크흠!' 하고 헛기침을 하고는 혀로 흐트러진 매무새를 대강 정리했다. 그는 천장의 샹들리에를 올려다보며 각별한 해수청색 눈을 빛냈다.

　"설마, 벌써……."

　그때 연회장 문이 벌컥 열리더니 온몸이 그림자처럼 검은 고양이가 모습을 드러냈다. 그는 네발로 허둥지둥 뛰어와 지부장의 길고 하얀 털을 헤치고 그 안에 숨은 귀를 찾아내 무어라 귓속질을 했다. 그러자 지부장의 선홍색 콧잔등에 선명한 주름이 잡혔다.

　"흐음, 지금껏 들은 소원 중 가장 황당하군."

　지부장은 앞발로 기다란 수염을 점잖게 쓰다듬으며 중얼거렸다.

　"하지만 불가능하지는 않지."

❀

　이대역 4번 출구로 나와 북아현동에 들어서면, 세상이 이래서 불공평하구나 싶을 만치 멋들어진 주택이 나온다. 담쟁이를 방어적으로 두른 높은 담벼락과 깃발처럼 꽂힌 가로등 아래에 서면 누구라도 주눅이 들 법하다. 그러나 일단 집 안으로 들어와 보면 바깥의 두 수문장이 왜 그리 필사적인지 알게 된다.

　복층 구조의 주택을 감싼 정원은 아이를 안아 재우는 어머니처럼 아늑했다. 정원에는 비단잉어가 든 연못이라든지 호사스러운 분수처럼 시선을 확 잡아끄는 장치는 없었다. 허나 그래서 더욱 현관문에 이르는 디딤돌 하나하나가 특별하게 느껴지는지도 모른다.

　30여 년 전 이 전원주택을 선택한 부부는 진정으로 그들만의 정원을 꾸리고자 하였다. 부부는 집에 특별한 일이 있을 때마다 나무를 심었다. 이를 테면 귀여운 아들이 태어난 일이라든지, 그 아들이 학교에서 모범상을 타 온 날이라든지. 그렇게 정원 곳곳에 두서없이 심은 나무들이야말로 이 집을 한 편의 아름다운 동화로 꾸며 주는 보물이었다.

'정말 멋진 사연이 있는 정원이로구나. 진혁아. 이 아줌마도 언젠가는 여기에 나무를 심어도 될까?'

사려 깊고 조심스러운 목소리에 대꾸하는 대신, 진혁은 메마른 눈으로 거실 유리창을 쏘아보았다.

비틀어져 가는 낙엽 더미가 보였다. 오직 사람의 애정만이 아름다움의 비결이었던 정원은 이제 황량한 쓰레기장처럼 변했다. 드문드문하게나마 사람을 쓰기에 귀신 나오는 집은 면했지만, 정원의 나무들은 하나둘 고사목이 되어 갔다.

뿌리째 뽑아 버리지도, 아름다웠던 그 시절처럼 웃으며 물을 주지도 못한다. 변질된 추억이란 그런 것이었다.

진혁은 거실 한 귀에 있는 어른 키만 한 장식장을 보았다. 층마다 크고 작은 액자들이 놓여 있었다. 그 액자의 8할은 새어머니가 이 집에 들어온 뒤로 생겨났다. 누군가 일일이 뒤집어 놓은 장식장 속 액자들은 공동묘지의 묘비처럼 스산해 보였다.

진혁은 장식장 문을 열어 액자들 뒤편에 처박힌 위스키를 끄집어냈다. 작은삼촌이 말하길 아버지가 생전에 선물 받은 위스키들 중 아직도 장식장에 남은 건 제법 귀한 것들뿐이랬다. 애주가였던 선친이 한 모금도 각별히 여겨 신줏단지처럼 모셔 둔 컬렉션을 홀로 남은 진혁이 서서히 삼켜 없앴다. 특히 오늘처럼 심경이 복잡한 날에.

새어머니의 존재를 처음 안 건 고등학교 때였다. 어머니가 돌아가신 뒤 아버지는 한창 승승장구하던 공직 생활을 청산하고 세무 법인을 설립했다. 아버지의 워크홀릭 기질은 창업을 한 뒤에도 고스란히 이어졌다. 하지만 그때부터, 아버지에게서 묘한 훈풍이 불었다. 어머니와 사별한 이후 영락없는 동장군이 되었던 아버지가, 집에 고급 제과점 과자를 들고 오는 일이 많아졌다.

물론 진혁은 아버지라도 하루빨리 슬픔에서 벗어나길 바랐다. 그러나 그 과정이 찜찜하게 느껴지는 건 별개의 문제였다.

진혁의 대학 입시가 마무리되고 난 뒤, 아버지는 마음의 짐을 하나 내려놓은 듯 지금껏 집에 가져온 간식의 출처를 밝혔다. 진혁의 시선이 닿지 않는 곳에서 시작되었다는 아버지와 그 여자와의 관계. 그리고 그 관계를 드러낸 타이밍. 그제야 진혁은 머지않아 닥쳐올 거북한 미래의 가닥을 잡았다.

'혹여나 오해는 마라. 고이슬 회계사님도 원래 본인이 가진 재산이 제법 되거든. 게다가 그 누님, 남의 집 덕 보겠다고 홀아비에게 접근하고 그런 사람 절대 아니다.'

백부와 달리 진혁에게 살갑게 구는 작은삼촌마저도 전도사라도 된 양 그 여자의 됨됨이를 설파했다. 아울러 그는 자신의 둘째 형이 전처의 병수발을 하느라 충분히 누리지 못한 한 남자로서의 삶에 대해서도 역설했다. 남자 나이 열아홉이 되어 가지고 그 정도 이해하는 것쯤은 당연한 도리라는 점도.

'진혁아. 대학 졸업 축하한다. 정말 고생 많았다. 네 어머니가 살아 계셨더라면 오늘의 너를 얼마나 자랑스러워했을까. 네가 생일이 빨라 1년 일찍 학교 들어갔을 때 그리도 안쓰러워하던 사람이 없는데. 지금은 그만큼 남들보다 앞서가는 어엿한 청년이 다 됐지.'

아직 주문한 피자가 나오지도 않았는데 아버지는 파마산 치즈를 열심히도 치셨다. 동석한 그 여자가 아버지와 의미심장한 눈빛을 주고받았다. 그 앞에서 진혁은 '남들보다 앞서가는 어엿한' 스물다섯 살 청년의 든직한 미소를 지으려 노력해 보았다.

명목상 그 자리는 진혁의 대학 졸업을 축하하는 자리였다. 대학 졸업반 때 세무사 시험에 동차 합격한 진혁은 당연한 수순을 밟듯 세무 법인 묘촌 본점에서 실무 수습을 받았다. 물론 수습 기간이 끝나면 본점에 정식 입사하기로 되어 있었다.

'어디 그뿐인가요. 진혁이는 당신 닮아 잘생기기까지 했잖아요. 아유, 내가 한 20년만 젊었어도.'

'으이그, 이 사람. 신소리는. 진혁아, 신경 쓰지 마라. 이 아줌마가 원래 이렇게 주책바가지란다.'

진혁은 입가의 근육이 경련하는 걸 느꼈다. 지금이라도 이 비겁한 거짓 웃음일랑 집어치우면, 이 바보 같은 자리에서 벌떡 일어나 '두 분 좋다는데 제 의사 필요하지도 않잖아요!' 라고 중학생 애송이처럼 어리광이라도 부리면, 코앞에 닥쳐온 이 거북한 미래를 막을 수 있을까?

'진혁아. 이미 눈치챘는지도 모르겠다만…….'

아직 준비가 전혀 되지 않았는데 기어이 시작되려 하였다. 입이 근질거리고 엉덩이에 뿔이 났다. 하지만 자신에게 '듬직하고 착실한 다 큰 아들'을 대입하는 온후한 눈빛과 마주한 순간, 진혁은 입술도 달싹이지 못했다.

'나는 지금까지 날 지탱해 준 이 고마운 사람과 진지하게 두 번째 인생을 시작해 보고 싶구나.'

어엿한 스물다섯 살 청년이 되어 가지고, 덩치가 산만 한 사내자식이 되어 가지고, 진혁은 싫다고 말할 수 없었다. 게다가 새 인생에 대한 희망에 부푼 새어머니가 집에 들인 '그 생물'은 더더욱 싫다고 차마 말할 수 없었다.

진혁은 원래 고양이가 싫었다. 발가락으로 슬금슬금 걷고 곁눈질을 해 대는 앙큼한 행태가 꼭 도둑놈의 자식 같았다. 특히 밤에 울려 퍼지는 고양이 울음소리는 전주만 들어도 소름이 오소소 돋았다.

집에 들어온 그 가증스러운 고양이는 앞에서는 배를 까뒤집어 아버지의 환심을 사고, 뒤에서는 집 안 곳곳에 서린 추억을 발톱으로 긁어 댔다. 그러다가 놈은 기어이 거실의 소파를, 신성불가침의 영역을 찢어발기는 모습을 진혁에게 들켰다.

진혁의 머릿속에는 에드거 앨런 포 소설에 나오는 사형수가 고양이에게 저지른 잔학 행위들이 고스란히 그려졌다. 그러나 충동과는 다르게 잠옷 차림으로 대문을 박차고 나왔다. 담뱃불로 지진 듯 마음에 난 뜨겁고 흉측한 구멍을 한겨울 추위로 식혔다. 그때 눈이 내렸다.

올해에는 눈이 많이 올까? 어차피 올 거 하루라도 빨리 와서 이 덧없는 쓰레기장을 새하얗게 덧칠해 버렸으면.

진혁은 숫제 화풀이라도 하듯 위스키 뚜껑을 틀었다. 그것은 스코틀랜드 아일라 섬의 아드벡 증류소에서 생산한 싱글 몰토 위스키로, 위스키 마니아 사이에서 매우 강렬한 피트 향과 정향으로 정평이 나 있었다. 속된 표현으로 담배꽁초 담근 물에 치과 냄새를 첨가한 맛이 나는 그놈은, 드라이한 취향만으론 정복 가능한 존재가 아니었다. 그래서 근래 하드보일드한 애주가 형님들의 잇 아이템으로 부상 중이라는 고급 위스키에, 진혁은 물과 얼음을 사정없이 들이부었다.

'이, 이건 미즈와리라는 건데, 일본 놈들이 양주 마실 때 다 이런단다!'

작은삼촌이 접대 자리에서 살아남기 위해 비율이고 뭐고 알코올 농도를 영혼까지 끌어 내리고 보는 주조법이, 피차 술에 약한 진혁에게는 정석처럼 되어 버린 지 오래였다. 조진혁 정도 되면 안 먹어 본 술이 없으리라 믿는 사람들이 보면 실로 기함할 광경이었다.

"웩, 뭐야 이거? 술이 썩었나……."

진혁의 말 한마디에, 이따금 신비한 해무가 밀려온다는 아일라 섬의 향취가 썩은 내로 전락했다.

'아무것도 알지 못하면서…….'

더 심한 욕을 생각하기보단 눈물을 참는 듯 보였던 작은 얼굴. 울 든 웃든 자기편을 쉽사리 얻어 내는 얼굴. 그런 점이 그 여자를 꼭 닮아 얄궂은 얼굴. 진혁은 그 얼굴이 안에 들기라도 한 듯 유리잔을 노려보았다.

물과 얼음으로 불린 한잔을 넘긴 다음, 진혁은 넥타이를 끄집어 당기며 혼잣말을 했다.

"그러게 누가 회사에 고양이 털을 묻히고 나오래? 칠칠치 못하기 는……."

띵동, 띵동.

짧게 두 번. 차임벨 소리가 정적을 휘저었다. 진혁은 처음에 자신 이 환청을 들었으려니 했다. 그러나

띵동, 띵동, 띵동.

똑같은 박자로 횟수가 한 번 더 추가됐다. 그리 야심한 시각은 아 니나 진혁은 굳이 여기에 찾아올 만한 인물이 누구인가 생각했다. 자 신을 못 잡아먹어 안달인 백부는 당연히 아닐 테고. 작은삼촌하고는 종종 연락하지만 흉가가 다 된 이 본가로 오는 법은 거의 없고. 변변 한 친구라도 있었다면야 자신이 이렇게 드라마에서도 갖다 쓰지 않 을 꼬라지로 자작질을 하고 앉았을까.

띵동, 띵동, 띵동, 띵동.

어떤 정신병자인지는 모르나 내버려 두면 밤새 남의 집 차임벨로 등차수열을 찍을 기세다. 진혁은 비칠거리며 몸을 일으켰다. 현관문 을 열어 정원을 지나 대문에 이르기까지 차임벨은 한 회씩 추가되며

한결같은 박자로 울어 댔다.

"누구세요?"

진혁의 물음에 대답 대신 아홉 번째 차임벨이 울렸다. 진혁은 신경질적으로 이를 드러내며 대문을 열어젖혔다.

"아니, 대체 뭐 하는 사람이길래 남의 집 벨을……."

말을 맺지 못한 건 취기에 혀가 꼬인 탓만은 아니었다.

눈앞에 선 작자의 키는 진혁이 고개를 살짝 숙이고 봐야 할 정도로 작았다. 그러나 베이지색 트렌치코트 안에 침대 매트리스를 욱여넣은 듯 우람한 덩치가 결코 무시할 수 없는 위압감을 풍겼다. 놈은 조폭 영화에 나올 것 같은 검은색 페도라를 깊게 눌러쓰고 있었다. 그 밑으로 언뜻 보이는 부분은 아무래도……. 자신이 너무 마신 것 같았다.

"자네가 조진혁인가?"

놈의 목소리를 듣고 진혁은 확신했다. 사람 머리가 동물 탈로 보이는 것도 모자라, 목소리까지 음성 변조기를 단 기계음으로 들리다니. 술이 정말로 썩었나 보다.

"그런데요."

밀려오는 어지럼증 때문에 벽에 머리를 댄 채 겨우 대답했다. 상대방에게 꽤 무례하게 보이겠구나 싶었다. 그러나 상대는 이걸로 되었다는 듯이 고개를 끄덕였다. 그러고는 칼집에서 비수를 빼듯 주머니에서 오른손을 뽑아 진혁에게 겨누며, 말했다.

"자네에게 유감은 없네만, 올해 공로상 수상자의 최초의 소원을 '집행'하겠다."

의문의 작자가 더더욱 영문 모를 말을 하는 순간까지도 진혁은 벽에 머리를 댄 채 눈을 지그시 감고만 있었다.

다시 눈을 떴을 때 사위는 고요했다. 음성 변조된 동물 마스크 바바리맨은 눈앞에서 홀연히 사라졌다. 역시 허깨비였나 보다.

들어가서 물이나 한 잔 마셔야겠다고 생각하며 진혁은 뒤돌아섰다. 아니, 뒤돌아서려 하였다.

"어어, 뭐, 뭐야?"

앞이 안 보였다. 양 손바닥에 서늘한 천 자락이 만져졌다. 무릎을 굽힌 기억이 전혀 없는데 자신은 엎드려 넘어져 있었다. 좀 전만 해도 대문 앞에 서 있었을 뿐인데, 눈 깜짝할 새 어느 거대한 무대의 커튼 속에 빨려 든 느낌이었다. 진혁은 팔다리를 열심히 휘저어 온몸을 휘감은 검은 바다에서 빠져나오는 길을 텄다. 그리고 두 발로 폴짝 뛰어올라 네발로 섰다.

네발……이라고?

진혁은 고개를 숙여 자신의 두 손을 확인했다. 아직 첫눈이 오지 않았는데 두 손이 새하얗게 질렸다. 본능적으로 손바닥을 펼쳐 보려는 순간 무게 중심이 앞으로 확 쏠렸다. 앞으로 자빠질 뻔한 걸 간신히 모면하고 다시 제 손을 확인해 본 순간, 진혁은 모골이 송연해졌다.

바닥을 짚은 모양새가 불길하리만치 자연스러운 손에 뾰족한 발톱이 돋아나 있었다. 오래지 않아 그는 자신의 손이 하얗게 보이는 연유는 추위에 질려서가 아니라, 하얀 털이 부숭부숭 돋아나서임을 깨달았다.

진혁은 소스라치며 뒤를 돌아보았다. 터무니없이 높은 위치에 달린 도어록이 보였다. 그는 최대한 팔을 뻗었다. 도어록에 손이 닿는 대신 앞발에서 돋아난 발톱이 철제 대문에 스크래치를 냈다. 자그러운 금속음보다 심장 소리가 끔찍이도 컸다.

10월 마지막 주 월요일 일몰시. 의문의 바바리맨의 손가락질 한 번에, 자기 집 대문 앞에 서 있던 30대 남자의 삐까번쩍한 슈트가 암막처럼 떨어져 내렸다. 그 막을 열고 무대로 나온 한 고양이는 마술쇼보다도 더한 현실에 정신줄을 놓았다.

#3
마른하늘에 고양이벼락

"이게 뭐야, 대체! 어? 어어?"

진혁은 굳게 닫힌 대문을 마구 두들겼다. 허나 계란보다도 작은 발이 철제 대문에 바위치기를 할 뿐이었다. 그러다 기어이 발톱 끝이 저억 갈라졌다.

"허억!"

진혁은 짐승의 앞발로 변모한 양손을 화급히 뒤로 뺐다. 갈라져 나간 건 발톱의 중심부가 아닌 각질이었다. 그러나 떨어져 나온 갈고리 모양의 흔적이 의미하는 바가 너무나 노골적이어서 진혁은 정신이 아뜩했다.

침착하게 온몸을 요모조모 살필 겨를이 없었으나, 그는 자기 몸에 온 주요한 변화를 은연중에 체감했다. 몸의 어느 부분은 굳어서 붙어 버리고, 또 어느 부분은 터무니없을 정도로 유연해졌다.

하반신을 살펴보려고 마음먹은 순간 고개를 살짝 숙여 아래를 굽어보는 모양새가 아닌, 등허리를 C커브로 휘어 머리를 들이미는 작태가 나왔다. 그러나 진혁의 마음에 가장 난폭한 파란을 일으킨 건 단연 시각적 충격이었다.

고등어 같은 줄무늬가 난 검갈색 등허리에 눈처럼 새하얀 하반신. 그리고 잘록한 발목에 길게 늘어진 뒷다리…….

"우욱!"

입에서 비명 대신 욕지기가 튀어나왔다. 네발을 땅에 짓이긴 채 진혁은 구토를 했다. 식도로 역류하는 액체가 불을 지르듯 뜨거웠다. 몸이 살겠다고 비명을 지르며 아까 먹은 물 탄 술을 최후의 한 방울까지 거부했다. 허나 몸이 겪는 그 어떤 고통보다도 마음에 들이친 혼란이 극렬했다.

모든 걸 게워 낸 후에도 진혁은 입에서 실처럼 늘어진 타액을 수습할 생각도 않은 채 박제품처럼 굳어 버렸다. 이성으로는 이 상황이 그저 '썩은' 위스키가 빚어낸 환상일 뿐이라 치부하면서도, 두 눈은 현실을 거부하듯 질끈 감겼다.

얼마나 시간이 지났을까. 진혁은 자신의 등허리를 슬그머니 쓸어내리는 손길을 느꼈다.

"히야, 슬슬 캐트 시 공로상 시상식 시즌이라 올해엔 과연 어떤 기상천외한 소원이 이루어질까 했더니만……. 지독한 일이 벌어졌군요. 하지만 앞으로 되도록 음주는 삼가셔요. 술은 고양이에겐 단 몇 모금이라도 아주 치명적인 음료랍니다."

눈앞에 나타난 남자는 진혁의 몸에서 이탈한 클래식 슈트만큼이나 세련된 슈트를 입고 있었다. 그럼에도 남자는 옷이 구겨지는 것쯤은 개의치 않는다는 듯 한쪽 다리를 꿇어 앉아 진혁과 눈높이를 맞췄다.

실로 옷발이 잘 받는 길쭉한 팔다리가 아깝지 않은 매너였다. 특히나 어떤 아가씨든 껌뻑 넘어가고도 남을 서글서글한 미소가 압권이었다.

그러나 진혁은 첫눈에 그 남자가 마뜩찮았다.

일단, 왜인지 온기가 전혀 느껴지지 않는 손바닥. 걱정해 주는 듯한 내용과 기묘한 부조화를 이루는 유쾌한 말씨. 결정적으로, 심장 소리까지 요란하게 들리도록 예민해진 귀에 개미 기어가는 기별도 안 하고 다가든 솜씨.

진혁은, 만약 가로등에 다시 빛이 돌아온다면 눈앞의 키 큰 남자가 갈고리달, 싸리 빗자루, 너구리 얼굴 따위로 분리되어 떨어질지도 모른다는 기괴한 생각을 했다.

"누구시죠?"

당연히 해야 할 질문을 조금 늦게 던졌다. 그러자 남자는 두 손을 모아 유난스레 몸을 배배 꼬았다.

"이야, 목소리 정말 귀여우시다! 그렇게 평소에도 그렇게 귀엽게 좀 사시지……. 아, 이게 아니지! 죄송합니다. 진혁 씨 목소리가 생각 이상으로 심금을 울려서 저도 모르게 그만. 저는 그냥, 좋을 대로 생각해 주시면 됩니다. 진혁 씨의 유일한 나침반이라 생각하셔도 좋고, 아니면 진혁 씨의 현 상황에 돌파구를 찾아 줄 브로커라 생각하셔도 좋고요. 제 이름은 '자유형' 입니닷! 잘 부탁해요옹!"

진혁은 대꾸하는 대신 눈을 감아 버렸다. 그러자 정신 분열증에 걸린 것 같은 사내가 저 혼자 안달을 해 댔다.

"아앗! 현실 도피 하시면 안 돼요! 이건 꿈이 아니기 때문에 눈을 더 붙인다고 해결되지 않아요! 미리 말씀드리지만 혹여나 꿈에서 깨겠다고 한강에 뛰어든다든지 자해를 하시면 절대 안 됩니다. 그랬다간 진혁 씨 진짜 죽어요!"

"안 그래. 다만 날 밝는 대로 정신 병원에 찾아가 보든지 하려고. 술 좀 잘못 마셨다고 사람이 이렇게 돌아 버릴 줄이야……."

눈앞의 댄디한 사내가 왜곡된 자의식에서 나온 허깨비라 생각하니, 초면인 사람이 자신의 이름을 안다는 사실마저도 어느 정도 납득이 되었다.

"아이 참. 저는 허깨비가 아닙니다요. 오히려 진혁 씨를 도와 드리고 싶어 찾아온 건데. 어차피 술도 이미 다 깨셨으면서. 별수 없지요. 마음을 정리하실 때까지 좀 기다려 드리지요."

눈꺼풀에 준 힘을 슬며시 풀자 턱을 괴고 앉은 남자가 어렴풋이 보였다. '속고만 사셨나?'라고 한탄하는 듯 조금 부루퉁해 보이는 표정이었다.

완연히 어둑해진 북아현동 주택가 길목에 소슬한 바람이 불었다. 졸아붙은 낙엽이 어둠을 트드득 긁으며 지나갔다.

"이 상황에 대해 정 그렇게 잘 알면, 빨리 풀려나게 해 줘요."

숫제 영혼이라도 파는 조로, 결국 진혁은 환시여야만 할 남자에게 굴복하고 말았다. 하지만 자유형은 두 팔로 가위표를 만들어 내며 완강히 고개를 저었다.

"아아, 정말 애석하군요! 캐트 시님들의 마력은 워낙 강력한지라 저처럼 미천한 샐러리맨은 시원시원하게 풀어 드릴 수가 없거든요. 더욱이 고양이에 관한 한 요람에서 무지개다리까지 죄다 그분들의 소관인지라……. 이건 아마 염라대왕님조차도 방도가 없으실 겁니다요."

캐트 시가 어디의 누구신지는 모르겠지만 아까 그 동물 마스크 바바리맨과 연관이 있는 모양이지. 그들은 이 난리를 빚어낼 정도의 무시무시한 힘을 가졌고. 이 자유형이라는 사내의 수상함은 이 사태를 해결할 만큼 대단치는 못한 모양이고.

"그나마 진혁 씨는 다행이죠. '미녀와 야수'로 유명세 치르신 장미 여사님께 걸렸다 봐요. 지금쯤 진혁 씨는 귀여운 고양이가 아니라 도심의 야수가 됐을걸요? 옛날 옛적에야 야수가 나타나면 사람을 모으네 연장 챙기네 사람들이 우물쭈물했지만, 요새는 기냥 헤드샷 한 방이면……."

위로가 되기는커녕 그냥 참고 넘기기 치사스러운 농이었으나 진혁은 꾹 참았다.

"하지만, 저주의 내용을 조금 바꿔 드릴 순 있지요."

참는 자에게 복이 있다고 하였던가. 자유형은 비로소 솔깃한 국면으로 대화를 이끌었다.

"잠자는 숲속의 공주에 나오는 대모 요정이 마녀의 강력한 저주를 파쇄하지는 못한 대신 효과적으로 방향을 튼 것처럼 말이죠."

자꾸 동화 이야기가 기어 나오자 진혁은 슬슬 불안해졌다.

"설마 이 나이에……. 몇 날 며칠 몇 시까지 진정한 사랑을 찾아야 한다느니, 헛소리를 지껄이고 싶은 건 아니겠지? 나 올해로 서른둘이야……."

"서른둘이 뭐 어때서요? 그리고 진정한 사랑을 찾는 것이야말로 인생에서 가장 중요하지 않나요? 제가 생각하기엔 귀여운 고양이로 변한 상황보다 훨씬 진지하게 고민해 봐야 할 문제 같은데요?"

빈말조로 해 본 말에 외려 자유형이 심각해졌다. 진혁은 헛웃음을 흘렸다.

"결혼 따위 관심도 없어. 나는 지금 내 한 몸 건사하기도 벅찬 사람이야. 양친 다 안 계시고, 애도 그다지 좋아하지 않고."

"흐음. 하지만요, 진혁 씨는 처음부터 부모님이 안 계셨던 건 아니

잖아요?'

수업 중인 교사에게 엉뚱한 질문을 던지는 악동처럼 자유형이 진혁이 읊조림을 끊어 냈다.

"물론 한창 예민한 시기에 친어머니가 돌아가신 건 유감입니다만 진혁 씨네 가정은 원체 유복한 편이어서 그리 기복은 안 컸잖아요? 아버님은 진혁 씨의 학업에 지장이 없도록 몸이 부서져라 일하셨고요. 그 덕에 진혁 씨는 좋은 대학도 나오고 세무사 시험도 패스하고 다섯 손가락 안에 드는 세무 법인에도 스무스하게 입사하고. 아버님의 재혼 역시 진혁 씨가 기반 다 잡은 뒤에 이루어졌는지라 딱히 문제가 되지 않았고요. 거기에 옷도 잘 입는 진혁 씨더러 어찌 가정을 꾸리기에 하자 있다 하겠습니까?"

비록 진저리가 나지만 진혁이 고양이라는 생물에게서 높이 사는 점이 딱 하나 있었다. 그건 바로, 길고 뾰족한 어금니를 가지고도 입에서 피가 철철 흐르지 않는다는 점이었다. 허나 진혁은 그 어금니가 자신을 찌르는 상상을 했다.

"방금 '세상에 이런 작자들뿐이니 내가 어디 가서 말을 못 해.' 라고 생각하셨죠?"

진혁은 고개를 번쩍 치켜들었다. 자유형은 꿰뚫는 듯한 시선을 말끔히 거두고는 다시금 유들유들 입꼬리를 귀에 걸었다.

"그런 사람들 참 많지요. 남이 아프다고 하면 자기는 더 아팠다고 우기는 사람들 말이죠. 진혁 씨 이야기만 해도 인터넷에 올려 보면 대다수가 이런 댓글을 달걸요? '겨우 그런 거 가지고 그러느냐. 그런 아버지가 계시면 난 업고 다녔을 거다.' 또, 진혁 씨 새어머니 얘기를 쓰면 이런 반응이겠죠. '네 아버지도 인생이 있거든? 새어머니도 좋은 분 같은데 다 큰 청년이 소갈지가 좁기는.' 어디다 물어보아도 어디서 많이 들은 소리들만 한가득 돌아올 테죠. 자기보다 나은 배경을 타고난 사람이 층계참까지 바라면 비양심적이기라도 한 것처럼 말입니다."

자유형의 말에 진혁은 숙연히 고개를 숙였다. 층계참이라. 자기 인생에 어디 그런 게 있었던가.

처음에는 단지 소소한 칭찬을 받고 싶어서 열심히 했다. 하지만 어떠한 지점에 도달하고 나면 보다 높은 허들이 황량한 모습으로 자신을 기다렸다.

'너 정도 배경이면 그 정도쯤은 당연한 거 아니냐?'
'다 큰 사내자식이 그 정도는 이해해야지.'

자신의 진로뿐만 아니라 인성까지 예단하는 시선들에 쫓기듯 앞으로 내달렸다. 어머니와 사별한 아픔은 같지만 자신보다 더 큰 일을 해야 하는 아버지에게 짐이 되지 않도록 공부에 매진했다. 캠퍼스 라이프의 로망과 세무사 자격을 맞바꾸었다. 새어머니와 아버지의 급작스러운 관계도 재수 없는 고양이도 의연한 척 받아들였다. 그러다가 끝내 말할 타이밍을 놓쳤다. 너무, 숨이 차다고.

"차도눈이라는 말 들어 보셨는지요? 차가운 도시의 눈사람."

한차례 불어오는 늦가을 바람을 맞으며 자유형이 옷깃을 여미는 시늉을 했다.

"남자분들은 겨울이 되면 차도눈이 되려 하죠. 매서운 동장군 앞에서도 끄덕 않는 쌈박하고 드레진 눈사람, 저도 참 좋아합니다. 다만 문제는 해결되지도 않은 구멍에다가 '눈가림'을 해놓은 분이 의외로 많다 이거죠. 그런 가짜 눈사람 따윈 쪼매난 돌멩이 하나만 툭 던져도 기냥 와르르! 그렇게 허세와 생존이라는 남자의 양손의 꽃이 한순간에 망한 주식 쪼가리로……. 히야, 대한민국 신사 팔자 참 고달프지 않습니까?"

무어라 반박을 해 보고 싶었다. 하지만 진혁은 아무 대꾸도 하지 못했다.

세상 사람들, 특히나 남자들은 유약을 몇 겹은 덧칠한 도자기 가면을 쓰고 다니는 듯했다. 그 가운데서 힘든 기색을 드러내면 마치 저만 아마추어가 되어 버리는 느낌이었다. 그래서 진혁은 자유형의 말대로 눈사람이 되었다.

그 정도쯤은 이미 아는 척하는 눈. 그 정도 일쯤은 대수롭지 않은 척하는 눈. 그 정도 아픔은 표피에 기별도 안 온 척하는 눈. 그런 곰삭은 눈으로 마음에 뚫린 구멍을 눈가림해 왔기에, 언젠가는 자신이 점잖은 슈트 안에서 산산이 녹아내릴지 모른다 생각해 왔다. 다만, 올해엔 그 시련이 웬만한 지방 지점보다도 작다는 묘안동 지점으로 좌천당한 데 그칠 줄 알았지만 말이다.

"요는, 마음의 상처에는 마음을 충분히 연 상대와의 찐한 대화만이 유효하다는 거지요. 그러기에 더더욱, 진혁 씨에겐 진정한 사랑이 필요합니다."

"……."

"자, 자. 분위기를 너무 칙칙하게 이끌어 죄송합니다. 이제 우리 그만 저주의 내용을 바꿔 봐야지요? 물론 지금의 진혁 씨는 충분히 귀엽긴 하지만 계속 이 모습이시면, 아무래도 진정한 사랑과 보내는 밤에 애로 사항이……. 에헤이, 왜 그런 표정을 지으실까! 전 그런 의도로 말한 것만은 아니라고욧! 아, 제가 가장 중요한 말씀을 안 드렸군요. 이 방법에는 돈이 좀 듭니다."

"돈?"

진혁이 어이가 없어서 되묻자 자유형은 야바위꾼처럼 찡긋 윙크를 했다.

"예. 캐트 시는 기본적으로 부유한지라 어지간한 액수로는 매수하기 힘듭니다. 그나마 그중에 인간의 경매에 흥미가 있어 인간의 화폐를 수집하는 분이 계신데, 거기에서 로비의 여지가 생겨났지요. 진혁 씨가 동의만 해 주시면 바로 계약이 성사되게끔 제가 사전 조치를 취해 놨답니다."

"그래서 얼만데요?"

이 와중에도 돈 있으면 다 되는 세상이구나 싶어 진혁이 빈정대듯 물었다. 그러자 자유형은 좌우를 살피고는 진혁의 귀에 얼굴을 들이밀어 속살댔다.

"방법이 두 가지가 있는데요, 한 방법은 1억 원이 들고 다른 한 방법은 5천만 원이 듭니다. 시간이 없어서 상세히 설명해 드리긴 힘듭니다. 어느 쪽을 택하시렵니까?"

며칠 시간을 두고 한 자 한 자 뜯어봐도 모자랄 액수이건만 시간이 없어서 계약 조건도 제대로 공개 안 한다니. 이게 말인지 막걸리인지.

"빨리요. 상대가 워낙 변덕스러운 분인지라 우물쭈물하다간 액수가 늘 수도 있다고요!"

자유형이 답답하다는 듯이 제 가슴팍을 팍팍 소리 나게 쳤다. 그에 진혁은 온갖 피로감을 애써 떨쳐 내고 짱구를 굴려 보았다. 두 액수 다 눈 하나 깜짝 안 하고 쾌척할 정도의 졸부는 못 되지만 당장에 치를 수는 있다. 허나 1억은 너무 비싼 데다 사기당하는 기분이고, 5천만 원은 그나마 위험 부담은 반절이 되지만 왠지 불안하고……

결국 진혁은 5분 만에 울며 겨자 먹기로 대답했다.

"5천만 원짜리."

"오케이! 그럼 진혁 씨 명의 통장에서 5천만 원 당장 이체하겠습니다."

공인인증서도 보안카드도 없이 어찌하겠다는 건지 심히 의문이었으나 진혁은 굳이 따져 묻지 않기로 했다. 외려 그 정도쯤은 알아서 해 줘야 이 말도 안 되는 상황을 해결하려니 싶기도 했다.

자유형은 재킷 주머니에서 제비 깃처럼 새까만 핸드폰을 꺼내 들어 손가락을 놀렸다. 그 손놀림이 책상 밑에서 선생님 몰래 카톡하는 여중생보다도 빨랐다.

소요 시간 5분. 자유형이 핸드폰을 재킷 주머니에 도로 찔러 넣으며 웃어 보였다.

"오래 기다리셨습니다. 다행히 거래는 잘 성사되었어요. 답은 이곳에 있답니다. 이곳에 사는 분과 함께 9주를 보내면, 완전한 인간으로 돌아오실 수 있습니다."

"여기는……."

자유형이 내민 명함만 한 쪽지를 보고 진혁은 말끝을 흐렸다.

서울특별시 마포구 묘안동 9번지 기묘 원룸텔 209호

머릿속에 입력되어 있는 주소는 아니었다. 하지만 묘한 기시감이 드는 연유는 무엇인가 싶어 진혁은 콧잔등에 주름을 잡았다.

"여기 사는 사람, 설마……."

"에헤이, 그걸 미리 알면 재미없잖아요! 그보다 진혁 씨. 그건 그때 가서 생각하시고 지금부터 제 설명을 잘 들으셔야 합니다. 저도 나름 스케줄이 **빡빡**한지라 진혁 씨한테 '룰'을 두 번 설명해 드리기 힘들어요."

자못 진지한 자유형의 말에 진혁은 저도 모르게 꼬리를 안쪽으로 말았다.

"진혁 씨는 앞으로 일출 시간에 사람으로 돌아오고 일몰 시간에 다시 고양이가 됩니다. 고양이가 된 뒤에 최소 9시간, '그분'과 함께 지내셔야 합니다. 장소는 크게 상관은 없지만 그분의 반경 99cm 이내에 있으셔야 돼요. 그렇게 9주, 즉 63일을 채우시면 완전한 인간으로 돌아올 수 있습니다."

진혁은 패소할 게 **뻔한** 조세 불복 사건을 세 건이나 떠맡았을 때보다 아연해졌다. 반경 99cm 이내라면 사실상 한방에 같이 있으란 소리다. 그런데 그 주인이 자신을 들여보내 줄지 어찌 알고? 만약 자신처럼 고양이를 끔찍이도 싫어하는 사람이라면?

"그리고 정말 중요한 건 이겁니다. 진혁 씨. 카지노 딜러가 트럼프 카드를 펼친다는 느낌으로 두 손을 땅에 대고 모았다가 벌려 보시겠어요?"

자유형이 시키는 대로 한 순간 기함할 **뻔**했다. 방금 전까지 텅 비어 있었던 바닥에 자유형이 건넨 명함만 한 종이가 또 나타났다. 그 종이에는 고양이 모양의 도장이 9개 찍혀 있었다.

"고양이의 목숨이 9개라는 영어 속담을 한 번쯤 들어 보셨을 테지요. 흔히들 이 말을 고양이의 수명이 질기다는 뜻으로 받아들이는데, 실상 내막은요."

자유형이 진혁의 작은 머리에 손을 얹은 채 불길한 미소를 지었다.

"그만큼 위험에 노출되어 있어 목숨이 9개라도 부족하다는 뜻이랍니다."

맨 앞에 있는 고양이 도장은 방긋 웃는 표정이었다. 그러나 뒤로 갈수록 고양이의 표정이 굳어지는 양상을 띠었다. 아홉 번째 고양이는 아예 눈물을 흘리고 있었다.

"진혁 씨가 그 모습인 상태에서 목숨을 위협받을 때마다 그 도장은 사라질 겁니다. 고양이는 인간의 기준보다 터무니없이 취약하기 때문에 오토바이에 치일 뻔하는 것만으로도 수명이 깎일 수 있어요. 또 감성이 예민한 존재인지라 극심한 스트레스를 받아도 마찬가지고요. 충격의 강도에 따라 도장이 한 번에 여러 개 사라질 수도 있지요. 맨 마지막 도장만 남는 순간 진혁 씨는 고양이 세계로 소환되어 임종의 순간을 미리 보게 됩니다. 혹시라도 그런 지경까지 가 버린다면, 후……. 모쪼록 충분히 주의하시길."

진혁은 도장이 찍힌 종이를 물끄러미 내려다보았다. 초등학교 교사가 코흘리개 학생의 일기장에나 찍어 줄 것 같은 도장의 무시무시한 함의가 당장은 와 닿지 않았다.

"참고로 종이 자체의 손상은 무관하니 보관에 신경 쓰지 않으셔도 됩니다. 진혁 씨가 원할 때마다 똑같은 동작을 하면 언제든지 열람하실 수 있어요. 그 종이는 진혁 씨한테만 보입니다."

"저기……."

전혀 위로가 되지 않는 말만 덧붙이는 자유형에게 진혁은 무어라 말하려 했다. 그러나 그 말이 온전히 떠오르기도 전에 자유형이 양을 내몰 듯 손을 휘휘 내저었다.

"여어 가 보셔요! 우물쭈물하면 오늘 9시간이 그냥 날아가 버려요. 계약 기간에 여분이 9일밖에 안 되기 때문에 너무 많이 빼먹으시면 진혁 씨는 영영 사람으로 돌아오지 못합니다."

"젠장, 기간 제한까지 있어? 그보다 여기서 거기까지 어떻게 가라고……."

진혁은 자유형의 등 너머로 펼쳐진 세상을 망연히 살폈다. 묘안동은 진혁의 현 직장이 있는 곳이다. 그러나 지금껏 집과 사무실 인근 유료 주차장 사이를 차로만 왔다 갔다 해 온 그에겐 마포구 일대의 골목길이 미로가 될 게 뻔했다.

"초행은 확실히 험난하시겠지요. 그래서 제가 서비스를 준비했습니다. 제가 주소 써 드린 명함을 입에 물고 가셔요. 그 명함이 당분간 길을 안내해 드릴 겁니다."

자유형은 진혁의 입에 명함을 물려 주었다. 그러자 명함이 레이저 포인터처럼 진혁의 한 보 앞을 작게 비추었다. 쌀알만 한 빛의 동그라미가 자신을 따라오라고 손짓하는 듯했다.

"자, 어서 가세요. 행운을 빕니다."

자유형의 말에 진혁은 뭐에 홀린 듯 가을밤의 어둠 속으로 내달았다. 빠른 속도로 사라져 가는 고등어 태비 고양이를 바라보며 자유형이 의미심장하게 혼잣말을 했다.

"정말 외면할 수 있는 문제라면 계속 떠오르지도 않지요. 9주 동안 '그분' 께 솔직히 잘 모르니 가르쳐 달라고 해 보세요. 기쁜 일은 솔직하게 축하해 주시고, 슬픈 일은 그저 헤아려 주세요. 그리고 아프면 아프다고 울어 보세요. 귀여운 고양이의 행동을 누가 마다할까요?"

이대역 5번 출구. 마지막 계단을 짚어 오르는 작은 발이 돌멩이를 단 듯 무거워 보였다. 급류에 휩쓸렸다가 간신히 빠져나오기라도 한 것처럼 진혁은 바닥에 엉덩이를 붙이고 앉아 가쁜 숨을 내쉬었다.

집에서 이대역까지야 곧잘 다니는 길이었다. 하지만 오늘 처음으로 네발 달린 짐승 체험을 해 보는 그로선 층계참을 서넛이나 낀 이대역 계단을 오르내리는 것이 걷기도 전에 뛰려 드는 짓거리나 마찬가지였다.

허나 진혁이 구명줄처럼 입에 문 명함의 불빛은 여전히 한 보 앞을 강박적으로 비추었다. 지금까지 온 길은 앞으로 펼쳐질 구절양장의 전초에 불과하다는 듯이.

전방에 보이는 낡은 상가는 검버섯이 돋은 노인의 얼굴 같았다. 위층 전당포는 간판을 꺼트렸고, 자그마한 1층 빵집만이 불을 밝혀 드문드문 지나는 행인을 살피었다.

이대역 2, 3번 출구 부근은 여느 대학가답게 프랜차이즈 카페와 미용실, 비교적 깔끔한 노점들로 불야성을 이룬다. 진혁이 거주하는 북아현동 역시 시청 등 중심 업무 지구와 가깝고 학군도 우수한 데다 진혁의 집 같은 일부 고급 주택이 얼굴마담 역할을 하여 한때는 부유한 동네라는 인상을 주었다. 허나 그 부근을 조금이라도 벗어나면 연이은 재개발 얘기에 없던 귀 딱지도 들어앉을 낙후된 주택가가 즐비해 있다.

진혁 역시 '서울에 아직도 이런 곳이?' 하고 탄성이 터져 나올 인근 달동네의 존재를 모르지는 않았다. 게다가 이대역 출구 중 가장 음침한 5번 출구 근방에 들머리를 둔 염리동 골목길의 존재도 익히 들어 알고는 있었다. 지척에 살면서도 동떨어진 양 외면해 왔지만 말이다.

그런데 명함 불빛이 아무래도 지금, 앞으로도 굳이 알은척하고 싶지 않았던 그 골목으로 진혁을 끌어들이려는 듯했다.

오래된 한의원에서 방향을 틀어 사방의 밥집에서 진동하는 부엌

72

냄새를 거쳐 이 거리의 터줏대감인 양 유난히 거대한 전신주에 이르기까지, 진혁은 목줄이라도 잡힌 듯 끌려왔다. 여기서 얼마나 더 깊은 곳으로 끌려 들어가려는가 반신반의하며 불빛을 따라나선 진혁은, 고개를 뒤로 젖혀 하염없이 위를 바라보았다.

지하철 계단보다도 터무니없이 가파른 시멘트 계단이 별 한 점 없는 밤하늘에 잇닿아 있었다. 누런 가로등 빛에 계단이 둥둥 떠 보였다. 양옆 담벼락에 조악한 솜씨로 돋을새김한 회반죽 조개는 금방이라도 죽은 모래를 토해 낼 것만 같았다.

사람이었으면 이깟 계단쯤 별거 아닌 듯 밟아 올랐을 테지. 진혁은 마른침을 삼켜 속을 다잡고는 첫 계단에 앞발을 올렸다.

파다다다—

진혁이 흠칫 놀라 소리가 난 곳을 보았다.

용달 소형 이삿짐

쇠 난간에 반만 매달린 스티커가 바람에 신음하는 소리였다.

복마전에 발을 들이게 되는 연유는 머무르는 순간이 더 무서워서가 아닐까? 앞뒤 살필 겨를이 없어진 진혁은 허겁지겁 어둠의 아가리로 달려들었다.

계단은 아래 세계의 반절도 안 되는 골목길의 옆구리로 이어졌다. 명함의 불빛이 오른쪽을 가리켰다. 그쪽으로 방향을 튼 순간, 진혁은 걸음 소리를 죽여 앞서가는 작은 생물체를 보았다.

온몸이 황토빛인 고양이가 작은 어깨를 들썩이며 갔다. 꼬리를 아래로 눕히고 가는 놈의 등허리에 털이 흉하게 삐쳐 올라 있었다. 놈은 좁은 골목길의 왼편을 틀어막은 승합차와 담벼락 사이의 좁은 틈새로 숨어들었다. 도저히 뒤따를 마음이 나지 않았다.

쇠창살이 뿔처럼 돋아난 것, 페인트칠이 다 벗겨져 나간 것, 회반죽이 문둥병 환자처럼 얽은 것……. 뼈마디처럼 이어 붙은 담벼락들이 몰개성적이기 그지없었다. 스티커가 덕지덕지 붙은 에어컨 실외기와 파이프들이 음산함을 보탰다.

진혁은 물살에 떠내려가듯 앞으로, 하염없이 계속 앞으로 걸었다. 빛바랜 아스팔트 바닥에 껌 딱지는 기본이고 이따금 뒷발에 가래침도 채였다. 다음번 가로등 빛과 함께 바닥에 웬 물 자국이 나타났다. 불길한 의구심이 뇌리를 스치는 찰나 역겨운 냄새가 코를 찔렀다. 진혁은 명함을 악문 채 쓰레기 더미를 빠르게 지나쳤다.

바퀴벌레 다리에 돋아난 털처럼 중간중간 샛길도 많았다. 특히 아래로 튼 길은 지하 세계로 빨려 내려가는 수챗구멍 같았다. 불행 중 다행으로 명함 불빛이 그쪽으로 새지는 않았다.

열 배로 늘어진 듯한 시간을 견디고 나니 비교적 트인 곳이 나왔다. 저만치에 커다란 건물이 보였다. 꼭대기에 있는 십자가만 아니었으면 교회가 아니라 폐공장이라고 착각할 뻔했다.

저벅저벅.

진혁은 본능적으로 뒤편의 담벼락으로 달음질쳤다. 묘령의 아가씨가 가방을 둘러메고 불안정한 걸음새로 바삐 갔다. 그 맞은편에선 검은색 패딩 점퍼를 입은 사내가 걸어오고 있었다. 사내는 생각에 잠긴 듯 바닥을 보며 걸었다. 두 인영이 교차하는 순간 여자의 걸음새가 눈에 띄게 빨라졌다.

두 사람의 거리가 어느 정도 멀어지자 여자의 걸음소리는 차츰 잦아들었다. 비상하게 예민해진 진혁의 귀는 그 일련의 과정을 본의 아니게 고스란히 쓸어 담았다.

그런데 순간, 남자가 멈추어 섰다. 그는 방향을 정반대로 바꿨다. 여자가 사라진 쪽을 향해 보폭을 점점 넓혀 가는 사내는 정면을 똑바로 응시한 채였다. 그림자만 남은 검은 십자가는 밤하늘 아래 침묵했다.

그 순간, 지금껏 그 어떤 생리적 메스꺼움도 참아 낸 진혁의 네발이 석고처럼 굳어 버렸다.

부와아앙—

멈춰 버린 시간을 찢고 달려드는 굉음에 진혁은 고개를 돌렸다. 무서운 속도로 골목길을 가로질러 오는 외눈박이 헤드라이트가 점점 커졌다. 진혁의 쑥색 캐츠아이가 개기월식을 맞았다.

＊

묘안동 9번지 기묘 원룸텔은 건물주가 염가에 경락받은 20여 년 된 4층 빌딩이었다. 창문과 인접한 가스 배관은 허술한 뼈대를 고스란히 드러내었으며, 유리문 현관의 도어록은 과연 제구실을 할지 의심스러워 보였다. 재개발 특수를 노리는 동안 마냥 놀리지는 않을 생각으로 문을 연 건물답게 무방비하다 못해 뻔뻔했다. '정 싫으면 그냥 차가운 비바람 맞으시든가'라고 말하듯이.

진혁은 209호 앞에 엉덩이를 붙이고 주저앉아 버렸다.

'뭐 하세요? 얼른 문을 긁어서 열어 달라고 하셔야죠! 시간이 얼마 안 남았어요!'

금방이라도 자유형이 다시 나타나 제 가슴팍을 쳐 대며 그렇게 재촉할 것 같았다. 그러나 행여 정말 그런다면 진혁은 말라비틀어진 입을 열어 딱 한마디 대꾸할 생각이었다.

'나, 그냥 관둘래.'

진혁의 두 발 사이에는 도장 찍힌 종이가 깔려 있었다. 맨 앞에서 활짝 웃던 고양이가 사라졌다. 지나온 길의 9할을 오직 이 순간을 끝내기 위해 걸은 그의 머릿속에선, 사람으로 돌아와야 한다는 강박마저 희미해져 버렸다.

눈앞의 녹슨 철문을 섣불리 긁었다가 누구의 부스럼을 건들지 어찌 알까. 혹여나 꼭뒤가 돈 사내가 문을 열고 나와 자신의 뒷목을 잡아채 지옥으로 끌고 들어가 버린다면⋯⋯.

"어? 야옹아! 너 여기서 뭐 해?"

젊은 여성의 나긋한 목소리가 진혁의 상념을 깨트렸다. 화급히 고개를 들어 그녀의 얼굴을 확인한 순간, 진혁은 심장을 떨어트리고 말았다.

'이, 이건 아니야⋯⋯. 진짜 아니야!'

양손에 쓰레기통을 쥔 채 걱정스러운 표정으로 자신을 내려다보는 여자는 분명, 오늘 아침만 해도 사무실에서 자신과 대거리를 한 그녀였다.

기묘 원룸텔 209호 거주자. 하고 많은 사람 중에 왜 하필⋯⋯ 설지예란 말인가!

"야옹아. 밥 좀 줄까? 언니 집에 사료 있어."

그녀가 대뜸 자신을 암컷 취급하는 건 지극히 사소한 문제였다. 진혁은 온몸의 털을 쭈뼛 세운 채 슬그머니 뒤꽁무니를 빼려 했다. 그러나 불쑥 뺨에 내려앉은 손길에 그는 다시 정지했다.

"많이 춥지? 그래서 온 거지?"

거리낌 없이 무릎을 굽혀 자신과 눈높이를 맞춰 오는 그녀가 지금껏 자신이 알던 그 사람인가 싶었다. 이 구역의 해님은 자기라고 주장하듯 도 과장과 함께 사무실의 떠들썩한 분위기를 주도했던 설지예가, 추워 보였다. 촌스럽고 얇은 낙엽색 코트로 마른 몸을 감싼 그녀는 이따금 부는 서릿바람에 진혁보다도 더 몸을 떨었다. 하지만 손의 온기만은 성냥팔이 소녀의 마지막 성냥불처럼 따스했다.

"자, 들어와."

살얼음 속에서 피어난 그녀의 여린 미소가 결국 고양이 신사를 209호 안으로 끌어들였다.

"마포, 손님 왔어."

진혁은 방 한 귀퉁이에서 등허리를 둥글게 부풀어 올리는 치즈 태비 고양이를 발견했다. 슬금슬금 이쪽으로 다가오는 마포란 놈은 어른 베개처럼 거대했다. 쿵쿵. 놈이 진혁에게 코를 바짝 들이밀었다. 담보물을 감정하는 전당포 주인인 양 콧잔등에 주름을 잡는 놈의 몸피는 진혁의 갑절이었다.

"마포, 착하지? 가서 마저 자."

싸움이라도 붙을까 생각했는가. 지예가 마포를 번쩍 안아 올려 방석 위에 모셔다 놓았다. 그녀가 배를 몇 번 주물러 주자 놈은 금방 그 자리에서 나자빠졌다. 덩치는 크지만 나이가 제법 든 놈 같았다.

진혁은 고양이가 된 상황에서도 한눈에 비좁아 보이는 방 안을 둘러보았다. 화장실 한 칸. 현관의 반절을 차지한 고양이 전용 화장실 하나. 단화도 딱 한 켤레. 다시 앞발을 바꿔 짚어 안쪽을 둘러보니 작은 책상과 그 부근에 쌓아 올려진 9급 공무원 수험서가 눈에 들어왔다.

공무원 준비하는구나. 회계 원리랑 세법 문제지가 있는 걸 보니 무슨 직렬을 준비하는지는 빤히 알겠고. 뜻밖의 정보를 입수한 진혁은 미묘하게 술렁이는 기분을 느꼈다.

"자, 야옹아. 맘마 먹자."

지예가 제 반찬 그릇으로 쓰던 작은 사기그릇에 사료를 담아 진혁에게 들이밀었다. 비리비리한 냄새가 훅 끼쳐 왔다. 진혁은 콧김을 내뿜으며 뒷걸음질 쳤다.

"왜 안 먹어? 배고플 텐데. 기호성이 안 맞나? 어떡하지. 울 집엔 이거뿐인데. 생각나면 먹어."

지예는 따스하게 웃어 보이고는 수험서가 펼쳐진 책상에 앉았다. 이내 그녀는 공부 삼매경에 빠져들었다.

그녀의 등 뒤에서 진혁은 방 안을 좀 더 둘러보았다. 책상 겸 화장대로 소용되는 듯한 작은 책걸상 앞쪽 벽에 세 장의 사진이 있었다. 사진 속에는 서너 살 많아 보이는 소녀의 손을 꼭 붙든 어린 소녀의 모습, 젊은 시절의 마포로 추정되는 고양이의 모습, 그리고 활짝 웃어 보이는 설지예의 자화상이 각각 담겨 있었다.

사진들은 베이지색 마끈에 매달린 채 집게로 고정되어 있었다. 집게마다 볼펜으로 세밀하게 그린 고양이 그림이 야무지게 붙어 있었다. 그 특유의 분위기를 보고 진혁은 한눈에 그녀의 솜씨임을 짐작했다.

책걸상 다리 아래에는 빵끈을 엮어 만든 아기자기한 동물들도 있었다. 진혁은 사무실 근처 제과점에서 빵을 살 때마다 빵끈을 챙기던 설지예의 모습을 떠올렸다. 그 구질구질한 행동의 결과물을 이런 모습으로 마주하게 될 줄은 몰랐다.

진혁은 다시 의자에 등을 붙인 지예의 뒷모습을 바라보았다. 서걱서걱, 문제지 옆에 끼운 공책에 답을 적어 내는 소리와 종이 넘기는 소리가 정적을 어루만졌다. 도중에 그녀는 고개를 한 번 돌려 진혁을 확인하고는 빙긋 웃었다. 요 몇 달간 질리게도 느껴졌던 그 미소가, 오늘은 조금 달라 보였다.

진혁은 작은 창문에서도 설지예의 흔적을 찾아냈다. 외풍을 막기 위해 창문을 틀어막은 뽁뽁이의 공기 구멍에 밝은 색감의 물감을 주입해 만들어 낸 글씨였다.

Being H

무슨 글귀를 완성시키려는 건지 짐작 가는 바는 있으나, 아직 미완성이었다. 소리 없이, 하지만 착실하게 준비되어 가는 그녀의 미래처럼.

짙게 깔린 어둠 속에서 진혁은 스리슬쩍 지예의 핸드폰을 눌러 보았다. 새벽 5시 50분. 악몽으로 시작된 밤이 묘하게 아늑한 불안감으로 마무리되었다. 핸드폰에서 불거져 나온 불빛이 곤히 잠든 설지예의 얼굴을 비추었다.

진혁은 얼른 몸으로 빛을 차단했다. 곧 아침이 온다고 생각하니 머릿속이 급속도로 차가워졌다.

9시간은 진즉 채웠지만 곤히 잠든 그녀를 차마 깨울 수 없어 여태껏 방구석을 지키고만 있었다. 하지만 우물쭈물하다간 꼼짝없이 여기서 일출을 맞게 된다. 그리되었다가는…….

진혁은 곧장 문으로 돌진했다. 그러고는 발톱을 세워 혼신의 힘을 다해 긁었다.

"으음, 뭐야……. 야옹아. 왜 그래?"

다행히 지예가 눈을 비비며 상반신을 일으켰다. 그녀가 도로 이불에 누워 버릴세라 진혁은 체면도 잊은 채 야오옹! 하고 날카롭게 울어 댔다.

"나가려고?"

비몽사몽간에 비칠대면서도 그녀는 착실하게도 현관으로 와 주었다. 진혁은 자신의 의지를 관철하듯 문에 머리를 쾅 소리 나게 들이받았다.

"알았어. 잘 가⋯⋯."

지예가 문을 열어 주자마자 진혁은 부리나케 209호를 나섰다. 그가 입에 문 명함이 다시 한 보 앞을 자그맣게 비추었다. 이 어둑한 새벽에 벌써 나선 이가 있는지 1층 유리문 한쪽이 열려 있었다. 진혁은 불빛에만 집중하려 노력하며 익숙지 않은 네발에 젖 먹던 힘까지 실었다.

뜀박질 솜씨 하나는 사람 몸보다 확연히 나았다. 오래지 않아 눈에 익은 대문이 나타났다. 그 앞에 그대로 방치된 자신의 슈트도.

진혁은 자신의 옷 위에 엉덩이를 붙이고 앉아 날이 밝아 오기를 기다렸다. 얼마 뒤 푸르스름한 하늘에 동살이 잡혀 오더니 사방이 밝은 물감을 탄 듯 밝아졌다. 어느 순간 몸의 감각과 눈높이가 달라진 느낌이 났다. 드, 드디어! 진혁은 부풀어 오른 가슴을 안은 채 자신의 몸을 살폈다. 그 순간.

"으, 으아아악!"

진혁은 비명을 내지르며 도어록을 두 손으로 번개같이 누르고 문 안으로 냅다 뛰어들었다. 가랑이 사이로 확 밀려드는 냉기만이 문제가 아니었다. 아, 사실은 그게 문제 맞았다. 옷가지를 움켜쥔 굵직한

다섯 손가락을 확인하고 기뻐할 겨를도 없이, 진혁은 자기 집 정원 한복판에 주저앉아 고개를 떨어트리고 말았다.

10월 마지막 주 화요일 일출시. 조진혁은 사람으로 돌아왔다.

태초의 몰골로.

#4
신사의 수난

　진혁은 사실 지금 출근할 게 아니라 앓아누워야 하지 않나 고민했
다. 간밤에 지옥을 헤집고 다닌 네 다리(?)는 말할 것도 없고 어째 소
중한 허리까지 삐걱거렸다. 한시도 욕구를 채우지 못한 잠의 요정이
눈꺼풀에 빛 독촉을 해 댔다.

　허나 어제는 아침 댓바람부터 어린 여직원과 대거리를 해 놓고는
보란 듯이 일찌감치 들어가 버리지 않았던가. 그러고 난 다음 날 근
육통에 걸려 일 못 하겠다고 나자빠져 버리면 어떤 꼴사나운 오해를
살는지 생각하니……. 30대 남자의 어깨가 다시금 무거워졌다.

　"걔가 어떻게 알고 거길 왔대. 역시 고양이는 고양이 키우는 사람
을 알아본다니까? 근데 그놈이 정말 그렇게 잘생겼어? 아유, 나도 언
제 한번 가서 보고 싶네!"

　"아, 근데 새벽에 다시 나가 버려서……."

진혁이 사무실에 들어서자 재잘거림이 끊기고 그에게 이목이 쏠렸다.

"아······."

평소대로 도 과장과 마주 앉아 이야기꽃을 피우고 있던 설지예가 진혁을 보고 입술을 살짝 벌렸다.

"아, 안녕하세요! 저기, 세무사님. 어제는 제가······."

지예는 진혁에게 정중히 고개를 숙이고 난 뒤 무어라 말할 태세를 갖추었다. 그러나 그런 그녀의 면전에 대고 진혁은 고개만 짧게 까닥여 보이고는 화급히 집무실로 뛰어들었다.

"하······."

진혁은 단정하게 빗어 올린 머리에 다섯 손가락을 푹 꽂아 넣었다. 멀쩡한 신체에 제정신이 깃든다지만 저 아가씨랑 아침마다 마주해야 한다는 사실을 까맣게 잊어버리다니! 그리고 아무리 대응책이 전무한 상황이어도 그렇지, 그래도 이쪽이 상사라고 먼저 굽히고 들어오려는 사람에게 이 무슨 추태란 말인가?

하지만······ 조금만 늦었어도 목구멍에서 두더지를 뽑아 올렸을지도 모른다. 진혁은 미련스레 집무실 문손잡이를 만지작거렸다. 그러나 이내 눈앞에서 버스를 놓친 사람처럼 허탈하게 손을 떼어 놓았다.

진혁은 책상에 앉자마자 깍짓손에 이마를 대었다. 책꽂이에는 굵직한 세법전과 실무 해설서가 가지런히 꽂혀 있으며 계산기와 펜도 정위치에 놓여 있었다. 그러나 그 위로 연신 떨어져 내리는 한숨은 너저분하기 그지없었다.

재깍, 재깍.

마호가니 괘종시계의 초침 소리가 귓전을 때렸다. 진혁은 슬그머니 눈알을 굴려 시계를 응시했다. 금장 도금 숫자판에 동물 마스크 바바리맨의 얼굴이 맺혔다. 놈은 진혁을 향해 고개를 돌리더니 털이 부숭부숭한 손을 겨누어 총을 쏘는 시늉을 했다. 그 모습을 기점으로 또다시 음산한 골목길이 펼쳐지며 간밤의 악몽이 고스란히 재생되었다. 그 영상은 종래엔 실오라기 하나 남지 않고 붕괴된 누군가의 모습으로 마무리되었다.

진혁은 눈을 부릅뜬 채 PC 전원 버튼을 눌렀다. 솔직히 지금도 간밤의 굴욕을 한낱 꿈으로 치부하고픈 마음뿐이다. 하지만 은근하게 힘을 실어 해를 밀어 내는 시곗바늘을 보자니, 현실 도피할 시간조차 없는 자신의 처지가 통렬하게 와 닿았다.

모니터 화면에 블루스크린이 떴다. 아, 맞다. 그저께부터 이 모양이어서 어제쯤 AS를 부르려 했었지. 진혁은 눈살을 찌푸리며 핸드폰을 꺼냈다. 요즘 들어 상태가 영 시원찮은 망할 놈의 폰. 이 역시도 조만간 갈아 치우려 마음먹었건만.

"에라이……."

다섯 손가락이 멀쩡히 움직일 때 인터넷에서 필요한 정보를 찾아보며 사람다운 대비책을 강구해야 하는데. 조급한 마음과 정반대로 흐르는 상황에 진혁은 낮게 욕설을 내뱉었다.

당장에 남은 건 여직원 파티션 옆에 있는 검색용 PC뿐이다. 별수 없이 진혁은 집무실 밖으로 나왔다.

"사장님. 죄송한데 이제부터라도 기장료를 그냥 자동 이체 걸어 주시면 안 될까요? 사장님이 너무 바쁘셔서 자꾸 잊으시는 거 같으니까요."

딱 듣기에 날이 선 목소리. 안지영이 수화기를 댄 채 밉살스레 눈살을 찌푸리고 있었다.

"아니, 저녁이라뇨. 사장님…… 죄송한데 저 그럴 시간 없어요. 저 요새 결혼할 사람이랑 집 보러 다녀요. 그러니 사장님……."

진혁이 평소 안지영에게 받은 인상은 '깐깐함' 그 이상도 그 이하도 아니었다. 화장마저 숱기 없게 하는 그녀는 어쩌다 도 과장이 재미난 이야기를 할 때나 입꼬리만 살짝 움직였다. 나이가 어느 정도 있어서인지 지금까진 별다른 트러블을 일으키지 않았다. 그래도 머잖아 한 번쯤은 누군가 단단히 잘못 걸려들지 않으려나. 진혁은 막연히 그리 생각해 왔다.

허나 자기 사생활을 오픈하면서까지 수화기 너머의 상대에게 질질 끌려 다니는 안지영, 그런 편견과는 다소 거리가 먼 모습이었다.

"하아……. 사장님. 저 시간 없으니까 그냥 마지막으로 말씀드릴게요. 당장 다 안 주셔도 좋으니 7, 8월분만이라도 납부 부탁드려요. 이만 끊겠습니다."

안지영은 수화기를 내려놓는 순간까지 갑갑하리만치 정중했다. 그러나 자리에서 벌떡 일어나 열을 식히러 나서는 걸음새는 히스테릭하기 그지없었다.

"에휴, 또 시작이구만 그 인간. 당연히 내야 할 돈이 아주 벼슬이지……."

안지영이 사무실 문을 닫고 나가 버리자 도 과장이 한숨을 푹 쉬었다. 나 실장이나 설지예는 딱히 말을 보태지는 않았다. 그러나 진혁은 한층 더 무거워진 공기를 느꼈다.

진혁은 저도 모르게 발소리를 죽여 검색용 PC 앞에 앉았다. 포털 사이트에서 금일 서울 마포구 일몰 시각을 검색해 보았다. 오후 5시 42분. 맙소사, 12월 말까지는 그보다도 앞당겨질 터인데. 1시간 일찍 퇴근할 구실부터 생각해 둬야 하는구나.

내일 일출 시각도 검색해 보았다. 오전 6시 50분. 진혁은 더 헝클어질 데도 없는 앞머리를 손가락 사이에 끼웠다. 자신이 기묘 원룸텔 209호에 저녁 7시쯤 도착한다 치면 새벽 4시까지는 설지예의 곁에 머물러야 한다. 조금 더 일찍 간다 하여도 퇴근한 설지예와 맞닥뜨리기 전까진 의미가 없으니……. 아, 맞다. 그런 문제도 있었지!

혹여나 설지예가 야근을 하게 되어 자신이 하루 농사(?)를 공칠 가능성이 얼마나 되는가, 진혁은 생각의 범위를 넓혀 보았다. 주요 세무 신고는 상반기에 몰려 있는 데다 어제부로 부가가치세 2기 예정 신고 기간도 지났으니 여직원들이 사이좋게 야근할 시즌은 지났다. 또한 설지예는 경력이 가장 짧아 담당 업체 수도 비교적 적은 편이다. 그중에 조만간 세무 조사 같은 게 빵 터질 만한 외형의 업체도 없는 듯하지만……. 만에 하나 그녀에게 야근할 일이 생겨 버리면 상황 봐서 일을 빼앗기라도 해야 한다. 그러면 젠장, 결론은 사무실에서까지 설지예의 일거수일투족을 살펴야 할 판인가?

진혁은 근처에 앉은 지예의 뒷모습을 흘긋 보았다. 그녀는 책상의 자료와 PC 모니터를 번갈아보며 더존에 전표를 입력하고 있었다. 얼핏 보기엔 여느 세무 회계 사무실과 다를 바 없는 광경에 묘한 비틀기가 있었다. 진혁은 그 근원을 그녀의 파티션 위에서 찾아냈다.

A4용지에 볼펜으로 그린 뒤 오려 내어 코팅한 그림. 깜찍하면서도 디테일이 살아 있는 고양이가 말풍선을 물고 있었다.

'공부, 메모, 검토, 검토, 검토…….'

사소한 실수가 가산세 폭탄을 부르는 이 업계. 국세청에 신고서를 제출하는 그 순간까지 가장 중요한 덕목이 무엇인지 일목요연하게 드러나는 표어이다. 문장 말미의 말줄임표가 고양이가 늘어뜨린 길고 매끈한 꼬리처럼 묘한 여운을 준다.

진혁은 지예의 희고 가느다란 목선을 응시했다. 여자 나이 스물넷. 캥거루족이 넘쳐 나는 요즘 세태에 어리다면 어린 나이. 하지만 누군 가는 소녀 태를 벗은 얼굴로 공상과 현실의 이별을 착실히 준비하는 나이. 또 한편으로는 저런 감성을 마음 한구석에 고이 간직해 보는 나이.

지예가 불쑥 고개를 들었다. 혹여 그녀가 뒤돌아볼세라 진혁은 도 로 모니터를 들여다보았다. 그녀는 때마침 울어 대는 수화기를 들어 올렸다.

"네, 안녕하십니까? 세무 법인 묘촌입니다."

진혁은 새삼, 그녀의 목소리에서 향을 맡았다. 꽃잎을 충분히 우려 야만 나올 수 있는 차향을.

모니터 화면에 당분간 자신이 머물러야만 하는 곳에 대한 정보가 비쳤다. 그제야 진혁은 무언가 큰 죄를 저지르는 듯한 기분에 휩싸 였다.

저녁 7시. 진혁은 209호 앞에 엉덩이를 붙이고 앉아 한숨을 푹 내 쉬었다. 이번엔 오는 길이 고생스러워서라기보단 인간의 간사한 적 응력이 한탄스러워서였다. 새벽에 제대로 데인 만큼 정신 바짝 차려 이중생활 2일 차를 준비했다. 배배 꼬인 묘안동 골목길에 완전히 적 응하려면 시간이 필요하겠지만, 진혁은 인터넷 지도와 로드뷰를 통 해 포인트가 될 만한 지점을 어느 정도 눈에 익혀 두었다.

물론 내일 일출 시각도 숙지해 두었다. 그리고 오늘 새벽과 같은 불상사는…… 멀쩡한 담벼락에 개구멍을 뚫어 달라는 정신 나간 의 뢰를 받은 인부가 조만간 오기 전까진 대문 앞에 놓아둔 담요에 사활 을 걸어야 할 테고.

"와아, 너 또 왔어?"

두 번째 밤도 문 앞에서 먼저 마주쳤다. 어제처럼 얇은 코트를 입고 살짝 몸을 떠는 채로, 지예가 반색을 하며 진혁을 내려다보았다. 오늘은 검은 봉지를 양손에 들고 있었다.

"잘됐다! 안 그래도 오늘 누나가 맛있는 거 사 왔는데!"

어제는 대뜸 언니를 자처하더니 오늘은 누나로 바뀌었다. 진혁은 여기에 오기 전 본가에 있는 전신 거울에 자신을 비추어 본 순간을 떠올렸다. 고양이로 변한 자신은 길에서 흔히 볼 수 있는 '코리안 숏 컷'이라는 종으로, 검은 등허리에 검갈색 줄무늬 때문에 특별히 '고등어 태비'라고도 불리는 녀석이었다. 인중을 기점으로 가슴팍과 배, 네 다리는 눈처럼 새하얘서 마치 슈트를 입은 듯도 했다. 그래, 다른 건 다 좋은데 꼬리 밑에 너무 노골적으로 드러나 보이는 묵직한 무언가는 좀⋯⋯.

무슨 영화를 보겠다고 거울을 봤는지. 진혁은 원치 않는 누드모델을 서는 심정으로 209호에 다시 발을 들여놓았다.

치이이아—

부엌에서 비린내가 진동하자 방석에 드러누운 이 집의 터줏대감이 코주름을 잡았다. 고개를 꺼덕이며 쿵쿵대는 본새가 예전의 누구를 똑 닮았다. 진혁은 놈의 늘어진 배를 곱지 않게 흘겨보았다. 생선을 지지는 여자의 허리는 잘록하기 그지없건만.

"자, 야옹아. 한번 먹어 볼래?"

지예가 젓가락으로 생선구이의 한 면을 말끔히 발라냈다. 하얀 생선 살에서 푸근한 김이 모락모락 올랐다. 그녀는 어제 내어놓은 사기그릇에 생선 살을 한 점 담아 진혁의 발치에 내려놓았다. 사람이 쓰던 것이니 그릇은 깔끔하고, 시각적 거부감도 없고, 냄새는 정말…… 고소하고. 진혁은 까칠한 혀를 날름 내밀어 생선 살을 집어 삼켰다.

"이건 잘 먹네? 요 녀석, 생긴 것처럼 입이 고급인데? 종종 사 와야겠다."

지예가 남은 생선 살의 태반을 진혁의 그릇에 마저 밀어 넣었다. 진혁은 저 먹을 걸로는 딸랑 김치와 김만 꺼내 놓는 지예를 보고 뜨끔했다. 생선 한 입이 이토록 경솔하게 느껴질 줄은 몰랐다.

"많이 먹어."

밥에 김치를 얹어 맛깔으로 말아 올리면서도 지예는 뿌듯한 미소를 지었다. 이제 와서 안 먹는다고 그녀가 생선을 제 그릇으로 도로 가져갈 것 같지도 않았다. 진혁은 짜지 않고 고소한 생선살을 술렁이는 배 속에 밀어 넣었다. 마포는 생선 뼈에 코를 들이대기는 하였으나 혀는 대지 않았다. 아무래도 놈은 방석 옆에 놓인 그릇에 담긴 사료만 취급하는 모양이다.

저녁 식사가 끝나자 지예는 몇 안 되는 그릇을 설거지했다. 그 바지런함이 무색하게 싱크대에서 오래된 싱크대 특유의 물 쿠린내가 올라왔다. 하지만 그녀는 지겨운 기색 하나 없이 그릇을 받침대에 가지런히 얹었다.

진혁은 지예가 설거지를 마치고 나면 어제처럼 책상에 앉아 수험서를 펼칠 줄 알았다. 하지만 그녀는 이번엔 불쑥 진혁에게 다가붙어 앉았다. 둘 사이의 거리가 눈 깜짝할 사이에 줄어들자 진혁은 화들짝 놀라 제자리에서 용솟음쳤다.

"미안. 많이 놀랐어?"

지예의 손이 진혁의 머리를 살살 쓰다듬었다. 어제에 비해 관심의 농도가 한층 짙어진 감이 있지만, 그녀는 진혁이 내심 그어 놓은 경계선을 과히 넘으려 들지는 않았다. 그제야 진혁은 자신이 그녀에게 엄연히 손님 대우를 받고 있음을 깨달았다.

"털은 되게 관리가 잘되어 있는데 사료는 또 안 먹고. 넌 대체 어디에서 왔니?"

지예가 조곤조곤 속삭여 물었다. 물론 고양이인 진혁더러 알아들으라고 한 말은 아니리라. 아무래도 그녀는 진혁이 다른 집에서 키우는 고양이일 가능성이 높다고 생각하는 모양이다.

"아, 맞다. 발톱도 한번 봐야겠다."

지예가 진혁의 한쪽 앞발을 살짝 잡아 올렸다. 그의 균형을 흐트리지 않도록 충분히 배려한 손길이었으나 진혁의 캐츠아이가 순간 휘둥그레졌다.

"어라? 주인이 발톱은 안 봐 주나? 이거 이대로 놔주면 안쪽으로 파고들어 갈 거 같은데⋯⋯. 안되겠다. 야옹아, 잠깐만."

지예는 책상 의자 밑에서 소도구함을 꺼냈다. 파스텔 톤 한지로 깔끔하게 포장한 과자 박스를 붙여 만든 것이었다. 그녀가 도구함에서 꺼낸 작은 가위는 반달 모양의 홈이 동그랗게 맞물리는 구조였다. 그 가위의 용도가 그리 어렵지 않게 짐작이 되었다.

순간 진혁은 께름칙한 마음이 일었다. 남의 손에 손톱을 내맡긴 게 언제 적 이야기이던가. 손톱은 제 손으로 깎아도 집중력을 흐트러트리는 순간 보기 흉하게 홈이 나기 십상이다. 더욱이 고양이인 상태에서 맞은 신체 변화가 인간으로 돌아오면 또 어떻게 작용할지 모르는 마당에⋯⋯.

지예의 그림자가 진혁의 등 뒤로 드리워졌다. 그녀는 그를 뒤에서 안아 올려 자신의 다리 사이에 앉혔다. 그러고는 등허리를 뒤로 빼어 진혁을 자신의 배에 누이다시피 했다. 지예로서는 그 자세가 고양이를 키워 보면서 터득한 나름의 노하우겠지만 진혁은 얼굴에 와 닿는 그녀의 그림자와 숨결에 숨이 멎을 지경이었다. 특히 자세가 자세인지라 본의 아니게 등에 와 닿는 몰랑한 감촉은……

"옳지. 그렇게 잠시만 가만히 있어 봐. 착하다. 우리 야옹이."

진혁이 얼어붙은 진짜 연유를 알 리 없는 지예는 의외로 순순한 식객의 반응에 반색을 했다. 그녀가 진혁의 도톰한 발볼을 지그시 누르자 털 뭉치에 숨겨진 발톱이 삐죽 튀어나왔다. 진혁은 지예의 손에 들린 가위를 보고 반사적으로 몸을 굳혔다.

"괜찮아, 야옹아. 싫으면 안 할게."

지예는 손에서 가위를 내려놓고는 등을 좀 더 뒤로 젖혔다. 그렇게 진혁의 몸을 자기 배에 올려놓은 채 지예는 진혁의 목 뒤를 살살 주물러 주었다. 저만치 앞서가는 이를 따라잡듯 피치를 높였다가 다시금 느릿해져 가는 그녀의 손길. 그에 맞춰 잦아드는 숨소리. 진혁은 어느새 그녀와 한 몸이 된 듯 호흡하는 자신을 느꼈다.

깍둑.

앙증맞은 소리가 은연중인 듯 울렸다. 매우 불편하게 등을 젖힌 상태에서도 지예는 신중하게 진혁의 앞 발톱을 깎아 냈다. 너무 깊지도 어딘지 허전하지도 않게, 스스로도 경계를 모를 더께가 그리도 야무지게 잘려 나갔다.

"다 됐다. 아유, 착하다. 정말."

지예가 진혁의 볼을 살짝 꼬집어 주었다. 그는 반사적으로 한쪽 눈을 찡긋했다.

"아, 나도 이제 씻어야겠다. 야옹아. 누나 목욕하고 올게."

지예는 낡아 빠진 옷장을 뒤져 속옷과 잠옷을 찾아냈다. 진혁이 슬쩍 고개를 돌린 사이 그녀는 화장실 겸 욕실로 들어섰다. 안에 든 아가씨의 실루엣이 빤히 아른거리는 불투명 유리문은 서글플 정도로 허술한 문지기였다. 안에서 생생히 들려오는 물소리가 어떤 야릇한 상상을 자극하기보단, 구멍 뚫린 우산 아래에서 비를 맞는 기분을 느끼게 한다.

곡절도 모르게 미적지근해진 가슴을 안은 채 진혁은 상념에 빠져들었다. 억하심정에서 두어 스푼쯤 모자란 비틀린 마음. 그마저도 옅어지는 날이면 정말 아무것도 아니었던 마음. 그 이상도 그 이하도 아닌 마음에만 머물렀던 그녀와의 경계를 본의 아니게 허물고 만 어제와 오늘. 고작 그 이틀 만에, 진혁은 반년 가까이 한 사무실에서 일한 여직원을 더더욱 모르게 되어 버렸다.

이대로 밤이 지나 내일 아침 또 설지예와 마주치면 자신은 대체 어떤 표정을 짓게 될까? 혹여나 표정은 고사하고 자신이 어떤 식으로 말을 걸었는지조차 까먹지는 않을지⋯⋯.

"이봐."

불현듯 어깨에 갈고리를 거는 목 쉰 소리에 진혁은 귀를 쫑긋 세워 빠르게 뒤를 돌아보았다. 당연히 아무도 없었다. 방석 위에서 등을 둥글게 말아 올리며 하품을 하는 마포 말고는. 진혁은 귀를 한번 후벼 볼까 생각해 보았으나 아직은 뒷발로 귓속을 옮기기가 영 께름칙하여 관두었다. 방금 전 들린 환청이 그저 이 웃기지도 않은 생각의 바다에서 빠져나오라는 내면의 신호이려니 했다.

그때, 화석처럼 방석 위를 고수하던 마포가 불쑥 걸음을 떼어 놓기 시작했다. 놈의 걸음새는 지극히 느릿하였으나 그만큼 방 안 곳곳에 발길이 닿았다. 눈앞에서 보란 듯이 지예의 책상다리나 옷장 따위에 뺨을 비벼 올리는 마포의 작태를 보며, 진혁은 견고한 놈의 영역을 피부로 느꼈다.

그렇게 마포는 좁은 방을 순회하며 자신의 위용을 모다 떨쳐 내고는, 진혁의 코앞에 비대한 그림자를 드리웠다.

"뭐, 뭐야?"

진혁은 고양이다운 소통 방식과 지극히 멀게 입꼬리를 올렸다. 그러자 지금껏 시침을 떼던 금색 눈이 노골적으로 진혁을 꽂아 넣었다. 진혁이 알기로 고양이라는 생물은 이런 식으로 눈을 길게 마주치는 법이 없었다. 누군가를 공격하려 들 때 빼고는.

비상하게 예민해진 두 귀와 수염이 사이렌을 울리는 와중에도, 진혁의 판단력은 고인 물처럼 게을렀다. 에이 설마, 치겠어? 그럴 의도가 있었으면 진즉 하고도 남았지. 아니면 설마하니 친애하는 주인이 안 보는 틈을 타 영역 침입자를 작신작신 밟는 고등한 전략이 야옹이한테.

"그녀의 배 위가 그리도."

존재할 리가……

"푹신하더냐!"

"크아아아악!"

진혁의 안일한 생각은 마포의 둔중한 라이트 훅에 스러지고 말았다.

※

진혁은 앓아눕는 건 물론이고 당분간 일을 쉬어야 하나 고민했다. 체급 면에서 불리한 건 물론이고 아직 36계를 구사할 기술력조차 갖추지 못한 그는, 간밤에 마포에게 그야말로 먼지가 나도록 두들겨 맞았다. 발톱을 세운 앞발로 싸대기를 맞고, 족히 10kg는 돼 보이는 육

중한 몸에 깔아뭉개어지고, 싯누런 송곳니에 등허리의 털을 세 곳 정
도 뜯기고……

마포의 일방적인 구타는 욕실의 물소리가 멎는 순간 칼같이 그쳤
다. 머리에 수건을 휘감고 나온 지예를 그렁그렁한 눈으로 올려다보
며 한 곡조 구슬프게 뽑아 올리는 것만으로, 놈은 자신의 범죄를 손
쉽게 은폐하였다. 그 가증스러운 작태를 본 순간 받은 심리적 타격이
표 안 나게 맞은 곳들보다 뼈아팠다.

지예가 잠든 후에도 진혁은 어둠속에서 명백히 자신을 노리고 짓
쳐 드는 시선을 느꼈다. 결국 그는 비굴하게도 지예의 곁에 바짝 붙
어 그녀의 숨소리를 밤이슬처럼 맞아야 했다.

만원 지하철 안에서 진혁은 손가락으로 관자놀이를 꾹꾹 눌렀다.
이 상태로는 손이 미끄러지든지 졸음운전을 하든지 둘 중 하나는 기
어코 저지를 것만 같아 차도 끌고 나오지 못했다. 그는 쏟아져 내리
는 승객들 무리에 떠밀리다시피 내렸다. 머릿속에 안개가 화들짝 흩
어지다 도로 몰려오기를 반복했다.

지하철 6호선 묘안역 4번 출구 아래. 새하얗게 질린 하늘이 마치
지상으로 통하는 계단을 끊어 먹은 듯 보였다. 진혁은 가던 걸음을
멈추어 그 자리에 우두커니 섰다. 뒤에서 바짝 붙어오던 사람들이 그
를 흘기며 앞서갔다. 그러나 진혁은 한동안 그 하늘을 망연히 올려다
보았다. 관자놀이를 연신 찌르던 손가락이, 주먹으로 변모했다.

휴직이라. 징벌적 인사이동을 한 지 반년도 안 되어 나가떨어진다
면, 그대로 세무 법인 묘촌에서 자신의 자리는 영영 빠질지도 모른
다. 현 회장인 자신의 백부는 그리 조처하고도 남을 위인이니. 그리
되면 선친이 최후의 열정을 바쳐 쌓은 성이 남보다도 못한 사람의 수
중에 떨어지게 된다.

하지만 그 사실을 두고 진혁은 뜨거워질 수도 차가워질 수도 없었다. 왜냐하면 세무 법인 묘촌이야말로 자신의 아버지와 그 여자를 엮어 놓은 곳이기에.

당시엔 그 여자가 어떤 사람이었는지는 중요하지 않았다. 피 한 방울 섞이지 않은 타인을 어머니로, 자신에겐 두 번 다시 생살이 돋지 못할 상흔과도 같은 존재로 받아들여야 하는 상황 자체가 진저리 날 만치 싫었다. 하지만 머리 굵은 남자에겐 그러한 감정이 죄악으로 받아들여지는 게 현실이었다. 그러한 현실에 대한 원망까지도 고스란히 그녀에게 전가하였다.

아버지와 새어머니의 상을 치른 뒤, 진혁의 수중에 한 통의 필름이 들어왔다. 새어머니의 구형 카메라에서 나온 것이었다. 여행을 떠나기 전날까지 액자를 사 모으며 그 안을 하나씩 채워나갈 꿈에 부풀었던 그녀의 모습이 떠올랐다. 진혁은 무언가를 끝장낸다는 마음으로 그 필름을 조각냈다.

그 결과 진혁은 오히려 끝내지 못했다. 쓰레기통에 들어간 필름 조각은 이따금씩 제멋대로 현상되어 비문증처럼 눈앞을 부유하곤 했다. 영영 버려진 가능성들이 얄궂은 질문을 하였다. 그 여자, 그리고 그 여자와 함께인 아버지. 그들로부터 진정 각자도생을 꿈꿨다면, 어째서 지금 후회도 애도도 변변케 하지를 못하느냐고.

왜 이렇게…… 끊긴 계단을 보듯 공허하냐고.

보행자 신호가 푸른빛을 발하자 목도리를 휘감은 사람들이 횡단보도로 쏟아져 나왔다. 진혁은 전신주 옆에 오도카니 서서 파란 전구의 숫자가 줄어드는 모습을 물끄러미 바라보았다. 그 한순간, 수십 초 내로 저 너머로 가야 한다는 사실이 무척이나 피곤하게 느껴졌다.

"저기, 세무사님?"

횡단보도 앞에 멈춰 서 있던 차들이 부우웅 하고 일제히 시동을 걸었다. 일사불란하게 도로 위를 달리는 차들의 물결이 자신을 외딴 섬에 몰아넣기라도 한 듯, 진혁은 완전히 정지해 버렸다. 소리 소문 없이 다가들어 자신의 팔을 살짝 건드린 그녀를 돌아보며.

"안녕하세요. 저, 근데 세무사님. 혹시 어디 아프세요? 계속 안 건너고 여기 기대고 계시길래……."

설지예의 갑작스러운 등장에 당황하기도 전에, 진혁은 자신이 그녀에게 보여 버린 모습을 자각하고는 신경이 곤두섰다.

"아니. 괜찮아요."

진혁은 부러 거칠게 고개를 저었다. 그리해 본들 눈꺼풀을 짓누르는 피로감이 먼지떨이로 형편없이 쳐 낸 먼지처럼 도로 내려앉아 버렸지만.

"아, 그러시구나……."

지예가 떨떠름한 미소를 지어 보이며 말끝을 흐렸다. 두 사람은 말이라도 맞춘 듯 한 보쯤 떨어져 횡단보도 앞에 나란히 섰다.

진혁은 곁눈질로 지예를 잠시간 훑었다. 유난히 땅딸보인 도 과장보다는 조금 크지만, 지척에 선 그녀는 한눈에 봐도 왜소해 보였다. 그래 보이는 연유는 단지 내려다보는 입장이 바뀌어서만은 아닌 듯하다. 고양이가 된 시점에서도 확연히 느껴졌던 마른 몸매와 작고 섬세한 손가락. 그 가녀린 몸으로 매일같이 세상의 창백하고 엄정한 시선을 받아 낸다는 사실이 새삼 경이로울 지경이다.

그럼에도 그녀가 고양이가 된 자신에게 벌려 준 두 팔이 한없이 너르게 보였던 건, 단지 밤이 부린 재주였을까?

보행자 신호등이 다시금 파란불을 밝혔다. 횡단보도를 건너는 중간중간 지예는 자꾸 고개를 돌려 진혁이 잘 오는지 확인하려 들었다. 그 바람에 진혁은 고양이 생각하는 햄스터에게 보폭을 맞추었다.

횡단보도를 건너자 지예가 입술을 삐쭉거렸다. 아까부터 하고 싶은 말이 있는 듯 보였다. 하지만 그녀의 앙증맞은 입술보다, 그들 사이로 불쑥 전단지를 들이미는 주름진 손이 좀 더 빨랐다.

"오늘 개업한 헬스장이에요. 오늘 오면 반값 할인해 드리고 있어요."

나이 지긋한 할머니가 내민 전단지는 두 장이었으나 그걸 받아 든 손은 하나였다. 할머니로부터 어느 정도 멀어지자 진혁이 지예에게 대뜸 물었다.

"설지예 씨. 헬스장 다니려고요?"

"예? 아아, 그건 아니고요. 그냥……."

진혁의 물음에 대번에 눈이 휘둥그레진 지예는 이내 멋쩍게 고개를 저었다.

"날이 이렇게 추운데 안 받으면 할머니께서 고생하실까 봐……."

그녀가 입은 플라타너스색 코트야말로 바람 한 번 불면 낙엽처럼 나뒹굴 듯 보였다. 진혁은 고개를 가만히 끄덕이고는 전방을 보며 말했다.

"본점에 있을 때 거래처 중에 헬스장 좀 크게 하는 사장님이 있었는데, 내가 여기로 옮기기 전에 그분 사업 정리했어요. 임대료도 임대료지만 이런 전단지 찍어 내는 것도 의외로 만만찮게 들어서."

"아, 그러네요. 전 미처 그런 것까진 생각 못 했어요."

고개를 숙여 깊은 생각에 빠져드는 지예를 보고 진혁은 가슴 언저리가 뜨끔했다. 이 추운 아침에 전단지 알바를 하는 할머니를 외면한 냉혈한으로 몰리지 않고자 변명처럼 한 말이, 그녀를 생각이 짧은 사람으로 몰아 버리고 말았다.

"뭐, 좀 더 공감이 되는 쪽을 도우면 되지. 지예 씨는 할머니의 광고지를 받아 주면 되고, 나는 헬스장 사장님의 광고 선전비를 한 푼 세이브 해 주면 되고. 그리고 지예 씨 본인이 헬스장 안 가더라도 나중에 다른 사람이 필요하다면 전해 줄 수도 있는 거고……."

"아하하, 그러네요."

지예가 다시 해맑게 입꼬리를 말아 올렸다.

"하지만 정말 그런 면에선 생각 못 해 봤어요. 사장님들도 요새 많이 어려우실 텐데. 앞으로는 그런 부분도 한 번 더 생각해 봐야겠어요."

"아니 뭐……. 그렇게까지 복잡하게 생각할 건 없지 않을까? 그냥 설지예 씨 평소 하던 대로……."

변명처럼 한 말을 이리도 진지하게 귀담아들으리라곤 생각도 못했는지라, 진혁은 자꾸 말을 얼버무리게 되었다.

"요즘 세상이 참 먹고 살기 힘들지. 누구든……."

그 말을 끝으로 두 사람 사이에 다시금 침묵이 찾아왔다. 진혁은 앞만 보며 묵묵히 걸었고, 지예는 괜스레 옆을 둘러보며 걸었다.

새삼 행복이란 게 마치 약수터의 물바가지처럼 느껴졌다. 누군가 달고 시원한 약수를 맛볼 때 나머지는 따분함과 갈증을 견뎌 내야 하는, 한 번에 딱 하나뿐인 존재. 그래서 하나의 상황을 두고도 이렇듯 생각이 다른 꼴을 하는 걸까?

사무실에 처음으로 함께 들어간 것 빼고는 두 사람 모두에게 별다를 것 없는 일상이 시작되었다. 지예는 여직원 파티션에 앉고 진혁은 집무실로 들어왔다.

집무실 PC의 블루스크린은 아직 해결되지 못했다. 어제 서비스센터에 전화를 했더니만 예약이 밀려서 오늘 오후에나 기사가 방문한다고 했다.

재깍, 재깍.

이번에는 치즈색 악마가 괘종시계 금속 문자판에 맺혔다. 싸움을 글로 배우는 것만큼 미련한 짓도 없지만, 진혁은 고양이의 신체 구조에 관한 최소한의 이론을 숙지해 둘 필요를 느꼈다. 아울러 요 며칠간 해결 보지 못한 수면 문제에 대한 실마리도 찾을 겸.

진혁은 어제처럼 집무실 문을 열어 여직원들의 영역에 발을 들였다. 이번엔 안지영은 자리를 비웠다. 대신 도 과장이 그녀에게 온 전화를 당겨 받았다.

"사장님. 나중에 전화하셔야 할 거 같은데? 지영 씨 좀 전에 세무서 갔거든요. 아, 그리고요 사장님. 지영 씨가 밀린 기장료 땜에 많이 힘들어하는 것 같던데, 납부 좀 해 주시면 안 될까요? 아유! 고거 내는 데 왜 굳이 지영 씨 목소리가 필요해요. 사장님 와이프가 훨씬 미인이시더만!"

수화가 너머에 있는 작자는 파리처럼 양손을 싹싹 비비는 도 과장을 연상할 테지만, 그녀는 손이 새하얗게 질리도록 수화기를 말아 쥐었다. 전화를 끊고 나서 도 과장이 버럭 했다.

"이 또라이 새끼가 진짜 미쳤나! 이걸 여태 참다니 지영 씨가 보살이다 보살."

"지영 씨 날 잡은 거, 거기는 아직 모른대?"

감정 변화를 좀체 포착해 내기 힘든 나 실장의 미간에도 선명한 강줄기가 잡혔다.

"아유, 그거 안다고 그만둘 양반이면 애초에 와이프도 있으면서

이 지랄을 안 했겠죠. 정말 나이를 대체 어디로 처먹는 건지. 듣자하니 지영 씨만 한 딸도 있다던데."

"지 딴엔 또 딸 같아서 그러느니 하겠지."

나 실장의 빈정거림을 끝으로 여직원 파티션의 소음이 무 자르듯 끊겼다. 그 극적인 변화의 원인이 아무래도 자신인 것 같아 진혁은 멋쩍게 고개를 돌렸다.

금속으로 된 것도 아닌데 PC 앞 의자가 차가웠다. 11월을 목전에 두고 하루가 다르게 기온이 떨어지는 탓이리라. 겨울이 사무실 문턱에 본격적으로 발을 들이면 이 공간이 얼마나 더 추워질까 진혁은 새삼 생각해 보았다.

진혁은 시계 바늘 같은 지루함을 껴입은 여직원 파티션을 그 어느 때보다도 찬찬히 살폈다. 나이 지긋한 나 실장은 안경을 잠깐 벗어 눈을 비비고 있었다. 그녀의 책상 한구석엔 안약이 든 투약병이 놓였다. 도 과장은 책상 위에 놓인 액자 속 두 아이에게 실제로는 못 보일 표정을 짓고 있었다. 그리고 설지예는…… 어제보다도 더 고개를 숙이고 앉았다.

그녀들의 공간은 마치 기나긴 문자열이 암호로 걸린 잠금 화면 같았다.

"야옹아. 맘마 먹자."

지예가 그의 가칭을 부르며 조기 살을 내밀었다. 하지만 진혁은 그 앞에서 완강히 고개를 돌려 버렸다.

"오늘은 또 왜 안 먹어? 지금은 배가 부른가……."

지예의 목소리에서 아쉬운 기색이 묻어났다. 그러나 진혁은 지금 식욕이 전혀 나지 않았다.

오후 4시 반쯤 그를 지명한 한 통의 상담 전화가 걸려 왔었다. 상대는 마포구 일대에서 유명한 부동산 재벌, 엄원철이었다. 이 묘안동 땅덩어리에서 사업하려는 사람이라면 열에 여덟은 그의 이름이 들어간 임대차 계약서를 작성해야 할 정도다. 본점의 중요 고객 리스트에도 이름을 올린 엄 사장은 사실상 묘안동 지점의 존재 이유라 해도 과언이 아니다.

요 근래 꼭 저 닮은 새끼 돼지의 앞길을 생각하기 시작했는지 그 작자가 부쩍 증여세 상담을 청하는 일이 많아졌다. 그와 말을 섞다 보면 그저 있는 놈이 더한다는 생각만 들었다.

어쨌거나 중도에 끊지도 못하는 그 지리멸렬한 통화 때문에, 사무실을 나선 지 얼마 되지 않아 슈트가 그의 몸에서 이탈하고 말았다. 가방이나 귀중품들은 혹시나 하여 빼놓은 상태였지만…… 오늘 중으로 의류수거함에 구겨 넣어질 게 뻔한 그 슈트는 진혁이 가진 것 중 가장 비싼 것이었다.

"점점 추워지네. 그치 마포?"

지예가 방석에 다가앉아 그 위에 누운 마포에게 말을 걸었다. 마포는 늘어져라 하품을 하며 앞발을 쭉 뻗었다. 지예는 그 앞에 뚜껑을 뺀 하얀색 튜브를 들이댔다.

"자, 마포. 약 먹자."

튜브 끝에 갈색 약품이 방울져 맺혔다. 마포는 코를 한 번 들이대더니 고개를 돌려 외면했다. 그러자 지예는 '에잇' 하며 놈의 앞발에 약을 주욱 짜냈다.

"그렇게 잘만 먹을 거면서."

콧잔등을 잔뜩 찌푸린 채 앞발에 묻은 이물질을 혀로 닦아 내는 마포를 보며 그녀가 웃었다. 따스하면서도 어딘지 어두운 미소였다.

"하아……."

지예가 천장을 올려다보며 한숨을 내쉬었다.

"오늘 모처럼 길에서 만났는데, 또 사과드릴 타이밍을 놓쳤어."

몸을 둥글게 말아 앞발에 머리를 뉘려다 진혁은 귀를 쫑긋 움직였다. 그 말의 주체가 누군지 모를 리가 없었다.

"지영 언니가 요즘 너무 힘들어하는데 난 도울 방법도 없고. 나라도 세무사님께 한번 말씀드려 보면…… 역시 무리수이려나. 하아……."

한숨으로 시작해 한숨으로 끝나는 존재. 조진혁은 그렇게나 벽에 지나지 않는 이름인가?

"어? 야옹아. 벌써 자게?"

감아 버린 눈 위로 그녀의 목소리가 떨어졌다. 진혁은 못 들은 척 앞발에 고개를 묻었다. 잘 자라는 말 대신인 듯 그녀의 손이 진혁의 머리를 한 번 쓰다듬었다.

진혁은 사흘 만에 차음으로 눈을 붙였다. 그간 쌓인 피로감이 어둠 속에서 부유하는 듯했다. 뒤에서 책장 넘어가는 소리와 메모하는 소리가 선명히 들렸다. 오늘 인터넷으로 고양이에 관해 찾아보며 떠올린 짧은 발상이 옳다구나 하며 알전구를 켰다.

고양이란 생물은 하루의 대부분을 수면으로 보낸다. 하지만 예민한 두 귀는 자는 동안에도 돌발 상황에 대처하게끔 항시 열려 있다고 했다. 그 점에 착안하여 진혁은 한계에 이른 자신의 수면 부족에 대책을 세워 보았다. 설지예가 공부를 끝낼 즈음이면 그녀가 책을 정리하고 의자를 끌어다 붙이는 소리 정도는 들을 수 있으리라. 그런 식으로 서너 시간 동안만이라도 눈을 붙이면, 어떻게든 되겠지.

"……."

세 결도 두 결도 아니고 정말 딱 한 결. 피로감이 가시는 느낌이 들자 진혁은 눈을 떴다. 푸르스름하게 젖은 형체들이 사위에 들어왔다. 빵끈으로 만든 동물들. 손수 만든 소도구함. 낡은 옷장. 현관에 놓인 단화. 그리고 빨간색 등판을 드러낸 설지예의 핸드폰.

진혁은 단박에 뼈마디가 얼어붙는 걸 느꼈다. 고양이는, 적록 색맹이다. 다른 색조는 이럭저럭 보이고 시야각은 사람일 때보다도 넓어지는지라 지금껏 큰 장해는 되지 않았지만…… 적어도 빨간색은 이곳에서는 결코 보여서는 안 되는 색이었다.

굵직한 다섯 손가락이 천지창조의 비밀 속 아담과 하느님같이 지예의 핸드폰과 맞닿아 있었다. 초겨울 새벽의 냉기가 맨살을 드러낸 팔을 타고 올라왔다. 진혁은 전율하는 손가락으로 핸드폰을 스리슬쩍 뒤집어 버튼을 눌러 보았다.

오전 6시 54분. 진혁의 머릿속에 입력된 금일 일출 시각에서 1분 지난 시각이었다.

"으응……."

귓속을 후비는 얕은 숨소리가 진혁의 얼어붙은 머리통을 반으로 쪼개었다. 그의 등허리를 뒤에서 부드럽게 감싸 안은 두 팔의 감촉이, 잠옷에 삐죽 돋아난 실밥 한 올까지도 선연했다.

진혁은 군 시절 포복 자세로 철조망을 통과하던 경험을 살려 지예의 품에서 빠져나왔다. 그녀의 눈이 아직 굳게 감긴 것에 안도할 겨를도 없이, 그새 또 한 톤 밝아져 버린 주변이 보였다. 움직일 수 있는 거라곤 핏발이 선 두 눈알과 미치도록 뛰는 심장뿐인 듯했다.

지금 당장 땅으로 꺼지든지 하늘로 솟고 싶은 마음뿐인 남자의 눈에, 옷걸이에 걸린 길쭉한 플라타너스 낙엽이 눈에 들어왔다.

※

10월 마지막 주 목요일 아침. 그 누구보다도 사무실에 먼저 도착한 진혁은 집무실에 틀어박혔다. 차마 어디 앉지도 못하고 관자놀이를 양손 검지로 짓누르는 그는, 더할 나위 없는 공황상태에 빠져 있었다.

서른둘 평생 적어도 탈법만은 저지르지 않았다. 어쩌다 뉴스에 수십만 원어치 금품을 훔치려다 붙잡힌 절도범 기사가 나오면 진혁은 코웃음도 치지 않았다. 고작 그거 해 먹으려고 사지 멀쩡한 자식이 범죄를 저지를 수 있냐고 한심하게 여기면서.

허나 오늘 아침, 20대 여성이 홀로 거주하는 원룸에 침입해 장부가액이 만 원도 채 안 될 것으로 추정되는 헌 코트를 훔쳐 도주한 절도범이라는 기사 한 줄을 뽑아낼 수 있는 작자가, 지금 이 자리에 등판하시었다.

지예의 코트는…… 진혁이 북아현동 집에 도착하여 벗어 내는 순간 오른쪽 겨드랑이 부분이 부욱 찢어지며 유명을 달리하고 말았다. 가뜩이나 사연 많아 보이는 생을 그리도 덧없이 마무리한 코트를 망연자실하게 들어 올리며, 진혁은 살인이라도 저지른 듯한 가책에 휩싸였다.

괘종시계가 9시를 가리켰다. 여직원들은 원래 출근 시간보다 20여 분 정도 일찍 오는 편이다. 즉 지금쯤이면 설지예도 도착했으리라. 생각이 거기에 미치니 속이 바짝 졸아들었다.

그녀가 지금쯤 어떤 표정을 짓고 있을까? 가뜩이나 훔쳐 갈 것도 없는 집 안에 들었으니 많이 놀라고 또 화도 났겠지. 혹시나 경찰에 신고하겠다고 길길이 날뛰기라도 하면······.

　진혁은 판도라의 상자를 여는 심정으로 집무실 문을 열었다. 여직원 파티션에 나 실장, 도 과장, 안지영이 앉아 있었다. 그리고 안지영의 옆자리 있어야 할 설지예는······ 보이지 않았다.

　— I don't wanna talk. About the things we've gone through······.

　Abba의 'The Winner Takes It All'의 한 소절이 제대로 가을 타는 가락으로 흘러나왔다. 도 과장이 눈을 휘둥글게 뜨며 책상 위에 올려 둔 핸드폰을 들어 올렸다.

　"어! 지예야! 지금 어디야? 안 그래도 내가 지금 전화하려던 참····· 왜 그래? 너 설마 지금 우는 거야?"

　산란하기 그지없던 진혁의 정신이 낙하할 채비를 마친 뾰족한 고드름으로 응축되었다.

　"어어. 그래, 그래. 알았어. 내가 일 끝나고 오후에 거기 들를게. 어휴, 어떡하니. 오늘 마포 세무서에 거래처 자료 소명하러 가기로 해 가지고 이 언니가 바로 못 간다. 미안해, 지예야. 내가 실장님이랑 세무사님께 다 말씀드릴 테니 걱정하지 말고 기다려. 응. 이따 보자."

　핸드폰을 내려놓으며 도 과장이 벌어진 입을 손으로 가렸다.

　"왜 그래? 지예 씨 또 무슨 일 있대?"

　나 실장의 물음에 도 과장이 '어이고 무서워라' 하며 말꼭지를 뗐다.

　"아니, 글쎄요. 지예네 집에 도둑이 들었대요! 돈 같은 건 안 사라졌는데 코트를 집어 갔다네? 근데 어휴····· 지예한텐 코트 그거 한 벌밖에 없잖아요. 이 추위에 그거마저 없으면······."

고드름이 급전직하하여 진혁의 심장에 푹 소리 나게 들이박혔다.

"어떤 괘씸한 자식인지. 벼룩의 간을 내어 먹어도 유분수지."

도 과장의 일침이 진혁의 내면에 파장이 긴 진동을 남겼다.

"어? 세무사님 여기 계셨네? 방금 제 말 들으셨어요? 지예 씨 오늘 못 나오는 이유가……."

"아, 예예! 다 들었습니다. 그럼 지예 씨는 오늘 못 나오는 걸로……."

진혁이 두 손을 내저으며 말을 자르자 도 과장은 알면 되었다는 듯이 심드렁하게 고개를 돌렸다.

"전 그럼…… 엄 사장님과 오전 약속이 잡혀 있어서 나가 보겠습니다."

여직원들이 별로 관심 있어 보이는 기색도 아니었지만 진혁은 부러 '약속'에 역점을 주어 말했다. 그녀들이 사정없이 떨리는 자신의 양손을 수상쩍게 느끼기 전에, 그는 화급히 사무실을 빠져나왔다.

진혁은 처음으로 낮에 묘안동 골목길에 들어섰다. 몇 번을 와도 마녀의 집 같던 골목이 낮에 보니 사뭇 달라 보였다. 집들은 하나같이 자그마했고, 쇠창살을 곤두세운 담벼락은 그보다도 작아 아래쪽 주거지가 훤히 내다보였다. 가래침 따위를 지뢰인 양 어둠 속에 감춰두었던 길바닥은 낮에 보니 그저 희부옜다. 진짜 마녀의 집도 호박바가지의 싯누런 빛이 꺼지고 창백한 아침을 맞으면 이렇듯 황량함만 남을까?

이윽고 진혁은 기묘 원룸텔에 도착했다. 재건축 얘기가 나올 만큼 오래된 건물이라는 건 알았지만 낮에 보니 정말 사람 살 곳이 아니었다. 외벽에 간 균열은 주먹만 질러도 날벼락으로 돌변할 듯 보이고,

창문의 녹슨 잠금장치들은 툭 건들면 모래처럼 바스라질 듯했다. 특히 지예가 사는 2층 라인의 가스 배관에는 파렴치한 불청객을 막아낼 만한 그 어떤 장치도 되어 있지 않았다.

안팎으로 들이치는 찬바람에 진혁은 고개를 움츠렸다. 이렇게 직접 보기 전엔 고아라는 그녀의 배경이 주변의 호의와 동정을 사는 데 편리한 수단이라는 억측까지 했었다. 하지만 저런 곳에서도 행복을 도모하는 사람이 과연 몇이나 될까? 그토록 대견하고 가련한 그녀에게 보탬이 되지는 못할망정, 그녀가 겨우 이겨 내었을 두려움만 가중시키고 말다니.

209호 앞에서 진혁은 심호흡을 한 번 하고 동전만 한 차임벨 버튼을 눌렀다.

"누구세요? 애수 언니예요?"

안에서 조금 놀란 듯한 목소리가 들려왔다. 이 시각에 찾아올 만한 이가 그나마 아까 방문을 예고한 도 과장뿐이라고 생각하는 듯하다. 진혁은 문에 대고 조금 목소리를 높여 말했다.

"설지예 씨. 조진혁입니다. 좀 어때요? 지금 괜찮아요?"

"조진혁이 누구…… 에엑? 설마 세무사님이세요?"

어느 정도 예상은 했지만 '설마'까지 붙일 건 뭔지. 진혁은 민망한 마음에 늦가을에 손부채질을 했다.

안에서 부산한 소리가 잠깐 들려오더니 문이 살짝 열렸다. 그 사이로 고개를 빼꼼 내민 얼굴이 진혁을 확인하고는 더더욱 놀라움으로 물들었다.

"세무사님! 여긴 어떻게 알고 오셨어요?"

"사무실 직원한테 물어봐서 왔어요."

그 질문은 어느 정도 예상했기에 진혁은 적당히 둘러댔다.

"아, 예. 저어…… 혹시 언니들한테서 제 얘기 듣고 찾아오신 건 가요?"

"네."

진혁의 대답에 지예가 다소 멋쩍은 기색으로 혀를 살짝 빼물었다. 눈동자를 아래로 굴리며 그녀가 얼버무렸다.

"어, 그러면…… 잠깐 들어오실래요? 근데 안이 되게 좁아서……. 제대로 치우지도 못하고……."

그녀의 민낯은 파우더처럼 완전무결하게 뽀송뽀송하지는 않았지만 화장했을 때와 큰 차이는 없어 보였다. 본인은 여력이 되면 더 꾸미고 싶다 할지 모르지만, 진혁은 그녀의 얼굴에 과한 화장은 필요치 않음을 새삼 느꼈다. 눈가에 약간 발갛게 남은 눈물의 흔적만 없다면 더더욱.

"괜찮아요. 그럼 잠깐 실례해도 될까요?"

진혁은 재차 양해를 구했다. 그러자 지예는 나긋이 웃으며 길을 터주었다.

"네. 그럼 들어오세요."

사흘 밤을 보내 익히 알지만 낮에 보니 정말 작은 공간이었다. 책상, 옷장, 그리고 그녀의 작품들. 밤엔 올려다보거나 마주했던 것들이 지금은 하나같이 아기자기해 보였다. 해가 뜨면 마술에서 풀려나는 건 자신만이 아닌 듯하다.

"진짜 좁죠? 음…… 여기에라도 앉으실래요? 방석엔 고양이 털이 잔뜩 붙어 있어서. 아, 혹시 모르니 좀 털어 드릴게요."

지예가 책상 의자를 빼서 손으로 탈탈 털었다. 불청객 앞에서도 투철한 그녀의 접객 예절에 진혁은 괜스레 속이 졸아붙었다.

"아, 괜찮으니까 그냥 가만히 있어요. 잠깐 있다 갈 거라서."

"하지만 아무 데나 앉으셨다간 옷에 고양이 털이 다 묻으실 텐데……."

지예가 진혁의 네이비 슈트와 방구석에 앉은 마포를 번갈아 보며 말했다. 그 앞에서 진혁은 보란 듯이 제자리에 앉아 버렸다. 지예는 눈을 휘둥글게 뜬 채 진혁을 살펴보다가 자신도 방바닥에 다리를 모으고 앉았다.

불을 켜지 않아도 환한 아침의 방이 고즈넉했다. 창문에 아른거리는 나뭇잎의 그림자가 자기라도 대신 말을 건네고 싶어 하는 듯했다.

"저…… 지예 씨한테 코트가 '그거' 한 벌뿐이라고 들었는데……."

자칫하면 그녀를 수치스럽게 할 수 있는 말. 하지만 그 말이라도 하지 않고서는 이 작은 방에 들어찬 침묵을 깰 재간이 없었다.

"아하하…… 부끄럽지만 지금 당장은 그래요. 고등학생 때부터 입던 코트라 많이 낡기도 했고, 주변에서도 코트 좀 새로 사라고 성화여서 안 그래도 사러 갈 생각은 하고 있었는데, 게으름 피우다가 이렇게 돼 버렸네요."

다리를 감싼 커피색 치마를 부여잡은 채 지예가 쑥스러운 기색으로 웃었다. 하지만 진혁은 그녀의 희극적인 말씨나 미소가 자신의 걱정을 덜어 주기 위한 배려임을 모르지 않았다.

"애수 언니는 당장 경찰에 신고하라고는 하지만……."

지예의 중얼거림에 진혁은 허리를 곧추세웠다.

"이 부근엔 CCTV 같은 것도 없거든요. 얼마 하지도 않는 거 가지고 신고해 봐야 경찰분들만 번거롭게 해 드릴 거 같고……. 제 코트를 가져간 그분이 그래도 다른 건 안 가져가셨으니까, 그냥 액땜 한 번 했다고 생각하고 빨리 잊으려고요."

"그럼 그동안 지예 씨는 뭐 입고 다니려고……."

무거운 심정으로 묻는 진혁에 비해 지예는 초탈한 듯 보였다.

"아까 애수 언니랑 잠깐 통화했는데 오늘 퇴근하고 코트 한 벌 빌려주신대요. 마침 내일모레 토요일이니까 아웃렛에 가서 한 벌 사려고요."

자기가 말하고도 그 말의 어느 부분이 그리 웃긴지 지예가 돌연 웃음을 터트렸다.

"아, 진짜 웃기다. 옷이 없어서 나가지도 못해. 저 사실 그렇게까지 심각하게 가난하지 않은데 세무사님까지 이렇게 직접 찾아오시게 할 정도로 걱정 끼쳐 드리고. 좀 많이 쑥스럽네요."

자신보다 여덟 살이나 어린 여자 앞에서 진혁은 고개도 못 들 지경이었다.

"앗, 잠시만요! 저 잠깐 전화 좀 받고 올게요."

지예가 손아귀에서 반짝이는 핸드폰을 든 채 현관문 밖으로 나갔다. 진혁은 목을 옭아맨 넥타이를 당기며 무거운 숨을 내쉬었다. 그러다가 방구석에서 등허리를 둥글게 부풀어 올리는 치즈색 생물과 눈이 마주쳤다. 진혁은 넥타이를 좌우로 흔들다 말고, 금색 캐츠아이를 흘겼다.

"안녕, 마포?"

진혁이 싸한 미소를 지어 보이자 마포가 그를 올려다보았다. 진혁은 자리에서 일어나 성큼성큼 놈에게 다가섰다.

"넌 다 봤지? 오늘 아침 내 꼬락서니."

진혁이 드리운 거대한 그림자에 묻히고도 마포는 특유의 뚱한 얼굴로 그를 빤히 올려다볼 뿐이었다. 놈은 진혁이 고양이일 때와 별반 다르지 않게 시건방진 안광을 발했다.

'그래서 지금 네놈이 저지른 일을 나한테 화풀이하겠다는 건가? 그 덩치 가지고 한심하기는.'

놈의 눈깔에서 그 말이 고스란히 읽히는 건 단지 피해 의식 때문일까?

"네놈이 날 그렇게 피곤하게 몰아붙이지만 않았어도 이 지경까진 안 갔어. 이 망할 야옹이 자식아."

진혁이 낮은 목소리로 으르듯 말했다. 그 앞에서 마포는 매우 분명하게, '풋' 소리가 나도록 콧김을 내뿜었다.

"이, 이 자식이!"

진혁의 상체가 급강하한 직후 현관문이 다시 열렸다.

"세무사님. 저 통화 끝났……."

지예의 말이 뚝 끊겼다. 눈앞에서 벌어지는 광경을 보고 그녀는.

"아하하하! 세무사님 지금 뭐 하세요!"

그 자리에서 주저앉아 포복절도했다. 지예의 격한 반응을 보고 나서야 진혁은 자신의 작태를 돌아보았다. 자신은 상체를 낮추고 엉덩이를 치켜든 채 송곳니를 드러낸 마포와 똑같은 자세로 바닥에 엎드린 채였다.

진혁은 뒤늦게 벌떡 일어나 슈트에 묻은 고양이 털을 부질없이 털어 냈다. 그 꼴을 보고 지예는 배까지 잡고 웃었다.

"아 어떡해! 세무사님 저 웃기려고 일부러 그러신 거죠? 저 완전 빵 터졌어요! 아하하!"

"아…… 뭐, 난 그냥……."

무어라 항변해 보려다 진혁은 그냥 뒷머리를 긁적였다. 그래. 차라리 그런 걸로 치자.

"하아, 간만에 진짜 많이 웃었어요. 정말 고맙습니다. 저 사실 좀 우울했는데 덕분에 완전히 풀렸어요."

실컷 웃고 나서 지예가 눈가에 살짝 맺힌 물방울을 검지로 찍어 내며 말했다. 그 모습을 보자니 목에 걸린 것이 조금이나마 내려앉는 듯했다.

"점심 먹으러 나갈까요? 좀 이르긴 하지만."

진혁은 불쑥 지예에게 제안했다. 그녀의 눈이 다시 동그래졌다.

"예? 아, 그러고 보니 벌써 11시가 다 되어 가네요. 근데 저 지금 옷이……."

말끝을 흐리는 지예 앞에서 진혁은 트렌치코트 단추를 풀었다. 그녀가 입을 딱 벌리며 손을 내저었다.

"어머, 아니에요! 세무사님! 저 진짜 괜찮아요! 그러지 마세……."

"오늘 날이 차서 그러고 나가면 감기 들어. 내 마음이 안 좋아서 그러니 그냥 입고 가요. 난 그래도 안에 재킷도 입었으니까."

진혁은 트렌치코트로 그녀를 감쌌다. 자신의 몸에 비해 커다란 코트에 싸인 채, 지예가 눈을 깜박였다.

"갈까요?"

진혁이 현관문을 열어 주며 살풋 웃었다. 그는 미처 자각하지 못했지만 지예로서는 그의 미소를 이번에 처음 보았다.

"네!"

지예는 진혁이 입혀 준 코트를 소중히 여미며 그가 열어 준 공간으로 나왔다.

❋

10월 마지막 주 금요일. 진혁은 집무실에서 나오자마자 지예의 자리를 흘긋 보았다. 뜻밖에도 그녀와 눈이 마주쳤다. 지예는 진혁을 보고 방긋 웃어 주었지만 그녀의 의자 등받이엔 도 과장에게 빌린 코트가 걸려 있었다.

진혁은 어제 아침부터 지금까지 딱 한 가지 고민에 시달렸다. 당연히 그녀의 코트를 배상해 주어야 한다. 기왕이면 그녀가 도둑맞은 것보다도 더 따뜻하고 예쁜 걸로. 문제는…… 평소에 그리 살가운 인상을 주지 못한 직장 상사로서, 과연 어떤 모양새로 여직원에게 옷을 사 주느냐다.

진혁은 언젠가 TV 채널을 돌리다가 드라마 속 남자가 여자를 백화점으로 다짜고짜 끌고 가 이 옷 저 옷 휙휙 던져 주는 장면을 본 적이 있었다. 정말 꼴불견이었다. 그러나 지금은 차라리 그 작태가 현실에서 자연스레 용인되는 것이었다면 얼마나 편리할까 싶었다.

"지예야. 내 코트 어때? 좀 입을 만하니?"

"네. 정말 따뜻해요. 언니 덕분에 살았네요."

"으휴, 생각 같아선 그냥 너 줘 버리고 싶지만, 아가씨가 입고 다니기엔 디자인이 좀 아니지."

"에이, 아니에요. 저 내일 코트 사러 갈 거예요. 사고 나서 바로 돌려 드리러 갈게요."

"됐어. 그냥 편할 때 천천히 줘도 돼."

도 과장이 안쓰럽다는 듯 지예를 바라보았다. 그런 그녀를 보고 진혁은 모종의 힌트를 얻었다.

잠시 뒤, 집무실에 들어온 도 과장은 봉투 안에 담긴 수표들을 보며 고개를 까닥였다.

"그러니까 지금 저더러 이 돈을 들고 백화점에 가서 지예 코트를 사 내란 말씀이시죠? 지예한테는 제가 사 준 식으로 하면서요."

"예. 생각 같아서는 제가 직접 사다 주고 싶지만, 본인이 부담스럽게 생각할 수도 있으니까. 자칫 오해의 소지도 있고. 그리고 전 여성복에 대해 잘 몰라서……."

"그래도요 세무사님. 사람이 성의란 게 있지."

도 과장이 두툼한 손바닥으로 진혁의 책상을 찰싹 소리 나게 내리쳤다. 채찍으로 내리치는 듯한 박력에 진혁은 괜스레 자라목이 되었다.

"왜, 왜 그러시죠? 혹시 돈이 부족하신지……."

"아아니, 그게 문제가 아니라요."

도 과장이 허리에 손을 착 붙인 채 입술을 씰룩였다.

"물론 세무사님의 취지는 갸륵하고 저 역시도 지예를 돕고 싶은 마음 굴뚝같지만! 전 엄연히 두 아이의 엄마랍니다? 워킹맘에겐 주말도 없는 거 아시죠?"

"그러면 안 되신다는 건지……."

진혁이 말끝을 흐리자 도 과장이 돈 봉투를 그에게 들이대며 사악하게 입꼬리를 올렸다.

"거 참 갑갑하시네. 제 말은, 나한테 심부름 시키듯 이러실 게 아니라! 세무사님도 소중한 주말에 직접 발품을 파는 최소한의 성의를 보이셔야 한다 이거지요."

결론은 같이 가자는 말이구나. 떨떠름하지만 도 과장의 말에도 일리가 있어 진혁은 결국 고개를 끄덕였다.

토요일 아침. 진혁은 도 과장과 만나기로 한 장소에 나와 있었다.

약속한 시간이 오전 10시인데 그로부터 15분이 지났는데도 그녀는 나타나지 않았다.

진혁은 손목시계와 전방의 횡단보도를 연신 번갈아 보며 눈살을 찌푸렸다. 늦으면 늦는다고 문자라도 한 통 넣어야 하는 거 아닌가. 상대가 아무리 친애하는 아가씨가 아니라도 그렇지, 이 쌀쌀한 날씨에 너무하는군.

횡단보도의 신호가 바뀌어도 도 과장은 코빼기도 보이지 않았다. 부아가 치밀어 오를 때마다 진혁은 자신이 지은 죄를 떠올렸다. 그런 어처구니없는 사고를 치지 않았다면 여기서 찬바람을 맞고 있지 않을 텐데. 아니, 애초에 캐트 시의 주술에 걸려들지 않았다면 이럴 일도 없었을 텐데.

하지만 정말 아무 일도 없었다면, 지금쯤 자신은 딱히 무얼 하고 있었을까?

설지예의 하나뿐인 코트를 앗아간 건 백번 잘못했지만, 그녀에게 조금이나마 따뜻한 코트를 선물할 수 있게 된 상황만큼은 나쁘게 느껴지지 않았다. 그녀의 예전 코트를 그저 형편없다고 생각했던 예전보다, 터무니없이 얇았노라고 생각하는 지금이 나았다.

진혁은 불현듯 선회하는 마음의 기점이, 그저께 본 설지예의 해사한 미소에 있음을 자각했다.

"세무사님."

뒤쪽에서 귀에 익은 목소리가 들려왔다. 하지만 도 과장의 목소리는 아니었다. 진혁은 뒤를 돌아보고는 턱이 빠질 뻔했다.

"어? 설지예 씨! 여긴 어떻게……."

"저어, 그게요. 애수 언니가……."

지예가 안절부절못하며 자기 핸드폰을 들여다보았다. 그에 전염되기라도 한 듯 진혁 역시 자신의 핸드폰을 확인했다. 화면에 '도애수 과장'에게서 방금 온 편지 봉투가 떠 있었다. 열람해 보니 장문의 메시지가 펼쳐졌다.

[제가 갈까 했는데 아무리 생각해도 역시 본인이 직접 고르는 게 낫겠더라고요. 근데 아짐이 껴 봐야 뭔 재미인가요. 지예한텐 잘 말해 놨으니까 예쁜 코트 사시고 맛있는 것도 사 주셔요. 그럼 즐거운 주말요. ^^]

"세무사님. 전 진짜, 진짜 괜찮아요! 실장님이랑 언니들이 돈 모아서 사 준다는 것도 겨우 사양했는데……."

그리 말하는 설지예가 입은 도 과장의 촌스러운 코트를, 진혁은 지금 당장 벗겨 버리고 싶었다. 그 이유가 단지 자신을 완전히 함정에 빠트린 그 옷의 주인이 얄미워서만은 아니었다.

"설지예 씨. 잔말 말고 따라와요."

진혁이 싸하게 웃어 보였다. 그 완고한 표정에 지예는 목울대를 살짝 떨었다. 그녀가 아래로 눈알을 굴리며 머뭇대기만 하자, 진혁은 그녀의 가느다란 팔을 잡아챘다.

"아얏, 잠깐만요 세무사님! 아, 알았어요, 갈게요! 그러니 놔주세요."

그녀의 애원에 진혁은 손아귀 힘을 풀었다. 겨우 풀려난 지예는 욱신거리는 팔의 감촉을 느끼며 진혁을 따라나섰다.

#5
Sky blue

진혁은 어제 도 과장이 점찍어 주었던 아웃렛으로 지예를 데려갔
다. 2층 여성 의류 코너에는 여러 기성복 브랜드 매장이 줄지어 있었
다. 신상품, 할인 상품, 균일가 상품, 이월 상품. 같은 매장이라도 각
양각색의 옷들이 저마다 다른 가격표를 붙이고 있었다.

진혁은 마네킹이 입은 예쁘장한 코트를 무감하게 훑었다. 반면 지
예는 마네킹이 가슴에 단 금색 가격표에 쓰인 숫자를 못 본 체하며
높은 할인율이 붙은 곳부터 찾으려 했다.

"난 여성복 쪽은 잘 모르니까 지예 씨가 알아서 골라 봐요."

"네에……."

그 말에 지예는 사방을 둘러싼 옷들이 홍수가 되어 밀려드는 아찔
함을 맛보았다. 아웃렛에 처음 와 본 건 아니다. 보육원 시절에 친했
던 언니의 손을 잡고 와서 싸고 예쁜 옷을 고르는 요령을 배웠다.

언니와는 고등학교에 입학하기 전에 헤어졌지만 지예는 그녀와 함께 다니던 경험을 살려 드물게나마 중저가 아웃렛에 와서 옷을 고르곤 했다.

하지만 아무리 싸게 고른다 하여도 겨울 코트는 단위가 확 달라져 버린다. 그 돈이 남의 지갑에서 나가리란 걸 빤히 아는데 어떻게 마음을 가라앉힐까.

선택 장애에 빠져든 지예와 내심 미안한 마음뿐인 진혁은 2층 코너를 하릴없이 한 바퀴 돌았다. 'New Arrivals'가 붙은 겨울 코트들이 눈이 떨어져 나갈 것 같은 가격표를 달고 있었다. 겨울 코트를 거저 건지듯 사기엔 아직 이른 시기인가? 지예의 머릿속에서 새하얗게 질린 실이 엉켜들었다.

"마음에 드는 거 좀 있어요?"

2층을 한 바퀴하고도 반 돌았을 즈음 진혁이 물었다. 지예는 공연히 손부채를 펼쳤다. 춥지 않도록 난방을 적당히 한 매장 안이 무척이나 덥게 느껴졌다.

"마음에 드는 게 없으면 다른 데 갈까요?"

"아, 아니에요! 그건 아닌데……."

지예는 머릿속에서 엉킨 창백한 실타래를 어디서부터 풀어내야 할지 몰랐다. 진혁도 그녀의 난감한 마음을 아주 모르지는 않았다. 얼마나 불편할까. 자신에게야 오늘 쇼핑이 재물 손괴에 대한 마땅한 배상 차원이지만, 그녀 입장에선 별로 친하지도 않은 이성 직장 상사의 영문 모를 호의에 지나지 않을 테니.

"저기 한번 가 보죠."

진혁은 돌아보면서 가장 눈이 갔던 매장을 가리켰다. 그들이 들어서자 수더분한 인상의 점원이 '어서 오세요.' 하며 다가왔다.

"안녕하세요. 어떤 옷 보러 오셨나요?"

"겨울 코트 좀 보러 왔는데요. 이 아가씨한테 맞을 만한 거 좀 추천해 주시겠어요? 따뜻하면서도 너무 무겁지 않은 걸로요."

진혁이 지예의 얄따란 어깨를 보며 '따뜻하면서도 무겁지 않은'을 분명하게 강조했다.

"네. 고객님. 마침 이번 신상 중에 괜찮은 게 많이 들어왔어요. 잠시만 기다려 주세요. 고객님께 어울릴 만한 코트가……."

"저기, 잠시만요! 너무 신상 아니어도 괜찮으니까……. 혹시 가격 좀 싸게 나온 거 없을까요?"

신상 코너부터 들이대려는 점원을 지예가 황급히 불러 세웠다. 그러자 점원은 방향을 바꾸어 옷들이 빼곡히 겹쳐 붙은 옷걸이에서 코트 몇 벌을 빼 왔다.

"이게 작년 겨울에 진짜 인기 있었던 코트인데 다 빠지고 이거 하나만 남았어요. 고객님께서 워낙 날씬하셔서 맞으실 거 같네요."

점원의 손에 들린 코트 중에서 지예는 스카이블루 톤의 롱코트를 건네받았다. 산뜻하면서 시리지 않은 색조가 그녀의 밝은 피부에 어울렸다. 지금껏 그녀에게 차가운 눈과 비만 퍼부었던 하늘이 화해의 표시로 지어 보낸 옷 같았다.

"울 80프로에 캐시미어 20프로예요. 원단이 워낙 좋아 따뜻하면서 착용감도 가벼우실 거예요."

딱 듣기에도 가격이 치솟을 구성에 지예가 첫눈에 반한 표정을 얼른 감추려 했다.

"내가 보기엔 지예 씨한테 어울릴 거 같은데. 한번 입어 봐요."

"그래요. 고객님. 입고 계신 코트 벗어 주시고 한번 입어 보세요."

합을 맞춘 듯한 진혁과 점원의 종용에 지예는 도 과장의 코트를 벗고 새 코트를 입어 보았다.

"정말 잘 어울리세요! 롱코트로 입으실 거면 안 줄이셔도 되지만, 혹시 기장을 조금 줄이길 원하시면 요 위에 수선하는 곳에서 오늘 내로 해 드릴 수 있어요."

벌써 옷을 판 듯한 점원의 립서비스를 하루 이틀 듣는 건 아니지만, 진혁은 그녀를 넉넉히 품은 스카이블루를 보고는 이미 마음을 굳혔다.

"지예 씨. 진짜 잘 어울려요."

"예. 정말 예쁘긴 예뻐요. 근데 가격이……."

"원래 정가가 50만 원까지 하던 건데, 할인율 30프로 적용돼서 35만 원입니다."

점원의 말에 지예가 가슴에 손을 얹었다. 그러나 그녀가 무어라 말하기도 전에 진혁은 코트 주머니에서 어제 준비한 봉투를 꺼냈다.

"현금으로 계산할게요. 현금 영수증은 이 아가씨 핸드폰 번호로 해 주세요."

"네에? 세무사님. 잠깐만요! 전 괜찮……."

"고객님 안목이 정확하신데요. 근데 코트 기장은 어떻게 하시겠어요? 지금 수선 맡기시면 점심 식사 시간 이후에 바로 찾아가실 수 있게 해 드릴게요."

"내가 보기엔 조금 줄이는 게 나을 거 같은데. 지예 씨, 어떻게 할래요? 오늘 내로 된다니까 점심 먹고 찾으러 올까?"

"그러시면 되겠네요. 아, 고객님. 수선하시면 교환이나 환불 안 되십니다, 핸드폰 번호 입력 부탁드립니다."

점원이 포스기 앞에 서서 사인패드를 가리켰다. 진혁이 손가락으로 사인패드에 뜬 숫자판에 010을 눌러 놓고는 지예와 눈을 맞췄다.

아주 조금 장난기 어린 그의 입가를 보고 지예는 저도 모르게 웃음 지었다. 결국 그녀는 숫자를 마저 눌렀다.

두 사람은 아웃렛 내에 있는 베트남 쌀국수 집에서 점심을 해결한 뒤 근처 카페에 자리를 잡았다. 진혁의 자리에는 아메리카노가 놓이고 지예의 자리에는 카페라떼가 놓였다.

"2시쯤 찾으러 오라고 했으니까 이거 마시고 가면 얼추 시간 맞겠네요."

진혁의 말에 지예가 갑자기 숨을 크게 들이쉬었다가 천천히 내쉬었다. 진혁이 눈을 끔벅였다.

"왜 그래요? 아까 먹은 게 혹시 불편해요?"

"아뇨. 그게 아니라 지금 마치 꿈을 꾸는 거 같아서요."

지예의 볼에 앙증맞은 보조개가 파였다. 잔에 담긴 커피를 담는 그녀의 눈이 정말로 꿈결처럼 반짝였다.

"맘에 들어 하는 거 같아 다행이네. 월요일에도 과장님한테 혼나지는 않을 거 같네요."

미안하다고 말도 못 하는 상황에서 돈으로 때우는 감이 있어 지금껏 찜찜했는데, 그녀의 행복한 미소를 보니 그나마 죄책감이 가셨다.

"세무사님. 저기…… 말 편하게 놓으셔도 되는데. 제가 세무사님보다 한참 어리잖아요."

그녀가 뜻밖의 화제를 꺼내는 바람에 진혁은 머그잔을 집으려다 말았다.

솔직한 심정으로는 여직원들끼리 언니, 언니 하며 너무 편하게 말을 놓는 광경이 영 거북했다. 자신이 다소 고지식한 편이라는 건 알지만, 진혁은 직장에서 나이 차는 무관하다고 생각했다. 하지만 그런

자신마저도 지예와의 나이 차는 의식했는지 이미 반은 말을 놓고 있
긴 했다.

"그래요. 그럼."

"아, 세무사님. 그리고요. 제가 말할 타이밍을 자꾸 놓쳐서 이제야
말씀드리는 건데…… 월요일에 세무사님께 무례하게 굴어서 정말 죄
송합니다."

그녀의 말에 진혁은 잠시간 잊고 있었던 월요일 아침의 일을 떠올
렸다. 지금 새삼 떠올려 보니 그 일이 왜 이리도…… 민망하게 느껴
지는지.

"아니. 그땐 내가 실언을 했어. 그러니까 그 코트도 사실 내가 미
안해서 사과의 표시로……."

묘하게 말재간이 따라 주지 않아 진혁이 얼버무렸다. 하지만 지예
는 그만하면 충분하다는 듯이 푸근한 미소를 지었다.

"고맙습니다. 그럼 감사히 잘 입을게요."

그녀가 하얀 찻잔 안을 들여다보았다. 우유 거품으로 만든 고양이
얼굴이 보였다. 그 고양이와 색조가 똑 닮은 누군가를 떠올렸는지 지
예의 미소가 더 따스해졌다. 진혁도 같은 대상을 떠올렸다.

"집에 있는 고양이의 이름이 마포라 했던가? 그 고양이가 대체 몇
살쯤 됐지?"

"마포요? 글쎄요. 사실 저도 정확한 나이는 몰라요. 걔 이름이 마
포인 이유도 마포 대교에서 데려와서예요. 제가 마포랑 고등학교 1학
년 때 만났는데 그때도 한…… 서너 살은 돼 보였어요."

"그럼 그놈 나이가 열 살은 넘는다는 소리네."

"맞아요. 고양이 기준으로 보면 사실 노인이죠. 그래서인지 요새
병치레를 많이 해요. 다행히 염리동에 24시간 동물 병원이 있어서

거기 다녀요."

글쎄. 정정하다 못해 아주 활극을 찍던데. 진혁은 자신을 쥐 잡듯 잡던 마포의 우악스러운 발톱을 떠올렸다.

"근데 그놈이 지예 씨 밥까지 다 빼앗아 먹는 거 아닌가? 지예 씨는 이렇게 말랐는데 그놈은 접때 보니 아주 어른 베개만 하더만."

진혁이 마포의 비대한 몸집을 두 팔로 재현해 보이자 지예가 박장대소했다.

"아하하, 아니에요. 집냥이는 원래 살이 잘 쪄요. 집이 좁다 보니 운동을 제대로 못 하는 탓도 있고. 나이가 들어서인지 소화가 잘 안 되나 봐요. 전에 비해 먹는 양은 오히려 줄었는데……."

웃음 섞인 말 속에 무거운 돌이 있었다. 진혁은 마포의 늘어진 뱃살을 다시 떠올렸다. 제 주인의 고생을 까맣게 모르고 탐욕만이 그득한 듯 보였던 배가, 이젠 다른 의미로 거북한 느낌을 주었다.

"예쁘다. 꼭 마포 얼굴 같아서 먹기 좀 아깝네요."

카페라떼를 앞에 두고 지예가 또 보조개를 피워 냈다. 듣자 하니 요새 저런 보조개를 얻기 위해 수술도 받는다지. 물론 모든 보조개가 다 예쁜 건 아니다. 하지만 설지예의 보조개는 그녀의 웃는 상과 제법 시너지 효과를 낸다. 타고났다고 보기엔 어딘지 불공평하게 느껴지기까지 하는 미소. 그 미소가 최고의 재산인 듯 보였던 사람을, 진혁은 인생에서 두 번 보았다.

"지예 씨는 하루 종일 그렇게 웃으면 피곤하지 않아?"

"예?"

그녀가 하얀 치아를 활짝 드러냈다. 그제야 진혁은 기껏 월요일 아침의 말실수를 수습해 놓고, 더 수습이 안 되는 판을 벌이고 말았다는 생각이 들었다.

"아니 뭐…… 볼 때마다 항상 웃는 것처럼 보여서. 내가 잘 웃는 편이 아니어서 그렇게 느끼는 걸 수도 있는데, 지예 씨는 마치 태어날 때부터 웃고 있었을 것 같아."

"정말 그래 보여요?"

방금 본인이 말했듯 진혁은 웃음에 인색한 편이었다. 그래서 그는 지금 이 순간도 그녀에게 보이는 자신의 모습이 썩 부드럽지는 못하리라 생각했다. 그럼에도 그녀는 진혁의 말을 칭찬으로 받아들인 듯했다.

"웃으면서 태어난 것처럼 보일 정도라니. 정말 그렇게 보인다면 당장 이 얼굴을 보여 주고 싶은 사람이 있네요. 저 이래 봬도 예전엔 오히려 잘 안 웃는다고 주변에 걱정 많이 끼쳤거든요."

개인적인 이유로 그녀의 인상에 비판적일 수밖에 없었기에, 진혁은 그녀의 미소가 순도 높은 기쁨에서 우러나오는 건 아니리라고 지레짐작했었다. 하지만 그녀의 과거만은 의외였다.

"저는 처음엔 예쁘게 웃는 얼굴이 특별한 사람들만의 전유물인 줄 알았어요. 제가 보육원에 있을 적에 정말 그렇게 태어난 것처럼 빛나는 언니가 있었어요. 전 그때 그 언니 없이는 못 살 정도였어요. 그 언니가 저도 웃으면 예쁠 거라고 좀 웃어 보라고 해도 무언가 와 닿지 않았어요. 전 그 언니와 달리 공부도 못하고, 예쁘지도 않고……."

맞은편에 올라앉은 가느다랗고 섬세한 깍지를 지켜보다가, 진혁은 그녀가 스스로 안 예쁘다고 생각하는 이유가 무얼까 다소간 핀트가 어긋난 생각을 했다.

"그 언니가 나이가 차서 보육원을 먼저 나가 버려서 한창 힘든 시기에 마포를 만났어요. 그때만 해도 제가 이렇게 오래 마포와 함께할 수 있을 줄 몰랐어요. 나 혼자 먹고 살 자신도 없으니 마포를 어디 보내야 한다고 생각했어요. 하지만 결국 그러지 못했어요. 마포가 너무…… 귀여워서."

귀여워서? 무거운 화제와는 어딘지 어긋난 단어의 진의가 궁금하여, 진혁은 씁쓸한 아메리카노를 쭉 들이켰다.

지예가 깍지를 풀어 자신의 가슴에 살포시 한 손을 얹었다.

"왜 고양이가 그리 귀여운지 진지하게 생각해 봤어요. 우선 고양이들은 얼굴도 귀엽고 털도 예쁘잖아요? 그리고 또, 표현을 잘해요. 예를 들어 배를 뒤집는 건 절대적인 신뢰를 표시예요. 손등을 핥아 주는 건 상대방의 마음이 자신의 털처럼 정돈되기를 바란다는 뜻이에요. 뺨을 비벼 오는 건, 당신이 나의 것이란 뜻이에요. 그 작은 생명이 굳이 저를 선택해서 그러니…… 정말 열심히 살아야겠다는 생각이 들더라고요."

그녀가 목울대를 움직여 순간적으로 복받쳐 오른 감정을 가라앉혔다.

"마포가 가르쳐 준 대로 저도 나름 좋은 인상을 주는 존재가 되려고 노력했어요. 거울 보면서 웃는 연습도 하고, 되도록 적극적으로 표현하려 하고. 그렇게 하니까 무섭기만 한 줄 알았던 세상이 감사하게도 둥글둥글해지더라고요."

설지예는 아직 스카이블루색 코트를 입지 않았다. 하지만 진혁은 눈앞에 파스텔 톤의 하늘이 펼쳐지는 듯한 느낌을 받았다.

"제가 정말 이렇게도 살아갈 수 있구나 싶어서, 요새는 진심으로 웃음이 나요."

힘겨웠다면 힘겨웠을 과거를 맑게 갠 하늘인 양 등진 채, 설지예는 정말 행복하게 웃었다.

해가 지고 몸집이 작아진 뒤에도 진혁의 마음은 설지예가 남긴 여운에 가만히 잠겼다. 마치 오랫동안 책꽂이에 처박아 두고 읽어 보지 않았던 책에 푹 빠져든 기분이다. 오늘 낮에 자신과 마주 앉아 이야기한 그녀는 대체 누구였던가. 약간 거슬리는 무색무취의 형체였다가, 한없이 가녀리고 작은 햄스터였다가, 결국 블루 스카이가 된 그녀는 대체 누구인가?

'태어나서부터 웃는 사람이 정말 있을지도 모르겠지만, 저처럼 웃게 된 사람도 있을 거예요.'

설지예가 마지막에 했던 말. 그 말을 곱씹어 보는 순간, 머릿속에서 떠다니던 지예의 보조개가 그 여자의 보조개로 변모했다. 새어머니의 인생도 나름 굴곡이 있었다고 하였지. 그녀 역시 불우한 가정에서 자라 아버지와 어깨를 나란히 한 자수성가형 인간이었다지. 그녀가 어떻게 그리 예쁘게 웃을 수 있게 되었는지 궁금하다고, 아버지께서 생전에 말씀하신 적이 있었지.

들은 당시에조차 곧장 먼지가 내려앉았던 말들이, 왜 이제 와서 색을 입으려 드는 걸까?

진혁은 머리를 흔들었다. 설지예는 설지예고 그 여자는 그 여자다. 구태여 결부시켜서 오늘의 산뜻한 기억을, 해묵은 무언가를 퍼내는 국자로 쓸 이유는 없다.

"아, 정말 예쁘다. 이렇게 좋은 건 처음 입어 봐. 정말 이 코트 내가 가져도 되는 걸까? 하아……"

하루 일과를 마치고 잠자리에 들 준비까지 마쳐 놓고, 지예는 잠옷 위에 오늘 진혁이 사 준 코트를 껴입고는 책상 위의 작은 탁상 거울에 비춰 보며 한숨지었다.

그때 지예와 진혁의 캐츠아이가 마주쳤다. 그녀는 갈색빛 도는 머리칼이 일순 흩날리도록 탈파닥 꿇어앉아 그와 눈높이를 맞췄다. 들뜰 수밖에 없는 이유야 알지만 오늘 밤 그녀의 미소는 금방이라도 터져 나올 듯 보였다. 그 징후가 한껏 말려 올라간 입꼬리에서 보인다고 생각하는 찰나, 진혁은 지예의 품에 와락 안겼다.

"야옹아! 누나 코트 예쁘지? 오늘 선물 받은 거야!"

'지, 지예 씨. 이러면 코트에 고양이 털 다 묻어!'

그녀의 돌발 행동에 너무 당황한 나머지 진혁은 지금 그녀가 자신의 말을 알아들을 수 없는 상황이란 것도 잊고 야옹거렸다.

"역시 사람은 겪어 봐야 아나 봐."

지예의 품에서 간신히 벗어난 진혁은 그녀를 물끄러미 올려다보았다. 그녀는 지그시 진혁을 바라보다가 손으로 그의 머리부터 등허리까지 부드럽게 쓸어내렸다. 그녀가 '겪어 본 사람'에 대한 품평을 하고자 단어를 고르는 찰나의 순간에, 진혁의 심장은 괜스레 반쪽이 되었다.

"세무사님의 말씀은 되게 현실적이면서도 왠지 뾰족하지는 않아. 그분이 칼을 갈아라 발음하는 것도 아닌데. 까칠한 듯해도 잘 들어 보면, 하나하나 깊이 생각해서 말을 하신단 느낌이 들어."

그녀의 품에 안겨 든 순간보다도 가슴이 얼얼했다. 조진혁이란 인간이 과연 이런 고운 말로 이루어진 찬사를 들을 자격이 있기는 한지. 그녀 앞에서 지금껏 만들어 낸 표정이나 말들 중에 건져서 쓸 수 있는 게 하나도 없는데. 아무런 연관이 없는 자신의 과거와 그녀를 결부시키며 알게 모르게 못되게 굴었던, 나잇값 못 하는 남자에 지나지 않는데.

진혁은 저도 모르게 점점 고개를 숙였다. 그런데 순간, 지예가 그의 두 앞발을 잡아 올렸다. 그의 쑥색 캐츠아이 속 까만 구슬이 화악 벌어졌다.

"왜 그래 야옹이. 설마 누나 말 못 믿는 거야? 누나는 진심인데?"

상체를 들린 채로 심장이, 아프도록 뛰었다. 고양이란 생물의 심장은 왜 이리도 빈약하단 말인가.

"그러고 보니 우리 야옹이 만난 지도 벌써 일주일이 됐네? 이왕이면 밥도 좀 먹고 가면 좋을 텐데. 생각 있으면 언제든지 아주 이 누나에게로 와. 너 정도는 먹여 살릴 자신 있거든. 자, 어떡할래? 우리 야옹이, 이 누나한테 장가들지 않을래?"

지예로서는 정말 농으로 한 말이겠지만, 그녀의 말이 떨어지기 무섭게 공기가 확 달라졌다. 그 연유가 앞발을 너무 오래 붙들려 현기증이 이는 탓인지, 아니면 공연히 둘 사이를 파고들어 훼방을 놓는 마포 때문인지는 알 수 없었다.

"아이구, 우리 마포 질투하는 거야? 강력한 라이벌이지? 근데 얘 정말 잘생기지 않았어? 내가 지금까지 본 고양이들 중 제일 잘생긴 거 같아."

마포는 지예의 말을 못 들은 체하는 양 그녀의 다리 사이에 털퍼덕 누웠다. 하얀 배를 드러내고 앞발을 기역 자로 접은 채 마포는 도끼눈으로 진혁을 흘겨보았다. 거기다 대고 진혁은 입가를 닦는 척 혀를 쑥 내밀어 보였다. 그 모습을 캐치해 낸 지예가 키득거리며 진혁의 머리를 끌어안았다.

"아, 너 정말 탐이 나! 어떻게 하면 널 아예 내 곁에 둘 수 있을까? 흐음, 그래! 일단 이름부터 제대로 지어 줘야겠다. 내가 지어 준 이름으로 부르면 너에게 조금이라도 나의 존재가 커지겠지?"

진혁은 또다시 지예를 물끄러미 바라보았다. 나날이 조금씩 서슴 없어지는 그녀의 손길이나 말을, 지금까지는 그저 시간이 불려 낸 친밀감 차원에서만 생각해 왔다. 그래서 미처 생각해 보지 못했다. 그녀가 자신에게 어떠한 의미를 부여하는 만큼, 자신을 믿어 버리리라는 것을. 그 믿음이 제게는 조개 속 진주처럼 날로 빛나는 무거움이 되리란 것을.

"흐음, 우리 야옹이 이름을……."

지예가 머릿속에서 보물 상자를 뒤지는 동안 진혁은 어지러운 눈망울을 감추려 그녀를 등졌다. 사람을 겪어서 아는 것이 이런 느낌인 줄은 몰랐다.

✳

"어머나 세상에! 어떻게 이런 걸 샀니? 진짜 너한테 딱이다, 얘. 원단도 좋아 보이고. 얼굴이 확 피었네, 피었어."

11월 첫째 주 월요일 아침. 사무실 문을 열고 들어서니 주말에 산 코트를 입은 지예와, 그런 그녀에게 침이 마르도록 찬사를 늘어놓는 도 과장이 보였다. 진혁이 발기척을 살짝 내자 두 사람이 거의 동시에 고개를 돌려 그를 보았다.

"세무사님. 주말 잘 보내셨어요?"

지예가 코트보다도 밝게 눈웃음을 쳤다. 그녀는 진혁이 보는 앞에서 코트를 옷걸이에 단정히 걸어 놓았다.

"아유, 세무사님. 둘이 가서 과연 어떤 걸 고를지 살짝 걱정이 되기도 했는데, 역시 안 따라가길 잘했네. 진짜 내가 다 고맙네요."

진혁은 도 과장의 모습이 적응이 되지 않았다. 묘안동 지점에 온 뒤로 그녀가 그에게 호의에 가까운 반응을 보이는 건 이번이 처음이었다. 진혁은 짐짓 오연하게 말했다.

"도 과장님의 센스 있는 문자, 잘 봤습니다. 완전히 당했지 뭡니까. 마치 조조의 술수에 걸려든 유비가 된 기분이던데요."

"뭐요? 아이 참. 그럴 것까지야! 둘이서 가니 더 재미있지 않던가요?"

진혁이 댄 비유에 도 과장이 파안대소했다. 하지만 그는 아랑곳하지 않고 지예를 보며 물었다.

"지예 씨. 어떻게 생각해? 도 과장님이 날 속인 거, 진짜 조조 같지 않아?"

"아유, 참. 왜 하필 조조예요! 세무사님 주말에 삼국지 탐독하셨어요? 왜요, 둘이 같이 가게 했다고 공명의 지략으로 나한테 복수라도 하시게?"

얼핏 듣기엔 농인 듯한 진혁의 말을 받아치면서도, 도 과장은 은근하게 눈을 빛냈다. 아주 미묘하지만 주말 새 바뀐 점들이 몇 가지 보였다. 우선은, 밥맛없기 그지없었던 임시 상사의 인상이 왜인지 부드러워졌다. 그리고

"으음…… 글쎄요. 물론 삼국지연의에서의 조조는 간웅이기는 하지만, 대신 이름만 들어도 왠지 눈치가 빠르고 똑똑한 느낌이 들지 않나요? 좀 별나다고 생각하실지 모르겠지만, 전 삼국지 읽을 때 조조가 그리 밉지만은 않더라고요. 그 사람도 결국은 어지러운 시대 상황에서 살아남기 위해 몸부림쳤던 고독한 군주였으니까요."

진혁을 바라보며 대답하는 지예의 얼굴은 잘 씻은 쌀알처럼 빛이 났다.

평소의 도 과장이었다면 금세 호들갑스레 말을 보태었으리라. 그

러나 입심만큼이나 눈치도 비상한 그녀는 한 박자를 쉬어 보았다. 아니나 다를까, 지예가 나직한 어조로 한마디 보탰다.

"왠지 전 남들이 다 싫다고 하는 사람일수록 한 번 더 생각해 보게 되더라고요."

도 과장은 이 대화의 초점이 처음부터 자신이 아니었음을 알아챘다.

"아, 맞다. 언니, 저 업둥이 이름 드디어 지었어요. '조조'로요."

"아아, 그래? 그래서 세무사님이 지금 조조 얘기를 하신 거구나?"

도 과장이 묻자 지예는 입꼬리를 싱긋 올린 채 고개를 저었다.

"아뇨. 세무사님께도 아직 말 안 했는데요? 그런데 마침 조조 얘기가 나와서 저도 지금 완전 신기해요."

도 과장은 다시 진혁의 표정을 살폈다. 그는 지예에게서 잠시간 시선을 돌린 채였다. 하지만 이제는 명백히 미소로 보일 만치 입꼬리를 올리고서는, 그는 그것도 딴청이라고 피웠다.

주말이 지나고 나니 반 장난으로 붙여 놓았던 두 남녀가, 참 묘하여졌다.

달라진 기류에 당장 적응하기가 좀 객쩍어서, 도 과장은 스리슬쩍 화제를 바꾸려 들었다.

"그래. 뭐, 나는 조조의 매력을 잘은 모르겠다만, 고양이 이름이라고 붙이니 그것도 또 묘하게 귀엽긴 하네. 아, 맞다. 지영아! 금요일에 예랑이랑 드레스 보러 간다더니 어떻게 됐……."

도 과장은 뒤편에 앉은 안지영에게 말을 걸려다 말았다.

안지영이 핸드폰을 귀에 댄 채 누군가와 통화 중이었다. 평소보다도 낮게 깔린 목소리를 내고 있어 대화 내용이 자세히는 안 들렸다. 다만 존대를 하지 않고 톡 쏘는 어투를 보아 서로 허물이 없는 상대인 듯했다. 그래서 더욱, 나머지 손으로 이마를 받쳐 든 그녀의 자세가 심상치 않아 뵀다.

사무실의 이목이 자신에게로 집중되는 낌새를 챘는지, 안지영이 눈을 치떴다.

"나 지금 사무실이라니까? 그런 말을 꼭 이 시간부터 전화해서 해야겠어?"

안지영이 자리에서 벌떡 일어나 세 사람을 멀찍이 비껴갔다. 사무실 문이 쾅음을 내며 닫혔다.

"지영 언니가 왜 저럴까요? 방금 그거 약혼자분인 거 같던데……."

"그러게 말이야. 결혼 준비가 잘 안 되나? 하긴, 한창 싸울 때긴 하다. 혼수 준비하고 드레스 보러 다니고 하다 보면, 그때부터 서로 연애할 때랑 달라졌네 하지."

진혁 역시 안지영이 조만간 결혼한다는 사실은 알고 있었다. 처음 그 소식을 들었을 때 한 생각이라고는 저런 깍쟁이상도 좋다는 남자가 있구나 정도였다. 누구인지 콩깍지가 단단히 씌어 제 목에 개 목줄 걸린 줄도 모르는 놈이려니 했다.

그러나 이번에도 목줄에 걸려 몸부림치는 듯 보이는 쪽은 외려 안지영이었다.

"만약 심하게 싸운 거면 어쩌죠? 가뜩이나 지영 언니 요새 많이 힘들어하는데. 상진 실업 사장님 때문에."

"상진 실업?"

지예의 중얼거림을 듣고 진혁은 대뜸 그녀에게로 돌아섰다. 그러자 자신을 똑바로 응시하는 그녀와, 그 옆에서 청국장 뚝배기라도 엎지른 듯한 표정을 짓는 도 과장이 보였다.

"아, 그게! 상진 실업 기장료가 좀 밀렸거든요. 거기 담당이 지영 씨인데 사장님이 좀 수금을 조금씩 늦게 해 주셔가지고. 아주 안 내시는 건 아닌데……."

"우리 지점 기장료 정산일이 다음 달 10일까지 아니던가요? 제가 알기로 상진 실업은 이 지점에서 5년도 넘게 기장한 업체인데, 여태 그것도 모른답니까? 아니면 요새 사업이 그렇게 어렵다고 하던가요?"

"아아니, 그런 건 아니긴 한데……."

도 과장이 우물거리다 말고 '너 대체 왜 그랬어!' 라 쓰인 얼굴을 지예에게 들이댔다. 하지만 지예는 자신의 머리칼만큼이나 밝은 색조의 눈에 진혁을 오롯이 담았다. 그녀가 지나가듯 흘린 말속에 든 것이 좀 더 뾰족하게 올라왔다.

진혁은 파티션의 상석으로 시선을 돌렸다. 나 실장은 여느 때와 다름없이 눈을 내리깔아 거래처 서류철을 들여다보고 있었다. 그녀에겐 이토록 명백하게 험악한 분위기마저도 지리멸렬한 활자에 지나지 않는 듯 보였다.

"나 실장님. 잠시 집무실로 들어와 주시겠습니까?"

그 태도에 지극히 새삼스레 부아가 치밀어, 진혁은 일단 한 발짝 들여놓았다.

땅거미가 내려앉은 209호 안. 진혁은 뾱뾱이로 뒤덮인 벽을 보며 네발로 가만히 서 있었다. 하지만 그의 쑥색 캣츠아이엔 오전에 나 실장에게서 받은 엑셀 파일이 밟혔다. 그걸 본 소감은 한마디로 말해 이거였다.

정말, 그 정도까지인 줄은 몰랐다.

어느 세무사 사무실이든 기장료 미수 문제에서 완전히 자유로울 수는 없다. 묘안동 지점처럼 코딱지만 한 사무실이라도 대손 처리하는 거래처가 매년 서너 곳쯤은 나온다. 허나 오늘 진혁이 받아본 여직원 별 미수금 현황은 그런 통상적인 현상으로 넘길 수준이 아니었다. 적게는 저번 달 치, 심하게는 반년 치 가까이 기장료를 미납한 업체가 2할이나 되었다.

그러나 오늘 진혁이 지예를 따로 불러내어 캐어 낸 사실에 비하면, 그마저도 놀랄 일이 아니었다.

세무 법인 묘촌 각 지점의 대표 세무사들은 저마다의 판단과 책임하에 독자적으로 사무실을 운영한다. 하지만 전 지점 직원의 월급 관리는 본점에서 총괄한다. 그러한 구조의 명목상 존치 이유는 '세무 법인 묘촌의 그룹 이미지 제고를 위한 서비스 품질 관리 차원'이었다. 말단 직원의 월급 액수로 직결되는 그 서비스 품질에는, 담당 업체 기장료 징수율까지 포함되어 있었다.

지예는 그 패널티의 구체적 비율까지는 진혁에게 말해 주지 않았다. 다만 크게 신경 쓰이지 않을 수준이라면 아마 지금쯤 자신도 부자가 되었으리라고 했다.

그녀가 받는 월급이 얼마 정도 되던가, 자연스레 생각이 미쳤다. 직원 급여를 관리하는 입장은 아니나, 이 업계 사무원들의 초봉은 생활하기에도 빠듯한 수준이라 들었다. 세무사 사무실은 돈 벌기보단 배울 생각으로 오는 곳이란 말이 공공연히 나돌 정도로.

물론 자기 월급의 원천이 되는 돈을 적극적으로 챙기는 건 사용인이 마땅히 해야 할 일인지도 모른다. 다만 정말 문제는, 당연히 받아내야 할 돈을 여직원들이 왜 이리도 못 받았느냐이다.

진혁은 며칠 전 수화기를 든 채 절절매던 안지영의 모습을 떠올랐다. 당시에는 무심히 넘겼던 그 모습이 이 업계의 고질적 병폐(病弊)와 아귀를 맞추었다.

세무사 사무실을 개업할 자격이 있는 이들은 해마다 쏟아진다. 하지만 세무 대리인을 중히 쓸 만큼 규모 있는 업체는 더 이상 미개척지에 있지 않다. 나름 자리 잡았다는 세무 법인들마저도 자리보전을 위해 제 살을 깎는 실정이다. 기장 수수료나 세무 조정 수수료를 점점 깎아서 거래처에 제시하고 그 부담을 고스란히 말단 직원들에게 전가한다.

그런 식으로 해마다 기우는 천칭을, 이제는 거래처에서도 훤히 아는 지경에 이르렀다. 그들은 마땅히 내야 할 서비스의 대가마저도 기분 내듯 찔끔찔끔 내는 절대 갑으로 돌변했다. 개중에 악랄한 업체 사장은 세무사 사무실의 저자세를 여직원 희롱의 빌미로 삼기도 했다. 그런 수모를 당하고도 여직원들은 싫은 소리 한 번 못 했다. 한순간의 '시건방진' 말대답 때문에 사무실 텃밭에서 고구마 줄기를 뽑아낸 역적으로 몰리기를 원치 않기 때문에.

물론 모든 거래처가 다 그러지는 않듯, 모든 세무사 사무실이 그 지경까지 저자세이지는 않다. 이론상 정당한 대가를 받지 못하면 그에 상응하는 조치를 취하면 된다. 내용 증명부터 시작하여 여차하면 소액 재판을 걸든지, 아니면 거래 관계를 끊든지.

생각이 거기까지 미치자, 진혁은 비로소 자기 발치까지 굴러든 공을 보았다. 하지만 이내 깨닫고 말았다. 그 공은, 자신이 절대로 건드려서는 안 되는 것임을.

세무 법인 묘촌 묘안동 지점의 실대표는 조진혁이 아니다. 이 지점의 모든 거래처는 현재 와병 중인 국세청 출신 세무사가 자신의 인맥과 돈으로 사들인 지분이다. 명목상 공동 대표로 되어 있지만, 대표가 건강을 회복하는 즉시 진혁은 묘안동 지점 업무를 인계하고 본점으로 복귀하기로 되어 있다. 그러니 그의 동의도 없이 거래처를 쳐내는 건 월권을 넘어 재물 손괴 행위와도 같다.

결론적으로 거래처가 이쪽을 기만하듯 기장료를 찔끔찔끔 송금하는 행위 정도는 모르는 체하는 편이 조진혁에게 주어진 권한에 알맞다. 더욱이 전 회장의 아들인 그가 조그만 지점의 별장지기 노릇 하나 제대로 못 하여 큰소리가 난다면, 그 파장은 묘안동 지점만으로는 끝나지 않으리라.

그제야 진혁은 지금껏 바위 같기만 했던 나 실장의 심사를 조금은 알 듯했다. 그녀의 한결같은 불친절은 결국, 권한이 없는 상대에게는 그 어떤 선심이나 기대도 무의미함을 아는 노련함이었던 셈이다.

진혁은 쇠락한 목소리가 자신의 귓가에 울려 퍼지는 듯한 느낌을 받았다.

'원래 그런 거예요.'

진혁은 나 실장의 은테 안경 너머로 엿보이던 매우 안정된 체념을 떠올렸다. 그것이 정말 원래 그런 것처럼 설지예의 맑은 눈에 오래도록 스민다고 생각해 보았다. 그 순간, 머릿속이 더 이상 무언가를 그려 내기를 완강히 거부했다.

"이봐, 너. 아까부터 뭘 하고 섰냐? 벽에서 사료가 나오나?"

방석에 누워 있던 마포가 핀잔을 주었다. 그러나 진혁은 혼이 나간 듯 대꾸도 않고 우두커니 서 있었다.

아까부터 부동자세인 진혁을 노리며, 마포는 제 주인이 본다면 필시 기절초풍할 표정을 지어 보였다. 놈이 보기에 지금의 진혁은 타격

감이 아주 좋아 보이는 스크래칭 포스트였다.

그러나 마포가 진혁에게 슬그머니 접근해 앞발을 쳐드는 찰나, 기다란 앞발이 놈의 면상을 말끔히 찍어 눌렀다.

"캬오오옹!"

뜻밖의 반격에 군드러진 마포가 날카로운 울음소리를 냈다. 그 꼴을 내리깐 눈으로 보며 진혁이 음산하게 말했다.

"가뜩이나 생각하느라 머리 아파 죽겠는데 최소한의 눈치는 보면서 까불지그래?"

"흥. 네놈이 머리 아프든 말든 나와 무슨 상관이냐?"

"네놈 주인 생각하느라 그런다. 이 네발 달린 돼지야."

일침을 날려 놓고도 과연 놈에게 돼지란 단어가 유효 범위에 있는가 싶어 진혁은 살짝 고민스러웠다. 허나 마포는 발끈하지도 의아해하지도 않은 채, 그저 이죽거렸다.

"네놈이 그녀를 생각할 이유 따윈 없다. 곁에 있어 봤자 네놈처럼 약해 빠진 건 아무 쓸모가 없거든."

"내가…… 약해 빠졌다고?"

마포가 지칭하는 약함이란 순전히 물리적인 차원임을 모르지는 않았다. 허나 진혁은 지금껏 먹고 자고 싸는 일 이외에 아무것도 모른다고 생각했던 생물 앞에서, 진정으로 속이 뒤틀렸다.

진혁은 몸을 추스르려는 마포의 뱃살을 앞발로 내리찍었다.

"크윽, 이 자식이!"

물수제비처럼 뒤로 굴러 간신히 진혁의 일격을 피한 마포가 꼬리를 한껏 부풀렸다.

긴 말이 필요치 않았다. 진혁은 딱 한마디만 했다.

"덤벼."

그 말에 온몸의 털을 부풀린 마포가 진혁에게 달려들었다. 하지만 진혁은 앞발로 놈의 면상을 밀쳐 내거나 뒷발로 도약하여 피하는 등 최소한의 움직임으로 응수했다. 애묘인 카페까지 잠입해 고양이들의 싸움질을 모니터링한 노력이 빛을 발하는 순간이었다.

얼마나 고양이 털이 흩날렸을까. 불시에 현관문 열쇠 구멍이 비틀리는 소리가 났다. 장을 보러 나간 지예가 이제야 돌아왔다. 바로 그때, 진혁은 자신의 몸에서 가장 까만 털을 제 입으로 한 움큼 뽑아냈다.

"아닛? 네놈 지금 뭔 수작을⋯⋯."

말을 마치기도 전에 마포의 입은 진혁의 주둥이에 틀어막혔다. 마우스 투 마우스로 마포의 새하얀 입가에 까만 털이 묻었다.

그리고 현관문이 열림과 동시에 진혁은 그 자리에 나동그라졌다.

마포가 진혁의 속셈을 비로소 깨닫는 찰나, 현관문에서 사랑해 마지않는 그녀의 경악성이 울려 퍼졌다.

"마포! 못된 짓!"

지예가 손에 든 봉지까지 떨어트리고는 바닥에 쓰러진 진혁에게로 달려들었다. 마포를 밀어 내면서.

"조조! 괜찮아? 어디 피나는 데는⋯⋯. 휴, 다행이다. 없구나."

지예의 손길에 싸인 채 진혁은 눈을 게슴츠레하게 떴다. 흡사 여주인공의 품에서 마지막 숨을 고르는 비장한 히어로처럼 그는 소리 내어 할딱였다. 그러다 어안이 벙벙해진 마포와 눈이 마주치자, 진혁은 놈에게 말했다.

"그게 바로 야옹이의 한계다."

"조조! 마포가 무서워? 괜찮아, 괜찮아. 이 누나가 지켜 줄게!"

물론 지예의 귀에는 조조가 마포를 보고 겁이 나서 우는 소리로 들렸다. 그녀는 진혁을 쓸어안으며 마포를 곱지 않은 눈으로 흘겨보

앉다. 그렇게 진혁에게 완패를 당한 마포는 완전히 풀이 죽은 귀를 뒤로 젖힌 채 항변하듯 낮게 울어 댔다.

지예는 골치가 아픈 기색으로 마포와 진혁을 번갈아 보며 중얼거렸다.

"하…… 왜 둘이 싸운 거지? 혹시 둘의 체취가 달라서 그러나? 이럴 땐, 같은 샴푸를 쓰면 나아진다고 들었는데……."

그 말을 들은 순간, 승전한 조조처럼 의기양양하던 진혁의 얼굴에서 간악한 웃음이 싹 가셨다. 마포 역시 어떠한 낌새를 챘는지 산란하게 방 안을 돌아다녔다.

"그래. 더 추워지기 전에 둘 다 목욕 좀 시켜야지."

그리 중얼거리며 지예는 자기 옷장으로 걸어갔다. 그 안에서 속옷을 골라내며 그녀가 이렇게 덧붙였다.

"나 하는 김에."

지예는 평소 하던 대로 목욕하기 전에 자신이 갈아입을 옷가지를 욕실 내 수건 함에 넣어 두었다. 그러고는 다시 나와 마포의 어른 베개만 한 몸뚱이를 번쩍 들어 올렸다.

"마포. 우리 간만에 때 빼고 광내 보자."

"이게 다 너 때문이다아아!"

그제야 사태를 완전히 파악한 마포가 숨넘어가는 소리를 냈다. 놈의 비명은 이내 욕실 문 너머로 사라졌다. 그다음, 지예만이 다시 나와 진혁을 내려다보았다. 그녀는 벌써부터 뿌듯한 표정을 짓고 있었다.

진혁은 화급히 현관문에 달려들었다. 그러나 문을 긁는 수작을 해 보기도 전에 그는 그녀의 억척스러운 팔에 연행되었다.

"야오오옹! 야옹! 야오옹!"

희부연하고 후끈한 물안개가 자욱했다. 욕실이 비좁아서 그런지 작은 샤워기에서 나오는 물이 장마철 폭우 같았다. 물에 흠뻑 젖어 몸집이 반절로 줄은 마포가 욕실 안을 이리저리 뛰어다니며 난리 부르스를 췄다.

"마포. 그만 양양거려. 옆집에 다 들려."

그리 말하며 마포의 등에 샤워기를 정조준 하는 지예의 목소리는 여유만만하기 그지없었다. 아무래도 마포의 물 엄살이 하루 이틀 일은 아닌 모양이다.

그 곁에서 진혁은 그저 양탄자처럼 바닥에 납죽 엎드려 있었다. 그녀의…… 맨발만 보이도록.

"이노옴! 이 모욕은 절대 잊지 않겠다!"

물소리에 뒤섞여 놈이 발음한 게 모욕인지 목욕인지 모를 지경이다. 진혁은 조심스러운 곁눈질로 마포를 슬쩍 흘기며 중얼거렸다.

"그러고 보니 너도 여자였구나……."

"이노옴. 그 더러운 눈으로 그녀의 몸을 봤다가는 네놈의 캐츠아이를 파내 버리겠다!"

마포는 진혁이 마치 아르테미스 여신의 목욕을 훔쳐보러 신성한 호숫가에 발을 들인 청년이라도 되는 양 성화였다. 기가 찬 진혁이 무어라 항변해 보려는 찰나 그의 등허리에 뜨뜻한 물줄기가 쏟아져 내렸다.

"자, 이제 네 차례야. 조조."

지예의 희고 가느다란 다리가 진혁의 지척에 다가붙었다. 진혁은 아예 눈을 질끈 감아 버렸다.

배스타월로 만들어 낸 고양이 샴푸의 풍부한 거품이 휘핑크림처럼 진혁의 등허리에 올라앉았다. 그곳을 기점으로 그녀의 손가락이 후끈한 물줄기와 뒤섞여 진혁의 몸 구석구석을 흐르기 시작했다. 손가락을 구부려 거품을 퍼트리는 손길이 그의 엉덩이까지 침범했다. 순간 아랫배를 관통하는 불온한 찌릿함에 그는 하마터면 개안할 뻔했다.

그것을 겨우 참아 냈더니만 이번에는 밑으로 파고드는 손길이 그를 벼랑 끝으로 몰았다. 턱밑, 목울대, 가슴 돌기, 아랫배, 그리고 꼬리 아래에 있는 그 무엇……. 오늘이 최후의 심판일이라도 되는 양 그녀는 유독 그곳을 성심껏 문질문질했다.

네 다리는 물론이요 턱의 힘마저 한 방울도 남지 않고 빠져나갔다. 진혁은 눈을 떴다간 고양이보다 더한 것이 되어 버릴 듯한 공포에 빠져들었다.

"아유, 역시 조조는 정말 얌전하네. 착하다, 착해."

이제야 끝나나 싶은 순간에, 주리 틀리다 혼절한 죄인처럼 바가지 물이 좌악 끼얹어졌다. 지예의 손가락이 진혁의 몸 구석구석에 심어 둔 거품을 도로 취하느라 한결 더 섬세해졌다. 그는 같은 듯 다른 번뇌에 빠져들었다. 손가락 놀림 하나하나 허투가 없는 마사지를 받으며 그는 생각했다.

여기가 바로, 지옥이구나.

"하아, 내가 다 개운하네. 너희들은 이제 나가도 돼. 자, 마포. 너부터 닦자."

지예가 수건으로 마포를 감쌌다. 고양이들을 먼저 내보낸 다음 본인은 마저 씻으려는 모양이다. 수건에서 벗어나기 무섭게 마포가 욕실 문을 마구 긁어 대서 그녀는 놈을 먼저 내보내 주었다.

"자, 이제 조조 차례."

뽀송뽀송한 수건 아래에서 진혁은 살짝 눈을 떴다. 하도 힘주어 감는 바람에 눈꺼풀이 다 얼얼했다. 그녀는 마포에게 들인 것 못지않은 정성으로 진혁의 몸을 닦아 주었다. 초겨울이라 더 신경 쓰는 듯했다.

이제나저제나 진혁은 수건에서 벗어나는 순간 마포처럼 욕실 문을 긁어 댈 생각을 했다. 그러나 수건이 걷히기 무섭게, 그의 몸이 번쩍 들어 올려졌다.

"아아, 기분 좋아. 조조 몸 진짜 따뜻하네."

앞이 보이지 않았다. 아니, 정확히는 앞이 틀어막혔다고 표현하는 편이 맞겠다. 도무지 받아들일 수 없는 상황을 머리로 정리하기까지 걸린 시간이 억겁처럼 느껴졌다.

그녀의 젖은 굴곡과 진혁의 젖은 몸이 밀착하고 말았다. 특히 그의 얼굴은 그녀의 앙가슴에 파묻혀 있었다.

진혁은 발톱을 세울 수밖에 없었다.

"아얏! 조조, 진정해! 알았어, 알았어. 내려 줄게! 잠깐만……."

지예가 자신의 어깨 위로 화급히 올라서서 발톱을 박아 넣는 진혁을 한쪽 팔로 감싸 안았다. 진혁은 그녀의 상체를 보지 않기 위해 고개를 돌렸다. 성에가 잔뜩 낀 세면대 거울이 눈에 들어왔다. 정신력이 고갈될 대로 고갈된 진혁은 머나먼 설원을 보는 것처럼 희뿌연 거울을 응시했다.

그 바람에, 진혁은 눈 깜짝할 새 컵에 물을 담아내는 지예의 한쪽 손을 미처 보지 못했다.

"아, 거울이 하나도 안 보이네."

촤악—

진혁의 눈앞에서 하얀 커튼이 녹아내렸다.

※

"아야……. 조조 이 녀석. 얌전하기만 한 줄 알았더니……."

출근길에 지예는 손가락으로 왼 가슴 윗부분을 연신 꾹꾹 눌렀다.

'조조'는 웬만큼 노련한 애묘인도 애먹는다는 손톱 깎기 때도, 심지어는 샤워기를 들이밀 때조차도 얌전했다. 그래서 간밤에 녀석의 젖은 몸을 충동적으로 안아 올리는 순간 그마저도 괜찮으려니 했다. 허나 그 순간 얌전하기 그지없었던 업둥이의 저항이 거셌다. 결국 조조의 앞 발톱은 그녀의 왼 가슴 언저리에 생채기를 내고 말았다.

연고를 발라도 아려 오는 상처를 이따금씩 손가락으로 눌러 참으면서도, 지예는 조조에게 그저 미안한 마음뿐이었다. 비록 밤뿐이지만 함께한 지 어언 2주가 되어 간다고 너무 성급하게 경계를 허물어 버렸나 보다. 겉보기엔 웬만한 인간보다도 음전하지만, 사실 알고 보면 매우 겁이 많은 고양이인지도 모르는데.

설마 간밤의 일 때문에 다신 안 오려 하지는 않으려나. 그리 생각하니 살짝 후회가 밀려오려 했다.

지예는 습관대로 심호흡을 한 번 하고 사무실 문손잡이를 열어젖혔다. 요새 베스트셀러 순위권에 있는 자기 계발서를 들춰 보는 도 과장이 보였다. 그리고 그 뒤편에서 개인 머그잔을 정수기에 대고 서 있는 조진혁 세무사도. 그 광경에서 어딘지 위화감이 물씬 풍겼다.

그 연유가 무얼까, 지예는 짧은 순간 생각해 보았다. 우선은 세무사님이 나와서 물을 먹는다는 점? 집무실에 더 좋은 정수기가 따로 있는데 말이다. 또 이 초겨울 아침에 냉수를 담뿍 따라 내고 있다는 점? 그리고 또, 오늘의 세무사님은 애수 언니 말마따나 '따분하다 못해 무거워 보이는' 모노톤 슈트 차림이 아니라는 점? 산뜻한 연하늘색 재킷과 커피색 면바지 차림의 캐주얼 버전 세무사님을 보고 있자니 지예는 자신이 다 가분해진 기분이었다.

지금 당장 가서 세무사님 그 차림 정말 잘 어울린다고 말씀드려야겠다. 지예는 산뜻한 미소를 만면에 띤 채 진혁의 곁으로 다가가 입을 활짝 벌렸다.

"세무사님! 안녕하세⋯⋯."

쨍그랑!

그 순간 지예는 스물넷 평생을 통틀어 가장 놀라운 경험을 했다. 뭔가에 몰입 중인 사람에게 인사를 건넸을 때 상대가 흠칫 놀라는 모습은 몇 번 본 적 있다. 그러나 자신의 인사가 물이 한가득 담긴 머그잔을 산산조각 내는 날이 올 줄은 미처 상상해 보지 못했다. 더욱이 당사자는 당황을 넘어 공황 상태에 빠져든 듯 보였다. 대체 얼마나 놀라 버린 건지 진혁이 숨을 마구 몰아쉬며 얼굴을 화악 붉히기까지 했다.

"어머, 세무사님! 죄송해요! 괜찮으세요?"

지예는 카푸치노에서 핫초코로 변모한 진혁의 바지를 보고 경악했다. 그녀는 행주를 찾아내 진혁에게 들려 주고는 바닥의 사금파리를 내려다보며 어찌 치울까 구상하기 시작했다.

"아, 아니. 나야말로 미안! 이건 내가 치울게!"

기다란 팔을 휘휘 내저으며 진혁이 그 자리에서 무릎을 굽혔다. 그의 손가락이 날카로운 사금파리에 닿으려는 찰나, 도 과장의 반지빠른 손이 그를 옆으로 밀쳐 냈다.

"뭐 하는 짓이에요! 손 다 베려고 작정했어요? 이리 나와요, 그냥 내가 치울 테니. 으휴, 어설프기는!"

도 과장이 구시렁대며 빗자루로 쓰레받기에 머그잔의 잔해를 쓸어 담았다. 지예는 다시 진혁을 살펴보았다. 난리를 수습하는 도 과장 뒤에 어정쩡하게 서서 가슴을 쓸어내리는 조진혁의 얼굴은 아직도 벌겠다.

"세무사님. 괜찮으세요?"

지예가 다시 진혁에게 조심스레 물었다. 그는 손바닥을 내민 채 끄덕이는 걸로 대답을 대신했다. 사금파리가 사라진 뒤에도 진혁의 시선은 여전히 바닥에만 머물렀다. 왜인지는 모르지만, 지예는 그가 자신의 시선을 피한다는 느낌을 받았다.

"허이고. 내 살다 살다 인사에 놀라서 컵 깨 먹는 사람은 처음 보네. 근데 넌 왜 그러고 있니?"

빗자루와 대걸레를 청소도구함에 넣고 온 도 과장이 왼 가슴에 올라앉은 지예의 손을 지적했다.

"아. 그냥 어젯밤에 고양이들 목욕시키다가……."

"마포가 널 할퀴었어?"

"아뇨. 조조가요."

지예의 대답에 도 과장이 눈살을 확 찌푸렸다.

"아니, 걔 얌전하다고 하지 않았어? 대체 얼마나 심하게 할퀴었길 래……."

"지예 씨……."

어딘지 기어들어 가는 목소리와 함께 만 원짜리 지폐가 두 사람 사이를 슬그머니 파고들었다. 두 여자 모두 눈이 휘둥그레진 채 진혁을 돌아보았다. 지예와 눈이 마주치자 진혁은 또 얼굴을 슬쩍 붉힌 채 말했다.

"아니. 연고 사서 바르라고. 아, 아니다. 그냥 내가 사 올게……."

그 작태를 본 지예의 양 볼에 도토리가 한가득 찼다.

"푸흡. 아, 아니에요, 세무사님. 저 연고는 이미 발랐어요. 흐흐, 마음만 받을게요."

지예는 나름 예의를 차린답시고 참으려는 시늉이나마 하였으나, 도 과장은 대놓고 빵 터지고 말았다.

"세무사님, 오늘 아주 대박이시네! 설마 그동안 입고 댕긴 정장에 뭐 걸려 있었던 거 아니에요? 이를테면 잠재된 허당기를 숨겨 주는 마법이라든지! 와하하하!"

도 과장이 숨넘어갈 듯 웃어 대는 바람에 결국 지예도 그에 전염되어 배를 잡고 말았다. 진혁은 가련한 만 원을 주머니에 도로 찔러 넣고는 눈을 길게 감았다 떴다. 눈앞에 밀려든 심연을 나누어 배출하기라도 하듯이.

"필요하면 말해……."

5초도 채 되지 않아 덧없게 느껴질 말을 내뱉고는 진혁은 도망치듯 집무실로 들어왔다. 밖에서 아주 죽으려고 하는 여직원들의 웃음소리를 그는 애써 떨쳐 내고자 하였다.

의자에 앉자마자 진혁은 책상 위에서 두 손을 모았다가 펼쳤다. 첫 번째 고양이 도장이 사라진 이후 2개가 더 사라졌다. 그것도 어젯밤 그 한순간에.

진혁은 책상에 코를 처박고 뒷머리를 깍지로 짓눌렀다. 코피라도 터져 나올 듯 머리통이 얼얼했다. 일단 도장 하나는 그녀의 몸에서 난리를 피우다 떨어지면서 딱딱한 욕실 바닥에 머리를 들이받은 순간에 사라졌으리라. 그리고 나머지 하나는…….

또다시 얼굴에 뜨거운 피가 화악 몰렸다. 진혁은 고개를 번쩍 들어 두 손으로 얼굴을 찍어 눌렀다. 할 수만 있다면 차라리 울고 싶다. 정말이지 창피하고 부끄럽다는 단어만으로는 어디 가서 말도 못할 지경이다.

애초에 하루의 반을 고양이로 살게 된 상황 자체가 안정적이진 않지만, 그 여파로 사람일 때의 생활이 꼬여 갔다. 눈치를 보며 1시간 일찍 퇴근하고 허겁지겁 집으로 달리는 상황. 그보다 더 늦는 날이면 골목길에서 가차 없이 옷과 분리되어 버리고 마는 상황. 이러한 일들이 반복되다 보니 까다로운 관리를 요하는 진혁의 기존 슈트 태반이 버려지거나 못 쓰게 되었다. 그 같은 맞춤 정장을 해 입을 시간적 여유도 없을뿐더러 지금 당장은 새로 맞춘들 조만간 똑같은 꼴이 될 게 뻔하다.

결국 진혁은 지예의 코트를 산 다음 날 자신도 그 아웃렛에 가서 캐주얼 정장을 부랴부랴 사들였다. 몸은 확연히 편해졌지만, 그 대신 도 과장 말대로 정말 있지도 않던 허당기가 몸에서 샘솟는 기분이다.

진혁은 이마에 흐르는 식은땀을 손수건으로 닦아 냈다. 제발 정신 좀 차리자. 여기서 더 무너져서는 안 돼.

아까 먹으려다 만 냉수를 마저 먹자는 심산으로 진혁은 집무실을 나섰다. 집무실 안에 있는 정수기의 존재를 또 까맣게 잊어버린 시점에서 첫 단추를 잘못 끼운 행각이었다.

"그놈 자식 못쓰겠구만! 지깟 놈이 우리 지예한테 목욕 시중씩이나 받고 황송해하진 못할망정!"

"에이, 아니에요. 그건 제가 조조한테 잘못한 거예요."

일단락된 줄 알았던 그 화제가 여직원들한테는 아직도 현재 진행형이었다. 진혁은 타이밍을 잘못 잡았다는 생각을 했지만 여전히 집무실 안 정수기의 존재를 깨닫지 못했다.

그때, 도 과장이 제 왼 손바닥에 오른 주먹을 퍽 소리 나게 부딪치며 한마디 했다.

"그 자식 조만간 궁둥짝 한 대 때려 주려 가 봐야겠는걸? 그 잘났다는 면상도 함 볼 겸."

순간 진혁은 꼬리뼈에 주삿바늘이 꽂혀 드는 듯한 느낌을 받았다. 하지만 이내 그녀의 뒷말을 듣고 안도했다.

"하……. 정말 슬프네. 집에 생때같은 애들만 아니면 오늘 당장이라도 달려가는데."

"언제 한번 놀러 오세요. 저녁땐 항상 와 있으니까."

'오지 마. 오지 마. 절대 오지 마!'

진혁은 인형이라도 하나 만들 기세로 도 과장의 통수를 써늘하게 노렸다. 그러나 이내 그녀가 불쑥 뒤를 돌아보는 통에 스리슬쩍 집무실로 숨어들고 말았다.

❋

"이놈……."

마포는 책상에 올라앉아 자신을 깔보는 진혁을 험악하게 올려다보았다.

"왜? 야옹이라면 이 정도쯤은 거뜬히 올라와야 하는 거 아닌가?"

그 말에 표정이 더욱 험상궂어지기만 할 뿐 별다른 액션을 취하지는 않는 마포를 보고 진혁은 확신했다. 이 녀석, 이 높이까진 뛰어오르지 못하는구나.

약간의 빛만 있으면 어둠 속을 훤히 꿰뚫을 수 있는 눈. 아무리 좁다란 곳이라도 미끄러지듯 들어갈 수 있는 유연한 몸. 웃어야 할지 울어야 할지 모를 일이나, 2주째 지내보니 진혁은 고양이 신체에 어느 정도 재미가 붙었다.

특히 그는 염리동 골목길의 낮은 담벼락들을 오르내리는 스릴에 매혹되었다. 그 위에 올라서면 인간의 시선으로 볼 때와는 비교도 안 되게 트인 세상이 펼쳐진다. 인간으로 돌아가더라도 그 광경 하나만은 이따금 아쉬워질지도 모르겠다.

"내가 지금 당장 거길 못 올라가서 이런다고 생각하나?"

마포가 유치한 희열에 도취된 진혁에게서 고개를 돌린 채 말했다.

"못 하는 게 아니라 안 하는 일은 세상에 지겹도록 많지."

심드렁하게 대꾸하면서 진혁은 어제보다도 더 음참해진 안지영의 모습을 떠올렸다. 한결같이 바위 같은 나 실장의 모습도.

"흥. 내가 네놈처럼 젊고 거기다 인간이기까지 하다면 그따위 맥 빠지는 소리는 안 했겠다."

"그럼 어디 다음 생에는 인간으로 태어나 보든지."

진혁은 발볼에서 발톱을 쑥 뽑아냈다가 도로 집어넣었다.

"아니. 다음 생에도 난 고양이로 태어날 테다. 다시 태어나자마자 마포 대교로 가서 그녀를 기다릴 테고, 또 그녀를 만나서……. 한 번 더 마포로 살아 보고 싶다."

답지 않게 놈의 목소리가 진지했다. 아니, 어쩌면 놈의 말을 진지하게 들은 게 이번이 처음인지도 모른다. 그래서일까, 진혁은 머릿속에 어떠한 광경을 그려 보았다.

마포 대교. 여고생 설지예와 젊은 길고양이의 첫 만남. 나라의 법도대로 열아홉 살에 쫓겨나다시피 보육원을 나온 어린 처녀의 얄따란 품에 쏟아져 내린 모진 세상. 고된 하루를 마무리 짓고 집에 돌아온 그녀를 항상 따습게 맞아 주었을 치즈색 고양이. 웃음이든 눈물이든, 군말 없이 들어 주고 받아 주었을 존재.

새삼 떠올려 보건대 설지예가 비로소 웃고자 마음먹은 이후, 그녀의 인생에는 오직 마포뿐이었다.

"오래 살아야겠네. '한 번 더'가 정말 있는지는 모르니. 너나 나나."

그리 말하며 다시 마포를 응시한 순간, 진혁은 가슴이 싸해졌다. 마포의 한쪽 중심축이 무너져 있었다.

"너 왜 그래? 어디 안 좋아?"

놀란 진혁은 단박에 책상에서 뛰어내렸다. 하지만 마포의 곁에 다가간 순간 진혁은 하얀 발에 코를 얻어맞았다. 순간 놈의 연기에 속아 넘어갔다는 생각에 진혁은 다짜고짜 성을 내려 했다. 하지만 마포의 하얀 발은 발톱을 세우지 않은 채 진혁의 콧잔등 위를 점령했다. 엄숙한 목소리가 진혁의 귓가에 떨어졌다.

"나도 한때는 높은 곳에 뛰어오르는 것이 삶에서 가장 으뜸가는 낙이었다. 그 누구보다도 높이 서지 못하면 하다못해 동일 선상에라도 서야만 직성이 풀렸지. 그것이야말로 우리네의 자존심이니."

마포의 앞발이 진혁의 얼굴에서 바닥으로 떨어졌다. 그 와중 놈이 내쉬는 숨이 쇳소리에 가깝게 들렸다.

"하지만 네놈이 이리 얕보듯, 나는 이제 겉도 속도 쇠하였다. 방금 네놈이 서 있던 곳에 뛰어오르려 했다가는 낡아 빠진 뼈마디들이 죄 내려앉아, 얼마 남지도 않은 목숨이 축날지도 모르지. 그러나 내가 뛰어오르지 않는 이유는 그 때문만은 아니다."

마포는 자신의 자리인 낡은 방석 위에 다리를 올렸다. 몸을 뉘려다 말고 다시 진혁을 직시하는 금색 캐츠아이가 뜨겁게 빛났다.

"못 하는 일보다 안 하는 일이 세상에 지겹도록 많다고? 내 한평생 그런 일이란, 일각이라도 더 그녀의 곁에 있기 위해 내 자존심을 억누르는 것밖엔 없었다. 그 하나만도 결코 쉽지가 않던데 네놈에겐 지겹도록 많다니, 인간이란 참으로 대단들 한가 보군."

먹고 자고 싸는 줄밖에 모르는 미물이 누굴 훈계하려 드느냐. 인간 사회가 네놈의 일차원적 사고만큼 만만한 줄 아느냐. 모르면 그냥 닥치고 잠자코 있어라. 굳이 항변하기도 우습거든 벽 보고 말을 않으면 그만이리라. 하지만 진혁은 그 벽 앞에서 왜인지 초라해지는 자신을 느꼈다.

그래. 지금의 자신이 저 미물보다 어디가 그리도 다차원적이고 잘났다고 할지. 더 큰 고생을 사서 하면서도 정작 더 작은 일을 걱정하는 한낱 인간이 과연 미물의 대척점에 설 수 있는지.

무엇보다도, 단 한 사람을 위해서 자존심을 누르는 일이 그리도 단순하다면, 눈앞에 미물보다도 다차원적이고 잘난 자신은 어찌 엄두조차 낼 수 없는지……

의문이 한결 강한 자조로 번져 나가기 전에 현관문 너머로 부산스러운 걸음 소리가 들려왔다. 좀 전에 쓰레기를 버리러 나간 지예가 돌아온 모양이다.

"흥. 네놈이 정신 똑바로 차리도록 누군가가 네놈의 꼬리를 거꾸로 쓸어 버리면 좋으련만."

진혁은 방석에 누워 하품 섞인 목소리로 악담을 하는 마포를 노려보았다. 듣기만 해도 상념이 단숨에 깨어지는 건 물론 발톱 끝까지 소름이 일었다.

"아유, 그 인간. 모처럼 칼퇴 해 놓고! 애들이 보챈다고 그새를 못 참고 나만 쏙 빼놓고 가 버렸지 뭐니! 하긴 내가 끼면 또 애들한테 바깥 음식 먹인다고 한 소리 들을 거 아니까."

"그래도 언니만 놔두고 외식하러 가다니 좀 너무했다. 언니는 저녁 드셨어요?"

"응. 차리기 귀찮아서 그냥 대충. 뭐, 가끔 이래 주면 나야 편하지. 이리 마실도 나오고."

문 앞에 다가붙어 열쇠 구멍을 비트는 그 짧은 순간을 꽉 메우는 수다스러운 말소리. 어디서 많이 들은 목소리 같다고 진혁이 깨닫는 찰나, 문이 벌컥 열렸다.

'에이 설마.' '그럴 리가 없어.' '말도 안 돼!' 식의 생각 따위는 눈앞에 닥쳐온 현실 앞에서 무용했다. 이 시각 이 장소에서 진혁은 도애수 과장과 눈을 마주치고 말았다.

"어머, 세상에……."

고양이가 된 진혁을 보자마자, 도 과장은 대뜸 신음에 가까운 탄식을 내뱉었다.

"저 고양이 정말…… 존재 자체가 범죄 아니니?"

진혁은 침을 꼴딱 삼켰다. 하지만 이내 진혁의 외모를 품평하는 그녀가 더 꼴딱꼴딱 침을 삼켜 댔다.

"눈은 아이라인 칠한 듯 또렷또렷하고 기럭지도 길고 특히나 엉덩이가…… 아주 찰기가 좔좔 흐르는데? 아, 안 되겠다. 당장 때려 줘야겠다! 너 감히 이 누님의 눈에 하트를 푹푹 심어 놨겠다! 무려 한방에!"

도 과장이 제 엉덩이를 손으로 찰싹 소리 나게 치며 추임새를 넣었다. 그녀만큼 엉덩이가 두툼하지는 못한 진혁은 그 소리를 듣는 것만으로도 온몸의 뼈다귀가 와르르 내려앉는 듯했다.

"지예야? 나 쟤 좀 만져 봐도 되지? 응?"

도 과장의 희번득하는 눈과 진혁의 공포에 질린 눈이 거의 동시에 지예를 향했다.

"네. 조조가 놀라서 할퀼 수도 있으니 조심해서 살살……."

"으아아아! 너무 잘생겼어! 너무 귀여워!"

평소 빠르게 걷기를 귀찮아하던 토실한 몸이 표적에 달려드는 순간만큼은 물 찬 제비였다. 지예가 허락하기 무섭게 도 과장은 진혁을 순식간에 품에 가뒀다. 진혁은 말 그대로 무너진 하늘에 압살당하는 느낌을 맛보았다.

"하아. 얠 보니 시집오면서 친정에 두고 온 울 나비 생각이 나서…… 피가 끓어오른다."

어째 인과 관계가 파괴된 희롱을 진혁의 귓가에 훅 불어 넣으며, 도 과장이 그를 덮어 누른 두 팔에 점점 더 힘을 보탰다.

"진짜 애들만 아니라면…… 이 방에서 이 녀석과 함께 오늘 밤을 불태우련만."

그 말의 실현 가능성과 상관없이 진혁의 멘탈은 이미 엎질러진 손톱 리무버처럼 천장으로 올랐다.

"아하하, 언니. 아무리 고양이라도 수위가 너무 높은 거 아니에요? 걔 되게 똑똑한 애라 알아들을 지도……."

한눈에 봐도 진혁이 몸을 비트는 기미가 보여 지예가 조심스레 중재에 나섰다. 하지만 도 과장은 두툼한 손바닥으로 진혁의 엉덩이를 가볍게 올려붙이며 응수했다.

"와하하하! 지깟 놈이 그래 봤자 고양이인데 뭘 알아? 그리고 이게 수위가 높다니? 아직 시작도 안 했는데? 내가 진짜 고수위가 뭔지 보여 줘?"

지예가 미처 대답하기도 전에 도 과장은 진혁의 엉덩이를 한 손에 모아 잡았다. 그녀의 손아귀에서 고등어 등쌀이 삐죽삐죽 엉망진창이 되어 갔다.

"하악…… 요 튼실한 엉덩이. 요걸 어떻게 추행하고 희롱해 줄까! 씁. 아 잠깐만, 진짜로 군침 나왔어. 요놈의 엉덩이를 그냥 요래, 요래 쓰으으윽!"

"아하하! 언니 진짜!"

혀를 튕겨 가며 진혁의 엉덩이를 더듬는 도 과장의 작태를 보고 지예마저 박장대소했다. 말은 못 하지만 귀까지 먹지는 못한 짐승은 그렇게 엉덩이도 마음도 탈탈 털려 나갔다. 허나 회광반조라 하였던가. 나락으로 떨어지던 정신이 어느 순간 번뜩이는 빛과 만나, 비상 탈출 장치의 스위치를 눌렀다.

"와잇!"

놀라 나자빠지는 도 과장을 뒤로하고 진혁은 날아올랐다.

날개야 다시 돋아라. 날자. 또 한 번만 더 날자꾸나…….

심정적으로는 도무지 이해가 되지 않아 수능 칠 때만 써먹고 마음 한구석에 버려두었던 글귀가 진혁의 정신과 비로소 혼연일체가 되었다.

진혁은 책상 위에 착지했다. 지예의 추억이 담긴 사진들이 코앞에 보였다. 특히 맨 오른쪽 그녀의 자화상이 오늘따라 꿈결처럼 보였다. 진혁은 저도 모르게 앞발을 들어 올렸다. 그 순간.

퍼억

워킹맘 7년 차. 안팎에서 잔 근육을 키운 도 과장의 팔이 그 사진이 팔랑이도록 벽 치기를 했다.

"어딜 도망가. 요 앙큼한 녀석."

음흉한 그림자가 진혁의 몸에 드리워졌다.

＊

다음 날 아침. 집무실 책상 의자에 구겨지듯 앉은 진혁은 손바닥을 펼쳐 보았다. 미약하게나마 웃는 얼굴이던 네 번째 고양이 도장이 사라졌다.

진혁은 왼손을 앞머리에 찔러 넣었다가 뚝 하고 끊기는 느낌에 소스라쳤다. 손가락 사이에 머리칼 몇 가닥이 뽑혀 나왔다.

"지예야. 어떡하니? 나 아직도 조조의 탐진 엉덩이가 눈앞에 아른거려. 그놈은 어쩜 사내자식이 그리도 자태가 곱다니?"

진혁은 조간신문을 가지러 나왔다가 허공을 어루만지는 손을 보고 그 자리에 멈추어 섰다.

"에이, 언니. 자꾸 그러면 저 질투 나요. 조조 제가 먼저 찜했다고요."

"아아니, 글쎄 개의 도발적인 뒤태를 봐! 까만 털이 엉덩이와 뒷다리의 반을 딱 덮은 게 꼭 핫팬츠 입은 거 같지 않니? 고놈 바지를 확 벗겨 내고 싶더라니까?"

정말로 누군가의 바지를 벗겨 버릴 태세로 손가락을 구부려 위로 젖혀 올리는 시늉을 하는 손놀림에, 지예가 배를 잡고 자지러졌다. 허나 그 뒤에 선 남자는 허벅다리에 소름이 돋는 전무후무한 경험을 했다.

"아. 언제 한번 또 가서 그놈의 바지를 정말로……."

"도 과장님!"

진혁이 참지 못하고 내지른 고성에 도 과장이 반복 동작을 하다 말고 그를 돌아보았다. 그와 눈이 마주치자 그녀가 우물거렸다.

"아니, 세무사님 바지 말하는 게 아니고요⋯⋯."

"그게 아니라 그런 듣기 거북한 얘기 좀 그만하시라고요! 일 안 하세요?"

극심한 언어폭력(?)을 당하고도 진혁이 할 수 있는 말은 고작 그것 뿐이었다. 아니나 다를까. 도 과장의 눈에 한가득 장난기가 어렸다.

"아유, 세무사님도 참. 별로 좋아하지도 않는 거 같더만 웬일로 고양이 역성을 다 드신대요? 하지만요, 세무사님도 언제 한번 걔를 직접 보셔야 해요. 보기만 해도 확 덮치고픈 새끈한 뒤태가 아주 예술⋯⋯."

더 듣고 있다가는 고양이 목숨만이 아니라 사람 목숨이 축나게 생겼다. 진혁은 '알았어요. 그만하세요.' 라고 씹어뱉고는 누가 봐도 티가 나도록 사무실 밖으로 도망쳐 나왔다. 문 뒤에서 승리감에 도취된 도 과장의 웃음소리가 들려왔다.

진혁은 초겨울 공기에 서늘하게 식은 벽에 등을 대어 이마에서 끓는 열을 식혔다. 그때 사무실 문이 열리며 지예가 빼꼼히 고개를 내밀어 보였다. 그녀는 진혁을 찾아내고는 입술을 말아 올리며 슬그머니 문을 닫았다.

"세무사님. 어제 애수 언니가 저희 집에 놀러 왔다가 업둥이의 귀여운 모습에 반해 가지고 저래요. 사실 마포 말고도 밤에만 있다 가는 고양이가 하나 더 있거든요. 혹시나 오해하실까 봐⋯⋯."

인간일 때 그녀로부터 자신의 존재를 남인 양 전해 듣는 건 이번이 처음이다. 얄궂기 그지없는 감정을 감춘 채, 진혁은 지예의 말에 애써 합을 맞추었다.

"그 고양이가 수컷인가 봐? 도 과장님이 바지 운운하는 거 보니."

"맞아요. 며칠 전에도 들으셨겠지만 최근에 제가 조조라는 이름을 붙였다는 업둥이가 걔예요."

진혁은 한숨을 쉬며 고개를 끄덕여 보이고는 불쑥 지예에게 그림자를 드리웠다.

"그럼 지예 씨는 조조를 지켜 주지 못한 거네?"

"네에?"

지예가 웃음 섞인 목소리로 되물었다. 너무도 갑갑한 그 반응에 진혁은 유치하게도 성낸 기색으로 열변을 토했다.

"아니, 그 조조라는 녀석이 도 과장님의 마귀 같은 손아귀에 떨어질 때 지예 씨는 대체 뭐 했어? 사람인 내가 듣기에도 수치심이 느껴지는데 당사자는 오죽했을까? 아무리 고양이라도 알아들을 건 다 알아듣는다고 생각하지 않아? 이러다 그 녀석이 다신 안 오면 지예 씨는 어떡할래?"

자신이 듣기에도 너무 고조된 것 같아, 진혁은 숨을 고르고 말을 했다.

"그 녀석이 매일 밤 지예 씨 집에 온다는 건, 그만큼 지예 씨를 믿어서이지 않겠어?"

"그러네요……."

지예가 멋쩍은 듯 고개를 숙인 채 미소 지었다.

"좌우지간 지예 씨가 그 녀석을 잘 좀 지켜 줘. 저 아줌마 진짜 말하는 거만 들어도 어땠는지 알 만하니까. 같은 남자로서……."

"아하핫."

혹여나 다른 오해를 살까 싶어 진혁이 스리슬쩍 덧붙인 말에 지예가 보조개를 피워 올렸다.

"세무사님한테 대신 듣긴 했지만 그래도 기분이 좋네요. 조조가 절 믿어 준다니."

진혁은 저도 모르게 그녀의 얼굴을 깊이 들여다보았다. 요즘 들어 그녀가 사회생활의 활력을 불어넣기 위해 꾸며 내는 미소도 나쁘게 느껴지지는 않는다. 하지만 특히나 이렇게 수줍은 듯 우러나오는 미소를 보면…….

"좀 비켜 주실래요?"

가슴에 고이려던 것들이 단숨에 수챗구멍으로 빠져나가 버릴 만큼 쌀쌀한 목소리였다. 핸드백을 멘 안지영이 눈앞에 서 있었다. 진혁은 그녀의 갑작스러운 등장보다는 그 얼굴을 보고 적잖이 놀랐다. 안 그래도 강파른 얼굴에 화장기가 전혀 없었다. 게다가 두 눈가는 가무스름한 얼굴에도 표가 나도록 붉었다.

"지영 언니. 안녕……."

심지어 안지영은 지예의 인사마저도 본체만체하고 쌩하니 사무실로 들어가 버렸다.

"안지영 씨가 오늘은 좀 늦었네. 지금까지 지각한 걸 본 기억이 없는데."

"그러게요……."

"안지영 씨 결혼식이 언제라 했던가?"

"내년 1월 2일이요. 두 달도 안 남았죠."

"그러면 예식장이나 신혼여행 같은 거 다 잡아 놨겠네."

결혼을 목전에 두고 나날이 시들어 가는 예비 신부. 안지영의 평소 인상이 어떠했는지를 떠나, 이제는 명백히 조짐이 좋지 않다.

"언니의 저런 표정 처음 봐요."

진혁보다도 안지영을 더 잘 아는 지예의 목소리에선 더더욱 불안한 심사가 묻어났다.

"아무래도 무슨 일 있는 거 같아요."

업무 시간이 되었는데 언제까지고 그러고 있을 수는 없었다. '일단 들어갑시다.' 라는 진혁의 말을 신호로 두 사람은 싸늘히 식은 대리석 층계참을 등졌다. 진혁이 앞장서서 문을 열었다. 그때였다.

"야! 이 발바리 같은 새끼야!"

유리가 날카로운 비명을 지르며 깨졌다. 모두가 보는 앞에서, 매일 아침 따스한 모닝커피가 담기던 머그잔이 산산조각이 났다.

"능글능글 구렁이같이 토 나오게 추근대는 짓거리, 니 새끼 마누라한테나 쳐 하라고. 네 딸년은 지 아빠가 아침 댓바람부터 저만 한 여자한테 이러고 다니는 거 아니? 어?"

듣는 이보다 내뱉는 사람 속이 외려 걱정될 만치 독기 서린 말들. 맞은편 파티션의 도 과장은 두 손으로 입을 가렸고, 진혁의 뒤편에 선 지예는 차마 안에 발을 들이지도 못한 채 얼어붙었다.

"지영 씨, 잠깐만. 나 좀 바꿔……."

나 실장이 자리에서 일어나 안지영에게 다가섰다. 하지만 안지영은 수화기를 들지 않은 팔로 그녀의 손길마저 매섭게 뿌리쳤다. 수화기에 대고 그녀가 섬뜩하게 웃었다.

"고맙다. 이 씨발 새끼야. 네 덕분에 부정 제대로 타서, 나 어제 파혼당했어."

안지영이 말을 마치고 수화기를 번쩍 쳐들었다. 통화가 끊기지 않은 수화기가 전화기에 수차례 내박쳐졌다. 깨져서 튕기는 수화기 파편이 흡사 얼음 조각 같았다.

그 누구도 감히 입을 떼어 놓을 엄두를 못 내고 있을 때, 안지영의 눈이 문 쪽에 선 진혁과 마주쳤다. 서릿발 같은 눈에서 닭똥 같은 눈물이 뚝뚝 떨어져 내렸다. 그 물방울이 폭우로 변하기 전에, 그녀는 진혁을 밀치고 뛰쳐나갔다.

그날 안지영은 끝내 사무실에 돌아오지 않았다.

✳

— 세상에…… 결혼식이 얼마나 남았다고 일이 그리될 수가 있다
니……. 지예야. 넌 혹시 지영이랑 연락해 봤어?

"아니요. 언니가 전화기를 껐나 봐요."

방구석에 주저앉은 지예가 핸드폰 너머의 도 과장에게 힘없이 대
답했다.

— 으휴…… 내 언젠간 상진 실업 그 새끼가 일 칠 줄 알았다니
까. 지영이가 조용히 넘기고 싶어 하는 거 같길래 난 어쩌다 대신 전
화만 받아 주는 정도만 했는데…… 내가 너무 무심했어. 나중에 대
표님이 돌아와서 대판 깨지는 한이 있더라도 내가 어떻게든 막아 줬
어야 했는데. 하아. 아무래도 지영이 앞으로 출근 안 하려고 할 거
같다. 안 그래도 우리 사무실에서 마음이 완전히 떴던데.

"……."

— 여보세요? 지예야. 듣고 있니?

"애수 언니."

목멘 소리가 방 안에 흘렀다.

"저야말로 너무 무심했어요. 혹시나 제가 어설픈 위로를 했다가
언니의 자존심에 상처를 낼까 봐, 제가 함부로 도움을 요청했다가 언
니가 더 큰 불이익을 당할까 봐, 언니가 바로 옆에서 힘들어하는 걸
보면서도 해 준 게 아무것도 없어요."

지예가 빗장뼈 부근의 옷가지를 움켜쥐었다.

— 아니야. 내가 네 입장이었어도 그랬을 거야. 네 말대로 지영이

자존심이 되게 강해서 자기보다 어린 네가 너무 알은체했음 오히려 더 안 좋아했을지도 몰라. 그러니 걔보다도 언니인 내가 먼저 나섰어야…….

"아뇨. 전 그렇게 생각 안 해요."

지예가 자책하는 도 과장의 말을 잘랐다.

"저는 나서지 못한 게 아니라, 나서지 않은 거예요. 언니를 위해서가 아니라, 제가 눈치 없고 어설픈 사람이 되고 싶지 않아서. 언니는 점점 힘들어했는데, 전 요 근래 좋은 일 좀 있다고 그 옆에서 웃기만 했어요. 언니가 그런 절 보고 얼마나…….""

지예는 차마 말을 맺지 못하고 손바닥에 얼굴을 묻었다. 핸드폰 너머에서는 도 과장이 말도 안 되는 소리 말라고, 무슨 이유에서든 그녀의 불행은 너와는 무관하다는 식의 말을 했다. 하지만 지예는 더 이상 자신이 없었다. 물기 어린 목소리를 내지 않고서 통화를 계속할 자신이.

"애수 언니. 죄송한데 저 이만 끊을게요…….""

핸드폰을 내려놓은 직후, 지예는 곧장 마포에게로 다가앉았다. 그렇게라도 하면 머릿속을 메운 온갖 흉흉한 감정이 가라앉기라도 할 것처럼, 그녀는 마포의 뱃살에 얼굴을 묻었다.

하지만 이내 지예는 소스라치며 고개를 들어 올리고 말았다.

"마포? 왜 그래?"

도 과장의 통화에 정신이 팔려, 지예는 지금껏 마포가 평소대로 방석 위에서 잠을 청하는 줄로만 알았다. 하지만 방석에 머리를 묻은 마포의 얼굴에서 흰 거품이 새어 나오고 있었다. 고집스러우리만치 깔끔했던 마포의 하복부가 축축하게 젖어 있었다. 지린내가 그녀의 속을 후비고 들어왔다.

지예는 경련하는 팔다리를 겨우 움직여 옷장 위에 놓아둔 이동장을 집어 들었다. 최소한의 수습조차 해 주지 못할 만치 위중한 상태인 마포를 이동장에 밀어 넣고, 그녀는 옷걸이에서 코트를 끄집어내어 걸쳤다. 하늘색 코트 못지않게 파랗게 질린 얼굴로 그녀가 울먹였다.

"정말 힘들어 죽겠다."

그녀는 방의 불을 끄는 것도 잊은 채 마포가 든 이동장을 들고 현관을 나섰다. 현관문이 닫히기 직전, 검은 그림자가 황망히 그녀의 뒤를 따랐다.

#6
칙칙함을 벗다

그 누구도 편히 눈을 붙이지 못한 주말이 지나고 11월 둘째 주 월요일 아침이 밝았다. 핸드폰 전원을 끄고 두문불출했던 안지영이, 9시 반쯤 사무실에 모습을 드러냈다. 여직원들이 각자의 파티션에 못 박혀 선 채 지켜보는 가운데, 그녀는 진혁에게 하얀 봉투를 들이밀었다.

"퇴직금 지급 명세서 제가 직접 계산해서 넣어 놨어요. 세무서에 이대로 신고하시면 돼요. 단 한 푼이라도 틀리게 입금되면 바로 노동청 갈 테니 그리 아세요."

"언니······."

지예가 꽉 막힌 목을 열어 안지영을 부르려다 도 과장에게 어깨를 부여잡혔다. 안지영 역시 그 미약한 만류는 들리지도 않는 양 진혁을 똑바로 응시했다.

진혁은 그 하얀 봉투가 남의 상갓집 조화라도 되는 양 망연히 응시했다. 하지만 그의 머릿속은 금방 꽉 찬 쓰레기통이 되었다.

그 봉투, 받으면 그만이다. 고정 거래처와 돌이킬 수 없는 트러블을 일으킨 여직원이 알아서 그만두겠다니 말이다. 그녀의 사표를 수리하고 상진 실업 사장에게 술 한잔 대접하면 이 별장에 난 그을음은 말끔히 가려질 것이다. 주인이 돌아오면 말단 사무원의 빈자리 외에는 그럭저럭 잘 보존된 별장의 상태에 흡족해할 것이다.

이번 일이 아니었어도 안지영은 딱 보기에 덜렁거리는 문짝이었다. 결혼, 임신과 출산, 육아, 그리고 일반 회사 경리로의 이직. 유난히도 여풍이 센 이 업계에선 놀랄 일도 아니다. 게다가 특별한 세무 일정이 없는 요즈음이야말로 서로가 가장 쿨하게 결별할 수 있는 시기이다.

그러니 놓아주면 그만이다. 그러고 나서 1월 부가가치세 2기 확정 신고, 2월 면세사업자 사업장현황신고, 3월 법인세 신고, 5월 종합소득세 신고, 7월 부가가치세 1기 확정신고……. 내년 세무 달력을 대신 넘길 시곗바늘 하나 새로 구하면 그만이다.

진혁은 본점 인사 팀장이 사직서를 받는 모습을 지켜본 경험을 되살려 의례 멘트를 암송했다.

"그동안 정말 수고 많으셨습니다. 우리 지점을 위해 힘써 준 안지영 씨의 노고에 심심한 감사를 표합니다."

"그런 말씀은 됐으니 이거나 좀 받으세요. 팔 떨어지겠네요."

안지영이 냉소적인 코웃음을 섞어 응수했다. 돌이킬 수 없는 그녀의 적의를 쬐자니 벌써부터 눈앞에 술상이 아른거리는 듯하다. 그 맞은편에 앉을 상진 실업 놈팡이도.

잔을 건네면 놈은 십 년 묵은 체증이 내려앉은 표정을 지을 테지.

가뜩이나 홍당무 같은 얼굴이 도취감으로 달아오르겠지. 자리가 무르익을 즈음 높은 싯누런 이를 드러내며 담배에 절은 혀를 날름거릴 테지.

'조 세무사. 겨우 점심 술 한잔으로 퉁치시게? 내가 쥐는 데 알고 있으니 저녁에 시간 내 봐.'

세무 법인 묘촌에 입사한 지 어언 8년. 그보다 더한 구린내도 맡아 봤다. 하지만 이번엔 도저히 참아 낼 의욕이 나지 않는다. 새삼 자신의 비위가 약해진 탓이라 생각되지는 않는다. 외려 지지리도 약해 빠진 편이었음을 깨달아 버렸다. 지금껏 그보다도 역겨운 악취를 말없이 견뎌 내었을 안지영의 비위에 비하면.

그녀가 이대로 떠나 버린다면 더더욱 방약무인 격으로 나올 그 변태 놈이 머잖아 추파를 던질 곳은……

진혁은 다른 여직원들을, 특히나 서글픈 빛을 흘리는 지예의 맑은 눈을 돌아보았다.

결국 그는 안지영과 똑바로 눈을 마주쳤다.

"근데, 이대로는 못 가십니다."

그 한마디 했을 뿐인데 가슴 구멍을 틀어막은 굵직한 벌레 한 마리를 뱉어 낸 기분이었다.

안지영이 대번에 눈을 홉떴다. 적의와 의구심이 가득한 눈으로 그녀는 준비해 온 듯한 말을 다다다 내쏘았다.

"왜죠? 어차피 요새 그렇게 바쁘지도 않잖아요. 아, 급여 신고가 남았긴 한데, 지지리도 말 안 들어 처먹는 몇 곳 빼고는 자료 다 받아 놨어요. 그리고 곧 있으면 금방 또 면세 신고랑 2기 부가세 신고해야 되잖아요? 그때 가서 그만둔다고 뒤에서 욕하지 말고 그냥 사람 하나 뽑을 생각이나 하세요. 어차피 저 같은 부품…… 널리고 널

렸잖아요."

마지막으로 터트려 보고자 한 말들이 외려 그녀 자신을 더 상처 입힌 듯했다. 진혁을 쏘아보며 애써 의연함을 가장하려던 안지영은 끝내 북받쳐 오르는 감정을 누르지 못했다.

언제 다가온 것일까. 그녀의 뒤에 나 실장이 서 있었다. 아무 도움이 되지 못해 제 몸을 감싸 고만 있는 팔과 미안함을 가득 담은 두 눈이, 다른 듯 같았다.

진혁은 목을 조르는 넥타이를 움켜쥐었다. 이 결정으로 말미암아 자신은 본분을 망각하고 사회 초년병만도 못한 허세를 부렸다는 지탄을 받을지도 모른다.

하지만 이미 호랑이 등에 올라탔다.

"아니요. 안지영 씨는 진상 업체들을 맡아 보면서 지금까지 큰소리 한 번 내지 않고 묵묵히 잘해 주셨죠. 요새 안지영 씨 같은 직원, 없습니다."

"저 원래 성질 더러워요. 지금껏 꾹 눌러 참아서 그렇지. 앞으로는 딱히 그럴 생각도 없네요. 귓구멍에서 러브젤 뚝뚝 흘려가면서까지."

강도 높은 그녀의 말대답에 옆에 있던 여직원들이 숨을 몰아쉬었다. 진혁은 잠시간 눈살을 찌푸린 채 생각했다. 본점에서 호가호위하는 백부가 이 상황을 보고받는다면 눈 하나 깜짝 안 하고 이럴 테지.

'그 여직원 하나 없어도 회사 잘만 굴러가.'

하지만 바꿔 생각하면 '그 여직원 하나'도 애지중지했던 예전에도 회사는 잘만 굴러갔었다. 아니, 적어도 이따위보다는 훨씬 잘 굴러갔었다.

예전이라고 지금보다 거래처들이 특별히 맑은 물은 아니었다. 그때도 거래처는 곧 회사의 자산이자 갑이었다. 하지만 진혁의 선친이 계셨던 그 시절, 세무 법인 묘촌은 적어도 제 식구의 말을 먼저 들어보고 다독일 줄을 알았다. 그 다뭇한 온기는 분에 넘치는 이상이 아니라, 직원이기 전에 한 인간인 이들이 마땅히 누리던 권리였다.

그랬던 이 회사가, 언제부터 이리 다라운 꼴이 되었던가? 그 연유는 아마, 더 배웠다는 작자들이 말단 직원의 거죽으로 만든 슈트에 꽁꽁 숨어 버린 탓일 테지. 요만큼의 구린내도 나눠 맡기 싫다고 피해 버린 탓일 테지.

그 우스운 꼴이 앞서가는 이의 표본인 양 흉내 내기 급급했던 자신에게 과연 무엇이 남았던가? 감당 안 되는 칙칙한 슈트에 갇혀 곯아 버린 속 말고는.

진정 본분을 망각한 허세가 무엇인지, 이제야 알 듯하다.

"지금 와서 이런 말을 해 본들 입에 발린 소리로밖에 안 들리시겠지요. 지영 씨가 이렇게 힘들어할 때까지 솔직히 저, 수수방관했습니다. 비단 안지영 씨뿐만 아니라 나미영 실장님, 도애수 과장님, 그리고 설지예 씨도. 제 책임 범위가 애매하단 핑계로 여러분이 얼마나 열심히, 그리고 힘들게 일하는지 제대로 살피려 하지 않았습니다."

뜻밖에 호명된 여직원들이 서로를 멀뚱히 보았다. 안지영 역시 진혁의 의중을 알 수 없다는 듯 한쪽 눈살을 가늘게 접었다.

그 앞에서 진혁은 목을 쥔 거추장스러운 천을 풀어냈다.

"물론 요즘 세상에 고객 상대로 속에 있는 말을 다 꺼내 놓을 수 있는 곳이 있겠습니까만, 여러분은 결코 부품 따위가 아닙니다. 도를 넘은 희롱을 당하면서까지 상대를 고객 대접할 이유, 없습니다. 여러분이 그런 일을 당하기 전에 제 선에서 막았어야 했습니다. 그러지못해 지영 씨를 상처 입혔으니, 이제 제겐 지영 씨를 붙잡을 자격이 없는지도 모릅니다. 하지만요."

진혁이 한걸음 더 안지영에게 다가섰다. 환청을 들은 표정을 짓는 그녀에게 진혁은 더욱 확고히 말했다.

"이런 말 정말 진부하시겠지만. 안지영 씨. 제게 한번 기회를 주시면 안 되겠습니까?"

"기회라뇨? 무슨 기회요……."

지영이 말끝을 흐렸다. 하지만 이내 그녀는 등을 곧게 폈다. 진혁은 헛기침을 하여 목을 가다듬었다.

"본점에서는 통상 3개월분 기장료가 미납되면 내용 증명을 발송합니다. 하지만 우리는 2개월 미납분부터 진행하기로 하죠. 물론 웬만하면 이 단계에서 해결될 겁니다만, 우리 지점에서 수년이나 기장하고서도 상습적으로 정산일을 지키지 않는 몇몇 곳은 다소 우려되는군요. 내용 증명 2회 송달 후 일주일이 경과해도 정당한 사유 없이 송금하지 않거든, 이제부턴 더 연락할 것도 없이 법적 조치하지요. 아, 물론 여러분은 손대실 거 없습니다. 업체에 연락을 몇 번 해 봤건 간에, 두 달째 밀리면 두말없이 제게 넘겨주시면 됩니다."

"세무사님. 진짜로요?"

도 과장이 놀란 목소리로 끼어들었다. 그에 진혁은 기껍게 고개를 끄덕였다.

"어느 안전에 대고 농담을 하겠습니까. 묘안동 지점의 재원들 앞에서."

"에그. 쑥스러워라. 갑자기 뭔 립서비스를 다……."

도 과장이 얼굴을 살짝 붉힌 채 지예와 눈빛을 교환했다. 아까부터 한 손으로 목을 부여잡은 채 초췌한 눈으로 상황을 지켜보던 그녀의 얼굴에 실금 같은 화색이 돌았다.

"그러면, 상진 실업은요? 거긴 어쩌실 건데요?"

"아, 거기요."

다그치듯 묻는 안지영에게 진혁이 싸하게 웃어 보였다.

"그쪽 자료 오늘 당장 서고에서 다 끄집어내서 착불로 보내 버리죠. 물론 지금껏 못 받은 수수료는 별도로 조치하고……."

"네에?"

외려 그녀가 진혁의 말을 끊어 먹었다.

"그랬다간 그쪽 사장이 전화로 난리 치거나 쳐들어와서 깽판 칠지도 몰라요! 지가 본점 회장님이랑 잘 아는 사이라고 어쩌나 부심을 부리는지……."

"어쨌든 지금 이 지점 대표는 접니다."

진혁이 짐짓 자존심 상한다는 듯 그녀의 말을 잘랐다.

"좌우지간 이 시간 이후로 그놈한테서 또 전화가 오거든 저한테 바로 돌리세요. 이번엔 내가 그 자식 귓구멍에 딜도를 박아 줄 테니까."

"푸흡!"

바람이 터지는 소리가 났다. 스스로도 민망스러운지 안지영이 황급히 입을 가렸다. 진혁 역시 방귀라도 뀐 듯 멋쩍게 딴 데를 보았다.

"안지영 씨가 먼저 시작했으니, 이번 한 번은 성희롱이라고 타박하지 말아 주시죠."

그의 말이 끝나기 무섭게 나 실장이 두 팔을 벌려 안지영을 안아 주었다. 지영은 왕언니의 품에 안겨 그간 쌓인 설움을 풀어냈다. 몸집은 작아도 품이 너른 도 과장이 두 사람을 한 품에 감쌌다. 다만 지예는 안도하는 표정을 지으면서도 그녀들과 거리를 벌렸다. 무거운 기침이 입을 틀어막은 작은 주먹 속으로 사라지는 모습을, 진혁은 놓치지 않았다.

"상진 실업 내용 증명, 제가 지금 작성할래요."

안지영은 금방 눈물을 들이마셨다. 그녀는 분연히 자기 파티션으로 돌아가 PC 전원 버튼을 눌렀다. 그녀의 등에 대고 진혁이 넌지시 물었다.

"그럼 안지영 씨 사표 수리는 안 해도 되는 거죠?"

"봐서요."

그녀다운 쌀쌀맞은 대꾸가 그리도 반가울 수 없었다. 진혁이 돌아보자 도 과장은 엄지를 척 추켜올리고 나 실장 역시 처음으로 푸근하게 웃어 주었다. 하지만 기쁜 마음과 달리 무거운 기침을 뱉어 내는 지예를 보는 순간, 진혁의 표정이 굳었다.

❋

지난주 금요일에 동물 병원에 입원한 마포가 일주일 만에 돌아왔다.

"자, 마포. 집이야 집."

지예가 이동장을 열자 마포가 특유의 나른한 걸음새로 걸어 나왔다. 지예가 마포의 등허리를 쓸어내리며 늘 하던 대로 물었다.

"마포. 기분 좋아?"

그 말에 마포 역시 늘 하던 양으로 꼬리를 좌우로 흔들었다. 지예가 재차 물었다.

"정말?"

이번에도 마포는 꼬리를 좌우로 흔들었다.

"하아……."

지예의 한숨에서 가래가 끓었다. 그녀는 앉은 자세로 방바닥에 엎드렸다. 진혁은 황급히 그녀의 곁으로 가서 발볼을 그녀의 손등에 대어 보았다. 갓 내린 커피가 든 종이컵처럼 뜨뜻했다.

지예를 이 지경으로 몬 행보를, 일주일 내내 그녀를 따라다닌 진혁은 익히 알았다. 마포를 입원시킨 뒤로 그녀는 매일같이 동물 병원에 출근 도장을 찍었다. 걱정하는 마음은 알겠지만 무슨 일 있으면 연락을 줄 테니 너무 신경 쓰지 말라고 수의사가 만류했다. 아울러 나날이 눈에 띄도록 심해지는 그녀의 몸살기를 포착하고는 본인 몸부터 돌보라는 핀잔도 주었다. 그럼에도 지예는 마포를 퇴원시키는 날까지 면회를 갔다. 일주일 내내 그녀의 눈은 퀭하니 비어 있었다.

"하…… 오늘이 금요일이라 다행이다."

인간보다 수배 비상한 귀가 아니었으면 그녀가 뭐라고 말하는지도 몰랐으리라.

"아…… 화장을 지워야 하는데. 옷도 갈아입고…….."

지예의 목소리가 실바람처럼 사그라졌다. 내일은 더 춥다고 연일 떠들어 대는 일기 예보가 바깥 날씨와 별반 다르지 않았다.

그럼에도 마포가 돌아왔다고, 그녀는 이제야 전기장판을 꺼내 놓았다.

"마포. 이리 와서 너도 몸 좀 지져."

비칠대는 몸으로 간신히 자리를 편 지예가 마포에게 손짓했다. 마포가 그녀의 품에 파고들었다.

"조조도 이리 올래? 여기 따뜻해."

그녀의 부름에 진혁은 무거운 발걸음을 옮겼다. 그러고는 그녀의 빈 등에 자기 몸을 겹치듯 뉘었다.

"아. 따뜻하다. 나중에 너희한테 난방비 줄게. 간식으로."

잠시나마 유쾌함을 되찾은 듯한 목소리가 이내 둔탁한 숨소리로 바뀌었다. 진혁은 몸보다 마음이 지쳐 잠시 눈을 붙였다.

얼마나 시간이 지났을까. 혹여 저번처럼 일출 시각을 넘기지 않을까 전전긍긍할 새도 없이, 열에 달뜬 신음이 진혁을 깨웠다.

"물……. 정연 언니…… 물 좀……."

진혁의 몸은 지예의 몸에서 돋아난 이슬로 인해 덩달아 습했다. 그는 곧장 자리에서 일어나 그녀의 이마에 발볼을 대었다. 이제 그녀는 불에 달군 쇠처럼 뜨거웠다.

물, 얼른 떠다 주자. 방구석에 쌓인 1.5리터 패트병을 하나 열어 컵에 따르자. 이 주변에 아직 문을 연 약국은 없을까? 그건 나가서 찾도록 하고 일단 물부터…….

그 모든 망상이, 그녀의 이마를 짚은 희고 작은 발에서 한 발짝도 나가지 못했다.

불현듯, 어둠속에서 그녀의 눈이 반짝였다. 진혁은 그녀의 이마에 발을 댄 자세 그대로 굳어 버렸다. 별다른 말을 않고 지예는 그저 진혁을 물끄러미 바라보았다. 그녀는 이내 서글프게 웃음 지었다.

"꿈이었구나……."

지예는 이내 눈을 감았지만 진혁은 그러지 못했다. 그녀의 여린 숨이 그의 마음을 마구 지폈다. 겨울밤처럼 검은 털과 눈처럼 시린 털로 뒤덮인 거죽 아래서 새하얀 불이 활활 타올랐다. 관절과 표피가 녹아내리듯 저리고 생각마저도 그 무력한 신체에 눌어붙어 버리는 감각. 그녀의 몸살기와 한 몸이 될지언정 덜어 줄 수는 없는 상황에, 진혁은 무섭도록 몸서리쳤다.

＊

세무 법인 묘촌 본점에서 사회생활을 시작한 25세 겨울, 조진혁은 인생에서 손에 꼽을 정도로 달떠 올랐었다.

진로 문제로 아버지와 충돌한 적은 없었다. 맹자가 묘지 근처에서 곡을 하고 시장 바닥에서 장사치 흉내를 내었듯, 그 역시 눈과 귀에 익은 길을 택했다. 하지만 수년간 힘들게 공부하여 자격증을 취득해 직장에 들어와 보니 한동안은 이런 생각밖에 안 들었다. 정말, 이런 일인 줄 몰랐다고.

때로는 대한민국 세법이 선량한 사장님들에겐 참 갑갑하다 싶기도 하였다. 그러나 대다수 고객들은 세무 대리인이란 마땅히 내야 할 세금까지 깎는 재주꾼인 줄로만 알았다. 진혁은 일천한 경험으로 탈법과 절세의 모호한 경계에서 허우적댔다.

세무사는 납세자의 권익 보호와 건전한 납세 풍토 조성에 최선을 다한다.
세무사는 성실 공정한 직무 수행으로 그 품위를 유지한다.

유리 액자에 갇힌 채 사무실에 게시된 윤리 강령은 그저 술에 취해 눈을 부라리는 듯 보였다.

당시 진혁은 주변의 '어엿한' 전문가들을 흉내 내기에 여념이 없었다. 그 어떤 문의 전화에도 덤덤한 목소리로 술술 응대하고, 여직원의 눈물을 쏙 빼놓는 진상 고객 앞에서조차 시니컬하고, 회사에서는 정말 회사밖에 없는 듯 행동하는, 그 번듯하고 표정 없는 남자들을.

회장의 아들이라 하여 처지가 낮지도 않았다. 아버지가 당신의 소신을 굳이 강조하지 않아도, 이 업계는 순전히 세법 지식과 실무 경험, 그리고 자신이 손수 구축한 인맥만으로 생존 가능한 세계였다. 외려 그의 배경만으로 성립이 불가한 특혜를 멋대로 추정하는 시선들이 그의 진가를 깎아 먹었다.

마음을 괴롭히다 진력이 난 성장통이, 결국은 몸을 괴롭혔다.

진혁은 퇴근길에 사 온 감기약을 삼키고 자취방 침대에 누웠다. 말이 자취방이지 원래 살던 이의 세간까지 인수하여 갖출 건 다 갖춘 집이었다. 부러 그런 집으로 골랐다. 자신이 본가에서 이탈한 이유는 어디까지나 '두 분의 신혼의 단꿈'을 배려해서임을 강조하기 위해.

하지만 그날은 그 행세가 먹혀들지 않았다.

띵동, 띵동.

진혁은 두툼한 이불을 머리까지 덮어썼다. 너무 세게 튼 전기장판 때문인지 머리끝까지 열이 뻗쳤다.

띵동, 띵동, 띵동.

이불속에서 진혁은 묵음으로 욕설을 내뱉었다. 그 주 내내 나름 요령 좋게 감기 기운을 숨겼다. 하지만 그날 오후. 사무실 복도의 벽을 짚고 서서 무거운 기침을 쏟아 낸 뒤 고개를 드니, 그 여자의 충격받은 얼굴이 보였다.

띵동, 띵동, 띵동, 띵동.

'아, 필요 없어. 그냥 가라고 좀!'

진혁은 가래 끓는 목소리로 악을 썼다. 그제야 소리가 끊겼다. 그의 외침이 대문 밖에서 차임벨을 눌러 대던 그녀를 후려치기라도 한 듯이.

지이이잉 하고 머리맡에 놓아둔 핸드폰이 울었다. 진혁은 누군가의 목을 조르듯 핸드폰 전원 버튼을 꾸욱 눌렀다.

창밖을 부유하는 눈만큼이나 적막한 어둠에 자신을 묻은 채 진혁은 눈을 붙였다. 잠들기 직전, 진혁은 발길을 돌리는 그 여자의 품에서 식어 갈 죽을 덧없이 떠올렸다. 어쩌면 봉지 안에 같이 들었을지 모를 쌍화차도.

푹신하고 더운 침대에 누운 스물다섯 살 조진혁은, 눈길을 헤치고 온 온기를 밀어 내는 것이 몸살을 고고히 앓을 권리인 줄 알았다.

#7
그녀의 반쪽

지예는 비몽사몽간에 문 긁는 소리를 들었다. 오늘도 조조는 새벽같이 내보내 달라고 신호를 보낸다. 그걸 못 들은 체하면 그 소리가 옆집에 이르도록 자그러워진다.

지예는 부러진 듯 욱신거리는 팔다리를 움직여 어둠을 갈랐다. 어슴푸레한 세계로 떠나는 발소리가 멀어져 가자, 그녀는 다시 자신을 어둠에 가두었다. 조조는 평소대로 했을 뿐인데, 새삼 지예는 세상이 자신의 아픔에 아랑곳하지 않는 곳이라는 생각을 했다. 동살이 잡히고, 해가 뜨고, 고층 건물부터 불타오르듯 빛나고, 횡단보도에 사람들이 쏟아지고…… 또 골목길 담벼락엔 조조 같은 길고양이들이 느른히 걸어갈 테지.

그 무심한 그림에 펜을 대어 딱 한 명만 여기를 보도록 그려 넣고 싶다. 너무 아파서 별스러운 생각을 다 한다. 지예는 문을 잠그고 베개에 얼굴을 묻었다.

쿵쿵쿵.

심장 소리가 베갯잇까지 치받아 올랐다. 지예는 급작스러운 진동에 놀라 눈을 떴다. 눈을 붙인 순간이 뭉텅 잘려 나간 듯, 사위가 어느덧 햇볕에 완연히 젖었다. 밤새 켜 놓은 전기장판 덕에 열땀이 증발하여 몸이 한결 가벼워졌다. 대신에 미세한 외풍에도 소름이 돋았다.

쿵쿵쿵.

이불을 덮어 올리려다 말고 지예는 상체를 일으켰다. 그녀를 깨운 건 심장 소리가 아니었다.

"누구세요?"

지예는 현관문에 다가서서 조심스레 물었다. 그 순간까지도 두 번이나 울린 노크 소리가 환청인 줄로만 알았다.

"지예 씨. 나야."

문밖을 들여다보는 지예의 동공이 한껏 벌어졌다. 곧장 안전 고리를 걷어 내고 문을 열자, 외시경에 맺힌 상이 현실이 되었다.

온밤을 몸살로 지새우고 맞은 토요일 한낮. 조진혁 세무사가 문턱을 사이에 두고 그녀를 눈에 담았다. 그가 등진 겨울 햇살이 시리고 부셔서, 지예는 터져 나오려는 기침을 손으로 틀어막았다.

"이 시간에 갑자기 찾아와서 미안해. 몸은 좀 어때? 약 먹었어?"

그의 손에 들린 것에 먼저 눈이 갔다. 근방의 죽집 상표가 그려진 하얀색 봉지였다.

"어떻게…… 아셨어요?"

문손잡이를 잡아 아직도 온 데가 아린 몸을 지탱한 채, 지예가 물었다. 그 앞에서 진혁은 어딘지 멋쩍은 듯 제 손에 들린 하얀 봉지를 들여다보았다.

"어떻게 알긴. 사무실에서 이번 주 내내 그렇게 심하게 기침을 했 잖아. 목소리도 꽉 막히고. 특히 어제는 정말 심해 보이길래……."

얼버무리던 진혁이 문득 떠올린 듯 재빠르게 덧붙였다.

"도 과장님도 많이 걱정하시더라. 생각 같아선 본인이 오고 싶으 셨는데 오늘 자녀 데리고 시댁 가시는 날이라네. 그래서 내가 대 신……."

기분 탓일까? 지예는 그 자리에서 도 과장에게 전화를 걸어 보면 다른 말을 들을지도 모른다는 생각을 했다.

"점심 아직 안 먹었지? 속은 좀 어때? 뭐 좀 먹을 수 있겠어? 지 예 씨가 불편하지 않다면 차려 주고 갈까?"

딱히 표정 관리를 하려는 심산도 아닌데 웃음이 절로 비어져 나왔 다. 지예는 혹여 목멘 소리를 낼까 봐 소리 죽여 발음했다.

"저는 불편하지 않지만 세무사님이 옳으실까 봐……."

"옳을 거면 사무실에서 이미 옳았어. 원래 환절기에 감기가 돌고 도는 거지 뭐."

특유의 찰기 없는 목소리. 하지만 지예는 격동이라도 겪은 듯 진 혁을 물끄러미 바라보았다. 눈이 마주치자 그가 심드렁한 소리로 대 꾸했다.

"건강 체질이라 옳을 일은 없다는 식의 헛소리는 안 할게."

지예는 그 앞에서 서서히 문을 열어젖혔다. 짐짓 시린 척하면서도 손에 거대한 온기를 들고 온 겨울 햇살에 길을 터 주듯이.

"가만히 누워 있어요."

강압적 느낌을 주지 않으려 진혁은 그 한마디만큼은 존댓말을 했 다. 지예는 무언가에 이끌리듯 이불 속으로 들어갔다.

방이 워낙 작아서일까, 지예가 굳이 가르쳐 주지 않아도 그는 접이식 식탁을 찾아냈다. 그는 그 위에 죽과 밑반찬이 든 용기를 가지런히 차려 냈다. 또한 부엌에서 컵을 가지고 와 물을 담뿍 채워 주었다. 지예는 그 안에 자신이 그린 모든 것들이 일렁이는 듯하여 가슴이 몽글거렸다.

도저히 누워만 있을 수는 없어 지예는 다시 몸을 일으켰다. 맞은편에 앉아 자신을 주시하는 진혁에게 그녀는 떨리는 목소리로 말했다.

"세무사님. 정말…… 고맙습니다. 그리고 너무 죄송해요. 자꾸 심려 끼쳐 드려서."

그녀의 말에 진혁은 고개를 가로저었다.

"아니. 오히려 내 마음 편하자고 지예 씨가 제대로 쉬지 못하는 건 아닌지 모르겠어. 나도 경험해 봐서 알지만, 누가 간병 온다고 들이대면 오히려 불편할 때도 있거든."

"글쎄요. 전…… 세무사님이라 오히려 황송하기까지 한데."

그녀의 말에 진혁이 눈을 크게 떴다. 대번에 쏟아지는 시선에 아차 싶어 지예가 쑥스럽게 웃었다.

"제가 좀…… 이상한 말을 해도 이해해 주세요. 열 때문에 머리가 좀 이상해졌을 수도 있어요."

그 말이 뭐가 그리 웃긴지 진혁이 입귀를 살풋 올린 채 피식 웃었다. 그 앞에서 지예는 양 볼이 괜스레 달떠 오르는 느낌이 들어 수줍게 고개를 숙였다.

진혁에 보는 앞에서 지예는 그가 사 온 닭죽을 숟가락으로 떠먹었다. 식탁 위에는 쌍화탕도 한 병 놓여 있었다. 보기만 해도 온몸에 훈기가 도는 기분이었다.

배 속이 든든해지도록 숟갈을 넘기고 지예는 잔에 든 물을 반쯤 비웠다. 좀 전에 자신이 말한 대로 정말 머리가 이상해져 버린 탓일까. 스스로 생각해 보아도 물색없는 이야기를 하였다.

"실은 간밤에 꿈을 꿨어요. 보육원에서 절 챙겨 준 언니한테 간호 받는 꿈이요. 아, 그리고 새벽에 조조가 앞발로 이마를 짚어 주기도 했는데, 그건 꿈이었는지 모르겠……."

"아직 열이 좀 있네. 병원에 가 보는 게 낫지 않을까? 차 가지고 왔어."

지예는 말 그대로 멎어 버렸다. 이마에 몰려온 커다란 구름이 그녀에게 그림자를 드리웠다. 한 손으로 그녀의 이마를 덮어 누른 채 자신의 이마를 짚어 보는 그의 나머지 손이, 새삼 커 보였다.

생경하고도 확연한 체온을 느끼면서도, 지예는 꿈과 현실의 경계에 앉은 기분이 들었다. 새벽에 자신의 이마를 앞발로 짚은 조조를 보았을 때처럼.

"괜찮아요. 어제보다 많이 나아졌어요. 저도, 타고난 건강 체질이라 그렇다는 말은 안 할게요."

그 말을 왜 눈을 감고 해 버렸을까. 그의 손이 떠나가고 나서도 여전히 눈앞이 껌껌한 연유를, 지예는 뒤늦게 깨달았다. 그런데 불현듯 무겁게 떨어지는 숨소리가 들렸다.

"세무사님. 한숨 쉬셨어요?"

다시 눈을 떴을 때, 지예는 미약한 쓴웃음을 입에 문 진혁의 모습을 보았다.

"그냥. 옛날 생각이 나서. 지예 씨랑 비슷한 나이에 나도 호되게 감기 몸살을 앓은 적이 있거든. 그때 난 한겨울에 문병 온 사람 문도 안 열어 줬어. 확실히 지예 씨가 나보다는 훨씬 착해."

"저는 오늘 세무사님이 와 주셔서 진심으로 고마워요. 하지만 아까 세무사님이 말씀하셨듯이, 누군가의 호의가 때로는 불편할 수도 있는 거잖아요. 그때 세무사님에겐 그런 분이 오셨었나 봐요."

또다시 그의 시선이 지예에게 쏟아졌다. 혹여 주제넘은 말을 해 버린 걸까? 지예는 눈을 무겁게 내리깔았다.

"사람은 참 좋았어. 말 그대로 내가 안 편해서 그랬지. 나의……
새어머니한테."

지예는 다시 고개를 들어 진혁을 응시했다. 그의 손가락이 불안정하게 검은 쌍화탕 병을 매만졌다.

"그런데 지예 씨를 보니 새삼 그런 생각이 드네. 철이 없어도 유분수지, 그땐 대체 왜 그랬는지……."

"괜찮아요. 그분도 이해하시…… 콜록."

불시에 터져 나온 기침이 어설프게나마 위로해 보려는 마음을 뭉갰다. 진혁이 그녀의 모습을 보고 당황했다.

"나 지금 갈까? 지예 씨 문 잠그고 푹 좀 자게."

"세무사님."

그녀가 다급한 목소리를 냈다.

"세무사님이 괜찮으시다면 그냥…… 잠시만 같이 있어 주시면 안 될까요? 안 그래도 드리고 싶은 말씀이 있어서……."

진혁은 자리에서 일어나려다 말고 지예의 눈을 보았다. 입을 틀어막은 그녀의 눈망울이 촉촉하게 빛이 났다. 결국 그는 자세를 고쳐앉았다.

"나한테 하고 싶은 말이라. 기탄없이 말해 봐. 지금은 욕을 해도 너그러운 마음으로 봐줄게."

"푸훗, 욕은 무슨요. 아…… 지금 저 웃기시면 안 돼요."

지예가 입에 손을 겹쳐 올린 채 웃음을 삼켰다. 들떠 오른 숨을 가라앉히고 그녀가 나직이 말했다.

"저는 정말…… 이번에 지영 언니가 그만둘 줄 알았어요. 저는 평소에 언니에게 정말 많은 도움을 받는데, 정작 언니가 힘들어할 땐 아무 도움이 되지 못했어요. 근데 다행히 세무사님이 잘 해결해 주셔서 얼마나 감사한지 몰라요. 거기다 세무사님도 바쁘실 텐데 저희 일 중 가장 힘든 일을 도와주신다니……."

"원래 내가 마땅히 신경 썼어야 할 부분인데 오히려 늦은 감이 있어."

진혁이 잠시간 그녀에게서 시선을 돌렸다.

"그리고 나 역시 지예 씨 나이 땐 주변분들 일을 거들기보단 일거리를 만들 때가 더 많았어. 게다가 난 지예 씨처럼 살가운 편도 아니었고. 지예 씨는 그만하면 경력에 비해 일도 인간관계도 잘하는 편이야. 그러니 너무 자책할 필요는 없다고 봐."

지예는 컵 안에 든 물을 마저 마셨다. 그 반응만으로는 자신이 제대로 다독여준 건지 알 길이 없어 진혁은 숨을 무겁게 들이쉬었다. 하지만 그녀는 자못 진지하게 말했다.

"그래도 세무사님이라고 쉽게 내리신 결단은 아니었으리라 생각해요. 세무사님도 나름의 입장이 있으시잖아요. 오히려 저희 때문에 무리하신 건 아닌지 걱정이 돼요."

진혁은 몸살기 때문에 새하얗게 질린 그녀의 얼굴을, 거울이라도 보는 양 살폈다. 가슴에 든 얼음 조각 하나가 그녀의 작은 손아귀에 든 듯했다. 착각과도 같은 기분을 떨쳐 내려 진혁은 공연히 손을 내저었다.

"아니. 지예 씨가 귀띔해 주지 않았으면 난 미수금 문제를 훨씬 늦게 검토했을 테고, 결국 지영 씨 나가는 거 못 막았겠지. 그러니 앞으로도 여직원들한테 힘든 일 있으면 지예 씨가 나한테 슬쩍 찔러줬으면 좋겠어. 아무리 임시 대표라도, 적어도 정신은 똑바로 차리고 싶으니."

지예가 자리에 눕도록 권하며 진혁은 흘끔 뒤를 돌아보았다. 방석에 무거운 배를 깔고 앉은 마포와 눈이 마주쳤다.

지예가 이불 속에 들어가자 진혁이 앉은 자세로 그녀를 내려다보았다.

"이젠 내가 지예 씨한테 하고 싶은 말 좀 해도 될까?"

지예는 '네'라고 입을 뻐끔거렸다. 목을 틀어막은 가래 때문에 순간적으로 목소리가 나오지 않은 모양이다.

"내가 보기엔 지예 씨가 추위를 제법 타는 편인 듯한데, 혹시 사무실이 많이 추운가?"

"아뇨. 그렇지는 않은데……."

"아니면 최근에 퇴근하고 나서 밖에 많이 돌아다니지 않았어?"

지예의 눈이 눈에 띄게 벌어졌다. 진혁은 그쯤에서 유도 심문을 끝내고 본론으로 들어갔다.

"사실 나 그저께 염리동에서 지예 씨 봤어. 내가 그 부근에 저녁 약속이 있어서 퇴근 후에 들렀는데, 때마침 지예 씨가 동물 병원으로 들어가더라. 그때 지예 씨가 너무 경황이 없어 보여서 인사는 못 했어. 그때 혹시, 마포 입원시켰어?"

"네. 맞아요."

그녀가 다소 놀란 기색으로 고개를 끄덕였다.

"마포가 지난주 금요일에 갑자기 아파서…… 어제 퇴원시켰죠."

"그럼 혹시 지난주 금요일부터 일주일 내내 계속 거길 갔어? 이 추운데?"

이번에 지예는 선뜻 고개를 끄덕이지는 못했다. 그녀는 거북한 기색으로 이불만을 쳐다보았다. 진혁은 코로 숨을 길게 내쉬고는 타이르듯 말했다.

"지예 씨. 마포를 소중히 여기는 마음은 이해하지만, 제3자 입장에선 솔직히 걱정이 돼. 나도 여기서 그리 멀지 않은 데 살아서 아는데, 이 일대가 밤이 되면 금방 컴컴해지잖아. 게다가 날도 추운데 그 몸으로 돌아다니기까지 하고."

"⋯⋯."

"내 말은, 반려동물 걱정하는 마음도 좋지만 어느 정도는 본인 몸부터 돌보길 바란다는 거지. 이 부근이 여자 혼자 밤에 다니기엔 워낙 흉흉하고⋯⋯."

그녀가 듣기에는 무심하기 그지없을 투로 말했지만, 사실 진혁의 심사는 썩 잔잔하지는 못했다. 귀신의 치마폭과도 같은 길목을 비척걸음으로 가던 그녀. 지척을 스치는 오토바이도 낯선 사내도 안중에 없던 그녀. 그 어두운 길을 네발로 뒤따르며 느꼈던 온갖 감정들. 종래엔 화가 나기까지 했던 그 일주일을 고작 제3자의 걱정 따위로 표현해야만 하는 현실이, 쓰디쓰다.

"내 생각은 그래."

진혁은 넥타이를 헐겁게 당겼다. 그리해 본들 목을 죄는 또 다른 무언가가 헐거워지지는 않았지만 말이다. 허나 넥타이를 고쳐 매고 다시 지예를 응시한 순간, 진혁은 온몸의 피가 빠져나가는 느낌을 받았다. 그녀의 얼굴에서 단 한 번도 본 적이 없는 물길이 범람하고 있었다.

"미안. 지예 씨. 난⋯⋯ 지예 씨가 잘못했다는 식으로 말하려던 게 아니라⋯⋯."

"아니에요. 저야말로 죄송해요."

그녀가 황급히 팔로 눈을 가린 채 고개를 마구 저었다.

"저 아픈데 들여다보는 사람도 있고. 죽이랑 약도 사다 주고, 또 이렇게 진심 어린 충고를 들어 보는 게 너무 오랜만이라…… 괜히 청승맞아지나 봐요."

흡사 지혈이라도 하듯 지예는 팔로 눈을 꾹꾹 내리눌렀다. 그렇게 수어 번 물길을 걷어 내고 나서, 그녀가 천장을 올려다보았다. 억눌린 목소리가 진혁의 귀를 파고들었다.

"주변 사람들이 그래요. 너는 집에서 마포하고만 놀 것 같다고. 하지만 그렇지만도 않아요. 마포는 하루의 반 이상을 잠으로 보내고 저 역시 나름 제 일에 몰두해요. 수험 공부를 하고, 짬이 나면 그림을 그리거나 무언가를 만들고……. 솔직히 마포가 젊고 건강할 땐 제 일상에서 마포가 없는 듯 느껴질 때도 있었어요."

젖은 눈시울을 기점으로, 그녀의 얼굴이 붉어져만 갔다.

"고양이의 평균 수명, 모르지는 않았어요. 하지만 한창 정신없을 때 마포를 만나 어찌어찌 견디고 이제 좀 겨우 숨을 돌리려 하니, 마포가 벌써 늙어 버렸어요……."

그녀의 목소리가 절규처럼 울리는 찰나, 진혁은 얼마 전 그녀에게 저지른 말실수가 떠올라 정신이 아뜩해졌다.

"돌이켜 보니 제가…… 조금이라도 더 잘 살아 보려고 한 이유가, 마포를 빼놓고는 생각할 수 없는 것들뿐이에요. 얼마 전에 그간 짜투리 시간에 그린 스케치를 펼쳐 보니, 죄다…… 마포더라고요."

그제야 진혁은 깨달아 버렸다. 인간과 반려동물. 그것만으로는 설지예와 마포의 관계를 규정짓기에 너무도 빈약하다는 것을.

둘은, 한 종이에 그려진 그림이나 마찬가지였다.

"마포가 사라져 버리면 전…… 못해도 반절은 뜯겨 나가고 말 거예요."

눈앞에서 정말로 그녀가 부욱 찢기는 듯하여 진혁은 얼어붙고 말았다. 걷잡을 수 없는 목소리로 그녀가 울부짖었다.

"언젠가 이런 날이 오리라고…… 아주 몰랐던 것도 아닌데, 미쳐 버리겠어요. 지금까지 해 준 게 하나도 없는데, 이제야 겨우 제대로 된 걸 줄 수 있을 것 같은데…… 마포가 더 이상 기다려 주지 못한다면, 전 대체 어떡해야 하나요?"

"해 준 게 하나도 없다니? 차고 넘치도록 해 줬잖아!"

진혁이 더 참지 못하고 열띤 목소리를 냈다.

"저리 배가 부르도록 잘 먹이고, 푹신한 데서 하루 종일 자게 해 주고, 또 이 추운데 본인 몸 축나도록 매일 찾아가 놓고. 지예 씨가 지금보다 더 잘 살았다 해도, 여기서 뭘 더 어떻게 할 건데?"

"흐으…… 윽……."

"마포가 말을 할 수 있다면 분명 이럴걸? 지예야. 넌 최선을 다했다. 네가 텅 비어 버릴 만큼 잘해 주는 바람에, 난 이보다 더 행복할 수 없어. 그러니 이젠 네 행복도 찾아. 이렇게 말을 하고 싶어서, 아주 답답해 미칠 지경일 거다."

진혁은 이를 사리문 채 숨을 몰아쉬었다. 지예는 끝내 이불에 얼굴을 묻고 말았다. 그 안에서 새어나오는 억눌린 울음소리가 오래도록 그의 가슴통을 울렸다.

땅거미가 내려앉은 209호. 죽음 같은 잠에 빠져든 지예의 곁에서 두 쌍의 캐츠아이가 빛을 발했다.

"미안하다. 나름 한다고는 했는데 역효과만 일으킨 듯해. 그냥 죽만 전해 주고 갈걸. 나 때문에 지예 씨 증세가 악화되지는 않으려나 모르겠다."

진혁은 책상 위에 둥글게 몸을 만 채 힘없이 중얼거렸다. 그러자 방석에 앉은 마포가 대꾸했다.

"아니. 설령 내가 직접 말했다 해도 그녀를 납득시키지 못했을 게야. 그래도 '내 말'을 다 전해 주다니 고맙군. 지금 당장은 아니어도 언젠가는…… 그 말이 그녀에게 돌아올 게야."

지금으로선 마포의 말뜻을 완전히는 이해할 수 없었다. 진혁은 창문을 덮은 뽁뽁이의 물감 글귀로 시선을 돌렸다.

Being Ha

요 일주일이 무난히 지나갔더라면 뒤에 p자 하나는 완성되었을지도 모르는데. 하릴없이 빈 공기 방울을 눈으로 덧그리다, 진혁은 불쑥 마포에게 물었다.

"너도 도장 있지? 지금 몇 개 남았어?"

"4개."

"오. 많이 남았네? 그럼 당분간은 걱정 안 해도 되겠는데?"

진혁이 안도의 한숨을 내쉬었으나 마포가 심드렁하게 덧붙였다.

"그녀를 처음 만났을 때 내 도장은 8개나 남아 있었다. 집고양이는 어지간해선 목숨이 축날 일이 없으니 한동안은 그 수를 유지했지. 하지만 요즘 들어 하얀 옷 입은 인간을 만나고 올 때마다 하나씩 사라진다. 이번에도 마찬가지였고. 근래엔 자고 일어났을 뿐인데 또 하나 사라지더군."

서늘한 외풍이 진혁의 귀밑을 긁고 지나갔다.

"젊고 건강할 적엔 내심 자연의 섭리를 비웃었다. 나만은 그녀와 한날한시에 자연으로 돌아가는 특별한 운명을 타고났노라고. 하지만 요새는 점점…… 힘이 빠진다."

이제는 마포에게조차 시선을 두기가 어려워 진혁은 앞발에 얼굴을 묻으려 했다. 그런데 마포가 그에게 불쑥 질문을 던졌다.

"너, 캐트 시님의 주술이 풀리면 더 이상 여기 안 온다 하였지. 정말 그럴 테냐?"

"조조로서는 더 이상 머무를 수 없겠지."

사실 그대로 말했다. 하지만 그럼에도 마치 거짓이라도 고한 듯한 거북함이 들어 진혁은 숨을 무겁게 골랐다. 그때, 마포가 뜻밖의 말을 했다.

"나 죽고 나면, 네가 그녀를 봐주면 안 되나?"

진혁은 대번에 책상 위에서 몸을 일으켰다. 하지만 마포는 여전히 앞발에 고개를 뉘고만 있었다. 얼핏 보기엔 심각성이 결여된 모습에 진혁이 쓴웃음을 지었다.

"너, '봐준다'는 말이 인간 세계에서 얼마나 복합적인 의미를 지니는지 모르지? 모든 호의에는 원래 충분한 시간을 들여 구축한 관계가 뒷받침되어야지만 정상적인 그림이 나와. 현재 지예 씨와 내 관계만으로는 솔직히 오늘 일도 적정선을 한참 넘어섰어."

말은 그리했지만, 오늘 그녀에게 죽과 쌍화차를 먹인 일만큼은 일말의 후회도 없다. 그 어떤 오해를 받는다 해도.

"그래도 부탁한다. 네가 그녀를 채워 주면 안 되겠나?"

"'약해 빠진 놈' 한테 너무 큰 걸 부탁하는 거 아닌가?"

진혁이 자조적으로 되물었다. 하지만 마포는 책상 위의 그를 도전적으로 올려다보며 말했다.

"인간 사내일 때의 너는 힘도 세고 덩치도 크지 않은가. 그녀에게 따뜻한 음식을 사다 줄 수도 있고, 무엇보다도 그녀와 말이 통하고. 내가 네놈이 될 수 있다면, 이런 부탁 하지도 않아."

"하하……."

진혁이 탄식하듯 헛웃음을 터트렸다. 그는 미약한 달빛을 받아 숫눈처럼 빛나는 자신의 앞발을 내려다보며 중얼거렸다.

"나라는 인간은 사실 지금 이 모습이랑 크게 다르지도 않아. 덩치만 컸지 속에 구멍이 숭숭 뚫려 있어서 언제 흉하게 무너져 내릴지 몰라. 그걸 채우는 법을 몰라서 가리기에만 급급하다 보니, 겉모습만 아주 그럴싸하지."

진혁은 문득 돌아가신 아버지의 모습을 떠올렸다. 사랑하는 여자를 잃고도 외려 굳건하고 거대한 성을 쌓아 올렸던 당신. 그 성의 곳간마다 인간미가 소담히 든 포대를 채워 넣었던 당신. 그런 당신의 발치가 얼마나 높은 곳에 있었는지 새삼 깨닫는다. 이런 자신이 과연 당신의 반의반만이라도 뒤따를 수 있을까? 남편이 되는 일이건, 아버지가 되는 일이건.

"네놈이 그러하다면 다른 인간도 별반 다르지 않으리란 생각을 안 해 봤나? 고양이끼리 털 색깔은 다를지언정 네 다리와 꼬리 달린 게 같듯, 다른 인간들도 너처럼 구멍투성이일 테지. 다만 서로 가리려 애쓰는 나머지 결국 자기만 그렇다고 생각해 버리는 게야."

"재미있는 가설이기는 한데, 너랑 난 역시 핀트가 묘하게 안 맞아."

진혁은 머리를 흔들었다. 나이라도 먹으면 제게도 스밀 줄 알았던 듬직함이나 원숙함 따위가 아직도 높은 선반에 놓인 양 느껴진다. 조금도 메워질 기미가 보이지 않는 구멍들, 다른 사내였으면 과연 이렇게까지 속수무책일까 싶기만 하다. 자꾸만, 자신이 영영 단단해질 수 없는 도자기 반죽이 아닐까 생각한다. 이런 다라운 생각을, 과연 누구 마음과 핀트를 맞출 수 있을지.

"네놈 말이 맞아. 아무리 오랜 시간을 함께해도, 인간과 고양이는 서로를 완전히는 이해할 수 없어. 나와 그녀처럼."

마포가 지예의 잠든 얼굴을 지그시 들여다보며 읊조렸다.

"너는 오늘, 수년을 함께한 나보다도 훨씬 많은 말을 그녀에게 하였다. 그녀 역시 나와 있을 때와는 비교도 안 되게 많은 말을 하였고. 그리고 더 많이…… 쏟아 냈어. 덕분에 그녀는 내일이 되면 아주 가벼워질 게야. 나는 그녀가 앞으로도 종종 그랬으면 좋겠어. 내가 없어도."

진혁의 시선이 그녀의 속눈썹과 콧날, 그리고 입술에 머물렀다. 어제에 비해 그녀의 숨소리에서 안개가 다소간 걷힌 느낌이다. 지독한 불청객이 이제 좀 떠나가려나 보다. 형언할 수 없는 감정을 놓아두고.

진혁이 다시 마포를 보았다. 금색 캐츠아이를 다시금 도전적으로 빛내며, 놈이 단언했다.

"다시 말하지만, 내가 너였다면 이런 부탁 하지도 않았다."

❀

샤워를 마치고 진혁은 침대에 누웠다. 두툼한 이불 위가 설원처럼 차갑다. 어제 낮에 집을 나설 때 난방을 해 두는 걸 깜박했다. 하지만 그 위에 누워도 그저 생각만 무성해진다.

설지예는 이제 몸이 좀 어떨지. 기왕이면 따뜻한 걸 좀 더 챙겨 먹었으면. 행여 또 들여다볼 수 있다면…….

진혁은 핸드폰으로 제 이마를 지그시 찍어 눌렀다. 아무리 생각이라도 마냥 고삐를 풀어 놓으면 두 다리마저 장단을 맞추려 들지 모르니.

창문으로 들어오는 햇살이 점차 눈처럼 새하얘졌다. 기묘 원룸텔 209호에서 분명 발을 뺐다. 그러고 나서 단지 제자리로 돌아왔을 뿐인데, 진혁은 머리칼의 물방울처럼 자신이 점차로 말라 가는 듯한 느낌을 받았다.

커피나 한잔할까. 그 안에 요 근래 못 읽어 본 조세 일보의 활자를 타든지, 아니면 작은삼촌이 두고 간 제목도 기억 안 나는 서적을 버무리든지……. 마실 것을 생각하면서도 외려 혀가 더 마르는 듯하여, 진혁은 지루하게 하품을 하였다.

지이이잉.

핸드폰 진동이 진혁의 이마를 뒤흔들었다. 그는 반사적으로 얼굴을 구기며 화면에 뜬 번호를 확인했다. 맨 처음 생각한 단어는 '작은삼촌'이었다. 하지만 정작 화면에 뜬 이름을 확인한 순간, 그는 핸드폰을 떨어뜨릴 뻔했다.

"여보세요?"

전화를 받는 순간까지도 혹여 자신이 무언가 잘못 누른 건가 진혁은 생각했다.

— 세무사님. 저 지예인데요, 혹시 댁에 계세요?

"어…… 그런데?"

— 세무사님 댁이 북아현동에 있다고 들었는데, 댁에서 어느 역이 제일 가까우신가요? 아현역?

그녀의 목소리에 간간이 소음이 섞여들었다.

"우리 집은 이대역이랑 더 가깝기는 한데…… 근데 지예 씨. 지금 설마 밖이야?"

진혁이 미간에 주름을 잡았다. 핸드폰 너머의 그녀가 잠시간 뜸을 들였다. 일순 통화를 방해하는 커다란 소리가 잦아들자, 그녀가 말했다.

— 세무사님께 드리고 싶은 게 있어서요. 혹시 댁에서 나오기 곤란하시다면 그냥 월요일에 드릴게요.

"아니. 내가 나갈게. 이대역 4번 출구로 올 수 있지? 응. 거기서 잠깐 기다려."

한 5분 걸렸을까. 진혁은 트렌치코트 단추를 여미며 바깥으로 내달렸다. 여느 때처럼 거리는 이대 대학가를 찾은 이들로 붐볐다. 각양각색의 사람들이 입에서 하얀 입김을 피워 올렸다. 하지만 진혁은 단 하나의 색만을 떠올리며 인파를 비껴갔다.

이윽고 진혁은 이대역 4번 출구 앞에 선 스카이블루를 찾아냈다. 아직은 먼발치. 한 손에 쇼핑백을 든 설지예가 나머지 손으로 코트 깃을 여미었다. 혹여 뛰어오기라도 하였는가, 그녀의 표정이 약간 상기된 듯 보였다.

어제만 해도 숟갈 뜨기도 힘들어했으면서. 그 몸으로 왜 밖에 나와? 지금도 그렇게 추위 더럽게 많이 타면서…….

그녀를 보자마자 쏟아 내려 준비해 두었던 타박조의 말을, 진혁은 입김 한 번으로 모다 잃었다.

집에서 10분도 안 걸리는 이대역 4번 출구. 얼굴 본 지 반년은 되어 가는 사무실 여직원. 유별난 구석이라고는 눈 씻고 봐도 없어야 할 조합이, 왜인지 낯설다. 그 연유는 단지 일요일 낮이라서일까? 아니면, 피차 새삼스러운 관계도 아닌 자신을 불러내 놓고 저리 가쁜 숨을 내쉬는 모습 때문인가?

조진혁은 설지예를 본 순간, 저 역시 끈을 고쳐 매기라도 한 듯 먹먹하게 당겨 오는 심장을 안고 예까지 달려왔음을 깨달아 버렸다.

한 대 맞은 듯 얼얼한 마음과 달리 다리는 충실히도 목적지를 향했다. 남은 거리의 반을 채우자 지예가 진혁을 알아보았다. 그리고 그녀는…… 눈꽃처럼 환하게 피어났다.

"안녕하세요!"

숨을 고르며 인사를 건네는 지예 앞에서 진혁은 때 아닌 혼란에 빠져들었다. 그녀를 빤히 보면서도 그는 한동안 침묵했다. 뜨뜻한 물을 엎지른 책상을 급히 치우듯, 덥고 어지러운 생각을 목구멍 아래로 몽땅 쓸어 넣기 급급했다.

침묵이 다소 길어지자 지예가 손에 든 쇼핑백을 불쑥 내밀었다. 진혁은 얼결에 그 쇼핑백을 받아 안에 든 것을 확인했다. 쿠키통을 리폼하여 만든 듯한 파스텔 톤의 원통형 상자. 그 안에서 갓 빻아 내린 원두 향이 물씬 풍겼다.

"저어, 어제 세무사님한테 여러모로 폐를 끼쳐서 너무 죄송하고…… 감사해서요. 캐트 시 과자점에서 사 왔어요. 거기가 쿠키 전문이기는 한데 커피 원두도 나름 유명하거든요. 세무사님이 단것별로 안 좋아하시지만 그래도 원두커피는 좋아하시는 거 같아서……."

두서없는 말을 들으며 진혁은 불과 몇 주 전의 자신을 떠올렸다. 사무실 근처 유명 제과점에서 간식을 사 올 때마다 늘 그의 몫을 빼놓았던 그녀. 그녀가 정성 들여 담아 준 빵이나 과자를 갖은 이유를 대며 밀어 냈던 자신. 그 옹졸한 행태를 미워하기는커녕 자신을 더 면밀히 보아 준 그녀.

이제 조진혁은, 더 이상 설지예가 내민 것을 밀어 낼 수 없게 되어 버렸다.

"고마워. 그래도 그 몸으로 밖에 나오지 말지 그랬어. 그러다 감기 더 심해지면 어쩌려고……. 월요일에 줘도 되잖아."

속절없이 녹아내리는 속과 다르게, 진혁은 특유의 찰기 없는 목소리를 내었다. 그러자 지예가 고개를 열띠게 가로저었다.

"아뇨! 이제 몸은 진짜 많이 좋아졌어요. 그리고 월요일에 드려도 되기는 한데, 제가 어제 세무사님 그렇게 보내 버리는 바람에 마음이 급해서…… 월요일까지 못 기다리겠더라고요."

지예는 눈을 아래로 굴렸다. 샘솟는 멋쩍음을 가려 보고자 한껏 당겨 올린 입술. 그것을 눈에 담은 순간, 진혁은 왜인지 유쾌해졌다.

"지예 씨. 어제 너무 아파서 진짜 머리 이상해진 거 아냐?"

불쑥 농지거리를 해 버릴 정도로.

"아…… 그런가 봐요."

양 볼에 피어오른 보조개가 좀 봐 달라고 사정하는 듯하다. 이제는 그 보조개도 더 이상 거북하지 않다.

"지예 씨. 점심 아직 안 먹었지?"

"예…… 아, 아뇨! 저 그냥 들어가서 먹으면 돼요!"

진혁의 의도를 금방 알아챈 지예가 미리 손사래부터 쳤다. 하지만 진혁은 손을 뻗어 그녀의 어깨를 굳게 붙들었다.

"이 근처에 콩나물국밥 괜찮게 하는 집 알아. 이참에 지예 씨 감기 기운 확실히 떨자."

지예가 연한 색의 눈동자로 진혁을 조심스럽게 올려다보았다. 그는 재차 그녀를 흔들었다.

"나도 어차피 집에서 혼자 먹어야 돼."

"아……."

그녀의 입에서 짤막한 탄성이 터졌다. 그 앞에서 진혁은 한 손으로 가볍게 손짓을 하고는 대뜸 앞장을 섰다.

"아, 알았어요. 세무사님. 대신 이번엔 제가 살게요! 절대 세무사님이 계산하시면 안 돼요!"

"그럴까. 이럴 때 아니면 언제 설지예 씨한테 얻어먹겠어. 대신 주문서 간수 잘해야 될걸."

"에이, 세무사님! 진짜 그러시면 저 신경 쓰여서 밥 안 넘어가요!"

"농담이야. 안 그럴 테니까 편하게 먹어."

다붓이 가는 남녀를 비껴 부는 겨울바람이 잠자코 인도 위의 낙엽을 쓸었다.

❀

진혁이 본가에서 가져온 커피포트는 본래 집무실에 틀어박혀 있었다. 하지만 이제 그것은 여직원용 정수기 옆에 플러그를 꽂았다. 덕분에 다른 여직원들도 지예가 진혁에게 선물한 커피를 나누어 마실 수 있게 되었다. 물론 내막을 모르는 그녀들로선 그저 진혁이 한결 더 변했다고만 생각했다. 근래 칙칙함과 뻣뻣함을 훌렁 벗어 낸 그의 옷차림처럼.

진혁은 머그잔에 커피포트를 기울였다. 달달한 헤이즐넛 향이 심금을 잔잔히 울린다. 원래 그는 향이 첨가된 원두를 찾지는 않았다. 하지만 이번에 마셔 보니, 지금껏 왜 이 맛을 몰랐나 싶었다.

"흥. 남의 돈 떼먹고 사업하면 쓰나. 저 우체국 다녀올게요!"

안지영이 콧노래를 흥얼거리며 사무실을 나섰다. 아직도 정신 못

차린 일부 거래처들에 2회 차로 발송할 내용 증명을 챙기고서.

"신났네, 신났어."

커피가 든 종이컵을 입에 가져다 대며 도 과장이 너털웃음을 흘렸다. 진혁은 잔에 커피를 채우고 돌아서다 지척에 다가온 지예를 보고 입꼬리를 살짝 올렸다.

"커피 마시게?"

"네."

지예가 환하게 대답하고는 커피포트에 자기 머그잔을 대었다. 커피를 따르는 그녀의 옆모습을 진혁은 가만히 살폈다. 그녀의 밤 식객이 된 지도 어느덧 한 달이 되어 간다. 그녀의 미소를 이리도 편안하게 감상할 수 있게 된 건 단지 시간만의 공로일까?

"지예 씨. 조조는 요즘 잘 있어?"

진혁이 뜻밖의 화제로 말을 걸자 지예가 눈을 깜박였다.

"그야 잘 있죠. 근데 세무사님은 조조를 직접 본 적은 없으시지 않나요?"

재미있다는 듯 눈을 빛내는 그녀에게 진혁은 능청을 떨었다.

"직접 보지는 않았지만 그 고양이가 그렇게 잘생기고 똑똑하다며? 그래서 뭐, 그냥 대견해서."

"맞아요. 에휴. 이왕이면 저희 집에 아예 눌러앉으면 좋을 텐데. 집에서 사료를 전혀 먹지 않는 거 보면 역시 주인이 따로 있나 봐요."

진혁은 살짝 말려 올라간 입꼬리를 컵으로 가렸다.

"그러면 사료 말고 맛있는 것 좀 줘 봐. 혹시 알아? 치킨 시켜 주면 눌러앉을지."

진혁이 농담조로 한 말에 지예가 곤란하다는 듯 웃었다.

"치킨은 안 돼요. 양념에 양파나 마늘같이 고양이에게 독이 되는 게 들어가거든요. 처음엔 뭣 모르고 마포에게 후라이드 치킨을 몇 조각 준 적은 있어요. 그때도 닭 가슴살 부분을 골라서 튀김옷 다 벗기고 손으로 찢은 다음에 물로 씻어서……."

"……."

진혁이 커피를 한 모금 마시다가 눈살을 살짝 찌푸렸다.

"듣기만 해도 맛 떨어지네……. 야옹이들은 대체 무슨 맛으로 음식을 먹는지."

"우리가 치킨을 맛있게 먹듯이, 걔네도 사료가 맛있겠죠."

지예의 눈에 푸근한 애교살이 잡혔다. 진혁은 불퉁하게 침을 삼키고는 또다시 능청을 떨었다.

"아이디어 좀 내 봐. 사료 말고 뭘 주면 좋을지. 가끔 운치 있게 커피도 내오고."

"아하핫! 커피라뇨. 안 돼요, 안 돼!"

지예가 잔에 든 커피가 일렁이도록 웃었다. 심상찮은 정도를 넘어 이제는 눈꼴시기까지 한 광경을 지켜보다, 도 과장이 불쑥 끼어들었다.

"근데 지예야. 조조, 너네 집 온 지 거의 한 달 다 되어 가지 않니? 혹시 걔 막 시끄럽게 울어 대지는 않아? 고양이들 원래 수시로 발정기 오잖아."

"아뇨. 아직까진 딱히 그런 적 없는데요?"

지예가 고개를 젓자 도 과장이 눈썹을 치켜 올렸다.

"그래? 이미 중성화가 되어 있는 앤가? 그래도 혹시 모르니 언제 한번 병원 데려가서 확인해 보지그래? 만약 중성화 안 되어 있으면 언젠가는 생난리가 날걸?"

"그, 글쎄요? 주인이 있을지도 모르는데……."

지예가 말끝을 흐리자 도 과장이 더 강경하게 말했다.

"주인은 무슨! 고양이를 한 달씩이나 밖으로 내돌리는 거 보면 몰라? 내가 봤을 땐 조조는 이미 네 고양이야. 게다가 걔가 자꾸 도로 나가려 하는 것도 이미 발정이 나서일 수도 있어."

"그럴……까요?"

지예가 반사적으로 옆을 돌아보았다. 진혁은 돌아서서 집무실로 들어가고 있었다. 다만 문이 깔끔하게는 안 닫혔다.

"나도 원래 고양이 중성화 수술 이런 거 전혀 몰랐는데 말이야, 친정에 있을 때 우리 나비가 발정 나는 바람에 아주 학을 떼면서 알았어. 특히나 수놈은 벽에 오줌으로 난장을 부리거든? 한번 그러면 냄새도 잘 안 빠져요. 게다가 고양이 발정 나면 진짜……. 아파트 10층 아래에서도 다 들리게 울잖아. 만약 건물주 귀에라도 들어가 봐. 너 자칫하면 마포까지 못 키우게 될지 몰라."

"아…… 듣고 보니 그러네? 저도 그래서 결국 마포도 중성화시켰는데. 그럼 오늘 퇴근하고 조조를 한번……."

지예가 혼잣말을 하는 사이, 집무실 문이 완전히 닫혔다.

❈

다음 날 아침. 도 과장이 사무실에 출근한 지예에게 대뜸 물었다.

"그래. 조조 어떻게 했어? 병원 가 봤어? 혹시 중성화되어 있대?"

"애수 언니……."

지예가 울상을 지었다.

"어제 조조가 아예 집에 안 왔어요. 설마 눈치챈 건 아니겠죠……."

"으이그 이 맹추야! 걔가 진짜 조조라도 된 줄 아니?"

도 과장이 지예의 등짝을 후려치는 시늉을 했다.

"내가 봤을 땐 걔, 드디어 본격적으로 발정 났어. 그래서 간밤에도 아주 광란의 밤을 보냈겠지. 그거 그냥 놔두면 정말 큰일 난다. 그러니 지예야, 이번에 그놈 돌아오거든 꼭 붙잡아서 땅콩부터 떼러……"

"도 과장님. 잠시만요!"

낭떠러지에 매달린 사람이나 낼 법한 목소리가 도 과장의 열변을 잘라먹었다. 그녀가 돌아보니 진혁이 흉흉한 안광을 내뿜으며 서 있었다.

"지예 씨한테 지금 급하게 전할 말이 있어서 말이죠."

"예? 세무사님. 무슨 일 있어요?"

진혁은 대답 대신 눈살을 한껏 찌푸린 채 손짓했다. 그가 그리도 거칠게 손짓하는 건 처음 보는지라 지예는 무거운 침을 삼켰다. 그녀는 영문도 모르고 진혁을 따라 사무실을 나섰다.

두 사람은 두 층 아래 현관까지 내려왔다. 지예를 훔쳐 온 보릿단이라도 되는 양 앞에 세워두고 진혁은 고개를 옆으로 돌린 채 잇새로 숨을 뱉었다. 그 앞에서 지예는 공연히 생각이 무성해졌다. 대체 얼마나 큰 일이길래 여기까지 내려오고도 차마 말을 못 꺼내시는 걸까? 혹시 지난 달 무난히 마무리된 줄 알았던 천만 원짜리 부가가치세 조기 환급 건이 잘못되기라도?

"지예 씨."

듣기만 해도 숨이 턱 막혀 오는 목소리로 진혁이 지예를 불렀다.

"정말…… 할 거야?"

"네? 뭘요?"

지예가 토끼 눈을 하고 되묻자 진혁은 대놓고 바닥이 꺼져라 한숨을 내쉬었다. 그 정도로도 용케 발음이 되는구나 싶을 만치 작은 목소리로 그가 부연했다.

　"조조 중성화 수술, 진짜로 시킬 거냐고."

　"……."

　입술을 우그린 채 그의 얼굴을 빤히 보는 그녀의 얼굴에 '내가 방금 뭘 잘못 들었나?'라고 고스란히 쓰였다. 결국 진혁은 양 손바닥을 허리께에 펼쳐 보이며 강경하게 말했다.

　"아니, 옆에서 듣자 하니 도무지 납득이 안 돼서! 조용히 잘만 있는 고양이를 왜 굳이 고자로 만들려는 건데? 그런 짓을 하다 정말 잘못되기라도 하면 어쩌려고?"

　그의 절박함이 무색하게 지예의 얼굴에 웃음기가 번져 갔다.

　"푸흡, 세무사님. 고자라뇨! 약간 오해를 하신 듯한데, 수고양이 중성화 수술은 시술 시간도 짧고 그렇게 위험하지 않대요. 게다가 고양이들의 발정은 쾌락 차원에서 이루어지는 게 아니라고 들었어요. 그래서 적절한 시기에 수술해 줘야지만 비뇨기에도 좋다고……."

　"야옹이가 정말 그런지 인간이 어떻게 장담해?"

　진혁이 막무가내로 지예의 말을 잘라먹었다. 최소한의 체면마저 홀렁 벗어던진 그의 행태에 그녀가 난감한 웃음을 머금었다.

　"물론 다 알지는 못하겠지만, 그래도 대다수 수의사들이나 애묘인들이 강조하는 부분이기도 하고……. 저 역시 조조가 조금이라도 괴로워하는 모습을 보고 싶지 않아서요. 사람과 고양이가 공존하기 위한 불가피한 선택이죠."

　'그렇게 내 땅콩이 떼고 싶어!'

순간 그리 외치고픈 충동이 일만큼 진혁은 이성을 잃을 지경이었다. 도망이라도 칠 수 있는 상황이었다면 일고의 여지도 없었으리라. 허나 자유형이 강조한 계약 기간의 제약 때문에, 결국 진혁은 울며 겨자 먹기로 주워섬길 수밖에 없었다.

"아니, 그러니까 조조가 정말 그걸 원하는지 지예 씨가 어떻게 아냐고! 그놈도 나름 인생 계획이 있지 않겠어? 조조한테도 조만간 처자식 거느리고 가정을 꾸리겠다는 꿈이 있을지도 모르잖아! 그런데 인간이 멋대로 고자로 만들어 버리면, 한번 써 보지도 못하고……."

혀가 가시덤불에 돌돌 말려들어도 이보다 더 끔찍할까. 하마터면 직장 성희롱의 문턱까지 넘을 뻔한 진혁은 열 오른 얼굴을 손바닥으로 덮어 눌렀다.

"아…… 세무사님께서 그렇게까지 말씀하시니 한번 생각해 볼게요."

"지예 씨. 공수표만 던지지 말고 확실히 약속을 해……."

"아하하, 알았어요. 보류할게요."

위기는 어찌어찌 넘긴 듯하나 당분간 설지예의 얼굴을 똑바로 보긴 글렀다. 진혁은 지금 그녀가 느낄 의구심이나 민망함 따위를 공연히 수습하여 들었다가는 더더욱 곤죽을 쑤겠다 싶어 입술을 굳게 다물었다. 유리문 틈새로 새어 드는 가늘고 시린 바람이 오금을 쿡쿡 찔러 댔다.

"근데 세무사님. 혹시 지금 사귀는 분 있으세요?"

불현듯 침묵을 깨는 그녀의 말. 이번에는 진혁이 의아한 표정을 지어 보였다.

"아, 그냥 세무사님이 '조조한테도' 조만간 처자식 거느리는 꿈이 있지 않겠냐고 표현하시길래, 혹시 세무사님도 그런 계획이 있으신가 싶어서……."

"아니. 딱히 그렇지는 않은데……."

물어보는 쪽이나 대답하는 쪽이나 지극히 조심스러웠다. 그들 사이로 아주 작은 물고기가 드나들듯이.

"그러시구나. 제가 너무 앞서갔네요. 그래도 세무사님 정도면 머지않아 좋은 분 만나시겠죠."

작은 물고기가 그녀에게로 돌아갔다. 지예는 입술이 매끈히 펴지도록 입꼬리를 당겨 올린 채였지만 두 눈은 어딘지 쌉싸래했다. 진혁은 짧게 심호흡을 하고는 그녀의 가슴에 숨어든 작은 물고기를 도로 끌어냈다.

"지예 씨도 지금 남자 친구 없지 않나? 얼른 좋은 사람 만나야지."

그 말에 지예는 그저 웃었다.

"저는 아직은 그럴 여력이 없네요. 마포도 챙겨 줘야 하고 제 공부하기도 바빠서요. 최근에 마포랑 저랑 연달아 아파 버리는 바람에 공부를 너무 안 했어요. 그러니 열심히 만회해야 돼요."

진혁은 그저께 간만에 책상에 앉았던 지예의 뒷모습을 떠올렸다. 모의고사 문제지 채점 결과가 영 신통치 않았는지 그녀는 책상이 꺼져라 한숨을 쉬어댔다. 그 모습을 지켜보자니 진혁은 자신의 세무사 시험 수험시절을 떠올리게 되었다.

대학생 시절. 진혁은 동아리 활동이든 미팅이든 남들이 인간관계 면에서 할애하는 최소한의 시간마저도 도서관 책상에 들이부었다. 주변 사람들은 그가 일찍이 원대한 뜻이라도 품어서 20대 초반에 누릴 수 있는 모든 즐거움을 '희생'하였노라고 생각했다. 하지만 그건 엄연히 조진혁 본인의 선택이었다. 자신의 힘으로 어찌해 볼 수 없는 안팎의 인간관계에 휘말리느니, 의자에 엉덩이를 붙인 대로 정직한 결과가 나와 주는 책상머리에 머무르고자 하였다. 그 선택에 후회는 없다. 이유가 어찌 되었건 결과적으로 자신에게 어울리는 선택을 하였고 그에 맞는 현재를 살아가고 있으니.

그런데 만약, 설지예에게도 그런 선택권이 주어졌다면 어땠을까? 대학 등록금을 다 내 주진 못해도 최소한 보금자리가 되어 줄 부모님이 계셨더라면, 그녀는 자신의 열정을 일찌감치 공무원 시험에 들이붓는 길을 택했을까?

"지예 씨는 공무원 시험에 합격하면 뭐부터 하고 싶어?"

진혁의 물음에 지예가 턱에 검지를 댄 채 생각을 짜냈다.

"음…… 우선 언니들이랑 세무사님께 크게 한턱 내고 싶어요. 그리고 마포에게도 간식을 잔뜩 사 주고요. 또 시험 끝나면 마포에게 근사한 캣타워도 직접 만들어 주고 싶었는데……. 이제 그건 안 되겠네요. 지금으로선 되도록 마포가 높은 데 올라가지 못하게 해야 하니. 여력이 되면 이사도 가고요. 아무래도 지금보다는 여유가 생길 테니, 그만큼 하고 싶은 일들을 더 많이 할 수 있겠죠?"

그녀의 대답이나 눈빛이 다소 피상적으로 느껴진다. 진혁은 지예의 밝은 색조의 눈이 언제 진정 깊고 풍부해지던가를 떠올려 보았다. 그녀는 자투리 시간이 되면 그간 모은 포장지 따위의 재료와 가위를 집어 든다. 남들이라면 그냥 버려 버릴 것들이 그녀의 손에서 동물이 되기도 하고 커피통으로 거듭나기도 한다. 하지만 그 소소한 즐거움에 온전히 빠져들기도 전에, 그녀는 작업물을 놓아두고 기계처럼 일어나 책상 의자에 앉아 버리곤 한다. 타고난 손재주와 공상도 결국은 현실의 부산물이 되어 버릴 뿐, 그녀는 지금껏 날개를 달지 못했다.

그녀에게 주어진 것 중 그나마 특별하다 할 것들은 결국, 닭의 날개처럼 모양만 남을지도 모르겠다.

어딘지 아려 오는 마음이 표가 나지 않게, 진혁은 고개를 살짝 돌린 채 대꾸했다.

"잘될 거야. 그래도 당분간은 너무 무리하지는 말고. 아직 감기 기운이 완전히 떨어진 것도 아니잖아."

"걱정해 주셔서 고마워요. 그래도 시험이 몇 달 안 남아서 그런지 어쩔 수 없이 조마조마해져요. 다른 과목도 썩 잘하는 편이 아니지만 제가 특히 영어를 끔찍하게 못하거든요. 저번 시험도 영어에서 다 깎아 먹는 바람에 떨어졌어요."

그 과목이 고학생의 발목을 가장 거세게 잡는다는 얘기는 익히 들은 바 있다. 진혁은 그녀의 마음을 덜어 주고자 화제를 바꿨다.

"경험상 영어는 하루 종일 죽어라 파기보단 매일 조금씩 꾸준히 하면서 감을 익히는 편이 나아. 특히나 영어는 마음가짐이 정말 좌우하거든. 자꾸 못한다는 생각 하지 말고 즐겁게 해 봐. 그나저나 지예 씨 시험 붙으면 언젠가는 세무서에서 마주치겠네. 그때 되면 설 조사관님인가? 잘 좀 봐줘."

"아하하, 일단 붙어야죠! 벌써부터 그러시면 쑥스러워요."

지예가 다시 명랑한 웃음을 터트렸다. 다만 그녀의 손이 순간적으로 진혁의 팔을 치려다 흠칫하며 뒤로 물러났다. 진혁은 그녀의 기분을 풀어 주는 데 너무 몰입한 나머지 그 낌새는 채지 못했다.

"지예 씨가 얼른 마음의 여유를 찾아야 할 터인데. 그래야 좋은 인연도 찾아오지. 세무 공무원은 교육원에서 많이 만난다고 들었는데……."

제 입으로 그 말을 한 순간, 진혁은 안에 든 걸 전부 짜낸 짤주머니처럼 속이 비틀리고 졸아드는 기분을 맛봤다. 그녀가 잘되길 바라는 마음이야 추호도 변함이 없다. 허나 자신이 이렇게까지 친근할 필요가 있는가 싶다. 자신이 시선이 닿지 못하는 곳에서 그 교육원 '놈팽이'와 그녀가 함께 꾸려 갈 미래상에.

"세무사님. 근데요……."

말을 맺을 타이밍을 완전히 놓쳐 버린 진혁에게, 지예가 넌지시 물었다.

"세무사님은 혹시, 연애해 보신 적 있으세요?"

✳

"하아아, 나 미쳤나 봐!"

지예는 공부를 하다 말고 돌연 비명 같은 소리를 내질렀다. 그녀는 책상에 고개를 처박고 주먹으로 제 머리를 콩콩 때리기까지 했다. 폭탄이라도 터진 양 구는 그녀의 작태에 마포의 금색 캐츠아이에 동공이 까맣게 들어찼다.

지예는 고개를 돌려 마포를 애처롭게 보았다.

"마포야. 나 어떡해……."

아무리 생각해도, 자신이 어떻게 되었던 게 분명하다. 물론 남의 고양이 중성화 수술 문제 가지고 아침 댓바람부터 자신을 현관까지 끌고 내려온 세무사님도 충분히 이상했지만! 말을 섞다 보니 다분히 사적인 질문을 해 버린 자신 역시 입이 열 개라도 할 말이 없다.

'어…… 글쎄. 기억이 잘 안 나는데…….'

무엇보다도, 설마하니 그 질문이 그분을 그리도 곤란하게 할 줄은 몰랐단 말이다.

지예는 오늘따라 도무지 눈에 들어오지 않는 수험서를 덮어 버리고 방바닥에 털썩 드러누웠다. 무성한 생각이 고스란히 따라왔다.

정말로 기억이 안 나셨을 뿐이겠지? 아니면 부러 말을 아끼셨거나. 그분이 자신의 맹랑한 질문에 구구절절 답변해 주실 의무는 없으니까.

지예는 책상에서 가져온 볼펜의 뒤쪽으로 입술을 올려붙였다.

만에 하나, 세무사님이 정말 연애 경험이 없으시다면? 얼마나 큰 결례를 저질렀는지는 논외로 치고, 도무지 믿기지 않는다. 그 정도 잘난 분이면 멋모르는 중학생 때라도 연애 경험이 있을 법한데.

"아니면, 눈이 높으셔서?"

지예는 아득한 천장에 마침 진혁이 걸어가기라도 하는 양 하염없이 위를 보았다. 왜인지 모르게 입에서 한숨이 새어 나왔다.

"아이고 의미 없다. 설지예! 정신 차리자!"

공상과 현실 사이에서 외줄타기를 하는 나이대의 아가씨답게 지예는 볼펜으로 익살맞게 제 머리통을 통통 때렸다. 그녀가 상체를 힘차게 일으키는 찰나, 현관 쪽에서 문 긁는 소리가 났다. 그 소리에 지예의 눈이 대번에 반짝거렸다.

지예는 곧바로 현관으로 달려가 문의 잠금을 풀었다. 문이 열리자마자 고등어 태비 고양이가 방 한가운데로 달려들었다.

"조조! 너 대체 어젠 왜 안 들어왔어? 이 못된 고양이!"

지예가 짐짓 타박하듯 말하자 조조는 보란 듯이 기다란 꼬리를 우산 손잡이 모양으로 말아 올렸다. 그러고는 바닥에 등을 대고 누워 솟눈 같은 배를 벌러덩 내보였다.

"까아아, 귀여워!"

지예는 환호성을 내지르며 무너지듯 주저앉았다. 조조는 그 폭발적인 반응을 보고 흡족한 듯 두 귀를 비행접시처럼 팔랑였다. 그러고는 다시 몸을 일으켜 그녀에게 성큼성큼 다가붙었다. 지예는 조조를 흐뭇하게 바라보다가 그의 까만 머리를 손가락으로 쓸어내리며 중얼 거렸다.

"그러고 보니 조조가 꼭 세무사님을 닮은 것 같기도 하고."

그 말에, 조조는 일순 꼬리를 일자 모양으로 뻣뻣하게 폈다. 하지 만 이내 그의 꼬리는 능청스레 허공을 휘저었다.

"하핫, 세무사님이 하도 널 챙겨서 그렇게 느껴지나? 그렇게 고양 이에 관심이 많으신 줄은 몰랐어. 아니면 또 같은 남자라고 그러셨는 지. 아, 이렇게 말하니 둘이 진짜 닮은 것 같…… 아웃?"

지예는 조조의 얼굴을 어루만지다 손등에서 느껴지는 촉촉하고 말 캉한 감촉에 탄성을 내질렀다. 그가 혀를 날름 내밀어 그녀의 손등을 핥았기 때문이다. 지예가 눈을 깜박이며 자신을 보자 조조는 보란 듯 이 느른하게 하품을 했다.

허나, 그 능청스러움은 그리 오래가지 못했다.

불현듯 지예가 한 손으로 조조의 뒷덜미를 부여잡고, 나머지 손에 서 검지를 뽑아 올려 그의 뺨을 꾹 눌렀다. 순식간에 드리워진 그림 자 속에서 깜빡이는 쑥색 캐츠아이에 장난기 어린 입술이 맺혔다.

"너. 누가 그렇게 잘생기래?"

묘하게 짜릿한 속삭임과 함께, 조조의 눈에 그녀가 들어찼다. 정신 을 차렸을 때, 수염이 삐죽 돋아난 도톰한 윗입술에 그녀의 입술이 닿아 있었다.

수 시간 뒤. 진혁은 팔딱이는 심장을 간신히 억누르며 손을 모았 다가 펼쳐 보았다. 고양이 도장이 하나 더 사라졌다. 이제 도장이 딱 절반 남았다.

불과 한 달 전이었다면 이 상황이 그저 민망하게 느껴졌을지도 모른다. 하지만 콧방울에서 조금 더 아래, 그녀의 입술이 눈처럼 살포시 내려앉았던 부분. 그 부분을 기점으로 강하게 고조되는 온기에 함빡 도취되었다. 흐릿한 뽁뽁이로 가려진 작은 창마저도 별이 맺힌 듯 보였다.

이 느낌을 물리적으로 재현하라면 봄 햇살에 데워진 봄꽃이 가득 찬 나무통이면 될는지……. 유치해 죽겠다고 자조해 볼 여력도 없이, 진혁은 자신이 아는 세상의 온갖 따스하고 빛나고 간지러운 것들을 떠올려 보았다.

"누가 보면 나방이라도 들어온 줄 알겠군."

마포가 눈꼴시다는 듯 흘겨보며 중얼거렸다. 하지만 그 앞에서 서른둘 남자, 아니 고등어 태비 고양이는 기어이 방바닥에 턱을 털퍼덕 뉘었다. 쑥색 캐츠아이가 이불 폭에 스민 달빛보다도 몽롱한 빛을 띠었다.

"마포."

겨울밤 달이 이 시각 깨어 있는 모든 생각들과 함께 무르익어 갈 무렵, 진혁의 목소리가 희붐한 한숨을 담아 말길을 텄다.

"내가 정말 지예 씨를 돕고 싶다고 하면, 본인은 어떻게 생각할까? 아무 이유도 없이 도와주고 싶다고만 하면 이상하게 생각할 테고. 불쌍해서 그런다고 하면, 싫어하겠지?"

"그러면 다른 이유를 찾으면 되지. 그녀가 이상하게 생각하지도 싫어하지도 않을."

명쾌하기도 해라. 진혁은 속으로 쓰게 웃고는 잠든 지예의 눈썹을 그윽하게 바라보았다. 그는 잠시간 골몰한 생각에 잠겨 들었다가 다시 침묵을 깼다.

"만약에 내가 인간의 모습인 채로 지예 씨에게 아까랑 똑같이 했다면 어떻게 됐을까? 생각만 해도 뺨이 얼얼한데."

"대체 무슨 말이 하고 싶은 게야?"

자문자답하는 진혁을 마포가 뚱한 표정으로 흘겼다.

"말이 참 간사하긴 한데, 이 모습이 미친 듯이 갑갑하다가도 때로는 오히려 미친 듯이 편하다는 생각이 들어서."

조진혁이 조조일 때, 그가 다소간 무도한 행동을 하여도 지예는 외려 환호성을 지르며 받아 준다. 흡사 봄 햇살처럼, 그녀는 고양이들에게 다함없는 사랑을 퍼부어 준다. 만약 조조의 모습으로 계속 그녀의 곁에 머무를 수 있다면, 일주일 내내 햇살만 가득 찬 일기예보만 들으며 살아갈 수도 있겠다는 생각이 든다.

하지만.

"그래도 내가 조조일 때 웃는 모습보다, 내가 인간일 때 우는 모습이 더 사람다워 보였어……."

조진혁이 인간일 때 설지예는 마냥 내리쬐지는 않는다. 상대가 따가워할까 봐 걱정하는 듯 그녀는 조심스레 햇살을 거둔다. 마냥 친해질 수 없는 직장 상사에 대한 최소한의 예바름, 그리고 막연한 불안감 따위가 뒤섞인 구름으로 자신을 감춘다.

그 구름 속을 깊게 파고들었다간 비바람과 맞닥뜨릴 수 있다. 그 비바람이 얼마나 맵고 호되었는지, 그 안에 몸소 파고들어 본 바 있는 진혁으로선 다시 떠올리기조차 버거웠다.

하지만 그 비바람이 갠 직후에 보였던 미소. 다소 민망한 기색을 띠면서도 더없이 해사했던 미소. 마포의 말마따나 많은 눈물을 쏟아 낸 뒤에 다소 개운해진 그녀의 미소는 정말이지, 가슴이 저릿하도록 맑았다.

"고양이라서 나도 확실히 편했다. 이 모습이었던 덕에 그녀에게 쉽게 의탁할 수 있었고, 마냥 사랑을 받을 수 있었으니. 하지만 이 모습이기 때문에, 나는 언제나 그저 편한 존재여야만 했다. 그래서 나는 이 이상은 그녀에게 다가가지 못했지."

마포의 말에 진혁은 새삼 깨우침을 얻었다. 사람 대 사람으로서의 불편한 순간이 오히려 서로에게 깊게 다가드는 길이 될 수 있음을. 그 길을 선택할 수 있는 입장이, 누군가에게는 절실하고 애타는 기회가 될 수 있음을.

이제 진혁은 보기 좋게 빚어낸 햇살만이 아닌, 형언할 수 없는 설렘을 지닌 비구름 속도 알고 싶어졌다.

"이제부터 열심히 연구해 봐야겠네. 지예 씨를 곤란하게 하지 않으면서 도와줄 방법."

"흥. 언제 날 한번 잡아 네놈을 머리부터 꼬리 끝까지 쫙쫙 펴고 싶다. 인간이라도 그렇지 네놈은 복잡해도 너무 복잡하단 말이야. 네 놈의 몸에 난 짧은 직모에 걸맞게 좀 살란 말이다."

"어쩔 수 없어. 나도 이런…… 낯 뜨거운 감정은 난생처음이라고."

진혁은 괜스레 고개를 돌린 채 코로 더운 숨을 내쉬었다. 직장 상사와 여직원. 적어도 자신은 그 사이에 놓인 담장을 넘어 버렸다. 그런데 남의 집 담 너머에 발을 들인 건 정말 처음이라, 안에서 무엇이 날아들지 몰라 조마조마하기만 하다.

지금껏 자신이 어디쯤에 서 있는지조차 몰랐던 남자는 이제야 두리번거리기 시작했다. 오늘 아침. 감히 그녀의 미래를 이야기했지. 심지어 아직 있지도 않은 국세 공무원 교육원 놈팡이를 떠올리며 열을 낼 뻔했지. 이건 뭐, 담장 너머 안뜰에서 발소리를 죽여도 모자를 마당에 부엌에 잠입해 냄비까지 올린 격이 아닌가.

그럼에도 이제는 단 한 보도 후퇴하기는 힘들 것 같다. 더 꼴사나워지지나 않게 가스 조절이나 잘해야지. 적어도 그 내용물이 설지예에게 내보일 꼴을 갖추기 전까지는.

진혁은 두 팔에 한숨을 묻었다. 역시, 편하기는 야옹이가 훨씬 편하다.

#8
녹아내린 눈사람

'진혁아. 이리 줘라! 내가 들 테니. 굳이 나와 보지 않아도 되는데. 우리 때문에 주말에 괜히 일찍 일어나게 했네.'

아버지의 만류에도 불구하고 진혁은 현관에 놓인 감청색 캐리어를 번쩍 들어 대문 밖에 세운 차 트렁크에 실어 넣었다. 그 캐리어는 진혁의 친어머니가 신혼여행 때 장만한 것으로 진혁이 자신의 여행길에도 곧잘 끌고 다니곤 했었다. 하지만 그보다 덜 낡은 하늘색 캐리어는 아버지가 번쩍 들어 올릴 때까지 현관에 방치되었다.

'아유. 내 캐리어는 내가 들게요. 안에 별로 든 것도 없는데……'

'허허. 안에 든 게 별로 없으니 더더욱 내가 들어 줘야지. 당신은 곰이나 챙겨.'

'곰이야, 여행 가자 여행. 가서 꽃구경하자.'

새어머니가 손에 들린 하늘색 목줄과 이어진 고등어 태비 고양이를 사랑스럽게 내려다보았다. 고양이는 자신의 영역에서 단독 생활을 추구하는 영역 동물인지라, 개와 달리 목줄에 매여 산책하는 걸 선호하지 않는다. 허나 자묘일 때부터 습관을 들이면 주인과 함께 산책과 여행을 다니길 즐기는 녀석도 있다. 새어머니의 고양이가 그런 케이스였다.

그런데 그날따라 놈은 어딘지 이상했다. 평소에 차 문을 열어 주면 부리나케 뛰어들던 놈이, 새어머니가 목줄을 잡아끄는데도 한 발짝도 떼어 놓으려 하지 않았다.

'곰이야. 왜 그래? 여행 가기 싫으니?'

새어머니가 무릎을 굽혀 곰이를 안아 올리려 했다. 그러자 놈은 아예 바닥에 배를 바짝 붙인 채 버티었다. 그 안에 괴물이라도 든 것처럼, 놈은 차를 향해 날카롭게 울어 댔다. 기괴하다 못해 음산하기까지 한 음색에 진혁은 대놓고 미간에 주름을 잡았다.

'얘가 오늘따라 왜 이러지…….'

새어머니가 진혁의 눈치를 보며 조심스레 중얼거렸다.

두 분이 전주 여행을 떠나던 날. 진혁은 간만에 본가에 와 있었다.

주말 동안 집을 지켜 달라는 아버지의 부탁에서였다. 허나 실상은 새어머니가 부엌에 한 솥 해 놓은 닭개장을 맛보며 그 정성과 솜씨에 정 좀 붙여 보라는 의중임을 진혁은 모르지 않았다.

'저 녀석 안 되겠는데? 이번엔 그냥 집에 두고 가지.'

'휴. 할 수 없네요. 진혁아. 미안한데 우리 없는 동안 곰이 그릇에 사료만이라도 좀 담아 주지 않을래? 화장실은…… 아, 아니다. 너무 마음 쓰지 말고 간만에 집에서 푹 쉬렴.'

새어머니가 곤란한 미소를 지어 보이며 곰이를 안아 올렸다. 그러나 현관 쪽으로 몇 걸음 떼어 놓기도 전에 놈은 그녀의 품에서 펄쩍 뛰어내렸다. 결국 놈은 평소대로 차 안 뒷좌석에 자리를 잡았다.

'진혁아. 우리 다녀오마.'

아버지는 벌써 목련이 만개한 한옥 마을 한복판에 서 있기라도 한 것처럼 경쾌하게 손을 흔들어 보였다. 그리고 새어머니도 눈가의 잔 주름이 푸근히 잡히도록 진혁을 바라보았다.

못 본 체 닫아 버린 대문 너머로 봄바람이 차를 실어 가는 소리가 들려왔다. 대문 뒤에 우두커니 서 있던 진혁은, 불현듯 무언가를 떠올리고는 화급히 대문을 열었다. 하지만 하늘가로 떠나간 차를 다시 볼 수는 없었다.

지이이잉—

진혁은 눈꺼풀을 열어 책상 위에서 부르르 떨어 대는 핸드폰을 망연히 응시했다. 알람을 맞추어 둔 오전 8시 반이 된 줄 알았더니 그보다는 10여 분 이른 시각이 화면에 떠 있었다. '작은삼촌' 이라는 문구와 함께.

핸드폰을 귀에 대니 촉새같이 방방 뜨는 목소리가 터져 나왔다.

— 조진혁! 너 인마, 어제저녁에 대체 뭐 했어? 전화를 몇 번을 해도 안 받고 사람 심장 떨리게!

진혁은 짜증스레 숨을 내쉬고는 성가시다는 듯이 대꾸했다.

"말씀드렸잖아요. 사정이 있어서 당분간 늦은 오후에는 통화 힘들다고."

— 아니, 대체 뭔 사정이길래 삼촌이랑 통화 한 번을 못 해? 너 설마 이젠 나도 피하려는 거냐? 큰형님처럼?

"급하신 일 아니면 끊어 주세요. 여직원들 출근할 시간 됐어요."

겨울바람같이 냉랭한 목소리와 침침하게 감긴 눈이 묘한 대조를 이루었다. 뼈만 남은 창밖의 나무가 찬바람을 맞으며 덩달아 신음하는 듯했다.

12월 첫째 주. 어제 일몰 시각은 오후 5시 10분이었고 오늘 일출 시각은 7시 30분이었다. 한 달 전에 비해 20분 넘게 차이가 났다. 우려했던 대로 날이 갈수록 해는 너무 일찍 지고 너무 늦게 떠 버렸다.

한 달 넘게 5시 퇴근을 해 놓고 그 이상 퇴근 시간을 당길 수는 없었다. 또한 사람으로 돌아오는 시각 역시 늦어지다 보니 골목길을 오가며 지저분해진 몸을 씻어 낼 시간마저 촉박해졌다. 사정이 이렇다 보니 이제 북아현동 집에서는 출퇴근 시간을 맞추기 어려워졌다.

결국 진혁은 며칠 전 묘안동 사무실 근방의 모텔에 짐을 풀었다. 고양이 몸으로도 드나들기 수나롭게끔 창문이 인적이 드문 골목길을 향해 난 1층 방으로 잡아 두었다. 그리하여 언 발을 다소 녹이기는 했지만, 비흡연자인 진혁으로선 담배 냄새에 절어 든 모텔 방에 한시라도 기거하게 된 상황이 낙관적으로 느껴지지만은 않았다. 오늘 아침만 해도 손발에 묻은 먼지보다는 온몸에 엉겨 붙는 담배 냄새를 씻어 내느라 학을 뗐다.

이렇듯 아주 죽을 맛이니 두 번 세 번 캐묻지 좀 말았으면 좋겠다. 부랴사랴 출근해 집무실 의자에서 겨우 30여 분 눈 붙이는 시간 잠아먹으면서까지.

— 끊지 말아 봐, 인마! 그래. 별일이 있어서 전화했다! 너 요새 기장료 밀린 거 가지고 업체에 내용 증명 싹 다 뿌렸다던데 진짜냐? 그리고 상진 실업이랑 거래 끊었다면서? 그거 알고 큰형님이 얼마나 노발대발하셨는지 알아? 당장 묘안동 지점 가서 피떡을 쳐 놓겠다는 걸 내가 뜯어말리느라 아주 죽는 줄 알았다!

"뭐하러 그러셨어요? 놔두면 회장님 체면에 어렵히 알아서 가라앉히실 텐데. 설령 정말 그러신대도 저야 법대로 하면 되죠."

대구하는 어투는 덤덤하기 그지없었으나 진혁은 허리를 곤추세워 앉았다. 저편에서 앓는 듯한 목소리가 흘러나왔다.

— 진혁아, 지금껏 잘만 해 오다 왜 하필 지금 그래! 내가 다 설명했잖냐! 좌천성 인사 절대 아니라고. 전상호 대표님이 지분 인수해서 개업하신 지 얼마 되지도 않아 몸져누우셨는데 몇 달이나 대표 자리를 공석으로 할 순 없잖어. 어차피 쬐그만 지점이라 큰일 터질 것도 없으니 그저 자리만 지켜 주면서 그간 격무에 시달린 머리나 좀 식히라고 했잖아. 말 그대로 휴가처럼 아무것도 하지 말고 그냥 조용히, 가만히 있다가 다시 본점 복귀하면 된다고 했건만. 아이고 두야……

핸드폰에서 연신 터져 나오는 열띤 입김에 귓불이 눅눅해질 지경이다. 허나 입술을 굳게 다문 채 경청하는 진혁의 얼굴엔 한 점 미동도 없었다.

— 이 바닥 좁은 거 알지 않느냐 말을 너 정도 경력 되는 놈한테 굳이 해야겠냐? 기장료 한두 달 정도 밀린 거 가지고 그렇게 너무 칼같이 굴면 안 돼. 너 그런 식으로 하다 사장님들끼리 말 돌아서 줄줄이 세무 대리인 해임해 버리면, 전상호 대표님껜 대체 뭐라고 설명할래?

"무슨 설명을 하라는 거죠? 전 이 기회에 폐단을 바로잡았을 뿐인데요."

진혁이 입을 열어 낮지만 또렷한 목소리로 응수했다.

"'칼 같다'라. 조건 하나만 못 맞춰도 결제 안 해 버리는 그쪽 대기업 거래처에 비하면야 세무사 사무실이 참 쉽게 느껴지겠죠. 하지만 우리도 엄연히 그쪽의 거래처잖아요. 정산일 지켜서 송금을 하든 자동이체를 걸든 마땅히 줘야 할 서비스의 대가를 무슨…… 우리 직원들이 그쪽에 빌고 사정해야 은혜 베풀듯 주는 팁인 줄 알아요. 비단 기장료뿐만 아니라 업무 때문에 우리가 달라는 자료 넘길 때도 말이죠."

핸드폰을 쥔 손에 시푸른 정맥이 소리 없이 돋쳐 올랐다.

"여직원들한테 본연의 업무에서 벗어난 마음고생 더 이상 안 시킬 겁니다. 그쪽 사장님들도 세무사 사무실 사무원이 자기 경리인 줄 아는 버릇들 좀 고치셔야 돼요. 아니, 경리라도 그건 아니죠. 그 썩어빠진 의식 수준으로 사장님? 좆이나 까라죠."

눈길을 내디디듯 무겁고 단호하게 지르밟던 목소리가 종래엔 가파른 산을 뛰넘어 올랐다. 조카들 중 가장 과묵한 진혁의 입에서 강도 높은 욕설이 튀어나오자 핸드폰 너머로 가쁜 숨소리가 흘렀다.

— 허…… 이 갑갑한 녀석아. 삼촌이 그 좋은 아가씨들 소개해 준 달 땐 호박을 넝쿨째 걷어치우더니만, 왜 요상한 데서 페미니스트가 되고 그래? 사업하시는 분들이 주요 거래처 대금 돌리고 막고 또 이런 일 저런 일 신경 쓰다 보면, 그럴 수도 있지!

작은삼촌은 숫제 사정조로 나왔다.

— 딴 데는 몰라도 세무사 사무실이 한두 달 치 가지고 빡빡하게 굴면 요새 누가 기장을 맡기냐고. 그런 부분을 부드럽게, 좋게 좋게 해결하는 게 거기 여사님들 일이에요, 조진혁 세무사. 대표는 대표 일 보고 아가씨들은 아가씨들 일을 해야 사무실이 돌아가지. 거기 나 여사님도 아주 베테랑이시고 다른 여직원들도 쌩 신입은 없는 걸로 아는데, 놔두면 잘들 알아서 했을 걸 왜 굳이 네가 껴드냐고!

핸드폰에서 싯누런 고름이 나와 귓구멍으로 흘러들기라도 하는 듯, 진혁의 눈동자가 탁하게 잠겼다. 듣는 이의 차가운 침묵에도 아랑곳하지 않고 얄팍한 벽돌에서 계속 말이 흘러나왔다.

— 너, 지금이라도 상진 실업 사장님께 전화 한 통 드려라. 그리고 안지영 씨라고 했나? 핸드폰 번호 좀 불러 봐 봐. 내가 그 아가씨랑 직접 한번 통화를 좀…….

진혁은 핸드폰 전원 버튼을 검지로 짓눌러 목소리를 끊어 냈다. 그가 의자 등받이에 등을 댄 지 얼마 되지 않아 책상 위의 전화기에 불이 붙었다. 진혁은 수화기를 끌어다 대고 사무적인 멘트를 날렸다.

"안녕하십니까. 세무 법인 묘촌 조진혁 세무사입니다."

— 조진혁. 너 대체 이게 무슨 버르장머리냐?

작은삼촌의 노성은 저 밑에서부터 끓어오르는 듯했다.

— 네 어머니 그리되시고 네 아버지도 일이 바빠 너한테 신경을

많이 못 쓰는 듯해서 나한테라도 좀 기대라고 격의 없이 대했더니만, 삼촌이 정말 네 친구라도 된 줄 알아? 내가 솔직히 너한테 뭐 거창하게 해 준 건 없다만, 그래도 나름 들여다보려 노력해 왔고 이번에도 네 걱정에 전화한 건데, 넌 나한테 이따위로 해? 돌아가신 네 아버지가 보시면 퍽이나 집안 꼴 잘 돌아간다고 하시겠다.

선친까지 걸고넘어지는 비난에 진혁은 눈을 가늘게 떴다. 사람 목이 아닌 기계 구멍에서 나오듯 무딘 저음이 흘러나왔다.

"무례하게 전화 끊은 건 죄송합니다. 작은 숙부님께서 지금껏 절 여러모로 챙겨 주신 걸 충분히 잘 알고, 진심으로 감사하게 생각해 왔습니다. 하지만 일 관계로 지점에 전화하셨으면 상대가 조카라도 좀 더 배려해서 말씀하셨으면 좋겠습니다. 특수한 사정이 있어 거래 관계를 끊은 업체 사장에게 무작정 전화해 보라 지시하시고, 또 직원 내선 번호도 아니고 사적 번호를 알려 달라고 하시면, 정말 곤혹스럽습니다. 제가 삼촌의 조카라도 지금은 엄연히 이 지점 관리하는 입장입니다. 사정 청취도 없이 무작정 감 놔라 배 놔라 하시면, 전 응대 못 해 드립니다."

피차 고장 나 버린 걸 자각하였는가. 수화기 너머의 열띤 숨소리가 점차 유하여졌다. 그때 집무실 문이 열렸다.

"세무사님. 안녕하세⋯⋯."

문을 열어 집무실로 두어 발짝 들인 지예가 말끝을 흐렸다. 진혁은 잠시 그쪽으로 시선을 돌려 짧게 턱짓을 했다. 지예는 진혁의 눈치를 살피며 조심스럽게 집무실 문을 닫고 나갔다. 미안하지만 미간에 잡힌 주름을 감출 여력이 못 되었다. 그녀가 나가자 진혁은 눈을 지그시 감은 채 부드럽게 말했다.

"작은삼촌. 죄송해요. 제 입장이 곤란해질까 봐 전화하신 거 알아요. 하지만 이 시간에 조카놈이랑 싸우려고 전화하신 건 아니잖아요. 제 얘기도 한번 들어 봐 주셨으면 좋겠어요."

— 그래. 조 대표. 나도 경솔했다. 우리 머리 좀 식히고 얘기해 보자. 우선 상진 실업은 어떻게 된 거니?

"그 전에 부탁 좀 드릴게요. 우리 직원 프라이버시랑 관련된 문제니까 다른 사람한텐 절대 얘기하지 말아 주셨으면 좋겠어요. 그리고 안지영 씨한테 전할 말씀 있으시면 꼭 저를 통해 주세요. 서로 사정 잘 모르는 상황에서 직접 접촉하면 감정만 상하잖아요."

— 알았다. 큰형님이 물으셔도 함구할게. 이제 얘기 좀 해 줘 봐.

작은삼촌의 확답을 얻어 낸 진혁은 문 쪽을 살피고는 목소리를 한층 더 낮추어 말했다.

"상진 실업 사장이 해당 여직원에게 전화로 부적절한 말을 했어요. 한두 번도 아니고 지속적으로 그랬답니다. 심지어 안지영 씨의 통화를 유도하기 위해 기장료를 고의적으로 밀렸어요. 우리 쪽에서 본격적으로 대응하기도 애매하게 조금씩 송금하면서요."

— 뭐, 뭐야? 허…… 그쪽은 안지영 씨가 본인이 파혼당한 것에 대한 화풀이로 괜히 자기한테 막말을 했다는 식으로 말씀하시던데. 대체 누구 말이 맞는 건지…….

진혁이 수화기를 들지 않은 손으로 이마를 꾹꾹 누르며 한숨 섞인 목소리로 말했다.

"안지영 씨 이 지점에서 3년 일했어요. 제가 보기에도 지금까지 별문제 없이 거래처 응대 잘해 왔고요. 그런데도 과연 괜히 그랬을까요? 삼촌 말씀대로 전화 한두 통으로 좋게 해결할 수 있는 일이었다면 이 지경까지 오지도 않았겠죠."

— 허허, 참 내. 대체 왜 그러셨을까…….

저편에서 탄식조로 혀를 차는 소리가 들렸다.

"삼촌. 아시다시피 전 원래 가만히 있어도 될 일에 괜히 끼어드는 성격이 못 돼요. 삼촌 말씀대로 이 지점 거래처는 전 대표님의 자산이니까, 제가 월권을 행사할 이유도 없고 그래서도 안 되죠. 하지만 그동안 제가 이 자리를 너무 쉽게 생각한 감이 있어요."

차분히 말하면서도 진혁은 수화기를 분명하게 틀어쥐었다.

"업체에 내용 증명 발송한 건 사실이지만, 부득이한 사정이 있어 보이는 사장님들껜 제가 먼저 전화드렸어요. 그래도 대표인 제가 말하니 몇몇 분들은 귀담아들으시고 기장료를 자동 이체로 돌려 주시더군요. 진작 이러면 될 걸, 직원이 사직서까지 내밀 정도로 마음이 다치도록 방치했어요. 만약 아버지가 살아 계셨다면, 절 호되게 야단치셨으리라 생각해요."

— 인마. 작은형님이 널 얼마나 끔찍이 여기셨는데 야단은 무슨.

작은삼촌이 쓰게 너털웃음을 흘렸다.

— 네 아버지가 항상 그러셨지. 내 사람도 못 챙기는 수장이 얼마나 더 큰 일을 도모하겠느냐고. 공직에 계실 때도 약자에게 약하고 강자에게 강해서 승진이 밀리기도 했지. 그런 작은형님을 보면서 그렇게까지 고지식하게 살 필요가 있나 생각할 때도 많았지만…… 돌이켜 보면 작은형님이 머물다 가신 자리치고 단단히 여물지 않은 곳이 없어. 우리 회사도 한때는 그랬는데……. 허허. 오늘따라 작은형님 생각이 간절하네. 이러다 오늘 밤 꿈에 작은형님 나오는 건 아니려나 몰라.

"……."

일순 서글픈 꿈결을 눈에 담는 진혁 대신 괘종시계 초침 소리가 침묵을 기웠다.

― 그래. 네가 그 자리에 얼마나 진지하게 임하고 있는지는 잘 알았다. 하지만 너무 빡빡하게 하지는 마라. 그리고 특히! 엄 사장님만은 절대 거스르면 안 되는 거 알지? 그쪽 동네 상가 8할이, 아니다. 8할이 뭐야? 다른 사람 명의로 해 놓은 것까지 합하면 구십구 점 구 프로가 엄 사장님 것일걸? 어쨌든 워낙 공사다망하신 분이다 보니 별의별 걸 부탁하실 수도 있어. 그럴 땐 너무 알려 하지 말고 무조건 잘해 드려. 삼촌 말 무슨 뜻인지 알지?

기나긴 통화를 마친 후. 진혁은 책상 위에 놓인 줄노트를 펼쳤다. 며칠 전 엄 사장이 낸 숙제에 대한 답이 깔끔한 필체로 적혀 있었다. 거기에 관계 법령과 질의 회신 사례를 첨부하여 엄 사장과 점심 약속을 잡으려던 것이 원래 오늘 일정이었지만, 진혁은 눈앞에서 노트를 치워 버렸다. 법적 근거로 안정성을 보태려는 진혁의 성의는 관습이나 인맥 따위에 기인한 초법적 돌파구를 찾으려는 엄 사장의 바람 앞에선 어차피 휴지 쪼가리에 불과했다. 굳이 오늘, 하필이면 오늘, 소화 안 되는 밥을 삼키고 싶지 않다.

진혁은 텅 빈 눈으로 오래도록 정면을 응시하였다. 괘종시계가 다시 눈에 들어왔을 때 시각은 이미 정오를 넘긴 뒤였다. 여직원들이 점심을 함께 먹을 것인지 물으러 들어올 때가 되었는데 그쪽도 감감무소식이다. 밖으로 나와 보니 그 연유가 한눈에 들어왔다.

안지영이 자리에 앉은 채 하염없이 눈물을 쏟고 있고, 그 곁에서 설지예가 휴지를 건네는 참이었다. 나 실장도 그 뒤에 서 있었다. 세 사람이 동시에 진혁을 보았다.

"아……. 죄송해요, 세무사님. 아직 안 나가신 걸 보니 오늘은 점심 약속 없으신가 보네요. 그럼 저희랑……."

"안지영 씨. 왜 그래요?"

진혁이 대뜸 말을 자르고 묻자 그녀가 얼른 고개를 가로저었다.

"아뇨. 아무 일도 아니에요. 그냥 제가 개인적인 일 때문에…….
부끄럽네요. 얼른 정신 차려야 되는데……."

진혁이 곤혹스러운 표정을 짓자 그녀가 애써 웃어 보였다.

"세무사님도 아시다시피 제가 얼마 전에 파혼당했잖아요. 근데 제
전 남친 페북을 보니, 벌써 다른 여자가 생긴 거 같더라고요. 그 여
자랑 맛집 찾아다니고 벌써 여행도 다니고. 아주 신이 났네요. 아무
래도 결혼 날짜 잡기 전부터 눈 맞았었나 봐요."

"하……. 나쁜 놈! 차라리 잘됐어요. 그런 인간한텐 언니가 너무
아까워요!"

그녀로서는 드물게 지예가 격앙된 목소리를 내었다.

"지예 씨 말이 옳아. 쓰레기 같은 인간들끼리 서로 분리수거했다
생각하고 지영 씨도 그만 잊어버려. 얼른 마음 추스르고 더 좋은 차
잡아야지."

나 실장의 위로에 안지영이 쓴웃음을 지었다.

"그러게요. 그런 똥차 잡지 말라고 조상님이 도우셨는데. 하……
왜 괜히 그 자식 페북 봐 버려 가지고는. 내 지난 3년이 아까워 죽겠
고 너무 분하면서도, 아직도 받아들이기 너무 힘드네요. 조만간 뭐
신나는 거라도 보러 가든가 해야지……."

그녀의 말이 끝나기도 전에 진혁은 집무실로 도로 들어갔다. 이윽
고 그는 티켓 두 장을 안지영에게 불쑥 내밀었다.

"어? 세무사님. 이게 뭐예요?"

눈이 휘둥그레져 묻는 그녀에게 진혁이 설명했다.

"일주일 전에 업체 사장님이 주고 가셨어요. 요새 꽤 인기 있는
뮤지컬이라고는 하던데 난 별로 관심도 없고 시간도 안 나서. 지영

씨가 보러 가는 게 어때요?"

"하지만 이건 오늘 5시 표인데요?"

안지영이 고개를 갸우뚱거렸다. 그에 진혁은 부드러운 투로 답했다.

"지영 씨 오늘 뭐 급한 일 있어요? 없으면 오늘은 이만 들어가 봐요. 오늘 지나면 어차피 버릴 표인데, 지영 씨라도 보고 기본 전환 좀 하면 좋겠네요."

"아 저기…… 정말 그래도 될까요? 너무 죄송한데……."

안지영이 도 과장의 빈자리를 흘긋 살폈다. 도 과장은 오늘 집안 일 때문에 연차를 냈다. 그녀로서는 여직원이 반절이나 자리를 비우는 게 못내 걸리는 모양이다.

"지영 씨. 업체에서 전화 오면 메모 받아 놓을 테니까 걱정 말고 가 봐. 세무사님이 모처럼 티켓까지 주셨잖아. 이런 날도 있어야지."

"맞아요. 언니. 그거 보고 언니도 페북에 인증샷 올려 버려요!"

나 실장과 지예의 격려에 지영의 눈가가 다시금 그렁그렁해졌다.

안지영이 사무실을 나선 직후, 나 실장이 한숨을 내쉬며 안경을 벗었다. 주름진 손가락으로 눈두덩을 조심스레 누르며 그녀가 눈살을 살짝 찌푸렸다. 그 모습을 포착해 낸 진혁이 불쑥 말했다.

"나 실장님. 요새 눈이 더 벌게지신 거 같은데요. 안과는 계속 다니시는 거죠?"

"아뇨. 눈이 원체 건조한지라. 안약 좀 넣어 주면 괜찮아져요."

나 실장이 애써 눈살을 펴려 하였으나 진혁은 완강히 고개를 저었다.

"그렇게 보이지 않은데요. 점심 드시고 안과 한번 가 보시는 게 어떨까요."

"호호. 이 정도는 괜찮다니까요. 나까지 사무실 비우면 좀 그렇잖아요."

한사코 사양하는 나 실장에게 진혁이 재차 정중하게 권유했다.

"안지영 씨 몫까지 제가 책임지고 메모 받아 놓을 테니 걱정 마시고 다녀오세요. 12월 중순 넘어가면 또 입질이 올 텐데, 그 전에 몸을 돌보셨으면 좋겠어요. 나 실장님이 건재하셔야 저희가 내년도 버티죠."

왼손으로 턱을 감싼 채 나 실장이 보일 듯 말 듯 엷은 웃음을 띠었다.

"그러면 점심 먹고 바로 다녀오지요. 무슨 일 있으시면 바로 전화 주세요."

"세무사님. 점심은요?"

"나 실장님이랑 먼저 먹으러 가. 나는 나중에 먹든지 할게."

의아한 표정으로 자신을 보는 그녀에게 진혁은 한마디 덧붙였다.

"지예 씨도 점심 먹고 그냥 들어가도 돼."

홀로 남은 사무실. 진혁은 서늘한 겨울 공기가 서린 정적에 의자를 끌어다 앉았다. 날이 추워져서인가. 바깥의 나무가 낙엽을 죄 잃어 앙상한 가지를 드러내었듯, 사람들도 1년 내내 끈질기게 숨겨 온 곪은 속을 들킬 때가 되었나 보다. 그것을 끝까지 가리려 하는 모습들이 못내 안쓰러우면서도 친숙한 데가 있었다. 못 본 체하지 않고 나름의 선심을 쓴 것까진 좋았다. 하지만 진혁은 자신의 행동이 그저 이타심에서 나온 건 아님을 알았다.

사실, 혼자 있고 싶었다.

점점 밝기를 더해 가는 정오 햇살과 다르게 진혁의 눈동자는 점차 흐리게 잠겼다. 아침에 선잠을 자며 꾸었던 꿈이 맥없는 현실을 밀어 내었다. 매번 아버지의 모습만을 고집스레 조명하던 꿈. 그러나 이번에 진혁은 그 곁에 선 이와 분명하게 맞닥뜨렸다.

마지막까지도 새어머니는 자신에게 미소 지어 주었다. 하지만 그 미소는 어딘지 반감된 느낌이었다. 그 연유가 아무리 잘해 주려 하여도 끝까지 마음을 열지 않는 자신에게 질려 버려서인지, 아니면 안타까워서였는지는 알 길이 없다. 허나 한 가지 분명한 건, 자신이 결국 그녀의 마지막 미소를 그리 토막 내었다는 사실이다.

자신은 정녕 그리되길 바랐던가?

스스로에게 그리 질문을 던진 순간, 의자가 모래 늪 한복판으로 끌려 들어오기라도 한 듯 점점 내려앉는 느낌이 들었다. 진혁은 형벌을 담담히 받아들이는 죄수처럼 입술을 굳게 다물었다.

왜 그토록 새어머니가 싫었을까? 아니, 왜 싫어야만 했을까? 단적으로 말해, 서로가 너무나 달라서였는지도 모르겠다.

진혁은 아버지 앞에서 돌아가신 어머니 얘기를 일절 꺼내지 않았다. 물론 그가 어머니 얘기를 한 번이라도 했다면 아버지는 자식의 아픔부터 덜어 주려 힘쓰셨으리라. 하지만 그랬다간 아버지가 정작 당신의 아픔을 돌보지 못할까 봐 저어되었다. 섣부른 회상과 어설픈 위로가 외려 서로의 상처를 들쑤실지도 몰랐다. 공연히 서로에게 짐을 지우느니 각자의 자리를 지키며 스스로를 추스르는 것이 우리 부자다운 방식이라고, 진혁은 확신했었다.

그토록 사랑했던 만큼 못내 겨웠던 아버지에게 새어머니는 너무도 가분히 날아들었다. 그녀는 머리부터 발끝까지 진혁과 정반대인 인간이었다. 보조개까지 곁들어진 미소는 화사한 정도를 넘어 막강하였다.

주변 사람들은 금방 그녀의 편이 되었다. 그녀의 곁에서 낯설 만치 행복하게 웃는 아버지를 봐 버린 순간, 필사적으로 전전긍긍했던 지난날의 자신이 뿌리째 뒤엎어지는 느낌이었다.

스물다섯 살. 옹졸한 속에 이는 천불에 사회 초년병 특유의 강박감이 더해지니 고집과 신념의 경계가 남김없이 허물렸다. 가장 참아 줄 수 없는 건 영역을 침범당하는 일이었다. 남의 영역을 침범한 대가를 호락호락 치르지 말라는 듯, 진혁은 그녀의 면전에서 마음 문에 빗장을 질렀다. 봄 햇살 아래 꽃샘추위를 붙드는 해묵은 눈사람 행세를 하였다.

그런 자신에게 새어머니는 마지막까지 어떠하였던가. 더할 나위 없는 당신의 미소가 누군가에게는 상처가 되는지도 모른다고 생각하였는지, 그녀 스스로 거두고 말았다. 봄은 눈사람이 속에서부터 녹도록 자신을 죽이며 기다려 주었다. 그러다 결국 봄은 다시 오지 못했다.

아버지는, 끝까지 일언반구도 없으셨다. 진혁이 본가를 나간 뒤 명절이나 양친의 생신 등 기본 도리는 함으로써 어떠한 여지를 안 남긴 탓도 있으리라. 하지만 돌이켜 생각해 보면 당신이 그 정도 얄팍한 속내를 못 알아채셨을 리는 만무하다. 그토록 사랑하는 두 사람이 서로가 아닌 스스로를 상처 입히는 모습에 억장이 무너지셨을 터인데, 아버지는 끝까지 질책하지 않으셨다. 당신 인생에 아들에게 강요하는 법이란 결코 없었으니까. 마지막까지 아들을, 이 관계를, 다복한 미래를 믿으셨을 테니까.

진혁의 양팔이 의자 팔걸이에 녹아 붙었다. 발밑에서 무언가가 검게 녹아 나오는 느낌이 났다.

다시 돌아간다 하여도 다감한 아들 노릇은 못 할지 모른다. 하지만 적어도 스물다섯 살 겨울날 새어머니에게 자취방 대문을 열어 주고, 마지막 가는 길에 캐리어를 들어 주고, 그녀의 마지막 필름을 액자에 담아 주고 싶다.

그렇게라도 하였다면 적어도 이렇게, 추억에 기대지도 못하는 신세가 되지는 않았을 터인데. 고집과 자존심도 분간하지 못할 때 섣부른 가위질을 하지 않았더라면…… 조각난 가능성들이 이렇듯 유령처럼 부유하지 않았을 터인데. 남들에게 품을 내어 주다 정작 자신은 기댈 곳이 없음을 자각해 버린 지금, 이렇듯 형체도 없이 녹아내리기 시작하지는 않았을 터인데…….

끼이익

매일같이 여닫는 문이 그리도 큰 소리를 낼 수 있는 줄은 몰랐다.

진혁은 불시에 문을 열어 빼꼼히 내민 얼굴을 뜨악하게 바라보았다. 허리를 곧추세우는 것도, 팔걸이에 늘어진 팔을 수습하는 것도 확연히 늦었다. 그저 할 수 있는 건 말로라도 선수를 치는 것뿐이었다.

"지예 씨…… 점심 벌써 먹었어? 나 실장님은?"

"실장님은 점심 드시고 바로 안과에 가셨어요."

"그런가. 지예 씨도 점심 먹고 바로 퇴근하지 그랬어. 왜 돌아온 거야?"

진혁의 말에 지예가 입술을 삐죽 모았다.

"저야 세무사님께서 모처럼 주신 기회를 살리고 싶었죠. 근데 막상 나가 보니 딱히 놀러 갈 데가 생각이 안 나더라고요. 그렇다고 곧장 집에 가서 공부하기는 왠지 싫고. 그리고 또…… 아무리 그래도 세무사님 혼자 사무실 지키게 할 수는 없어서요."

"……."

진혁이 무언가에 홀린 듯 물끄러미 바라보자 지예가 얼른 싱긋 웃었다.

"커피 한 잔 드릴까요?"

이윽고 헤이즐넛 향이 은은히 피어오르는 머그잔이 두 사람 사이에 놓였다. 지예는 밖에서 원형 의자를 가져다 진혁의 오른편에 다가앉았다. 진혁이 머그잔 안의 커피를 들여다보고만 있자 그녀가 나직이 말했다.

"세무사님. 오늘따라 왠지 피곤해 보이세요."

"아니. 뭐……."

"제가 알은척해도 되는지 모르겠지만, 아침에 전화하시던 건 잘 해결되셨어요? 혹시 무슨 문제라도 생기신 건 아닌지……."

"어. 별일 아니야. 그냥 삼촌이랑 집안일 얘기를 좀 하느라."

진혁이 작위적인 미소를 꾸며내며 선을 긋자 지예도 마냥 개운치는 않은 기색으로 고개를 끄덕였다. 더는 파고들지 않고 커피를 머금는 그녀의 옆모습을 살피다가 진혁이 얼른 화제를 바꾸었다.

"지예 씨랑 같이 일한 지도 벌써 반년 넘었네. 내가 소득세 신고 끝난 직후엔가 여기 왔으니."

그리고 본의 아니게 그녀의 밤손님이 된 지도 6주째로 접어들었고.

별안간 손마디가 따끔거리는 듯하여 진혁은 책상 위에 얹은 손을 슬며시 아래로 감추었다.

"그러게요. 그 뒤로도 한동안 정신없이 지내다 보니 벌써 12월이고. 시간이 참 빨라요."

지난 시간을 헤아리듯 지예의 눈동자가 잠시간 위로 굴렀다. 진혁은 머그잔을 입에 가져다 대는 순간까지도 그 모습에서 눈을 떼지 못했다.

"솔직히요."

연신 올라오는 커피의 훈향 탓일까. 뽀얀 얼굴을 약간 붉힌 채 지예가 말했다.

"세무사님이 처음 오셨을 때 뭔가 되게 신기했어요. 이렇게 젊은 분이 벌써 지점 대표도 하는구나. 아무리 임시 대표라지만 정말 대단하시다. 나와는 전혀 다른 세계에서 온 사람 같다, 싶었어요. 그래서 처음엔 세무사님이 좀 어렵기도 했지만……."

그 뒷말을 생각하느라 그녀가 잠시 머뭇거렸다. 그러다 이내 얼버무리듯 머쓱한 미소를 지으며 머그잔을 조금 더 길게 기울였다. 진혁은 그녀의 입 안에 든 커피가 전부 다 넘어가기를 기다렸다가 입을 열었다.

"지예 씨도 어느 정도는 눈치챘겠지만, 난 처음에는 지예 씨를 별로 좋아하지 않았어."

밝은 색조의 눈이 다소간 크게 벌어졌다. 하지만 예상대로 과히 놀라지는 않은 듯 보였다.

"지예 씨가 딱히 어떤 잘못을 해서 그랬던 건 절대 아니야. 지금은 지예 씨한테 아무런 유감이 없고 그저 미안하기만 해. 나한테 서운한 일 많았을 텐데 지금이라도 진심으로 사과하고 싶어."

"아. 저는 괜찮아요! 세무사님께서 크게 미안해하실 일도 없었고 오히려 너무 잘해 주셔서……. 설령 서운한 일이 있었대도 다 잊었어요."

지예가 진혁을 안심시키듯 손사래까지 쳤다. 그런 그녀의 배려가 고맙게 느껴지는 만큼 새삼 면목이 없어져 진혁은 책상 유리로 시선을 내렸다.

"괜찮으시다면 처음에 저를 왜 별로 좋아하지 않으셨는지 제가 알아도 될까요?"

다시금 눈이 마주치자 그녀가 덧붙였다.

"물론 모든 사람들이 저를 좋아해 줄 수는 없겠죠. 아무리 노력해도 서로 성향이 잘 안 맞는 사람도 있으니까요. 하지만 저도 모르게 부족한 부분이 있었다면…… 알고 싶어요."

맑은 거울 같은 그녀의 눈동자에 꼼짝없이 간힌 기분이었다. 진혁은 반사적으로 넥타이 매듭에 손을 대었다.

"사실은 나의 부족한 부분이 보이는 거 같아 그랬어. 지예 씨 볼 때마다……."

2개의 머그잔에 담긴 커피는 더 이상 줄지 않고 식어 갔다. 하지만 진혁의 기나긴 이야기를 담아내는 지예의 눈은 서서히 뜨거워졌다. 괘종시계의 분침이 두어 바퀴 남짓 돌았을 즈음, 진혁은 온몸에 물이 한 방울도 남지 않은 듯하였다.

"황당하지? 내가 말하고도 어처구니가 없어서 정말……. 할 말이 없다. 순전히 나의 억지스러운 사감 때문에 그랬으니, 지예 씨가 크게 마음 쓸 일은 없어."

분위기를 환기해 보고자 진혁이 애써 웃어 보았으나 지예는 손으로 입을 가렸다. 그 자그마한 머릿속에 든 생각을 한 토씨도 짐작해 내기 무서워 가슴이 터질 듯하였다. 미쳐 버릴 듯한 마음과는 다르게 진혁은 목소리에서 힘을 뺐다.

"어쩌다 보니 지예 씨한테 할 얘기 못 할 얘기 다 해 버렸는데, 그냥 잊어버려. 날 욕해도 좋고 이상하게 생각해도 할 말이 없어. 내마음이지만 나도 정말 구제불능이라고 생각하니까……."

"세무사님."

지예가 진혁을 직시했다. 약간 물기가 어려 평소보다 눈이 빛나보였다.

"저는 오히려…… 감사해요. 그동안 저한테 이런 애기를 해 주는 사람이 없었거든요. 제가 고아이다 보니 불편해서 그랬는지, 아니면 이야기해 봐야 하나도 이해하지 못할까 봐 그랬는지……. 그런데도 솔직하게 다 이야기해 주셔서, 저는 이 와중에 고맙기만 해요."

"나 역시 이런 이야기 남한테 해 보긴 처음이야. 그것도 설마 지예 씨한테 직접 말하게 될 줄은 몰랐어."

"저라면 아마 엄두도 못 냈을 거예요."

"그 전에 지예 씨라면 이런 식으로 후회할 일을 안 했겠지."

진혁의 말에 지예가 잠시 그에게서 시선을 돌려 머그잔 안을 들여다보았다. 어딘지 울적한 얼굴로 생각에 빠져든 그녀를 보며, 진혁은 괜스레 웃음이 비어져 나오려는 걸 억눌렀다. 달변은 기대치 않는다. 그저 이 어린 아가씨가 자신을 위해 말 한마디라도 신중히 골라내려는 모습만으로도……. 냉가슴에 온기가 돈다.

그리 오래지 않아 지예는 그와 온전히 마주 보았다. 눈시울이 더 붉어졌음에도 목소리는 한결 또렷해졌다.

"솔직히 배경이 완전히 다른 제가 세무사님의 입장을 완전히 이해하지는 못하겠죠. 제가 같은 입장이 되었어도 완전히 똑같이 행동했으리라고 장담도 못 하고요. 하지만 세무사님 이야기를 듣고 나니 너무…… 가슴이 아파요. 다른 건 몰라도, 세무사님이 얼마나 스스로를 많이 괴롭히셨을지 확실히 알겠어요."

금방이라도 그녀의 눈에 물방울이 맺힐 듯하여 진혁은 조마조마했다. 하지만 한편으로 끝까지 감추려 하였던 것이 잔뿌리까지 끄집어내진 듯하여 아무 말도 할 수 없었다.

"전에 세무사님이 저 문병 와 주셨을 때도 새어머니 얘기를 하셨죠. 예전에 문병 온 그분을 돌려보내신 적이 있다는 이야기요. 그땐 제가 그분도 이해하셨을 거라고 말씀드렸던 기억이 나는데…….."

진혁이 가만히 고개를 끄덕였다. 그러자 그녀가 설핏 미소를 지었다.

"제가 돌아가신 분들의 마음을 전부 다 헤아릴 수는 없지만, 그분은 정말로 세무사님을 이해하셨으리라 생각해요. 사람이 서로 마음을 여는 게 그리 쉬운 일은 아니잖아요. 더욱이 가족이 되는 일인데. 제가 비록 경험은 없지만 누군가가 제 어머니가 되어 주겠다고 한다면…… 아무리 좋은 분이라도 받아들이기까지 시간이 많이 필요할 듯해요."

"시간이 더 있었다면 과연 무언가 달라졌을까?"

진혁이 씁쓸히 반문하자 지예가 확고히 눈을 빛냈다.

"저도 한때는 세무사님이랑 도저히 맞지 않는다고 생각했어요. 만약 세무사님이 일찍 본점으로 돌아가셨다면 그 생각이 달라지지 않았겠죠. 하지만 시간이 주어지니 세무사님의 진짜 모습을 알아 갈 계기가 생겼어요. 한 달 전만 해도 제 마음이 이렇게 달라지리라고는 상상도 못 했는데……. 사실은 세무사님이 정말 좋은 분이라, 시간이 걸려서라도 결국 알게 되었다고 생각해요. 그분이랑 세무사님의 관계도 어쩌면 시간문제일 뿐이지 않았을까요?"

"……."

"그런데 정말 좋은 분이셨나 봐요. 세무사님이 이렇게까지 안타까워하시는 거 보면. 그런 분이라면 더더욱, 세무사님이 자신 때문에 앞으로도 괴로워하길 바라시지는 않을 거 같아요. 시간이 더 주어지지 않은 건 그 누구의 잘못도 아니잖아요."

그녀의 말이 자책감을 전부 덜어 가지는 않았다. 하지만 그녀의 말들이 가슴을 비집고 들어와 그 안에 쓰러져 있던 것들을 하나둘씩 일으켜 세워 주는 듯하였다.

"그러니 세무사님 기운 좀 차리세요! 부모님 몫까지 열심히 사셔야죠. 좋은 분 만나 연애도 하고 결혼도 하고 화목한 가정을 꾸려서 행복하게 잘 살고 있다고 가끔씩 보고하러 가면, 하늘에 계신 두 분도 기뻐하시지 않겠어요?"

눈사람은 이미 형체도 남지 않고 녹아내렸다. 다시는 똑같은 꼴로 얼어붙지는 못할 듯하다.

하지만 그 자리에 무언가가 묻혀 있음을 진혁은 느꼈다. 땅에 스민 눈물을 받아먹고 푸르게 움틀지도 모르는 것이. 그간 외면하였던 햇살을 받아 내면 언젠가는 하늘 아래 듬직한 나무로 자라날 수 있을지도 모르는 것이.

조각난 가능성은 영영 되돌릴 수 없음을 받아들였다. 하지만 아직 살아 있는 가능성을 알았다. 그녀로 인해.

진혁은 새로 뜬 눈으로 봄 햇살 같은 여자를 바라보았다. 그 완연한 시선에 그녀가 왜인지 모를 두근거림을 느낄 만큼.

"근데 세무사님. 제가 정말 그분이랑 많이 닮았어요? 혹시 제가 노안이라서……."

그녀가 불쑥 한 말에 진혁은 공이 창문을 깨고 날아들기라도 한 듯 당황했다.

"아니. 설마! 그냥 분위기 면에서 많이 흡사하다는 거지! 새어머니가 나이에 비해 많이 젊어 보이는 분이기도 했고. 그리고 지예 씨 절대 노안 아니야! 오히려 지예 씨 쪽이 훨씬 예뻐."

지예의 얼굴에 붉은 물이 확 올랐다. 상기된 표정을 급히 감추려는 듯 그녀가 살짝 고개를 숙였다. 진혁 역시 이내 자신이 한 말을 되뇌고는 멋쩍어졌다.

"어…… 세무사님. 넥타이가 좀 풀어지셨는데……."

지예가 먼저 겨우 할 말을 찾았다. 그러나 바로 그 순간, 제 넥타이를 매만져 보려는 굵직한 손과 얼결에 그리로 뻗은 하얀 손이 만날 뻔했다. 지예가 적잖이 당황한 기색으로 제 손을 거두려 했다.

"맬 줄 알아? 그럼 해 줘 봐."

진혁이 잽싸게 자기 손을 무릎에 붙여 버렸다. 그의 짓궂은 요구에 그녀가 황망히 입을 벌렸다.

"아…… 네."

이미 손댄 김에 지예는 진혁의 목에서 아예 넥타이를 완전히 풀어 냈다. 넥타이를 양옆으로 당겨 잔주름을 펴 낸 다음, 그녀가 다시 진혁의 목에 손을 둘렀다. 상기된 얼굴에 긴장한 기색이 역력했으나 손놀림만은 침착하였다. 살갗에 닿는 천이 햇살이라도 머금은 듯 뜨끈하였다. 일순 얽힌 서로의 날숨만큼이나. 진혁은 느른히 웃었다. 생전 처음 느껴 보는 좋은 기분 덕에 웃은 건데, 눈앞의 하얀 턱이 살짝 떨리는 게 보였다.

일련의 동작을 마치고 난 지예의 얼굴이 누가 봐도 티가 나도록 붉었다.

"잘 매네. 어떻게 이렇게 잘 알아?"

진혁으로선 순수한 호기심에 물은 말인데 그녀가 변명조로 대답했다.

"아…… 누굴 매 준 건 이번이 처음이고요, 전에 일하던 프렌차이즈 카페에서 넥타이가 있는 제복을 입어 본 적이 있어서요. 어? 커피가 다 식었네? 따뜻한 걸로 다시 따라 올게요!"

그러라 하기도 전에 지예는 머그잔 2개를 들고 도망치듯 집무실을 나섰다. 진혁은 넥타이 매듭을 살짝 매만져 보았다. 전부터 느꼈지만 정말 야무진 손이다. 8년 가까이 넥타이를 매 온 손이 무색해질 만큼.

지예가 다시 돌아오길 기다리며 진혁은 그녀가 한 말들을 되뇌어 보았다. 그녀의 말대로 돌아가신 분의 의중을 다 알 수는 없다. 하지만 그분이 정말로 자신의 행복을 전해 듣길 원하신다면, 아직도 자신을 기다려 주신다면, 하루빨리 보고드리러 가고 싶다. 기왕이면 이렇게 넥타이를 잘 매 주는 여자의 손을 잡고.

아니, 그런 가정만으로는 부족하다. 왜냐하면, 설지예 말고는 아무도 이렇게 못 매 줄 테니. 하루 종일 흐트러지지 않게 매 주는 솜씨. 설령 풀어지더라도 몇 번을 다잡아 줄 솜씨. 이런 솜씨는 오로지 그녀만이 가졌을 테니.

국세 공무원 교육원 놈팡이? 누가 되었든 간에 이 솜씨를 아는 놈을 둘 이상으로 늘리고 싶지 않다.

문밖에서 들려오는 커피 따르는 소리를 클래식처럼 들으며, 진혁이 미소 어린 혼잣말을 했다.

"결혼이 하고 싶어진 건가……."

#9
그녀의 날개

"휴우……."

영어 모의고사 문제지를 채점하고 난 뒤 지예는 책상이 꺼져라 한숨을 내쉬었다. 어제저녁보다도 성적이 저조하였다. 그것도 하필이면 두 문제를 더 틀리는 바람에, 딱 그 정도 차이로 고배를 마셨던 작년 시험의 악몽이 떠올라 버렸다.

소설 속 고학생들은 자취방 앉은뱅이책상에 앉아 머리 싸매고 공부하면 몇 페이지 만에 어려운 시험에 턱하니 붙던데. '죽도록 노력해서, 합격했다.' 라는 간단명료한 서광이 이번엔 자신의 인생에도 비추어질지……. 나날이 자신이 없어진다.

지예는 책상 위에 문제지를 거꾸로 엎어 놓고는 아무것도 깔지 않은 방바닥에 몸을 뉘었다. 서늘한 바닥에 머리를 대 보아도 머릿속에 든 근심은 좀체 사그라지지 않는다.

"곧 있으면 연말 정산이네."

어디 그뿐인가. 1월 10일 급여 신고부터 시작하여 1월 25일 2기 부가가치세 신고에 2월 10일 면세사업자 현황 신고까지……. 야근으로 점철된 상반기 세무사 사무실의 전초전으로 손색없는 달이 목전에 왔다. 생각만 해도 목 뒤가 뻐근하게 당겨 온다. 곧 있으면 퇴근후에 모의고사 문제지를 채점해 보며 한숨짓는 순간마저도 호사로 느껴질지 모른다.

"이래 가지고는 하루 종일 공부해도 될까 말까인데……."

국가직 공무원 시험은 4월. 지방직 공무원 시험은 5월. 단 한 달만이라도 좋으니 하루 종일 수험서만 쳐다볼 수 있다면야 자기 처지엔 더할 나위 없이 좋을 듯하다. 하지만 내년이라는 테이프를 끊는 순간 적어도 종합소득세 신고가 있는 5월까지는 발을 뺄 수 없게 되어 버린다. 전 직원이 사무실에서 살다시피 하는 그 시기에 퇴사해버리면 이 업계에서 낙인찍히는 건 둘째 치고, 친애하는 사무실 언니들에게 도저히 할 짓이 못 된다.

그래서 세무사 사무실 직원들은 늦어도 12월 중으로는 어떠한 결단을 내린다지.

"지금이라도 일을 쉬어야 하나…… 아웃!"

머릿속에 매캐하게 들어찬 매연을 조금이라도 배출하려 혼잣말을 해 본 순간, 지예의 입에서 새된 탄성이 터졌다. 그녀는 자신의 배를 불시에 습격한 생물을 벙찐 표정으로 바라보았다. 눈이 마주쳤는데도 조조는 그녀의 배에 올려놓은 두 앞발을 치우려 하지 않았다. 외려 여봐란 듯이 제 체중을 더 실어 내리기까지 했다.

남이 보기엔 그저 동물의 대수롭잖은 장난질에 지나지 않을지도 모른다. 그러나 그 장난이야말로 아무도 들여다보지 않는 이 순간을 깨고 들어와 그녀를 근심의 바다에서 건져 주었다.

지예는 설핏 웃으며 몸을 뒤집었다. 상반신을 일으키려니 조조가 그녀의 다리 사이로 파고들었다. 지예는 떨어지는 감이라도 받아 내듯 양반다리를 하고 앉았다. 그러자 조조가 천연덕스럽게 그 위를 점령하여 몸을 둥글게 말아 누웠다. 기다란 꼬리가 활기차게 흔들렸다. 주눅이 든 공기를 바꿔 놓으려는 듯이.

"아유, 조조. 누나 걱정하는 거야? 괜찮아. 그냥 해 본 소리야. 조오오금 힘들겠지만! 이번에도 어떻게든 버텨야지."

월급 없이 네 달이나 이 원룸의 살인적인 방세를 치르며 생활할 궁리. 고양이 앞에서 늘어놓아 본들 무의미한 푸념을 그녀는 굳이 입 밖으로 내지 않았다.

조조를 다리에 앉힌 채 지예는 핸드폰을 만졌다. 최저 요금제에 가깝게 쓰는지라 데이터 할당량이 얼마 되지 않는다. 그래서 정말 필요한 때가 아니면 핸드폰으로 인터넷을 거의 하지 않는다. 그저 사이버 국가 고시 홈페이지에 들어가 내년 시험 원서 접수일이 언제인지만 확인해 볼 참이었다. 그러나 포털사이트 메인에 있는 한 사진이 그녀의 시선을 잡아끌었다.

이색 데이트 코스 추천 3. 삼청동 프리마켓

지예의 손가락은 검색창에 가려다 말고 그 사진을 클릭했다. 그러자 삼청동 프리마켓에 대해 다룬 장문의 포스팅이 나타났다. 지예는 핸드폰을 바닥에 내려놓고 화면 스크롤을 천천히 내렸다. 조조도 덩달아 목을 아래로 뻗었다.

"와아, 예쁜 거 완전 많다! 어, 이것도 예쁘고⋯⋯. 오, 이건 또 어떻게 만든 거지? 아. 사진 확대가 안 되네……."

지난 회차 프리마켓에 참가한 작가들의 작품 사진을 보며 지예가 연신 감탄을 뱉었다. 유리창에 피어오른 성에꽃을 송이송이 살펴보듯, 그녀는 화면 속 사진들을 아주 찬찬히 뜯어보았다.

끝까지 스크롤을 내린 순간 지예의 눈이 반짝 뜨였다.

"아. 내일도 열리네?"

지예는 지하철 노선도를 열어 집에서 안국역까지 얼마나 걸리는지를 가늠해 보았다. 엎어지면 코 닿을 정도는 아니지만, 한나절 나들이 다녀오기에는 부담이 없어 보였다.

"한번 가 볼까? 시험 전에 마지막으로 기분 전환한다고 생각하고……."

누군가에게 허락을 구하기라도 하듯 지예가 혼잣말을 했다. 조조는 그런 그녀를 부추기듯 꼬리를 요란하게 휘저었다. 마음이 불 땐 열기구처럼 두둥실 떠올랐다.

하지만 이내 지예는 한숨을 내쉬며 핸드폰을 껐다. 그녀는 조조의 엉덩이를 살짝 밀어 바닥에 내려놓고는 방석 위에 누운 마포에게 다가앉았다. 마포는 좀 전에 병원에서 처방받은 약을 탄 물을 핥아 먹은 뒤 잠이 들었다. 어찌나 곤히 잠들었는지 그녀가 기척을 약간 내었음에도 귀도 쫑긋거리지 않았다. 마포의 감은 눈을 살피며 지예는 손으로 가슴을 지그시 눌렀다.

"그래. 나중에 가면 되지 뭐."

일탈이랄 것도 없는 나들이마저도 즐거운 상상에 그쳤다. 그녀는 바람 빠진 열기구를 어딘가에 밀어 넣고는 자기 자신도 책상에 도로 꽂아 넣었다. 아무 일도 없었다는 듯이 수험서를 펼쳐 넘기는 왜소한 뒷모습을 고등어 태비 고양이가 하염없이 올려다보았다.

그 뒤에서 치즈 태비 고양이가 슬며시 눈을 떴다.

✽

"아유, 착하다. 매일 이렇게 잘 먹으면 좋을 텐데."

토요일 아침. 지예는 마포의 입가에 묻은 약물을 손수건으로 닦아 주며 뿌듯한 표정을 지었다. 그 바쁜 평일 아침에도 마포의 약만은 꼭 챙겼다. 하지만 컨디션에 따라 마포가 앙살을 부리는 날이 있어 미처 다 먹이지 못할 때가 더 많았다. 그런데 오늘따라 웬일로 고분고분하다. 그리하면 좋은 일이 생긴다고 간밤에 누가 꿈에 나타나 일러 주기라도 한 듯이.

"그럼 이제 나도 밥을 먹어 볼……."

불현듯 울려 퍼지는 오르골 소리가 부엌으로 향하려던 지예를 불러 세웠다. 핸드폰에 뜬 이름을 확인한 순간, 그녀는 아직 손도 안 댄 압력 밥솥에 데이기라도 한 듯 놀랐다.

혹여나 그새를 못 참고 끊어져 버릴까, 지예는 떨리는 손가락을 냉큼 추슬러 핸드폰을 귀에 바짝 붙였다.

"예! 세무사님. 안녕하세요! 아침이요? 아뇨. 아직 먹기 전이에요. 그럼 세무사님은…… 네에…… 예엣?"

무슨 말을 들었는지 지예가 입을 딱 벌렸다. 핸드폰을 든 손에 나머지 손을 겹쳐 올린 채 그녀는 입술을 달싹였다.

"아…… 거긴 저도 한번 꼭 가 보고 싶었던 곳이에요! 그런데 제가 오늘 원래 하려던 일이 좀 있어서……. 아, 물론 절대 부담되고 그런 건 없어요! 저야 진짜 가고는 싶죠. 하지만…… 네. 그러면 한번 생각해 보고 제가 바로 다시 전화드릴게요."

그리 말을 많이 한 것도 아니건만. 지예는 100m 달리기라도 한 것처럼 숨을 몰아쉬었다. 핸드폰을 가슴에 댄 채, 그녀는 자신의 곁에 엉덩이를 붙이고 앉은 마포를 내려다보았다. 당장 가겠다고 말하지 못한 연유는 밥솥에 갓 지어 놓은 밥 때문도 아니었고, 펼쳐 놓은 수험서 때문도 아니었다.

눈이 마주치자 마포는 무언가 말하려는 듯 자그마한 입을 살쩍 벌려 우는 시늉을 했다. 밥그릇을 채워 달라는 뜻도 아니고, 화장실을 치워 달라는 뜻도 아니다. 이렇듯 마포는 이따금씩 다른 무언가를 말하려 하곤 한다. 그럴 때마다 지예는 서로의 말을 알아듣지 못하는 현실이 너무 안타까웠다. 돌연 쓰러져 버리지 않는 이상 아프다고 표도 못 내는 자신의 반쪽이 날이 갈수록 못내 마음에 걸린다.

그때 돌연 마포가 책상 앞에 성큼성큼 다가가 몸피를 낮추며 눈을 날카로이 빛냈다. 치즈색 몸뚱이가 말릴 새도 없이 그 위로 펄쩍 뛰어올랐다.

"어멋!"

지예가 비명에 가까운 탄성을 내질렀다. 하지만 마포는 그녀의 온갖 우려를 불식시키려는 듯 토실한 엉덩이를 한껏 뒤로 빼며 꼬리를 기세 좋게 추켜올렸다. 마포가 그 높이를 그리도 힘차게 뛰어오르는 모습을 마지막으로 본 지 족히 1년은 되었다.

"마포…… 괜찮아?"

지예가 떨리는 목소리로 물었다. 그러자 금색 캐츠아이가 그녀를 오롯이 보며 꼬리를 좌우로 흔들었다.

"정말?"

재차 묻는 말에 마포는 약속이라도 한 듯 꼬리를 좌우로 흔들었다.

잠시 뒤. 지예는 핸드폰을 들어 올렸다. 신호음이 그 사람의 목소리로 바뀌기 전에 그녀는 목구멍까지 치받아 오른 뜨거운 무언가를 애써 삼켜 넣었다.

가슴 뛰는 통화가 끝난 후, 지예는 책상에 펼쳐 놓은 수험서를 접어 한쪽에 치워 두었다. 마포는 얼른 바닥에 착지하여 공간을 내어 주었다. 그녀가 가진 모든 화장품, 심지어는 연초에 사 놓고 아까워서 쓰지 못하는 마스카라까지 책상 겸 화장대에 놓았다. 오히려 가짓수가 그리 많지 않아서 다행인지도 모른다. 평소보다 더 각별하게 꾸미고픈 욕심이 무리한 시도로 이어질 일은 없으니. 그저 행복감만 보태어 정성 들여 펴 바르기만 하면 되니.

스카이블루 코트를 몸에 걸치는 순간 두 발이 사분이 떠오르는 느낌이 들었다. 옷이 걸음을 재우치는 것만으로는 성이 안 차 사람을 둘러업고 훨훨 날기라도 할 것처럼.

"마포. 언니 잠깐만 다녀올게."

지예가 209호를 나선 직후, 닫힌 문 앞에 서서 그녀를 배웅하던 작은 몸뚱이가 일순 휘청거렸다. 앞으로 꺾이려던 두 발이 현관 바닥을 지르밟고 섰다. 저답게 고집스럽고 뚱한 표정으로 버티어 선 채 마포는 눈을 지그시 감았다. 그녀의 잔향을 음미하듯이.

겨울에는 햇볕을 오래도록 쬔 책 표지처럼 희부옇게 바랜 광경만 있는 줄 알았다. 하지만 구름처럼 하얀 천막 아래 펼쳐진 세계는 살을 에는 겨울바람마저도 정신을 팔리게 할 법하였다.

봄꽃의 아름다움을 고스란히 간직한 압화 핸드폰 케이스, 글씨가 들어가기도 벅차 보이는 속지 한복판에 솔가지가 풍성한 트리를 세워 올린 3D 크리스마스카드, 사탕을 꿴 듯 알록달록한 원석 팔찌……. 진혁은 세상에 그토록 많은 색깔과 소재, 그리고 쓰임이 존재하는지 몰랐다.

어떤 익살맞은 작가는 과자로 가장한 클레이 미니어처와 진짜 아이싱 쿠키를 가판대에 뒤섞어 놓고는 자기도 헷갈린다며 뻔뻔하게 웃어 보이기도 하였다. 진혁은 진저맨 쿠키를 자신만만하게 집어 먹었다가 스스로 생각하기에도 과장된 모션으로 손바닥에 뱉어 냈다. 지예의 웃음소리가 그의 귓가를 간질였다.

일순 불어오는 바람에 맞추어 청아한 종소리가 두 사람을 불러 세웠다. 놋쇠 풍경 아래 은빛 물고기가 매달려 빙그르르 도는 모습이 보였다. 그 밑 원형 지지대에 붙박인 놋쇠 고양이가 금방이라도 물고기를 잡아채기라도 할 듯 앞발을 위로 한껏 올리고 있었다. 두 사람은, 어느 순간 약속이라도 한 듯 같은 곳에만 빨려 드는 서로를 의식하고는 멋쩍게 웃음 지었다.

나들이의 시작점이었던 돌담이 나타나자 두 사람은 그 아래에 서서 잠시 휴식을 취했다. 무수한 하얀 천막들이 눈이 부시도록 햇살을 반사해서일까. 춥다는 느낌은 그다지 들지 않았다.

"이런 데 와 보긴 처음인데, 별의별 게 다 있네."

"저는 옛날에 몇 번 와 보긴 했지만, 너무 오랜만이라 그런지 이번엔 처음 보는 것들이 많네요."

"그래? 이런 행사가 1년에 몇 번씩 열리는데?"

"작가마다 참가 주기가 다르긴 하지만, 프리마켓 자체는 거의 매주 열리는 걸로 알아요."

"그럼 가끔 오지 그랬어. 지예 씨 집에서 별로 멀지도 않잖아. 가끔씩 이런 데 나와서 바람이라도 쐬어 줘야 더 힘내서 공부도 하지."

"그러게요. 별로 멀지도 않고 언제든 올 수 있어서 더 안 오게 되었던 것 같아요. 다음에 와야지, 시험 끝나면 와야지 하면서요."

지예가 하늘색 코트를 가만히 여몄다. 추워서라기보단 겨울 햇살의 포근한 감촉을 좀 더 느끼기 위함인 듯 보였다.

"마음의 여유를 가지라는 말을 몇 번이나 하고 싶었는지 몰라."

그 말에, 눈앞의 부스들을 관망하던 지예가 진혁을 돌아보았다.

"나도 나름 중요한 시험을 준비해 본 경험은 있지만, 그래도 지예씨에 비하면 무난하기 그지없었으니. 그런 주제에 무턱대고 힘내라고만 하면 또 못 할 소리 같기도 해서."

"아뇨! 전 그런 거 전혀 신경 안 써요! 빈말이라도 좋으니 전 그런말 실컷 들어 봤으면 좋겠어요."

고개를 바지런히 가로젓는 그녀는 어딘지 단호하기까지 했다.

"제가 비록 마음 놓고 공부만 할 수 있는 처지는 아니라도, 그렇다고 남들이 저보다 무난하게 산다고 생각하지는 않아요. 세무사님도 나름의 입장에서 정말 열심히 사셨잖아요. 그래서 저는 진심으로세무사님을 존경하고 또…… 조금이라도 따라잡고 싶어요. 그러니좋은 기운 많이 나누어 주세요."

그녀에게 도움이 된다면 기운이든 뭐든 뚝 떼어 주고 싶다. 진혁은 벅차오르는 마음에 10여 분도 채 되지 않아 돌담에서 먼저 등을떼었다.

"우리 저쪽 안 가 봤지?"

두 사람은 프리마켓 부스를 마저 돌아보았다. 일부러 걸음을 늦춘진혁의 곁에서 가는 방향을 이끌던 그녀가 어느 순간 멈추어 섰다. '수익금은 전액 한국 고양이 보호 협회에 기부합니다.' 라고 쓰인 자그마한 팻말이 가장 먼저 눈에 띄었다. 그 내용과 걸맞은 팬시상품이 그녀의 시선을 사로잡았다.

"와…… 너무 귀엽다!"

지예가 가판대에서 다이어리를 집어 올리며 감탄을 하였다. 인조모를 섬세하게 붙여 만든 검은 고양이가 표지에서 존재감을 뽐내었다.

"이거 얼마예요?"

"그거요, 만 이천 원이요."

지예의 물음에 부스에 앉은 무뚝뚝한 인상의 여성이 짤막하게 답했다. 하지만 지예는 그녀의 무심한 응대에 과히 신경 쓰지 않는 듯 보였다.

"정말 잘 만드셨어요……. 어떻게 이런 아이디어를 내셨어요?"

진심이 우러나오는 지예의 찬사가 싫지는 않은지, 작가가 이내 머쓱하게 웃으며 덧붙였다.

"사실 거면 만 원에 드릴게요."

"어 정말요? 잠시만요!"

지예가 핸드백을 열어 지갑을 찾으려 하였다. 하지만 그사이 진혁이 먼저 작가에게 만 원을 건넸다.

"많이 파세요."

작가에게 얼른 한마디 하고는 다이어리를 그녀의 품에 안겼다.

"자. 선물."

무어라 말하려던 지예가 그의 푸근한 미소를 보고는 서서히 입을 다물었다.

"고맙습니다……."

다이어리를 소중히 가슴에 품은 채, 그녀는 매우 복합적인 의미를 담아 말하였다.

어지간히 마음에 든 모양이다. 지예는 다이어리의 고양이를 요모 조모 살피며 자꾸만 헤실헤실 웃었다.

"그렇게 마음에 들어?"

"네. 귀엽기도 하지만 참신하잖아요. 그 작가분의 창의력이 정말 부러워요."

지예의 말에, 진혁은 그동안 보았던 그녀의 아기자기한 작품들을 하나씩 떠올렸다.

"개인적인 생각이지만 지예 씨가 만들면 훨씬 잘 만들 것 같은데. 지예 씨 손재주 좋잖아."

콩깍지라 하여도 할 말은 없지만, 몇 번 접해 본 그녀의 세계가 이곳 작품들에 비해 크게 떨어진다는 생각은 들지 않는다.

"에이, 전 아직 이 솜씨의 반도 못 따라가요! 이렇게 만들려면 더 많이 만들어 봐야겠죠."

멋쩍게 웃음 짓던 지예의 숨소리가 서서히 잦아들었다. 비밀의 정원 너머를 떠올리기라도 하는 듯 그녀의 눈빛이 그윽해졌다.

"궁금하긴 해요. 만약 여기 작가님들처럼 저만의 부스를 내면 사람들의 반응이 어떨지. 제 작품을 사 간 사람들이 언제까지 그걸 간직해 줄지……."

진혁은 별달리 주시하지 않았던 가판대 뒤편을 살펴보았다. 적극적으로 호객을 하는 작가가 있는가 하면, 가판대에 진열한 제 작품의 위치를 바로잡는 데 여념이 없는 작가도 있었다. 어떤 이들은 따뜻한 코코아를 나누어 마시며 환담을 나누고 있었다. 어떻게 보아도 큰돈이 벌릴 자리는 아니다. 그럼에도 하나같이 추위를 잊은 모습이었다.

부스들을 마저 돌아보고 난 뒤, 진혁과 지예는 근처 이탈리아 레스토랑에서 아침 겸 점심을 해결했다. 오후가 되니 날이 생각보다 더 포근하여 두 사람은 커피가 든 종이컵을 쥔 채 삼청동 카페 거리를 거닐었다.

한옥 마을 방향으로 올라가니 삼청동 너머의 시내 전경이 한눈에 들어왔다. 거리는 여전히 밝았지만 꿈 같은 시간이 한풀 꺾이려는 기미가 어렴풋이 저문 하늘가에 드러났다. 어딘지 아쉬움 가득한 표정으로 아래를 굽어보던 지예가 나직이 말했다.

"세무사님. 저…… 이번 시험이 마지막이 될 거 같아요."

진혁이 대번에 그녀에게로 몸을 틀었다. 지예는 일렁이는 마음을 감추려는 듯 자신의 낡은 단화를 내려다보았다. 무언가 물어보려다 말고, 진혁도 그저 그녀의 발치를 응시했다.

"한창 하고 싶은 게 많을 나이지. 지예 씨는."

두 사람의 시선이 다시금 서로를 얽었다.

"네. 저 사실 하고 싶은 거 정말 많아요. 그래도 미래를 위해 꾹 참아야지 하면서 책상에 앉아 있기만 했어요. 하지만 그러느라고 뒤를 돌아보지 못했어요. 만들다 만 것들도 많고, 또 마포도 있죠. 특히 마포가 요새 아파하는 모습을 보니…… 차라리 시험 공부할 시간에 마포를 더 잘 보살폈으면 어땠을까 싶기도 해요. 분명히 지금보다 더 행복해지겠다고 시작한 공부인데……."

지예의 얼굴엔 여전히 볼우물이 오롯이 피어 있었다. 하지만 진혁은 그 얼굴에서 겉도는 미묘한 감정을 읽었다. 이제 그 얼굴에서 꾸며 낸 것과 우러나온 것을 분간하기는 그리 어렵지 않다.

"하고 싶은 걸 포기하고 그저 미치도록 열심히 해야지만 되는 줄 알았어요. 그렇게 안 하면 제 처지에 위기의식이 없는 사람이 되어 버리는 것 같았어요. 하지만 이번 시험 끝나면 한 1년 정도 쉬면서 천천히 생각해 보려고요. 그저 열심히 살고 있다는 자기 위안을 얻으려고 한 게 아닌지. 그 때문에 다시 돌아오지 않을 것들을 버리고 있지는 않았는지."

그 말을 지예는 흡사 헬륨 풍선처럼 가분하게 하였다. 그녀가 뒤척인 밤이 몇 밤인지를 헤아려 보지 않고서는, 그 풍선에 얼마나 무거운 추가 이어져 있는지 까맣게 모를 정도로.

지성이면 감천이라고들 한다. 하지만 하늘이 그리도 감성적이었다면 설지예는 진즉 목표한 바를 이루었을지도 모른다. 아니, 처음부터 선택의 폭이 넓은 집안에 태어났을지도 모른다. 그녀가 이리도 강인한 연유는 그만큼 하늘이 얼마나 무정한지를 잘 알아서가 아닐까?

그럼에도 시들지 않고 끊임없이 마음의 활로를 터 왔을 그녀가, 새삼 고맙다. 매번 듣는 이가 외려 위안을 얻도록 말하는 그녀야말로 존경스럽다. 하지만 이제는 속으로만 응원하는 입장에 머무르고 싶지 않다. 그녀의 텅 빈 하늘을 비집고 들어가, 그녀에게도 감동을 주고 싶다.

뜨겁게 뛰는 심장이 자기 것이 아닌 양, 진혁은 덤덤하게 말을 꺼냈다.

"다음 달부터 또 바빠질 거 아냐. 묘안동 지점이 다른 지점에 비하면 작은 편이라고 하는데, 내가 보기엔 직원 수 대비 담당 업체가 그리 적지만도 않아. 그래서 신고 기간에 알바를 두 분 정도 부를까 하는데."

"앗? 정말요?"

지예가 대번에 반색을 띠었다.

"물론 요즘처럼 칼퇴하기는 좀 힘들겠지만 중요 거래처는 우리가 하던 대로 하고 외형 자잘한 거 추려서 그쪽에 주면 훨씬 낫겠지. 지예 씨도 법인세 조정 같은 거 하다 막히는 거 있으면 바로바로 나한테 가져와. 또 앞으로 퇴근할 때 눈치 보지도 말고. 이렇게라도 하면 지예 씨 마지막 시험 후회 없이 치르는 데 좀 보탬이 될까?"

솔직히 성이 차는 호의는 아니다. 하지만 그녀의 마음을 산란하게 하지 않을 선을 지키려다 보니 당장은 그것밖에 할 도리가 없었다. 그럼에도 지예는 소원을 들어주는 요정이라도 만난 듯 감격에 겨운 표정을 지었다.

하지만 불현듯 지예의 표정이 살짝 어두워졌다.

"그런데 세무사님은 언제쯤 본점으로 돌아가세요? 원래는 전 대표님이 올해 안으로 오시기로 하셨던 것 같은데……."

"아. 그거?"

진혁이 대수롭지 않게 답했다.

"안 그래도 며칠 전에 전화드려 봤지. 나이가 있으시다 보니 아직은 영 개운치 않으신 모양이던데. 결국 상반기까진 그냥 내가 계속 있기로 얘기가 됐어."

어디 전화드렸을 뿐인가. 보약까지 안겨 드리면서 당신 아들도 그렇게까지는 안 할 만치 건강을 염려해 드렸지. 본인도 내심 개운치 못한 몸으로 곧 도래할 아비규환에 뛰어들고 싶진 않았는지 전 대표는 냉큼 제안을 수락했다. 요새 기장료 잘 들어온단 얘기도 슬쩍 덧붙였더니 조 세무사가 계속 있어도 되겠다는 농까지 하였다.

"아. 다행이다……."

지예가 살짝 말아 쥔 손으로 가슴을 누른 채 숨을 내쉬었다. 평소보다 신경 써서 화장한 티가 나는 얼굴로 그러니 더욱…… 예뻐 보인다. 진혁이 짐짓 짓궂게 한마디 했다.

"지예 씨 너무 좋아하는 거 아니야? 역시 내가 있는 편이 더 낫지?"

"물론이죠!"

너무 대놓고 터져 나온 감정이 스스로도 좀 쑥스러운지 지예가 입을 가린 채 웃었다.

"그렇게까지 말해 주니 마음은 기쁘네. 사실 지점 대표하기엔 아직 부족함이 많아. 나도 생각 같아선 계속 있고 싶긴 하지만 앞으로도 더 많이 배워야 될 입장이라. 일이든 인간관계든."

"세무사님은 정말 겸손하세요."

지예가 격려하듯 말했다.

"적어도 전 요새 우리 사무실만 한 곳이 없다고 느끼는걸요. 하는 일이 달라진 것도 아닌데 원래 출근하는 게 이렇게 즐겁고 설레었나 싶고. 처음부터 이랬으면, 굳이 공무원 준비할 생각을 하지 않았을지도 몰라요."

그녀가 다시 진혁과 눈을 마주했다. 더없이 진지하게.

"저도 나름 여러 곳에서 일해 봤지만, 솔직히 세무사님 같은 분이 잘 없었어요. 정직하게 열심히 일하기만 하면 내 편이 되어 주시는 사장님이요. 제가 고객이나 거래처 상대하면서 어떤 일을 당해도, 원래 이런 일이라고, 네가 이해해야 한다고…… 그렇게 말씀하시는 사장님들을, 이해했어요. 하지만 때론 저도 이해받고 싶었어요."

곧이곧대로 말한다면 훨씬 차갑고 음울할지도 모를 과거가 그녀의 아련한 눈빛에 언뜻 비치듯 묻어났다.

"지예 씨."

그런 그녀를 위해 진혁은 목소리에 뜨거움을 실었다.

"지예 씨가 한 노력을 생각하면 좋은 결과가 나오면 좋겠지만, 난 지예 씨라면 굳이 공무원이 되지 않아도 충분히 즐겁고 멋지게 살 수 있다고 생각해. 우선 지예 씨부터가 좋은 사람이라, 앞으로 주변에 좋은 사람이 모일 테니까. 지예 씨도 시험 끝나면 여기 사람들처럼 좋은 작품 만들어서 팔기도 해 봐. 또 마포랑 원 없이 낮잠도 자 보고. 그 녀석 병원 데려다주느라 늦어도 다신 뭐라고 안 할게."

살짝 벌어진 그녀의 입술 사이로 눈 같은 치아가 비쳤다. 그 입술이 다시 다물리기 전에 진혁은 확고하게 말했다.

"내가 지예 씨를 도울게. 시험 날까지는 시험 잘 준비하게 돕고, 시험 끝난 후에는…… 즐겁게 일하고 멋지게 살도록 도울게. 설령 내가 묘안동 지점을 떠나더라도 힘든 일 있으면 언제든 연락해. 나는 정말 지예 씨가 잘되길 바라니까."

진혁을 올려다보던 밝은 색조의 눈에 일순 물기가 어렸다. 눈시울까지 붉어지기 전에 지예는 얼른 겨울 공기를 흠뻑 들이마셨다.

"집에서 나올 때만 해도 머릿속이 복잡했어요. 아직 결과가 나오지도 않았는데 벌써 시험 떨어진 거 같고, 안 좋은 생각만 들고. 근데 이젠 그 반대로, 결과가 나오지도 않았는데 좋은 생각만 들어요. 그 말씀만으로도…… 즐겁고 멋지게 살아갈 날이 기다려져요."

그 말이, 진혁의 마음에 깊고 너른 파문을 일으켰다.

자기 앞일의 결과도 바꿀 수 없듯, 설지예의 결과를 바꿔 줄 수는 없다. 하지만 진정 누군가의 행복을 좌우하는 건 결과를 바꾸는 조력이 아니라, 결과에 상관없이 즐겁고 멋진 삶이 기다린다는 믿음이 아닐까? 서로 그러한 믿음의 지지대가 되어 줄 수 있다면, 함께 행복해질 수 있지 않을까?

조진혁에게 설지예는 이미 그런 존재이다. 이보다 각별하고 따스한 감정을 느껴 본 적이 없다.

결코 가벼이 여길 수 없는 이 마음을, 행여 그녀도 느낀다면……

어쩌면 그녀 역시도.

"세무사님도 혹시 힘든 일 있으시면 꼭 얘기하셨으면 좋겠어요. 별 도움이 안 되더라도 마음의 짐이라도 덜어 드리고 싶어요. 저도, 세무사님이 정말 잘되길 바라니까요."

부디, 착각이 아니었으면 좋겠다.

"저번에 말 상대 해 준 것만 해도 큰 도움이 됐어. 덕분에 나도 앞으로 어떻게 살아야 할지 방향이 좀 잡힌 듯해. 나도 슬슬 준비하려고. 돌아가신 부모님 찾아뵐 준비."

"그럼 혹시……."

말의 함의를 어느 정도 눈치챈 듯한 반응이었다. 진혁은 손안에 든 종이컵을 쥐락펴락하며 씩 웃었다.

"지예 씨 말대로 '화목한 가정'을 꾸려서 성묘 갈 거야. 물론 그 전에 연애도 하고 결혼도 해야겠지."

"아……."

지예의 입에서 낮고 느릿한 탄성이 터져 나왔다.

"좋은 생각이세요. 예전부터 생각한 거지만 세무사님이라면 정말…… 멋진 분 만나실 수 있을 거예요."

그 말을 하면서 그녀는 진혁의 눈을 보지 못했다.

"애인은 아직 없다고 하셨죠. 그럼 선을 보셔야 할까요? 아니면 소개팅……."

"선은 됐어. 작은삼촌이 괜히 몇 번 나서시긴 했는데 다 거절했어. 내 취향을 더럽게 못 맞추더라."

"그래도 한번 만나는 보시지 그러셨어요? 그분이 소개해 주실 정도면 집안도 외모도 다 괜찮으신 분들이었을 텐데……."

지예가 의아하다는 듯 말꼬리를 흐렸다. 진혁이 한숨을 가볍게 내쉬고는 무덤덤하게 말했다.

"난 우리 집보다 더 넓은 집은 필요 없어. 지금도 충분히 넓고 적막하다 못해 가끔씩 나 자신이 사라지는 기분이니까. 몸만 와도 좋으니 지금 사는 곳이라도 꽉 채워 줄 사람이었으면 좋겠어."

"그러면, 어떤 사람이어야 세무사님의 집을 채워 줄 수 있을까요?"

그녀의 조심스러운 물음에 진혁은 할 말을 생각해 내는 척 고개를 연신 까닥였다.

"글쎄. 우선, 나를 존경한다고 아무 거리낌 없이 말해 주는 사람? 그리고 앞으로 무슨 일이 생겨도 항상 즐겁고 멋지게 살 수 있을 것 같은 사람? 그리고 나와는 다르게 웃는 상인 사람."

그의 말을 잠자코 경청하던 지예가 문득 무언가를 떠올린 듯 서서히 고개를 들어 올렸다. 그녀와 눈이 마주치자, 진혁은 기다렸다는 듯 한마디 보태었다.

"아. 그리고 기왕이면 넥타이 잘 매 주는 사람이면 좋겠다."

원체 뽀얀 피부라 뭔 일이 있으면 금방 표가 난다는 건 진즉 알았다. 하지만 지예의 얼굴은 생각보다 빠르게 사과빛이 되었다.

"왜 그래? 설마 또 감기 걸린 건 아니지?"

날아갈 듯한 마음을 애써 감추고 진혁은 선수 치듯 능청을 떨었다.

"아, 아뇨! 그게 아니고 날이 따뜻해져서 그런가 봐요……."

지예는 얼굴을 식히기라도 하려는 듯 얼른 차가운 손등을 제 볼에 대었다. 그 귀여운 모습을 보자니 정말 날이 따뜻해지기라도 한 듯하다.

생각 같아선 여기서 조금만 더 다가가고 싶지만…… 진혁은 핸드폰으로 시각을 확인하였다가 눈을 부릅떴다.

"저기, 지예 씨. 생각 같아선 지예 씨를 집까지 데려다주고 싶은데…… 내가 저녁 약속이 있어서 바로 가 봐야 할 거 같아. 이렇게 시간이 많이 지난 줄 몰랐어. 미안해."

"아, 전 괜찮아요! 얼른 가 보세요! 오늘 진짜 감사했어요. 이거 잘 쓸게요."

지예가 다이어리를 흔들어 보이며 고개를 거듭 숙였다. 진혁은 선선한 미소로 인사를 받고는 얼른 뒤돌아섰다. 하지만 몇 걸음 떼어 놓지 않아 뒤에서 지예가 그를 소리쳐 불렀다.

"세무사님! 그쪽은 막다른 길이에요!"

"아냐. 이만하면 넘어갈 만하……"

진혁은 말하다 말고 그 자리에 굳어져 섰다. 그의 앞을 가로막은 담벼락은 그리 높은 편은 아니긴 했다. 고양이라면 별로 고민해 볼 새도 없이 거뜬히 도약할 높이. 그러나 그는 자신의 구둣발을 내려다보고는 슬그머니 몸을 뒤로 뺐다.

"하하…… 앞에 담이 있었네? 지예 씨. 나 진짜 간다! 조심해서 들어가."

진혁은 다시 지예의 곁을 지나며 괜스레 손을 흔들고는 도망치듯 그 자리를 떴다. 점점 작아져가는 그의 뒷모습을 보며, 지예는 폭신한 솜사탕 속에 들어앉기라도 한 듯한 표정을 지었다.

#10
깨어진 미소

"전화 온 곳이 분명 세무서 조사과가 맞습니까?"

수화기를 귀에 댄 진혁이 눈살을 살짝 찌푸렸다.

"조사관님들이 왜 나오시는지는 정확히 설명 안 하셨고요? 글쎄요, 무슨 일 때문인지는 직접 만나 봐야 알 거 같은데……. 알겠습니다. 제가 점심시간 후에 바로 그리로 찾아뵙겠습니다."

점심시간이 되어 갈 즈음 거래처에서 전화가 왔다. 근방에 있는 한의원인데, 오전에 세무서에서 전화가 와서는 확인해 볼 게 있으니 오후 1시 반에 출장 오겠다고 했단다. 그것도 조사과에서 나온다니 혹시 세무 조사 때문이 아니냐며 원장의 걱정이 벌써부터 이만저만이 아니다.

설마. 연말이 다 되어 가는데 난데없이 조사 착수라고? 진혁이 석연찮게 고개를 갸웃거리고 있는데 또다시 전화기가 울렸다.

"감사합니다. 세무 법인 묘촌입니다. 아, 엄 사장님."

수화기를 귀에 댄 진혁이 곧바로 등허리를 곧추세웠다.

"예. 법인 사업자 등록 말씀이시죠. 친구분이 11시 반쯤 오신다고요? 알겠습니다. 바로 처리해 드리겠습니다."

깍듯하게 통화를 마친 뒤 진혁은 수화기를 한 번 흘겼다.

30분 뒤, 엄 사장과 비슷한 연배의 사내가 사무실에 방문했다. 한 젊은 여성이 그 뒤를 따라 들어왔다.

"엄 사장님이 말씀하셨던 사장님 맞으시죠?"

진혁이 묻자 남자가 삐뚜름하게 고개를 까닥였다.

"사업자 등록은 이 아가씨가 할 거야. 난 옆에서 도와주는 사람이고. 오늘 내로 바로 사업자 나오게 해 줘. 급하니까."

사람 인상에 과히 편견을 가져 좋을 건 없으나 저 연배쯤 되면 어찌 살아왔는지 대강 그림이 나오기 마련이다. 남녀의 뒤편에 선 안지영이 몰래 눈을 부라렸다. 가무잡잡한 이맛살 속까지 배어든 듯한 담배 지린내가 한순간에 사무실 공기를 헤집어 놓았다.

그런데 남자의 곁에 쭈뼛쭈뼛 선 채 여직원들을 둘러보던 여자가 갑자기 눈을 크게 떴다.

"어? 혹시…… 지예니?"

여자의 손이 지예를 조심스레 지목했다. 그러자 지예 역시 눈을 동그랗게 떴다.

"미수 언니?"

두 사람이 서로에게 다가갔다.

"뭐야, 미수야. 이 아가씨 알아?"

"네. 같은……."

여자가 얼버무리듯 답하자 남자가 조롱기 어린 미소를 지었다. 그 모습을 포착한 진혁은 입술을 굳혔으나 두 여자는 해후의 정을 나누기 바빴다.

"세상 참 좁다! 지예가 여기서 일하고 있었네? 이 동네 계속 있었어? 마포는 어쨌고?"

"응. 나 이 근처에 살아. 마포는 내가 데리고 나와서 계속 같이 있어. 언니 정말…… 이게 대체 얼마 만이야? 그동안 잘 지냈어?"

"나야 뭐…… 그냥 지냈어. 그보다 너 정연이랑은 연락 계속해? 둘이 진짜 친했잖아. 독립한 뒤론 통 소식을 들을 수 없네."

"나도 연락이 안 돼. 언니도 독립한 뒤에 많이 힘들었겠지."

"그러게. 걔처럼 뭐든 잘하던 애도 그 정돈데……."

여자가 자조적으로 웃었다. 대화하는 양을 보아 둘이 나이 차가 그리 많이 나지는 않아 보였다. 하지만 웃을 때마다 눈가에 잔주름이 번지는 그녀는 제법 찌들어 보였다.

"이봐. 수다는 둘이 나중에 실컷 떨고 일부터 좀 하지."

남자가 성가시다는 표정으로 훼방을 놓았다.

"아, 맞다. 지예야. 나 유한회사? 하여튼 그거 등록하려 하는데 이거만 있으면 돼?"

여자가 지예에게 대봉투를 건넸다. 지예는 안에 든 서류를 꺼내 꼼꼼히 살펴보았다.

"어…… 임대차 계약 기간이 내년 2월까지네? 언니. 사무실 계약 기간 정말 3개월 맞아?"

"계약 기간 그거 맞으니 놔둬. 근데 아가씨, 그 건물 몰라? 엄 사장 건물인데."

남자가 씁 하고 혀 차는 소리를 내며 못마땅한 투로 반문했다.

"확인 차원에서 여쭤 봤어요. 연말이 가까워지다 보니 계약서에

연도를 잘못 쓰시는 분들이 가끔 계셔서요. 어…… 그리고 계약 기간이 이렇게 짧으면 사업자가 바로는 안 나올 수도 있는데……."

"아니, 사업자 등록이 허가제도 아니고 신고 등록제인데 그깟 거가지고 안 나오긴 뭐가 안 나와? 참나, 웃기는 아가씨네. 아가씨가 공무원이야?"

남자가 짓누르기라도 할 듯한 표정으로 지예에게 눈을 부라렸다. 미소 띤 얼굴로 사근사근 설명하던 지예가 찬물을 맞은 표정을 지었다. 보다 못한 진혁이 얼른 끼어들었다.

"지예 씨 말이 맞습니다. 사업자 등록할 때 업종이 제조업이라든지 임대차 계약 기간이 짧다든지 하면 사업장 확인해 봐야 한다고 민원실에서 바로 안 내줄 때도 있거든요. 그리되면 처리 기간이 5일쯤 되는데, 담당 공무원에게 잘 설명하면 빨리 처리해 줄 겁니다."

진혁이 정연하게 설명하자 남자는 더 이상 따지려 들지는 못했다. 괜히 눈만 부라리며 그가 덧붙였다.

"그럼 내일까지는 꼭 나오게끔 알아서 처리해. 난 또 다른 데 일 있어서 가 봐야 하니까. 미수야. 사업자 나오면 나한테 전화해라. 은행도 가야 하니까."

"네. 사장님."

당한 지예보다도 더 위축된 모습으로 여자가 말했다. 남자가 사무실을 나서자 지예가 그녀를 직시하며 물었다.

"언니. 저분은 누구야? 언니 명의로 사업자 등록하려는 거 맞지?"

"어? 아, 물론이지! 저분은, 날 도와주시는 사장님이야."

"그래……."

가뜩이나 어수룩한 인상의 여자가 애매하게 대답하자 지예는 석연찮은 표정을 지었다. 평소대로라면 진혁도 그 여자에게 개인적으로 몇 가지 물어봤을지도 모른다. 그러나 그의 머릿속은 다시금 오후 출장 건으로 꽉 찼다.

"지예 씨. 난 오늘 점심 따로 먹을게. 오후에 묘안 한의원으로 출장 갈 건데 거기서 바로 퇴근하게 될 거 같아. 오후에 이분이랑 같이 세무서 가서 사업자 등록 접수해 드려."

"네, 알겠습니다! 언니, 우리 오늘 점심 같이 먹자."

다시 명랑함을 되찾은 지예의 목소리를 뒤로하고 진혁은 얼른 사무실을 나섰다. 바람은 별로 불지 않는데 날이 찼다.

❀

"하아……."

모텔 침대 위에 널브러지듯 누운 채 진혁은 길게 한숨을 내쉬었다.

어느 정도 예상은 했지만, 어제 오후 한의원 출장 건은 그리 큰일은 아니었다. 알고 보니 그곳 실장이 약값 일부를 자기 통장으로 받고 있었다. 통장을 실장에게 던져 놓다시피 하는 개인 병원에서 드물지 않게 벌어지는 일이다. 조사 공무원들은 그 차명 계좌 하나만 잘 소명하면 세무 조사까지 안 가고 마무리될 일이라 했다.

그들은 계좌를 입수한 경위는 알려 주지 않았다. 하지만 실장은 얼마 전 안 좋게 그만둔 여직원을 의심했다. 자신의 잘못은 생각도 안 하고 세무 대리인 앞에서 대놓고 헐뜯는 모양새를 보니 그 여직원이 어떤 대우를 받아 왔을지 알 만하다.

그리 많은 얘기를 나눈 것 같지도 않은데 거래처를 나서니 4시를 훌쩍 넘겼다. 그길로 여느 때처럼 지예의 집으로 가 밤을 보내고 돌아온 참이다.

진혁은 이불로 맨몸을 대강 덮은 채 핸드폰을 확인했다. 밤에 핸드폰 확인 못 한다고 누누이 말해도 간혹 작은삼촌에게서 부재중 전화나 문자가 오곤 한다. 그런 날엔 아침에라도 답문을 보내 줘야 성가시게 안 하니…….

"어?"

어제 오후 6시쯤 온 문자. 발신인은 설지예였다.

[세무사님. 일 끝나셨어요? 저 상의드릴 게 있어요.]

그 뒤로 부재중 전화 세 통까지. 전부 그녀로부터 왔었다.

"아, 이런!"

진혁은 급히 이불을 걷어 냈다. 당장에 통화 버튼을 누르려다 지금이 그녀가 한창 출근 준비할 시간대임을 떠올리고는 관뒀다. 별수 없이 부랴부랴 샤워하고 옷 입고 사무실로 향했다.

지예는 8시 반쯤 사무실에 모습을 드러냈다. 그녀로선 평소보다 이른 시각이었다. 마주치자마자 진혁은 말을 쏟았다.

"지예 씨. 어제 전화했었어? 미안해. 오늘 아침에야 확인했어. 상의할 게 뭐였어?"

"아, 아뇨. 괜찮아요. 그 일은 해결됐어요."

지예가 손을 내저으며 미소 지었다. 그 앞에서 진혁은 무겁게 숨을 골랐다.

"미안해. 실은 내가 사정이 있어서 밤에는 전화를 못 받아. 아예 핸드폰에 손을 댈 수 없는 상황이라……."

"정말요? 세무사님 설마 큰일이라도 있으신 건 아니죠?"

"아, 아니. 엄청 심각한 정도까지는 아니고……. 어쨌든 올해 안으로는 반드시 해결될 거 같아. 신경 쓰지 마."

걱정 가득한 표정으로 묻는 그녀에게 진혁이 바지런히 손을 내저었다.

"참. 어제 엄 사장 친구분이랑 같이 오신 여자분 건은 어떻게 했어? 세무서에서 사업자 바로 내줬어?"

"그게……."

지예가 눈을 내리깔았다.

"어제 점심 먹고 바로 접수하기는 했는데 역시 민원실에서 확인해 볼 게 있다고 바로는 안 내주더라고요. 그런데 그 뒤에 언니가 다시 가서 취하했어요. 그냥 안 하기로 했대요. 그 뒤로 전화를 안 받네요."

"그래?"

어제 지예 말대로 임대차 계약 기간 문제 등이 걸려 사업자 등록증이 바로 나오지는 않았던 모양이다. 그사이 미수란 여자의 심경에 변화가 생겼고. 무슨 이유에서인지는 모르지만.

"뭐, 본인이 안 한다는데 어쩌겠어. 혹시 어제 그 아저씨한테 연락 오면 본인하고 직접 얘기해 보시라고 해. 어쨌든 우린 접수해 줬잖아."

오늘까지 처리해 달라고 강요하던 남자를 떠올리며 진혁이 말했다. 그의 대수롭잖은 반응에 지예가 어딘지 개운치 못하게 웃어 보였다.

혹시나 이 일이 무산됐다고 자신에게 불똥이 튈 걱정이라도 한 걸까. 설마 그깟 일로 자신이 그녀를 책망하려고. 진혁은 부러 지예에게 미소를 지어 주었다. 그러자 지예의 표정이 눈에 띄게 밝아졌다.

12월 중순 사무실 분위기는 평소대로 고요하였다. 하지만 점심시간 끝나고 얼마 지나지 않아 예기치 않은 손님들이 들이닥쳤다.

우선 한 명은 어제 왔던 사내. 낮술을 진탕 하였는지 술 냄새를 물 씬 풍겼다. 콧김을 씩씩 내뿜는 붉으락한 얼굴이 금방이라도 터질 듯 하였다. 그는 어제 함께 왔던 미수란 여자 대신 동년배 남자를 대동 하였다. 비단 이 묘안동 지점뿐만 아니라 어디 가서도 VIP로 통할 남자를.

엄원철 사장. 진짜 호랑이가 나타났다.

그 위세를 등에 업은 늙은 여우가 다짜고짜 목에 핏대를 세웠다.

"어제 그 아가씨 어딨어! 일 처리를 이따위로 해?"

심장이 내려앉을 만치 폭압적인 고성이었다. 지예는 당황한 표정 으로 그 앞에 나섰다. 남자가 그녀의 이마를 찌르듯 삿대질을 했다.

"당장 전화를 하든 끌고 오든 아가씨가 그년 책임지고 데려와! 아 가씨가 그랬지? 나 사기꾼이라고! 이거 명예 훼손에 영업 방해야. 알 어? 오늘 내로 당장 일 처리 똑바로 안 하면 나 아가씨 고소할 거야!"

"네에? 저, 저는 미수 언니한테 사장님이 사기꾼이라고 말한 적이 없……."

"아니, 어제 아가씨가 어떤 쓸데없는 소릴 지껄였길래 그년이 갑 자기 내빼냐고! 그냥 입 처닫고 서류나 접수하면 될 걸 일을 왜 이따 위로 망쳐?"

위협적으로 주먹을 쳐들며 저 할 말만 하는 남자를, 지예는 땅에 서 솟은 괴물을 보듯 하였다.

"저기, 사장님. 죄송한데 목소리 조금만 낮춰서 말씀해 주세요. 욕 부터 하지 마시고……."

나 실장이 중재에 나섰다. 좀 전에 세무서에 간 도 과장이나 안지 영이 이 자리에 있었다면 더 큰 사달이 났을지 모른다 생각하며.

"씨발. 아줌씨는 좀 꺼져! 내가 이 아가씨하고 애기하고 있잖……."

"사장님! 잠깐 제 애기 좀 들어 주세요!"

나 실장까지 봉변을 당하자 지예가 비명처럼 목소리를 높였다.

"저는 정말 미수 언니에게 사장님에 대해 나쁘게 말하거나 사업자 등록을 하지 말라는 식의 말을 한 적이 없어요. 다만 언니가 자기 이름으로 사업하는 건 처음이라며 불안해하길래 몇 가지 조언을 해 줬어요. 직원으로 일하는 거랑 본인 이름으로 사업하는 건 다르다고, 정말 많은 책임이 따르니 더 잘 알아보면 좋겠다는 식으로……."

"허, 참. 아가씨가 뭔데 간섭질이야? 내가 옆에서 다 가르쳐 준다고 했는데. 왜? 내가 걔 명의로 장난질이라도 칠 사람처럼 보이냐?"

사내가 신들신들 웃으며 지예에게 그림자를 드리웠다. 진혁이 그 앞으로 나서려는 순간 엄 사장이 먼저 제 친구의 어깨를 잡아챘다.

"자네가 참아. 아가씨가 잘 모를 수도 있지."

온후한 미소와 비정한 눈이 대조를 이루는 작자다. 들으란 듯 씩씩거리는 짐승의 고삐를 쥔 채, 엄 사장이 진혁에게 부드럽게 말했다.

"조 세무사. 이 친구가 성미가 좀 급해서 그렇지 나쁜 사람은 아니야. 전국 돌면서 사업하는 친군데, 이번에 미수 씨 같은 불쌍한 친구들 좀 거둬서 가르쳐 주면서 일한다네? 이 나라 젊은이가 바로 서야 경기도 살고 자신에게 다 돌아온다나."

늘어진 뱃살에 파묻힌 벨트를 추어올리며 엄 사장이 여유만만하게 웃었다.

"뭔가 오해가 좀 있었던 거 같은데, 나 봐서 잘 좀 해 줘. 사업장도 내 건물이고 임대차 계약서도 내가 직접 사인했으니 이상하게 생각할 거 없어."

문제의 본질을 호도하는 말. 그러나 진혁은 그가 이미 길고 비릿한 꼬리로 이 사무실을 틀어쥐었음을 깨달았다.

"제가 미수 씨한테 한번 전화해 보지요. 지예 씨. 어제 서류 가지고 있지? 그거 나한테 넘겨줘."

나 실장이 지예에게 손을 내밀었다. 지예가 주저하는 듯하자 그녀는 '빨리'라고 입 모양을 냈다. 호랑이가 아직 웃으며 말할 때 아무도 다치지 않도록 하려는 왕언니의 의지가 엿보였다.

지예는 자신의 캐비닛을 열어 서류 뭉치를 뒤졌다. 망설임을 담은 손가락이 그중 하나를 골라낼 즈음.

"누가 부모 없이 자란 것들 아니랄까 봐 싸가지가 없어. 알지도 못하면서 바람 넣는 년이나, 그런다고 바로 잠수 타는 년이나. 무식하면 고분고분 말이라도 잘 듣든가."

비수가 그녀의 뒷덜미에 내리꽂혔다.

"허허, 너무 그러지 말게. 저 나이 땐 원래 잡다한 걱정이 많은 법이잖나. 그나저나 저 아가씨도 고아라니 쯧쯧. 세상에 참 딱하게 사는 애들이 많아. 우리가 이해해야지."

이 순간이 틀어지면 묘안동 지점은 끝장이 날지도 모른다. 조금만 참으면 넘어갈 일을 덧들여 놓아선 안 된다. 그러나 그 말을 듣는 순간, 진혁의 인내가 먼저 끝장이 났다.

아직도 인내심이라 칭할 수 있을지 모를 마음을 쥐어짜 내어, 진혁이 입을 열었다.

"두 분, 잠깐 저랑 말씀 좀……."

부욱—

정관, 법인 등기부 등본, 임대차 계약서……. 양이 제법 되는 서류인 만큼 찢기는 소리가 어지러웠다.

"네. 저희요, 부모 없이 자라서 부족함이 많아요. 기댈 데가 없다 보니 잔걱정도 많고요. 그런데 고아면 선택도 못 하나요? 부모 없이 자랐어도 사리 분별 가능한 성인인데, 자기 앞일에 대해 제대로 알아볼 권리도 없나요?"

지예는 거의 울부짖다시피 말하였다.

"그 언니, 그저 열심히만 하면 되는 줄로만 알아요. 나이에 비해 너무 순진해요. 자기 이름으로 사업하면 당연히 지게 될 책임의 일부만 말해도 겁부터 먹을 정도로요. 왜 하필 그런 언니한테 사업하라고 강요하시는지는 모르겠지만, 무슨 일 생기면 대신 책임져 주실 것도 아니잖아요. 사장님 말씀 들으니 그럴 분 같지도 않고요!"

"아니, 씨팔. 이년이!"

남자가 손을 쳐든 채 지예에게 달려들었다. 하지만 그가 지예에게 접근하기 전에 굵직한 손이 그의 덜미를 매섭게 잡아챘다. 진혁이 남자를 돌려세워 어깨를 확 떠밀었다.

"지금 어디다 대고 팔을 올리는 겁니까? 당신, 깡패야? 못 배운 티 작작 좀 내십쇼."

"뭐? 이 새끼가 간댕이가 부었나?"

간이 부었네 하면서도 남자는 저보다 키가 크고 젊은 진혁에게까지 손을 쳐들지는 않았다. 진혁이 엄 사장을 직시하며 말했다.

"저희는 더 이상 이 건 수임하지 않겠습니다. 본인 선택으로 취한 건에 저희가 관여할 이유는 없는 듯합니다. 이만 돌아가 주십시오. 이분이 계속 여기서 우리 직원에게 행패 부리면 경찰 부르겠습

266

니다."

"뭐야? 이 자식이!"

"그만!"

짧고 굵직한 호령, 모두의 이목에 엄 사장에게로 쏠렸다.

"그만 놔둬. 그 아가씨 하나 없어도 크게 지장은 없잖나. 어찌 됐건 본인이 안 한다는데 할 수 없지. 이만 가자고."

엄 사장의 목소리는 점잖기 그지없었으나 남자는 곧이들었다. 그는 침이라도 뱉듯 진혁에게 눈을 부라리고는 사무실 문을 박차고 나갔다. 느른한 걸음새로 그 뒤를 따르던 엄 사장이 진혁을 돌아보며 입꼬리를 올렸다.

"조 세무사. 지금까지 잘만 해 주다가 참……. 섭섭하게 됐네."

그가 남긴 야릇한 웃음은 아주 분명하게 후폭풍을 예고했다.

"지예 씨."

발치에 떨어진 잿빛 잔해를 내려다보는 지예의 눈이 흐릿하였다. 진혁이 굳어져 선 그녀의 어깨를 붙들었다.

"미안해. 저런 말 같지도 않은 소리 듣게 해서. 어쩐지 어제부터 하는 짓이 또라이 같더만. 내가 봐도 저거 명의 위장이야. 가뜩이나 어려워 보이는 사람 어딜 등쳐 먹으려고. 괜찮아. 잘했어."

"……."

"지예 씨. 괜찮아?"

지예가 고개를 들려다 말았다. 입술이 달싹여도 목소리는 나오지 않았다. 어느 부분도 본인 의지대로 되지 않는 듯 보였다.

"오늘은 일찍 들어가서 쉴래?"

이대로는 안 되겠다 싶어 진혁이 조심스레 물었다. 하지만 지예는 고개를 숙인 채 고개를 저었다.

"아니요. 전 괜찮아요……. 죄송합니다."

지예는 자기 자리로 돌아갔다. 파리한 얼굴로 감정을 죽이는 그녀를 그 누구도 차마 건들 수 없었다.

그날 저녁. 마포와 조조는 퇴근 후 옷을 갈아입을 생각도 않고 벽에 기대어 앉은 지예의 곁을 부산스레 맴돌았다. 수 시간 동안 그녀는 손으로 머리를 받친 채 미동도 없었다.

밤이 끝나기 전, 지예는 가까스로 핸드폰을 들어 올렸다. 한참을 망설이다가 그녀는 입술을 떨며 손가락을 놀렸다. 조조는 그 곁에서 그저 발을 동동 굴렀다.

장문의 문자를 보내고 나서 지예는 손으로 입을 가린 채 하염없이 핸드폰을 들여다보았다. 그러나 핸드폰은 결국 아무 소리도 내지 않았다.

지예가 쓰게 웃었다.

"아, 맞다. 밤엔 확인 못 한다고 하셨지……."

거의 우는 법이 없던 조조가 구슬프게 울기 시작했다. 조조의 머리를 망연히 어루만지며 지예는 핸드폰을 차가운 바닥에 놓았다.

❉

[세무사님. 저는 정말 그분이 사기꾼이라고 말한 적 없어요. 언니에게 사업자 등록 취하하라고 권유하지도 않았고요. 하지만 솔직히 언니는 지금 사업할 만한 상황이 못 돼요. 가뜩이나 전에도 동업자란 사람에게 사기를 당해서 빚까지 있대요. 그분들이 왜 하필 그 언니를 끌어들이려는 건지는 모르지만, 그런 사정을 알면서 아무 말도 안 해 줄 수는 없었어요.]

[하지만 저 때문에 세무사님이나 언니들한테까지 피해가 갈까 봐 걱정이에요. 제가 어떻게 하면 좋을까요? 내일이라도 제가 그분들께 정중히 사과드려 볼까요?]

[혹시 그것만으로도 안 된다면, 책임지겠습니다.]

[정말 죄송해요. 안녕히 주무세요.]

일이 어쩌다 이렇게까지 되어 버렸는가? 왜 이렇게까지 되어야만 하는가? 아침이 되자마자 그녀의 문자를 확인하고서 진혁은 이를 사리물었다.

지예 씨가 뭘 그렇게 잘못했다고 그 영감탱이들에게 사과를 해? 그 짐승만도 못한 작자들 때문에 정당하게 일해 놓고도 헷갈릴 이유 없어. 그리고 혹시 지예 씨가 말하는 '책임'이 내가 짐작하는 그 뜻이 맞다면, 다신 말 같지도 않은 소리 하지 마.

사무실에서 지예를 기다리며 그녀에게 해 줄 말을 산더미처럼 준비해 뒀다. 하지만 그녀가 출근하기도 전에 걸려 온 전화가 급박한 마음에 어깃장을 놓았다.

— 진혁아. 너 대체 무슨 짓을 한 거야? 어제 엄 사장님이 큰형님한테 전화하셨어. 그거 때문에 얼마나 난리가 났는지 알아? 내가 그렇게 말했잖냬! 엄 사장님 엮인 일만큼은 제발 좀! 조심 좀 하라고오!

작은삼촌은 어제 백부가 엄 사장에게 전화로 머리를 조아리는 시늉을 한 일, 관련자에게 엄중한 조치를 취하겠노라고 멋대로 장담한 일 따위를 장황하게 설명하였다.

— 이번엔 정말 그냥 넘어가려야 넘어갈 수가 없다. 설지예 씨한테 네가 확실하게 얘기해. 물론 본인이 좀 억울한 측면도 있겠지만 회사 차원에서 어쩔 수 없다고, 그쪽이 모쪼록 이해 좀 하라고 해 줘.

'어떤 일을 당해도, 원래 이런 일이라고, 네가 이해해야 한다고…… 그렇게 말씀하시는 사장님들을, 이해했어요. 하지만 때론 저도 이해받고 싶었어요.'

그녀를 울리는 말은 어쩜 이리도 소름끼치도록 똑같단 말인가?

'결과가 나오지도 않았는데 좋은 생각만 들어요. 그 말씀만으로도…… 즐겁고 멋지게 살아갈 날이 기다려져요.'

"말 같지도 않은 소리 마세요. 못 들은 걸로 할게요."
함께 찾아낸 기다림을, 이리도 허무하게 찢길 수는 없다.
— 진혁아. 이러다 그 아가씨가 더 험한 꼴 볼까 봐 그래! 엄 사장님 맘만 먹으면 그 아가씨 이 업계에 다신 발 못 붙이게 될지도 몰라! 아니, 그 전에 큰형님이, 그 아가씨가 제 발로 나가지 않으면 무슨 수를 써서든 그만두게 하겠대!
험한 꼴 운운하는 대상이 다른 이였다면 최소한의 이성이라도 남았을까? 으스러져라 수화기를 쥔 채로 진혁이 폭발했다.
"그딴 말 전하지 마세요! 누가 누굴 나가게 하겠다는 건데? 엄 사장이 신이라도 돼? 그쪽 말만 듣고 우리 직원 부당 해고 하라고? 좆도 아닌 일 가지고서 힘없는 여직원 하나 못 잡아먹어 아주 망령들이 나셨습니다. 설지에 머리카락 하나라도 건들면 나야말로 험한 꼴이 뭔지 제대로 보여 드리러 갑니다!"
수화기 너머로 아연한 침묵이 흘렀다. 이쪽이 소리를 너무 질러 대는 통에 저편에서 수화기를 잠깐 귀에서 떼어 놓은 모양이다. 뜨거운 숨을 뱉어 내며 문 쪽으로 시선을 돌린 순간, 진혁은 모골이 송연해졌다.

설지예가 집무실 문손잡이를 붙든 채 얼어붙어 있었다. 평소처럼 출근 인사를 하러 발을 들였으리라.

눈이 마주치자 지예는 얼른 고개를 살짝 숙이고 문을 굳게 닫았다.

— 진혁아. 네가 고집부린다고 될 일이 아니다. 전 대표님이 이번 일 아시면 가만히 있으시겠냐? 어차피 대표님 복귀하시면 넌 바로 거기서 손 털고 나와야 돼. 차라리 네가 있을 때 정리하는 편이 그 아가씨에게도 좋지 않겠냐? 하……. 이젠 나도 모르겠다. 정 그 아가씨 그만두는 게 싫다면 잠수 탄 여자라도 다시 데려오든가. 모쪼록 현명한 처신 바란다.

이 상황 중 그 어느 것도 진혁이 아는 정의에 부합하지 않았다. 하다못해 최소한의 상식에도.

진혁은 이마를 짚은 채 수첩에 써 놓은 핸드폰 번호를 보았다. 미수란 여자의 번호였다. 전화를 걸어 보았으나 신호만 갈 뿐 받지를 않았다.

세 번째로 통화를 시도해 보다 말고 진혁은 주먹으로 관자놀이를 으스러져라 눌렀다. 이제 와서 이 여자와 연락이 닿는다 하여도 어쩔 텐가. 그녀에게 그들의 말을 따르라고 강제할 수는 없다. 행여 그녀가 본인의 판단과 지예의 조언은 관계가 없었다고 해명한다 해도…… 과연 그 망나니 같은 작자들에게 씨알이나 먹힐까?

늙은 호랑이에게 목을 물린 토끼를 빼낼 방도를 궁리하였다. 하지만 출구도 없는 미로에서 수 시간을 헤맸을 뿐이다.

"세무사님?"

집무실에 안지영이 들어왔다. 진혁은 관자놀이를 꾹꾹 누르다가 얼른 자세를 고쳤다.

"아, 안지영 씨. 무슨 일 있어요?"

"아뇨. 그건 아니고 지금 점심시간인데…… 어떻게 하시겠어요?"

그녀가 매우 조심스럽게 진혁의 눈치를 보았다.

"먼저들 드세요. 할 일이 좀 있어서……."

안지영이 나간 직후 진혁은 정돈된 앞머리를 헝클어뜨렸다.

이 묘안동 지점 실제 대표, 국세청 퇴직 공무원인 전상호는 이제야 세무사로서 자리를 잡아 가는 상황이다. 최대 거래처를 잃으니 여직원 하나쯤 괘씸죄 물어서 내쫓는 편이 그의 입장에선 손쉬운 길일지 모른다. 그가 조만간 복귀하여 그런 결정을 내린다면…… 이 마음의 불 따위는 그녀에게 하등 도움이 되지 않는다.

진혁의 손아귀에 들린 볼펜이 되잡기도 전에 바닥으로 굴러떨어졌다. 볼펜을 주우려 진혁은 몸을 일으켰다. 그러나 그가 바닥에 손을 뻗기도 전에 집무실 문이 열렸다.

설지예였다. 좀 전에 점심 먹으러 간 여직원들을 따라나서지 않은 모양이다. 머그잔을 든 그녀의 양손에서 커피향이 났다.

"세무사님. 많이 바쁘신가요?"

그녀는 미소 짓고 있었다.

커피를 책상 위에 두고 저번처럼 마주 앉았다. 진혁은 같이 점심을 거르게 생긴 그녀에게 말했다.

"너무 마음 쓰지 마. 지예 씨도 좀 일해 봐서 알겠지만 원래 이 직장이 1년에 한두 번쯤은 꼭 큰소리 나는 일이 생기잖아. 아무래도 돈이 걸린 문제다 보니. 또 우리가 상대하는 사람들이 원체 나이도 있고 사장님 소리 듣고 사는 양반들이다 보니 되게 권위적이지. 사람이 그렇게 나이 먹으면 안 되지만……. 어쨌든 우린 이번에 누군가 불이익을 당해야 할 만큼 큰 과실은 저지르지 않았어. 내가 전 대표님한테 확실하게 어필할 거야. 그러니 걱정하지 마."

솔직히 걱정하지 말라고 당당히 말할 상황은 못 된다. 그러나 그녀가 더 이상 걱정하지 않는 결론에 이르러야만 한다는 결심만은 명확하다. 그러니 어떻게든 활로를 틀 것이다.

"세무사님. 제가 어제 보낸 문자 보셨죠?"

진혁이 얼른 고개를 끄덕이자 그녀는 멋쩍게 웃었다.

"아, 아깝다! 아직 안 보셨으면 그냥 지워 달라고 말씀드리려 했는데. 오늘 아침에 다시 읽어 보니 제가 봐도 너무 제 변명만 구질구질 늘어놓았더라고요."

"어제 미수 씨랑 구체적으로 어떤 얘기를 했어?"

진혁의 물음에 지예가 숨을 한 번 내쉬고는 조곤조곤 말했다.

"처음에는 그냥 무슨 사업 할 건지만 물어볼 생각이었어요. 근데 언니가 자기가 무슨 일을 하게 될지 전혀 모르는 거예요. 자긴 사실 보조하는 입장이고 당분간 그 남자분이 알아서 다 하신다고 했대요. 그래서 전 그러면 안 된다고 했죠. 적어도 법인 계좌나 세금계산서 발행 문제만큼은 본인이 확실히 챙겨야 한다고요. 언니도 모르게 법인 계좌가 안 좋은 일에 쓰인다든지 세금계산서를 업 시키거나 가짜로 발급하는 일이 생긴다든지 하면, 그 모든 책임이 결국 명의상 대표인 언니에게 돌아가니까, 정말 잘 알아야 한다고 충고했어요. 솔직히…… 언니를 말릴 마음이 전혀 없었다고는 말 못 하겠네요."

씁쓸한 커피에 그녀의 우울한 미소가 맺혔다.

"보육원생들은 열아홉이 되자마자 독립을 해요. 친형제처럼 지냈던 언니 오빠들하고 연락이 끊기기 십상이고, 어쩌다 들려오는 소식도 좋은 쪽은 드물죠. 특히 우리 같은 고아들이 사기를 당하거나 범죄에 연루되는 이유는 결국, 누군가에게 속아서예요. 물론 전 정말 언니에게 그분에 대해선 나쁘게 말하지 않았지만…… 솔직히 느낌은 별로 좋지 않았어요. 어쨌든."

지예가 가까스로 입꼬리를 당겼다.

"결국 제가 사적인 감정을 대입하는 바람에 일이 터졌네요. 그 사장님 말대로 정말 조용히 서류나 접수할걸 이제 와서 살짝 후회도 되고. 하하……. 이젠 저도 어느 게 옳은 건지 모르겠네요. 어떤 사정이 있었든지 결국은 저로 인해 벌어진 일이니…… 더 이상 세무사님이나 다른 윗분들께 폐 끼치지 않는 방향으로 마무리하고 싶어요."

지예는 주머니에서 하얀 봉투를 꺼내 진혁의 책상에 올려놓았다. 진혁의 머릿속은 그 봉투처럼 새하얗게 질렸다.

"지예 씨…… 정말 이럴 필요 없어. 내가 지금 좋은 방법을 생각하는 중이야. 마음 좀 가라앉히고 제발 조금만 기다려."

"아니에요, 세무사님."

그녀가 미소 띤 얼굴로 고개를 가로저었다.

"사실 제 개인적인 이유로 그만두려는 거예요. 이번이 마지막 시험인데, 아무리 생각해 봐도 역시 일이랑 공부는 병행하기 힘들 거 같더라고요. 너무 늦게 결정한 거 같아서 죄송해요. 그래도 윗분들께는 세무사님이 절 설득해서 사표 수리한 식으로 말해 주세요. 아, 이것도 드려야죠."

지예가 봉투 위에 사무원증을 올려놓았다. 진혁은 사무원증 속 그녀와 눈앞의 그녀를 망연히 번갈아 보았다. 둘 다 웃는 모습이긴 한데, 느낌이 너무나 다르다.

"생각 같아선 후임자를 구하실 때까지 일하고 싶은데, 제가 여기 계속 있으면 별로 좋지 않을 거 같아요. 아니면 그분들이 다시 오시면 사과라도 드리고 나가는 게 나을지……"

"아니."

진혁은 그녀의 말을 잘랐다. 그러고는 책상 위에 놓인 것들을 거두었다.

"그런 측면이라면, 지예 씨 결정 충분히 이해해. 후임자 구하는 데도 큰 지장은 없을 테니 편할 대로 해. 하지만 그 사람들이랑 지예 씨가 더 이상 접촉하는 건 반대야. 지예 씨가 사과한다고 진심으로 받아 줄 인간들도 아니야. 무엇보다도 사과할 일도 없고. 마지막까지 지예 씨 마음만 상할 이유는 없다고 봐."

"그럼……"

미소 띤 얼굴과 달리 그녀가 살짝 목멘 소리를 냈다.

"내일부터 지예 씨는 공부에 전념해. 번거롭게 인수인계한다고 다니지 말고, 중요한 거만 나한테 메모 남기고 가. 다른 여직원들에게 말하기 힘들면 내가 대신 설명해 줄게. 미안하지만…… 송별회는 못해 줘."

진혁은 의자를 돌렸다. 그런다고 속을 베이는 듯한 아픔이 사라지지는 않았다.

"세무사님. 고맙습니다. 세무사님 덕에 그동안 정말 즐겁고…… 행복했어요. 절 정말 많이 배려해 주셨는데…… 죄송해요. 저, 잘되면 가장 먼저 세무사님께 밥 사러 찾아뵐게요."

얼굴 없는 그녀의 목소리를 듣는 건, 보고 견디느니만 못하였다. 그녀의 미소가 진짜인지 아닌지…… 너무도 잘 들려서.

"세무사님. 건강하게 잘 지내시고…… 행복하세요."

해가 눈물을 숨기고 떠나간 자리엔 어둠과 적막, 그리고 얼어붙은 마음만이 남았다. 기묘 원룸텔로 들어서는 골목 어귀에 서서 조조는 연신 콧김을 내뿜었다. 어제 귀가 시각보다 두어 시간이나 더 지났는데도 그녀는 오지 않았다. 거의 몸만 나가다시피 한 그녀가 짐이 무거워서 늦을 리는 없다. 그녀는 대체 마음의 짐을 어디서 풀고 있는 걸까?

조조는 그녀와 엇갈리지 않을 만큼 더 걸어 나왔다. 어제까지만 해도 잠잠하던 바람이 만물을 짓누르듯 불었다. 커다란 짐승이 어딘가에 숨어 광포하게 웃는 듯하다.

더 이상 나아가지도 뒷걸음치지도 못하는 작은 생물의 눈망울이 떨렸다. 이리 신경 쓰다 관자놀이가 끊어질지도 모른다는 생각이 들 때쯤, 저만치에서 그녀가 모습을 드러냈다.

"야옹!"

골목이 떠나가라 크게 울며 조조가 가냘픈 인영에 달려들었다.

"어머, 조조! 너 웬일로 여기까지 나왔어? 설마 누나 마중 나온 거야? 어떻게 알고?"

지예가 조조를 내려다보며 환호성을 질렀다. 그녀의 손에 들린 봉지에서 유리와 금속이 부딪치는 소리가 났다.

"아이, 춥다! 조조. 얼른 들어가자. 들어가서 누나랑 짠! 하자."

그녀가 사 온 양은 실로 경이로웠다. 소주 두 병, 6캔들이 맥주, 짭조름한 과자 세 봉지. 지예는 저를 떨떠름하게 올려다보는 조조의 머리를 천연덕스럽게 쓸어내렸다.

"너희도 이런 거 같이 먹을 수 있으면 얼마나 좋을까? 나만 맛난 거 먹을 순 없으니 너희들 별식도 준비했지."

지예는 2개의 그릇에 고양이용 참치를 담았다. 마포가 간식을 비우는 동안 조조는 '에이, 설마 저걸 혼자 다…….' 라고 생각한 양의 술이 착실하게 사라지는 광경을 지켜보았다.

소주 한 병, 맥주 세 캔을 해치운 그녀가 또다시 소주 한 병을 물 끄러미 바라보았다. 조조는 얼른 제 몸으로 남은 술을 가렸다. 지예가 붉어진 얼굴로 쿡쿡 웃었다.

"조조. 너어, 정말 고양이 맞아? 가끔 보면 정말 고양이 아니고…… 사람 같아. 그것도, 완전 멋진 사람. 알았어어. 그만 마실게. 공부한다고 그만둬 놓고 벌써부터 이러면 안 되지. 그치?"

"……."

"이리 와. 조조. 우리 세무사님처럼 잘생기고…… 착한 고양이."

숨결이 닿도록 가까워지자. 너무나 잘 보였다. 발간 양 볼을 가로지른 맑은 물길이. 무슨 난리가 났는지도 까맣게 모른 채 웃는 얼굴이.

더 이상 제구실을 못하는 웃음에 피가 비치는 듯하다. 찔리면 그 어느 곳보다도 피가 많이 나는 곳을 처참히 찔리고 말았으니. 그녀로선 더 이상 누군가에게 보이기는커녕, 거울에 비추어 보기도 진저리가 날 상처다.

그제야 진혁은 그녀가 왜 이리도 급하게 숨어 버리려 하였는지 깨닫고 말았다.

#11
몽마(夢魔)의 충고

지예가 사무실에 출근하지 않은 지 이틀째 되는 날. 엄 사장 일행이 사무실에 다시 모습을 드러냈다. 엄 사장은 일제히 일어서서 자신을 맞는 여직원들을 한 번 슥 훑고는 진혁에게 물었다.

"그때 그 여직원은 안 보이네? 오늘 쉬나?"

거들먹거리는 두 인간 앞에 서서 진혁은 차분히 대답했다.

"설지예 씨는 개인 사정으로 그저께 사직했습니다. 워낙에 부득이한 사정이라 별도로 인수인계 기간은 두지 않기로 했습니다."

"그래? 무슨 사정이길래 일까지 그만둬야 했는지 원. 그 아가씨도 형편이 썩 좋아 뵈지는 않던데. 큰일은 아니었으면 좋겠어."

도 과장이 주먹으로 자기 책상을 짓누르며 엄 사장을 쏘아보았다. 그러나 진혁은 작게 묵례하였다.

"신경 써 주셔서 고맙습니다."

진혁이 고개를 숙이자 엄 사장의 친구는 대놓고 입꼬리를 비죽 올렸다. 엄 사장도 푸지게 살이 붙은 턱주가리를 흐뭇하게 까닥여 보였다.

"그래. 그 뒤로 조 세무사는 무탈했고? 회장님이 백부님 되시잖아. 어찌 보면 별일은 아닌데 회장님이 어찌나 미안해하시던지. 그러실 필요까진 없는데. 허허."

"……."

"하지만 조 세무사. 그땐 솔직히 나 서운했다? 이 친구도 좋은 마음으로 한 일이 괜한 모함으로 틀어지니까 좀 흥분하긴 했는데, 그래도 아가씨가 고객 앞에서 그러면 쓰나. 조 세무사는 그 와중에 또 이 친구 깡패 취급을 하고 말이야. 여기가 일을 참 잘하니 믿고 맡기라고 권한 내가 면이 서질 않잖아."

"부모 없이 자란 것들이 그렇지 뭐. 그년이 오늘도 자리에 있었음 내 한 소리 하려 했는데. 벌써 그만뒀다니 지도 잘못한 줄은 아는 모양이지."

눈앞에 있는 그들이나 등 뒤에 선 여직원들이나 일촉즉발이었다. 팽팽한 긴장감 속에서 진혁은 담담히 목소리를 내었다.

"저희가 일 처리하는 과정에서 기분이 상하셨다면 마음 푸셨으면 좋겠습니다. 저희 직원이 미수 씨와 잘 아는 사이이다 보니 코멘트를 좀 해 준 듯합니다. 하지만 그 과정에서 결코 사장님의 명예를 훼손하거나 업무를 방해할 의도의 발언은 하지 않았다고 합니다. 그래도 서류를 파손한 점에 대해선 사장님께 죄송스럽게 생각하고, 미수 씨의 일인 만큼 더욱 신경 쓰려 했던 마음만은 알아주십사 하였습니다."

"어쨌든 그 아가씨를 거치면서 일이 그리되었으니 이 친구는 음해를 당했다고밖에 생각할 수 없지. 조 세무사. 사과는 그런 식으로 하는 게 아닌데."

엄 사장의 눈이 세모꼴이 되었다. 그러나 진혁은 별다른 흔들림 없이 대화를 이어 갔다.

"저희 직원은 미수 씨에게 세금계산서 발급 의무나 법인 통장 관리에 대한 조언을 해 줬다고 합니다. 즉, 본인 명의로 사업하게 되면 따르는 일반적인 책임의 예시를 들었을 뿐입니다. 저희가 사과드리고 싶은 부분은, 그때 이러한 부분을 충분히 설명드리지 못해 사장님들께 오해를 산 점입니다."

"그럼 결론은 그 여직원은 아무 잘못이 없고 우리가 성마른 사람들이다. 조 세무사가 낸 결론은 이건가?"

"저희는 세무 문제에 관해선 언제나 최선을 다해 조력을 드리려 합니다. 하지만 사업을 할지 말지 하는 의사 결정 문제는 엄연히 사업자 본인의 영역입니다. 제 말을 자꾸 곡해하지 마시고 미수 씨 본인과 상의하셨으면 좋겠습니다."

"됐다, 됐어. 이제 그냥 서로 말을 말자고."

엄 사장이 손을 휘휘 내저으며 조소하였다.

"사람이 마무리를 잘해야 하는데 말이야. 조 세무사는 유능하기는 한데 경험이 좀 일천해서 그런가, 아직은 그런 소양이 부족한 거 같구만. 다음에 만날 때까지 고객 응대하는 요령을 회장님께 잘 좀 배워 두길 바라. 조 세무사 이번에 전 대표랑 바통 터치하고 본점 돌아가도 언젠가 한 번은 또 서로 보지 않겠어?"

진혁은 입을 굳게 다문 채 차갑게 눈을 빛냈다. 뒤에 서 있는 바람에 그 눈빛을 보지 못하는 여직원들은 자기네 상사가 그저 속수무책으로 곤욕을 치르는 줄로만 알았다. 특히 한 성깔 하는 도 과장이나 안지영은 그 이상은 참아 줄 수 없었다. 능구렁이 같은 영감탱이 여기서 딱 한 마디만 더 지껄여 봐라. 직장이고 뭐고 내가 오늘 너 게거품 물고 넘어가게 해 준다. 그리 생각하며 그녀들이 엄 사장을 노리는 순간, 돌연 사무실 문이 열렸다.

유유자적한 걸음새로 얼음장 같은 판에 발을 들이는 한 남성. 그의 등장에 묘안동 지점은 일대 파란을 맞았다.

"아니, 이게 누구야! 전 대표님 아니십니까!"

엄 사장이 과장된 몸짓으로 남자에게 다가가 악수를 청했다. 상대방도 부드럽게 웃으며 손을 내밀었다.

"오랜만입니다. 엄 사장님. 제가 건강을 돌보느라 그간 격조하였습니다."

세무 법인 묘촌 묘안동 지점 대표 전상호. 벗어진 머리에 신장도 작달막한 그는 얼핏 보기엔 그저 온화한 인상의 장년 신사였다.

"허헛, 건강이 제일 중요하죠. 전 대표님 몸은 좀 어떠십니까?"

"걱정해 주신 덕에 많이 좋아졌지요. 옆에 계신 분은?"

"제 동향 친구입니다. 이 친구도 전국 돌며 사업합니다."

전 대표와 엄 사장 일행은 서로 악수도 청하고 의례적인 소개를 하였다. 만나자마자 십년지기처럼 환담을 나누는 그들을 보고 여직원들은 불안한 표정을 지었다.

"전 대표님은 언제쯤 복귀하시렵니까? 조 세무사도 열심히 하긴 하지만, 그래도 역시 국세청에서 재산의 귀재로 통하셨다는 전 대표님 고견을 하루빨리 구하고 싶군요."

전 대표를 치켜세우는 한편 은근히 진혁을 깔아뭉개는 너스레에 여직원들이 속으로만 발을 동동 굴렀다. 그러나 진혁은 돌부처처럼 묵묵히 자리를 지키고만 있었다.

"하핫, 과찬이십니다. 그런데 사실 제가 재산 분야보단 조사국에 있었던 세월이 조금 더 깁니다. 주로 거래 질서 관련 조사에서 실적을 거양하였지요. 그래서 안에선 사실 재산의 귀재보다는 자료상이나 카드깡 잡는 귀신으로 통하긴 했습니다."

너털웃음을 흘리며 그가 한 말에, 엄 사장의 관자놀이가 순간 옴찔하였다.

"허허…… 조세 정의 실현에 불철주야 고생이 많으셨겠습니다."

엄 사장이 어색한 웃음을 흘렸다. 특히 그의 친구는 제 눈앞에서 고양이가 사자로 돌변하기라도 한 듯한 표정을 지었다.

"뭐, 어쨌든 지금은 저도 한 사람의 세무 대리인으로서 납세자의 편에 서서 일하는 입장이 되었으니, 혹시 불편한 점 있으시면 기탄없이 말씀해 보시지요."

전 대표의 말에 엄 사장은 기다렸다는 듯이 그를 판에 끌어들였다.

"실은 얼마 전에 이 친구가 동업할 아가씨를 데려왔길래 제 주선으로 이 사무실에 의뢰했었습니다. 이야기가 다 된 건이었는데, 사업자 등록을 접수하는 과정에서 여기 여직원이 그 아가씨에게 이 친구를 모함하는 바람에, 결국 일은 무산되고 이 친구 입장이 아주 난처하게 됐어요."

"아니, 그게 정말이십니까? 저희 직원 누가 그랬지요?"

전 대표가 눈을 동그랗게 뜨자 엄 사장의 친구도 앞으로 나서서 제 가슴팍을 쳐 댔다.

"그저께 그만뒀다는 여직원이요. 사과하지는 못할망정 버르장머리 없게 고객 서류를 찢어발기질 않나. 나 원. 이 조 세무사란 사람도 지금까지 사과 한마디 없이 그 아가씨 역성만 들고 말이야."

282

전 대표는 그의 말끝마다 고갯짓을 해 주었다. 그러자 더욱 의기양양해진 사내는 없는 이야기까지 슬쩍 끼워 넣어 가며 했던 말을 자꾸 반복했다. 사람이 대체 어디를 싹둑 잘라 내면 저리도 뻔뻔할 수 있을까? 여직원들은 맘대로 귀를 막지도 못하는 이 상황이 그저 저주스러웠다.

말 못 해 저승 못 간 귀신이라도 그만하면 여한이 없을 만큼 떠들어 댔다. 엄 사장의 친구가 독액이 빠진 독사같이 호흡을 고르는 찰나, 전 대표가 드디어 입을 열었다.

"사장님 입장은 충분히 알겠습니다. 실은 그 일에 대해 어제 조세무사에게서 대강 전해 들었습니다."

그 말에 여직원들이 놀란 표정으로 진혁을 보았다. 엄 사장 일행도 마찬가지였다.

"아…… 그러셨습니까? 저희는 또 대표님이 그 일에 대해 전혀 못 들으신 줄 알고……."

"어느 한쪽 말만 듣고 속단할 수는 없으니까요. 저희 직원 입장은 물론이고 사장님 입장도 충분히 들어 봐야지요."

전 대표가 부드럽게 입술 주름을 폈다.

"그러면 이제 제가 이번 일에 대해 정리도 할 겸 솔직한 소감을 말씀드려 보겠습니다. 저희 직원이 사장님의 동업자에게 해 준 얘기는 대략, 부가가치세법 제16조 세금계산서 발급 의무구 부가가치세법 [2010.01.01.-9915호]에 관한 거였다고 합니다. 하지만 이러한 설명을 하는 과정에서, 저희 여직원이 미수 씨의 사업에 회의적인 견해를 표명했을 수도 있겠습니다. 만약 그렇다면 결론적으로 저희 여직원이 이 건에 대해 좋은 쪽으로는 말하지 않은 셈이 됩니다. 그지요?"

얼핏 듣기에 제 편을 들어 주는 듯하여 엄 사장의 친구는 기분 좋게 고개를 주억거렸다. 그러나 엄 사장은 이때부터 불온한 낌새를 챘다. 무례를 범하지 않는 선을 교묘히 지키면서, 전 대표는 그의 친구에게 날카로운 안광을 내쏘고 있었다.

"또한 고객의 서류를 파손하다니. 이는 명백히 고객의 신뢰를 저버린 행위입니다. 앞으로는 저희 사무실에서 이런 일이 없도록 직원 교육을 철저히 지키겠습니다. 그러니 사장님께서 혜량하여 주시지요."

"뭐, 그 아가씨는 이미 때려치웠다지만. 대표님이 이렇게까지 말씀하시니 이번 한 번은 우리가 참죠."

엄 사장의 친구는 하사품을 든 임금이라도 되는 양 거들먹거렸다. 그러나 그 순간, 전 대표의 얼굴에서 온화한 미소가 싹 가셨다.

"하지만 그 전에, 사장님께서 설지예 씨에게 실언을 하셨습니다."

옷깃을 구겨 잡으며 굴욕감을 참아 내던 여직원들이, 눈을 휘둥글게 떴다.

"그땐 이 친구가 좀 흥분을 해 가지고. 허허…… 처음부터 별문제 없이 일을 처리해 주셨으면 그런 말을 할 일도 없었겠죠?"

엄 사장이 제 친구의 어깨를 손바닥으로 주무르며 물타기를 시도했다.

"제가 지금껏 사장님들 말씀 충분히 들어 드리지 않았습니까? 그러니 이제 제 말씀도 끝까지 좀 들어 주시지요."

전 대표가 단호하게 입꼬리를 휘늘어뜨렸다.

"세무서에서는 요즘 사업자 등록을 그렇게 호락호락 내주지 않아요. 민원실 담당자가 서류를 검토해 보고 확인이 필요하다는 판단이 서면 세원과법인납세과(구 법인세과)와 개인납세과(구 소득세과 및 부가가치세과)를 지칭하는 말에 올려 보내서 5일 안에 처리합니다. 이 부분은 조 세무사가 이미 설명을 해 드린 걸로 압니다. 그렇게 하는 이유는 까놓고 말해, 명의 위장 사업자를 방지하기 위함이요."

"아니, 저희 정말 그런 거 아닙니다. 제가 뭘 어쨌다고 자꾸 범죄자 취급합니까? 기분 나쁘게."

엄 사장의 친구가 눈을 부라리며 목청을 돋우었다. 그러나 전 대표는 그보다도 한 톤 굵직하게 목소리를 높여 응수했다.

"사장님이 그렇다는 뜻이 아니라, 일의 구조를 설명드리는 겁니다. 듣자 하니 임대차 기간을 단기로 잡으셨다죠? 그것도 민원실에선 충분히 확인 대상으로 분류하는 사유가 됩니다. 일단 확인 대상이 되면, 세무서에서 이것저것 확인합니다. 임대차 계약 기간이 짧은 이유가 뭔지, 대표자 본인이 사업 내용에 대해 잘 알고는 있는지, 이러한 질문에 제대로 대답을 못 하면 사실이 어떠하건 위장 사업자로 몰리는 수가 있습니다. 그런 일이 없도록 신속하게 대응하는 게 저희 일입니다. 사장님께서도 그러라고 저희에게 위임하신 거 아닙니까?"

"……."

"대응을 하려면 저희도 고객에게 사업 내용에 대해 여쭤 볼 수밖에 없습니다. 게다가 저희도 만에 하나 위장 사업자 건을 수임하게 되면 세무사법 제21조에 의해 징계를 받게 됩니다. 한마디로 저희가 이 업무를 하면서 아무런 코멘트 없이 서류만 딸랑 접수해 드린다는 것 자체가 어불성설이요. 제 말씀 이해되십니까?"

이미 뒤엎을 수 없는 지경까지 눌린 팔씨름을 치르는 양, 엄 사장의 친구의 얼굴에 낭패감이 떠올랐다.

"그리고 사장님을 그날 처음 본 설지예 씨가, 그리 대단한 모함은 하지 않았을 듯합니다. 다만, 제가 방금 말씀드렸듯 기본적인 걸 묻는 과정에서 미수 씨가 잘 모르는 모습을 보였나 보지요. 그런 식이면 일이 진행되지 않을 듯하니 모쪼록 잘 알아보란 식으로 코멘트 했던 듯한데, 이래도 저희 직원이 주제넘었는지요?"

"아니, 지금이야 미수가 내용 잘 모르죠! 당분간은 내가 옆에서 다 가르쳐 주기로 얘기가 됐는데 왜 자꾸!"

"허허, 사장님."

점잖은 웃음만으로 전 대표는 그의 얼버무림을 쳐 냈다.

"물론 미수 씨가 사업 경험이 없어 사장님이 도와주실 수는 있겠지요. 하지만 사장님이 정말 도와주시려 한다면, 차라리 두 분이 고용 관계를 맺으시는 게 낫지 않겠습니까? 사장님이 아니라 진짜 가족이 도와준다 해도 자기 명의의 사업자를 내면 그만큼 책임이 따르니까요. 평안 감사도 저 싫다면 그만이라는데, 이유가 어찌 됐건 본인이 하지 않겠다면, 사장님께서도 더는 강행하실 명분이 없지 않나요? 아니면, 하필 친족도 없고 사업 경험도 없는 미수 씨 명의로 굳이 사업자를 내야 하는 이유라도 있으신지요?"

맹수의 발톱에 찍힌 개가 알량한 자존심이나마 챙길 방도라고는, 그저 짖는 것뿐이었다.

"그래 씨팔! 영감님 잘나셨습니다. 원춘아. 나 더는 못 있겠다. 불쾌해서."

사내가 뒤돌아서는 순간, 내내 침묵하던 진혁이 입을 열었다.

"잠시만요. 저희 직원 손찌검하려 한 건 사과 안 하십까? 깡패 영감님."

엄 사장의 친구가 분기탱천하여 진혁을 노려보았다. 하지만 그 곁에서 전 대표가 능청스레 한마디 보태었다.

"어디 사과뿐인가? 조 세무사에게 감사 인사도 하셔야지. 폭행죄로 고소 안 당하게끔 막아 줬으니."

286

더할 나위 없는 축객령이었다. 폭발한 남자는 흔적도 없이 사라졌고, 그 자리에 홀로 남은 엄 사장은 화산재라도 뒤집어쓴 양 울긋불긋했다.

"전 대표님. 제 식구 감싸는 모습 보기 좋습니다. 그런데 이 동네 좁은 건 아시지요? 고객에게 피해를 끼친 직원을 무조건 싸고도시면, 개업하신 지 얼마 되지 않은 대표님께 누가 되지 않으려나?"

엄 사장이 감추어 둔 호랑이 발을 쳐들었다. 그러나 전 대표는 그 못지않게 굵직하고 단단한 발을 드러냈다.

"같잖게 말 돌려 협박하지 마시고 어디 뜻대로 하셔. 사람이 자기 하고 싶은 대로 하면 되지. 사업자 등록이건, 거래건."

그 뒤에 엄 사장이 무어라 말은 했다. 하지만 여직원들은 모멸감을 참느라 억지웃음을 짓는 그의 작태가 너무 우스워서 대놓고 터져 나오려는 웃음을 참기 바빴다. 엄 사장은 그녀들을 노려보다가 결국 등을 돌렸다. 물론 굳이 돌아봐 달라고 간청하는 사람은 없었다.

무거운 공기가 무 자르듯 뚝 떨어져 나갔다. 그제야 전 대표는 여직원들에게 안부를 물었다.

"저치가 하는 양을 보니 조 세무사도 그렇고 다들 고생이 많았겠어. 잘들 지냈지요?"

"대표님. 몸은 좀 어떠셔요?"

나 실장이 감격에 겨운 표정으로 묻자 전 대표가 상냥하게 고개를 끄덕여 보였다.

"거동은 할 만해졌어요. 마냥 개운치는 않지만. 근데 조 세무사가 지어 준 약 되게 좋더라? 봐서 한 번 더 지어 먹어야겠어."

"필요하시면 언제든 말만 하십시오. 그런데 대표님. 엄 사장님 저대로 가시면……."

"왜? 저 인간이 나랑 거래 끊을까 봐 그래?"

진혁이 대답 대신 전 대표를 조심스레 바라보았다.

"괜찮아. 이참에 딴 데로 가 버리라지. 안 그래도 저 양반 건 오래 들고 가고 싶지도 않았어. 딱 봐도 저치는 폭탄이야 폭탄. 게다가 오늘 친구라는 작자 꼬락서니까지 보니 역시 뒤가 보통 구린 게 아니야. 조 세무사는 내 말 무슨 뜻인지 알겠지? 그동안 저 양반 거 좀 들춰 봤을 테니."

전 대표는 십 년 묵은 체증이 내려가기라도 한 듯 마냥 웃기만 했다. 그러나 진혁은 더욱 미안한 마음이 들어 고개를 숙였다.

"제 선에서 원만히 해결했어야 하는데, 제가 미숙하여 몸도 안 좋으신 대표님 힘든 걸음 하시게 했습니다. 게다가 대표님께 피해를 끼친 것 같아 죄송스럽기만 합니다. 오늘 대표님께서 대응하시는 걸 보고 많이 배웠습니다. 앞으로도 많이 가르쳐 주셨으면 좋겠습니다."

특유의 차분하고 정중한 말투를 고수하면서도 진혁의 말은 더없이 뜨거웠다. 그런 느낌을, 여직원들은 그의 눈빛을 보고 알았다. 전 대표의 눈가에 기분 좋은 잔주름이 번졌다.

"겸양의 말씀을 다. 이 정도쯤이야 자네 머릿속에도 들어 있었겠지. 다만 자네가 진짜 대표가 아니다 보니 이렇게까지 말하기는 어려웠을 게야. 이만하면 무리하지 않게 잘해 줬어. 조 사무관님이 자식 농사도 참 잘 지으셨구만."

"저희 아버지를 아십니까?"

진혁이 저도 모르게 눈을 휘둥글게 떴다.

"91년도에 서울청 조사국에서 함께 근무한 적이 있거든. 그때 조 사무관님이 내 바로 옆 팀장이셨어. 일도 잘하면서 사람이 아주 겸손하고 주변 사람에게도 잘하기로 명성이 자자했어. 자네가 조 사무관님 아들이란 건 진즉 알았지만, 돌아가신 분 얘기를 괜히 꺼내면 자네가 불편할까 봐……."

아버지를 입에 담는 전 대표의 얼굴은 따스했다. 그 모습이 어딘지 위안이 되어 진혁은 가슴이 뭉클하였다.

"솔직히 주변 세무사들에게 이번 일 얘기하면, 열에 아홉은 미쳤냐고 하겠지. 내 이전 대표도 세무서장 출신 세무사인데, 인수인계하면서 내게 그러시더라. 사무관 전역을 했건 서기관 전역을 했건, 고객 앞에선 철저히 잊으라고. 한마디로 공무원 마인드를 버리란 소리지. 처음엔 그저 지당한 말씀이라 생각했는데, 막상 일 시작해 보니 그렇지만도 않더라고."

진혁은 좀 전에 흔들림 없는 모습을 보여 준 전 대표에게도 과연 '고뇌'라는 단어가 성립할 수 있는가 싶었다. 그러한 생각을 읽어 내기라도 하였는지 전 대표가 헛웃음을 흘렸다.

"국세청에 있을 때와 달리 잘못된 걸 곧이곧대로 잘못되었다고 할 수도 없고. 우리 직원들이 진상 거래처 때문에 힘들어하는 거 빤히 알면서도 마음껏 막아 주지도 못하고. 대체 어디까지 눈을 감고 귀를 닫아야 하나. 내가 무슨 영화를 보자고 이 일을 시작했나. 수십 년 이 분야에서 일한 내가 이렇게 소신이 불확실한 사람이었나. 이런 고민을 무진장 하다 보니 일을 제대로 해 보기도 전에 몸부터 망가졌어. 꼴사납게."

'다른 인간들도 너처럼 구멍투성이일 테지. 다만 서로 가리려 애쓰는 나머지 결국 자기만 그렇다고 생각해 버리는 게야.'

자책하는 전 대표를 보자니 마포가 전에 했던 말이 떠올랐다.

"물론 이런 일은 대표인 나와 상의하는 게 원칙적으로 맞지. 하지만 어제 자네랑 얘기해 보니 단지 그것 때문에 직접 만나자고 한 게 아니었어. 이 일에 대한 소신이 얼마나 확실한지, 그리고 그 여직원을 얼마나 아끼는지, 자네 표정이랑 말에 훤히 드러났어. 그런 자네를 보자니 나까지 가슴이 뜨거워지더라고. 아, 이게 바로 사람이 하는 일이구나. 차가운 머리와 따뜻한 가슴. 내가 오랫동안 잊고 있었던 게 바로 그거구나."

진혁은 잠시간 여직원들 쪽을 바라보았다. 가장 먼저 눈이 마주친 도 과장이 엄지를 뽑아 올렸다. 나 실장과 안지영은 눈시울이 붉어져 있었다. 전 대표에게나 그녀들에게나 너무 과분한 평가를 받는 듯하여 진혁은 머쓱하게 숨을 들이마셨다.

"자네 아버지가 자기 팀원들에게 곧잘 하시던 말씀이 있어. 길이 아니면 가지 말아야 한다고. 지금 생각해 보니 그 양반은 그 옛날부터 이미 자기 갈 길이 확실했던 게야. 돈이 아무리 좋다지만 이번에 아파 보니 알겠어. 사람이 길이 아닌 길을 가면 결국 몸도 마음도 망치게 돼. 그런 길을 분간하지 못해서 지금껏 방황했는데, 이제야 좀 감이 잡힌 듯해. 마음이 이렇게 맑아졌으니 몸도 더 잘 나을 거야. 그러니 너무 미안해하지 말어. 잘했어. 자네도, 지예 씨도."

전 대표가 진혁의 어깨에 손을 얹었다. 주름진 손끝이 포근하고 둥글었다. 그녀의 믿음대로, 세상의 감촉이 정말 그렇게 둥글었다.

진혁은 다시 한 번 전 대표에게 정중히 고개를 숙였다.

"대표님. 정말 감사합니다. 이런 날 좋은 데 모셔서 술이라도 한잔 대접해야 하는데……. 내년에 대표님께서 복귀하시기 전에 꼭 자리

한번 만들겠습니다."

"그러게. 이런 날 다 같이 술 한잔하면 좋겠는데, 나도 아직은 컨디션이 별로라. 내년 중에 날 풀리면 서로 약속 지키자고. 여러분도 그때 다 같이 한잔합시다. 오케이?"

"네에. 물론이죠. 대표님! 그때 되면 지예 씨도 꼭 오라고 할게요."

도 과장이 들뜬 목소리를 내었다. 그러자 전 대표가 이제야 생각났다는 듯 진혁에게 말했다.

"참. 그러고 보니 지예 씨 사직서 아직 수리 안 했지? 표면적으로는 공무원 시험 준비 때문에 그만둔다고 했던가? 그래도 조 세무사가 한번 얘기는 해 줘. 본인이 원하면 언제든 돌아와도 좋다고. 그리고 이번 일 때문에 자책하지 말라는 말도. 젊은 사람이 정당하게 일하고도 자기가 잘못했다고 생각할 때가 제일 딱해."

"예. 물론이죠. 전 대표님 덕분에 일이 잘 해결됐다고 꼭 전하겠습니다. 지예 씨도 대표님께 정말 감사할 겁니다."

지금까지 그 어떤 말이 오가도 특유의 무게감을 유지하던 남자가 아이처럼 웃었다. 그런 그를 의미심장하게 바라보다가, 전 대표가 불쑥 물었다.

"그러고 보니 조 세무사가 미혼이라고 했지? 지예 씨도 아직 미스고. 내가 비록 몸이 이리되는 바람에 얼마 같이 있어 보진 못했지만, 지예 씨가 나이는 어려도 인상이 참 선하고 싹싹하던데. 조 세무사는 어떻게 생각하지?"

"예?"

진혁이 그 자리에서 석고상처럼 굳었다. 전 대표나 여직원들이나 이미 그를 향해 눈을 반짝이고 있었다. 눈 깜짝할 새 보이지 않는 그물에 걸려든 진혁은 그 시선들을 차마 마주하지 못했다. 그때, 진혁의 주머니에서 기적처럼 핸드폰이 울렸다. 그는 대번에 반색을 하며 핸드폰을 귀에 바짝 붙였다.

"예. 안녕하십니까! 세무 법인 묘촌 조진혁입니다. 아, 미수 씨세요? 예. 지금 통화 가능합니다. 잠시만요. 대표님, 저 잠깐 전화 한 통화 하고 오겠습니다."

심각한 표정과는 달리 자리를 피하는 두 다리가 심히 허둥댔다. 진혁이 사무실을 나서자 도 과장이 가장 먼저 웃음을 터트렸다.

"아유, 지금까진 좀 긴가민가했는데, 이젠 확실히 알겠다."

"아무래도 둘이…… 맞는 거 같죠?"

안지영까지 손바닥을 입가에 댄 채 유쾌하게 속살댔다. 그 곁에서 나 실장은 그저 흐뭇하게 눈웃음을 지어 보였다.

그녀들에게 구태여 설명을 요구할 필요도 없었다. 전 대표는 한 여자의 소신과 명예를 지켜 주기 위해 그리도 필사적이었던 한 남자의 모습을 다시금 떠올렸다. 절로 웃음이 나왔다.

"왜 그리 보기 좋았는지 알겠구만."

"아, 망할! 언제 시간이 이렇게!"

침침한 모텔 복도를 내달리며 진혁이 욕설을 내뱉었다. 객실에 들어온 후 그는 핸드폰을 꺼내 들었다. 그러나 버튼을 누르기도 전에 핸드폰이 침대 위에 떨어졌다. 주인 잃은 옷가지가 그것을 덮어 눌렀다. 그 안에서 고양이 울음소리가 들끓었다.

이내 고등어 태비 고양이가 셔츠 밖으로 고개를 쑥 내밀었다. 뒷발 발톱에 셔츠 안감이 걸렸다. 뒷발을 빼내려 버둥거리다, 진혁은 낮이 익은 진남색 슈트와 맞닥뜨렸다.

"오랜만입니다. 진혁 씨. 그간 지낼 만하셨는지요?"

자신이 수 주째 이곳에서 출퇴근을 한다는 사실을 아는 사람은 아무도 없다. 객실에 들어올 때 가장 먼저 하는 게 문단속이다. 그러나 눈앞에 있는 남자에게 그런 걸 일일이 따져 본들 무슨 소용이 있을까.

의문의 브로커, 자유형이 아주 오랜만에 모습을 드러냈다.

이런 요사스러운 재주라도 활용하여 좀 도와줬으면 좋았으련만. 진혁은 한숨을 쉬고는 뒷발을 마저 뺐다.

"잘 지냈냐고? 보시다시피 그럭저럭. 그쪽은 잘 지냈어요?"

"오! 제 안부까지 물어봐 주시고. 이젠 여유가 좀 있어 보이시네요."

진혁은 대답 대신 혀로 앞발을 정돈했다. 여유라. 처음 이 이중생활을 시작했을 때만 해도 정말 어떻게 되는 줄 알았다. 하지만 지금은 이 모습이 군이 장해가 되는 때를 손에 꼽을 정도가 되었다. 가령, 설지예의 전화를 받아 줘야 하는데 핸드폰을 만지지 못할 때라든지. 그녀를 다독여 줘야 하는데 손이 터무니없이 작을 때라든지. 그녀의 눈물을 닦아 줘야 하는데 그러지 못할 때라든지. 그리고 지금 당장 그녀에게 기쁜 소식을 전하고 싶어 미치겠는데 입에서 야옹 소리밖에 안 나올 때라든지.

이젠 정말, 설지예 말고는 문제 될 것이 없다. 그게 정말 문제다.

"그런데 진혁 씨. 지금 도장 몇 개 남으셨지요?"

자유형의 물음에 진혁은 손을 모았다가 펼쳐 보았다. 다섯 번째 도장이 사라진 뒤로는 변동이 없었다.

"5개 남았는데……."

"에엑? 벌써 그렇게밖에 안 남으셨어요? 아이고, 어쩌다가 반이나 날리셨나요!"

"처음에 이런저런 실수를 좀 하는 바람에요. 근데 지금은 이 모습에 적응이 돼서, 앞으로 딱히 사라질 일은 없을 텐데요."

진혁이 대수롭지 않게 대답했으나 자유형은 꽤나 심각한 표정을 지었다.

"사람 앞일은 한 치 앞도 모르는 거잖습니까. 이번 일만 해도 한겨울에 동파된 수도관처럼 뜻하지 않게 터졌지요? 이런 식으로 터진 수도관은 처음 터진 곳을 잘 막아도, 곧이어 또 다른 데가 터지는 수가 있어요. 사람 일도 이러할진대 고양이는…… 더하겠죠."

오늘 큰 건을 해결하고 돌아온 진혁으로선 그 말이 그다지 와 닿지 않았다. 하지만 적어도 자유형이 공연히 공포 분위기를 조성하는 것 같지는 않아 보였다.

"이 도장이 전부 사라지면 구체적으로 어떻게 된다고 했었죠? 내 기억에, 마지막 도장만 남으면 어디 불려 가서 자기 죽음을 미리 보게 된다고 들었던 듯한데."

진혁의 물음에 자유형이 입술을 오므린 채 고개를 끄덕였다.

"네. 대략적으로 맞습니다. 그땐 저도 시간이 많이 없어서 그 부분을 구체적으로 설명드리지 못했었지요. 이제라도 확실하게 말씀을 드릴게요. 캐트 시님들이 정한 법도에 의해, 모든 고양이는 무지개다리를 건너기 90시간 전 고양이 세계로 소환됩니다. 그곳에 자신의 마지막 모습을 비쳐 주는 은그릇이 있습니다. 사고사든 자연사든, 자신의 임종을 여과 없이 볼 수 있습니다."

"그런 식이라면, 사고사를 당할 예정인 고양이는 자기 운명을 피할 수도 있지 않나?"

진혁이 석연찮은 표정으로 묻자 자유형이 쓴웃음을 지었다.

"그런 의문을 가지실 만도 합니다. 하지만 하루의 반 이상을 대중

없는 수면으로 보내는 고양이가 90시간이라는 시간을 정확하게 헤아리기는 거의 불가능에 가깝습니다. 또한 인간처럼 사고 경위를 구체적으로 기억하는 수준의 인지 능력도 없고요. 아주 극소수, 매우 영리한 고양이는 사고 현장을 알아보고 미리 경계하기도 합니다만, 사고 당일 자신의 의지만으로는 피하기 어려운 상황에 처하고 맙니다. 결국 고양이가 운명을 피해 갈 가능성은 희박하지요."

한마디로 알고도 당하게 되니 크게 상관은 없다는 거로군. 예전 같았으면 한 귀로 흘렸을지도 모를 이야기가 진혁의 속을 불유쾌하게 죄었다. 그러한 심기를 읽었는지 자유형이 얼른 말을 덧붙였다.

"그래도 알고 보면 꽤 괜찮은 제도라구요. 이를 테면, 자연사하는 집고양이는 오랫동안 함께한 집사와의 이별을 앞두고 마음의 준비를 할 수 있답니다. 마지막까지 집사의 웃는 얼굴을 보기 위해 임종 며칠 전 부러 병든 몸을 추스르지요."

그래 봤자 지극히 일부에게만 해당되는 말 아닌가? 진혁이 그리 반문하기 전에 자유형이 못 박았다.

"마지막까지 사랑하고 또 사랑받을 수 있는 특권, 모두가 누리지는 못하지요. 좋은 인연을 만나야 하는 건 물론, 오랜 시간 함께할 수 있는 행운도 따라 줘야 하니까요. 참 애석한 일입니다."

꿰뚫듯 진혁을 보는 검은 눈동자에 빛바랜 얼굴들이 맺혔다. 지병으로 요절한 어머니. 상처한 아픔을 겨우 뒤로하고 인생 제2막을 결의하였던 아버지. 그와 같은 꿈을 좇다가 3년도 채우지 못하고 함께 떠나간 새어머니. 더할 나위 없이 행복하게 만났기에 보다 오래 함께하고 싶었을 분들. 하지만 그 인품이나 정성만큼 운이 따라 주지 못했던 분들.

"진혁 씨는 현재 이 세상에서 가장 똑똑한 고양이예요. 만에 하나 불의의 사건이 터진다 해도, 충분히 비극을 피할 능력은 있지요. 다만, 지금 진혁 씨 마음속에 있는 불씨가 좀 걸리네요. 왜냐하면 그거 야말로, 지금껏 운명을 바꿀 기회가 있었던 극소수 고양이들에게 가장 큰 변수가 되어 왔거든요."

이 악마는 진심으로 걱정하고 있었다. 솜털 한 올까지 호시탐탐 숨으려 드는 바깥세상의 칼바람을 까맣게 잊은 채, 그저 한달음에 그녀에게 달려가 등불을 안겨 줄 마음뿐인 자신을.

자유형이 창가로 다가가 불투명 유리창을 밀어젖혔다. 짙푸른 겨울밤이 찬바람에 실려 방 안으로 밀려 들어왔다. 그가 침대 위의 진혁을 돌아보며 찡긋 윙크를 하였다.

"하지만 아직 포기하긴 일러요. 인간은 원래 사랑 때문에 죽을 것 같다가도, 결국 사랑 덕분에 살아가잖아요? 어느 상황에서도 부디 이 점만은 잊지 마시고, 희망을 가지시길 바랍니다."

뜻 모르게 스산한 말들만 실컷 지껄여 놓고, 정작 '이만 총총' 따위의 심플한 말은 하지 않았다. 자유형이 있던 자리엔 찬바람이 이는 창가만이 남았다.

찜찜한 기분을 털어 내듯 진혁은 단숨에 창틀을 뛰어넘었다. 얼어붙은 골목의 체취가 콧속으로 들이쳤다.

그저께 밤에 눈이 내렸었다. '쓰레기를 버리지 마시오' 라 써 붙인 경고문을 짓쑤셔 놓은 봉지 더미가 잔설을 뒤집어쓰고 눈사람 행세를 하였다.

눈이 하얗게 보이려야 보일 수 없는 세계에 그녀가 갇혀 산다. 그리 생각하니 5분 남짓 되는 거리가 짧게 느껴지지 않는다.

암막 커튼을 겹겹이 친 듯한 어둠을 헤치니 샛길의 들머리가 보였다. 기묘 원룸텔로 접어드는 마지막 길이다. 가뜩이나 좁은 골목의 반절도 안 되는 그 길은 더더욱 어둡고 추접스럽다. 그나마 양옆의 담벼락이 낮은 편이라, 진혁은 거기서부터는 그 위로 뛰어올라 바닥의 온갖 지뢰들을 피하곤 했다.

아니나 다를까. 모퉁이를 돌기 무섭게 얼어붙은 가래침과 맞닥뜨렸다. 진혁은 반사적으로 코를 찡그리며 옆으로 피했다. 그러나 앞발을 바꿔 디디기 무섭게, 탁 하고 폭탄이 터졌다.

"씨팔. 저리 안 꺼져? 안 그래도 기분 좆같은데, 재수 없게."

자신을 노리고 날아든 가래침보다, 그 목소리가 심장을 날카롭게 후비고 들어왔다. 진혁은 고개를 들어 목소리의 주인공을 확인했다. 가로등 빛도 들지 않는 좁은 길. 담배를 태우며 자신에게 그림자를 드리우는 남자는 분명…… 엄 사장의 친구였다.

"놔둬. 원래 여기 고양이가 좀 많이 다녀."

그 옆에서 함께 담배를 태우는 남자는 엄 사장은 아니었다. 하지만 왜인지 낯이 익었다.

"아, 씨팔. 구청은 대체 뭐 해? 이렇게 고양이가 많이 싸돌아다니는데 싹 다 잡아 족치지 않고!"

알코올 냄새가 풍겼다. 남자의 목소리에 더 불이 붙기 전에 진혁은 온몸을 힘껏 앞으로 내던졌다. 뒤에서 돌멩이가 탁 튀는 소리가 났다. 사내들이 박장대소하는 소리가 들렸다.

그가 얼마나 꼭뒤가 돌았는지는 낮에 화를 돋운 자신이 더 잘 안다. 그러나 그런 그가 하필이면 지예와 맞닥뜨릴지도 모르는 곳에 와 있다는 사실을 좌시할 수 없다. 그리고 왜인지, 그 옆에 있는 남자에게서 느낀 기시감의 실체를 확인해야겠다는 묘한 강박감이 든다.

진혁은 담벼락 위로 슬쩍 뛰어올라 발소리를 죽이고 그들에게 접근했다. 주변에 고양이조차 안 보이게 되자 그들은 열띤 대화를 나누었다.

"그 영감님 진짜 돈이 안 아쉬운 갑네? 엄 사장 같은 대어를 그런 식으로 대하다니. 엄 사장도 참 어이가 없겠다. 야."

"말도 마라. 이렇게 큰 치욕은 난생처음이라고 얼마나 길길이 날뛰던지. 지금 같아선 사람이라도 사서 다 조져 버리고 싶다고 아주 난리여."

"흐흐. 엄 사장이 그러니까 농담 같지가 않은데? 그래도 이젠 위험한 짓은 웬만해선 안 하겠지? 지금은 한창 궤도에 올랐으니까. 햐. 부럽다 야. 우린 아마 앞으로도 평생 이러고 살긴데."

남자가 유쾌한 말씨로 중얼거리자 엄 사장의 친구가 혀를 찼다.

"쯧. 그나마 이 짓도 원철이 덕에 해 먹는 거야. 좀 번거롭긴 해도 콩고물은 확실하니까. 그보다 짜식아. 너야말로 진짜 위험한 짓거리 좀 작작 해. 저번에도 말이야 용케 안 잡힌 게 신기하데. 내 친구지만 솔직히 나한테 딸내미라도 있었음 진작 너 안 보고 살았어. 새끼야."

그의 타박에 남자가 실실 웃음을 흘렸다.

"에이, 아무리 그래도 네 딸내미면 안 건들지. 흐흐. 개한민국 견찰은 안 무서워도 너는 무섭거든."

남자가 입은 검은 패딩 점퍼는 그리 특별한 디자인은 아니다. 그러니 어쩌면 이 기억이 맞지 않을지도 모른다. 그러나 남자가 주둥이를 놀리면 놀릴수록, 어떠한 광경이 무섭도록 선명해졌다.

"하기야 나 아녔음 네가 어떻게 원철이 덕을 보고 있겠냐. 그나저나 저기 사는 인간들도 보통 독종이 아니야. 싼 맛에 산다지만 건물

무너질까 봐 겁도 안 나나? 거기다 참…… 너 같은 놈이 관리인인데."

엄 사장의 친구가 기묘 원룸텔 쪽으로 고개를 돌렸다.

"새꺄. 내가 어때서? 이래 봬도 나름 일은 확실히 한다고. 방세도 잘 걷지, 또 세입자가 얼마나 잘 사는지 머리부터 발끝까지 아주 자알 살펴 주지."

느물대는 투로 말하는 남자를 엄 사장의 친구가 흘겨보다가, 픽 웃었다.

"허허, 참 내, 이 새끼. 야. 저기 여자도 사나 보지?"

"그럼 살지. 여기 의외로 물 좋거든? 제일 어린 애가 스물네 살인데 2층에 살아. 위치는 참 좋은데 창문을 아주 잘 잠가 놔 가지고. 직장 다니는지 매일 한 8시쯤 나가서 6시 반 좀 넘으면 와. 아, 그년을 대체 어쩐다."

"미친 새끼. 언제 나이까지 들춰 봤대. 또 임대차 계약서 훔쳐봤지? 너 설마……."

"어차피 조만간 여기도 떠야 할 듯해. 지금까진 엄 사장 건물이라 안 건드렸는데, 슬슬 작업 들어가야지. 얌마, 걱정 마. 일단 걔 가족도 없는 거 같아. 게다가 그저께부턴 아예 집에만 틀어박혀 있더라? 내일도 안 나가면 혹시 직장 때려치웠는지 한번 물어봐야지. 흐흐. 사실 낮이 더 편하긴 해. 여긴 아침엔 다들 나가고 없거든."

염리동 골목을 통해 이 동네로 접어들었던 첫 밤. 불안에 떨며 가던 묘령의 여자. 그 뒤를 쫓던 검은 패딩 점퍼. 속수무책으로 방관했던 그 밤. 검은 십자가……

진혁은 뼛속까지 바스러지도록 담벼락에 발톱을 박았다.

사내들은 안주 과자라도 집어 먹는 양 저급한 제스처를 취하며 연신 키득거렸다. 그들의 모의가 어디까지 구체화되는지 들으려 진혁은 그 자리에서 버티었다. 그러나 실은 피가 거꾸로 흐르는 느낌 때문에라도 옴짝달싹할 수 없었다.

그들의 화두 속 그녀는 종래엔 인상착의와 신상까지 낱낱이 까발려졌다. 경멸을 가장한 채 남자의 이야기를 흥미롭게 듣던 엄 사장의 친구가, 어느 순간 눈썹을 추켜올렸다.

"가만있어 봐. 이거 혹시…… 야. 그 여자애 혹시 이름이 뭐였는지도 기억하냐?"

"글쎄다. 이름이 지아였나, 지예였나? 성이 설씨였던 건 확실한데……."

그 순간, 담벼락 위와 아래의 희비가 극명히 갈렸다.

"야. 정말? 그년 이름 확실히 설지예였어?"

"어. 왜? 아는 사람이야?"

"하. 제 입으로 이 근처 산다길래 설마 했더니. 이 동네가 거기서 거기긴 하다만 그년이 바로 여기 있었구만."

엄 사장의 친구가 연신 코웃음을 쳤다. 위에서 내려다보는 진혁으로선 그 저열한 표정을 직접 볼 수는 없었으나, 기묘 원룸텔을 흘기는 그의 머릿속에 어떤 감정이 들었는지 훤하였다.

사내들은 자기네 뒷배의 심기를 거스른 맹랑한 여자가 기묘 원룸텔 2층에 사는 그녀가 맞는지 서로 입을 맞춰 보기 시작했다. 그러다 급기야 남자가 엄 사장의 친구에게 넌지시 말했다.

"흐흐. 아무래도 갸가 걔 맞는 거 같은데? 내일 날 밝는 대로 한번 볼래? 내가 걔 복도까지 불러내 볼 테니까 넌 적당한 데 숨어서 확인 함 해 봐. 기물 점검하러 왔다고 하지 뭐."

남자의 제안에, 엄 사장의 친구가 한마디 했다.

"재밌겠네."

위험천만한 묘기를 하듯 진혁은 담벼락 위를 내달렸다. 209호에 이르자마자 그는 온 발톱을 세워 문을 내그었다.

"알았어, 조조! 그만 긁어! 누나 지금 문 열었지? 얼른 들어와."

날카로운 금속음을 견디다 못해 지예가 금방 문을 열어 주었다. 진혁은 번개같이 안으로 뛰어들었다. 그녀는 곧바로 문을 굳게 잠갔지만, 진혁은 온몸을 바늘로 찔리는 듯한 느낌을 받으며 문 쪽을 보았다.

"왜 그러지? 밖에 뭐라도 있나?"

진혁이 내내 문만 보며 거칠게 숨을 몰아쉬고만 있자, 이상한 낌새를 챈 마포가 다가와 물었다. 진혁은 얼음에서 새어 나온 듯한 목소리로 답했다.

"마포…… 지예 씨, 당장 여길 나가야 돼."

"왜지?"

마포가 의아하게 묻자 진혁은 열띤 숨을 코로 내쉬었다.

"지예 씨가 지금까지 악마 새끼 집에 살고 있었어."

머릿속에서 쨍하고 금속음 울리는 소리가 났다. 진혁은 앞발로 제 머리를 짓눌렀다.

그 작자들이 당장은 그 모의를 실행에 옮기지 않을 수도 있다. 그러나 일이 이렇게까지 된 마당에 일말의 낙관도 할 수 없다. 혹여 그 작자들이 더 미쳐 버린다면, 내일 자신이 인간의 모습으로 여기 오기도 전에 그녀를 엄습해 올지 모른다. 정말 그렇게 되기라도 한다면…….

지예가 잠자리에 든 뒤에도 진혁은 온밤 내내 머리를 쥐어짰다.

그러나 광명을 보기는커녕 첩첩산중이 눈앞에 펼쳐졌다.

대체 어떻게 설지예를 여기서 나오게 한단 말인가?

해 뜨자마자 눈곱도 떼지 못한 그녀의 팔을 다짜고짜 잡아끌면서? 그녀로선 지금껏 별 탈 없이 지냈을 관리인을 잠재적 발바리로 매도하면서? 이 모든 사실을 보고 듣게 된 경위를 설명하지 못하는 자신이야말로 수상쩍은 사람이 되어 버리면서?

"또 복잡하게 생각하나 보군. 여차하면 강제로라도 그녀를 데리고 나가. 인간일 땐 그 정돈 할 수 있잖아?"

진혁의 고민을 고스란히 읽은 듯 마포가 쉰 목소리로 말했다. 그 말에 진혁은 잠든 지예의 작은 얼굴을 지그시 들여다보았다.

요 이틀간, 책상에 앉아서 공부하다가 이따금 티슈를 뽑아 눈가를 찍었던 그녀. 그 가느다란 발목에 얼굴을 비비면 서글픈 미소로 답하던 그녀. 흡사 물속에서 우는 듯 울음을 꽁꽁 가둔 그녀에게, 이렇게 말할 참이었지. 그간 전화도 문자도 한 통 없이 왜 혼자서만 그랬는지, 이해한다고. 하지만 이제부터는 슬픔도 새어 나오지 못하는 곳에 잠시라도 혼자 놓아두지 않겠다고. 이번에야말로 복잡하기 굴지 않고 손을 내밀 테니, 잡아 달라고.

나를, 믿어 달라고.

진혁은 금색 캐츠아이를 확고한 눈으로 직시하며 말했다.

"지예 씨 몸만 끌고 가선 아무 소용없어. 마음까지 확실히 데려가야 돼. 그래야지만 내가 끝까지 지예 씨를 지켜 줄 수 있어."

이 여자를 구할 수만 있다면 자신은 그 어떤 나쁜 놈도, 미친놈도 될 수 있다. 하지만 힘만으로는 그녀를 이 집에서 끝까지 떼어 놓기는 불가능하다. 악마 소굴에서 그녀를 빼내기 전에 자신이 먼저 악마가 되어 버리면 아무 의미가 없다.

누군가의 믿음을 얻으려면 상황적 맥락이 충분히 따라 줘야 한다. 아직 부부나 연인처럼 무조건적인 신뢰 관계가 못 된다면 더더욱.

"그런가? 내가 보기엔 그녀의 마음은 이미……."

마포가 지예의 베갯머리에 놓인 고양이 다이어리를 물끄러미 내려다보며 말끝을 흐렸다.

하다하다 진혁은 재롱을 부려 지예를 밖으로 유도하는 상상까지 해 봤다. 그 터무니없는 발상이 지금은 우습지도 않았다. 하지만 지예는 두 달여간 새벽에 조조를 기껍게 내보내는 데 익숙해졌다. 행여 그녀가 따라 나온다 하여도 이 급박한 마음만큼 속도를 내 줄 것 같지도 않다.

진혁은 지예의 핸드폰 버튼을 발톱으로 찍었다. 오전 6시 45분. 오늘 일출 시각인 7시 40분까지 1시간도 안 남았다.

"이젠 더 고민할 시간도 없네. 그냥 내가 아침 일찍 다시 와서 지예 씨를 설득하는 수밖에. 내 얘길 어디까지 믿어 줄지 모르지만…… 다시는 문 안 열어 주지만은 않길 바라야지."

그의 푸념에 마포는 지예의 얼굴과 다이어리 속 고양이를 다시 한 번 물끄러미 바라보았다. 이례적으로 골몰히 생각에 잠긴 모습을 보이다가, 마포가 불쑥 진혁과 눈을 맞추었다.

"어쨌든 말이야. 지금껏 네놈이 한 말, 앞으로 네가 그녀를 끝까지 봐주기로 했다는 뜻으로 받아들여도 되나?"

아주 오랜만에, 금색 캐츠아이가 공격적으로 번뜩였다. 진혁은 그 시선에 조금도 위축됨이 없이 응수했다.

"그래."

이 겨울에 시원스러운 대답이 돌아오자 마포는 방석에서 몸을 일으켜 느른하게 기지개를 켰다.

"그렇다면 나도 힘을 좀 보태야겠군."

"뭐?"

"같이 데리고 나가자고. 그녀의 몸이랑 마음."

마포는 진혁에게 다가와 한동안 아주 낮은 목소리를 내었다. 그 속삭임을 들을 직후, 진혁은 매우 복잡한 표정으로 마포의 몸뚱이를 위아래로 살폈다.

"이론상 해 볼 만하긴 하지만…… 너 정말 괜찮겠어?"

그의 걱정을 일소하듯 마포가 단호하게 코웃음을 쳤다.

"흥. 넌 똑바로 앞장이나 서. 두 번은 없다. 네놈이 우물쭈물하다 실패하면 다신 여기 발 못 들일 줄 알아라."

진혁은 날카로이 빛나는 금색 캐츠아이로부터 시선을 돌려 다시 시각을 확인했다. 그새 5분이 지났다. 거기서 10여 분을 더 기다린 뒤, 진혁이 입을 열었다.

"마포. 지금 하자. 준비됐어?"

대답 대신 마포가 한 번 더 느른하게 기지개를 켰다. 그러고는 슬금슬금 현관 쪽으로 걸어갔다. 그보다 한발 앞서, 진혁이 발톱을 세워 현관문을 북북 긁으며 목청을 돋우었다.

"아…… 조조……."

지예가 눈을 비비며 일어나 반사적으로 핸드폰을 눌러 시각을 확인했다.

"어…… 7시 넘은 줄 알았는데 아니네? 오늘은 좀 빠른데……. 알았어, 조조. 누나 갈게……."

지예는 크게 하품을 한 번 하고는 비척걸음으로 현관문에 왔다. 연이은 새벽 공부로 그 어느 때보다도 잠이 모자라 보였다.

지예는 늘 하던 대로 조조가 나갈 수 있을 만큼만 문을 열었다. 그러나 유연한 허리를 놀려 그 좁은 틈새를 통과하던 조조가, 그 자리에서 돌연 납죽 엎드렸다. 그리고 그 위를, 치즈 태비 고양이가 번개같이 뛰어넘었다.

그 순간, 지예의 입에서도 번개가 터져 나왔다.

"마포!"

#12
새벽의 추격전

　마포가 중도에 지예에게 붙들리기라도 하면 끝장이다. 하지만 이론상 육상 선수보다도 빠른 고양이 다리로 마냥 내달렸다가는 그녀가 너무 뒤처질지도 모른다. 더욱이 이 어둑한 겨울 새벽에 사람의 가시거리는 고양이에 비할 바가 못 된다. 그래서 진혁은 앞장서서 달리는 와중에도 연신 뒤를 돌아보았다. 여차하면 마포에게 속도 좀 늦추자고 말할 참으로.

　그러나

　"마포! 마포오오! 거기 서!"

　얼어붙은 뺨을 연신 할퀴며 흩날리는 머리 타래. 유리처럼 얼어붙은 오물이 즐비한 골목길. 해도 달도 내버려 둔 칠흑빛 하늘…… 코트조차 걸치지 않은 채 무시무시한 속도로 따라붙는 지예의 안중엔 그런 것들 따윈 전혀 없어 보였다.

그에 반해 바닥에 닿을 듯 말 듯 늘어진 마포의 하얀 뱃살은 좌우로 우물쭈물 출렁였다. 더욱이 울부짖다시피 저를 부르는 그녀의 목소리 때문인지, 가뜩이나 짜리몽땅한 네 다리가 점점 뒤처졌다. 결국 진혁은 냅다 외칠 수밖에 없었다.

"뭐 해! 이러다 잡히겠어!"

주황빛 가로등 빛에 온 세상이 녹아나는 듯하였다. 연로한 마포는 점점 숨소리를 가쁘게 내었고, 진혁 역시 자꾸만 뒤를 돌아보는 통에 목이 꺾여 나갈 지경이었다. 뒤에서도 발소리보다는 쇳소리에 가까운 숨소리가 점점 더 크게 들려왔다.

자연의 섭리대로 고양이와 사람 간 거리는 점점 벌어졌다. 그러나 그녀의 속도가 떨어지는 느낌은 들지 않았다.

아래로 내려가는 계단을 낀 회반죽 조개 벽이 보일 즈음엔 새까맣기만 하던 하늘이 검푸르게 옅어져 있었다. 작은 대문을 열고 나와 새벽 출근길을 나서는 인영이 몇몇 보였다.

"마포. 이리로 내려가야 돼! 턱이 꽤 높으니까 조심해!"

진혁은 계단 아래 전신주까지 재빠르게 내려온 다음 뒤처진 마포를 기다렸다. 마포가 무거운 몸뚱이로 그를 거의 따라잡았을 즈음, 지예도 계단 어귀에 모습을 드러냈다.

"마포!"

하나씩 내디디기조차 벅찬 계단을, 그녀는 두 계단씩 밟아 내렸다. 진혁은 비명을 토해 낼 뻔했다.

"마포오! 빨리 와!"

아침을 열 준비를 하는 밥집들을 지나고 오래된 한의원을 지나, 낡아 빠진 상가와 마주한 이대역 5번 출구에 이르렀다. 골목길 계단보다도 길고 아득한 계단이 나타나자 마포는 깊은 우물 위에 올라서

기라도 한 듯 숨을 몰아쉬었다. 하지만 초인적 힘을 내어 달리는 지예에게 따라잡힐세라 두 고양이는 혼신의 힘을 다해 지하로 내리달았다.

고양이들은 북아현동으로 향하는 4번 출구로 나왔다. 오른편 도로에선 차들이 날카로운 소음과 헤드라이트를 발하며 달리고, 왼편 가게의 쇼윈도에는 드레스 차림의 마네킹들이 음산하게 비쳤다. 마포는 소리 죽여 마른기침을 토해 냈다. 사소한 사물 배치 변화에도 민감하다는 고양이에겐 너무도 가혹한 초행길이었다.

인도가 끊어지고 신호등이 없는 짧은 횡단보도가 나타났다. 진혁과 마포는 보폭을 맞추어 그 길을 건넜다. 그러나 중간쯤 왔을 즈음 외눈박이 헤드라이트가 돌연 둘을 비추었다.

"까아아악!"

저만치 뒤에서 쫓아오던 지예가 두 고양이와 겹치는 오토바이 한 대를 보고 비명을 질렀다. 오토바이가 지나간 직후. 누군가에게 밀쳐진 듯 앞쪽으로 나동그라진 마포와, 그 뒤에서 꼬리를 한껏 부풀린 채 정지한 조조가 보였다. 둘 다 자신이 영락없이 치였다고 생각한 듯 보였다. 그러나 두 고양이는 이내 가까스로 몸을 가누어 새벽길을 나란히 달렸다. 지예도 다시금 그 뒤를 따랐다. 눈물이 터져 나온 얼굴이 샛노란 가로등빛에 반짝였다.

겨울 새벽의 추격전은 동살이 잡혀 올 즈음 끝이 났다. 두 고양이는 지예의 눈앞에서 어느 높은 담벼락에 난 개구멍으로 쏙 들어갔다.

"마포! 조조! 거긴 안 돼! 돌아와!"

지예가 자신의 가느다란 허리로도 꿈도 못 꾸는 개구멍에 대고 부질없이 외쳤다. 대답 대신 주변이 한층 더 푸르게 질렸다.

지예는 발을 동동 구르며 그 집 대문 앞에 섰다. 누구든 곤히 자고 있든지 한창 바삐 움직일 시각. 더욱이 이렇게 높고 기다란 담을 둘러친 집에 사는 분이니 이런 문제에 얼마나 엄격할까. 고양이들이 더한 사고를 치기 전에 얼른 벨을 눌러야 하나, 아니면 조금만 더 날이 밝길 기다려 봐야 하나. 지예는 두 팔을 감싸 안은 채 고민했다.

그래도 마포를 이 넓은 세상에 놓쳐 버리는 일만은 면했다는 생각에 긴장이 풀렸다. 그러자 비로소 칼바람이 얇은 옷을 찌르고 들어왔다.

주변이 점차 희끗하게 물들었다. 높은 담벼락에 둘러싸여 잘 안 보이지만 지금쯤 해님이 고개를 내밀었을 듯하다. 지예는 희끗하게 튼 손을 들어 올렸다. 그러나 벨이 울리기도 전에 굳게 닫힌 문이 활짝 열렸다.

"……"

입에서 '어' 소리조차 나오지 않았다. 겨울 공기를 씹지도 않고 삼키느라 목 안이 다 헤진 탓이리라. 그래서 무어라 말도 못 한 채, 지예는 눈앞에 나타난 남자를 멍하니 바라보았다.

"일단 들어와."

인생에서 지금처럼 숨이 차오른 적도 없는데, 지예는 이 순간이 꿈인 줄로만 알았다. 하지만 차마 한 발자국도 떼어 놓지 못하는 자신의 손을 부드럽게 감싸 쥐고 안으로 이끄는 남자는 분명, 꿈에도 그리던 사람이 맞았다.

보름달처럼 크고 둥근 전등이 널따란 집 안을 환하게 밝혔다. 진혁은 지예를 거실 소파에 앉힌 뒤 침실에서 도톰한 이불을 가지고 나와 그녀를 감싸 주었다. 그런 다음 유자 향이 푸근히 피어오르는 유리잔을 그녀의 손에 쥐여 주었다. 지예는 눈물샘까지 녹지 않으려 내심 안간힘을 썼다.

진혁도 찻잔을 든 채로 카펫 바닥에 앉아 지예를 바라보았다.

"마포는 침대 밑으로 들어가서 자고 있어."

묻고 싶은 게 참 많을 텐데, 그는 그 말부터 하였다. 지예는 고개를 푹 숙인 채 겨우 목소리를 내었다.

"내가 못살아⋯⋯. 죄송해요. 정말 너무 죄송해요."

"지예 씨도 눈 좀 붙일래? 많이 피곤해 보여."

외려 자기가 더 미안한 표정으로 기대치 않은 호의까지 베풀려는 그를 아린 눈으로 보다가, 지예는 고개를 가로저었다.

"아뇨. 어떻게 그래요⋯⋯."

그 말을 끝으로 지예는 한동안 얼굴에 그늘을 드리우고만 있었다.

"잘 지냈어? 공부는 잘되고? 난 일이 하나도 손에 안 잡히던데."

진혁이 먼저 운을 뗐다. 찻잔을 감싸 쥔 채 지예가 그와 눈을 맞췄다.

"세무사님이랑 이런 식으로 다시 만날 줄은 몰랐어요. 다음번에 만날 땐 꼭 좋은 모습 보여 드리면서 당당하게 밥 사 드리겠다고 말해 놓고. 근데 또 이런 모습만⋯⋯."

서글픈 미소를 머금은 입술이 살짝 떨렸다. 진혁은 한쪽 볼을 부풀려 숨을 내쉬고는 그녀를 직시하며 말했다.

"저번에 삼청동에서 데이트할 때 말하지 않았나? 내가 묘안동 지점을 떠나게 되더라도 힘든 일 있으면 언제든 연락하라고. 지예 씨가 잘되도록 돕고 싶다고. 어쩌다 보니 지금은 좀 다른 상황이 되긴 했지만, 내 말뜻은 그때와 크게 다르지 않아."

순간 지예는 눈을 깜박였다. 어느 것 하나 빼놓을 수 없는 말이었으나, 유독 '데이트'라는 단어가 그녀의 귓가에 길게 맴돌았다. 그러나 진혁은 여전히 올곧게 그녀를 보며 말을 이었다.

"안 그래도 오늘 일 쉬고 지예 씨 찾아가려던 참이었어. 우선, 꼭 전해야 할 소식이 있어서."

"어떤…… 소식이요?"

"어제 미수 씨랑 연락이 됐어."

"정말요? 언니 그때 제 전화도 안 받았는데 어떻게……."

"물론 처음엔 내 전화도 안 받았지. 아무래도 우리가 처음에 엄 사장 주선으로 그 일을 수임했다 보니 그쪽이랑 한통속이라 생각했던가 봐. 그래서 문자를 한번 보내 봤어. 당신에게 사업자 등록을 다시 하라고 강요한다든지, 그 인간들에게 당신 소재를 알리는 일은 절대 없을 것이다. 다만 당신을 보호하려다 지예 씨가 곤경에 처했다. 당신이 직접 나서서 해명하지 않아도 좋으니 나한테라도 사업자 등록 취하한 내막을 알려 줬으면 좋겠다. 그러면 지예 씨 명예 회복에 큰 도움이 되겠다. 이런 식으로 보냈더니, 어제 오후에 연락이 됐어."

진혁이 다분히 간결하게 말했음에도, 지예는 그 메시지에 담겼을 그의 수고와 마음이 한 자 한 자 눈앞에 훤히 펼쳐지는 듯하였다.

"무슨 말이 오갔는지 궁금하지 않아?"

그는 생색을 낼 생각일랑 없이 그저 조금이라도 더 빨리 그녀를 위한 진실을 전하고 싶어 하는 듯했다. 지예는 뛰는 가슴을 억누르고 다시 그와 눈을 맞췄다.

"지예 씨 판단이 옳았어. 그 인간들, 보통 악질이 아니야."

단정적인 표현에 지예의 동공이 벌어졌다.

"엄 사장 친구라는 놈 말야, 미수 씨한테만 접근한 게 아니었어. 미수 씨 같은 고아나 가출 청소년 출신 부랑자들한테 접근해서 유통 관련 창업을 돕겠다고 꼬드겼대. 자기 앞으로 된 사업자가 너무 많아서 본인은 더 이상 사업자를 못 낸다. 그러니 그쪽 명의로 사업자 등록을 해야만 한다. 영업이랑 세금 문제, 통장 관리는 당분간 자신이 다 할 테니 그쪽은 다달이 봉급 받고 내근만 하면 된다. 일은 차차 배우다가 사업체를 완전히 물려받으면 된다. 이런 식으로."

미수에게 전해 들은 말을 신랄한 투로 옮기던 진혁이, 딱 잘라 덧붙였다.

"물론, 말 같지도 않은 소리지."

지예는 입을 벌린 채 찻잔을 무릎 위에 내려놓았다.

"그러면, 언니는 어떻게 그 일에서 손 뗄 마음이 생겼대요? 혹시 제가 한 말이 영향을 미쳤을까요?"

"전부는 아니지만 결정적 계기는 된 거 같아. 미수 씨는 그 전까지 정말 사업자에 대한 개념이 안 잡혀 있었거든. 근데 지예 씨랑 상담하고 나서 그 인간의 수상한 점이 조금씩 떠오르기 시작했대. 잡화 유통 관련 일이라고 하면서 구체적인 품목이나 단가에 대해선 일언반구도 없는 점이라든지. 세금계산서나 통장 관리는 당분간 자신이 도맡겠다고 누누이 강조한 점이라든지. 그리고 그 인간이 핸드폰 여러 대로 전화를 수시로 받아 대길래 처음엔 물건 주문이라도 받는 줄 알았는데, 자세히 들어 보니 시종일관 돈이나 대출 얘기만 하더라는 거야."

"대출이라고요? 그럼 설마……."

"미수 씨보다 한발 앞서 이 일에서 손 뗀 사람이 있는데, 그 사람은 예고 없이 그 인간 사무실에 가 봤다가 스티커가 잔뜩 담긴 박스를 봤다네. 거기에 이렇게 쓰여 있었다지."

진혁은 열이 빠진 유자차를 마저 삼키고는, 매우 시큰한 말씨로 말했다.

"카드 대출. 무료 상담."

그 말에, 지예의 컵 안에 든 노란 액체의 표면이 뒤흔들렸다.

"미수 씨는 그 인간의 구체적 수법까진 알 수 없었지만, 지예 씨의 조언 덕에 막연하게나마 그게 '사기'라고 느꼈대. 근데 그 수법이야 뭐 뻔하지. 그 자식은 미수 씨 같이 집도 절도 없는 사람만 모아서 위장 사업자를 만들어 놓고, 그 사람들 명의의 사업용 계좌랑 카드 단말기로 카드깡이든 불법 대출이든 장난질을 할 참이었던 거야. 부가가치세 신고할 땐 그 사업자끼리 세금계산서 뺑뺑이 돌려서 부가율을 적당히 맞추겠지. 그렇게 한철 해 먹다가, 국세청에서 자료상 조사 나올 기미가 보이면 잠적하는 거지."

"그러면 사업자 등록하면서 왜 굳이 세무사 사무실을 끼려 했을까요? 그러다 위장 사업자인 거 들통 나기라도 하면 어쩌려고……."

"일단은 세무사 사무실을 버젓이 끼면 세무서에서 의심을 덜 할 테니까. 게다가 이런 뻔한 수법에도 걸려드는 사람들을 딸랑 혼자 세무서에 보냈다간 사고 칠 것 같았겠지. 그렇다고 본인이 동행하자니 민원실 CCTV가 마음에 걸렸을 테고. 그리고 우리도 원칙적으로는 사업자 등록 대리할 때 위장 사업자 여부를 확인해야 하지만, 보통은 그냥 고객이 해 달라는 대로 해 주고 말잖아."

지예는 이젠 탄성조차 나오지 않는 듯하였다. 물 빠진 유자만 남은 컵을 허벅지에 올린 채 그녀가 입술을 짓씹었다.

"처음부터 느낌이 많이 안 좋았어요. 하지만 설마…… 그 정도일 줄은 몰랐어요."

"전 대표님이 말씀하시길, 원래 악질 자료상일수록 그 '설마'를 참 잘 이용한다네."

진혁이 지예의 빈 컵을 빼앗아 자신의 빈 컵과 나란히 놓아두었다. 그가 미소 띤 얼굴로 지예에게 말했다.

"미수 씨가 자기 때문에 험한 꼴 당하게 해서 미안하다고 전해 달래. 또 전 대표님은 거래질서범이랑 연계된 사업자랑은 상종 안 하신다면서 엄 사장이랑 거래 끊으셨어. 지예 씨가 원칙대로 일 처리 잘했다고, 언제든 돌아와도 좋다고 하셨어. 지예 씨. 정말 잘됐어."

일순 지예의 얼굴이 환하게 피어나는 듯하였다. 하지만 이내 그녀는 눈을 내리깔았다. 진혁이 그녀의 한쪽 어깨에 손을 살포시 얹은 채 다독였다.

"지예 씨. 또 왜 그래? 아무도 지예 씨 잘못이라 생각 안 해. 다들 오히려 지예 씨가 이번 일로 너무 상처받았을까 봐 걱정하고 있어. 또 지예 씨 없으니까 사무실이 너무 적적하다고 다들 난리야. 그래도 복귀하기 힘들까?"

"너무…… 죄송해서요. 저 때문에 세무사님이 너무 많이 신경 쓰시고 고생하신 거 같아서……."

"내가 뭔 고생을 했다고. 사람이 일하다 보면 이런 일도 있고 저런 일도 있는 거지. 지예 씨는 소신껏 잘만 했어. 나야말로 아예 지예 씨가 사직서를 낼 일이 없게끔 일 처리를 잘했다면……."

"솔직히…… 후회했어요."

울먹임에 가까운 말소리에 진혁의 말소리가 끊겼다. 몸을 덮은 이불을 그러쥔 채, 지예가 억눌린 목소리로 중얼거렸다.

"제 한 몸도 제대로 지키지 못하면서, 세무사님은 물론 전 대표님 한테까지 평생 갚지도 못할 손해를 끼쳤어요. 집에 있으니 자꾸, 이런 생각만 들었어요. 그때 그냥, 눈 감고 귀 닫을걸. 지금까지 그렇게 해 본 적이 아주 없지도 않으면서, 왜 그랬을까? 왜 하필 그때 생각을 하고 말을 했을까……. 저는 이런 추한 생각밖에 못 했는데, 세무사님이 소신껏 잘했다고 해 주시니까…… 저 자신이 더 부끄러워서 견딜 수가 없어요."

그녀가 차오른 숨을 힘겹게 삼켰다. 그 숨소리가 물 없이 삼킨 알약처럼 느리고 무겁게 진혁의 심장에 내려앉았다.

"전 대표님께는 정말 감사하지만, 최소한 제가 한 결정만이라도 끝까지 책임을 지고 싶어요. 이대로는 복귀한다 한들 세무사님이랑 언니들에게 폐만 끼칠 거 같아요."

아무리 활짝 핀 꽃이라도 뿌리가 드러나도록 화분이 파이면 시들 수밖에 없다. 진혁은 그토록 함부로 파헤쳐진 그녀의 눈 속에서 무너져 내리려는 것들을 보았다. 그 모든 감정들을 감히 다 헤아릴 수는 없지만, 그녀에게나 자신에게나 어느 것 하나 빼놓을 수 없이 소중한 것들뿐이리라.

타고난 재능이나 처지와 상관없이 자신도 얼마든지 사랑받는 존재가 될 수 있다는 믿음. 그러한 믿음을 가지고 노력하다 보면 세상이 조금씩 둥글어질 수 있다는 희망. 소박하면서도 고귀한 신념들 말이다.

통렬한 아픔을 느끼는 한편, 진혁의 마음 한구석이 단단히 굳어졌다. 그녀의 햇살뿐만 아니라 비구름까지 속속들이 알아 버리기로 결심한 지금, 해야 할 말들이 분명하게 떠올랐다.

"나도 항상 양심껏, 소신껏 살아온 건 아니야. 나도 본의 아니게 직장에 손해 입힌 적도 있고, 반대로 양심껏 행동하고도 단지 번거롭다는 이유로 처음부터 요령 피울걸 하고 후회한 적도 있어. 아마 앞으로도 내가 지예 씨보다 더하면 더했지, 덜하진 않을 거야. 하지만 지예 씨가 이번에 미수 씨 일만은 그냥 못 넘겼듯, 나한테도 도저히 타협이 안 되는 존재가 있어. 그게 누구일 거 같아?"

조진혁은 이제 더 이상, 마냥 귀여움만 받으려는 고양이가 아니다.

"그 사람이 나한테 별을 따 달라면, 솔직히 못 따 줘. 하지만 적어도 하늘에 있는 별이라도 흐려 보이지 않게끔 마음을 지켜 주고 싶어. 나 혼자라면 그냥 내버려 두고도 남을 것들이라도, 그 사람이 지키고 싶다면 나도 그렇게 할 거야."

말로 표현하고, 팔을 뻗어 끌어안고픈 한 사람의 남자다.

"세무사님……."

지예는 자기 앞에 우뚝 선 남자를 넋 나간 얼굴로 올려다보았다. 수십 번을 닦아 낸 듯 맑은 햇살이 남향으로 난 거실 유리창에 비쳐 들었다. 이불로 온몸을 감싸고 있는데도, 지예는 영혼까지 그의 앞에 끌려 나온 듯한 느낌이 들었다.

남의 가슴에 성냥불을 톡 떨어트려 놓고, 진혁이 덤덤하게 말했다.

"뭐, 지금 당장은 복귀하지 않고 시험 공부에 전념해도 괜찮겠지. 그건 지예 씨 편한 대로 해. 그리고 지예 씨에게 물어보고 싶은 게 하나 있어. 지예 씨가 지금 살고 있는 집 건물주가 누군지 혹시 알아?"

"기묘 원룸텔 건물주요? 임대인 성함이 박묘정 씨인가 그랬는데……. 계약할 때 직접 만나 뵙진 못했고 관리인이란 분이 대신 나오셨어요."

"아, 이런. 그래서 지예 씨가 몰랐구나."

"네? 뭐를요?"

지예가 눈을 동그랗게 떴다. 그 앞에서 진혁은 앞머리에 손가락을 꽂아 넣은 채 심각한 투로 말했다.

"그 사람, 엄 사장의 빙모야. 원래 마포구 일대에 엄 사장 차명 부동산이 좀 많거든. 아마 기묘 원룸텔도 실질 소유자는 엄 사장이겠지."

"네에?"

아직도 유리컵을 손에 쥐고 있었다면 깨 먹고 말았으리라. 그녀를 감싼 이불이 스르르 흘러내렸다.

"나도 어제 '우연히' 알게 돼서 정말 놀랐어. 지예 씨가 하필이면 엄 사장 건물에 살고 있었을 줄이야……. 하긴. 그 인간이니 그런 다 무너져 가는 건물에 최소한의 방범 시설도 해 놓지 않고 세를 놓지."

좀 전에 난방을 놓아 이제 막 훈기가 올라오는 거실 한복판에서 지예는 금방이라도 얼어 죽을 듯한 표정을 지었다. 새벽부터 너무나 많은 일을 겪은 그녀로선 몸으로든 마음으로든 그 사실까지 받아들이기 힘겨워 보였다.

그 틈을 놓치지 않고 진혁은 쐐기를 들이대었다.

"이참에 그 집에서 나오는 게 어때?"

그 말에 떨리는 눈망울로 침실 쪽을 보는 지예의 머릿속이야 훤하였다. 그녀가 차마 떨어지지 않는 입에 그러한 고민들을 담아내기 전에, 진혁은 승부수를 띄웠다.

"괜히 이상한 데 가지 말고, 당분간 이 집에서 지내. 마포랑 같이."

"예?"

눈사람 머리라도 삼킨 양 지예가 입을 활짝 벌렸다. 진혁은 태연한 페이스를 유지하려 노력하며 쐐기를 마저 박았다.

"내가 그동안 집안에 일이 있다고 밤에 전화도 전혀 못 받았잖아. 실은 그 일 때문에 당분간 지방에 내려가 있게 됐어. 그러니 그동안 지예 씨가 집 좀 봐 준다고 생각하고 여기서 지내. 어차피 마포랑 같이 움직이려면 아무 데나 못 가잖아. 물론 그 끔찍한 집으로 돌아가는 건 말도 안 되고."

"하지만······."

지예가 곤혹스러운 표정을 지으며 고개를 떨어트렸다. 진혁은 그런 그녀를 지그시 보다가, 두 손으로 그녀의 양어깨를 힘주어 붙들었다. 화들짝 놀라 자신을 보는 지예에게 진혁이 단호하게 말했다.

"그런 악질 범죄자를 대놓고 친구라 부르면서 지 건물을 범죄의 무대로 내주는 놈이야. 그 많은 재산도 그런 더러운 수작으로 축적했겠지. 난 지예 씨가 그렇게 눈에 뵈는 게 없는 인간 손아귀에 있다는 게 너무 끔찍해. 혹시라도 폐 끼친다는 생각은 하지 마. 그 집으로 돌아갔다가 지예 씨한테 정말 무슨 일이라도 생긴다면, 그거야말로 나한텐 돌이킬 수 없는 폐야. 어쩌면 마포도 지예 씨를 지키고 싶어서 이 추운 새벽에 여기까지 온 게 아닐까?"

더없이 심각하고 진중한 그의 표정에, 그가 드리운 그늘에, 그가 내쉬는 더운 숨결에, 지예는 입을 가리려던 손을 서서히 내려놓았다.

"생각할 시간을 줄게. 하지만 오늘 중으로는 결정해서 나한테 말해 줘. 여차하면 지예 씨를 아예 여기 가둬 버려야 할지 고려해 봐야 하니까."

애써 올라간 입꼬리만이 겨우 장난기를 가장하였다. 지예는 진혁의 말과 눈빛에서 절박함을 읽었다. 그런 그를 보자니 머릿속에 있는 온갖 사회 통념이나 체면이 점점 희미해져 갔다.

"그러면······ 세무사님 돌아오실 때까지만 신세 질게요. 마포까지 생각해 주셔서 정말 감사해요."

"좋아, 좋아. 잘 생각했어! 아, 다행이다. 감금범 안 해도 돼서."

주먹을 불끈 쥐며 소년처럼 반색을 하는 진혁을 보고 지예는 간만에 양 볼에 보조개를 피워 냈다. 오늘 새벽부터 정말 많이 놀라고 아찔했지만, 이제는 왜인지 그 모든 충격마저도 둥글게 느껴졌다.

"조금 쉬었다가 짐 빼러 가자. 혹시 이삿짐센터 부를 필요가 있을까?"

"아뇨. 장롱이나 책상은 원래 다 그쪽 기물이라. 제 짐은 박스 서너 개 정도밖에 안 나올 듯해요."

"그럼 박스랑 신문지 좀 챙겨서 내 차로 옮기지 뭐."

지예가 혹시라도 결정을 반복할세라 진혁은 거침없이 진도를 뺐다. 별수 없이 지예도 이사하는 데 무엇이 더 필요할까 궁리해 보기 시작했다. 햇살이 드는 유리창을 보며 경쾌하게 기지개를 켜던 진혁이, 그녀에게 불쑥 물었다.

"근데 지예 씨. 달리기 되게 잘하는 편이지?"

"예? 달리기는 갑자기 왜요?"

뜬금없기 그지없는 질문에 그녀가 의아한 투로 되묻자, 진혁이 어색하게 웃으며 덧붙였다.

"아니. 원래 고양이가 사람보다 엄청 빠르잖아? 더욱이 새벽에 길도 어두웠을 텐데 용케 마포 안 놓치고 거기서 여기까지 온 게 신기해서. 지예 씨 혹시 학생일 때 육상 선수였던 거 아냐?"

"에이 설마요! 체육대회 같은 거 할 때 계주 선수로 뛴 적은 있지만, 그렇게 썩 잘 달리는 편은……."

"100m 달리기 몇 초 나왔는데?"

진혁이 단도직입적으로 물었다. 그러자 지예는 고개를 갸웃거리며 대답했다.

"음……. 그땐 한 13초 후반 정도? 지금 다시 재면 그보다도 느리겠죠?"

"……."

만약 새벽에 그녀에게 쫓긴 게 조조가 아니라 조진혁이었다면 어땠을까. 진혁은 생각해 보지 않을 수 없었다.

"세무사님은 몇 초 나오셨어요?"

지예가 해맑게 웃으며 기대를 가득 담은 눈으로 그에게 물었다.

"나야 뭐…… 남자 평균으로 나왔지. 지예 씨 진짜 빠르네……."

간신히 얼버무리며 진혁은 생각했다. 완전한 인간으로 돌아온다면 아무래도 조금…… 많이 분발해야겠다고.

❋

"마포. 하루 종일 잠만 자는 거야? 밥 좀 먹지……."

지예는 방석 위에 웅크려 자는 마포의 등허리를 쓸어내렸다. 고양이가 하루의 반 이상을 잠으로 보내는 건 지극히 자연스러운 현상이다. 그러나 며칠 전 쉼 없이 새벽 겨울 길을 달려온 뒤로, 마포는 밥조차 거르고 죽은 듯이 잠만 잤다.

"하아……."

내일도 이 상태면 병원에 데려가 봐야겠다. 지예는 거의 줄지 않은 사료 그릇에 한숨을 얹고는 거실로 나왔다. 그늘진 마음에 비해 거실 유리창으로 들어오는 햇살이 완연히 밝았다. 원체 집이 넓고 고즈넉해서 그런가. 시간마저도 널따란 바닥에 엎질러져 느리게 흘러가는 듯하다.

넓은 방들, 타일까지 반짝이는 화장실, 보는 것만으로도 성찬이 뚝딱 나올 듯한 테이블. 비단 시각적 요소뿐만이 아니라 온기, 감촉, 그리고 콧속으로 들어오는 공기까지도 자신이 막연히 그려 온 '완벽한 집'을 상회한다. 이런 집 한복판에서 불편의 불 자라도 입 밖에 냈다간 벼락이 내릴지도 모른다.

그러나 진혁이 '지방'으로 내려간 뒤, 지예는 닦아 내지 않은 얼룩처럼 깊숙이 물든 무언가를 집 안 곳곳에서 느꼈다. 사람은 으레 자신의 공간에 자기만의 색을 입히려 들기 마련이다. 그러나 이 집은 그러한 욕구가 배제되어 빈 냉장고처럼 휑하였다. 또한 조경 지식이 전무한 지예가 보기에도 거실 유리 너머로 보이는 정원의 상태는 절망적이었다. 겨울 추위보다도 매섭고 슬픈 무언가가 말라비틀어진 잡풀이나 고사목들에 엉겨 붙어 있었다.

지예는 거실 한 귀에 있는 어른 키만 한 장식장으로 시선을 돌렸다. 층마다 놓인 각양각색의…… 뒤집힌 액자들. 차마 마주할 수 없는 추억을 일일이 뒤집어 놓았을 그 사람의 마음.

'난 우리 집보다 더 넓은 집은 필요 없어. 지금도 충분히 넓고 적막하다 못해 가끔씩 나 자신이 사라지는 기분이니까.'

그땐 어딘가 의아하게도 느껴졌던 말이, 짙디짙은 아픔으로 되살아났다.

지예는 핸드폰을 꺼내 들었다. 지방까지 내려가야 할 정도로 중한 일을 처리하러 간 그에게 혹여나 방해가 될까 봐 그저 들었다 놓기만 몇 번을 반복했는지 모른다. 하지만 행여나 그에게 아주 잠깐이라도 통화할 여유가 있다면, 하고 싶은 말들이 너무나 많다.

가슴의 술렁임이 목구멍까지 치솟으려는 찰나, 핸드폰이 오르골 소리를 내며 반짝였다.

"앗!"

전화가 연결되자마자 들떠 오른 마음이 일말의 가림도 없이 튀어나왔다.

"네. 세무사님!"

— 지예 씨. 집에 잘 있지? 지낼 만해? 혹시 불편한 건 없고?

며칠 만에 전화한 그는 가장 먼저 지예의 안부부터 물었다. 지예는 입술을 살짝 깃씹은 뒤 나직이 말했다.

"제가 불편할 게 뭐 있겠어요. 세무사님은요? 일은 잘되어 가세요?"

그동안 이렇게 외롭고 슬픈 곳에서 어떻게 혼자 살아오신 거예요?

— 그럭저럭 마무리돼 가. 해 넘기기 전엔 완전히 해결될 거 같아.

"정말요? 다행이다. 그쪽 날씨는 좀 어때요? 날이 점점 추워지는 거 같아요. 옷 따뜻하게 챙겨 입으세요."

더 이상 춥지 않으셨으면 좋겠어요.

— 응. 지예 씨야말로 난방 잘 틀어 놓고 있어. 나보단 지예 씨가 훨씬 추위 잘 타잖아.

"세무사님……."

무심한 듯 포근한 말들을 가슴에 새기다가 지예는 불쑥 그를 불렀다. 그러자 그녀의 말을 기다리는 듯 핸드폰 너머가 잠시간 잠잠해졌다. 지예는 손가락으로 입술을 모아 잡은 채 숨을 고르고는 간신히 입을 열었다.

"돌아오시기 전에 꼭 연락 주세요. 따뜻한 밥이라도 지어 놓고 기다리게요."

안아 드리고 싶어요.

또다시 속말을 에둘러 말해 버리고는, 지예는 뜨끈해진 귓가를 손으로 덮어 눌렀다.

남자들은 곧 죽어도 피 한 방울 안 나오는 모습으로 앓고 싶어 한다. 사실 자신이 더 힘들 텐데도 그런 티를 전혀 안 내고 먼저 안부를 물어봐 주는 이 사람만 해도 그렇다. 금방이라도 녹아 버릴 듯 집무실 의자에 앉아 있었던 모습은 두 번 다시 안 보여 줄지도 모른다. 미련한 듯하면서도 심금을 울리는 그 자존심이 그에겐 매우 소중할 테니.

이 사람의 속은 물론 겉도 지켜 주고 싶다. 그의 빈 구멍을 어느 정도는 못 본 체하면서도 분명하게 봐 두었다가, 알게 모르게 채워 주고 싶다.

그래서 그의 굳은 심지를 흔들어 놓을 것 같은 말들을 에둘러 말하게 되었다. 그러나 그런 다짐을 하고도 대체할 수 없는 말이, 더 이상 눌러 참을 수 없는 말이 있다.

"좋아해요. 세무사님."

시한폭탄 스위치라도 든 양 핸드폰을 꽉 쥔 채, 지예는 눈을 질끈 감았다. 말은 그럭저럭 내뱉었는데 후폭풍이 너무도 강하다. 가슴이 벅차오른 티라도 덜 나게 목소리 좀 낮출걸. 이보다는 더 세련되게 말할걸. 아니면 보다 적절하고 근사한 순간을 위해 아껴둘걸.

한동안 시계가 멈춘 듯한 침묵이 이어졌다. 지예는 혹 자신이 실수로 핸드폰 전원 버튼을 눌러 버린 건 아닌지 확인하려 핸드폰을 귀에서 떼려 했다. 그때, 그의 목소리가 귓전에 떨어졌다.

— 지예 씨 사무실에 복귀 안 할 거라며? 그럼 난 이제 더 이상 '세무사님' 도 아니잖아. 이제 다른 호칭 좀 생각해 보는 게 어때?

"넷?"

예상과 전혀 다른 말에 지예가 눈을 깜박였다. 어딘지 볼멘소리에 가깝게 들리는 투로 진혁이 덧붙였다.

— 그런 말을 듣는 순간까지 세무사님이긴 싫어서.

"아……."

뜻밖의 요구에 그녀는 한동안 어버버거렸다. 디디고 선 단단한 바닥이 놀이 기구 회전판이라도 된 듯 사방이 빙글빙글 돈다.

그러다 어느 순간 지예의 입술에도 장난기가 어렸다.

"그럼, 왕자님이라고 불러도 될까요?"

— 푸핫, 지예 씨. 설마 진심은 아니지?

저편에서 진혁이 가볍게 웃음을 터뜨렸다. 어딘지 싱거운 반응에 지예는 숨을 들이마시고는 한결 더 또랑또랑하게 말했다.

"전 진심인데요? 여차하면 자기 집에 가둬 버리겠다고 할 만큼 걱정해 주고, 또 이렇게 전화해서 잘 지내는지도 물어봐 주고. 그 전에도 아플 때 들여다봐 주고, 또 정말 가 보고 싶었던 곳으로 데려가서 데이트도 해 주고. 세상에 이런 사람이 어디 있어요? 바로 옆에 백마 탄 사람이 얼쩡거린다 해도 전 앞으로 세무사님한테만 정신 팔려 있게 생겼어요. 거기다 진짜 왕자님처럼 멋지시고…….."

— 지예 씨…… 마음은 고마운데 내가 도저히 감당이 안 될 거 같다. 그거 말고 딴 걸로 하자.

이따금씩 보여 주는 이런 숫기 없는 모습도 얼마나 좋은지. 지예는 터져 나오려는 웃음을 간신히 눌러 참았다. 아직 못 다 표현한 마음들마저 일제히 '행복'이란 이름을 달고 가슴을 꽉 채워 온다.

마냥 다디단 일만이 가득하지는 않는 삶 속에서도, 머지않은 미래에 닥쳐올 필연적인 아픔 속에서도, 언제든 다시 웃을 수 있으리라는 믿음의 지지대가 되어 줄 사람. 그 자신도 세파를 잘 견뎌 내면서 끊임없이 멋진 사람이 되려고 노력해 왔기에, 정말 멋있는 남자로 거듭난 사람. 그래서 희망 그 자체가 되어 버린 나의 신사님. 앞으로는 뭐라고 부르면 좋을까?

"그럼, 진혁 씨라고 불러도 될까요?"

지예의 말에 또다시 한동안 침묵이 흘렀다. 이윽고 진혁이 낮게 잠긴 목소리로 대답했다.

　— 그 호칭으로…… 아까 했던 말 다시 한 번만 말해 주면 안 될까?

　그 사람이 다시 해 보라고 직접 말해 주니, 그 말이 더 이상은 어렵게 느껴지지 않는다.

　"네. 좋아요. 진혁 씨. 정말 좋아합니다!"

　— 지예 씨. 며칠 마음고생 하고 나더니 예전보다도 씩씩해진 거 같아.

　"진혁 씨. 두 번 말하게 하셨으니 이제 좋은 쪽으로 대답해 주실 거죠?"

　혀를 내두르는 진혁의 모습이 눈앞에 선하여 지예는 들으란 듯 활기차게 응수했다. 그녀의 능청스러운 말에 그는 웃음기가 설핏 어린 목소리로 대꾸했다.

　— 글쎄. 난. 그보다도 더 마음의 준비를 해야 하는 말이라서. 돌아와서 말할게.

　"그럼 더 많이 기대하고 있을게요. 진혁 씨. 조금만 더 힘내세요."

　힘을 얻기 위해 한마디 더 보챘음을 본능적으로 느꼈던 걸까? 그녀는 힘내라는 말에 역점을 주어 말하였다. 통화를 마치고 난 뒤 진혁은 한숨을 내쉬며 의자에 깊게 몸을 기대었다.

　그녀에게 고한 것과 달리, 진혁은 지방에 있지 않았다. 이번 일에 크나큰 후의를 베풀어 준 데다 몸도 편찮으신 전 대표를 생각해서라도 묘안동 지점을 비워 둘 수는 없었다. 그래서 낮에는 사무실에 정상 출근하고 날이 저물기 전 모텔을 경유하여 북아현동으로 달렸다. 그녀는 북아현동까지 따라와 똑같은 행태를 하는 조조에게 적잖이 놀란 모습을 보였지만, 이내 반가이 맞아 주며 기묘 원룸텔에 있을 때와 똑같이 해 주었다. 그렇게 9시간을 채우고 다시 묘안동 모텔로 달려가 아침을 맞았다. 동선이 몇 단계 추가된 만큼 안 그래도 수면이 부족한 진혁은 무참히 피로에 찌들어 갔다.

그럼에도 진혁은 나날이 무거워지는 몸보단 이 거짓말의 유통 기한이 더 걱정이었다. 자세한 내막까지는 모르더라도 자신이 서울에 계속 있다는 사실을 알면, 그녀는 더 이상 자신의 집에 머무르려 하지 않을 테니. 행여나 이 거짓말을 선의로 받아들여 준다 해도, 자신이 그를 집에서 몰아냈다고 생각하여 자책감을 느낄 여자다.

아마 오래가지는 못할 거다. 며칠 전만 해도 도 과장이 조만간 전화로 지예의 안부를 묻겠다고 공언하고 말았으니.

진혁은 책상 위에 놓인 달력을 응시했다. 12월 28일에 동그라미가 쳐져 있었다. 중간에 피치 못할 사정으로 거른 하루를 제외하였을 때, 그녀와 9주째 밤을 보내고 완전한 인간으로 돌아오는 날이다. 그때까지 무사히 버틸 수 있다면야 그 뒤론 딱히 거칠 것이 없을 듯하다.

오늘도 어김없이 날이 저물었다. 여느 때처럼 진혁은 묘안동 모텔 창문에서 뛰어나와 북아현동으로 향하였다. 그러나 염리동 골목으로 접어들려는 찰나.

"아무래도 걔 방 뺀 거 맞나 봐."

귀에 익은 목소리를 듣고 말았다.

낮은 담벼락을 담뱃불로 그슬리는 땟국 가득한 손. 이내 새 담배를 뽑아내어 맑은 밤하늘을 조롱하듯 자욱한 연기를 뿜어내는 입술. 검은 십자가를 연상시키는 검은 패딩 점퍼.

이것으로 세 번째. 진혁은 또다시 아무것도 할 수 없는 상태에서 기묘 원룸텔 관리인과 맞닥뜨리고 말았다.

"그러게. 딴 데로 이사 간다는 말도 없이 어딜 내뺐을까? 흐흐, 인마. 눈치는 무슨! 하루 이틀 해 보는 짓도 아닌데 내가 그렇게 허술하게 굴었을 거 같냐?"

그들의 화두는 그 지옥 같은 밤의 연장선이었다. 진혁은 소리 죽여 담벼락 위로 올랐다. 자신의 뒤통수를 노골적으로 노리며 다가드는 네발을 전혀 모르는지, 아니면 알고도 아랑곳하지 않는지, 사내는 한층 더 고조된 목소리를 내었다.

"어쩌긴. 특히나 걘 꾹 참고 아껴 뒀단 말이야. 이대로 그냥 보낼 수는 없지."

아낀다는 단어가 믿기지 않을 만치 추잡하게 들릴 날이 올 줄이야……

"일단 걔 이번 달 방세도 안 내고 갔거든? 내일 전화해서 방세 가지고 이리로 오라고 해야겠다."

그 말에 진혁은 허 하고 실소를 흘렸다. 요즘 세상에 사업용 계좌 놔두고 관리인 수금이라니, 참으로 시대착오적인 개소리를 지껄이고 앉았구나 싶어서.

그러나 통화 상대방이 비슷한 의문을 제기했는지 남자의 입꼬리가 비죽 올라갔다.

"여긴 내가 달마다 직접 돌아다니면서 세입자들한테 추가금 현찰로 받거든. 통장으로 다 받아 버리면 세금 많이 나오니까 엄 사장이 그렇게 하래서. 응. 뭐라고? 에이…… 현금 영수증이니 뭐니 귀찮은 소리 할 여력이 있으면 아예 여길 오지 말아야지. 어쨌든 그런 식으로 매달 고년 얼굴 잘만 봐 왔단 말이지."

시대가 변해도 아귀처럼 집어삼킬 줄밖에 모르는 작자들의 변칙 행위는 과히 변하지 않는다. 그렇게 건전한 상식을 거뜬히 벗어난 곳에선 추잡한 욕망들이 몸집을 불리기 마련이다. 그런 음침한 현실을 아주 잠시나마 잊고 말았다.

일말의 이성이나마 붙들 수 있는 상황이었다면, 일단 뒤도 안 돌아보고 이 자리를 떴으리라. 어차피 지예는 현재 자신의 집에 안전하게 머무르고 있다. 혹여나 터무니없는 요구에 응하지 말라고 날이 밝는 대로 그녀에게 전화 한 통 하면, 이 사내를 충분히 헛물켜게 할 수 있다. 무엇보다도, 지금 당장 계란으로 바위를 칠 수는 없는 노릇이다. 짐승 같은 욕망에 취해 눈빛이 흐려진 사내는 그 어느 때보다도 비대해 보였다.

그러나 담벼락 위의 쑥색 캐츠아이는 무서운 속도로 탁해져 갔다.

"불러내서 어쩔 거냐고? 흐흐. 자식. 다 알면서 모르는 척하긴. 알았다, 인마. 어떻게 할 거냐면, 낮에 아무도 없을 때 209호 앞까지 오라고 한 다음에 뒤에서……."

이렇게까지 신경 쓸 필요 없다는 이성의 속삭임이 진혁의 의식에서 말끔히 지워져 갔다. 외려 그 말이, 이렇게 탈바꿈하고 말았다.

"흐흐, 신고는 무슨. 요새 핸드폰 카메라가 얼마나 좋은지 아냐?"

너는 왜 하필 그녀에게…… 이렇게까지 해야만 하는가?

"지금껏 나를 거친 여자 중에 자기 작품이 퍼지길 원하는 애는 없더라고."

모든 감관이 마비되어 버린 듯 앞이 안 보이고 골목길 특유의 텁텁한 냄새조차 멎었다. 귓속을 파고들어 온 독액이 이 몸을 마저 죽여 버리고 나서야, 남이 그 역한 냄새를 대신 맡아 줄 듯하다.

"아, 쓉. 생각만 해도 침이 고이네."

오줌이라도 한 발 지린 듯 비릿한 표정을 지으며 벨트를 추어올리는 남자를 보며, 진혁은 뼈저리게 느끼고 말았다. 이럴 때 새삼 깨달아 버리기엔 너무도 아깝고 소중한 진실을. 하지만 진흙투성이 늪에서 말간 꽃대를 올리는 연꽃처럼 자명하여, 천국에서든 지옥에서든 깨달을 수밖에 없는 자신만의 진실을.

설지예를 사랑한다.

말만으로라도 그녀가 무참히 유린당하는 걸 도저히 참고 넘길 수 없을 만큼.

자신의 생존을 위해 남겨 두어야 할 최소한의 이성마저, 죽여 버리고 죽기 위해 팔팔 끓여 낸 쇳물에 들이부을 만큼.

그래서 도저히…….

"햐. 빨리 날이 밝았으면 좋겠다. 드디어 소원 성취할 날이 왔…… 어? 뭐야 이 고양이는…… 언제 이런 데까지 올라왔…… 읏? 으아아아악!"

용서할 수 없었다.

#13
아홉 번째 도장

　얼떨결에 진혁의 집에 머무른 지도 어언 6일째. 지예는 억장이 무너져 내릴 지경이었다. 어제 동물 병원에 다녀왔지만 마포는 좀체 기운을 차리지 못했다. 지금까지는 어디가 어때서 그렇단 식으로 비교적 뚜렷한 진단을 내려 주었던 수의사 선생님조차도 근심 어린 표정으로 '충분히 쉬는 것 외엔 달리 방법이 없을 듯해요.'라고만 하였다. 약을 처방받기는 했지만 병의 뿌리를 잡아 주는 종류는 아닌 듯하다. 더욱이 마포는 이젠 억지로 약을 먹일 엄두조차 안 날 만큼 기력이 쇠하였다.

　그리고 저녁마다 어김없이 찾아오는 조조의 상태도 며칠 전부터 심상치 않아 보였다. 어디 세게 부딪히기라도 한 듯 조조는 걸을 때마다 비칠댔다. 하지만 상처라도 있는지 확인해 보려 하면 필사적으로 회피하였다. 그러면서 또 새벽엔 어김없이 문을 열어 달라고 보채었다.

　고양이들도 고양이들이지만…… 진혁의 감감무소식이 지예를 더
더욱 불안에 시달리게 하였다. 혹여 일에 방해가 될까 봐 섣불리 전
화를 걸 수도 없고, 그렇다고 가만히 앉아서 기다리기만 하자니 기나
긴 침묵이 미묘한 불길함을 더한다. 뜨신 물 잘 나오고 실바람 하나
들어오지 않는 이 집의 고요함이, 한 치 앞을 모르는 미래 그 자체가
되어 버린 듯하다.

　불현듯 핸드폰이 울렸다. 진혁의 전화인가 싶어 지예는 얼른 핸드
폰을 확인했다. 하지만 화면에 뜬 이름은 그가 아니었다.

　"아, 애수 언니! 안녕하세요."

　— 아유, 뭘 그리 놀라! 잘 있었어? 지금 집이니? 너 지금 어때?
좀 괜찮아?

　저편에서 특유의 호들갑스러운 목소리가 들려왔다. 그 목소리가
새삼 정겹게 들려서 지예는 서글픈 미소를 지었다.

　"네. 전 잘 있어요 언니. 정말 죄송해요. 제대로 인사도 안 드리고
그만둬서……."

　— 됐어, 얘. 내가 그때 그 자리에만 있었어도 그 쓰벌 놈의 새끼
들 나한테 아주 그냥……. 아유! 지영이는 그때 자기가 괜히 나한테
세무서 같이 가자고 했다가 너 못 지켜 줬다고 얼마나 미안해하는지
몰라.

　"아니요. 순전히 제 잘못이었는걸요. 그렇게 생각하시면 제가 더
죄송해져요. 그리고 전 이제 정말 괜찮아요."

　— 그래. 듣자 하니 정말 어디에도 못 쓸 인간들이더라. 네가 충분
히 멘붕 올 만했어. 미친개한테 물렸다 생각하고 마음 추슬러.

　"네……."

인사도 제대로 하지 못하고 도망치듯 나와 버린 게 항상 마음에 걸렸는데. 지예는 직장 선배의 다감한 마음 씀씀이에 눈물이 돌 지경이었다.

— 근데 지예야. 너 아직도 그 집에 살지? 혹시 거기 관리인이랑 얘기해 본 적 있어?

"아…… 지금은 잠깐 다른 데 와 있어요. 근데 관리인은 왜요?"

도 과장이 갑자기 자신의 거취를 묻자 지예는 당황한 속을 감추고 적당히 얼버무렸다. 그러는 한편 '기묘 원룸텔 관리인' 축에 드는 한 사내에 대해 어렴풋이 떠올려 보았다.

계약 단계에서부터 기묘 원룸텔은 여러모로 시커먼 건물이었다. 자신을 관리인이라고 소개하며 나온 사내는 서울 시내에 이만한 보증금과 방세로 지낼 수 있는 집은 없다는 '사실'을 강조한 다음, 대신 임차인이 감수해야 할 사항들을 줄줄이 읊어 댔다. 월세 계약서가 두 장인 이유에 대해 자세히 알려 하지 마라. 어지간한 시설이나 기물들은 그냥 군말 없이 써라. 두 계약서의 차액분은 매달 관리인에게 현찰로 지불해라.

어지간히 아쉬운 사람이 아니고서는 받아들이지 않을 조건이지만, 그 아쉬운 부류에 해당하는 지예로선 선택의 여지가 없었다. 그리하여 달마다 직접 호실 앞에 찾아와 눈먼 돈과 사인을 받아 가는 그 사내는 실상 관리인이라기보단 수금원에 가까웠다. 그럴 때만 빼곤 좀체 모습을 드러내는 법이 없는 그 사람은 갑자기 왜?

— 내 친구가 마포 경찰서 여경이잖아. 걔가 그러는데, 그저께 마포 발바리 용의자가 잡혔대!

"아, 정말요? 어떻게요?"

지예는 얼른 자세를 고쳐 앉았다. '마포 발바리'라 함은 재작년부터 마포구 일대를 떠들썩하게 한 연쇄 성폭행범의 속칭이다. 이따금 씩 사무실 언니들이 뉴스 기사를 통으로 읊어 주던 인간인지라 집에 TV가 없는 지예도 익히 알고 있었다. 초창기엔 으슥한 염리동이나 묘안동 골목을 혼자 다니는 여성을 우발적으로 노리다가, 점차 묘안 동 원룸이나 고시원에 혼자 사는 여성을 계획적으로 노릴 만큼 치밀 해졌다지. 혹여나 그 마수가 자신에게도 뻗쳐 들면 어쩌나 싶어 지예 도 내심 공포에 떨었었다.

— 그놈이 한동안 잠잠하다가 지난달에 염리동에서 또 한 건 해 가지고 언론에서 아주 난리가 났잖아. 그래서 잠복 수사든 함정 수사 든 뭐라도 하라고 위에서 그렇게 난리였단다. 그래서 내 친구가 속한 팀이 염리동에서 함정 수사를 해 봤대. 무슨 영화에 나오는 것처럼 내 친구가 사복 차림을 하고 주변에 동료들이 숨어 있는 식으로. 처 음엔 그게 먹힐 거란 생각은 안 했대. 그놈이 길 가는 여자를 노리더 라도 점점 계획적으로 하는 추세라서. 근데, 그저껜가 그놈이 그거에 딱 걸렸댄다!

저편에서 쿵 하는 소리가 들렸다. 도 과장이 추임새를 넣는답시고 책상이라도 후려친 모양이다.

— 웃긴 게, 잡을 때 그놈 얼굴에 아주 흉측한 상처가 나 있었대. 본인은 고양이가 할퀸 거라고 주장한다지만 혹시 모르지. 그 전에 다 른 여자 잘못 건드렸다가 당했을 수도. 어쨌든 경찰은 그 치밀한 놈 이 그렇게 어이없게 걸려든 이유가 그 상처 때문에 순간적으로 빡 돌 아서 이성을 잃은 탓이라 보고 있대. 만약 진짜 고양이한테 당한 거 라면, 정말로 천벌을 받은 거지 뭐. 아직은 용의자 신분이고 DNA 검사 결과가 정확히 나와 봐야 알겠지만, 몽타주라든지 피해 여성들 증언 등을 종합해 봤을 때 그놈이 거의 확실하대.

"저도 그 사람 때문에 되게 불안했었는데…… 피해자가 더 생기기 전에 잡혀서 정말 다행이에요."

지예가 안도의 한숨을 내쉬는 찰나 도 과장이 호들갑스레 덧붙였다.

— 그보다 더 중요한 사실이 있어! 조사 과정에서 그놈 직업을 알아보니, 글쎄 그놈이 묘안동 일대에 있는 원룸 몇 곳의 관리인을 하고 있더라는 거야. 피해 여성들도 주로 그놈이 관리하는 곳이나 그 근처 원룸에서 봉변을 당했대. 그 얘길 들으니 갑자기 네 생각이 나서 전화해 봤어. 물론 너희 관리인하곤 상관없을 수도 있겠지만, 그래도 혹시 모르니 조심해야지.

왜인지 등골이 오싹하여 지예는 핸드폰을 떨어트릴 뻔했다. 더 이상은 이 이야기를 하고 싶지 않았다.

"전 별일 없었어요. 그보다 언니. 요새 사무실은 좀 어때요? 이제 곧 있으면 1월이니 정말 바쁠 텐데……."

— 뭐 아직 본격적인 시기는 아니니 우린 그럭저럭 일하지. 오히려 난 세무사님 상태가 더 걱정이야.

"세무사님이 왜요?"

지예의 목소리가 단번에 올라갔다.

— 세무사님 요새 상태가 영 말이 아니야. 대체 밤에 뭘 하는지 점심시간엔 밥도 안 먹고 병든 닭처럼 의자에서 새우잠을 자고. 게다가 그저께부터인가는 어디 다치기라도 했는지 걸을 때마다 엄청 힘들어하더라. 병원 가 봐야 하는 거 아니냐 해도 통 말을 안 듣고.

"잠깐만요, 언니. 세무사님 지금 지방 내려가 계신 거 아니었어요?"

지예가 화급히 도 과장의 말을 자르고 물었다. 그러자 그녀는 무슨 생뚱맞은 소리를 하느냐는 듯 되물었다.

— 지방이라니? 너 대체 어디서 그런 얘길 들은 거야? 세무사님 계속 사무실 나오셨는데? 몸이 안 좋아서 그런지 예전보다 조금 더 일찍 들어가시긴 하지만. 어휴, 집에 뭔 우환이라도 있는지…….

"언니. 죄송한데 제가 나중에 다시 전화할게요."

지예는 망연자실하게 핸드폰을 내려놓았다. 새파란 바다 한복판에서 좌초된 배처럼 한참을 주저앉아 있던 그녀는, 온갖 생각의 파편들이 자신을 더 찔러 오기 전에 핸드폰을 다시 들었다. 잠시간 안내 멘트가 흐르다가 전화가 연결되었고, 상대방이 대뜸 인사를 하였다.

— 감사합니다. 세무 법인 묘촌 조진혁입니다.

"세무사님. 지금 어디 계세요?"

그 말에 두 사람 모두 할 말을 잃었다. 대답할 필요도 없는 질문임을 서로 알고 있었기에. 지예는, 그의 사무실 직통 번호로 전화를 걸었다.

잠시 뒤 진혁이 전화를 받을 때만큼이나 힘이 없는 목소리로 말했다.

— 내가 핸드폰으로 다시 전화할게. 잠시만 기다려.

통화가 끊기고 난 뒤 5분 뒤에 그의 핸드폰으로 다시 전화가 왔다. 자리를 옮긴 모양이다.

— 지예 씨. 나한테 화를 내도 정말 할 말이 없지만, 그 전에 내 얘기 좀 들어 줄래?

"네. 말씀하세요."

화가 나서 전화한 게 절대 아니라는 말을 먼저 하고 싶었지만, 지예는 일단 그에게 한 박자 양보하기로 하였다.

— 내가 지방에 내려갔다는 부분만은 지예 씨한테 거짓말한 거 맞아. 하지만 그 전에 한 이야기들은 전부 진짜야. 기묘 원룸텔은 사실상 엄 사장 차명 재산이고, 그 관리인이란 놈도 심상치가 않고……. 굳이 이런 사실들 때문이 아니더라도, 난 더 이상 지예 씨를 그런 데 살게 할 수 없었어. 하지만 내가 지금 하루 종일 지예 씨를 지켜 줄 수 있는 상황이 못 되고…….

"……."

— 그런데 때마침 마포가 마치 지예 씨를 데려오다시피 우리 집에 왔길래…… 더더욱 이대로 보낼 수 없다고 생각했어. 지예 씨. 이것만은 믿어 줘. 내가 앞으로 혹시라도 지예 씨한테 더 거짓말을 할 일이 생긴다면, 어디까지나 지예 씨를 보호할 목적으로…….

"그럼, 왜 세무사님이 나가신 거예요?"

지예의 목소리에 물기가 어렸다.

"세무사님이 절대 나쁜 의도로 그런 거짓말을 하실 분 아닌 거, 저 너무 잘 알아요. 하지만 그렇다고 저 때문에 세무사님까지 본인 집에서 나와 버리시면 어떡해요? 물론 저랑 같이 있으면 세무사님께서 많이 불편하시겠죠. 이렇게까지 세무사님에게 폐를 끼치고 있는 줄 알았으면, 전……."

— 잠깐만! 내가 불편해서 나온 건 절대 아니야.

"그러면…… 제가 불편할까 봐 그러셨어요?"

지예의 물음에 진혁이 한숨을 내쉬고 대답했다.

— 당연하지. 혼자 사는 남자가 자기 집에 단둘이 있자고 하면, 어떤 아가씨가 그 정신 나간 제안을 받아들여? 더욱이 이 모든 상황들을 지예 씨한테 충분히 납득시키기도 전에, 나부터가 지예 씨를 그렇게 함부로 생각하는 남자가 될 수는 없었어.

주체할 수 없는 감정이 지예의 눈앞을 꽉 메웠다. 그녀가 간신히 억누르는 감정을 여전히 화 따위로 생각하는지, 진혁은 숫제 사정조로 덧붙였다.

— 지예 씨…… 조금만 더 참아 주면 안 될까? 정 불편하다면 내가 다른 집이라도 알아봐 줄게. 그러니 혹시라도 그 집으로 돌아간다든지 고시원 같은 데 가겠다는 말만은…….

"전, 그런 거 하나도 신경 안 써요!"

참았던 눈물이 기어이 감정과 함께 왈칵 터져 나왔다. 뜨거운 눈물을 주룩 흘리며 이제는 지예가 그에게 사정하기 시작했다.

"세무사님. 아니, 진혁 씨. 전 당신이 생각하는 것보다 훨씬 진혁 씨를 믿는다고요. 저 이제 무조건 진혁 씨가 하라는 대로 다 할게요. 이 집에 영원히 있으라면 그렇게 할 게요. 그러니까 제발, 진혁 씨야말로 자기 집 떠나서 이상한 데 있지 마세요. 흐윽……."

가뜩이나 힘든 그에게 추 하나라도 더 얹고 싶지 않은데, 핸드폰을 든 채로 가슴이 찢어져 버렸다. 통화가 끊긴 줄도 모른 채 지예는 입을 틀어막고 울음을 삼켰다.

얼마나 시간이 흘렀을까. 돌연 현관문 손잡이가 비틀렸다. 채 마르지 않은 얼굴로 지예는 그쪽을 보았다. 그길로 곧장 이리로 달려온 듯, 현관에 발을 들인 채 세찬 숨을 몰아쉬는 진혁이 보였다.

지예의 얼굴을 보고 진혁의 얼굴이 참담하게 일그러졌다.

"지예 씨. 난……."

숨을 몰아쉬며 무어라 말하려다 그가 이를 악문 채 현관 바닥에 넘어졌다. 지예가 소스라치며 곧장 그리로 달려갔다.

"진혁 씨. 왜 그래요? 혹시 어디 다쳤어요?"

순간적으로 제 배를 감싸 안는 진혁을 보고 지예는 문득 조조의 모습을 떠올렸다.

"아니, 아무것도 아니야. 그보다 지예 씨야말로 괜찮아? 왜 울어?"

진혁이 몸을 가누어 지예의 얼굴을 어루만졌다. 지예는 불시에 자신을 감싼 차가운 감촉에 눈을 크게 떴다.

"아, 미안. 차갑지?"

반사적으로 떨어지려 하는 차가운 손을 지예는 자신의 손으로 덮어 눌렀다. 그의 손을 녹이려는 듯. 그리고 더 이상 숨길 수 없는 마음으로 이끌려는 듯, 그 손이 온기와 힘을 더해 갔다.

그제야 진혁은, 자신도 어느새 그녀의 숨결이 좀 더 가까이 느껴지도록 고개를 내밀고 말았음을 깨달았다.

진혁의 나머지 손이 젓가락 짝이라도 맞추듯 그녀의 맞은편 머리칼로 향했다. 손가락을 품는 머리 타래가 평생 겪어 온 그 어떤 천보다도 부드럽고 따스하다. 자신의 머리칼을 숫접게 유영하는 굵직한 손가락을 가만히 느끼며, 지예는 눈물에 젖어 반짝이는 눈에 그의 눈을 담았다. 시선이 이어지자, 무언가를 예감한 듯 그녀의 눈이 사르르 감겼다.

이윽고 눈이 내리듯 서서히, 그의 입술이 그녀의 입술에 내렸다.

감은 눈 너머로 세상은 감쪽같이 사라졌는데, 서로가 그 어느 때보다도 잘 보였다.

"지예 씨. 분명히 말해 두겠는데 나 폭력 사건 같은 데 휘말린 거 절대 아니야. 그냥 칠칠치 못하게 어디 세게 부딪혀서 이래. 잠깐 쉬면 괜찮아질 테니 너무 걱정하지 마."

"그래도 병원 가 보셔야 하는 거 아니에요?"

코트 차림으로 침대에 누운 진혁의 등에 지예가 제 몸을 살포시 겹쳐 붙였다. 뒤에서 자신을 따스하게 감싸는 그녀의 자그마한 품을 느끼고 진혁이 기분 좋게 눈을 감았다.

"나중에라도 가 보면 되지 뭐. 아직은 움직일 만해. 지금 당장은 '그 일'을 얼른 마무리 지어야 돼."

"그럼 오늘 저녁에도 가 보셔야 되나요?"

"응. 한시도 미뤄지게 할 수 없지. 그만큼 지예 씨를 기다리게 해 버리니까."

"그러시구나. 좀 쉬셨으면 좋겠는데……."

지예는 뜨끈한 이마를 진혁의 등에 대었다. 혹여 부담을 줄까 봐 더 묻지도 못하는 안타까운 마음을 담아서.

"이만하면 충분히 휴식이 돼."

진혁이 뒤에서 뻗어 온 지예의 손을 감싸 쥐고 부드럽게 만지작거 렸다. 지예는 그가 더 잘 만져 볼 수 있도록 팔을 살짝 더 앞으로 뻗 었다. 그 작은 배려를 캐치해 낸 그는 웃음 지을 수밖에 없었다.

"근데 이 자세 진짜 좋다……. 늑골 상태만 멀쩡했어도 나도 해 주는 건데. 다음엔 나도 꼭 지예 씨한테 해 줄게."

그 말이 뭐라고 웃긴지. 지예는 그의 등에 얼굴을 더 깊게 파묻고 쿡쿡 웃었다. 처음에 만났을 땐 그저 일 잘하면서 더없이 방어적으로 보였던 세무사님이었건만. 이제는 스물네 살 처자조차 살짝 위기감 을 느낄 만큼 귀여워질 줄 누가 알았을까?

"백허그는 진리죠."

나도 얼른 노력해서 이분 반만큼이라도 귀여워져야겠다. 지예는 내심 그렇게 다짐했다.

"어, 이런. 이제 가 봐야겠다."

어느덧 침실 창문에 잠긴 하늘이 푸르스름해졌다. 진혁이 핸드폰으로 시각을 확인하고는 침대 시트를 짚고 몸을 일으키려 하였다.

"제 손 잡고 일어나세요."

지예가 얼른 자리에서 일어나 그에게 두 손을 내밀었다. 진혁은 기꺼이 그 손에 자기 손을 내맡겼다.

"나오지 마. 바깥에 많이 추워."

현관까지 따라 나온 지예에게 진혁이 손사래를 쳤다. 신발을 신으려다 말고 아쉬움 가득한 표정으로 자신을 보는 그녀에게 그가 나직이 말했다.

"곧 또 보자."

그 말을 보증하기라도 하듯 진혁은 지예의 뺨에 가볍게 입을 맞췄다.

그래서일까. 문이 닫힌 뒤에도 따스한 생각들이 온갖 안타까움을 덮어 주었기에, 지예는 가슴 뭉클하게 미소 지었다.

해가 여운에 잠겼다. 이제야 좀 정신이 돌아온 지예가 뭐라도 해 볼까 하고 기지개를 켜는 찰나, 현관문 긁는 소리가 났다.

"조조야! 우리 조조, 조조!"

고등어 태비 고양이가 현관에 발을 들이기 무섭게 지예는 앉은 자세로 놈의 목덜미를 와락 끌어안았다. 갑작스러운 포옹에 과히 놀라는 기색 없이, 조조도 슬그머니 턱을 지예의 어깨에 올려놓았다.

"진혁 씨가 가고 나니 조조 씨가 왔네? 조조, 혹시 오다가 우리 진혁 씨 못 봤어?"

우리 진혁 씨라니. 자기가 말해 놓고도 볼이 막 따끔하여 지예가 머쓱하게 웃었다. 앞으로 익숙해지려면 하다못해 조조 앞에서라도 계속 연습하긴 해야지.

"하아……."

지예는 차오른 숨을 내쉬며 조조의 까만 등에 얼굴을 대었다. 불안한 일들과 꿈 같은 순간들이 가슴과 머리에 한가득 들어차서 자꾸만 숨을 고르게 된다. 그래도 자신의 신사님과 그를 꼭 빼닮은 고양이가 24시간을 나누어 가지기라도 한 듯 자신을 찾아 주니, 어떠한 근거도 없이 위안이 된다.

하지만 그래도 진정 바라는 게 있다면…….

"조조도, 진혁 씨도, 24시간 함께 지낼 수 있게 되었으면 좋겠다. 더 이상 고생하지 않고……."

그녀의 읊조림에 고등어 태비 고양이 역시 생각했다.

무사히 그녀의 24시간을 가질 수만 있다면, 단 일분일초라도 허투루 쓰지 않겠다고.

그날 밤. 마포를 달래어 겨우 약을 먹이고 난 뒤, 지예는 눈을 잠깐 붙일 생각으로 침대 위에 누웠다가 그대로 깊은 잠에 빠져들었다. 진혁은 지예의 팔 안에 파고든 자세로 연신 눈을 깜박였다. 이 안에 있자니 심장이 간질간질하면서 더 부지런하게 뛰어서 그런가, 평소보다 잠을 쫓아내기가 한결 수월했다.

오늘 밤이 지나면 조조로서 그녀의 곁에 머무를 수 있는 날이 하루 더 줄어든다. 하지만 그 빈자리를 메우고도 남을 마음을 그녀에게 주겠다고 당당하게 말할 날이 더 가까워지리라.

정말, 행복하다.

의사에게 보이지 못해 나날이 더해 가는 늑골의 통증을 느끼면서도, 수 주간 이어진 철야로 거북이 눈처럼 둔탁해진 눈꺼풀을 깜박이면서도, 진혁은 그렇게 생각했다.

행복감이 크면 클수록 마음 한구석에 불안감도 생기기 마련이다. 최고의 순간을 위해 분투하는 진혁에게도 그러한 마음이 비상용 소화기처럼 놓여 있긴 하였다.

그러나 요 며칠간 온갖 최악의 경우를 생각하고 대비해 온 그로서도, 이 성스러울 만치 고요하고 안온한 밤에 불청객이 비집고 들어오리라곤 상상도 못 했다.

똑똑.

섬뜩하리만치 점잖은 노크가 진혁의 작은 머리통을 뒤흔들었다.

똑똑똑.

오후에 집을 나설 때 분명 현관문과 대문 모두 철저히 잠가 두었다. 담벼락에 있는 개구멍도 몸이 유연한 고양이나 겨우 드나들 정도의 크기다. 그래도 만에 하나, 어떤 말도 안 되는 수로 들어왔든지 간에 저 밖에 있는 게 도둑이라면?

똑똑똑똑.

아직 아무 소리도 듣지 못한 듯 잠결에 자신을 꼬옥 끌어안는 지예의 손이 마음을 더 가파르게 하였다.

결국 진혁은 이를 악문 채 그녀의 품에서 빠져나왔다. 정말로 도둑놈이 정원까지 침입해 최후의 보루를 뚫으려는 참이라면 목청껏 울기라도 하여 경고할 참으로. 그러나 침실에서 나와 본 순간, 숨이 멎을 뻔했다.

"오랜만이군."

침입자는 이미 집 안에 침투해 있었다. 하지만 한눈에 봐도 이 집 안의 재물 따위엔 별 관심이 없어 보이는 작자였다. 약 9주 전, 조진혁을 대문 밖으로 불러내어 이 무시무시한 저주를 내렸을 때도 그랬으니.

동물 마스크 바바리맨. 정확히는 캐트 시가 농염한 어둠속에서 진혁을 굽어보고 있었다.

"이번엔 또 무슨 일로 온 거지?"

진혁은 다소 누그러진 목소리를 내었다. 이 와중에 귀신보다도 무서운 인간은 아니라서 참 다행이라는 생각이 들었다. 또한 이 작자가 이 야심한 시각에 자신을 찾아온 연유가 행여나 지금이라도 자신을 완전한 사람으로 돌려놔 주기 위함이 아닌가, 내심 낙관적인 지레짐작까지 해 보았다.

그러나 캐트 시는 뜻밖의 말을 했다.

"시간이 되었네. 우리 세계의 법도대로 이 세상에서의 마지막 시간을 준비하러 가세나."

그 말이 얼른 이해가 되지 않아, 진혁은 캐트 시를 멍하니 올려다 보았다. 그러자 캐트 시가 머리를 긁으며 중얼거렸다.

"그러고 보니 저번에 내가 '소원'만 집행하고 가 버리는 바람에 우리 세계의 법도에 대해 제대로 알려 주지 못했군. 시간이 얼마 안 남았으니 간략하게 설명하도록 하겠네. 모든 고양이는 태어나면서 9개의 도장이 주어지지. 그 도장은 죽을 고비를 넘길 때마다 1개 혹은 그 이상이 사라지게 되고. 그러다 마지막 도장만 남게 되면 무지개다리를 건너기 90시간 전에……."

"잠깐만!"

이미 알고 있는 이야기를 구구절절 늘어놓으려는 캐트 시의 말을 끊고 진혁이 앞발을 모았다. 뭔가 착오가 있는 게 분명하다. 불과 일주일 전에 마지막으로 확인해 봤을 때만 해도 도장이 반이나 남았었단 말이다.

그 뒤에 걸리는 일이라고는 마포를 이 집으로 인도하던 중에 놈을 보호하려다 오토바이에 치일 뻔한 일. 그리고 그저께 그 파렴치한 관리인의 면상에 발톱 자국을 남긴 대가로 복부를 몇 차례 걷어챈 일. 그 두 가지 사건 밖에는⋯⋯.

'충격의 강도에 따라 도장이 한 번에 여러 개 사라질 수도 있지요.'

"⋯⋯."

처음 고양이가 되었던 밤에 자유형이 했던 충고 중 가장 흘려들었던 부분이 귓전을 맴돌았다. 눈물을 흘리는 아홉 번째 고양이만을 남겨 두고 휑하게 빈 종이가 두 발 사이로 모습을 드러낸 뒤에야.

"계속 자고 싶으면 원대로 해도 좋네. 하지만 날 따라오지 않는다 해도 '예정된 일'이 바뀌지는 않는다는 점을 유념하게."

그 말에 진혁은 얼른 고개를 들어 써늘하게 굳은 얼굴로 말했다.

"아니. 갈게."

"그럼 다른 데 한눈팔지 말고 내 등만 보고 따라오게나."

캐트 시가 돌아서자 그의 얼굴처럼 시리도록 새하얀 꼬리가 드러났다.

대문을 나설 때만 해도 진혁의 공간 감각은 비교적 또렷했다. 하지만 대문 문턱을 넘은 순간, 무언가에 홀리기라도 한 듯 두 눈과 네 발이 캐트 시의 꼬리만 쫓게 되었다.

칠흑처럼 까만 안개가 바깥 세상에 존재하는 온갖 장애물을 먹어치운 듯했다. 걸으면 걸을수록 천장이 한없이 무겁고 두껍게 느껴졌다.

마치 지하 세계로 끌려 들어온 것 같다. 진혁이 그리 생각하는 찰나, 캐트 시가 가던 걸음을 멈추었다.

경첩 소리도 없이 어떠한 공간이 열렸다. 그 공간 역시 그리 밝지는 않았지만, 안에 있는 사물을 겨우 분간할 수 있을 정도는 되었다.

무수히 많은 상자들이 사방에 차곡차곡 쌓여 있었다. 그리고 전방에 전시용 쟁반이나 접시를 끼워 넣는 용도로 추정되는 받침대가 보였다.

캐트 시는 최근까지 사용한 듯 공간 한가운데 끄집어져 나온 상자를 열었다. 그 안에 포개어진 수백 개의 은빛 접시들이 서늘한 빛을 흘렸다. 규격도 빛깔도 똑같은 접시들을 캐트 시가 열심히 뒤적이기 시작했다. 그러는 동안 진혁은 그 상자에서 '2010.12'라는 문구를 발견하였다.

"이 접시가 자네의 마지막 순간을 비쳐 줄 걸세. 모쪼록 마음의 준비를 하는 데 도움이 되길 바라네."

캐트 시가 접시를 하나 골라내어 진혁에게 그 뒷면을 내보였다. '조조'가 한글 정자로 적혀 있었다. 그 밑에는 '2010.12.27. 18:00'라는 문구가 새겨져 있었다.

캐트 시가 엄숙한 몸짓으로 접시를 받침대에 끼우자, 딱 고양이 밥그릇만 한 크기의 접시가 소형 텔레비전처럼 어떠한 영상을 송출하였다. 진혁은 접시에 머리를 바짝 붙여 그 영상을 들여다보았다.

차들이 쌩쌩 달리는 어느 도로가 보였다. 그러다 이내 화면의 초점이 인도로 옮겨 갔다. 그러자 익숙한 점포들이 눈에 들어왔다. 근처에 하나 있는 횡단보도까지 확인한 순간, 진혁은 그 장소를 완전히 알아보았다.

그곳은, 지예가 마포를 입원시켰던 24시간 동물 병원이 있는 염리동 도로변이었다.

마치 누군가를 찾으려는 듯 화면의 초점이 인도 위를 지나는 사람들의 얼굴들을 이리저리 훑었다. 화면에 비치는 시야각이 꼭 고양이로 변했을 때의 자신과 같았다. 그제야 진혁은 접시 뒤에 새겨진 문구와 이 영상이 의미하는 바가 무엇인지 대략적으로 알아챘다.

그것은, 2010년 12월 27일 오후 6시쯤에 조조인 자신이 보게 될 광경이었다.

영상에 비치는 장소를 보아하니 자신이 앉은 자리에서 '마지막 순간'을 맞지는 않는 모양이다. 그렇다면 결국, 자신이 완전한 사람으로 돌아갈 수 있는 날을 목전에 두고 불의의 사고로 세상을 등지고 만다는 아주 극적인 스토리라도 나올 셈인가?

물론, 자신이 진짜 고양이 수준의 인지 능력을 지녔다는 전제하에 말이다.

진혁은 신랄한 눈초리로 영상을 노려보았다. 정확한 시각과 장소까지 알았겠다, 이제 남은 건 이 얼토당토않는 죽음의 빈틈을 찾아내는 일뿐인가? 뭐, 복잡하게 생각해 볼 것도 없이 자신은 그저 2010년 12월 27일 오후 6시에 지예의 품 안에서 나른하게 하품이나 하면 될 테지.

그러한 생각에 내심 통쾌함까지 느끼며 지켜보던 영상에, 스카이블루색 코트가 잡혔다.

뜨악한 마음과 함께 초점이 단박에 위로 치솟았다.

설지예가⋯⋯ 고개를 떨어트린 채 횡단보도 쪽으로 터벅터벅 걸어가고 있었다. 그녀의 손엔 이동장이 들려 있었다. 비록 그녀의 세세한 표정까지 화면에 비쳐지지는 않았지만, 진혁은 한눈에 그녀의 상태가 심상치 않음을 알아챘다.

예전에 마포가 입원했을 때 동물 병원을 오가던 지예의 모습이,

영상 속 그녀의 모습과 똑 닮았다.

지예는 무단 횡단을 하지는 않았다. 그러나 진혁은 횡단보도 맨 가에 선 그녀의 위치가 미치도록 불길하였다.

이윽고 보행자 신호등에 불이 들어오고, 지예는 일제히 걸음을 떼는 행인들을 따라 횡단보도에 발을 내디뎠다. 그때, 영상의 초점이 빠른 속도로 그녀의 곁을 스쳤다. '자신'이 그녀를 앞질러 횡단보도 한복판에 섰다.

"어…… 조조야?"

지예가 오던 걸음을 멈추고 눈을 동그랗게 뜬 채 이쪽을 보았다. 다른 행인들도 횡단보도 한복판에 난입한 고양이를 신기한 듯 바라보았다.

그때, 행인들 중 몇몇이 무언가를 보고는 '어? 어!' 하고 경악성을 내질렀다. 영상의 초점이 그들이 보는 쪽을 향한 순간, 거대한 쇳덩이가 그 넓은 시야각을 남김없이 메웠다. 여럿이 내지르는 날카로운 비명 소리에 그녀의 목소리도 섞여 들었던 듯했다.

거기까지가 진혁이 목격한 조조의, 90시간 뒤에 맞을 그 자신의 마지막 순간이었다.

#14
악몽

"뭐야 이…… 어처구니없는……."

선무당에게 질펀하게 돈을 뜯기고 난 기분이 딱 이럴까? 영상이 끝난 직후, 진혁은 자신의 고양이 이름이 적힌 은빛 그릇 앞에서 실소를 흘렸다. 그러나 곁에 서 있는 캐트 시의 얼굴엔 아무것도 떠오르지 않았다. 그가 굳이 나서서 무어라 설득하려 들지 않아도, 어둑한 침묵이 둔중하게 진혁의 마음을 죄어 왔다.

진혁은 서서히 꼬리를 안쪽으로 말았다. 방금 본 건 막장 단막극 그 이상도 그 이하도 아니라는 아우성이 그의 머릿속에 팽배했다. 허나 그러한 마음의 한 겹 뒤에선 이미 영상 속 그녀의 모습이 수도 없이 되감아지고 있었다.

지예가 그곳에 갈 만한 일은 하나뿐이다. 손에 들려 있던 이동장을 보아, 그녀가 동물 병원에서 마포를 데리고 나온 상황인 듯하다.

영상 속 분위기로 미루어 보건대, 이동장 속 마포의 상태는 그 어느 때보다도 위중한 듯 보였다. 그 바람에 지예는 횡단보도를 무시무시한 속도로 가로지르는 신호 위반 차량을 충분히 경계할 상황이 못 되었고. 그런 그녀의 주의를 환기시키려 횡단보도 한복판에 난입했다가, 자신이 오히려 죽음을 맞는다는 내용인가?

진혁은 또다시 실소를 흘렸다. 좀 아찔한 상황이긴 하나, 영상 속 지예의 걸음걸이는 매우 느릿한 데 반해 문제의 차량은 매우 빨랐다. 굳이 자신이 어설프게 끼어들었다가 개죽음을 당하지 않아도, 그녀가 그 지점에 도달하기도 전에 차량이 충분히 먼저 횡단보도를 가로지를 듯 보였다.

그렇다면 자신은, 2010년 12월 27일 오후 6시에 그 장소에 얼씬도 안 하면 그만 아닌가.

그런 식의 결론을 내리며 진혁은 안도감을 얻으려 하였다. 그러나 그 안도감은 오래지 않아 금이 간 컵에 담은 물처럼 줄줄 새어 나오기 시작했다.

만약 그 순간, 지예의 걸음이 도중에 빨라지기라도 한다면? 아니면 그 차가 도중에 조금이라도 속도를 늦춘다면? 다른 이였다면 별고민 없이 적용하였을 눈어림을 기반으로 한 추측이, 그 대상이 지예가 되는 순간 급속도로 신뢰성이 하락하였다.

자신이 그 순간에 전혀 개입하지 않는다면, 그녀가 결코 있어서는 안 될 일을 당할 확률이 단 1%라도 생겨나고 만다. 그러나 자신이 영상대로 똑같이 한다면, 그녀가 무사할 확률은 사실상 100%이다.

자신의 생존. 그리고 그녀의 무사. 다른 것과 비교하자면 정말 일고의 여지도 없는 문제들이, 그 영상 하나로 천칭 위에 오르고 말았다.

진혁은 더 이상 웃을 수 없었다.

"영상을 더 보고 싶다면 시간을 좀 더 주겠네."

캐트 시의 말에 대답하는 대신 진혁은 주변을 빙 둘러보았다. 사방에 무수히 쌓인 상자들마다 연월이 적혀 있었다. 아마 그 안에는 해당 연월에 마지막 순간을 맞은 고양이들의 미래, 이제는 회상이 되어 버린 영상이 담겨 있으리라.

진혁은 조금씩 걸음을 옮기며 상자들을 묵묵히 살펴보았다. 여기까지 와서도 자신의 마지막 순간에 경각심을 가지기보단 호기심 천국 일색이던 고양이들을 적잖이 봐 왔기에, 캐트 시는 진혁의 행동에 큰 의미를 두지 않았다. 그때, 진혁이 불쑥 그에게 물었다.

"혹시, 예전 영상 하나만 볼 수 있을까?"

그 물음에 캐트 시는 잠시 생각해 보고 답했다.

"이미 무지개다리를 건넌 고양이 거라면 상관없지. 하지만 자네가 고양이 이름뿐만 아니라 정확한 연월일까지 알고 있어야지만 찾아줄 수 있……."

"2006년 4월 14일. 이름은 곰이."

캐트 시는 잠시간 진혁을 뚫어져라 바라보다가, 2006년 4월 박스를 염력으로 끄집어냈다. '곰이'라고 적힌 은쟁반이 받침대에 꽂힌 순간, 진혁은 자신의 인생이 한차례 무참히 끊겼던 그날로 빨려 들어갔다.

10여 년을 우직하게 달린 승용차 특유의 잡음이 오후 햇살에 잔잔히 부서져 음악처럼 귓가를 맴돌았다. 연한 잎이 돋아난 나무들, 잔잔히 흐르는 강, 햇살 묻은 양털 구름이 떠가는 푸른 하늘이 펼쳐졌다. 다만 적록 색맹인 고양이의 시각이라 그런지, 연초록빛으로 보여야 할 봄날의 초목들이 가을 논처럼 노랗게 보였다.

차창 밖에 머물던 영상의 초점이, 운전석에 앉은 남자의 희끗한 뒷머리에 잡혔다.

"정말 끝내주는 날씨로군. 조만간 진혁이랑도 꼭 한번 와 봐야겠어."

잊고 싶지 않아도 세월이 조금씩 희미하게 지워 나갔던 목소리. 이리 생생히 들으니 얼마나 그리웠는지 새삼 깨닫게 되어 버리는 목소리.

운전석에 앉은 남자는 정말로 아버지였다.

"진혁이가 당신이 만든 닭개장을 좀 떠먹으면 좋을 텐데. 자취한다고 나간 뒤로 제대로 챙겨먹는지 항상 걱정이야. 반찬도 필요 없다고 잘 안 받으려고 하니……."

"그러게 말이에요. 내가 아직 진혁이에 대한 연구가 한참 부족하네요."

바늘 가는 데 실 가듯 보태어지는 사근한 말소리에 진혁의 숨이 잠시간 멎었다.

곁에서 자신의 말을 경청하는 후처와 집에 있는 아들. 그 사이를 비집고 들어오듯 아버지가 조심스레 말을 골랐다.

"내가 두 사람 모두에게 미안해서 지금까지 대놓고 말은 못 했지만, 언젠간 꼭 진혁이도 당신에게 마음을 열리라 믿어. 그 녀석은 제 엄마가 떠났을 때도 그 어린 나이에 슬픈 내색 한 번 안 하고 오히려 내 마음을 먼저 헤아려 주었어. 그러면서 자기 앞길도 확실히 해서 내가 얼마나 많은 걱정을 덜었던지……. 그렇게 속이 깊은 녀석이니, 너무 오래 기다리게 하진 않을 거야. 게다가 당신이 이렇게나 지극정성이니…… 날 봐서라도 조금만 더 진혁이 기다려 줘요."

고속도로 변의 나무 그림자가 운전석과 조수석을 묵묵히 쓸었다. 해가 잠시간 구름 속에 숨어들자 산들이 그림자에 젖었다. 그윽한 목소리가 조수석에서 흘러나왔다.

"당신 말대로 진혁이는 분명 두말할 필요도 없이 완벽한 아들이에요. 그래서 처음엔 내가 감히 걱정할 만한 구석이 없다고 생각했어요. 하지만 어쩌면 이런 식의 생각이 진혁이의 마음을 여는 데 방해가 되었는지도 몰라요."

"왜 그렇게 생각해?"

진혁의 마음을 대변하듯 영상 속 아버지가 그리 물었다. 새어머니는 말을 고르는 듯 자신의 마음결을 차창 밖 하늘에 내맡겼다. 평온하면서도 서글프리만치 푸른 하늘이었다.

"다시 시간을 되돌린다 해도 당신과 함께하고픈 마음이랑 그 결정엔 변함이 없을 거예요. 그리고 돌아가신 진혁이 어머니께 부끄럽지 않도록 진혁이에게 최선을 다하리라는 다짐도. 하지만 돌이켜 생각해 보니 나만 잘하면 된다는 마음만 앞섰을 뿐, 정작 진혁이의 입장에서 생각해 본 적이 있었나 싶어요."

차창 밖 산과 강이 계속 묵묵히 흐르고, 아버지 역시 묵묵히 그녀의 말을 경청하였다.

"우리가 결혼하기 전에, 당신이 회사에서 입이 마르도록 자랑을 하는 진혁이는 그야말로 완벽한 아들의 표본이었죠. 당시에 당신을 필두로 우리 세무 법인 묘촌 자리 잡게 하려 뛰어다니던 입장으로선 얼마나 대견하고 감사했는지 몰라요. 너무나 이상적으로 들리는 당신 아들의 이야기에 솔직히…… 마음 한구석에 안일함이 생겼어요. 그렇게 속이 깊고 의젓한 아이니까, 나도 그리 어렵지 않게 받아들여질지 모른다고. 진혁이는 우리 결혼을 지지한다고 말해 줬고, 우린 법적으로 가족이 되었죠. 물론 그 애의 마음보다는 상황이 날 받아주었다는 건 알았어요. 하지만 계속 지내보니, 미처 헤아리지 못했던 중요한 사실이 명확하게 보이더군요."

전방의 어둑한 산이 점점 커지더니, 길고 어두운 터널이 하염없이 펼쳐졌다.

"진혁이가 그렇게 슬픔을 감내하고 의젓해지려 노력했던 건, 어디까지나 아버지인 당신을 위해서였어요. 그만큼 당신을 존경하고 사랑해서였어요. 나는 눈치도 없이 그 특별한 마음에 편승한 셈이고요."

그렇게까지 자신을 질타할 필요는 없다고 말씀하고 싶었으리라. 그러나 아버지는 사방을 감싼 어둠을 응시하다, 짙은 한숨을 내쉬었다.

"당신 말을 들으니 나도 나 자신을 돌아보게 되는군. 분명 난 그 사람 없이도 진혁이를 어엿하게 키워 내기 위해 최선을 다했어. 하지만 진혁이의 진짜 속마음을 제대로 들여다보려 한 적이 있었는지 모르겠어. 어쩌면 그렇게 하기가 두려웠는지도 모르지. 그동안 내색하지 않은 만큼 문드러졌을 그 애의 속을 똑바로 봐 버리면, 난 분명 억장이 무너질 테니."

샛노랗게 바랜 터널 벽면의 조명이 진혁의 머릿속과 합쳐졌다.

터널이 끝나고 세상의 빛이 다시 돌아왔다. 구름 속에 숨어들었던 해도 고개를 내밀었다. 차 안으로 비쳐 드는 햇볕을 손으로 살짝 가리며 아버지가 말했다.

"그래도 당신, 진혁이가 행복해지길 바라는 마음만큼은 진심이잖아? 물론 처음엔 전처 자식에게 도리를 하려는 의욕이 앞섰을 수도 있겠지. 하지만 3년이나 지난 지금도 진혁이에게 이렇게까지 마음을 쏟는 당신을 보면, 이젠 그런 차원을 분명히 넘어섰다는 생각이 들어."

그 말에 새어머니가 결연한 어조로 답하였다.

"그럼요. 난 진심으로 진혁이가 행복해지기를 바라요. 내가 사랑하는 당신이 그 누구보다도 사랑하는 아들이니까. 또, 지금의 당신이 있게 해 준 고마운 아들이니까. 하지만 이제는 내 조급함만 앞세워서 그 아이를 심란하게 하지 않을 거예요. 내가 그 아이에게 취하여야 할 사랑의 형태가 지금 당장은 그저 기다리고 지켜보는 것이라면, 그렇게 해도 좋아요. 언젠가 진혁이가 자신을 정말 사랑해 줄 아가씨를 만나서 인사라도 한번 시켜 준다면, 난 그것만으로도 정말 그 애에게 감사할 거예요."

순간 영상의 초점이 흔들렸다. 진혁의 모골이 송연해지려는 찰나, 운전석을 향해 있던 초점이 조수석으로 위치를 바꾸었다. 곰이가 자세를 바꿔 앉은 모양이다.

뛰는 심장을 억누르고 다시 영상을 보았을 때, 아버지가 새어머니에게 넌지시 말하고 있었다.

"그렇게 지켜보는 사랑도 좋지만, 그래도 당신 성격에 언제든 진혁이랑 유쾌하게 말을 섞을 날이 왔으면 좋겠지? 진짜 모자처럼 말이야."

그 말에, 새어머니는 봄날 하늘만큼이나 드맑고 낭랑한 목소리로 답하였다.

"물론이죠. 진혁이가 행복해지는 모습도 보고, 또 진혁이에게 인정도 받고. 둘 다 이루어진다면야 최고의 그림이죠. 사실 요 근래 느끼기론, 그래도 진혁이가 처음에 비해 많이 누그러진 느낌이에요. 열 번 중 한 서너 번은 찍은 느낌? 앞으로도 시간은 많이 있으니 우리에게 하나둘씩 계기가 생길 거라고 봐요. 그 계기를 놓치지 않고 야물게 찍어 주면, 언젠가는 이 짝사랑도 끝나지 않겠어요?"

능청스러운 투로 마무리된 그녀의 말에, 결국 운전석에서 호탕한 웃음소리가 터져 나왔다.

"하하. 그래야 당신답지. 이미 손안에 든 행복도 중요하지만, 자신이 감히 원해도 될까 싶은 행복도 끝까지 붙들고 가 보는 게 인생 사는 맛 아니겠어. 포기하는 대신 인내심 있게 기다린다면, 당신 말대로 시간이 조금씩 기회를 줄 거야. 나와 당신이 이렇게 함께 행복을 말할 수 있게 된 것처럼 말이지. 우리, 앞으로도 이렇게 최고의 그림을 그리며 삽시다. 또, 진혁이도 그렇게 살아갈 수 있도록 있는 힘을 다해 도와주자고."

최고의 순간에 방점을 찍듯 아버지가 새어머니에게 속삭였다.

"앞으로도 잘 부탁해. 여보. 정말…… 사랑해. 내 아내도. 내 아들도."

언제든 함께할 수 있음을 믿어 의심치 않는 마음. 최고의 순간을 함께 맞이하기 위해 포기하지 않고 지켜봐 주려는 마음. 그 마음들이 크고 너른 팔처럼 진혁의 차가운 등에 둘러졌다. 몸서리가 쳐졌다. 눈앞이 캄캄해져서인지 아니면 자신이 눈을 질끈 감아 버려서인지, 꿈결 같은 풍광이 까맣게 물들었다.

다시 정신이 돌아왔을 때, 영상 속 사위는 돌로 긁어 내기라도 한 듯 얼룩덜룩해져 있었다. 매캐한 연기가 온 세상을 잠식했다. 그 연기가 짙어질 때마다 영상이 뒤흔들렸다.

이제 그만 봐야겠다는 생각이 들었다. 하지만 은빛 접시에 고개를 처박은 몸이 의지대로 움직여지지 않았다. 곰이가…… 저 살기 위해

써도 모자랄 유연한 몸으로, 흉하게 구겨진 뜨거운 고철 속을 파고들고 있었기에.

연신 흔들리는 어둑한 영상을 보는 것만으로 진혁은 잔혹한 열기에 털이 타들어 가는 고통을 맛보았다. 천신만고 끝에 이른 지옥의 끝자락에 손이 있었다. 그 당시로부터 불과 3년 전, 영원한 사랑과 행복을 기약했던 징표를 약지에 끼운 손이.

영상의 초점이 그 위로 수차례 떨어져 내렸다. 손등이 침으로 번들거렸다. 그뿐이었다.

아무리 좁다란 길이라도 고양이는 뒷걸음질만으로 능히 되돌릴 수 있다. 그러나 전복된 차를 빠져나온 순간 한눈에 들어온 불행을 다시금 평온한 봄날 오후로 되돌릴 능력은 없었다.

저편에서 괴물이 우는 소리가 들려왔다. 산을 낀 2차선 커브길에서 중앙선을 관통한 채 멈추어 선 대형 화물차가 시동을 걸고 있었다. 사흘간 철야로 일하고도 운전대를 잡은 어느 화물기사의 과욕이, 초록색이든 노란색이든 화창하게만 보였던 어느 가족의 봄날을 박살 냈다. 그는 자신이 초래한 참극을 도저히 받아들일 수 없었는지, 도로 위 CCTV의 존재마저 잊고 덧없는 도피를 하려 하였다.

그 눈에 뵈는 게 없는 거대한 차체 앞으로, 영상의 초점이 서서히 이동하였다. 적재정량을 한참 초과한 철물 더미를 시커먼 천으로 아슬아슬하게 싸맨 채 으르렁대는 20톤짜리 괴물이, 흡사 정물화처럼 초연하게 담겼다.

거대한 바퀴가 덮쳐 오기 직전, 세상이 먼저 스르르 감겼다.

"이제 다음 고양이를 위해 자리를 비워 줘야 하네."

캐트 시의 말은 빛을 잃은 은빛 접시 앞에 주저앉아 버린 고양이의 털 한 올도 움직이지 못했다. 혼이 나간 듯 꿈쩍도 않는 진혁을 보다가, 캐트 시는 이해가 되지 않는다는 투로 중얼거렸다.

"축생도에서 우리 세계가 분리된 이래 저런 고양이는 정말 처음이 군. 본디 인간이어서 그런가……."

캐트 시의 미묘한 혼잣말이 꿈결처럼 귓가를 스친 뒤, 진혁은 눈을 떴다. 눈에 익은 사물들이 사위에 들어왔다. 좀 전까지 있었던 곳에 비하면 푸릇한 밤에 젖은 침실 벽지마저도 밝아 보였다.

등 뒤에서 평온한 숨소리가 나직이 울려 퍼졌다. 몸을 살짝 돌리니 좋은 꿈이라도 꾸는 듯 미소 띤 얼굴로 잠든 지예가 보였다. 진혁은 앞발을 뻗어 그녀의 머리맡에 놓인 핸드폰 버튼을 눌러 보았다.

2010년 12월 23일 자정. 한바탕 악몽을 꾸고 난 것치곤 다소 이른 시각이었다.

머릿속에 든 모든 생각이 공기에 녹는 물질이라도 되어 버린 듯하다. 진혁은 책상 위에 놓인 빈 메모지를 퀭한 눈으로 바라보았다.

그때 곰이의 기억을 열람했던 연유는 자학을 하기 위함은 아니었다. 까놓고 말해, 그 순간이 꿈인지 아닌지 확인해 보기 위해서였다. 그 영상이 자신이 아는 4년 전 그 사고와 조금이라도 다르게 진행되었다면, 자신의 마지막 순간이라며 제시된 그 꼴같잖은 영상을 한낱 꿈으로 치부할 수 있었을 테니. 그러나 결과적으론 그 계산적인 목적마저도 또 다른 자괴감의 근원이 되고 말았다.

머리의 피를 빠는 괴물을 떼어 내듯 진혁은 고개를 가로저었다. 간밤에 본 것들에 큰 의미를 두려 하지 말자. 요 근래 제대로 잠을 청하지 못한 탓이야. 본래 사람이 몸이 피로하면 무의식에 처박아 둔 온갖 잡동사니가 눈꺼풀 아래로 쏟아져 나오기 마련 아니던가. 꿈속에서라면 그보다 더한 일도 당해 봐 놓고, 고작 그런 허무맹랑한 꿈 하나 때문에 해몽가 바짓가랑이라도 붙잡을 듯 안절부절못하는 거, 웃기지도 않아.

진혁은 정신이 번쩍 나도록 평소 즐기는 온도보다도 뜨거운 커피를 쭉 들이켰다. 그러나 꿈에서 깨어난 이후 그는 아직까지 남은 도장 수를 확인해 보지 못했다.

그의 다짐에 동조하기라도 하듯 12월 24일 금요일 오전이 무탈하게 흘러갔다. 점심시간이 끝나 갈 즈음 진혁의 핸드폰이 진동하였다. 화면에 뜬 이름을 확인하기 무섭게 진혁은 냉큼 핸드폰을 귀에 대었다.

"어. 지예 씨."

— 점심 맛있게 드셨어요? 혹시 지금 바쁘시진 않죠?

그녀의 목소리를 듣는 것만으로, 푸르딩딩하게 죽어 있던 감각과 사고가 되살아나는 듯하다.

"응. 지예 씨 잘 있지? 별일 있는 건 아니지? 아, 맞다. 지금 마포 상태는 좀 어때?"

마음에 품은 불안의 한 귀가 다소 격하게 튀어 나갔다. 그러자 지예는 웃음 섞인 목소리로 대답했다.

— 그럼요. 이제 완전히 기운 차린 거 같아요. 아침엔 밥도 한 그릇 다 비우고, 아침부터 집 안을 이리저리 돌아다니는 거 있죠? 아, 맞다! 옷 있는 방은 얼른 닫아 놔야겠다! 정장에 고양이 털 묻으면 안 되는데…….

진혁은 핸드폰을 꽉 쥐었다. 아랫배에서 형언할 수 없는 희열이 끓어올랐다.

"다행이다. 정말…… 다행이야."

— 그죠? 정말 다행이에요. 진혁 씨도 마포 걱정 많이 해 주셨구나……

마포의 안위까지 진심으로 걱정해 주는 진혁의 마음 씀씀이에 감동한 듯 지예가 나직이 중얼거렸다. 어쨌거나 지금 전화를 걸어온 지예는 꿈속의 그녀와는 분명 딴판이었다.

심지어 그녀는 살짝 수줍은 목소리로 그에게 넌지시 묻기까지 하였다.

— 참. 진혁 씨. 내일이 무슨 날인지…… 아세요?

진혁은 눈을 꿈벅였다. 지금껏 지옥 같은 꿈결을 헤맨 탓일까. 직업 관계상 그 누구보다도 또렷했던 날짜 감각이 갑자기 형편없어졌다. 그가 어어 하며 머뭇거리자 핸드폰 너머로 웃음이 흘렀다.

— 이번 주 토요일, 크리스마스잖아요.

아. 진혁은 소리 없이 입을 벌렸다.

— 혹시 그때 잠깐 시간 내 주실 수 있을까요? 가능하다면 점심이라도 같이 먹고 싶어서…….

"아. 물론 되지! 점심시간 정도는 충분히 가능할 듯해."

선뜻 대답하고 나서 진혁은 이제라도 점심 예약을 할 수 있는 레스토랑이 없을까 잠시간 궁리해 보았다. 날이 날인 만큼 웬만큼 유명한 곳은 지금쯤 입추의 여지도 없겠지만. 그러나 지예는 뜻밖의 제안을 하였다.

— 그럼 진혁 씨가 가장 좋아하는 음식이 뭔지 알려 주세요. 크리스마스 선물로 하기엔 좀 많이 약소하지만, 꼭 만들어 드리고 싶어요.

그녀의 풋풋한 마음씨가, 잠시간 곤란에 처한 진혁에게 완연한 온기를 불어넣었다.

"그러면…… 혹시 닭개장 만들어 줄 수 있어?"

4년 전 그날 딱 한 그릇 떠먹어 보았던 뒤로 두 번 다시 찾지 않았던 음식을, 스스로도 모를 연유로 입에 담았다.

— 아. 그거라면 예전에 몇 번 만들어 본 적 있어요. 보육원에 있을 때 얘기긴 하지만. 음. 이따가 재료 사서 저녁에 연습 삼아 조금 만들어 봐야겠다.

그녀의 재잘거림을 기분 좋게 듣고 있던 진혁이, 문득 생각났다는 듯 말했다.

"아. 지예 씨. 그럼 재료는 어떻게 살 거야?"

— 근처 마트 가서 장 보려고요. 참. 밑반찬도 조금 만들어 놨어요. 제가 냉장고 음식을 너무 많이 없앤 거 같아서. 이번에 장 보러 가는 김에 반찬도 몇 가지 더 만들어 볼까 하는데, 괜찮을까요? 저도 요리를 본격적으로 해 보는 건 오랜만이라 좀 어수선하네요. 하라는 공부는 안 하고! 그죠? 헤헤…….

사실 집의 냉장고엔 그녀가 먹을 음식 자체가 거의 없었을 터이다. 진혁은 평일엔 대체로 직장에서 식사를 해결하고, 주말에는 남자 혼자 사는 집에서 요리를 할 의욕이 나지 않아 소량의 반찬을 배달시키거나 밖으로 향하곤 했다. 그리하여 수년간 채워질 일이 없었던 냉장고가 그녀의 솜씨로 채워졌단다.

진혁은 지금 당장이라도 집에 가서 냉장고 문을 열어 보고픈 마음을 간신히 억눌렀다. 이런 그녀를 두고, 어떻게 재수 없는 생각을 할까.

"지예 씨. 실은 나, 오후에 잠깐 빠져나올 수 있을 듯한데, 기왕이면 같이 장 보러 갈까?"

그러니 간밤에 본 것들은 꿈일 수밖에.

서대문구 모 대형 마트. 희고 야무진 손이 카트 손잡이를 잡으려는 순간, 굵직한 손이 그 위를 부드럽게 덮어 눌렀다.

"저 카트 운전 진짜 잘하는데……."

눈이 마주치자마자 지예는 보조개가 접히도록 입매를 활짝 폈다. 그 미소가 가슴에 스며 아랫배까지 녹아내리는 기분에, 진혁의 얼굴에도 웃음이 우러났다.

"이번엔 나한테 양보 좀 해 줘. 나도 한번 해 보고 싶었어. 저분처럼."

진혁의 고갯짓을 따라가 보았다가, 지예는 물건을 고르는 여인 곁에서 카트를 끄는 남자를 발견하였다. 본인들에겐 그리 각별히 느껴지지 않을지도 모를 그 광경이 왜인지 눈을 뜨겁게 하였다. 지예는 입술을 살짝 맞물어 감정을 갈무리하고는 진혁에게 카트를 넘겨주었다.

크리스마스이브의 한낮이라 그런지 식품 코너에 몰린 카트들이 하나같이 푸짐한 먹거리를 쌓아 올렸다. 아이들이 여기저기서 빵이나 과자를 집어 와 카트에 슬쩍 집어넣어도 부모들은 짐짓 모르는 체하는 듯 보였다.

진열장에서 일제히 나온 와인과 케이크 상자. 산타모를 쓴 채 성탄절 특별 세일을 외치는 판촉 사원들. 평소보다도 회전율이 빠른 시식 코너를 바삐 순회하는 아이들. 이 모든 것들을 쫓으려다 이리저리 엉킨 카트들이 자아내는 아비규환 속에서도, 진혁의 카트는 그 모든 번잡함을 모르는 듯 유유히 굴러갔다.

"오늘 크리스마스이브라고 닭도 세일하네요. 그거랑 우리가 사야 할 것이 숙주나물이랑 고사리, 토란대, 느타리버섯, 대파……."

지예가 자기 핸드폰에 메모해 둔 구입 목록을 읊었다. 재료 이름만 들어도 솥에 푸짐하게 들어찬 닭개장이 짭조름한 냄새를 풍기는 듯하다.

"대파는 좀 비싸네. 그래도 물건은 엄청 싱싱해 보이죠?"

지예가 빨간 끈으로 엮인 대파 묶음을 번쩍 들어 올렸다. 대파가 어찌나 크고 푸릇한지 순간 그녀의 얼굴이 안 보일 지경이었다.

그 뒤로도 지예는 엇비슷한 야채들을 세심하게 살피며 카트에 골라 담았다. 닭개장을 먹어 보고 싶다는 말 한마디에 이렇게 많은 정성과 시간이 모일 줄이야. 분주하면서도 내내 즐거워 보이는 지예의 곁을 따르며, 진혁의 마음도 손에 들린 카트만큼이나 묵직해져 갔다.

새어머니도 이런 식으로 장을 보셨던 걸까. 한편으로는 마음 한구석이 서걱거렸다.

"하아, 됐다. 이걸로 닭개장 준비는 끄읏. 이제 어떻게든 잘! 만드는 일만 남았네요."

짐짓 비장한 투로 말하는 지예를 보고 진혁은 다시금 살풋 미소를 지었다.

"지예 씨라면 충분히 잘 만들 거야. 나랑 재료 고르는 것부터가 다르던데 뭐. 근데 닭개장 재료랑 반찬거리 말고 더 살 거 없어? 지예 씨 먹을 간식이라든지. 다른 사람들처럼 케이크나 와인도 사지그래?"

진혁의 말에 지예는 미소 띤 얼굴로 고개를 저었다.

"괜찮아요. 반찬 만들어 놓는다고 나름 이것저것 만들어 먹게 돼서 굳이 간식 생각이 안 나요. 또 진혁 씨 밖에서 고생하는데 저 혼자 군것질해 봐야 잘 넘어갈 것 같지도 않고요. 그리고⋯⋯."

지예가 잠시간 주저하다가, 약간 상기된 얼굴로 답했다.

"케이크랑 와인은 밤에 진혁 씨랑 같이 먹을 수 있을 때 사고 싶어요."

진혁이 눈을 끔벅이자 지예가 얼른 손사래를 쳤다.

"아, 제 말은! 그 조합이면 왠지 촛불도 켜고 분위기 잡으면서 먹어야 될 것 같은 느낌이라⋯⋯ 그만큼 진혁 씨의 일이 잘 해결되고 여유가 생기셨을 때 먹었으면 좋겠단 뜻이었어요."

지예는 양 볼에 오른 열기를 손바닥으로 덜어 내었다. 그 붉음을 보고 진혁은 카트 손잡이를 쥔 손에 힘을 주었다.

"지예 씨. 그러면 크리스마스 지난 뒤에라도, 우리끼리 조만간 케이크랑 와인 사서 파티 한번 하자. 물론 밤에 만나서."

그 말은, 제안보다는 선언에 가까웠다.

"저야 좋죠! 그땐 더 맛있는 거 만들어 볼게요."

마음 한구석 변색된 모서리를 마저 잘라 내려는 그의 마음을 아는지 모르는지, 지예는 설레는 표정으로 손바닥을 맞추었다.

"아, 맞다. 저 갑자기 살 거 생각났는데⋯⋯ 여기서 잠깐 기다려 주실 수 있어요?"

"그래. 천천히 다녀와."

이제라도 그녀가 자기 먹고 싶은 걸 골라 오려나 싶어 진혁이 흔쾌히 고개를 주억거렸다. 그러나 5분 만에 다시 돌아온 그녀의 손엔 먹거리 아닌 먹거리가 들려 있었다. 그걸 보고 진혁이 쓴웃음을 지었다.

"난 또 지예 씨 간식이라도 골라 오는 줄 알았더니."

참치와 연어 조림이 든 고양이용 간식. 마포가 가장 좋아하는 음식이다.

"마포도 같이 맛점 해야죠. 기운도 차렸겠다, 이제 열심히 보신 좀 시켜 주려고요. 아. 오늘 저녁에 조조 오면 한번 줘 봐야겠다."

"그 녀석은 됐어. 마포한테나 많이 먹여 줘."

"에이, 그래도요."

진혁은 카트에 가득 찬 식재료들을 바라보았다. 해가 떨어지고 난 뒤, 그것들은 제각기 맞춤한 모양새로 다듬어져 커다란 솥 안에 잠겼다.

완성된 닭개장을 한 국자 떠올리는 지예의 쌀알빛 얼굴에 기대와 긴장이 혼재했다. 조조는 식탁 의자에 올라앉은 채, 붉은 국물 한 술이 그녀의 입술 사이로 조심스레 사라지는 모습을 지켜보았다.

"음…… 나름 나쁘지 않은 거 같긴 한데. 진혁 씨 입맛엔 어떠려나……."

온종일 심혈을 기울이고도 지예는 지극히 보수적인 평가를 내놓았다. 그때 조조가 꼬리를 바쭉 세운 채 식탁 위까지 뛰어올라 닭개장 그릇에 고개를 들이밀었다. 지예가 웃음을 터트리며 손바닥으로 조조를 제지했다.

"아핫, 조조 안 돼! 이거 너 먹을 수 있는 거 아니야. 누나가 진짜 맛있는 거 사 왔는데 그건 안 먹으면서. 너 정말 고양이의 탈을 쓴 사람 아니야?"

한쪽 볼을 살짝 꼬집히며 조조가 눈을 찡긋거렸다. 그 눈빛이 꼭 '내가 먹고 싶을 정도로 잘 만들었어.' 라고 격려를 하는 듯했다.

지예는 턱을 괜 채 조조를 사랑스럽게 바라보다가, 나직이 속삭였다.

"조조. 몇 시간 뒤면 크리스마스야. 작년 크리스마스만 해도 이렇게 보내게 될 줄은 정말 상상도 못 했는데."

그녀의 행복한 한숨이 거실 창문까지 은은히 울려 퍼졌다. 땅거미가 내려앉은 창문 너머로 흩날리는 눈발이 보였다. 황량한 정원을 덮은 눈이 담 밖의 가로등 빛을 받아 은은하게 반짝였다. 그 은세계를 담아내는 지예의 눈이 뭉클한 빛을 띠었다.

산타클로스에 대한 믿음은 부모 있는 아이들에 비해 일찍 떼어냈다. 기부조로 들어오는 물건들은 기호에 상관없이 무조건 감사히 받아야 할 것들이었다. 보육원에서 나온 뒤론 그마저도 받을 수 없었다.

그래도 지예는 첫눈이 오는 날이나 소원을 이루어 주는 달이 뜬다는 날, 그리고 이런 화이트 크리스마스 전야에는 눈을 지그시 감고 하늘에 소원을 빌곤 했다. 그렇게라도 하면 하느님이든 아직 세상에 밝혀지지 않은 요정에게든, 한 번쯤은 자신의 목소리가 닿지 않을까 싶어서.

지금까지는 순전히 자신을 위한 소원을 빌어 왔다. 그래서일까. 소원을 빌 때마다 하느님의 눈치를 보듯 입술을 꾹 다문 채 속으로만 기원했다. 하지만 이번에는 그 누구의 눈치를 볼 겨를도 없이, 반드시 이루어져야만 하는 매우 구체적인 바람이 생겼다.

눈발 날리는 유리창에 손바닥을 댄 채, 지예는 처음으로 밤하늘을 똑바로 올려다보며 목소리를 내었다.

"진혁 씨랑, 조조랑, 마포랑, 저랑 이 집에서 함께 밤을 보내게 해 주세요. 오래도록……."

언제나 그랬듯 하늘은 아무 말이 없었다. 다만 하늘에서 내리는 눈발이 일순 풍부해지더니 은화 다발처럼 정원에 쏟아졌다.

지예는 창에 등을 댄 채 거실을 돌아보았다. 간식을 말끔히 비운 뒤 거실 소파 위에 올라앉은 채 자신을 물끄러미 바라보는 마포가 보였다. 그리고 바로 앞에서 엉덩이를 붙이고 앉아 자신을 올려다보는 조조도.

"너네 지금 진짜, 완전히 귀여운 거 알아?"

지예가 두 고양이를 번갈아 보며 들뜬 목소리로 말했다. 마포는 그저 느른하게 하품을 하고 조조는 그녀와 눈을 맞추며 '야옹' 하고 울었다.

"우리 조조는 원하는 게 뭐야?"

지예가 몇 걸음 다가오자 조조는 고개를 위로 번쩍 치켜 올렸다.

"뽀뽀해 달라고?"

우연의 일치일까. 농담조로 한 말에 조조가 고개를 살짝 주억거렸다.

"짜식. 너 정말 사람이지?"

지예가 무릎을 꿇고 조조에게 얼굴을 가까이 대었다. 그에 맞추듯 조조의 얼굴도 가까워졌다. 선홍빛 코 옆, 수염이 삐죽 돋아난 도톰한 윗입술에 지예의 입술이 살짝 닿았다.

2010년 12월 25일. 누구에게나 축복이 내려지리라 믿어 의심치 않았던 화이트 크리스마스였다. 새벽에 본가를 빠져나와 묘안동 모텔에서 일출을 맞은 진혁은 짧게나마 잠을 청했다. 지예와는 오늘 정오에 만나기로 했다. 너무 일찍 오지 말라고 신신당부하던 지예의 모습을 떠올리며 진혁은 시간에 맞춰 느긋하게 길을 나섰다.

골목길에 제법 눈이 많이 쌓였다. 이런 날엔 볼품없기 그지없는 본가의 정원도 나름 봐 줄 만한 은세계로 거듭난다. 제법 근사한 점심 식사가 될 듯하다. 그리 생각하니 서른 줄 들어 길가의 눈이 처음으로 반갑게 보였다.

본가 대문 앞에 이르니 벌써부터 가슴이 기분 좋게 뛰었다. 진혁은 괜스레 헛기침을 한 번 하고는 도어록 비밀번호를 눌렀다. 예상대로 정원에 눈이 소복하게 쌓였다. 어릴 적에 아버지와 함께 눈을 굴려 만들어 정원 한복판에 세워 두었던 눈사람이 떠올랐다.

머지않은 미래에 같이 만들 사람이 생기지 않을까. 다소 시답잖은 생각을 하며 가볍게 웃음 지은 뒤, 진혁은 현관문을 똑똑 소리 나게 두들겼다. 물론 현관 도어록 비밀번호도 알고는 있지만 불쑥 들이댔다가는 안에서 한창 식사 준비 중일 지예가 화들짝 놀랄지 모른다.

그런데 노크를 하였는데도 안에서 아무 반응이 없었다. 혹시 화장실이라도 들어간 걸까. 더 기다려 주기엔 날이 너무 차다. 별수 없이 진혁은 현관 도어록을 풀고 문손잡이를 당겼다.

문을 연 순간, 그림자처럼 검고 농후한 무언가가 옆구리를 빠르게 스쳐 집 안으로 숨어든 느낌이었다. 불은 켜져 있는데 집 안이 어딘지 휑했다.

진혁은 발치로 시선을 떨어트렸다. 현관에 가지런히 놓여 있어야 할 단화가 보이지 않았다. 그는 곧장 핸드폰을 꺼내 단축키를 눌렀다.

― 전화기가 꺼져 있어 소리샘으로 연결됩니…….

구두를 뿌리치다시피 현관에 벗어 내고 진혁은 집 안으로 뛰어들었다. 식탁 위에 빈 그릇이 처연하리만치 가지런히 놓였다. 그러나 닭개장이 든 솥 안에선 온기가 느껴지지 않았다.

"지예 씨! 어디 있어?"

침실에도 화장실에도 지예는 없었다. 없는 건 그녀만이 아니었다. 마포도 보이지 않았다.

이동장의 빈자리까지 확인한 순간, 머릿속에서 난무하던 온갖 불길한 추측들이 단 하나의 장소로 귀결되었다.

차들이 비탈진 도로 위를 거침없이 내달렸다. 보행자 신호등에 파란불이 들어온 직후에도 두어 대의 차가 횡단보도 위를 무시무시한 속도로 가로질렀다. 아직 한낮이라는 점과 신호등 색깔이 온전히 분간이 된다는 점만 **빼면**, 그저께 '꿈'에서 본 모습 그대로였다.

지난달에 마포가 퇴원한 이후, 진혁은 사람의 모습으로는 처음으로 염리동 24시간 동물 병원을 찾았다. 총 3층까지 있으며 1층 로비에 반려동물 보호자의 휴게실까지 갖추어 놓은 제법 규모 있는 병원이다. 투명한 유리문 너머로 스카이블루색 코트를 발견한 순간, 진혁은 그 자리에 멈추어 섰다.

지예는 로비 한복판에 선 채 하얀 가운 차림의 여자 수의사에게 설명을 듣고 있었다. 뒤돌아선 채로 있어 표정은 보이지 않았지만, 양옆으로 축 늘어진 팔이 그녀의 상태를 단적으로 말해 주었다. 심각한 표정으로 입술을 움직이던 수의사가, 지예의 가냘픈 어깨를 붙들었다. 지예의 몸이 크게 휘청였다.

진혁은 단박에 문을 열어젖히고 달려가 얼른 그녀의 몸을 받쳐 들었다. 지예는 갑작스러운 진혁의 등장에도 짤막한 탄성조차 내뱉지 못했다.

"마포 많이 안 좋습니까?"

자신이 자리를 비운 불과 수 시간 사이에 그녀가 완전히 나락으로 떨어진 이유를 물었다. 수의사는 두 사람을 번갈아 보다가 근심 어린 한숨을 내쉬었다. 그녀에게도 크리스마스 따윈 안중에도 없어 보였다.

"며칠 전 내원하셨을 땐 식욕 부진 외엔 뚜렷한 징후가 없어서 약 처방해 드리고 퇴원 조치했는데…… 신장 수치랑 인 수치가 갑작스럽게 높아져 버렸네요. 신장 손상이 심각한 수준인지는 더 지켜봐야 알겠지만…… 이번엔 마음의 준비를 하셔야 할지 모릅니다. 최선을 다해 보긴 하겠지만, 운 좋게 낫더라도 예후가 좋다고는 장담드리기 어려워요. 지금 상태론 또 어디에서 문제가 터질지……."

진혁의 품 안에서 쇳소리에 가까운 숨소리가 터졌다. 수의사가 난처한 표정으로 얼른 말을 보탰다.

"좋은 말씀 못 드려서 죄송합니다. 물론 여기 오시는 다른 보호자분들도 다 같은 심정이시겠지만, 마포 어머님의 애착은 정말 남다르세요. 그걸 알기에 더더욱 거짓말을 할 수가 없어요. 최선을 다하겠다는 말씀밖에 드릴 수 없어 죄송합니다."

지예가 손으로 입을 틀어막았다. 뜨거운 눈물이 그녀의 발간 눈가에서 걷잡을 수 없이 쏟아져 나왔다. 수의사 역시 울 것 같은 표정으로 진혁에게 말했다.

"혹시 마포 어머님 가족분 되시나요? 마포 어머님 좀 데리고 가셔서 안정 좀 취하게 해 주세요. 아침 일찍 오셔 가지고 지금까지 앉지도 않고 여기 계속 서 계셨어요. 걱정되는 마음은 알겠지만 본인 몸부터 돌보셔야 마포도 이겨 내지 않겠어요?"

그녀 말대로 지예가 여기서 울고불고하다 실신해 버린들 아무것도 해결되지 않는다.

"네. 선생님. 힘드시겠지만 잘 좀 부탁드립니다. 선생님도 이런 날 좀 쉬셔야 할 텐데 정말 고생이 많으시네요. 무슨 일 있으면 꼭 연락 부탁드립니다."

"그럼요. 마포 의식 돌아오는 대로 바로 연락드릴게요."

"지예 씨. 일단 돌아가자. 우리가 여기서 계속 이러고 있으면 선생 님께서 마포 봐주시는 데 방해만 돼."

손으로 눈가를 짓누른 채 지예는 간신히 몸을 가누었다. 그 모습 을 보는 것만으로도 가슴이 철렁 내려앉는 심정이었지만, 진혁은 애 써 속내를 감추고 지예를 부축하였다.

택시를 타고 집 앞에 이르는 내내 두 사람은 아무 말도 하지 못했 다. 얄팍한 발목이 낡은 단화를 현관에 털어 내고 유령처럼 걸음을 떼 놓았다.

진혁은 지예를 거실 소파에 앉히고 그녀에게 먹일 유자차를 탔다. 찻잔을 들고 그녀 앞에 온 순간, 진혁은 모골이 송연해졌다.

지예는 더 이상 울고 있지는 않았다. 그러나 초점을 잃은 눈빛이 라든지 푸르죽죽하게 질린 얼굴이, 요 며칠 간 진혁이 머릿속에서 지 워 내려 발버둥 쳤던 얼굴과 겹쳤다.

"지예 씨. 좀 마셔 봐. 입술이 다 말랐어."

진혁이 찻잔을 내밀어 보았으나 지예는 받지 않았다. 그 상태로는 받는다 한들 금방 놓쳐 버릴 듯하다.

"마포 괜찮을 거야. 선생님이 좀 보수적으로 말씀하신 거 같아. 그 만큼 좋은 분 같으니 너무 걱정하지 말고 기운 차려. 응?"

타들어 가는 목을 울려 위로가 안 될 말이나마 해 보았다. 역시 묵 묵부답이었다.

진혁은 자신의 잔도 그냥 옆에 내려놓고는 그녀 앞에 주저앉았 다. 아직 해가 중천에 떠 있는데도 사위가 파리하게 질리는 느낌이

들었다.

얼마나 시간이 지났을까. 고개를 떨어트린 채 카펫의 무늬를 하릴없이 눈으로 덧그리다가, 진혁은 두 손을 바닥에 모아 붙였다. 그러고는 개미보다도 느린 속도로 두 손을 펼쳤다. 아니, 정확히는 꿈쩍도 않으려는 손을 보이지 않는 힘이 벌려 내는 듯하였다.

새하얀 종이에 아홉 번째 도장만이 휑뎅그렁하게 남았다. 우는 표정의 고양이는 어찌 보면 우스꽝스럽게도 생겼다. 그러나 진혁은 허파를 틀어잡히기라도 한 듯 숨이 멎었다.

뚫어지듯 보고 있자니 자줏빛 잉크로 된 도장의 선이 꿈틀거렸다. 고양이 도장이 입을 저억 벌렸다. 날카로운 송곳니 사이로 드러난 목구멍이 검은 연기로 꽉 틀어막혀 있었다. 고철과 휘발유가 뒤엉켜 타는 냄새가 훅 끼쳐 왔다.

'앞으로도 시간은 많이 있으니 우리에게 하나둘씩 기회가 생길 거라고……'

'포기하는 대신 인내심 있게 기다린다면, 당신 말대로 시간이……'

화창한 오후 햇살을 받으며 시간과 행복을 이야기하던 말소리들이 무참한 열기에 녹아내렸다.

삐이이익!

클랙슨 소리가 고막을 찢고 지나갔다. CCTV 수년치 녹화분을 빨리 감기라도 하듯, 무수한 자동차와 사람들이 횡단보도 위에서 종횡으로 엇갈렸다. 도로 위 신호등과 보행자 신호등의 모든 전구가 샛노란 빛을 발했다. 온갖 색깔과 소음이 뒤엉키는 염리동 횡단보도 한복판에 고등어 태비 고양이 한 마리가 가두어졌다.

어느 순간 도로 위에서 모든 자동차와 사람들이 사라지고, 스카이
블루색 코트를 입은 가냘픈 인영이 횡단보도에 모습을 드러냈다. 고
등어 태비 고양이가 그 뒤를 바짝 쫓으려 하였다. 그러나 그녀와의
거리는 조금도 좁혀지지 않았다. 마음이 뽑혀 나가기라도 한 듯 그녀
는 불러도 돌아봐 주지 않았다. 유령선처럼 건너편 인도로 사라지는
뒷모습을 본 순간, 고양이의 마음도 뽑혀 나갔다.

부와아앙—

예고된 죽음이 꿈에서 본 승용차를 몰며 이쪽으로 맹렬히 질주해
왔다. 네발에 차꼬를 찬 듯 횡단보도 한복판에 붙박인 고양이의 쑥색
캐츠아이가 까맣게 물들었다.

그 순간, 누군가 고양이의 뒷목을 잡아 그 수렁에서 끌어냈다.

"진혁 씨?"

깊은 바다에서 끌어 올려진 사람처럼 진혁은 거센 숨을 몰아쉬었
다. 심장이 가슴을 마구 치댄 듯 얼얼하다. 한낮에 두 눈 뜨고 앉은
자세로 지옥을 영접하고 말았다. 그 순간이 결코 짧지는 않았음을,
진혁은 자신의 어깨를 강하게 부여잡은 지예의 표정을 보고 깨달았
다.

"진혁 씨. 왜 그래요? 혹시 어디 아프세요?"

아프기까지 하냐고 묻는 걸 보니 의식이 끊어진 새 자신이 어떤
상태였는지 알 만했다.

아니, 아무것도 아니야. 난 괜찮아.

당연한 듯이 나와 줘야 할 말이, 목구멍을 넘지 못했다. 그리고 사
정없이 떨려 오는 손발을 도저히 어찌해 볼 수 없었다.

"진혁 씨……"

지예가 소파에서 일어나 진혁에게 다가앉았다. 그녀의 손이 오들오들 떠는 손에 올라앉은 순간, 진혁은 고개를 떨어트리고 말았다.

　"미안, 지예 씨……."

　그녀와 차마 눈도 마주치지 못하고 진혁이 목멘 소리를 냈다.

　"밤에 만나자는 약속…… 어쩌면 지키지 못할지도 몰라. 내가 먼저 호언장담을 해 놓고……."

　"왜 갑자기 그런 말씀을 하세요? 혹시 일이 잘 안 되세요?"

　지예의 손이 바닥을 짚은 진혁의 손등을 조심스레 덮었다. 그 온기가 어떤 파탄적인 마음의 기폭제라도 되어 버린 걸까. 진혁이 억눌린 목소리로 뇌까리기 시작했다.

　"내 어머니가 돌아가신 뒤에, 난 그저 미친 듯이 내 할 일을 했어. 남들은 그런 나보고 아버지에게 심려를 끼치지 않도록 슬픔을 내색하지 않는, 속 깊은 아들이라고들 했어. 아버지마저도 날 그런 인간으로 봐 주시는 듯했어. 하지만 사실 난…… 그렇게 대견한 아들이 아니었어."

　진혁은 그녀를 똑바로 보지도 못한 채 숨을 몰아쉬었다.

　"난 단지…… 나 하나 생각하기 바쁜 인간에 지나지 않았어. 내 상황이나 내 나이에 그럴싸한 겉모습이 뭘까 생각하면서 세상의 잣대에 날 끼워 맞추느라, 내 감정을 속이고 숨기는 옹졸한 인간에 지나지 않았어. 그래서 아버지 걱정을 덜어 드리기는커녕, 오히려 가시는 길까지 근심하시게 했어."

　"진혁 씨, 왜 그런 생각을 하세……."

　"새어머니도…… 그래, 사실 내겐 너무 분에 넘치는 사람이었어."

　지예가 제동을 걸어 보려 하였으나 진혁은 무언가에 홀린 듯 걸걸하게 읊조렸다.

"난 내가 세상에서 제일 불행한 사람인 줄 알았어. 우리 어머니가 수년간 괴롭게 병원 침대에 누워 있는 동안, 우리 어머니 제발 그만 좀 아프게 해 달라고……. 제발 돌아가시지만은 않게 해 달라고…… 하루하루 피 말리는 심정으로 빌었어. 그땐 정말 그 마음이 내 전부였는데, 결국 그 마음이 아무것도 아니게 되어 버렸어. 그게 너무 두렵고, 허무하고…… 분했어. 그 바람에, 나한테 찾아온 분에 넘치는 인연마저도 불행의 연장이라고 멋대로 단정 짓고 말았어."

진혁이 눈을 질끈 감았다. 속에서 시리고 날카로운 숨이 올라왔다.

"그딴 마음을 먹고 달라져 버린 건 나 자신이면서, 아버지가 새어머니 때문에 달라졌단 식으로 생각했어. 그분들이 내 불행 따윈 아랑곳 않고 당신들의 행복을 과시한다고 생각했어. 사실 그분들이 웃으셨던 건, 내게 손을 내밀어 주기 위함이었는데. 내 좁은 소가지에서나 나올 발상을 할 분들이 결코 아니었는데……. 나 혼자 피해자인 양 굴면서, 각자의 인생을 살자고 시위하듯 본가에서 나왔어. 난 그런 식으로 그분들과 멀어지기 위해 시간을 썼는데, 그분들은…… 끝까지 날 안고 가기 위한 시간을 쓰셨어."

마지막 여행 전날에도, 아버지는 함께 가지 않겠느냐 물으셨다. 몸이 그 차에 탄들 마음은 같이 타지 못하리란 생각에 따라가지 않겠다고 했다. 그러나 당신들은 마지막 순간까지 그 매정한 아들을 차에 태웠었다. 셋이서 진정 한 가족이 되는 순간이야말로 최고의 행복이라 말하면서. 그 행복에 이르기 위한 시간을 기약하면서 말이다.

진정 그러고도 남을 분들이었다. 그 영상이 진짜건 가짜건 말이다.

그런데 자신은 마지막까지 어떠했던가. 당신들의 마지막 부탁처럼 들어온 그 최후의 필름을, 당신들의 인품만큼이나 아름다웠을 마지막 순간들을 세상에 남기고 추억하며 살아갈 기회를, 무참한 가위질로 조각내 버렸지. 그러고 나서 수년간 제대로 인사드리러 가지도 않았었지. 너무나 크고 넓어 은연중에라도 알아챌 수밖에 없었던 사랑을…… 끝까지 모른 체하려 했었지.

"그렇게 잔인하게 굴어 놓고, 정작 난 행복해지길 바랐어. 나한테 차고 넘치는 사람이 운 좋게도 또 나타나 줘서, 그 사람과 함께할 미래를 넘보게 됐어. 내 인생 그 어느 때보다도 시간이 절실해졌어. 하지만……."

진혁은 고개를 들어, 파리해진 지예의 안색을 눈에 담았다. 어젯밤 둘이서 함께 창밖의 은세계를 바라볼 때만 해도, 서로를 생각하는 마음보다 중요한 건 없다고 생각했다. 그래서 잊었다. 아니, 잊으려 하였다.

살아 계셨다면 그 누구보다도 시간을 값지게 쓰셨을 분들을 그리 허망하게 가시게 한 것. 누군가에겐 반쪽이나 마찬가지인 작은 생명을 하루아침에 바람 앞의 등불로 만들어 버린 것. 솥 안의 닭개장이 채 데워지기도 전에 문단속을 철저히 해 놓은 집 안에 들이닥친 것. 세상에 존재하는 온갖 무겁고 간절한 마음들을 무표정한 얼굴로 집어삼키는 것. 마음으로는 제아무리 멀리 떨어뜨려 놓아도, 현실에서 너무나 가까이 있는 것.

사람들이 '불운'이라 부르는 것의 존재를 말이다.

"나도, 지예 씨랑 오래도록…… 이 집에서 함께 있고 싶어. 물론 마포랑 같이……. 그러기 위해 내가 할 수 있는 일이라면 뭐든 할 거야. 피해야 할 게 있다면 필사적으로 피해 갈 거고. 하지만…… 그 어떤 것도 지예 씨보다 우선이 될 수는 없어."

그게 내 목숨이라 해도.

차마 덧붙일 수 없는 말을, 그녀의 손을 으스러져라 잡아 버리는 걸로 대신했다. 아직도 제발, 그 영상이 허무맹랑한 꿈일 뿐이라고 믿고픈 마음이 굴뚝같다. 하지만 꿈을 통해 고양이 세계에 다녀온 이후, 모든 상황들이 그 영상과 하나둘씩 아귀를 맞추어 가고 있다.

지난주에 모텔에서 자유형이 했던 말이 귓가를 맴돌았다.

'매우 영리한 고양이는 사고 현장을 알아보고 미리 경계하기도 합니다만, 사고 당일 자신의 의지만으로는 피하기 어려운 상황에 처하고 맙니다. 결국 고양이가 운명을 피해 갈 가능성은 희박하지요.'

진혁은 4년 전 그날 곰이의 마지막 모습을 떠올렸다. 놈은 처음엔 그 차에 타지 않으려 하였지만, 결국은 제 주인과 떨어지지 않았다. 놈은 죽음에 대한 본능적 공포마저 뛰어넘어 사랑하는 사람을 따라가길 택했다. 그 죽음마저도 가벼이 여겼던 자신을 떠올린 순간, 너무하다는 생각이 너무했다는 생각으로 바뀌어 갔다.

진혁은 핸드폰을 눌러 시각을 확인하였다. 12월 25일 오후 3시. 90시간이 벌써 반 가까이 지나갔다.

"내가 아무래도, 벌을 받으려나 봐."

진혁은 어두운 미소를 지었다. 갈 길은 정해졌다. 12월 27일 오후 6시에 맞춰, 염리동 24시간 동물 병원으로 향하는 횡단보도에 갈 것이다. 거기서 무슨 일이 벌어지더라도, 마지막까지 가슴의 불씨를 꼭 안고 갈 것이다.

두려움도 희망도 남김없이 사라져 버린 자리에 결심만 남았다. 오랜 시간 한 자세로 바닥을 짚은 탓에 피가 통하지 않아 검어진 손이 그 마음과 똑 닮았다.

그 손이, 불시에 잡아 올려졌다.

벌어진 눈으로 자신을 보는 진혁의 손을 매만지며, 지예가 말했다.

"손톱이 많이 길어지셨네요. 제가 좀 깎아 드려도 될까요?"

진혁이 계속 자신을 보고만 있자, 지예는 묵묵히 일어나서는 자신이 쓰던 손톱깎이와 티슈를 가지고 왔다.

깍둑.

진혁은 마주 앉은 자세로 자신의 손톱을 깎아 내는 그녀를 물끄러미 바라보았다. 이번에도 너무 깊지도 어딘지 허전하지도 않게 깎여 나갔다.

"됐다. 이렇게라도 하니 마음이 좀 가라앉는 거 같네요."

깔끔해진 열 손가락을 어루만지며 지예가 후련하게 미소 지었다. 진혁이 애매하게 입꼬리를 옴찔거리자 그녀 역시 간신히 지어 보였던 미소를 거두었다.

"죄송해요. 진혁 씨야말로 많이 힘들고 지쳤을 텐데, 덜어 주지는 못할망정 제가 무거운 짐을 얹어 드린 거 같아요."

"아니. 내가 며칠 잠을 못 잤더니 좀…… 피곤한가 봐. 헛소리를 했어. 그냥 잊어 줘."

"헛소리라고 생각하지 않아요. 다만…… 진혁 씨한테 하고 싶은 말이 있어요."

깎아 낸 손톱을 티슈에 야무지게 싸서 치우고, 지예는 진혁에게 바짝 다가앉았다. 고사목에 물을 주듯, 진혁이 드리운 그늘에 나직한 목소리가 스며들었다.

"보육원에서 살 때, 이별이 연례행사였어요. 엄마 같은 언니들이 나이가 차서 떠난 뒤에 또 이모 같은 언니들이 떠나고…… 결국은 친자매처럼 지냈던 언니하고도 연락이 끊겼어요. 그렇게 가족이라 할 수 있었던 사람들과 다 헤어졌어요. 지금은 다들 살았는지 죽었는지조차 몰라요. 살면 살수록 점점 나 하나만 남도록 테두리가 깎여 나가는 느낌이었어요."

떨어뜨렸던 고개를 들자, 쓸쓸한 빛을 띤 그녀의 눈동자가 보였다.

"그래서 인연이란 게 무서웠어요. 특히나 마포랑 처음 만났을 땐, 솔직히 얘랑도 얼마나 오래갈까 하는 회의적인 마음이 앞섰어요. 키울 형편이 안 된다는 핑계로, 다른 사람에게 인연을 짐짝처럼 떠넘기려고도 했었어요. 하지만 결국 그렇게 하지 못했고, 제가 가장 두려워했던 순간이 와 버렸어요. 예상했던 대로…… 이렇게나 빨리요. 솔직히 아무리 의연해지려 해 봐도, 마포가 이대로 떠나 버리면 저는 정말…… 울다가 죽을지도 모르겠어요."

지예가 입술을 맞문 채 침을 삼켰다. 양 볼의 보조개가 괴롭게 일그러졌다. 그럼에도 미소를 가까스로 유지하며, 그녀가 말을 이었다.

"서로의 웃음을 보기 위해 나름의 방식으로 노력하고, 서로의 아픔을 덜어 주기 위해 나름의 방식으로 고민하고 위로하면서…… 죽도록 괴로운 사실을 잊어야 한다고 생각했어요. 우리에게 시간이 별로 많지 않다는 사실 말이에요. 사랑이란 어쩌면, 내가 결국 혼자라는 사실을 잊게 해 주는 마약일지도 모른다는 생각이 들었어요."

서걱거리는 말들이 자신의 마음속에서 튀어나온 소리 같아, 진혁이 한쪽 팔을 뻗어 지예를 당겨 안았다. 그녀의 몸이 앞으로 기울었다.

품 안에 있는 그녀가 울지도 모른다고 생각했다. 하지만, 지예는 외려 의연한 목소리를 내었다.

"하지만 언젠가…… 저 자신이 되게 낯설게 느껴진 적이 있어요. 예전에 비해 부드럽게 나오는 목소리가 언제부터 내 것이었는지. 예전보다 좀 더 밝아 보이는 세상이 언제부터 내 시선이 된 건지. 사소한 말과 행동을 할 때도, 따스함이 조금씩 묻어 나오는 느낌이었어요. 이 온기만으로도…… 끝까지 살아갈 수 있겠다는 느낌이 들었어요. 저는, 모든 게 슬프고 허무했던 고등학생 때와는 분명히 달라졌어요. 물론, 저 혼자 이렇게 될 수 있었을 리 없죠."

보육원 식구들부터 마포까지…… 지예는 과거와 현재의 인연들을 떠올렸다. 열쇠를 들고 조심스레 다가와, 굳게 닫힌 마음의 자물쇠를 열어 주고 간, 고마운 이들을 떠올렸다. 그들에게서 받은 열쇠가 무엇을 의미하는지, 이젠 알 것 같다.

"너무 짧아서 두 번 다시 반복하고 싶지 않다는 생각까지 들었던 인연들이, 그 무엇과도 바꿀 수 없는 것들을 저의 일부로 만들어 줬어요."

지예는 자신을 가두듯 안은 진혁의 몸을 마주 안았다. 이제는 자신이 그를 안심시키려는 듯 그녀의 야무진 손가락들이 그의 등을 부드럽게 쓸었다. 그 작은 감촉들이, 파리하게 경직된 마음에 파문을 일으켰다.

"마포랑 저는 분명히, 잠깐 잠깐 괴로움을 잊기 위해서 만나지 않았어요. 마포도 그런 식으로 생각하길 바라지 않을 거예요. 우리의 만남은 분명히 그보다는 훨씬 더 값지고…… 오래 남을 것이에요.

그러니 잠깐이라도 마포가 다시 제 품에 돌아온다면, 꼭 이렇게 말해 줄 거예요. 난 너랑 만난 걸 후회하지 않아. 너와 함께한 시간들은 앞으로 내게 상처가 아니라, 힘이 되어 줄 거야. 그러니 내 걱정은 하지 말고, 많이 졸리면…… 자라고요."

지예는 진혁의 품에서 빠져나와, 그와 오롯이 마주 보았다. 그녀의 얼굴에 맑은 물방울이 가득했다. 하지만 빗속에서 하나의 길을 걷듯, 그녀의 입술이 조밀하게 움직였다.

"저도, 시간이 절실해요. 진혁 씨랑 함께할 시간이요. 물론 우린 신이 아니기 때문에, 그걸 마음대로 정할 수는 없겠죠. 제 마음속에서야 마포나 진혁 씨나 항상 건강하고 무탈한 모습이지만, 사람의 마음이나 노력만으론 운까지 채울 수는 없으니까요. 하지만 마포와 함께했던 7년이든 진혁 씨를 만난 반년이든, 제겐 이미 그 시간 이상이 되었어요. 앞으로도 그럴 거고요."

눈가의 물방울을 소매로 닦아 내고 그녀가 활짝 웃어 보였다. 진혁은 그 미소가 따스하면서도 어딘지 맵짜다고 생각했다. 마치 정신 바짝 차리라는 듯, 그녀가 자신의 목에 팔을 둘러 뒷덜미를 주무르기 시작했기 때문에.

"그리고 벌받는다는 말은 하지 마세요. 제가 진혁 씨 부모님을 한 번도 만나 뵌 적이 없지만, 적어도 진혁 씨에게 벌을 줄 분들이 아니라는 생각이 들어요. 오히려 하늘나라에서도 끝까지 진혁 씨를 살펴 주고, 지켜 주실 분들이에요. 그래서 저는 지금, 예감이 아주 좋은걸요."

고양이에게 하듯 뒷덜미를 주무르는 손이, 예전에 죽어 버린 이름 모를 감각들마저 일깨웠다. 머리끝부터 발끝까지 잠식했던 잔혹한 초저녁 하늘이 깨어지고, 성스러운 오후 햇살이 두 사람이 마주 앉은 카펫 위로 쏟아져 내렸다. 크리스마스의 해가 아직 저물지 않았다. 지금이라도 진짜배기 소원을 기탄없이 말해 보라는 듯, 창밖의 은세계를 더욱 희고 맑게 비추었다.

눈동자의 초점이 완전히 돌아온 진혁의 귓가에, 지예가 봄바람을 불어넣었다.

"그러니 혹시라도 나쁜 꿈을 꿨다면, 잊어버리세요."

#15
사상 초유의 상태

2010년 12월 27일 월요일 아침. 지예는 거실 바닥에 주저앉은 채 핸드폰을 연신 들었다 놨다 하였다. 어서 희소식을 듣고픈 마음과 혹시 모를 비보를 듣고 싶지 않은 마음이 1시간째 저울질을 하였다.

결국 오전 10시쯤, 저쪽에서 먼저 전화가 왔다.

"아. 선생님. 안녕하세요? 네. 안 그래도 전화드리려던 참이었는데. 네? 네에……. 아, 오후 5시 이후로요? 네. 그때 갈게요."

어제 오전에 마포의 의식이 돌아왔다는 연락을 받았다. 하지만 병원 측에서는 마포의 수액 주사를 유지하고 경과를 지켜보면서 필요한 조치를 취해 준다 하였고, 그렇게 폐부가 졸아드는 기다림은 더욱 길어졌다.

"선생님. 지금 마포 신장은 좀 어떤가요? 혹시 앞으로도 그렇게 갑자기 안 좋아질 수도 있을지……. 아, 네. 알겠습니다. 그럼 이따 병원에서 직접 설명 듣겠습니다. 신경 써 주셔서 정말 감사합니다. 수고하세요."

수의사의 흰 가운을 붙들기라도 하듯 핸드폰을 꽉 쥔 손이 서서히 바닥에 내려앉았다. 긴장감이 다소 가신 지예의 얼굴에 음울한 감정이 몰려들었다.

그 순간, 바닥에서 또다시 오르골이 흘러나왔다. 화면에 뜬 이름을 확인하고는 지예는 또다시 핸드폰을 귀에 바짝 대었다.

— 지예 씨. 어제저녁에 문자 보내 준 거 이제 확인했어. 마포 의식 돌아왔다며?

듣는 것만으로도 가슴에 맺힌 딱딱하고 시린 것들을 녹여 주는 목소리. 거기다 대고 처진 목소리를 낼 수 없어, 지예는 얼른 침을 삼켰다.

"네. 방금 병원에서 연락받았어요. 오후 5시 이후에 와서 설명 듣고 데려가라네요."

— 그래. 오후 5시 이후라고······.

저편의 그가 묘하게 말끝을 흐렸다.

— 그럼 이동장 가지고 가야겠네. 근데 지예 씨 혼자 가면 힘들 거 아냐. 시간을 조금만 앞당겨서 내 차 타고 같이 다녀오면 좋을 텐데. 병원에 전화해서 한 30분만 시간 당겨 달라고 하면 안 될까?

지예 역시 마포를 조금이라도 빨리 데려오고 싶은 마음이었다. 하지만 병원에서 굳이 그 시간 이후에 오라고 한 데엔 다 이유가 있지 않겠는가. 그리고 마포에 대한 설명을 미루려는 수의사의 반응을 보았을 때, 병원에서 낙관적인 이야기만 들을 것 같지는 않다. 그 이야기를 들으면서······ 표정 관리할 자신이 도저히 없다. 자신의 그런 모습이 그저께 진혁이 패닉 상태에 빠져든 데 일조한 것 같아 아직도 미안해 죽을 노릇인데…….

"괜찮아요. 저 혼자 다녀올 수 있어요. 길 건너서 택시 타면 돼요."

— 아. 그래? 그러면…… 잘 다녀와.

그의 목소리에서 진심으로 아쉬운 기색이 묻어났다. 적어도 그렇게 해석할 수밖에 없는 지예로선 자신의 신사님이 그저 안쓰러웠다. 오늘 저녁에도 시간을 내지 못할 만큼 일이 급박하신가 보구나. 그래서 그런지 목소리도 잔뜩 피곤한 느낌이고. 뭔가 해 드릴 말이 없을까.

지예가 가슴의 온기를 머릿속으로 정리해 보기 전에, 진혁이 먼저 입을 열었다.

— 지예 씨. 오늘 날씨가 흐려서 이따 밖이 많이 어두울 거야. 그러니까 횡단보도 같은 거 건널 때 파란불 켜졌다고 바로 나아가지 말고 주변을 잘 살피면서 가. 특히 그쪽 횡단보도는 신호 무시하고 막 나가는 차들 은근히 많잖아. 오늘 같은 날은 특히 조심해야 돼. 게다가 마포도 같이 있고 하니 더더욱 조심해야 돼. 응?

그의 목소리가 더없이 무거워서일까. 길 건널 때 차 조심하라는 진부한 충고에, 가슴이 횟횟해졌다.

"네. 조심할게요."

— 갈 때도 올 때도 꼭 조심해. 특히 횡단보도 건널 때 제발…… 알았지?

"알겠어요. 특히 횡단보도를 조심할게요."

유독 횡단보도를 강조하며 거듭 신신당부하는 그의 성화에 결국 지예의 얼굴에 웃음꽃이 살짝 피었다.

— 그리고 지예 씨. 이따가 내가 지예 씨한테 부탁할 게 있어. 마포 때문에 정신없겠지만, 혹시 저녁에 내 전화 좀 기다려 줄 수 있을까?

"아, 얼마든지요! 여차하면 마포 잠깐 병원에 맡기고 일 보면 되죠. 그런데 부탁하실 일이 뭐예요?"

— 그건…… 그때 가서 알려 줄게. 일단 5시 40분 정도 생각하고 기다려 줘. 부탁해.

지금까지 하나라도 더 주려고 했던 그가 무엇을 부탁하려는 걸까? 이렇게나 무거운 목소리로. 제발…… 자신이 할 수 있는 일이어야 할 텐데. 모쪼록 그가 이 힘겨운 시간에서 빠져나오는 데 도움이 되는 일이어야 할 텐데.

"네. 5시 40분부터 진혁 씨 전화 기다리고 있을게요. 무슨 일이 있어도 전화 꼭 받아 드릴게요. 그러니 걱정 붙들어 매세요."

통화가 끝난 뒤 지예는 핸드폰 볼륨 버튼을 꾹 눌렀다. 화면에 차는 볼륨 게이지만큼이나 마음이 짙어졌다.

창밖에 비치는 하늘이 불투명한 스카프에 싸인 듯 우중충하였다. 진혁이 걸터앉은 침대 위에도 먹구름이 한가득 깔렸다.

진혁은 오늘 출근하지 않았다. 지예와의 통화를 마치고 난 직후 그의 핸드폰이 진동했다. 본점에서 근무할 적에 일 관계로 적잖이 법률 자문을 얻으며 친분을 쌓은 변호사였다. 진혁은 기다렸다는 듯이 전화를 받았다.

"네. 변호사님. 일찍 전화 주셨군요. 네. 오후 1시 반까지요……. 생각보다 빨리 진행해 주시네요. 무리한 부탁인데도 이렇게 신경 써 주셔서 정말 감사합니다. 주말에 쉬셔야 하는데 어제 갑자기 전화드려서 많이 놀라셨죠? 네. 개인 사정이라 전부 다 설명드리긴 곤란하지만, 자세한 건 오후에 직접 만나 뵙고 말씀드리겠습니다. 그럼 이따 뵙겠습니다."

핸드폰을 내려놓은 뒤 진혁은 오래도록 맞은편 벽에 걸린 거울을 응시하였다. 거울 속 남자는 연일 잠을 제대로 자지 못해 눈 밑이 거뭇하고 입술에 핏기가 없었다. 몸통 역시 금방이라도 뒤로 나자빠지고 싶어 하는 듯하였다.

그러나 그의 눈만은 서릿발과도 같은 이채를 띠었다.

"약은 아침에 한 번 저녁에 한 번 주시고요, 특히 물을 꾸준히 마시게 해 주세요. 처방 사료 위주로 먹이시되, 너무 기호성이 안 맞으면 기존 사료랑 조금씩 병행해 주시고요. 며칠간 잘 지켜보시고, 여전히 식욕이 너무 없거나 헛구역질 같은 증상을 보이거든 바로 오세요."

이동장에 마포를 들여보내고 난 뒤 수의사가 지예에게 유의 사항을 열거하였다.

"알겠습니다. 선생님. 저어, 그런데…… 마포 이대로 정말 완치하기는 어려울까요? 올해 들어 너무 자주 재발해서……. 혹시라도 제가 자리를 비운 사이에 또 이런다고 생각하면……."

말끝을 흐리는 지예 앞에서 수의사가 씁쓸한 얼굴로 고개를 주억거렸다.

"마포 어머님도 아시겠지만…… 저는 보호자분들에게 가급적이면 보수적으로 말씀드리는 편입니다. 이런 24시간 동물 병원까지 올 정도면 빈말로라도 예후를 낙관하기 어려운 케이스가 더 많으니까요.

사소한 유의점이라도 제가 정직하게 말씀을 드려야지만 보호자분이 그에 상응하는 조치를 적시에 취하시거나…… 마음의 준비를 하실 수 있으니까요."

"그 말씀은, 혹시 마포가 마음의 준비가 필요한 상태란 뜻인가요?"

수의사는 대답 대신 지예의 촉촉한 눈을 오래도록 들여다보았다. 그 침묵을 견디다 못해 지예는 두 손을 가슴에 모은 채 애원했다.

"선생님. 혹시 수술비가 많이 드는 문제라면 제가 어떻게든 해 볼 테니…… 어떻게 안 될까요? 네?"

그리 묻는 지예의 어깨에, 생사를 오래도록 넘나든 고된 손이 얹어졌다.

"마포 어머님. 수술비에 연연하실 분이 아니라는 거, 저도 잘 압니다. 여기 오시는 모든 보호자분들이 다 그런 심정이시지요. 수술로 말끔히 해결될 문제라면 저 역시 적극적으로 권해 드릴 테고요. 하지만 마포의 신장 기능이 워낙 장기간 저하되어 있다 보니 고혈압이나 빈혈 등 다른 복합적인 질병에 많이 취약해진 상태고, 간도 별로 좋지 않아요. 어느 한 곳만의 문제가 아닐뿐더러, 마포가 지금 개복 수술을 견뎌 낼 수 있는 상태가 못 됩니다. 지금으로선 신장 수치가 다시 급성으로 치솟지 않길 바라면서 수액 치료나 약물 치료를 병행하는 수밖에 없어요."

그녀가 매정한 사람이라서 이런 말을 하는 게 아니다. 외려 좋은 말로 이 상황을 모면하고픈 유혹을 이겨 내고 소신껏 해 준 말이리라. 그러나 수의사의 말이 이어질수록 지예의 마음은 나락으로 떨어졌다. 표정 관리를 하느냐 마느냐 따위의 문제는 머릿속에 남지도 않았다.

정말로 더 이상 해 줄 수 있는 게 없어, 수의사는 자신의 바람만을 보태었다.

"부디 마포가 잘 이겨 내기를 바랍니다."

동물 병원 문을 나서니 완연히 어둑해진 하늘이 보였다. 마치 누군가의 악몽에서 뽑아 온 듯 우중충하다 못해 매캐하기까지 하였다.

팔을 축 늘어뜨리고 고개마저 푹 숙인 채 지예는 염리동 거리를 터벅터벅 걸었다. 이동장 안의 마포는 미동도 없이 그저 무겁기만 하였다. 불과 몇 년 전만 해도 이 안에서 어떻게든 나오려고 목청껏 울어 대면서 마구 날뛰었었는데. 그랬던 때가 엊그제 같은데…….

'너와 함께한 시간들은 앞으로 내게 상처가 아니라, 힘이 되어 줄 거야. 그러니 내 걱정은 하지 말고, 많이 졸리면 자…….'

마포가 이번에 살아 돌아오면 해 주려 했던 말. 미어지는 가슴을 어떻게든 싸안기 위해 지어냈던 말이 머릿속에서 희미해지고, 자조적인 의문만이 남았다. 자신이 정말 그렇게 의연해질 수 있을까? 정말 그렇게…… 살아갈 수 있을까?

그저 두 발이 이끄는 대로 지예는 횡단보도로 향했다. 8차선 도로를 가로지르는 횡단보도인 만큼 보행자 신호 대기 시간이 긴 편이었다. 좀 전에 아깝게 신호를 놓친 사람들이 발을 해작이며 파란불을 기다리고 있었다. 이동장이 그들과 부딪치기라도 할까 봐 지예는 평소 하던 대로 가장자리에 자리를 잡으려 했다.

맞은편 보행자 신호등이 발하는 새빨간 불이 마음에 흐르는 핏물 같았다. 그거나마 보이도록 고개를 치켜든 연유는, 횡단보도를 조심해서 건너려던 누군가의 당부가 뇌리에 선연하게 남아서였는지도 모른다. 보행자 신호가 아니라고 해도 눈앞을 스치는 차들이 무시무시하게 빨라 보였다. 왜인지 현기증이 나서 지예는 한 걸음 뒤로 물러선 뒤 가슴이 부풀어 오르도록 숨을 크게 들이마셨다. 차가운 공기가 폐부에 기별을 하는 순간.

딸랑—

스카이블루 코트에서 선명한 소리가 났다.

"아!"

전화가 왔을 땐 뮤지컬 캣츠 OST 오르골이 흐르고 문자가 왔을 땐 종소리가 난다. 지예는 코트 주머니에 얼른 손을 넣어 핸드폰을 꺼냈다.

[지예 씨!]

오후 5시 45분. 세 음절뿐인 메시지에 지예의 눈이 휘둥그레졌다. 잠시 잊을 뻔했던 진혁의 부탁이 떠올라 지예가 '아 맞다.' 라고 묵음으로 중얼거리며 고개를 까닥였다. 곧이어 문자가 한 번 더 왔다.

[오늘 저녁도 통화하기 좀 곤란해져서 문자로 보내. 미안하지만 예약 문자라 답변은 못 해. 그 전에 안전한 데로 좀 가 있을래? 횡단보도 같은 데 서 있으면 위험하니까. 그 뒤에 꽃집 앞쯤이 좋겠다. 기왕이면 마포도 잠깐 내려놔.]

예약 문자라는데도 마치 그가 바로 옆에서 자신을 보며 말하는 듯하여, 지예는 반사적으로 주위를 두리번거렸다. 오늘따라 왜 이리 횡단보도에 집착하시는지는 모르겠지만…… 문자가 이걸로 끝나지는 않을 듯하니 일단 시키는 대로 해 봐야겠다.

지예는 횡단보도 뒤편에 있는 꽃집 앞에 자리를 잡았다. 꽃집이 화분들을 다 가게 안으로 들여놓아 이동장을 놓아둘 자리가 있었다. 그러자 기다렸다는 듯이 핸드폰이 또 딸랑 울었다.

[그저께 날 다독여 줘서 고마워. 지예 씨도 마포 때문에 정신이 없었을 텐데 오히려 내가 기대고 말았네.]

지예는 부드럽게 입꼬리를 말아 올렸다. 부탁할 게 있다고 하시더니 그새 또 깜짝 이벤트를 준비하신 건가. 그저께 많이 걱정이 됐는데 조금이나마 기운을 차리신 거 같아 다행이다.

재미있는 드라마라도 기다리는 양 지예는 발을 동동 구르며 핸드폰을 뚫어져라 바라보았다. 그사이 횡단보도에 모여들었던 사람들이 한차례 빠져나갔다.

5시 50분에 문자 메시지함에 말풍선이 추가되었다.

[지금 많이 힘들지? 말로는 몇 번이고 괜찮다고 말해도, 사실 마포가 지예 씨한테 얼마나 소중한 존재인지 이젠 나도 너무 잘 알아. 나도 심정적으로는 마포가 우리와 함께 무병장수했으면 좋겠지만…… 언젠가는 우리의 노력만으로는 정말 어쩔 수 없는 순간이 오겠지.]

지예의 입이 서서히 다물렸다. 보행자 신호등에 다시 빨간불이 들어오고 차들이 날카로운 소리를 냈다. 일순 멎은 숨이 돌아오기도 전에 장문의 메시지가 왔다.

[지예 씨 말이 맞아. 사람이든 고양이든 함께 살 수 있는 시간을 마음대로 정하진 못해. 우리는 정할 수 있는 입장이 아니기 때문에, 앞으로도 멀게든 가깝게든 여러 가지 이별을 겪게 되겠지. 그 과정에서 우리에게 남은 시간은 과연 얼마나 될지 가늠해 보면서, 끊임없이 불안해질지도 몰라. 솔직히 이 글을 쓰는 지금도 혹시나 우리에게 무슨 일이 생길까 봐 미치도록 불안해 죽겠어. 이렇게까지 하는데도 말이야.]

잠재워진 줄 알았던 그의 불안감이 또다시 피부로 전해져 왔다.

전화는 못 받는다고 하셨지만 답문이라도 보내야 하지 않을까. 지예는 근심 어린 한숨을 내쉬고는 화면에 손을 댔다. 그 순간.

[하지만 지예 씨를 위해서라면, 난 몇 번이든 악몽에서 깨어날 거야.]

5시 55분. 반전을 알리는 종이 울렸다.

지예는 핸드폰을 쥔 손에 힘을 주었다. 바로 앞에 있는 횡단보도의 신호등 색깔이나 오고 가는 사람 수 따위는 이제 안중에도 없었다. 그녀의 마음을 동여매기라도 하듯 곧바로 문자가 왔다.

[나는, 우리가 함께 오래도록 살아가기 위해 최선을 다해 볼 거야. 지예 씨는 이미 우리가 함께한 시간만으로도 그 이상의 가치가 있다고 말해 줬지만, 그런 지예 씨를 위해서라도 난 시간을 최대한 벌어 볼 거야.]

그 마음을 받쳐 들기엔 두 손만으론 벅찼다. 그럼에도 지예는 한 손으로 입을 틀어막을 수밖에 없었다. 이제는 미약하게 떨려 오기까지 하는 손안에, 그의 진심이 한 번 더 날아들었다.

[한마디로 지예 씨랑 오래오래 함께 살고 싶어서 안달이 난 남자가 여기 있다 이거지. 그리고 마포도 일단 우리에게 한 번 더 돌아와 줬잖아. 꿈에서든 현실에서든 어떤 재수 옴 붙는 말을 듣더라도, 이제부턴 그냥 우리가 할 수 있는 일을 하자. 이젠 지예 씨 혼자가 아니야. 나도 할 수 있는 일이 있다면 뭐든 도울게. 그러니 조금만 기운 내서 무사히 집에 돌아와 줘. 감히 원해도 될까 싶은 행복이라도 끝까지 붙들고, 함께 가자. 내가 지예 씨에게 부탁하고 싶은 건, 이거 뿐이야.]

말풍선에서 읽어 낼 글씨가 점점 줄어드는 게 아까워서, 물기 어린 숨을 연신 들이마셔 가며 찬찬히 읽어 내렸다.

이윽고, 화면의 반절을 채운 말풍선 아래 아주 작은 말풍선이 꼬리를 물었다. 그와 동시에 꽃집 앞에 서 있는 아가씨의 입술이 감격스레 귀에 걸렸다.

[지예 씨. 사랑해!]

부와아앙—

꿈결 같은 공기를 날카로이 찢는 소리에 놀라 지예가 고개를 치켜들었다. 횡단보도를 맹렬히 가로지르는 자동차 한 대가 보였다. 보행자 신호등엔 파란불이 들어와 있었다. 사람들이 저만치 멀어져 가는 차의 뒤통수를 흘기며 길을 건넜다.

다행히 차가 지나간 자리엔 아무것도 없었다.

지예는 짧게 숨을 내뱉고는 핸드폰을 확인하였다. 더 이상 문자는 오지 않았다. 오후 6시. 그에게 15분이나 붙들려 있었다.

다음 신호를 기다려야겠다. 물론 좀 전과 같은 무시무시한 차가 달려들지는 않는지 잘 살피면서. 이동장을 들어 올리려다 지예는 눈을 깜박였다. 좀 전에 자신이 서있으려던 횡단보도 가장자리에서 눈에 익은 보석이 반짝이고 있었기에.

"조조!"

"야옹!"

지예가 부르기 무섭게 고등어 태비 고양이가 목청껏 울어 댔다.

"우리 착한 조조, 너 여긴 또 어떻게 알고 온 거야? 자, 얼른 누나한테 와!"

지예가 그 자리에 주저앉아 손짓을 했다. 마치 그 손짓을 기다렸다는 듯 조조가 그녀를 보며 걸음을 떼었다. 이쪽으로 오는 걸음이 고양이치고 너무도 느른하였다. 그 모습이 마치 맥이 탁 풀린 사람을 연상시켜 지예는 웃음을 터트릴 뻔했다.

혹여나 지나가는 행인의 발길에 채이지는 않을까, 문득 드는 걱정에 지예는 조조의 옆을 돌아보았다. 그 순간, 지예의 얼굴이 경악으로 물들었다.

"앗!"

그녀의 입에서 터져 나온 외마디 비명에 조조의 고개가 옆으로 돌아갔다.

좀 전에 겨우 비껴간 잔혹한 운명에 비하면, 그것은 몸체도 바퀴도 지극히 얄팍하였다. 그러나 연약한 고양이의 입장에선 그 둘의 차이는 사자와 호랑이의 차이에 지나지 않았다.

바퀴가 2개 달린 탈 것. 인도 위를 무도하게 달리는 자전거가 악몽마저 찢고 조조를 덮쳐 왔다.

그 짧은 순간 할 수 있는 일이라곤, 자전거 주인은 뒤늦게 브레이크 레버를 당기는 것이었고, 조조는 꼬리털을 부풀린 채 부질없이 뒷발을 뒤로 빼는 것이었으며, 지예는 앞뒤 안 재고 그 사이로 가냘픈 몸을 날리는 것뿐이었다.

누구의 것인지도 모를 비명 소리와 함께 조조의 의식이 어둠 속으로 떨어졌다.

❈

투명한 보석에 구름을 채운 듯 허연 형체들이 무늬 없는 어둠을 가로질러 간다. 현실 세계에 결코 있을 수 없는 광경이 보이는 순간 진혁은 생각했다. 조진혁의 인생이 정말로 끝이 난 모양이라고.

시작도 끝도 보이지 않는 공간에서 헤아릴 수 없는 행렬에 끼어물 흐르듯 가는 와중에도, 가는 길이 과히 길게 느껴지지는 않았다. 이 와중에 아직도 장단(長短)을 가늠하려 드는 자신의 사고가 새삼 반갑기도 하고, 원망스럽기도 하였다.

아직 생각이란 게 남아 있을 때, 진혁은 마지막으로 보았던 설지 예의 모습을 떠올려 보았다. 메시지 뒤에 숨은 피 말리는 심정을 알아주기라도 한 듯, 정말 꽃집 앞에 자리를 잡아 자신의 말을 읽어 주던 그녀. 두서없는 말들 속에서도 뚜렷한 진심을 봐 주기라도 한 듯, 끝까지 자리를 지키며 기다려 주던 그녀. 사랑한다는 말 하나가 뭐 그리 대단하다고, 떨쳐 내기 힘든 슬픔마저 깨고 웃음꽃을 피워 올렸던 그녀.

그렇게 더없이 사랑스러운 그녀의 곁에, 끝까지 남고 싶었다. 하지만 사정의 여의치 않을 가능성이 높았다. 그래서 자신이 없더라도 남는 건 하나라도 더 그녀에게 주고자 하였다. 필요한 조치는 이미 다 취해 놓았다.

하지만 기왕이면 조금만 더 조심해서, 자신이 남아 주는 편이 더 좋았을 텐데.

감상에 빠질 시간이 그리 많이 주어지지는 않았다. 오래지 않아 '기점'이라 부를 만한 곳이 나타나고 말았으니.

검은 도포 차림에 검은 갓을 눌러쓴 남자가 검게 옻칠한 의자에 앉아 있었다. 머리부터 발끝까지 새까만 그를 분간할 수 있는 연유는, 하얀 형체들이 그의 주변을 배경처럼 둘러싸고 있어서였다. 남자의 손엔 검은 비단 표지로 된 책이 들려 있었다. 진혁의 눈엔 크고 작은 차이밖에 뵈지 않는 하얀 형체들을, 남자는 흡사 도공이 도자기 살피듯 샅샅이 살폈다. 손에 들린 책을 번갈아 보면서 말이다.

남자가 짧게 고갯짓을 할 때마다 그의 주변에 모인 하얀 형체가 하나둘씩 어딘가로 사라졌다. 모르긴 몰라도 다시는 돌아오지 못할 길로 나아가고 말았으리라.

진혁은 의자에 앉은 남자와 그가 든 책의 역할, 그리고 이 공간의 의미를 일목요연하게 받아들였다. 오히려 너무 뻔해서 맥이 빠지는 감도 있었다. 저승이란 곳의 생김이 고작, 자신이 여러 매체로 접한 이미지들로 구축된 조악한 상상력의 표상에 지나지 않을 줄이야.

어쩌면, 구구절절한 설명 없이도 이 상황을 빨리 받아들이라는 의미인지도 모르겠다. 그런 의도라면 너무나 전형적인 모습들이 어느 정도 납득이 된다. 그렇다면 여기 있는 다른 이들에게 비쳐지는 저승은 조금씩 다른 모습이려나.

시답잖은 상념에 빠져든 사이, 진혁과 저승사자와의 거리는 착실하게 줄어들어 갔다. 거기까지 다다르면 모든 게 끝이 나리란 예감이 선연한데, 몸이 컨베이어 벨트에 오른 듯 하염없이 이끌려 갔다.

진혁은 체념하고 말았다. 정신 차리면 살 수 있다는 호랑이 굴도 이승에나 존재하는 공간이다. 이대로 죽을 수 없다는 말이 통하리라곤 기대치도 않는다. 이제 자신이 할 수 있는 일이라곤, 그녀는 되도록 늦게 오게 해 주십사 매정한 신에게 비는 일뿐이다.

마침내 진혁의 바로 앞에 있던 형체마저도 홀연히 사라졌다. 저승사자의 얼굴은 멀찍이서 볼 때와는 비교도 안 되게 창백하고 섬뜩하였다. 무엇을 상상하건 그 이상의 냉혹함을 보여 주겠다는 의지가 엿보였다. 그러나 지극히 기품 있고 절도 있는 품새로, 사자가 명부를 들추며 중얼거렸다.

"흠. 자네는……."

"잠까아아아안!"

순간 진혁은 자기 마음속에 있는 소리가 멋대로 튀어나온 줄 알았다. 하지만 자신은 절대 저런 식으로 말을 늘어뜨리는 법이 없다.

이 공간의 써늘한 고요와는 지극히 거리가 먼 뜀박질 소리가 들려왔다. 뒤를 돌아본 순간, 진혁은 제 눈을 의심했다.

"그 혼백은 우리 세계의 것이외다! 우리 세계가 염라대왕의 허락을 받아 축생도에서 분리된 세월이 오래거늘, 왜 당신들 마음대로 우리네 영혼을 그쪽으로 끌고 가려는 것이오?"

희고 우아한 장모와 해수청색 눈동자를 지닌, 직립한 고양이.

소묘(素描)와도 같은 공간에 난입한 캐트 시 하나가, 이쪽을 향해 열띠게 삿대질을 하고 있었다. 보디가드로 추정되는 턱시도 고양이들을 여럿 대동한 채로.

진혁은 다시 저승사자 쪽을 돌아보았다. 눌러쓴 검은 갓이 살짝 들리어 이채를 띤 눈이 드러났다. 그것을 신호로 저승의 말단 직원으로 추정되는 검은 정장 차림의 사내들이 머릿수를 채웠다. 그들 중 하나가 캐트 시 일행 앞에 나서서 코웃음을 쳤다.

"어허! 세월이 아무리 오래되어도 그 아둔함은 조금도 나아지질 않았구나! 적색과 녹색을 분간 못 하는 눈깔이라도 인간의 혼백과 고양이의 혼백 정도는 구분할 수 있지 않던가? 아니면, 우리 모르는 새 인간의 혼백까지 그쪽 세계에서 관리하기로 법도가 바뀌기라도 했단 말이냐?"

저승 직원의 비아냥거림에 캐트 시가 살짝 우물쭈물하였다.

"그, 그자가 본래 인간이었던 건 맞소만, 우리 세계의 법도에 의해 분명 우리 세계에 완전히 편입되었단 말이오! 그래서 우리 세계에서 9개의 목숨을 부여받았고, 그 목숨을 다 소진하였기에 우리가 데리러 가려던 참이오."

"참 내. 지금 우리더러 그 말을 믿으란 게야? 게다가 이 혼백은 어떻게 봐도 사람이잖나! 고양이도 아닌 혼백을 네놈들이 데려가서 대체 어쩌려고!"

"잠깐. 이자, 아직 명이 다하지 않았다."

음산하면서도 절도 있는 목소리가 그들의 설전을 잠재웠다. 저승 직원들이 황망한 얼굴로 의자에 앉은 남자를 돌아보았다.

"사자님. 그, 그게 정말이십니까? 그럼 이자가 대체 어떻게 지금 여기에⋯⋯."

"큰 사고를 치셨군."

먹처럼 검은 입술에 조소가 담겼다. 한결같은 자세로 앉아 있던 저승사자가 의자에서 몸을 일으켜 캐트 시 앞으로 걸어갔다. 사자의 몸집은 뼈만 남은 듯 가늘고 왜소하였으나, 그가 내뿜는 서늘한 아우라는 절간의 사천왕상보다도 위압적이었다. 그 박력에 저승 직원들마저도 괜스레 제 발이 저려 오는 듯 살짝 몸을 움츠렸다.

"애초 염라대왕께서 그쪽 세계의 독립을 허하셨던 연유는, 이곳의 법도와 그쪽 세계의 법도가 충돌할 염려가 없기 때문이었소. 일단 고양이는 인간과 말과 글로썬 통하지 않으니. 또한 고양이는 일반적으로 인간에 비해 시간 개념이나 인지 능력이 현저히 떨어지기에, 인간에 비하면 죽음의 방식을 부여하기 과히 어렵지도 않소. 그렇게 때문에 죽음을 미리 볼 수 있는 그쪽의 규칙도 지금까지 용납될 수 있었던 거요."

저승사자가 고개를 돌려 진혁을 바라보았다. 그는 무표정을 고수하고 있었으나 진혁은 그의 눈초리가 참으로 매섭다는 생각을 하였다. 아니나 다를까, 저승사자가 캐트 시를 향해 일갈하였다.

"그런데 당신네들은 우리 명부에 있는 인간을, 그것도 아직 수명이 다하지 않은 자를 그쪽 세계에 임의로 편입시키고 말았소. 이렇듯 허술하기 짝이 없는 법도를 고수하면서, 당신네들은 독립된 세계의 관리자로서 주의 의무를 다하지 않고 연일 밤낮으로 먹고 마시기에 여념이 없었지. 어찌 보면 이 촌극은 예정된 일이었는지도 모르겠소. 이건 도저히 그냥 넘어갈 수 없는 일이오. 염라대왕께서도 이참에 그쪽 세계가 이대로 축생도와 별개로 존속하여도 되는지 짚고 넘어가셔야 할 만큼."

염라대왕이 언급되는 순간 해수청색 캐츠아이가 뚱그레졌다.

"지, 지금 말 다 했소! 고양이에게 은덕을 베푼 인간에게 보은하는 건 우리 세계의 신성한 전통이외다! 수천 년 된 전통인 만큼 매번 공정하고 엄중한 방식으로 진행해 왔고, 지금까지 아무 문제도 없었소. 인간을 우리 세계에 편입시킨 건 이번에 처음이긴 하지만, 대신 완전히 우리 세계의 법도가 적용되도록 충분한 조치를 취했단 말……."

"그 조치가 완벽해서 지금 이 혼백은 인간의 모습으로, 아직 봐서는 안 될 것들을 보고 있단 말인가?"

저승사자는 손짓 한 번으로 마구 뇌까리는 캐트시를 잠잠하게 하였다. 그러고는 고개를 들이민 채 싸하게 웃어 보였다.

"잘 들으시게. 결과적으로 이자는 그쪽 세계에 완전히 편입되지 못했소. 해가 졌을 땐 고양이 세계에 속했겠지만, 해가 뜨면 다시 인간이 되었지. 그래서 이자가 그쪽 세계에서 부여한 운명을 보란 듯이 거스를 수 있었던 거요."

"그럴 리가……. 인간이 우리 집행 위원의 주술을 푸는 건 불가능하단 말이오."

"하지만 그 주술을 풀 만한 자를 매수할 수는 있지."

"매, 매수?"

캐트 시가 진혁을 뚫어져라 바라보았다. 어찌나 당황했는지 그는 네발로 펄쩍 뛰어 진혁에게 달려들었다.

"자네 도대체 무슨 짓을 한 겐가? 설마…… 정말 우리들 중 하나에게 청탁한 적이 있는가? 하루의 반 동안 인간으로 돌아오게 해 달라는 식의."

황망하기는 진혁도 마찬가지였다. 아니, 다 알고 있었던 거 아니었나? 더욱이 눈앞에 있는 작자는 캐트 시 중에서도 대빵 격으로 보이는데, 자신이 5천만 원이란 거액을 치르고 하루의 반 동안은 인간의 모습으로 풀려나 있었다는 사실쯤은 당연히 인지하고 있었어야 하지 않나?

"아니, 이봐요. 정말 몰랐단 말인가요? 벌써 9주나 된 일인데? 그리고 그 건은 당신들끼리 알아서 합의 본 거 아니었어요? 그 5천만 원 먹고……."

진혁의 말에 캐트 시가 뒷목을 잡으며 꺽꺽거렸다.

"당연히 알 턱이 없지! 우리가 그 수많은 고양이들의 일거수일투족을 어찌 다 들여다보겠느냐고! 지부를 시 단위로 증설해도 그건 도저히 불가능해! 그, 그리고 5천만 원이라니! 대체 언놈이 받아 처먹은 게야? 아…… 인간의 화폐 따위를 받아 처먹을 자라면 딱 하나뿐이군. 재무관, 재무관이다! 어쩐지 요 근래 인간의 경매로 장만했다는 다이아 반지를 자랑하고 다니더라니……. 필시 그자의 소행임이 분명해. 아이고오!"

자중지란이 일어난 캐트 시 한국 지부장을 멀뚱멀뚱 지켜보며, 진혁은 자신이 처음 고양이로 변했던 밤에 자유형이 했던 제안을 찬찬히 되짚어 보았다.

'캐트 시는 기본적으로 부유한지라 어지간한 액수로는 매수하기 힘듭니다. 그나마 그중에 인간의 경매에 흥미가 있어 인간의 화폐를 수집하는 분이 계신데, 거기에서 로비의 여지가 생겨났지요. 진혁 씨가 동의만 해 주시면 바로 계약이 성사되게끔 제가 사전 조치를 취해 놨답니다.'

'매수'에 '로비'라.

설마…… 뽀록나면 큰일 나는 거였나.

왜인지 새로운 사단에 휘말리고 만 듯한 느낌에 진혁의 입꼬리가 경련했다. 캐트 시가 그런 그의 멱살을 우악스레 잡아챘다.

"도대체 우리 재무관하고는 어떻게 접촉한 겐가? 인간 혼자 힘으로는 도저히 불가능했을 텐데? 어, 얼른 그 브로커의 이름을 대게! 빨리 그자를 찾아야 해! 그자 때문에 지금 수천 년 전통을 이어 온 우리 세계가 폭삭 망하게 생겼어! 아이고오……. 다른 지부장들에겐 대체 뭐라고 설명해야 한단 말인가……."

진혁은 떨떠름하게 눈알을 굴리며 자유형의 모습을 떠올렸다. 그의 이름을 댄다고 한들 자신에겐 유리한 쪽으로 보탬이 될 것 같지 않고. 그래도 자신을 위해 애써 준 사람(?)인데 발설하는 건 도리가 아닌 듯하고. 더욱이 그 우스꽝스러운 이름이 그의 본명이라는 보장도 없고…….

결국 진혁은 싸하게 웃어 보이며 매우 정석적인 대사를 치고 말았다.

"모르겠는데요?"

어깨를 으쓱 올리는 진혁 앞에서, 지체 높은 캐트 시 한국 지부장은 뒤로 벌러덩 나자빠지고 말았다. 택시도 고양이들이 황급히 그를 부축하러 달려들었다. 저승사자가 그 우스꽝스러운 꼴을 한심하다는 듯 지켜보며 말했다.

"정리하자면, 당신들은 공로상이라는 명목하에 한 인간을 고양이로 만들었으나, 당신들 중 누군가가 뇌물을 받고 이자가 하루의 반을 인간으로 살게끔 해 주었소. 그러면서 9주 동안 공로상 시상자와 함께 지내는 조건을 충족하면, 완전한 인간으로 돌아올 수 있게끔 법도에 구멍을 내 버렸지. 그 바람에 낮이 밤에 개입하는 사태가 벌어진 거요."

저승사자가 진혁을 위아래로 훑어보다가, 냉랭하게 부연하였다.

"문제는 이게 끝이 아니오. 이제 이자는 그쪽 세계에 완전히 속하지도, 아주 무관하지도 않은 존재가 되어 버렸소. 당신의 명부로 이자의 남은 도장 수를 똑바로 확인해 보시오."

저승사자의 말에 캐트 시는 주머니에서 황금색 책을 꺼내 들추어 보았다. 거기서 대체 무엇을 본 건지 캐트 시가 경악성을 내질렀다.

"맙소사……. 어떻게 이런 일이……."

자세한 내막은 잘 모르지만 아무래도 자신에게 유리한 쪽으로 해프닝이 벌어진 듯하다. 여차하면 꼬장을 부릴 타이밍이 오지 않을까 싶어, 진혁은 슬그머니 팔짱을 끼었다.

"어, 어쨌든! 이자는 우리가 데려갈 테니 그쪽은 상관 마시오!"

몰릴 대로 몰린 캐트 시 한국 지부장이 억지를 부리기 시작했다. 진혁의 팔을 낚아채려는 캐트시를 저승 직원들이 제지했다.

"웃기는 소리 하네! 데려가도 우리가 데려가야! 멍청하고 탐욕스러운 고양이들 때문에 이게 무슨 난리야! 이참에 그냥 다시 축생도로 돌아와 얌전히 우리의 감시나 받지그래?"

"어쨌든 이번 일, 염라대왕께 장계를 올리겠소. 그냥 넘길 수 없는 사안이오."

"아, 거 좀생원처럼 왜 자꾸 그분을 들먹이시는 거요!"

"뭐라고? 조, 좀생원? 사자님께 이 무슨 말버릇이냐!"

저승사자를 필두로 한 검은 정장 사내들과 캐트 시 한국 지부장을 필두로 한 턱시도 고양이들이 팽팽히 대치하였다. 동공 지진이 난 눈두덩을 감싸 쥔 채 비칠대던 캐트 시 한국 지부장이, 급기야 앞 발톱을 쳐들며 무리수를 뒀다.

"그, 그래! 비디오! 비디오 판독을 요청하는 바이오! 이자가 무지개다리로 갈 만큼의 충격을 받았는데도 뭔가 착오가 있었겠…… 끄어어억!"

결국 진혁은 캐트 시 한국 지부장의 이마에 올지게 꿀밤을 먹이며, 음산하게 내뱉고 말았다.

"너나 가라. 이 멍청한 야옹이 자식아……."

"하이고오……. 정말이지 진혁 씨가 마지막에 조금만 더 주의해 주셨어도 일이 그렇게까지 되지는 않았을 텐데 말이죠! 그 일은 고양이 세계의 독립절 이래 최악의 뇌물 스캔들로 기록되고 말았답니다. 결국 고양이 세계는 염라대왕님께 천문학적인 액수의 벌금을 지불하고 존폐 위기를 간신히 모면하였지요. 그 일과 연관된 재무관 이하 관련 캐트 시님들은 최대 90년 이하 징역형에 처해졌고요. 흐…… 그분들은 그 긴 시간 동안 파티에도 참석 못 하고 꼬리만 빨게 됐죠. 참 안타깝습니다."

그때만 생각하면 지금도 아찔해 죽겠다는 듯 자유형이 요란스레 호흡을 골랐다.

"그나마 진혁 씨가 끝까지 제 이름을 밝히지 않아 주신 덕에, 저는 그 난리통을 어떻게든 빠져나갈 수 있었죠. 역시 의리의 신사님이셔."

"아니. 그게 문제가 아니라……."

인겸이 상기된 얼굴을 손부채질로 식혔다. 좀 전까지 에어쇼를 하는 헬기에 탑승하기라도 한 듯 긴장감이 역력한 모습이었다. 그러나 그가 겪는 후유증은 곁에 앉은 사람에 비하면 아무것도 아니었다.

"그래서…… 진혁 씨는요?"

찻잔 속 고양이 거품이 일렁이도록 설아가 분연히 몸을 일으켰다.

"진혁 씨는 그 뒤에 대체 어떻게 됐단 거예요? 네? 설마 진짜 죽은 건 아니죠?"

눈물로 범벅이 된 얼굴을 자유형에게 들이밀며, 설아는 또다시 그의 멱살을 틀어쥐고 짤짤 흔들어 댔다.

"꾸아아악! 설아 씨! 진정하시고 제 얘길 마저 들어 주세요! 아직 이게 끝이 아니라고욧!"

자유형이 설아의 손을 간신히 마주 잡은 채 숨넘어가는 소리를 냈다.

"결론적으로 말하자면 진혁 씨는 죽지 않았어요! 인간으로서의 명이 다하지 않은 게 판명 났기 때문에, 무사히 현실 세계로 돌아갔답니다."

"아, 다행이다."

설아는 도로 자리에 앉으며 가슴을 쓸어내렸고, 자유형은 울상을 지으며 구겨진 셔츠 앞자락을 정돈했다.

"그런데 좀 신경 쓰이는 부분이 있네요."

인겸이 손바닥을 살짝 펼쳐 들어 자유형에게 의문을 제기했다.

"진혁 씨는 고양이의 모습인 채로 자전거에 치였는데, 어째서 고양이의 모습이 아닌 인간의 모습으로 저승에 간 거죠? 그리고 저승 사자가 말하길, 진혁 씨가 '그쪽 세계'에 완전히 속하지도, 아주 무관하지도 않게 되어 버렸다고 했잖아요. 그게 대체 무슨 의미일까요?"

"아, 그게 참 간단치 않은 문제였지요."

자유형이 긴 다리를 꼬아 올리며 고개를 주억거렸다.

"그때 자전거는 진혁 씨, 그러니까 조조에게 충격을 가하지 못했습니다. 왜냐하면 그 순간에 지예 씨가 자기 몸을 아끼지 않고 그 사이로 뛰어들어 조조를 감쌌거든요. 자전거 주인 역시 그런 지예 씨를 어떻게든 피하려다 옆으로 넘어져 버렸고요. 결론적으로 고양이 도장이 하나 사라지기엔 다소 부족한 상황이었지요. 그것도 하필 마지막 도장만이 남은 상황에서 예정된 운명을 거스른 직후에 벌어진 일이라, 사상 초유의 사태가 벌어지고 말았습니다."

"그러면 대체……."

대답 대신 자유형은 명함만 한 종이를 꺼내 들었다. 진혁이 처음 고양이로 변했던 날 그의 앞길을 밝혀 주었던 바로 그 종이였다. 종잡을 수 없다는 듯 자신을 보는 두 사람 앞에서, 자유형은 그 종이를 반으로 접어 보였다.

#16
끝나지 않은 이별

따스하고 포근한 무언가가 뺨에 와 닿았다. 그 감촉에 어둠 속에서도 아지랑이가 피어오르는 듯하다. 이대로 깨어나 버리기엔 어딘지 아까운 꿈이다. 그래서 눈꺼풀을 계속 닫고 있으려다, 이내 생각을 고쳐먹었다.

깨어나야 한다. 어떤 꿈이라도 그녀가 있는 현실만큼 따스할 수는 없으니.

그래서 진혁은 눈을 떴다.

"아!"

자신의 눈꺼풀과 함께 활짝 열리는 입술이 보였다. 밝은 색조의 맑은 눈. 자그마한 쌀알빛 얼굴. 9주 전에 비해 다소 길어 이제는 어깨를 덮는 머리칼. 그녀가 바로 앞에 있었다.

"지예 씨…… 여기가 어디야?"

그녀가 등진 천장과 벽이 너무 새하얘서 일순 불안감이 치밀었다. 하지만 지예는 손수건을 꺼내어 그의 이마에 맺힌 식은땀을 닦아 주며 조곤조곤 말했다.

"S병원이에요. 여기."

"아……."

그 말에 사방에 있는 사물들의 윤곽이 또렷이 잡혀 왔다. 맞은편에 환자복 차림으로 누워 계신 어르신이 두 분 보이고, 자신이 누운 침대는 커튼을 쳐 놓아 옆 침대와 분리되어 있었다. 그리고 지예는 자신의 곁에 의자를 갖다 놓고 앉아 있었다.

"나…… 어떻게 된 거야?"

현실 세계에서 겪은 일에 한해 마지막으로 기억나는 건, 자신을 빠른 속도로 덮쳐 오던 자전거바퀴였는데…….

"정말…… 기억이 하나도 안 나세요?"

지예가 근심 가득한 목소리로 되물었다. 그 말의 의미를 알 길이 없어 진혁이 부자연스럽게 입술을 우그리자, 지예가 그의 손을 부드럽게 감싸 쥐며 말했다.

"염리동에서…… 조조를 구하려고 달리는 자전거에 뛰어든 절 감싸 주시다가 기절하셨잖아요."

"뭐?"

진혁이 목소리를 높이며 몸을 일으키려다 눈살을 찌푸렸다. 늑골에서 찌릿하고 격통이 느껴졌다. 지예가 얼른 진혁의 어깨를 누르며 말했다.

"의사 선생님이 절대 움직이지 말라고 하셨어요! 아주 심한 정도는 아니지만 늑골 골절이 있다네요. 적어도 한 달 동안은 운동 같은 거 하지 말고 안정을 취해야 한대요."

정신을 잃기 전엔 이 정도까진 아니었던 거 같은데. 아무래도 걷어차인 데가 다소 도진 모양이다. 흥분기를 가라앉히려 노력하며 진혁이 다시 지예에게 물었다.

"미안. 내가 그 당시 상황이 기억이 잘 안 나서 그러는데…… 내가 정말 지예 씨를 구했어? 어디서 나타나 가지고?"

지예가 진혁을 안쓰러운 듯 바라보다가 말했다.

"저도 그때 너무 경황이 없어서 자세히는 기억이 안 나요. 그때 전 조조를 감싼답시고 급한 대로 팔을 뻗으며 몸을 날렸어요. 분명 조조를 감싼 채로 바닥에 구른 거 같은데……. 정신을 차리고 나니 조조는 제 품에 없었고, 오히려 저는 진혁 씨 품 안에 있었어요."

"자, 잠깐만. 그럼 설마……."

그녀의 이야기를 듣다가 진혁은 문득 오싹한 사실을 깨닫고는 자신의 몸을 살펴보았다. 현재는 환자복 차림이긴 한데. 과연 이 옷이 이곳에 실려 와서 갈아입혀진 것일까, 아니면…… '덮어진' 것일까?

"지예 씨. 혹시 그때 나…… 뭐 입고 있었는지 기억해?"

그 질문에 지예가 잠시간 입술을 다문 채 진혁을 뚫어져라 바라보았다. 더욱 안쓰러움을 더하는 그녀의 시선이 의미하는 바를 캐묻기가 너무도 두려웠다.

미치고 팔딱 뛸 듯한 침묵을 깨고, 그녀가 입술을 오므렸다.

"무슨 옷이긴요. 바로 이거죠!"

지예가 뒤에 놓아둔 쇼핑백을 들추어 냈다. 그녀의 손에서 끄집어져 나온 옷을 보고 진혁은 경악을 금치 못했다. 그것은, 자신이 이중생활을 시작한 지 얼마 되지 않았을 때 길에서 잃어버렸던 가장 좋은 슈트였다.

"간만에 이렇게 차려입으셔 놓고…… 혹시 중요한 일 처리하러 가시는 길이었던 거 아니에요?"

"아, 아니! 딱히 그러진 않았지만……."

그리 묻는 걸 보니 그녀가 선의의 거짓말을 하는 것 같지는 않다. 그래도 거듭 무언가(?)를 확인해 보려 진혁은 그녀의 눈치를 슬그머니 살폈다.

"정말요? 혹시 그 일마저도 잊으신 건 아니겠죠? 아, 저기…… 다른 것들은 다 기억나시는 거죠? 네?"

이제 지예는 혹여나 진혁이 기억 상실증에라도 당첨된 게 아닌지 진심으로 걱정하는 듯했다.

자신이 의식을 잃은 새 무슨 일이 벌어지고 있었던 걸까? 진혁은 눈살을 찌푸린 채 조심스레 기억을 되짚어 보았다.

'현세에서 꼬인 매듭은 내가 대강 풀어 주겠다. 대신 여기서 본 건 전부 잊어라. 본래의 천수를 누리고 싶다면 여기에서 있었던 일은 일절 발설치 말아야 할 것이야.'

그 엄중한 한마디가, 어둠 속에서 보고 들은 모든 것들에 빗장을 질러 놓았다. 심지어 이제는 그 말을 한 이가 누구인지조차 기억나지 않는다.

어찌 되었든 죽음보다도 끔찍한(?) 현실이 기다리고 있지는 않아서 다행이다. 그렇다면 이제 다 된 거 아닌가.

진혁은 지예가 등진 병원 창문을 물끄러미 바라보았다. 땅거미가 완연히 내려앉아 있었다. 그 배경에 다섯 손가락이 겹쳐지는 순간, 감정이 북받쳐 오르려 하였다.

울컥거림을 간신히 억누르고, 진혁은 지예에게 정말 하고 싶었던 말을 했다.

"지예 씨. 이제 다 끝났어. 앞으로는 밤에도 함께 있을 수 있어."

"정말요? 그럼 '집안일'이 다 해결되셨다는 거네요?"

화색을 띠며 묻는 지예에게 진혁은 선선히 웃으며 고개를 끄덕였다.

"응. 이젠 늦은 오후에도 마음껏 전화해도 돼. 바로바로 받을게."

말을 마치기 무섭게 지예가 그의 팔을 와락 감싸 안았다. 진혁은 늑골에 무리가 가지 않도록 한쪽 팔을 살짝 들어 그녀의 머리칼을 쓰다듬었다.

"일도 다 마무리되었겠다. 이제 내 마음을 제대로 전하는 일만 남았나?"

그 말에 지예는 그와 오롯이 마주 보며 눈을 빛냈다. 아무리 멋없게 표현해도 반짝이는 보석을 받은 듯 웃어 줄 그녀를 보니, 손에 겨우 넣은 행복이 비로소 실감이 나기 시작했다.

지예가 웃음 가득한 표정으로 그를 보다, 뜻밖의 말을 하였다.

"저도 지금 하고 싶은 말 엄청 많아요. 근데 아쉽지만 조금 미뤄야 할 것 같아요."

"왜?"

진혁이 의아하게 묻자 그녀는 그의 슈트를 쇼핑백 안에 곱게 포개 넣으며 말했다.

"작은삼촌 되시는 분이 이리로 오고 계세요. 진혁 씨 깨어나기 한 10분 전에 통화했으니 곧 도착하실 거예요."

"아. 그래? 둘이 어떻게 연락이 됐어? 혹시 지예 씨가 본점에 전화해서 우리 삼촌한테 연락 취한 거야?"

"아뇨. 그분이 먼저 제게 연락을 주셨어요. 어떻게 알고 연락 주셨냐고 여쭤 봤더니, '법무 법인 묘하' 란 곳에다가 제 번호를 물어봐서 아셨다고 하시네요? 전 거기가 어딘지도 모르는데……."

"뭐, 뭐라고? 아웃!"

진혁이 누운 자리에서 용수철처럼 튀어나오려다 외마디 비명을 지르며 쓰러졌다. 그 격한 반응에 지예의 눈이 휘둥그레졌다.

"갑자기 왜 그러세요? 또 무슨 문제라도 있으세요?"

"지예 씨! 나 도대체 얼마나 자고 있었어? 오늘 날짜가 며칠이야?"

진혁이 복대로 싸인 배를 감싸 안는 와중에도 다급한 눈빛을 보냈다. 지예는 자기 핸드폰을 들여다보고 대답했다.

"12월 30일이요. 그러고 보니 무려 나흘 동안 꼬박 주무시고 계셨네요. 의사 선생님이 다른 증상은 없으니 걱정 말라고 하셔서 기다리고 있었는데, 너무 안 깨어나셔서 걱정되던 참이었어요."

"이런, 망했…… 아악!"

또다시 진혁의 상체가 용솟음치려다 도로 침대 시트에 떨어졌다. 그 모습을 보고 지예가 식겁하며 팔을 내저었다.

"진혁 씨! 시키실 거 있으면 움직이지 마시고 저한테 말씀하세……."

"지예 씨! 혹시 내 핸드폰 가지고 있어? 있으면 얼른 줘 봐!"

"아……. 제가 보관하고 있기는 한데 고장이 났는지 배터리를 갈아 끼워도 전원이 안 켜지더라고요. 아무래도 서비스 센터에 맡기셔야 할 거 같은데……."

"……."

그 말에, 진혁은 해가 떨어진 산 입구에서 버스 막차를 놓치기라도 한 듯한 표정을 짓고 말았다.

"왜, 왜 그러세요. 대체……."

며칠 전과는 다른 의미로 위태해 보이는 그를 조마조마하게 살피며 지예가 물었다. 그에 진혁은 나흘째 누워만 있느라 기름칠 안 된 기계처럼 굳은 목을 급히 돌려, 그녀에게 마구 사정하기 시작했다.

"지예 씨. 나 지금 당장 병실 좀 옮겨 주면 안 될까? 아, 아니다. 아예 퇴원을 해야겠다. 어쨌든 지금 당장 여기서 나가야겠어!"

"아, 안 돼요! 그 몸으로 어딜 가시려고요! 이 병실이 정 불편하시다면 제가 간호사 선생님께 말씀은 드려 볼게요. 곧 삼촌분도 오시고 하니 조금만 기다리세요."

"그, 그러면 그 인간은 나 혼자 알아서 만날 테니 지예 씨는 이제 그만 집에 가서 쉬어!"

그 말에 지예가 말똥말똥한 눈으로 진혁을 바라보았다. 그런 그녀를 설득하듯 진혁이 얼른 덧붙였다.

"같이 있으면 지예 씨가 괜히 불편할까 봐 그러지. 자리 좀 비켜 줘."

"저기, 그게요……."

그 말에 지예가 난감한 듯 웃어 보였다.

"그 작은삼촌 되시는 분이, 저한테도 긴히 할 말씀이 있으시다고, 어디 가지 말고 여기서 꼭 기다리고 있으라고 하셔서……."

그녀의 말이 채 끝나기도 전에 병실 문이 덜컥 열렸다. 어찌나 빠른 걸음으로 들이닥쳤는지 문 여는 소리와 거의 동시에 50대 남성의 얼굴이 진혁의 발치에 짠! 하고 나타났다.

남자의 짙은 눈썹과 깊은 색조의 눈동자를 본 순간, 지예는 그와 진혁의 관계를 한눈에 알아챘다. 남자는 딱히 안부를 묻는 법도 없이, 그저 자신의 조카를 뚫어져라 바라보았다. 무언의 눈맞춤이 길어질수록 남자의 입꼬리는 점점 비릿하여지고, 반면에 진혁의 낯은 흑빛으로 변해 갔다.

둘 사이에 대체 무슨 텔레파시가 오가고 있길래 이리 이상야릇한 기류가 흐르는 걸까? 제 볼이 다 따끔따끔하여 지예가 슬그머니 얼굴에 손가락을 올려 보는 찰나, 진혁의 작은삼촌이 그녀에게 불쑥 말했다.

"아가씨가 설지예 양 맞지요?"

"아, 네! 안녕하세요. 처음 뵙겠습니다."

지예가 정중하게 고개 숙여 인사하자 남자가 싸하게 웃어 보였다. 그 특유한 웃음이 진혁을 참 닮은 듯하면서도 어딘지 날이 섰다. 그러고 보니 이분이 바로, 일전에 진혁에게 전화해서 자신의 권고사직을 종용했던 분이셨지. 물론 당신의 조카에게까지 문제가 번지지 않도록 하기 위한 불가피한 조처이셨을 테지만…… 그만큼이나 조카를 끔찍이 여기시는 분이니, 지금 이 자리에서 으름장을 놓으실지 모르겠다. 아가씨가 과연 이 자리를 지킬 자격이 되느냐고.

여러 가지 불안이 밀려와 지예가 무거운 침을 삼키는 찰나, 작은삼촌의 허리가 45도 각도로 접혔다.

"부탁드립니다. 이 녀석과 결혼해 주십쇼."

"네에?"

자세도 자세이거니와 그의 입에서 터져 나온 말에, 지예의 머리에 과부하가 걸렸다.

"사, 삼촌! 미쳤어요?"

너무 급한 나머지 복대를 부여잡은 채 진혁이 목에 핏대를 세웠다. 그러나 그의 작은삼촌은 더욱 선명한 대바늘을 목에 세워 응수했다.

　"시끄럽다! 이 난리를 피울 용기가 있으면 이런 미친 척이라도 한 번 더 해 보지 그랬냐! 치정극을 벌일 거면 대국적으로 좀 해 보든가. 늙은 삼촌 염통만 잔뜩 쫄깃하게 해 놓고, 뭐? 자전거 사고? 참 나. 기가 차서 정말 말도 안 나와. 넌 보험 사기단 안 하길 천만다행이다. 이래 가지고 이 아가씨한테 어디 씨알이 먹히겠어? 넌 인마, 앞으로 한강 오리배 타러 갈 때도 꼭 변호사 끼고 유언장 써 놔라. 알았지?"

　현란하게 퍼부어지는 독설 세례에 진혁의 몸이 소금 맞은 지렁이처럼 꿈틀댔다.

　"저기, 죄송한데요. 유언장이라뇨? 그리고 저한테 씨알이 먹힌다니…… 이게 다 무슨 말씀이신지……."

　지예가 진혁과 그의 작은삼촌을 번갈아 보며 조심스레 끼어들었다. 진혁은 그녀를 애처롭게 보며 필사적으로 고개를 가로저었다. 그러나 작은삼촌은 가차 없이 목청을 돋우었다.

　"아! 지예 양은 아직 못 받았나 보군요? 이 못난 녀석 간호하느라 집에 거의 안 있었죠? 어쨌든 난 오늘 이거 등기로 받았습니다. 담당 변호사한테 물어보니, 이 녀석이 28일에 자기랑 연락이 안 되거든 나와 지예 양에게 이거 사본을 한 부씩 발송해 달라고 부탁했다더군요. 마침 내 거 가져왔으니 직접 읽어 봐요."

　작은삼촌이 가방에서 대봉투를 꺼냈다. 그 순간 진혁이 그것을 가로채려 팔을 확 뻗었다.

　"지, 지예 씨. 잠깐만…… 으악!"

"움직이시면 안 된다니까요! 가만히 좀 계세요!"

지예가 두 손으로 진혁을 침대에 내리 눕혔다. 작은 손에서 나왔다고는 도무지 믿기지 않은 힘이었다.

재기 불능 상태가 된 진혁을 뒤로하고 지예는 그의 작은삼촌으로부터 문서를 건네받았다. 누군가의 자필로 작성된 문서의 사본이었다. 특유의 깔끔한 필체가 눈에 많이 익은 것이었다.

"유언자 조진혁은 서울특별시 서대문구 북아현동 n번지에 주소를 두고 있으며, 본 유언서에 따라 다음과 같이 유언을 한다……."

거기까지 읽어 내린 뒤 지예는 진혁을 힐끗 보았다. 이 이상 소리 내어 읽으면 그의 입술이 정말 게거품을 뿜어낼 듯 보였다. 그래서 지예는 입술을 꾹 다물고 눈으로 나머지 부분을 읽어 내렸다.

문서에는 진혁의 인적 사항이나 가족 관계, 상속할 재산 목록, 유언 집행자 등 자필 유언장에 기재하여야 할 사항들이 꼼꼼히 적혀 있었다. 상속인은 총 2명이었는데, 특히 1번 항에 있는 사람이 북아현동 저택을 포함하여 무려 7할에 육박하는 재산을 상속받게끔 되어 있었다.

유언장 작성일은 12월 27일. 그 1번 항의 상속인은 바로…… '설지예'였다.

지예가 벙찐 얼굴로 진혁을 다시 보았다. 그는 아예 제 얼굴 위에 두 손을 포개어 놓았다.

"그 와중에 이 삼촌을 빼놓지 않아 준 건 고맙다. 자식아. 나한테 남긴 것도 제법 되데? 물론 이 아가씨를 네 부인처럼 생각하고 잘 보살펴 달라는 전제가 붙긴 했지만. 그리고 내게 따로 남긴 편지도 말이야 아주 눈물 없이는 읽을 수 없겠더라. 이 아가씨한테 남긴 건 얼마나 더 절절하게 써 놨을지 아주 궁금해 죽겠다."

자신에게 온 편지를 흔들어 보이며 느물대는 작은삼촌에게, 진혁은 음울하게 내뱉었다.

"제발 그만 좀 해요⋯⋯. 진짜 죽겠어요⋯⋯."

쌤통이라는 듯 조카를 실컷 흘기고 나서, 작은삼촌이 다시 지예와 눈을 맞췄다.

"어쨌든 지예 양. 이참에 이 못난 조카 녀석의 어설픔보다는 마음을 봐 주면 안 될까요? 평소에는 지 삼촌한테도 찔러도 피 한 방울 안 나올 듯 가오 잡으며 말 한마디도 안 지려는 녀석이지만, 이 정도 허당인 줄은 나도 이번에야 알았어요. 앞으로도 지예 양의 지도 편달이 많이 필요한 녀석입니다. 한 조카의 삼촌으로서 다시 부탁드립니다. 사람 하나 살리는 셈 치고 한번 만나 주십쇼."

그제야 지예는 이 난장판의 전말을 어느 정도 짐작할 수 있었다.

아마 진혁은 '집안일'을 처리하는 과정에서 만일의 사태에 대비해 유언장을 작성해 놓았던 모양이다. 또한 28일에 자신과 연락이 되지 않거든 실종된 걸로 간주하고 상속인들에게 유언장을 발송해 달라고 담당 변호사에게 부탁해 두었다. 그러나 진혁은 지예를 구하는 과정에서 기절한 채로 병원에 실려 왔고, 공교롭게도 그의 핸드폰까지 고장 나는 통에 변호사는 정말로 그의 신변에 문제가 생긴 줄 안 모양이다. 그렇게 유언장은 너무도 성급하게 작은삼촌에게 날아가 버렸다.

그러나 그 난리를 쳐 놓은 조카가 숨 쉰 채 발견된 이상, 그의 삼촌이 도출할 만한 결론은 하나뿐이었다.

이런 '자살 소동'까지 벌일 만큼, 이 아가씨가 그리 좋아 죽겠더냐!

"저어…… 뭔가 오해하신 것 같아서요. 진혁 씨는 저 때문에 그런 게 아니라요, 아마 집안일 때문에…….."

자기라도 오해를 바로잡아 보려 지예가 머뭇머뭇 입을 열었다.

"뭐? 집안일? 내가 모르는 집안일이란 게 어떤 거냐? 나도 좀 알자."

그 말에 지예의 입이 쏙 들었다. 그녀가 보는 앞에서 작은삼촌이 진혁에게 좀 더 가까이 다가섰다. 차라리 잠든 척할 걸 그랬다고 후회하는 그에게, 작은삼촌이 나직이 말했다.

"무슨 일이 있었는지는 모르겠다만, 앞으로는 이 삼촌한테 꼭 얘기를 해. 물론 네가 미덥지 못하단 뜻은 아니다. 다만 아무리 네가 나이를 먹고 많이 배워도, 나한텐 영원히 챙겨 주고 싶은 조카놈일 뿐이야. 네 아버지가 살아 계셨다면 마찬가지로, 당신한테 넌 영원히 귀여운 아들놈일 뿐이라 하셨겠지."

진혁은 얼굴을 가린 손을 치우지는 않았다. 그러나 그의 숨소리가 잦아들었다. 그런 자신의 조카를 보고 작은삼촌이 시원섭섭한 듯 미소 지었다.

"그리고 굳이 나한테 뭘 남기지 않았어도, 그 정도 부탁이라면 들어줬을 거다. 어쨌거나 마음은 잘 받았다."

작은삼촌이 지예의 품에 큼지막한 과일 바구니를 안겨 줬다. 눈이 마주치자 그가 지예에게 따뜻하게 웃어 주었다. 그 표정을 본 지예의 얼굴이 확 피어났다.

"숨 쉬고 있는 모습 잘 봤으니 난 이만 간다. 뼈 잘 붙는 거 좀 챙겨 먹고 정신 바짝 챙겨."

쿨하게 손을 흔들어 보인 뒤 작은삼촌이 유유히 병실을 나섰다. 병실 문이 닫힌 뒤 침대에서 들끓는 목소리가 흘러나왔다.

"저 인간 진짜 두고 보자……. 나중에라도 그놈의 독신주의 때려 치우고 작업 거는 아주머니 생기거든, 나도 꼭 대리 프러포즈 해 버려야지."

이 순간의 그는 정말로 영원히 챙겨 주고 싶은 조카로 보였다. 지예는 과일 바구니를 옆에 내려놓고는 소리 죽여 웃음을 흘렸다. 진혁이 손가락 사이로 그런 그녀의 모습을 살피고는 불퉁하게 중얼거렸다.

"나 이제 해명 포기했어. 그냥 지예 씨의 너그러운 처분만 바랄 뿐이야."

복대 위에 손을 얹고 숨을 몰아쉬는 그의 귓가에, 불현듯 부드러운 목소리가 떨어졌다.

"제가 지금 세상에서 가장 믿는 사람이 누구일 거 같아요?"

그 말에 진혁이 고개를 돌려 지예를 빤히 응시했다. 자신을 따스하게 바라보는 그녀의 눈가에 어느덧 물방울이 살짝 맺혀 있었다.

"한마디도 남김없이 다 믿죠. 하지만요, 저도 진짜 마음만 받을게요. 그러니 진혁 씨도 몸만 오세요."

지예는 그리 말하고 나서, 나흘째 누워만 있느라 제법 까칠해진 뺨에 살포시 입술을 대었다. 그 바람에 진혁은 좀 전보다도 더 소년처럼 되었다.

진혁이 퇴원한 건 2011년 해를 넘기고 일주일이 지난 뒤였다.

"아, 역시 집이 최고다!"

현관문을 열고 집 안에 발을 들이자마자 진혁이 기지개를 켜는 시늉을 했다.

"앗! 그렇게 움직이셔도 돼요? 의사 선생님이 앞으로도 한 3주 정도는 조심해야 한다고 하셨잖아요."

지예가 뒤따라 들어오며 그를 조마조마하게 바라보았다.

"이젠 다닐 만해. 난 됐고 그 녀석은 좀 어떤 거 같아?"

진혁이 지예의 손에 들린 이동장을 내려다보았다. 진혁이 입원해 있는 동안 지예는 만일의 경우에 대비해 마포를 동물 병원에 맡겼다.

"병원에 있는 동안 밥도 잘 먹고 잠도 잘 잤다네요. 병원에 있는 다른 애들 중 가장 팔팔했대요. 자, 마포야. 나와."

이동장이 열리자 마포가 느긋하게 걸어 나왔다. 놈은 버릇대로 토실한 엉덩이를 뒤로 빼고 상체를 길게 늘어뜨리며 기지개를 켰다.

"마포. 기분 좋아?"

지예 역시 늘 하던 대로 마포에게 말을 걸었다. 그러자 뭉툭한 꼬리가 좌우로 움직였다.

"정말?"

그녀가 싱긋 웃으며 재차 묻는 말에 또 한 번 뭉툭한 꼬리가 흔들렸다.

"괜찮다네요. 마포도."

그녀가 나긋나긋 웃으며 진혁을 보았다. 진혁은 그에 부드러운 눈웃음으로 답했다.

진혁의 퇴원 수속을 밟고 동물 병원에서 마포를 되찾아오는 길에 장을 좀 봤다. 식료품이 든 봉지를 안으로 들이다가 지예가 제 머리를 꽁 때렸다.

"아, 맞다! 뭔가 허전하더라니 간장 사 오는 걸 깜박했네!"

"그래? 다시 같이 나갔다 올까?"

"아뇨! 그냥 제가 요 앞에 갔다 올게요. 진혁 씨는 마포랑 좀 쉬세요."

"알았어. 조심해서 천천히 다녀와."

그녀는 활기차게 손짓을 해 보인 뒤 현관문을 닫았다. '요 앞'이라고 표현하긴 했으나 근처 슈퍼와 엎어지면 코 닿을 거리는 아니다. 마실 나가듯 다녀오면 족히 30분은 걸린다.

일주일 넘게 자신을 수발하느라 저 활동적인 아가씨가 얼마나 갑갑했을까. 오늘은 날도 비교적 포근하니 천천히 바람 쐬고 오길.

진혁은 선선한 웃음을 입에 담은 채 마포를 내려다보았다. 금색 캐츠아이 역시 그를 눈에 담았다.

"그러고 보니, 이제 더 이상 너랑 대화를 나눌 수 없게 됐네. 아직 하고 싶은 말이 좀 남아 있었는데. 아, 이거 뭔가 좀 시원섭섭한데?"

"……."

뒷머리를 긁적이는 진혁을 마포가 특유의 뚱한 표정으로 올려다보았다.

"하긴. 지예 씨랑 너는 말이 통하지 않아도 소울 메이트처럼 지내 왔으니. 그리고 나도 이제 나름 네 표정만 봐도 음성 지원이 되는 거 같다. 큭…… 네 목소리가 얼마나 시크한지 지예 씨가 한 번쯤 들어 보면 좋을 텐데."

그 말에 대답이라도 하듯 금색 캐츠아이가 반으로 접혔다. 그 눈짓을 보자니 가슴이 찌르르 울렸다. 사람들이 왜 고양이에 환장하는 지 이제야 좀 이해가 될 듯하다.

진혁은 긴 다리를 굽혀 마포와 눈높이를 맞춘 뒤, 갈색 줄무늬가 난 미간을 부드럽게 쓸어 주었다. 기분 좋게 눈을 지그시 감았다 뜨는 마포에게 진혁이 속삭였다.

"고맙다. 마포."

지예가 하던 모습을 떠올리며 진혁은 마포의 등허리를 살살 쓸었다. 그때였다.

"솜씨가 제법 싹수가 있군. 그래, 그녀는 언제 이렇게 만질 텐가?"

"어? 어어?"

진혁은 하마터면 엉덩방아를 찧을 뻔했다. 금색 캣츠아이는 여전히 자신을 응시하고 있었다. 숨을 한 번 가다듬고 진혁이 조심스레 입을 열었다.

"너 방금 뭔가 말했어? 나한테?"

분명 잘못 들은 게 분명했다. 하지만 재차 확인시켜 주려는 듯 마포가 느릿하게 입을 움직였다.

"그럼, 여기 너 말고 누가 있나?"

"세상에…… 이게 어떻게 된 거지? 말이 통하네?"

진혁이 자신의 입술을 얼떨떨하게 매만졌다. 그러다가 이내 귀밑까지 시뻘개져서는 마포에게 삿대질을 했다.

"아니, 이봐! 말이 통하는 건 좋은데 왜 그런 질문부터 하는 거야?"

"흥. 방금 전까진 고맙다면서 느끼한 눈빛으로 날 봐 놓고. 그리고 네놈도 말한 적 있지 않나. 봐준다는 말은 인간 세계에서 복합적인 의미를 지닌다고. 그녀를 봐주겠다고 약속했으니 이제 앞으로 어떻게 할 건지 궁금하군. 물론 그녀를 어떻게 잘 만져 줄 건지도 포함해서 말이야."

진혁은 마포를 떨떠름한 눈빛으로 살폈다. 놈이 말하는 만지는 행위란 단지 등허리를 쓸어내리는 정도에 지나지 않을지 모른다. 하지만 예전에 셋이서 강제 샤워를 했을 때 자신이 지예의 몸을 보지 못하도록 놈이 으름장을 놓았던 일을 생각하면, 꼭 그렇지만은 않은 것 같기도 하고……

어찌 되었든, 그렇게 성화였던 마포에게 이제는 나름 인정을 받았다는 느낌이 든다.

왜인지 기분이 들떠서 진혁은 마포의 등허리를 손빗으로 부드럽게 쓸어 주며 말했다.

"안 그래도 병원에서 지예 씨랑 그런 대화를 좀 해 봤어. 일단 지예 씨는 이 집에서 나와 함께 지내기로 했어. 난 다음 주부터 다시 회사 출근할 거고, 지예 씨는 다시 공무원 시험 준비를 마저 할 거야. 그 뒤의 문제는 지예 씨 시험 결과가 나온 뒤에 구체적으로 이야기하기로 했어. 본인 말로는 끝까지 최선을 다한 뒤에 당당한 모습으로 내 앞에 나서고 싶다네. 물론, 난 내 부인이 꼭 공무원일 필요는 없어."

그의 머릿속에서 그녀와 함께 거닐었던 삼청동 거리가 생생히 펼쳐졌다. 햇살을 받아 함박눈처럼 빛나던 천막 아래서 그녀와 함께 보았던 세상의 다양한 색채들. 그것들을 담을 때 더욱 반짝이던 그녀의 눈……

"어떤 시험 하나의 결과에 상관없이, 무슨 일이든 즐겁게 할 수 있게, 어떤 직업을 가지든 멋지게 살 수 있게 도울 거야. 물론 나도 지예 씨에게 도움을 많이 받겠지만."

그의 말을 듣고 난 뒤 마포가 한마디 했다.

"여전히 네놈의 짧았던 털이랑 별로 안 어울린다만. 그래도 썩 나쁘지 않은 대답이군."

뚱한 목소리에서 어렴풋이 느껴지는 푸근함에 진혁이 씩 웃었다.

"그런가? 난 나름 명료한 전망이라 생각하는데. 아, 지예 씨를 만지는 문제 말이야, 그건 네가 나한테 날카로운 눈빛만 내쏘지 않는다면 순조롭게 진전이 될 듯한데."

정말로 웃자고 한 소리였다. 그러나 그 말에 마포는 심드렁하게 대꾸했다.

"그런가. 네놈이 내 눈빛에 과연 어디까지 방해를 받는지 한번 시험해 보고 싶기도 하다만……. 아무래도 그러지는 못할 듯하군."

"하하…… 그게 무슨 말이야? 지금도 네 눈빛은 완전 끝내주는데?"

우스갯소리를 하면서도 진혁은 어떠한 낌새를 챘다. 그가 보는 앞에서 마포의 금색 캐츠아이가 눈꺼풀 속으로 사라지고 말았기에.

눈을 지그시 감은 채, 마포가 말했다.

"이제 내 도장이 하나밖에 남지 않았다."

"뭐?"

진혁의 얼굴에서 웃음기가 완전히 가셨다. 그가 자신의 귀를 의심하기도 전에, 마포가 꿈을 꾸듯 잔잔한 목소리로 말했다.

"간밤에 꿈을 꾸었다. 내가 방석 위에서 자고 있는데 그녀가 내 이름을 부르더군. 나는 그녀에게 대답을 하지 못했다. 그래서 그녀가 내 몸을 흔들더군. 그래도 나는 그녀에게 더 이상, 아무것도 해 주지 못했어. 그러자 그녀가 내 몸을 안은 채로…… 울더군."

진혁은 손가락 하나 까닥할 수 없었다. 한동안 잊고 있었던 무력감이 한순간에 심장을 절여 놓았다. 잠시 뒤 입이 겨우 움직였다.

"안 돼. 벌써 그러면……."

진혁은 고개를 마구 가로젓다가, 급기야 마포의 작은 발을 덥석 붙들고 사정하듯 말했다.

"마포. 지금 당장 제일 좋은 병원 찾아가서 정밀 검진 한번 받아 보자. 수술이 필요하다고 하면 받고. 응? 내가 어떻게든, 너 살릴 방법 찾을게."

안달복달하는 진혁 앞에서 마포는 여전히 뚱했다.

"나는 더 이상 아프지 않아. 아마 마지막에라도 그녀에게 아픈 모습 보이지 말라고, 이 늙은 몸이 힘을 내는 듯하다. 이대로 별다른 아픔 없이 편히 갈 수 있을 듯해. 그러니 괜히 날 하얀 가운 입은 사람에게 데려가지 마라. 그녀와 함께 있을 시간이 오히려 줄어들까 봐 겁이 난다."

"하지만……."

진혁이 무어라 항변하려다 이내 암담하게 숨을 몰아쉬었다. 그런 그를 진정시키려는 듯 마포가 덤덤히 말했다.

"전에도 말했지만, 그녀를 처음 만났을 때만 해도 영원히 그녀의 곁에 있기로 다짐했다. 하지만 나날이 아픔이 느는 몸이, 그것이 허황된 희망임을 일깨워 주었다. 이제 죽는 건 두렵지 않다. 다만 나의 삶은 그녀 덕에 전부 채워졌는데, 나는 그녀의 삶을 다 채워 주지 못한다는 사실이 억울하다. 정말…… 억울해."

"아니. 그건 절대 사실이 아니야."

진혁이 마포의 읊조림을 끊어 냈다.

"지예 씨도 처음엔 너와 수명이 너무 차이가 나기 때문에, 너와의 이별이 두려웠댔어. 분명 널 잃으면 많이 슬플 거랬어. 하지만 네 덕분에 앞으로도 살아갈 힘을 얻었다고 했어. 그것이…… 그 무엇과도 바꿀 수 없는 것이랬어."

금색 캐츠아이가 그 어느 때보다도 크게 뜨였다. 진혁은 그 눈을 필사적으로 똑바로 들여다보며 피 토하는 심정으로 덧붙였다.

"지예 씨는 너랑 만난 거 절대 후회 안 한대. 그러니 자기 걱정은 말고, 많이 졸리면…… 자도 된댔어."

그 말에 금색 캐츠아이가 처음으로 뒤흔들렸다. 무언가에 홀린 듯 마포가 중얼거렸다.

"그렇군…… 그게 그녀의 '말'이로군. 그녀의 말이 바로 그런 뜻이었군……."

그 중얼거림을 들은 순간, 진혁은 중요한 깨달음을 얻었다.

"마포. 평소에 지예 씨한테 하고 싶었던 말, 없어?"

"너무 많아서 어디서부터 말해야 할지 모를 정도이지. 그런데 왜?"

멀뚱멀뚱 자신을 보며 되묻는 마포에게, 진혁이 결연하게 말했다.

"내가 대신 전해 줄게. 전부 인간의 말로 옮겨서."

"아…… 정말인가? 정말 그래 줄 수 있는가?"

"그럼. 오늘 밤에 하자. 오늘 밤만으로도 부족하면, 내일 밤도……."

"고맙다……."

감격에 겨운 목소리가, 안 그래도 미어지려는 진혁의 가슴을 두드렸다.

"이런 날이 오리라고는 정말 생각도 못 했다. 내가 그녀의 말뜻을 알게 되다니. 그리고 내 말을 그녀가 알아볼 수 있다니……. 나 같은 고양이는 다시없겠지. 다시 태어나더라도 이 은혜는 절대 잊지 않겠다. 정말 고맙다. 고마워……."

금색 캐츠아이에 맑은 물방울이 맺혔다. 그걸 본 순간, 진혁도 그만 그 물방울 속에 빠지고 말았다.

"이게 정말 뭐라고…… 그렇게까지…… 고마워하는 거야……."

그는 채 말을 잊지 못한 채, 차마 보여 줄 수 없는 얼굴을 손으로 가리고 말았다.

붙잡을 수 없는 시간이 밤낮을 수차례 바꿔 놓았다. 지예는 나른하게 하품을 하며 침실로 들어왔다.

"아함…… 딱 20분만 눈 붙이고 다시 해야지."

20분 뒤로 알람을 설정한 핸드폰을 쥔 채 침대에 누우려다, 지예는 방석 위에 잠든 마포를 힐끗 보았다. 투명한 유리창을 통해 쏟아지는 겨울 햇살에, 치즈색 털이 황금처럼 반짝였다. 왜인지 장난기가 발동하여 지예는 대뜸 마포의 이름을 불렀다.

"마포. 언니는 밀린 공부하느라 죽겠는데, 너는 하루 종일 잠이 오지?"

짐짓 핀잔주듯 말하면 곧바로 쫑긋거리던 잠귀 밝은 귀가 미동도 없었다. 한잠 들었나 보다. 지예는 씩 웃으며 마포의 등허리를 쓸었다.

"마포. 넌 잘 수 없……."

그녀의 말은 끝을 맺지 못했다. 마포의 품을 누구보다도 잘 아는 그녀의 손이 그대로 정지했다.

하얗게 질린 안색으로 그녀의 입술이 연거푸 움직였다. 그녀의 손이 수차례 마포의 몸을 뒤흔들었다. 그러나 두 팔에 고개를 묻은 채 몸을 둥글게 만 자세로 잠든 마포는, 더 이상 대답하지도 움직이지도 않았다.

마포의 몸만큼이나 지예의 몸도 딱딱하게 굳어 버렸다. 비명이 목구멍으로 올라오기도 전에 가슴을 깨고 줄줄 흐를 것만 같았다. 심장이 귀에 달라붙어 뛰는 듯 어지러웠다.

그 순간 뇌리를 스친 누군가의 말이 아니었다면, 지예는 그 자리에서 정말 어떻게 되어 버렸을지도 모른다.

'마포가 말을 할 수 있다면 분명 이럴걸? 지예야. 넌 최선을 다했다. 네가 텅 비어 버릴 만큼 잘해 주는 바람에, 난 이보다 더 행복할 수 없어. 그러니 이젠 네 행복도 찾아. 이렇게 말을 하고 싶어서, 아주 답답해 미칠 지경일 거다.'

그녀는 입술을 짓씹은 채 오들오들 떨었다. 아프다 못해 난폭하기까지 한 감정이, 어째서인지 점점 녹아내리기 시작했다. 처음 들었을 땐 이불에 얼굴을 파묻은 채 귀에 담지 않으려 했던 말이, 마포가 예견했던 대로 그녀에게 돌아왔다.

정말로, 최선을 다했기 때문에.

핏기가 가신 채 일그러졌던 입술이 이윽고 제 모양을 되찾았다. 지예는 마포의 머리를 쓰다듬으며 속삭이듯 물었다.

"마포. 잘 거야?"

마포의 뭉툭한 꼬리는 좌우로 움직이지 않았다. 그러나 잠든 얼굴이 평온해 보였다. 그 얼굴을 보고 지예는 보조개를 띤 채 덧붙였다.

"정말?"

대답을 듣는 대신, 그녀의 몸이 잠든 마포를 품어 주듯 내렸다.

마포의 유해는 근교 농원에 수목장을 하였다. 오늘 부로 '마포나무'라는 이름이 붙은 묘목을 내려다보다, 진혁이 맞은편에 선 사람에게로 시선을 돌렸다. 지예는 마포나무부터 두어 걸음 뒤로 물러선 채, 자신이 손수 만들어 단 인식표를 하염없이 바라보고 있었다. 그녀의 시간만이 멈추어 버린 듯, 뺨 위에 그어진 물줄기마저 멎었다.

진혁은 눈동자를 아래로 굴리다가, 품 안에서 편지지를 꺼냈다. 깔끔한 필체를 고수하는 그마저도 난필로 두서없이 써 내릴 수밖에 없었던 편지가 다섯 장이나 되었다.

진혁은 동의를 구하듯 묘목에 눈짓을 한 번 한 뒤, 지예에게로 다가갔다. 그러고는 자신의 기척을 느끼고 고개를 드는 그녀의 손에 그것을 들려 주었다.

지예가 그 편지를 어떤 표정으로 읽는지 차마 엿볼 수가 없어, 진혁은 스무 걸음 정도 자리를 피하였다. 벌써부터 마포의 빈자리가, 자신이 반드시 채워야만 하는 자리가 크게 느껴졌다.

진혁은 하늘을 우러러 보았다. 자신의 기억 속에서 좀 더 능숙하고 듬직한 사랑을 하셨던 아버지가 떠올랐다. 도움을 청하듯 하늘을 향해 속으로 빌었다.

부디 저 여린 묘목보다도 듬직한 나무가 되게 해 주세요. 앞으로 이보다 더 깊은 슬픔마저도 묻을 수 있는 나무가 되게 해 주세요. 그녀가 얼마든지 기댈 수 있는 나무가 되게 해 주세요. 그녀가……

"저를 믿게 해 주세요."

어느 순간 속에 있는 말이 입술을 비집고 나와 버렸다. 바로 그 순간, 그 나무에 정말로 그녀가 기대었다.

"믿고말고요. 세상에서 가장……."

그를 남김없이 채우며.

❀

해가 바뀌면서 돋아난 새순이 어느덧 울긋불긋한 단풍으로 거듭났다. 한적한 추모 공원 로비에 한 쌍의 남녀가 발을 들였다. 남자가 한 걸음 앞장서서 가고 여자가 조용히 그 뒤를 따랐다.

이윽고 그들 앞에 갖가지 유품과 추모 물품에 싸인 유골함들이 드
러났다. 이곳을 자주 찾지는 못했던 듯 남자가 다소 위축된 모습을
보였다. 하지만 여자가 손을 부드럽게 감싸 쥐어 주자, 그는 용기 내
어 앞으로 나아갔다.

2개의 유골함이 함께 안치된 단 안에 유리 액자가 있었다. 가을날
단풍나무 아래 나란히 선 중년 부부의 사진이 비쳤다. 남자는 그 두
분이 함께 있을 땐 단 한 번도 한 프레임 안에 낀 적이 없었다.

"죄송합니다."

그 사실이 또다시 죄스러워 대뜸 그 말부터 나와 버렸다. 그러자
곁에 선 여자가 남자의 옆구리를 콕 찔렀다. 그제야 남자는 목소리를
가다듬고 준비한 말을 하였다.

"이제야 인사드리러 왔습니다. 많이 부족한 저이지만, 이런 저를
많이 채워 주는 사람을 만났습니다. 아버지랑…… 어머니가 생전에
서로를 그토록 아끼셨던 것처럼, 저희도 그렇게 살아갈까 합니다. 앞
으로는 이 사람과 함께 자주 찾아뵙겠습니다."

호흡을 고를 시간이 필요했다. 남자는 여자와 눈을 한 번 맞추고
는 두 분을 향해 선언했다.

"저희, 내년 3월에 결혼합니다."

액자 속 미소가 한결같이 인자해 보이는 연유는 단지 사진이어서
만은 아니리라. 세월이 지나면 지날수록 더욱 곱씹게 되는 사랑, 두
고두고 가슴에 품은 채 전하고 싶은 사랑이 그 안에 있어서일 것이
다.

여자가 핸드백에서 유리 액자를 꺼냈다. 수년간 집의 장식장 안에
뒤집힌 채 놓여 있던 액자들 중 가장 큰 것이었다. 남자는 관리실에

서 받은 열쇠로 안치단을 열어 그 액자를 조심스레 넣었다. 여자가 뭉클한 미소를 지으며 말했다.

"다음번엔 더 잘 그려 드릴게요. 아버님. 어머님."

액자 유리에 정성 들여 그린 펜화가 비쳤다. 사진 속 중년 부부와 그들 앞에 선 남녀의 특징이 알뜰살뜰하게 담겼다. 네 사람은 한 프레임 안에서 다붓한 모습으로 미소 짓고 있었다.

에필로그

"으음……."

늦은 저녁 침실. 네 살배기 사내아이가 침대 위에 잠들어 있었다. 빛이라고는 문틈으로 어렴풋이 새는 게 전부인데도, 그 옆에 선 남자는 용케 뭐가 보이는 모양이었다.

"얘는 진짜 누굴 닮아 이렇게……."

사내아이의 얼굴을 자못 심각한 표정으로 들여다보던 진혁이, 갑자기 회심의 미소를 지어 보였다.

"잘생겼는지."

그 타이밍에 주머니에서 핸드폰이 진동했다. 마치 '놀고 있네.' 혹은 '또 시작이냐?' 라고 한 소리 하듯이.

진혁이 혼비백산하여 침실을 빠져나왔다. 핸드폰을 받자마자 그가 낮은 목소리로 으르렁거렸다.

"아, 깜짝이야. 왜 이 시간에 갑자기 전화를 하고 그러세요! 애 깨울 뻔했잖아요!"

그 말에 전화를 건 작은삼촌이 혀를 내둘렀다.

— 넌 어째 전화할 때마다 꼭 애 깨울 뻔했다는 말을 빼놓질 않냐. 애 보겠다고 육아 휴직 덜컥 내더니만, 진짜 24시간을 징글징글하게 붙어 있나 보네. 으이그. 애가 너 질린다고 안 하디?

"무슨 그런 섭한 말씀을. 녀석이 지 아빠만 보면 얼마나 껌벅 죽는데요."

작은삼촌의 빈정거림을 가볍게 받아치는 것도 모자라, 진혁은 한 술 더 떴다.

"자꾸 전화하시는 거 보니 부러우신가 본데, 삼촌도 이참에 늦장가라도 좀 가시지 그래요. 얼마나 좋은데. 혹시 상대가 있는데 용기가 안 나시는 거면 제가 대리 프러포즈 해 드릴게요. 진짜로요."

이 팔불출이 정녕 애 별로 안 좋아한다고 선 자리까지 넝쿨째 걷어치우던 조카가 맞단 말인가. 진혁의 작은삼촌은 혀를 빼물고 말았다.

— 내가 대체 무슨 근거로 나라도 전화 안 걸어 주면 네놈이 적적할 거라 생각했는지 모르겠다. 그보다 너 아직 소식 못 들었지? 엄 사장 이번에 서울청 조사4국에서 세무 조사 받는 거. 이번에 친구 몇 명이랑 일가친척까지 싹 다 관련인 조사로 엮였단다.

"어? 진짜요?"

진혁이 눈을 휘둥글게 떴다.

— 그 전에도 엄 사장이 자잘하게 제보를 당해서 국세청에서 현장 확인 조로 몇 번 나온 적은 있었지만, 이번엔 진짜 확실한 제보가 들

어갔나 보더라. 내 소식통에 의하면 거의 장부를 갖다 바친 수준이라던데?

"호오."

진혁이 입술을 오므렸다.

"누가 제보했는지는 몰라도 포상금을 만땅으로 받아 가겠는데요? 좀 아깝네. 나도 나름 소스가 있었는데 벌써 누가 선수 치다니."

— 뭐, 뭣? 자식이 큰일 날 소리 하네! 야. 설마 진짜 네가 찌른 건 아니겠지?

"에이. 설마 삼촌 조카가 세무사 윤리 강령을 어길 사람으로 보이세요? 어차피 그 자식은 나 아니어도 언제 한번 제대로 칼침 맞을 놈이었어요. 이제야 걸린 게 오히려 이상하네요. 장부를 갖다 바쳤다는 거 보니 또 힘없는 직원 깔아뭉개다 오뉴월 서리를 맞았나 보네."

진혁은 거실 한복판에서 두 다리를 쫙 뻗었다. 우연의 일치일까. 꼭 그런 작자하고만 어울려 다니던 큰삼촌도 간경화가 온 뒤론 이빨 빠진 호랑이가 다 됐다. 그래서 2년 전 작은삼촌이 세무 그룹 묘촌의 회장직을 인계받았다. 그래서인지 2년째 육아 휴직을 하고 있는데도 진혁의 자리는 빠지지 않았다.

— 그래. 이제 팔불출 아저씨가 다 되긴 했다만 우리 조카님 강직함이야 어디 가겠어. 그나저나 내년에는 복직할 수 있는 거지? 네 와이프가 내년 초쯤 학교 졸업한댔으니까.

"그래야겠죠. 전문학교이긴 하지만 그래도 집사람이 서른 넘기 전에 하고 싶은 공부 할 수 있어서 다행이에요."

— 뭐? 네 와이프가 벌써 20대 후반이야? 아이고. 애 크는 거 보다 보면 시간 금방금방 가겠구나. 난 이만 끊으련다. 너한테만 전화

하면 시간이 쉬이 흐르는 기분이 들어.

말은 매번 이리하면서도 하루가 멀다 하고 전화를 하신다. 자신의 조카를 빼닮아 잘생겼고 제 엄마를 닮아 붙임성이 좋아 종손자 중 제일 정이 간다면서. 육아 용품도 적잖이 사다 주셨지. 그런 거 보면 대체 누가 팔불출인지.

그럼 다시 잘생긴 우리 아들 감상하러 가 보실까. 진혁이 다시 침실로 향하려는 순간, 또 핸드폰이 진동했다. 이번에도 진혁은 목소리를 낮추어, 그러나 아주 반갑게 전화를 받았다.

"응. 여보. 안 그래도 조금 있다가 전화하려던 참인데. 오늘 재미있게 놀았어? 지금 숙소야?"

— 네! 낮에 돌아다닐 때도 나름 재미있었지만 여기 펜션이 워낙 특이하게 생겨서 다들 난리가 났네요. 지금 동생들이랑 침대 위에서 쉬는 중이에요.

— 오오! 언니 또 남편이랑 통화한다!

— 언니 영상 통화 해요! 멋진 남편분 좀 같이 봐요!

핸드폰 너머로 들려오는 소리만으로 그녀가 어떤 모습일지 훤히 그려졌다.

— 성현이는 지금 자요?

"응. 꿀잠 자고 있어. 우리 애는 잘 땐 업어 가도 모르잖아. 마치 야옹이처럼."

그가 농담조로 말하자 지예가 곁에 있는 여학생들과 함께 웃음을 흘렸다. 전문학교 특성상 그녀 같은 늦깎이 학생도 더러 있는 편이지만, 지예의 학과에선 그녀의 나이가 제일 많았다. 그럼에도 그녀의 웃음에서 고등학교를 갓 졸업한 여학생 못지않은 싱그러움이 느껴진다.

2011년에 마지막으로 친 공무원 시험에서 지예는 필기시험을 통과했다. 그러나 놀랍게도 면접에서 고배를 마시고 말았다. 본인도 나름 면접을 잘 치렀다고 했고 같은 면접 스터디 필기 합격자들 역시 그녀의 합격을 확신했던 터라 적잖은 충격을 받았다.

처음에 진혁은 지예가 불합격했다는 사실보단 면접으로 퇴짜를 맞았다는 사실에 분개하였다. 그러나 처음 그녀를 만났을 때 자신의 태도를 떠올리고는, 그 면접관의 속사정이 참으로 궁금해졌다.

어찌 되었건 그녀의 관운과 상관없이 시험 발표일 다음 날에 프러포즈 하리란 계획은 무사히 이행하였다. 1년 가까이 동거하는 상황이었기에 식을 올리기 전에 혼인 신고를 하였다.

마지막 시험이 끝나는 대로 그녀를 진정 어울리는 세계에 나아가게 해 주겠다고 다짐했었다. 하지만 식을 한 달 남짓 앞두고 간 겨울 여행에서 지금의 왕자님이 찾아왔다. 지예는 기쁜 마음으로 아기 천사를 받아들였지만 진혁은 내심 그녀에게 미안한 마음이 들었다. 그래서 아이가 세 살이 된 작년에, 그는 지예를 서울의 어느 2년제 전문학교 시각디자인학과에 떠밀고는 육아 휴직을 단행했다.

― 오늘도 수고 많았어요. 성현 아빠 덕에 이렇게 놀러 오기도 하네요. 진짜…… 미안할 정도로 고마워서 어떡하죠?

감격에 겨운 듯한 그녀의 목소리가 여학생들의 환호성에 묻혔다.

"새삼스럽게. 성현이가 갓난애일 때 당신 애쓴 거에 비하면 아무것도 아니지."

― 아, 근데 혹시 성현이 오늘은 저 안 찾던가요?

그녀의 목소리에 살짝 긴장감이 섞여 들었음을 진혁은 어렵지 않게 알아챘다. 그는 부러 짓궂게 대꾸했다.

"글쎄. 오늘 아빠표 볶음밥 해 줬더니 엄마표 닭개장은 까맣게 잊어버리던데?"

— 으아, 정말요?

좌절한 목소리로 묻는 지예에게, 진혁은 그녀가 두고두고 억울해하는 사실을 말하였다.

"우리 성현이는 첫말 틀 때부터 이 아빠를 먼저 불러 줬잖아? 당신이 거기 있는 동안에도 착실히 빠빠보이가 되어 가고 있지."

— 너무해요! 저 당장 집에 갈래요!

그녀의 외침을 들으며 진혁은 환하게 웃음을 터트렸다.

"잘 놀다 와. 내일 보자."

— 네에! 성현 아빠도 잘 자요. 우리 애기랑······.

두 사람에게 예쁜 꿈을 불어넣으려는 듯 그녀의 목소리가 부드럽게 떨어졌다. 그 기운을 얼른 나누어 주려 진혁은 다시 침실로 들어왔다. 잠깐 통화하는 새 아이가 몸을 뒤집어 베개에 얼굴을 묻고 있었다. 아이가 깨지 않도록 조심스레 바로 눕혀 주다, 진혁은 작은 팔목에 감긴 걸 발견하고는 웃음 지었다.

"녀석. 또 팔찌 낀 채로 잠들었네. 팔목에 자국 다 남게."

아이의 팔목에 감긴 미아방지용 팔찌. 2가지 색상의 햄프끈으로 11개의 이니셜 비즈를 엮어 길이조절마감을 한 것이었다.

진혁이 아들에게 품은 애정의 깊이 역시 이루 말할 수 없을 정도이나, 아이에게 미아방지용 팔찌를 마련해 준다는 발상은 지예가 먼저 했다. 그녀는 학교 과제 제출용 팔찌를 먼저 만든 다음, 그보다도 더 시간을 들여 아이의 팔찌를 만들어 냈다.

진혁은 아이의 팔목에서 조심스레 팔찌를 빼내어 유심히 들여다보았다. 큐브형으로 된 이니셜 비즈엔 지예의 핸드폰 번호가 적혀 있었다. 여기까지 보면 핸드메이드 미아방지팔찌의 전형적인 생김이지만, 실은 숨겨진 비밀이 하나 있다.

진혁은 팔찌를 뒤집었다. 그러자 코발트색 매듭줄이 뒤집히며 산뜻한 민트색 매듭줄을 드러내었다. 11개의 이니셜 비즈 역시도 속마음을 내보였다.

Being Happy!

그 글귀를 볼 때마다, 진혁은 자그마한 목을 젖혀 지예의 방벽을 덮은 뽁뽁이를 하염없이 올려다보았던 그 겨울날을 추억하곤 했다. 그때는 그녀에게나 자신에게나 손으로 직접 써야지만 겨우 닿을 듯했던 글귀. 그 겨울날로부터 바람처럼 불어와 이렇게 손아귀에 새겨진 말.

손수 엮어 낸 매듭을 보며 그는 감히 그녀의 마음이 되었다. 태어나서부터 어머니의 따스한 품에 들지 못하고 세상에 버려진 상처. 그 뒤로도 거듭된 소중한 인연들과의 이별. 그럼에도 설지예는 딱딱하고 거뭇한 이 세상에 자신의 씨앗을 심었다. 끊임없이 나오는 눈물마저도 고이 스미게 하면, 그토록 그리던 푸릇한 싹이 나리라 믿으며. 그렇게 키운 소중한 줄기를 섬세하고 야무지게 엮어 아이에게 선물하며, 그녀는 주문을 걸었으리라.

엄마가 널 반드시 지켜 줄게. 널 꼭 행복하게 해 줄게.
널 정말 사랑해.

그 마음이 고스란히 전해져서일까. 아이는 제 엄마가 만들어 준

팔찌를 한시도 몸에서 떼 놓으려 하지 않는다. 우리 가족의 행복을 완성하는 천사가 바로 자기임을 매 순간 증명해 보인다.

완벽한 남편. 완벽한 아버지. 정말로 되기는 불가능할 테지만, 진혁은 나름의 이상에 조금이라도 근접하고자 안팎에서 분투했다. 하지만 그 팔찌를 볼 때마다, 앞으로 나아갈 길이 결코 외로운 싸움이 되지 않으리라 확신하곤 한다. 앞으로도 얼마든지 힘을 낼 수 있다고 자신하게 된다.

아이의 손아귀에 살그머니 팔찌를 쥐여 준 뒤, 진혁은 다시 거실로 나왔다. 커튼이 말끔히 걷힌 유리창 너머로 정원이 보였다. 다시 사랑받기 시작한 순간부터 예전의 아름다운 모습을 되찾아 간다. 정원도, 사람도.

정원의 감나무에서 낙엽이 하나 너울너울 떨어졌다. 그것이 어둠 속으로 가라앉은 순간 뒤에서 낮은 목소리가 들렸다.

"재무관. 우리가 왔소."

자신과 잠든 아들 외엔 아무도 없는 집에서 누군가 말을 걸어오는 상황이 이젠 낯설지도 않은지, 진혁은 어깨도 움찔거리지 않았다. 대신 지극히 불만스러운 목소리로 대꾸했다.

"그 앞에 임시를 꼭 붙이라고 몇 번을 말해? 사람 살 떨리게. 그리고 왜 자꾸 우리 집에 멋대로 들어오는 건데? '업무 보고서' 는 가급적이면 팩스로만 주고받기로 했잖아."

그가 돌아본 곳엔 직립한 캐트 시가 두 명 서 있었다. 그들 중 하나가 진혁의 눈치를 살살 보며 말했다.

"어쨌든 자네 부인이 있을 땐 절대 들어오지 말라는 룰은 지켰잖은가. 그리고 보내 준 추경 예산안에 대해 긴히 상의할 게 있어서 왔다네."

"그래 봐야 결론은 파티 관련 예산을 늘려 달라는 거잖아. 저승에 진 부채가 아직도 산더미인데 꼬리를 졸라매야 하지 않겠어?"

"이게 다 누구 때문인데!"

캐트 시가 울컥하여 진혁에게 외쳤다. 그러자 진혁도 지지 않고 응수했다.

"그래, 그래. 나와 그쪽 전 재무관 때문이지. 하지만 따지고 보면, 그쪽이 처음부터 날 멋대로 고양이로 만들지만 않았으면 됐을 일이잖아. 난 그저 살기 위해 내 돈을 썼을 뿐이야. 말이 죗값이지 사실상 이건 자원봉사나 다름없어."

캐트 시들은 진혁을 불만 가득한 표정으로 바라보았으나 차마 반박은 할 수 없었다.

재무관 자리가 갑작스레 공석이 되는 바람에 고양이 세계의 재정 관리 문제가 혼란에 빠져들었다. 캐트 시들은 그 골치 아픈 업무를 서로에게 떠넘기려다, 죗값을 치르게 한다는 명목으로 진혁에게 고양이 세계의 장부를 내던졌다.

회계학을 안다고는 해도 그 업무는 진혁의 고유 업무와는 다소 거리가 있었다. 그러나 천문학적인 액수를 단식 부기에 기입하는 행태를 봐 버린 순간, 내가 발로 해도 이보단 낫겠다는 생각이 들었다. 아니, 야옹이들이라 정말 발로 하니까 그따위인 게 분명하다.

물론 아무리 유능하다 해도 평범한 인간은 고양이 세계의 업무를 볼 수 없다. 그러나 2010년 12월 27일부로 진혁은 그 평범한 인간의 범주에 들지 않게 되어 버렸다.

진혁은 한숨을 내쉬며 두 손을 모았다가 펼쳤다. 그의 손 사이로 드러나는 명함을 보고 캐트 시들이 무거운 침을 삼켰다. 언제 봐도 경이롭다. 0개도 아니고 1개도 아닌…… 반쪽짜리 고양이 도장이.

그 반쪽짜리 도장 때문일까. 진혁은 길고양이들의 대화를 알아들을 수 있게 되었다. 조금 붙임성 있는 놈과는 대화도 나눌 수 있을 정도였다. 게다가 밤눈이 훨씬 밝아진 느낌이다. 남의 집 담장도 어딘지 낮아 보이긴 하지만⋯⋯ 그것만은 시험해 보지 않기로 했다.

"어쨌든 자네 오늘이 무슨 날인지 알지? 올해의 공로상 시상식이 열리는 날이야. 또한 무지개다리를 건넌 고양이 혼백의 환생 절차도 논의해야 하지. 오늘은 무슨 일이 있어도 참석해야 하네."

고양이 세계의 행사 중 가장 중대한 이벤트인 공로상 시상식 날엔, 지부장을 비롯하여 가장 지위가 높은 9인(?)의 캐트 시가 한자리에 모인다. 그 자리에서 비단 공로상 절차뿐만 아니라 정책 수립이나 예산 편성 등 중요한 논의가 이루어진다. 그마저도 기승전파티로 전락한다는 폐단이 있었으나 진혁이 딴죽을 건 뒤론 어느 정도 고쳐졌다.

"어서 가세. 자네 때문에 우리가 부러 일정까지 조정했단 말이네."

놈들이 지예가 과 MT를 가는 날을 대체 어떻게 알아냈는지 모르겠다. 진혁은 어쩔 수 없다는 듯 한숨을 쉬고는 캐트 시에게 되물었다.

"베이비시터는 데려왔겠지?"

"걱정 붙들어 매게. 최고의 베테랑을 데려왔으니."

그들 사이로 직립한 스핑크스 고양이가 나타났다. 무모종인 스핑크스 고양이는 털 날림 걱정도 없을뿐더러 단 한 번도 자는 아이를 깨운 적이 없다는 베테랑 중의 베테랑이었다. 침실로 사뿐사뿐 걸어 들어가며 야릇한 눈빛을 흘리는 놈을 진혁은 떨떠름하게 바라보았다.

"자. 가세."

캐트 시들의 재촉에 진혁은 밤하늘을 멀뚱히 올려다보며 그들을 따라나섰다. 지극히 평화롭고 행복하면서도…… 어딘지 묘한 안식년이었다.

✳

"그게 진짜 있었던 일일까?"

카페를 나서며 인겸이 하늘을 올려다보았다. 청아하던 가을 하늘이 푸르게 짙어졌다.

"글쎄. 그 악마가 엮인 일이니 그럴싸하기도 하고, 왠지 믿으면 지는 느낌이기도 하고……."

입술을 삐죽이며 찜찜하게 중얼거리는 설아를 보고 인겸이 너털웃음을 흘렸다.

"지어낸 얘기라 해도 난 오늘 많은 것을 느꼈어. 지금쯤 진혁 씨는 멋진 남편이자 아버지가 되어 있겠지? 나도 정말 열심히 살아야겠다는 생각이 들어."

설아는 자신을 향한 인겸의 시선이 평소보다도 더 깊어졌음을 느꼈다. 그러고 보니 그와 자신도 주변 친구들의 결혼 소식을 심심찮게 접하는 나이가 되었다. 지예 씨는 자기 나이에 이미 애 엄마가 되었고.

물론 그들과 똑같은 속도로 가라는 법은 없지만, 이제부터라도 진지하게 생각해 보아야 할 듯하다. 이렇게 자신의 곁을 한결같은 마음으로 지켜 주는, 결코 놓칠 수 없는 남자와의 미래를.

"오빠는 이미 충분히 열심히 살고 있는데 뭘. 거기서 더 열심히 살면 내가 감당이 안 돼."

두 사람은 뜻 있는 미소를 주고받으며 초저녁 이대역 대학가를 걸어갔다. 맞은편에서 진남색 트렌치코트 차림의 남자가 걸어오고 있었다. 남자는 무슨 좋은 일이라도 있는지 핸드폰을 귀에 댄 채 싱글 벙글 웃고 있었다. 단정한 외모의 남자가 그리 웃어서 그런지 대학가 인파 속에서도 확연히 눈에 띄었다. 남자의 손엔 이동장이 안정되게 들려 있었다.

남자는 두 사람과 교차하는 순간, 핸드폰에 대고 말하였다.

"여보. 성현이가 생일 선물로 고양이를 키우고 싶댔잖아. 근데 굳이 입양 안 해도 되겠어. 내가 마침 오늘 마포 대교 근처에서 새끼 고양이 한 마리 주웠거든."

누가 먼저랄 것도 없이 설아와 인겸은 그 자리에 멈추어 섰다.

"근데 얘 진짜 마포 닮았다? 일단 치즈 태비인 데다 표정 뚱한 것까지 완전 판박이야. 빨리 보고 싶지? 기대해도 좋아."

두 사람은 뒤를 돌아보았다. 남자는 청년처럼 마냥 호기롭게 젊어 보이지는 않았다. 그러나 여유롭고 안정된 미소를 완전히 자신의 것으로 만든 그가, 핸드폰에 대고 감미롭게 속삭였다.

"이 녀석한테 필요한 건 당신이 줘. 당신이 필요한 건 내가 줄게."

핸드폰을 주머니에 찔러 넣은 뒤, 남자는 이동장에 대고 속삭였다.

"가자, 마포. 오랜만에 우리 집으로."

무언가에 홀린 듯 자신을 빤히 보는 커플의 시선을 아는지 모르는지, 남자는 초저녁 가을 길을 유유히 걸어갔다.

— The end

#외전
욕지도(欲知島)

1년. 정확히는 2개월 더.

매일같이 정성 들여 쓸고 닦고, 따뜻한 밥도 지어 먹고, 포근한 잠을 청한 집이 이따금 낯설게 느껴질 때가 있다. 정확히 말해 이 현실이 아주 가끔 실감이 안 날 때가 있다.

"하아……."

조심스러운 한숨이 지예의 입술에서 새어 나왔다. 그녀의 몸을 실은 소파가 오목하게 패였다.

보육원을 나설 때만 해도 그녀의 소망은 딱 하나뿐이었다.

제발, 나쁜 사람만은 되지 않기를.

쉽고 간단한 말로 이루어진 바람일수록 실제로 이루기가 참 어렵다. 그 어려운 소망을 붙드는 것만으로도 버거워서, 그 이상의 것들은 공상의 영역에만 머물렀다.

그래서 솔직히 아직도, 조진혁이라는 남자가 현실보단 공상에 더 가깝게 느껴지기도 한다.

맨 처음 만났을 때 그는 지위와 경력, 심지어는 나이까지도 까마득한 사람이었다. 그래서 지예는 서울 타워에 올라 하늘의 구름을 관망하기라도 하듯 그를 동경했다.

그 구름은 맑기보단 우중충할 때가 더 많았다. 급기야는 지예의 얼굴에 세찬 비바람을 뿌려 대기도 하였다.

아무리 꿀꿀한 기분이라도 몇 밤 자고 나면 말끔히 가시듯, 그 구름도 금방 스쳐 가리라 생각했다. 왜냐하면 그때까지만 해도 하늘에 있는 것들이 설지예의 인생에 별달리 도움이 된 적이 없었으니 말이다.

그러나 믿기지 않은 일이 벌어졌다. 벌써 재작년이 되어 버린 그 겨울, 조진혁이라는 구름이 지예의 품 안에 내려와 너무나 멋지고 사랑스러운 신사님이 되었다.

그에게 조금이라도 어울리는 사람이 되고 싶었다. 물론 지금도 되고 싶다. 그래서 지예는 마지막 공무원 시험에 전력을 다했다. 하지만 어지간히 이상한 사람이 아니고서는 다 붙는다는 최종 면접에서 떨어지고 말았다.

정말 자신이 그렇게 이상한 사람인 걸까? 스스로가 더없이 초라하게 느껴졌던 날에, 진혁은 오히려 그녀에게 프러포즈 링을 내밀었다.

'그동안 시험공부 하느라 고생이 많았어. 하지만 이제 더 이상 고생시키고 싶지 않아. 사랑해.'

고작 저 세 마디로 축약하기엔, 진혁이 오랜 시간과 정성을 들여 준비했을 '그날'에 미안한 감이 있다. 하지만 그날 지예가 받은 감동과 기쁨을 풀어내자면 정말 밑도 끝도 없으리라. 그러니 앞으로 언제 꺼내 보아도 설지예를 세상에서 가장 화사한 여자로 만들어 줄 근사한 날이었다고만 해 두자.

한 달 뒤면 그와 손잡고 예식장에 들어간다. 천사의 옷처럼 예쁜 본식 드레스를 하루빨리 입어 보고 싶다. 난생처음 타 보게 될 비행기를 통해 다다를 이국의 풍광들도, 그와 함께라면 분명 낯설기보단 환상적이겠지?

여자라면 누구나 환상을 가지는 최고의 이벤트를 준비하는 과정에서 딱히 부족함이 느껴지지는 않았다. 오히려 분에 넘칠 만큼 풍족하게 진행되고 있다고 생각한다.

그러나 널따란 소파에 수 시간을 홀로 앉아 있자니, 마냥 달콤한 생각만 밀려오지는 않았다.

법적으로는 이미 다섯 달 전에 그와 부부가 되었다. 여느 예비부부와는 달리 집도 가전도 새로이 사들일 게 없다. 결혼식을 치르고 신혼여행을 다녀오더라도, 집에 돌아오고 나면 현재의 생활에서 새삼스레 달라질 게 없을 듯하다.

그래서일까? 지예는 이제 결혼식이나 신혼여행보다는, 앞으로 그와 함께 걸어갈 기나긴 길에 대해 진지하게 생각해 보게 되었다.

그와 혼인 신고를 한 날 밤부터 지예는 시시때때로 스스로에게 물었다.

부부란 무엇일까? 과연, 어떤 존재여야 할까?

'사랑이란 무엇일까?' 못지않게 참 욕심이 많은 질문이다. 지금껏 수많은 현자들이 끊임없이 그럴싸한 답을 내놓았음에도 정답 칸이 좀체 채워지지 않으니 말이다. 그러니 지예가 고작 다섯 달을 고민해 본들 속 시원한 답을 낼 수 있을 리 만무하다.

그래도 여러 날 곱씹어 생각하다 보니 나름 가건물이 세워졌다.

부부란 적어도 무언가…… 배우자의 인생에 도움이 되는 존재여야 하지 않을까?

첫 데이트 때, 그는 이 집이 꽉 채워지길 원한다고 말했지. 그래 줄 사람으로 택한 게 자신이지. 정말로 그 기대에 부응하려면 구체적으로 어떻게 해야 할까?

책상에 펜 하나도 허투루 놓지 않는 그의 깔끔한 성정에 걸맞은 정돈. 집 밥을 먹을 때마다 칭찬을 입에 다는 그를 위한 요리. 그러한 것들이 주는 쾌적함이나 안온함. 지금까지는 그를 위해 무언가를 한다는 사실 자체에 흠뻑 빠져들었다. 그러나 이제는 거기에 얹어 올릴 결정적인 무언가를 더 찾아내야겠다는 느낌이 든다.

지예는 거실 유리창 너머의 정원을 향해 고개를 돌렸다. 지금은 늦은 저녁이라 잘 안 보이지만, '아직 용케 살아남은' 나무들의 윤곽이 어렴풋이 잡혔다. 맨 처음 이 집에 왔을 때 저 나무들의 외로움을 달래 주리라 다짐했건만……. 공무원 시험 치르랴, 결혼 준비하랴, 사는 게 바빠 아직까지도 실천하지 못했다.

저 정원의 모습이 어딘지 성에 안 차는 현재 자신의 모습인 듯도 하여, 지예는 무거운 침을 삼켰다.

그래. 올봄에는 꼭 손을 보자. 잔디도 새로 깔고 꽃씨도 뿌리고 나무도 더 심자. 정원에 심은 모든 생명들에 맑은 물과 사려 깊은 시선을 주자.

물론 의욕을 앞세우기 전에 그의 의견을 물어봐야지. 왜냐하면 이 집의 정원은 그의 역사 그 자체니까. 그리고 앞으로도 우리 부부, 우리 가족의 이야기를 계속 써 내려갈 곳이니까.

그러니 그에게 차차 물어봐야지. 어떤 이야기를 좋아하는지.

다가올 봄날을 생각하니 입가에 벙그레 미소가 지어진다. 지예는 한결 나아진 기분으로 소파에서 일어나 집 안을 둘러보았다.

그러나 버긋이 열린 침실 문 너머에 시선이 간 순간, 지예의 얼굴에 다시 그늘이 졌다.

자줏빛 방석. 작년 초에 무지개다리를 건넌 마포가 잠을 청하던 방석. 그 방석이, 금방이라도 치즈 태비 고양이가 토실한 몸을 누일 듯한 모습 그대로 그 자리에 있었다.

맨손으로든 청소기로든 이제 이 집엔 지예의 손길이 닿지 않은 곳이 없다. 그럼에도 지예는 그 방석이 붙박이장이라도 되는 양 피해 갔다. 그러면서도 마치 그 자리에 아무것도 없는 듯 행동하였다.

진혁은 그 방석에 대해 일언반구도 않고 손도 대지 않았다. 바꿔 말해, 그 역시도 지금껏 그 방석을 엄연히 의식하고 있었다.

마포 대신 방석에 올라앉은 추억, 그리움, 사무치는 슬픔……. 하루빨리 자신에게만 보이는 곳에 치워 놓아야 한다. 애꿎은 남편마저 두고두고 신경 쓰게 할 수는 없다.

하지만 과연 언제쯤 저것을 치울 용기를 낼 수 있을까?

지예는 소리 없는 숨을 내쉬며 그 자리에 무릎을 굽히고 앉았다. 소파에 앉아 답이 나오지 않는 문제를 생각하다가, 봄날 꽃나무를 심을 생각에 싱글벙글하다가, 지난겨울 떠나간 반려묘 생각에 또다시 울적해지고…… 이게 말로만 듣던 메리지 블루라는 걸까? 지난날을 등지고 서서 한 치 앞도 보이지 않는 미래를 바라보는, 세상의 모든 예비부부가 한 번쯤은 겪는다는 이…… 술렁임.

"여기서 뭐 해?"

바깥의 냉기가 조금 묻은 팔이 지예의 가느다란 허리를 뒤에서 불시에 끌어당겼다. 그녀는 얼결에 새된 소리를 냈다.

"아앗? 언제 오셨어요? 와…… 나 좀 봐! 어떻게 아무 소리도 못 들을 수가 있지?"

지예는 양 손바닥을 펼쳐 자신의 양 볼을 찰싹 짓눌렀다. 그 모습을 보고 진혁이 선선히 웃었다.

"무슨 생각을 그렇게 골똘히 했길래 나 들어오는 소리도 못 들어. 설마, 나한테서 탈출할 생각 한 건 아니지?"

"에이, 설마요! 또 누굴 감금범 만들 일 있어요?"

지예는 진혁의 어깨를 장난스럽게 떠밀고는 자리에서 일어섰다.

"작은아버님이랑 저녁은 맛있게 드셨어요?"

"어. 전 대표님이랑 셋이 한정식 집 갔어. 근데 뭐…… 작은삼촌이나 나나 술 더럽게 못하잖아. 게다가 전 대표님도 건강 때문에 사양하신다지. 결국 남자 셋이서 그냥 밥만 먹고 바로 나왔어."

진혁의 심드렁한 어투에서 그 자리의 분위기가 고스란히 묻어나는 듯하여 지예는 쿡쿡 웃음을 흘렸다.

집에 돌아가신 시아버님이 수집하신 고급술이 참 많은데, 진혁은 그 술들을 하나같이 독약 보듯 했다. 그 안에 있는 액체를 마시면 다른 생물로 변해 버리기라도 할 것처럼 말이다. 그래서 지난 크리스마스 파티에서 와인을 마실 때도 진혁은 그저 잔만 쨍그랑 맞부딪쳐 주었다.

"9시밖에 안 됐네. 뉴스나 볼까?"

"제가 틀게요."

지예는 리모컨을 찾아 TV 전원을 눌렀다. 동물을 소재로 다루는 프로그램의 재방송이 나왔다. 대뜸 채널을 돌리려는 순간, 내레이터의 잔잔한 목소리가 귓가에 스몄다.

— 욕지도의 목과 마을에 오면, 사람과 고양이가 공존하는 정겨운 모습을 볼 수 있다.

푸른 바다와 어선, 그리고 낚시터가 있는 어느 섬 마을. 생선을 손질하는 어민들과 낚시꾼들 곁에 앉아 따사로운 햇살을 받아 내는 작은 생물들.

지예는 저도 모르게 화면에 시선을 고정했다.

"어? 뭐야. 야옹이들이 뭐 저렇게 많아?"

간편한 옷으로 갈아입고 거실에 나온 진혁이 TV 화면을 보자마자 탄성을 내뱉었다.

"욕지도 목과 마을이란 곳이래요. 신기하죠? 우와…… 고양이들 정말 많다."

"그러게. 바닷가라서 그런가? 근데 저게 어디 있는 섬이지?"

진혁의 말에 지예는 스마트폰으로 욕지도를 검색해 보았다.

"음…… 찾아보니까 경상남도 통영시 욕지면이라고 나오네요."

"통영이면 완전히 남쪽 끝이네. 거기까지 가는 배가 있나?"

"네. 통영 삼덕항에서 배 타고 들어가면 된대요. 자동차도 탈 수 있는 모양이에요."

"그러네. 섬에 물자도 들어가야 할 테니까."

진혁은 스마트폰과 TV 화면을 부지런히 번갈아 보는 지예를 지그시 바라보았다.

"가 보고 싶어? 이번 주말에 한번 가 볼래?"

진혁이 불쑥 말을 꺼낸 순간, 지예는 양어깨를 목에 바짝 붙였다. 핸드폰으로 북아현동과 통영 삼덕항까지 가는 길을 검색해 본 순간, 400㎞라는 어마어마한 거리가 나왔기 때문이다.

묘안동 지점과는 비교도 안 되게 업무가 중한 세무 법인 묘촌 본점에 복귀한 뒤로, 남편은 평일에 야근이 잦아졌다. 더욱이 근래엔 결혼식이나 신혼여행 관련하여 지예와 함께 이것저것 알아보러 다니느라 주말에도 편히 쉬질 못했다.

곧 있으면 또 법인세 신고의 달이라 말도 못 하게 고생할 텐데……. 잠시나마 숨 돌릴 수 있는 시기에 왕복 800㎞ 장장 12시간의 거리를 다녀오자는 말이 선뜻 나올 리가 없다.

"아, 아뇨! 여기 무지 멀어요! 봐서 한가할 때 마음잡고 가요."

"당연히 멀지. 남쪽 끝인데. 왜. 혹시 나 피곤할까 봐 그래? 1박 2일 정도면 그냥 가볍게 다녀올 수 있는데."

"그동안 결혼 준비한다고 주말에 자꾸 돌아다녔잖아요. 이번 주말엔 그냥 편히 쉬세요."

"아니, 난 딱히 상관없는데……."

"헤헤."

얼버무리듯 웃으며 도리질을 친 뒤 지예는 얼른 채널을 9시 뉴스로 돌렸다. 고양이의 지상낙원에 잠시간 품은 미련을 끊어 내었다.

그래. 앞으로 시간은 얼마든지 많을 테니 나중에 언제 한번, 마음잡고 가면 되지 뭐.

"그런 식으로 생각하다간 영영 안 가게 된다니까. 멀어 봤자 우리나라에 박힌 곳인데 못 갈 거 뭐 있어."

진혁의 목소리는 훤히 뚫린 새벽 도로를 달리는 차들처럼 시원시원했다. 조수석에 앉은 지예는 정면의 내비게이션을 보며 눈을 깜박였다.

금요일에서 토요일로 넘어가는 새벽. 야반도주하듯 북아현동을 나선 이 차의 목적지는 분명, 경상남도 통영시 산양읍에 있는 삼덕항이었다.

TV에서 욕지도의 모습을 보고 난 다음 날, 진혁은 거기서 가장 전망이 좋다는 펜션을 잡아 놓았다며 불쑥 말했다. 그곳 펜션들 중에서도 제법 높은 지대에 있는 데다 널찍한 발코니가 있어 섬의 경치를 조망하기에는 그만이라고, 직접 가 보면 더 기가 막힐 거라고 신이 나서 말하는 그 앞에서, 지예는 그저 토끼 눈을 할 수밖에 없었다.

그렇게 두 사람은 결혼식을 한 달 앞두고 1박 2일 늦겨울 여행길을 나서게 됐다.

"그래도 아침 일찍 나서게 될 줄 알았는데……. 밤새 운전하면 안 피곤하겠어요?"

"내가 검색해 보니 섬에 들어가는 배가 그리 자주 뜨지는 않더라고. 애매한 시간에 도착해서 배 기다리다 보면 하루가 금방 가겠더라. 모처럼 섬까지 들어가 보는데 그러면 아깝잖아. 정 피곤하면 중간중간 휴게소에 들러서 눈 붙여 가면서 가지 뭐."

진혁은 약간 비스듬한 커브길을 따라 핸들을 꺾으며 중얼거렸다.

"이야, 여기가 원래 항상 막히는 구간인데 뻥뻥 뚫리는 거 봐. 택시들이 눈치도 안 보고 신나게 밟아 대네. 하긴. 지금이 황금 시간대니까."

그의 말대로 택시들이 무시무시한 속도로 스쳐 갔다. 위기의 여주인공을 구하러 가기라도 하듯 드라마의 한 장면처럼 밟아 대는 까만 차도 보였다. 심야의 고속도로를 처음 겪어 보는 지예로선 그 광경이 다소 무시무시했다. 그러나 곁에 앉은 이가 워낙 산뜻하게 말하니, 한편으로는 덩달아 시원스러운 기분이 들기도 했다.

"내 걱정은 하지 마. 나 하나도 안 피곤해."

그 말에 어둑한 도로를 살피던 지예가 진혁에게로 시선을 돌렸다. 운전에 충실히 집중하면서도 진혁은 마치 그녀와 눈을 맞추고 이야기하듯 말했다.

"당신도 알다시피 난 원래 휴일에 어디 돌아다니기보단 집에서 책이나 보면서 쉬는 걸 선호하는 편이긴 해. 그렇다고 해서 여행 다니는 걸 싫어하지는 않아. 나도 가끔씩은 서울 시내를 떠나 어디로든 훨훨 떠나고 싶다고 생각할 때가 있어. 처음엔 혼자 곧잘 다녔는데……. 언제부터인가 출발하기도 전에 번번이 김이 새더라고."

"왜요?"

지예가 의아한 듯 물었다. 진혁은 끝 간 데 없이 이어지는 겨울밤을 직시했다.

"날이 갈수록, 산엘 가든 바다에 가든 그게 그거인 것처럼 보여서. 내 마음이 점점 삭막한 쪽으로 변해 가고 있다는 불편한 생각이 들고. 무언가 다른 감정을 느끼게 해 줄 사람이 내 곁에 없는 현실이 더 부각되는 느낌이고. 그러고 나면 수 시간 혼자 운전해서 집에 오는 길이 더 고역이 되지."

차체에 부딪치는 겨울바람이 어딘지 고적하게 들려와, 지예는 숙연히 눈을 내리깔았다. 아직 이 남자에 대해 전부 다 알지는 못한다. 하지만 그의 말들 뒤에 얼마나 애잔한 겨울날들이 있는지 가닥이나마 잡아 줄 사람이 세상에 몇이나 될까?

"하지만 지금은 이렇게 같이 가 줄 사람이 생겼잖아. 거기 가면 보나 마나 섬 보고 바다 보고 회 몇 점 집어 먹을 게 뻔한데, 그래도 왠지 기대가 되고 신이 나. 이런 거 보면 내가 정말로 결혼을 했구나 싶어. 그것도 아주 잘."

그가 온전히 봐 줄 수 있는 상황은 아니지만 지예는 눈을 말똥히 뜨고 진혁을 보았다. 그녀의 시선을 굳이 확인하지 않아도 느끼는 듯, 그의 입이 호선을 그렸다.

"그러니까 우리, 이틀간 재미있게 놀다 오자."

진혁의 열은 미소가 가슴에 옮아온 순간, 지예는 감미로운 새벽이 슬을 맛본 듯 싱그러운 웃음을 피워 냈다.

새벽길을 나선 보람이 있어, 날이 완연히 밝아 올 즈음 삼덕항에 도착했다. 두 사람은 자동차 뱃삯까지 치르고 8시 반 배에 승선했다.

봄이 코앞에 왔다고는 하나 바닷바람이 아직은 맵짰다. 여전히 추위를 잘 타는 지예는 스카이블루색 코트를 여민 채 객실에 들어왔다. 진혁도 자리에 앉자마자 숨을 길게 내쉬며 심야 운전으로 쌓인 긴장을 풀어냈다.

이윽고 배가 뿌우 소리를 내며 해수에 비친 아침 하늘을 갈랐다. 지예는 선실 유리창을 통해 눈송이처럼 피어오르는 포말을 보았다.

"바다 색깔이 정말 예뻐요……."

꼭 바다의 면전에 찬사를 늘어놓는 것처럼, 지예는 유리창에 대고 말했다.

"고등학생 때 수학여행 와서 부산 해운대 해변을 잠깐 본 적은 있는데, 이렇게 바다 한복판에 와 보긴 처음이에요."

"나도 섬 가는 배는 처음 타 봐. 어? 뭍에서 좀 떨어지니까 바다 색깔이 점점 더 예뻐지는 거 같지 않아? 마치 보석 같다고 해야 하나."

진혁의 말에 지예가 일순 별똥별이라도 본 듯 눈을 반짝 빛냈다.

"보석 같다고 하니까, 예전에 정연 언니가 했던 말이 떠올라요. 언니가 수학여행 다녀와서는 바다를 처음 본 이야기를 해 줬는데, 바닷물을 이렇게 표현했거든요. 마치, 비취의 단면이 일렁이는 거 같았다고⋯⋯."

본인은 아마 잘 모를 테지만, '정연 언니'와의 일화를 이야기할 때마다 지예의 맑은 눈이 촉촉하게 빛난다. 지금도 가슴에 깊게 묻어 그리워하고 있노라고 굳이 말하지 않아도, 그 사람이 지예에게 얼마나 큰 의미를 지니는지 짐작이 가고도 남는다.

"이야, 멋있는 말이네. 똑같은 바다를 봐도 그렇게 멋진 표현을 찾아내는 사람도 있구나."

"그 언니가 원래 이야기를 만들어 내는 걸 좋아하고, 또 보석에 대해서도 관심이 많았거든요. 언제나 저보고 빛나는 보석이 되라고 말해 줬어요."

"당신에게 그런 말을 해 줬다니 내가 다 고마운데. 그 사람은, 세상을 정말 아름다운 시각으로 보는 사람이었을 거 같아."

진혁이 진지하게 그 사람을 칭찬해 주자 지예의 표정이 더 밝아졌다.

"맞아요. 외모도 마음도 정말 아름다운 사람이었죠. 이거 말고도 예쁘고 멋진 말들을 정말 많이 해 줬는데. 하⋯⋯ 제 머리가 나빠서, 이렇게 특별한 순간이 와야지만 반짝하고 떠오르는 정도네요."

때마침 진혁은 유리창 너머로 자매처럼 다가붙은 2개의 섬을 발견하고는 설핏 웃었다.

"이참에 당신 어릴 때 얘기 좀 더 해 봐. 언제 들어도 재미있어."

선실에 들어가는 대로 눈 좀 붙여야겠다는 생각은 이미 저만치 날

아가 버렸다. 정말 비취의 단면처럼 고운 빛깔로 일렁이는 바다를 곁에 둔 채, 두 사람은 환담을 나누었다. 그러다 어느 순간 진혁이 넌지시 물었다.

"그런데 정연 씨하고는 정말 연락할 방법이 없는 건가? 보육원에 가서 혹시 지금이라도 연락이 되는 사람이 없는지 알아보면 안 되나?"

그 말에, 지예는 어깨가 들썩이도록 숨을 들이마셨다. 눈을 끔벅이며 자신을 보는 진혁을 향해 그녀가 씁쓸한 미소를 지었다.

"실은 얼마 전에 보육원에 갔었어요. 원장님께 결혼 소식도 알릴 겸, 혹시 언니랑 연락할 방법이 없는지 알아보려고. 하지만 여전히 감감무소식이라네요."

배를 따라 날아가는 하얀 갈매기들이 부서진 햇살처럼 보였다.

"그렇구나. 연락이 닿으면 참 좋았을 텐데. 당신이 웨딩드레스 입은 모습 보고 누구보다도 가장 기뻐해 줄 사람 같아서……."

자기보다도 착잡한 눈빛으로 갈매기를 살피는 진혁을 보고 지예는 입술을 조붓하게 오므렸다.

잠시 뒤, 지예는 따뜻한 미소를 띤 채 자리에서 일어났다. 그러고는 진혁의 등 뒤로 다가가 그의 어깨를 주물렀다. 어! 하고 외마디 탄성을 내뱉는 진혁에게 그녀가 명랑하게 말했다.

"그럼요. 이렇게 어깨를 막 세게 주무르면서, 우리 애기 정말로 시집가는 거야? 이럴 걸요."

"아아, 시원하다. 손댄 김에 더 세게 주물러 주라."

기분 좋게 고개를 뒤로 꺾는 진혁을 보며 지예는 푸근하게 눈웃음을 흘렸다. 그녀의 야무진 손이 정성 들여 그의 어깨를 꾹꾹 눌렀다.

"다시 만나면 어떨지 이렇게나 생생한데…… 언니를 못 본 지 벌써 10년이 되었네요. 시간이 참 빠르다고 해야 할지……."

지예는 자신의 목소리에서 딱히 허전한 티는 안 난다고 생각했다. 더욱이 지금은 그의 등 뒤에 서 있으니, 너무 깊은 곳이 드러나지는 않으리라 생각했다.

"다음번엔 꼭 나랑 같이 가자. 원장님께 내 번호도 남기면서 부탁드릴까 해. 혹시 그분이랑 연락 가능한 사람이 나타나거든, 잊지 마시고 꼭 우리 부부에게 알려 주십사 하고. 당신이 이렇게나 간절히 보고 싶어 하는데…… 언젠가는 꼭 인연이 닿으리라 믿어."

그 말을, 진혁은 오른손을 어깨 위로 올려 지예의 가느다란 손을 감싸 쥐며 했다.

지예는 한순간에 뜨끈하게 데워진 침을 삼켰다. 가슴이 찌르르 울렸다. 눈을 마주치고 이야기하지 않아도 심장과 심장이 맞닿는 듯한 순간이 드문드문 이어진다. 다소 서글픈 이야기를 하다가도 이렇게 손을 맞잡아 뭉클한 온기를 나눈다.

이게 부부인 걸까?

"그래도 애수 언니랑 지영 언니가 무슨 일이 있어도 꼭 와 준대서 얼마나 고마운지 몰라요. 나 실장님도 꼭 참석하시겠다고 했고. 그래서 정말…… 좋아요."

지예는 진혁에게 손을 붙들린 채로, 그의 반대편 어깨에 턱을 얹었다. 그러다 맞은편 좌석에서 이쪽을 멀뚱멀뚱 보는 할머니를 발견하고는 머쓱하게 웃으며 진혁에게서 떨어졌다. 이런. 애정 행각이 좀 과했나 보다.

통영 삼덕항에서 출발한 배는 1시간 동안 갈매기와 경주를 했다. 크고 작은 섬들이 배에 말을 걸어오듯 가까워졌다.

— 승객 여러분께 안내 말씀드립니다. 우리 여객선은 5분 뒤에 욕지도에 도착할 예정입니다. 내리실 때 두고 가시는 물건이 없는지 확인하여 주시기 바라며, 승무원의 지시에 따라 주시기 바랍니다.

안내 방송을 듣고 1층에 파킹해 둔 차로 향하며, 두 사람은 뱃머리가 향하는 곳을 보았다. 짙푸른 바다를 들이마시듯 오목한 항구. 해초가 가득 묻은 줄에 매인 어선들. 관광객에게 얼굴을 비치는 자그마한 상가. 그 뒤에 병풍처럼 펼쳐진 야트막한 능선.

약 100여 년 전, 한 노승이 제자를 데리고 연화도의 상봉에 올랐다. 제자가 도(道)에 대해 묻자, 노승은 근처 섬을 가리키며 욕지도 관세존도(欲知島 觀世尊島)라고 답하였다고 한다. 그 설화에서 유래된, '알고자 하는 섬'이란 이름의 섬.

육지에서 400㎞를 달리고도 바닷길로 30㎞를 더 달려, 두 사람은 욕지도(欲知島)에 도착했다.

"일단 펜션 가서 짐부터 풀어 놓고 나올까?"

"네……."

지예는 코앞까지 걸어와 주기라도 한 듯 아기자기한 섬마을의 풍광을 넋 놓고 바라보았다. 진혁은 차 문 유리창을 내려 주었다.

해안 길을 따라 난 일주 도로를 달리니, 바위 절벽으로 이루어진 산 중턱에 버섯처럼 야무지게 자리 잡은 펜션들이 나타났다.

"펜션들이 하나같이 높은 데 있네. 집 짓는 데 돈 깨나 들어갔겠는데. 생필품 나르는 것도 일이겠다. 섬이라 물자도 귀할 텐데."

버릇대로 진지한 표정으로 현실적인 문제를 읊조리는 진혁 옆에서 지예는 웃음을 입에 물었다.

"그러네요. 게다가 바닷바람 때문에 관리하는 게 쉽지만은 않을 텐데. 그래도 펜션들이 하나같이 예쁘고 외벽도 깨끗해요."

소박하게 가꾸어진 정경들을 보며 지예는 북아현동의 정원을 떠올렸다. 머잖아 다가올 봄의 기운을 품은 남쪽 섬의 바람을 쐬자니 앞으로의 구상이 더 선연히 떠오르는 듯하다. 그녀는 스스로에게 다짐을 주듯 덧붙였다.

"애정이 느껴져요."

진혁이 예약한 펜션은 제법 가파르게 비탈진 언덕 위에 있었다. 그러나 방에 들어온 순간, 두 사람은 차로 진입할 때의 아슬아슬함을 말끔히 잊었다.

"우와! 진짜로 다 보이네요!"

지예는 환호성을 지르며 방 안을 둘러보았다. 유리문이 벽보다도 많은 방이었다. 지예는 유리문을 열고 발코니로 나가 보았다. 위쪽을 보면 하늘과 바다가 잇닿은 수평선이 보이고, 아래쪽을 보면 인형마을처럼 아기자기한 섬마을이 한눈에 들어왔다. 여기에 오래도록 서 있다 보면, 발코니와 함께 하늘로 떠오를지도 모른다는 생각이 든다.

"그쵸? 오시는 분들마다 인터넷에서 봤을 때보다도 더 경치가 끝내준다고 감탄들을 하세요. 특히 이 방에 와 보면 한 번만 오는 분들이 없죠. 장담하건대 우리 집이 욕지도에서 제일 전망이 좋은 집입니다."

아이처럼 좋아하는 지예를 보며 펜션 주인이 더더욱 자기 집에 대한 자부심을 뽐냈다. 그러다 진혁과 눈이 마주치자 곰살갑게 물었다.

"어디서 오셨어요? 서울?"

"네. 밤새워서 오는 길입니다."

"먼 길 오시느라 고생 많으셨겠네. 실은 나도 몇 년 전까지 서울 살았는데 애들 다 키워 놓으니 집사람이 좋은 데 들어가 살재서 서울 집 팔고 예 왔죠. 근데 두 분 연인이신가요? 아니면 혹시 오빠랑 여동생?"

"부부예요."

진혁이 웃음을 문 채 답하자 펜션 주인이 왜 그 생각을 못 했을까 싶은지 아! 하고 길게 탄성을 내뱉었다.

"그럼 신혼이신가 보네. 한창 좋을 때죠. 휴일에 단둘이서 공기 좋고 물 좋은 데 얼마든지 다니고. 잘 오셨어요. 여긴 차 있으면 반나 절이면 거진 다 봐요. 1박 2일로 있다 가기 딱 좋죠."

펜션 주인이 발코니에 선 지예의 뒷모습을 힐끗 보고는 진혁에게 유쾌하게 속삭였다.

"아직 아이 없을 때 좋은 데 많이 다녀요. 나도 신혼 땐 마누라랑 단둘이서 공기 좋고 물 좋은 데 많이 찾아다녔는데, 애 낳고 나니까 뭐든 자식 놈 위주가 되더라고. 물론 지금은 다 키워 놔서 숨통이 좀 트였지만, 그래도 역시 젊었을 때 다니는 거랑 느낌이 또 다르더군요."

펜션 주인아저씨의 말소리는 생각보다 커서, 발코니에 서 있는 지예에게도 고스란히 들렸다. 지예는 고개를 들어 하늘을 말끄러미 올려다보았다. 맑고 평온한 남쪽 하늘에 그녀만의 구름이 떠올랐다.

언젠가는 부모가 된다. 결혼식을 한 달 앞둔 데다 법적으로 이미 부부인 이상, 새삼 놀라울 것도 없는 자신과 그의 미래이다.

그러나 그 시기를 구체적으로 언제로 할 것인지, 아직 그와 맞대 놓고 이야기를 나누지 못했다.

일단 남편의 속마음은 어떨까? 물론 당분간은 그도 신혼의 즐거움을 만끽하고 싶어 할지 모른다. 하지만 생일까지 빠른 진혁은 며칠 전 서른네 번째 생일을 맞이했다. 그의 생일 케이크에 초를 꽂으며, 지예는 괜스레 자신이 무거운 침을 삼켰었다.

　그래. 남편은 이제 자신의 아이를 보기에 결코 적은 나이가 아니다. 지예는 살그머니 고개를 돌려 진혁을 살폈다.

　"참! 이따 점심 나가서 드실 거면 저 아래 짬뽕집 꼭 가 보셔요. 원래 줄 서서 먹는 덴데 요샌 비수기라 엄청 붐비지는 않더라고요."

　"추천해 주셔서 감사합니다. 꼭 가 볼게요."

　내친김에 욕지도 볼거리 먹을거리에 대한 장황설을 늘어놓는 펜션 주인 앞에서 진혁은 옅은 미소를 띠었다. 비록 뚜렷한 리액션을 취하며 호응해 주는 성미는 아니지만, 그는 상대방의 말을 묵묵히 들어 준다. 나중에 물어보면 그는 대부분의 내용을 기억하고 있다. 그것이, 알면 알수록 깊이가 느껴지는 그의 면모 중 하나다.

　저렇게나 사려 깊은 남편이니, 지금까지 그 문제를 언급하지 않았는지도 모르겠다. 혹시나 자신에게 어떤 식으로든 부담을 줄까 봐서.

　진혁과 눈이 마주칠세라, 지예는 얼른 다시 발코니를 향해 고개를 돌렸다. 괜스레 뭉클해지는 가슴을 억누르며 그녀는 스스로에게 물었다. 자신의 속마음은 어떠한지.

　어머니가 되는 일, 정말 많은 준비가 필요한 일이라고 들었다. 아니, 막상 처해 보면 들은 것 이상일지도 모른다. 주인아저씨의 말마따나, 지금껏 살아온 시간보다도 더 인생이 아이 위주가 될 테니 말이다. 처녀 때부터 가꿔 온 공상의 태반을 포기해야 할지도 모른다.

　사랑하는 사람의 아이를 품은 배에 두 손을 올리는 순간은 분명, 낭만뿐만 아니라 무거운 책임감으로 점철되어 있을 테지.

　하지만 그런 막연한 두려움을 거뜬히 상회하는 감정이 있다. 그 감정은 그와 눈이 마주칠 때마다, 그가 웃어 줄 때마다, 그가 안아 줄 때마다 확연함을 더한다.

지예는 묘안동 지점에서 진혁과 헤이즐넛 향 커피를 나누어 마셨던 겨울을 떠올렸다. 적지 않은 시간 동안 온갖 자괴감과 외로움에 시달려 온 남편에게, 하루빨리 갑절의 기쁨을 안겨 주고 싶다. 아이가 가져다줄 묵직한 희로애락을 그와 함께 나누며, 자신의 인생이 분명하게 짝을 맞추었음을 확인하고 싶다. 아이의 앞날을 지켜보고 축복하며, 설지예의 서글픈 시작점까지도 남김없이 메우고 싶다.

아직은 좀 막연한 감이 있지만, 떠올리기만 해도 이토록 가슴이 꽉 채워지는 미래상이 있었던가? 스스로를 다독이듯 입꼬리를 힘껏 말아 올리며 지예는 턱을 주억거렸다.

그래, 좋아. 자신이 한번 먼저 물어보자. 헷갈리게 돌려 말하지 말고, 바로 이렇게!

'여보. 우리, 아이는 언제 가질까요?'

속으로 그 말을 장렬히 외친 순간, 호기롭게 올라갔던 지예의 입꼬리가 경련하였다.

그녀는 새로운 난관에 봉착하고 말았다.

그 대사를 치기가 새삼 쑥스러워서 그런 건 아니다. 1년 넘게 한 지붕 아래 살면서 그보다 더 서슴없는 말들도 해 대지 않았던가. 그의 머쓱한 반응을 은근히 즐기면서까지!

진짜 문제가 뭐냐면…… 또 다른 문제가 수면 위로 떠올라 버린다는 거다.

일단, 아이는 새가 물어다 주는 게 아니잖아…….

"……."

지예는 여전히 수다스러운 펜션 주인을 상대하는 진혁을 흘끔 보

460

았다. 언제 보아도 잘생기고 듬직한 남편님. 그런데 아주 가끔씩은 바라보기 쑥스러울 때가 있다. 이렇게 양 볼이 살짝 따끔거리는 미묘한 감각이 생겨난 시점이, 정확히는 혼인 신고를 한 날부터였던 듯하다.

그로부터 다섯 달이나 지났지만, 두 사람은 아직 한 번도 관계를 가지지 않았다.

물론 잘 때는 둘이 같은 방에서 잔다. 둘이 밤새도록 이런저런 이야기를 나누다가 두 눈이 스르륵 감긴 적도 있고, 커다란 팔에 이끌려 자신의 몸이 오롯이 그의 품 안에 쏙 들어간 적도 있다. 하지만 매번 미묘하게 선은 넘어가지질 않았다.

어쩌면 그가 우리의 첫날밤은 결혼식 날이라고 잠정적으로 정해서일 수도 있다. 서로가 가장 빛나 보이는 한편, 새로운 일들을 받아들이기에 자연스러운 날이니까.

지예 역시 첫날밤 하면 떠오르는 나름의 이미지가 있었다. 침대 위에서 로맨틱하게 가슴을 맞댄 남녀. 금가루 뿌린 듯 빛나는 살결. 협탁 위에 올려 둔 유리잔 안에 든 와인과 똑 닮은 색의 슬립이 어울릴 듯한 그런 순간…….

"……."

지예의 입꼬리는 또다시 경련하고 말았다. 아무래도 자신은, 발밑에 펼쳐진 이른 아침의 소박한 섬마을과 더 어울리는 듯하다.

"여보."

"아아, 네!"

불시에 상념을 깨는 진혁의 부름에 지예는 새된 소리를 내뱉으며 뒤를 돌아보았다. 진혁인 그녀를 멀뚱히 바라보며 물었다.

"지금 나갈까? 아니면 좀 쉬었다가 점심 먹고 돌아다닐래?"

"점심때까지 좀 쉬는 게 낫겠어요. 당신 운전하느라 피곤하잖아요."

"뭐, 난 괜찮긴 한데. 그럼 그렇게 하자. 거기 경치 끝내주지? 어디 나도 한번 볼까."

진혁이 성큼성큼 발코니로 걸어 나와 지예의 곁에 우뚝 섰다.

"이야, 정말 다 보이네! 이거만 봐도 여기까지 온 보람이 있다. 밤 되면 야경도 끝내주겠는데."

그 곁에서 지예는 슬며시 눈을 내리깔았다. 자신의 두 손이, 놀이기구에 탄 것처럼 난간을 꽉 붙들어 쥐고 있었다.

"그럼요! 야경은 말할 것도 없죠. 정원에 조명도 이쁘게 해 놔서 밤에 산책하기도 아주 그만입니다. 그럼 재미있게 놀다 가세요. 필요한 거 있으시면 핸드폰으로 연락 주시고요."

펜션 주인이 문을 닫고 나갔다. 그렇게 둘만 남자, 진혁은 지예에게만 보여 주는 느른한 미소를 띤 채 한마디 했다.

"그러고 있으니까 당신, 완전히 그림인데?"

지예는 그와 눈을 맞추었다. 구름 한 점 없이 맑은 남쪽 하늘이 그의 따스한 시선과 함께 가슴속에 스미는 듯하였다.

"당신도요……."

펜션 주인이 추천한 짬뽕집에서 점심을 먹은 뒤, 두 사람은 TV에서 본 고양이 마을로 향했다. TV에서 나온 고양이 천국은 욕지면 동항리에 소재하는 목과 마을이었다.

일주 도로에서 새어 나간 가파른 비탈길을 내려오니 자그마한 어촌이 나타났다. 푸른 바다로 뻗어 나간 방파제 낚시터와 저편에 설치된 양식장이 특징적으로 보였다.

차에서 내린 뒤 진혁이 기지개를 켜며 심드렁하게 중얼거렸다.

"근데 방송은 원래 좀 과장해서 연출하는 편이라. 정말 고양이가 그렇게 많을지는 모르겠……."

정오 햇살이 깔린 길을 빠른 걸음새로 가로질러 오는 까만 생물. 그걸 본 순간 진혁의 말소리는 끊어졌다.

"우와, 벌써부터 고양이가 맞아 주는 거 봐요!"

지예가 감격스레 눈을 빛내며 지척에 다가온 까만 고양이를 내려다보았다. 고양이는 호박색 눈을 깜박이며 '야옹' 하고 미약하게 울어 댔다. 지예가 살짝 손을 뻗자 놈은 진혁의 차 밑으로 숨어들었다.

"어? 저기 봐, 두 마리나 있어!"

진혁의 손가락을 따라가 보니 억새풀 사이에 배를 깔고 앉은 채 이쪽을 흘끔 보는 고양이들이 보였다.

"낚시터에도 애들이 있네요! TV에서 보니 낚시터 고양이랑 마을 쪽 고양이랑 영역이 나뉘어 있다고 하던데."

방파제를 보니 낚싯대를 드리운 두어 명의 낚시꾼의 뒤편에서 어슬렁거리는 고양이들이 보였다. 두 사람이 다가서자 고양이들은 방파제 틈새로 쏙 들어갔다. 지예가 그쪽을 내려다보자 점박이 고양이가 고개를 내밀었다. 놈은 한 계단 올라와 지예를 향해 구슬프게 울어 댔다.

"어…… 이 녀석 입이 좀 이상하지 않아?"

진혁의 말대로 점박이 고양이는 윗입술과 아래턱이 다소 어긋나게 맞물렸다. 그 곁에 있는 검은 고양이도 상태가 말끔해 보이지는 않았다. 뜨일 듯 말 듯 감긴 한쪽 눈에 진물이 묻었다. 지예의 미간에 안타까운 주름이 잡혔다.

"방송에서 봤을 땐 지상 낙원에 있는 듯 보였는데…… 애들도 살기가 참 팍팍한가 봐."

고양이들의 말소리를 알아듣기라도 하듯 진혁이 씁쓸하게 중얼거렸다.

지예는 수심이 옅은 물가 쪽으로 올라가 보았다. 자갈돌과 로만글라스처럼 다듬어진 유리돌이 비쳤다. 그 틈새로 솟아난 해초를 보자니 경이로우면서도 입 안이 찝찔했다.

"그러고 보니 여기 애들은 물을 어디서 마실까요? 바닷물을 먹으면 안 될 텐데……."

"그러게. 어쩌다 비가 오면 고인 물을 먹어야 하지 않을까? 다른 곳 길고양이들처럼."

흔히들 사람들은 통통한 길고양이를 보면 풍족하게 먹고 살아서 그렇다고 생각한다. 하지만 길고양이들은 마실 물을 구하기 어렵기 때문에 몸에 쌓인 나트륨을 충분히 배출하지 못해 몸이 붓기 일쑤다.

TV에서는 어민들이 던져 준 회를 마음껏 집어 먹는 지상 낙원으로 묘사되었지만, 이곳 고양이들도 실은 말 못 할 목마름을 달래는 처지이지 않을까.

진혁이 지예의 서글픈 마음을 읽어 낸 듯 그녀의 어깨를 다독여 주었다. 지예는 가까스로 미소를 되찾았다.

낚시터에서 다시 마을 쪽으로 올라가니 따사로운 광경이 펼쳐졌다. 붉은 동백꽃, 이국적인 야자수, 화분에 놓아둔 소라 껍데기……. 시선이 머무는 곳마다 고양이가 꼭 한 마리씩은 끼었다. 펜션 마당에서 털을 세우고 싸우는 고양이들이 있는가 하면, 일렬로 줄지어 가는 고양이들도 있었다.

"뭐든 다 풍족하진 않겠지만…… 그래도 이렇게 경치 좋은 데서 좋은 공기 마시고 오후 햇볕 쬐며 낮잠 자는 것도 고양이로서 나름 괜찮은 삶인 거 같아. 애들이 어느 정도 붙임성이 있는 걸 보니 주민들하고도 원만히 지내는 거 같고."

저 닮은 바윗돌 위에서 꾸벅꾸벅 조는 잿빛 고양이를 보고 진혁이 덤덤히 말했다. 지예는 잠자코 그의 손을 만지작거리다가 미소 띤 얼굴로 중얼거렸다.

"가끔 당신이 정말 고양이의 말을 알아듣는 것처럼 보여요. 한땐 고양이를 정말 싫어하는 사람인 줄 알았는데."

어떠한 포인트를 찔린 듯 진혁이 눈을 깜박였다. 그러다 이내 능청스레 답했다.

"당신 영향 받아서 그렇지 뭐."

두 사람은 사람과 고양이, 그리고 바다가 서로 마주 보는 길을 걸으며 추억 거리가 될 광경들을 눈으로, 가슴으로 담았다. 조개가 부산 바다 모래사장같이 많지는 않았지만, 지예는 조가비와 녹빛 유리돌을 하나씩 주웠다. 진혁은 그런 소박한 손짓을 흐뭇하게 바라보았다. 시멘트 발린 듯 굳어 있던 마음의 한 부분이 색을 되찾아 간다.

"충분히 봤어?"

1시간 남짓 해변가를 산책한 뒤에 진혁이 넌지시 물었다. 지예는 활기차게 고개를 끄덕였다.

"그럼 다음엔 어디로 가 볼까? 사람들이 여기 오면 출렁다리는 꼭 가 본다는데……."

그와 함께 차로 향하다, 지예는 가던 걸음을 멈추었다. 왜 그러냐고 대뜸 물으려 진혁은 그녀의 시선을 따라가 보고는 할 말을 잃었다.

숫눈처럼 하얀 뱃살을 가진 치즈 태비 고양이와 고등어 태비 고양이 한 쌍. 특히 치즈 태비 고양이는 꼭 누구처럼 뱃살이 아래로 쳐지고 뭉툭한 꼬리를 지녔다. 그리고 고등어 태비 고양이는 길고 맵시 있는 꼬리를 지녔다. 역시 누구처럼.

어깨를 나란히 한 채 억새풀 사이로 사라지는 놈들을 하염없이 바라보며, 지예의 눈시울이 뜨거워졌다.

재작년 겨울 가슴에 묻은 오랜 동반자. 홀연히 떠나간 뒤 다시는 문을 두드리지 않는 식객. 가까스로 마음 한구석에 옮겨다 놓을 뿐, 말끔히 지워 내지는 못할 존재들.

그녀가 자신의 출렁다리를 온전히 건너도록, 진혁은 묵묵히 기다려 주었다. 바닷바람이 옅은 소금 내음을 실어 왔다.

"그건 또 언제 챙겼어?"

욕실에서 나온 진혁이 눈을 깜박였다. 먼저 샤워를 마치고 나온 지예는 머리까지 산뜻하게 말려 놓고선, 캐리어에서 와인 병을 꺼내 놓았다.

결혼을 앞두고, 진혁은 작은삼촌을 따라 돌아가신 아버지의 지인들에게 인사를 하러 다녔다. 선친의 애주가 성향을 고스란히 기억하는 그들은 이따금씩 진혁에게 위스키나 와인을 안겨 주었다. 그 와인도 그런 식으로 들어온 것들 중 하나다.

"아까 회 먹을 때 마시지 않고."

진혁의 말에 지예는 미소 띤 얼굴로 가볍게 도리질을 쳤다.

"이렇게 야경 보면서 분위기 있게 마시고 싶어서요."

지예는 요령 좋게 코르크 마개를 따 내고는 신문지에 싸 온 와인 잔을 꺼냈다. 그 모습을 보고 진혁이 헛웃음을 흘렸다.

"난 당신의 그런 모습을 볼 때마다 참 신기해. 얼굴만 봐선 냄새만 맡아도 취하게 생겼는데 오히려 그 반대니. 매번 변변히 상대 못 해 줘서 미안해."

"에이, 아니에요! 그냥 잔만 부딪쳐 줘도 충분한걸요. 자, 짠 한번 해요."

지예가 진혁에게 와인 잔을 건네고는 자수정빛 액체를 짤막하게 따랐다. 유리잔끼리 부딪치는 소리가 관악기의 음처럼 청명했다.

진혁은 잔 가장자리에 살짝 입술만 대었고, 지예는 가볍게 몇 모금 들이켰다.

"많이 피곤하죠? 새벽부터 하루 종일 차 운전하고……."

"피곤한 줄 몰랐어."

진혁의 시원스러운 대답에 지예는 생글생글 웃었다. 진혁은 그녀의 입술에 방울져 맺힌 와인을 보았다. 이따금 본인의 미소가 얼마나 야릇한 설렘을 주는지, 그녀는 알까?

그의 깊어진 시선을 아는지 모르는지, 지예는 와인 잔을 손에 쥔 채 유리문 너머를 보았다. 늦은 저녁. 일주 도로의 가로등과 펜션들이 발하는 네온사인이 까만 바다 위에서 물결쳤다.

"오늘 돌아다니면서 정말 많은 것들을 떠올렸어요."

지예가 밤바다의 물결을 재우듯 나긋이 말했다.

"보육원에서 지냈던 때, 마포랑 함께했던 시간들…… 그리고 조조와의 짧은 추억도 말이에요. 여기 처음 와 봤는데도, 마치 오래전에 이 섬에 타임캡슐을 묻어 놓은 듯한 기분이 들더라고요."

이번엔 진혁이 먼저 잔을 내밀었다. 지예는 기꺼이 경쾌하게 잔을 맞부딪쳤다.

"당신이 요새 많은 생각을 하고 있다는 거 알아. 사실 나도 요즘 그렇거든."

지예의 입술에 맞닿은 밤하늘이 찰랑였다.

"결혼이란 게 연습 없이 치르는, 굉장히 중요한 일들만 모아 놓은 열쇠 꾸러미잖아. 부부가 되는 일도 그렇고, 특히나 부모가 되는 일도 말이야. 난 어렸을 때 세상에서 우리 아버지가 제일 대단한 사람인 줄 알았어. 다른 사람들은 커 갈수록 그러한 마음이 덜해진다는데, 난 돌아가신 우리 아버지를 지금도 세상에서 제일 존경하고, 동경해. 그래서인지 내가 생각하는 아버지의 이상상이 꽤 높아. 내가 평가하는 지금의 내 모습에 비해."

그는 평소에도 아버지 이야기를 곧잘 해 주었다. 실제로도 훌륭한 분이셨겠지만, 그에게 얼마나 훌륭한 모습으로 비쳐졌을지 짐작이 되고도 남는다.

진혁이 밤바다 위에서 흔들리는 빛들에 시선을 던졌다.

"요새 이렇게 생각이 많아지는 이유는, 이런 조급한 마음이나 불안감을 좀 가라앉히기 위해서인 듯해. 원래 사람은 심리적으로 퇴행할수록 안정감을 느낀다고 하니. 물론 이런 감정이 마냥 개운치만은 않아. 그만큼 내가 덜 성숙한 탓이 아닌가 싶기도 해서. 이대로 가다 설지예에게 믿음직한 남편이 되어 주지 못하면 어쩌나 싶고."

그가 말을 맺기도 전에 지예가 격하게 도리질을 쳤다.

"아뇨! 절대 안 그래요! 지금도 충분히 믿음직한걸요! 오히려 제가 요새 답지 않게 감성적이 되어 가지고, 괜히 당신까지 불안하게 해 버리고……."

"역시 나만 그런 거 아니었네. 왠지 위로가 된다."

진혁이 어깨에 손을 얹으며 다독이듯 말해 주어, 지예는 입술을 오므렸다. 하지만 내심 흥분은 더하여졌다.

자신만 괜히 그런 줄 알았는데, 실은 그도 같은 마음이래서.

"어쨌든 이젠 내 감정을 너무 부정적으로만 생각하지 않기로 했어. 이런 감정들이 자괴감을 안겨 줄 때도 많았지만, 그만큼 나 자신을 추스르게도 해 줬으니까. 순리대로 차근차근 넘다 보면, 내가 정말 되고 싶은 조진혁이 되리라고, 믿어."

지예는 잔을 든 채, 무언가에 홀린 듯 진혁을 바라보았다. 재작년 겨울에도 조진혁은 충분히 멋진 사람이었다. 하지만 마주 앉은 자리에서 또 한차례 멋짐을 갱신하는 남자를, 대체 어째야 할까?

"경치 한번 끝내주네! 짠 한 번 더 해요!"

무슨 말이라도 하지 않으면 침이라도 흘릴까 봐, 지예는 괜히 목청을 높여 잔을 쳐들었다. 이제 겨우 첫 잔을 비웠는데 벌써부터 가슴이 뜨뜻했다. 오늘따라 술 냄새만 맡아도 취하는 사람이 되어 버린 듯하다.

"한 잔 더 줄까?"

"네. 근데 진짜, 한 모금도 못 마시겠어요?"

이 순간 혼자만 화끈거리는 몸이 괜스레 억울하여, 지예가 심술궂은 투로 물었다. 그 말에 진혁은 우스울 만치 진지하게 잔 안의 액체를 들여다보다가, 어느 순간 입꼬리를 씩 올리며 응수했다.

"당신이 정 원하면, 딱 한 모금은 마시지 뭐."

"아하하, 해 본 말이에요. 다만, 그거 아세요? 당신이 오만상을 쓰면서 선물 받은 술 들고 올 때마다 솔직히 너무 귀엽……."

지예의 말이 끝나기도 전에 진혁은 와인 잔을 기울였다. 금욕적인 입술에 자수정빛 액체가 흘러드는 순간, 지예는 저도 모르게 숨을 참았다.

잔에서 입을 뗀 뒤 진혁이 입술을 굳게 다문 채 지예를 직시했다. 고장 난 시계처럼 멎은 그를 보고, 지예는 가슴이 뜨끔거렸다. 역시

술은 강권하는 게 아닌데. 괜한 말을 해 가지고……

온갖 잡걱정이 머릿속을 잠식하는 찰나, 진혁의 입술이 지예의 입술을 파고들었다.

입 안을 파고드는 알싸한 향내에 지예가 눈을 화들짝 떴다. 하마터면 재채기를 할 뻔도 했으나, 그의 혀가 밀려든 액체를 온전히 삼키게끔 이끌어 주었다.

입술이 떨어지자마자 지예가 붉어진 얼굴로 그의 가슴팍을 떠밀었다.

"뭐예요!"

발끈하여 항의하는 그녀 앞에서 진혁은 손등으로 느긋하게 입술에 묻은 와인을 훔쳤다.

"이런 말 하면 믿으려나. 내가 술을 안 마시려는 이유가, 야옹이로 변하기라도 할까 봐 무서워서라면. 그렇게 되면 설지예랑 이런 거도 못 하잖아."

"에이, 설마요!"

지예는 손으로 입을 가리고 웃었다. 입술에 와 닿는 손바닥의 감촉이 뜨끈했다. 손이 뜨거워진 걸까, 입술이 뜨거워진 걸까.

"진짜 고양이가 된다 해도 제가 책임지고 돌봐 줄게요. 가끔 운치 있게 커피도 내오고."

"내가 했던 말 그대로 써먹는 거 봐라. 잊지도 않았네."

"잊을 리가요! 얼마나 재밌는 말이었는데."

두 손을 맞댄 채 헤실헤실 웃다가, 지예는 손을 기울여 턱에 붙였다. 이제 그만 마셔야겠다.

"혹시 내가 보내 버린 건가? 오늘은 웬일로 많이 약하네."

진혁 역시 낌새를 채고는 잔을 옆으로 치웠다.

"오늘은 이만 잘래? 아니면 바깥에 산책 나갈까? 정원도 둘러보고 별 구경도 하고."

"맞다. 별 구경도 해야 하는데. 근데 잠깐 쉬다가 나가요."

지예는 진혁이 내민 손을 맞잡았다. 그의 손아귀는 더 뜨겁게 느껴졌다.

지예를 침대에 눕혀 준 뒤 진혁은 침대 매트리스에 걸터앉았다. 무언가 생각할 거리가 있는지 그는 유리문에 깔린 밤하늘을 관망하였다. 그런 그의 뒷모습을 바라보다가, 지예는 누운 채로 살그머니 팔을 뻗었다. 뒤에서 당기듯 안으며 그의 등허리에 얼굴을 파묻자, 약간 놀란 듯한 진동이 고스란히 전해져 왔다.

"뭐 할 말이라도 있어?"

정말 궁금해서라기보단 얼결에 내뱉은 티가 다분히 나는 질문이었다.

"그냥 이러고 싶어서요."

그리 대답하고는, 지예는 진혁의 허리를 감싸 안은 팔에 좀 더 힘을 보태었다.

"다 좋은데, 이건 좀…… 위치가 위험하네."

그의 목소리가 약간 딱딱해졌다. 지예는 입술을 한 번 삐죽여 보고는 대꾸했다.

"위험할 게 뭐가 있나요. 부부끼리."

그 말이 볼멘소리처럼 나간 순간, 지예는 눈 깜짝할 사이에 어깨를 잡혀 침대에 눕혀졌다. 눈을 휘둥글게 뜬 채 자신을 올려다보는 그녀에게, 진혁이 낮게 말했다.

"난, 당신이 아무것도 모른다고는 생각 안 해."

지예는 가까스로 호흡을 고른 뒤, 자신이 생각하기에 가장 작위적으로 순진한 모양새로 눈을 깜박여 보였다.

"그럼, 어디까지 알까요?"

그녀가 부러 그런다는 걸 고스란히 알아챈 진혁이 난감하게 웃었
다.

"그 표정 안 어울려."

역시 도발도 아무나 하는 게 아니구나……. 지예는 혀를 **빼문** 채
한숨을 내쉬고는 표정 연기를 걷어 냈다. 비로소 그녀의 얼굴에 말간
본심이 떠올랐다.

"당신을 정말 사랑해요."

그 말에 진혁의 입술에서 장난기가 가셨다. 지예는 그가 드리운
그늘 아래서 두 손을 가슴에 둔 채 말했다.

"좀 새삼스럽게 들리겠지만…… 이 말을 어떻게 풀어내야 할지,
어떻게 실천해야 할지가 요새 가장 고민이 됐어요."

그에게 좋아한다고 처음 말할 땐, 이 감정이 잇닿기만 해도 기적
이라 생각했다. 그저 행복한 공상에만 그쳐도 별수 없으리라 생각
했다.

하지만 이제 자신은 더 이상 하늘을 관망하며 공상하는 아가씨가
아니다. 이제 신사님은 오롯이 자신을 바라봐 주고 사려 깊게 안아
준다.

"당신을 정말 행복하게 해 주고 싶어요. 뭐라도 해 주고 싶어서
미치겠어요. 방법만 안다면 정말 기쁘게 뭐든 다 할 수 있을 거 같아
요."

그러니 정신 바짝 차리고 그를 마주 안아, 이 사랑을 진짜배기로
만들고 싶다.

"나도 그래. 정말로."

자신이 덮어 누른 어깨가 그 무엇과도 바꿀 수 없는 보물처럼 느껴지는 순간을, 진혁은 짤막한 말로 표현했다.

"당신을 볼 때마다 왜 이렇게 고마운지 생각해 봤어요. 우선 당신이, 절 정말 많이 배려해 주고 기다려 줬죠. 공무원 시험도 그렇고, 마포 보냈을 때도요. 앞으로도 당신은 많은 일들을 제게 맞춰 주려 하겠죠. 하지만 진혁 씨. 이젠 저도 속도 낼 준비 됐어요."

지예의 어깨를 가볍게 누르던 손이 힘을 잃었다. 무언가에 홀린 듯 자신을 보는 남편에게 지예는 자신을 다지듯 결연하게 말했다.

"물론 앞으로의 수많은 일들이 지금의 제가 생각하는 것 이상으로 준비도 많이 필요하고 벅차기도 하겠죠. 하지만 한편으론 그만큼 많이 배우고 성숙할 생각을 하니, 기대도 많이 돼요. 저 역시, 내가 되고 싶은 설지예가 될 수 있겠죠. 지금보다는 더 많이 조진혁을 잘 알고, 그래서 더 많이 사랑할 수 있는……."

이참에 더 확실하게 마음을 전하고 싶은데, 괜스레 코끝이 시큰거렸다.

"그러니 혹시라도 당신이 저에게만 맞추느라 너무 억누르지는 않았으면 좋겠어요. 당신이 원하는 거요."

안에 든 말을 남김없이 쏟아 내었는데도 가슴이 무거웠다. 아니, 오히려 말을 할수록 무게가 보태어지는 듯하다. 지예는 후폭풍처럼 밀려오는 쑥스러움에 못내 겨워 눈을 살짝 내리깔았다.

그 순간, 진혁이 아주 진지한 목소리를 냈다.

"미안한데, 산책은 좀 있다가 해야겠다."

그리고 눈 깜짝할 사이, 그는 그녀의 입술을 채웠다. 얼결에 눈을 감은 채, 지예는 아까 그가 먹여 준 와인보다도 더 깊게 입 안에 흐르는 혀를 느꼈다.

입술이 떨어지자 그녀의 가쁜 숨이 터져 나왔다.

"매번 날 높게 평가해 줘서 정말 고마워. 근데 이번엔 좀 많이 과대평가를 했어. 왜냐면 오늘은 좀 속도를 내려 했거든. 솔직히……."

진혁의 오른손이 낮은 목소리에 어울리도록 은근하게 움직였다.

"남자랑 여자 단둘이, 그것도 부부끼리 여행 왔는데 아무 흑심도 없다면…… 새빨간 거짓말이지. 중성화 수술 당한 것도 아닌데."

평소 같았으면 옛날 일을 떠올리며 웃음 지었으리라. 재작년 겨울 조조의 중성화 수술을 단행하려 했을 때 진혁이 꼭 자기 일처럼 필사적으로 반발했던 일 말이다.

하지만 지금은 그의 손에 틀어잡힌 왼 가슴만큼이나 마음의 여유가 없었다. 미친 듯이 뛰는 심장이 그의 손아귀에 고스란히 들고 말았다.

"아…… 잠시만요!"

지예가 그의 상체를 밀어 내고는 몸을 일으켰다. 그녀는 꽤나 필사적인 모양새로 일어났으나 도망을 가지는 않았다. 그저 근처 벽에 있는 스위치만 탁 소리 나게 누르고는, 다시 침대로 돌아와 그와 마주 앉았다. 진혁이 웃음 섞인 목소리를 냈다.

"왜? 말하면 내가 꺼 줄 텐데."

"혹시라도 안 꺼 줄까 봐요……."

지예는 약간 부루퉁하게 대꾸했다. 방에 깔린 어둠 속에서 그의 머리가 까닥였다.

"괜찮아. 난 어차피 밤눈이 매우 밝거든. 야옹이 부럽지 않게."

"그렇게 말하니까 괜히 고양이까지 야하게 느껴지잖아요!"

작게 항의하려다 지예가 멈칫했다. 그의 손이 자신의 니트 티 한 축을 걷어 올렸기 때문이다. 가슴 바로 아래까지, 밤공기에 노출된

허리에 온 신경이 집중되었다.

"이 정도 가지고 야하다고 하면 어떡해. 정말 괜찮겠어?"

그의 목소리가 다시 진지해졌다. 지예는 그의 나머지 손을 마주 잡고는 숫접게 눈을 내리깐 채 말했다.

"괜찮을 거예요. 당신이니까."

서로를 마주 본 채로 두 인영이 겹쳐졌다. 진혁의 입술은 좀 전과는 달리 떨어질 듯 말 듯 지예의 입술을 빨아 냈다. 몸 안에서 잠들려던 와인이 비 맞은 웅덩이처럼 되살아났다. 그의 입술이 점점 뜨겁게 느껴졌다.

별자리를 새기듯, 진혁의 입술이 지예의 턱에서 목을 점점이 찍었다. 지금까진 그녀의 입술이나 뺨만을 알던 입술이, 그녀의 목에서 미약하게 뛰는 맥과 만났다.

그 순간, 부드럽게 화인을 남기던 입술이 살짝 깨무는 이로 바뀌었다. 그 치아에 독이라도 든 것처럼, 지예는 무너져 내리고 말았다.

진혁은 손으로 그녀의 머리를 받혀 천천히 침대 위에 눕혀 주었다.

"춥진 않아?"

그가 포근하게 물었다. 하늘의 별밭과 바다의 빛 물결이 깊게 포옹하는 밤이라도, 겨울은 겨울이니까.

지예는 곱게 미소 띤 채 고개를 가로저었다.

진혁은 그녀의 니트 티를 마저 밀어 올렸다. 아이보리색 브래지어에 조심스레 싸인 가슴이 나왔다. 진혁은 그녀의 어깨에 걸린 니트 티에 손을 넣었다. 옷 속에서 벌어지는 일인데도 지예는 그의 굵직한 손가락에 걸려 끌어 내려지는 브래지어 끈을 머릿속에 고스란히 그려 냈다. 발가락 끝까지 찌릿찌릿해졌다.

"날 봐."

그제야 지예는 저도 모르게 눈을 내리깔고 있었음을 깨달았다. 처음부터 용기를 낼 여자가 얼마나 되겠느냐만 그의 시선을 너무 피하면 확신을 주지 못할지도 모른다는 생각이 든다. 그래서 고개를 드니, 더없이 포근하게 웃어 주는 얼굴이 보였다. 그 온기가 더욱 강한 열기가 되어 얼굴에 옮아왔다. 결국 지예는 다시 고개를 숙이고 말았다. 의욕과 몸이 더더욱 갈팡질팡했다.

브래지어를 벗기기 편하도록 지예는 몸을 살짝 옆으로 돌렸다. 그녀의 신호를 즉각 알아본 진혁이 손을 내렸다. 그의 손가락이 이 순간의 시작점을 완전히 열어 냈다.

가슴이 허전해지는 순간 지예는 침을 크게 삼켰다. 니트 티가 그녀의 얼굴을 통해 상체에서 이탈했다.

흡사 그녀를 내려놓듯 티를 바닥에 살포시 내려놓고 나서, 진혁은 제 가슴을 감싼 지예의 손을 파고들었다. 손이 시트에 가볍게 눌리며 비로소 그녀의 뽀얀 가슴이 드러났다.

진혁은 다시 한 번 그녀의 가슴을 모아 잡았다. 니트 티 채로 잡혔을 때와는 확연히 다른 생경한 느낌에, 지예는 숨이 멎었다.

"예쁘다."

그 한마디가 뭐라고, 등골까지 솟구친 긴장이 살짝 풀어졌다. 그러나 바로 그 틈을 노리기라도 한 듯, 진혁은 지예의 젖가슴을 함빡 머금었다.

"아……."

그에게 잡히지 않은 그녀의 오른손이 허공에서 바르작거렸다.

진혁은 가슴의 정점을 녹진하게 빨아 내는가 하면, 변화구를 던지듯 혀를 꼿꼿이 세워 가슴을 큼직하게 쓸어 올렸다. 그의 혀는 이 순간 흐르는 시간보다도 느릿했다. 그래서 오히려 가장 미세한 감각까지도 일말의 눌림도 없이 꼿꼿이 일어나는 듯했다. 종래엔 혀의 돌기까지 생생히 느껴져 지예는 몸서리쳤다.

졸아붙는 속과 다르게 그를 받아들이는 가슴이 팽팽하게 부풀었다. 진혁이 나머지 가슴을 예뻐해 주자 지예의 오른손은 더 처량하게 되었다.

한껏 오그라진 그녀의 손가락을 보고, 진혁은 혀로 가슴의 정점을 튕겨 냈다. 그녀가 잇새로 새어 나오려는 신음을 감추느라 애쓰는 사이, 그는 지예의 앙가슴에 얼굴을 파묻은 채 중얼거렸다.

"예전엔 이런 건 상상도 못 했는데."

재작년 겨울, 고양이인 채로 그녀의 젖은 맨몸에 안겼던 일을 염두에 두고 한 말이었다. 물론 지예가 그 말의 본뜻을 알아챌 리 없었다. 그저 그가 발음할 때마다 가슴을 직격하는 뜨거운 숨결에, 그녀의 호흡이 속절없이 흐트러졌다.

진혁은 좀 더 내려와 갈비뼈 위의 얇고 예민한 살을 애무했다. 그의 타액이 묻은 가슴의 정점이 점점 더 뾰족해지며 온몸의 신경이 꼿꼿이 일어났다.

지예의 호흡보다 한 박자 뒤에서 따라붙는 그의 느리고 깊은 움직임은 순진한 듯 하면서도 얄궂었다. 아내의 몸을 천천히 열어 가면서도 제 탐험심을 충족한다. 머리부터 발끝까지 배려하는 동시에 남김없이 무너뜨리려는 행위의 본질을 아직 온전히 알 수 없어, 지예는 연거푸 몸을 떨었다.

그녀를 점령한 채, 진혁은 자신의 티를 벗어 올렸다. 역삼각형이고, 단단하고⋯⋯. 자신과 확연히 다른 몸. 지예는 괜스레 떨리는 입술을 맞문 채, 한 손으로 눈을 누르는 척 가렸다.

"아, 어떡해……."

"앞으로 이 정돈 자주 보게 될 텐데."

얼결에 내뱉은 말까지도 그는 인정사정 봐주지 않았다. 순간적으로 항변할 말이 떠오르지 않아 입술을 잘근 깨물다가, 지예는 외마디 탄성을 내뱉었다.

"아……."

모로 누워 부끄러움을 삭이는 그녀를, 진혁이 뒤에서 당기듯 끌어안았다. 서로의 생살이 맞닿는 찰나, 품 안에 끈질기게 숨어 있던 작은 새가 확 달아나는 느낌이 들었다.

핀으로 고정하듯 턱을 지예의 연한 어깨에 단단하게 걸쳐 붙인 채, 진혁은 잘록하게 들어간 그녀의 허리를 매만졌다.

"요새 결혼 준비하느라 더 마른 거 같아."

"아, 아니에요! 이건 그냥 옆으로 누워서 쏙 들어간 건데……."

당신과 처음 만났을 때 비해 살이 더 붙었다는 말을 덧붙이려는 찰나, 진혁이 고개를 뻗어 그녀의 뺨을 누르듯 키스했다.

"매일 신경 쓰면서 보는 몸인데 그 정도는 알지. 최근에 분명 다시 빠지기 시작했어."

자신이 품은 몸을, 이제는 그 주인보다도 더 안다는 의미였다. 실제로도 지금 그의 손가락 때문에, 자기 몸은 자기가 가장 잘 안다는 지예의 당위적인 신념이 남김없이 깨지고 있었다. 진혁은 베개 밑으로 팔을 넣어 그녀의 목을 받친 채, 뽀얀 가슴과 배를 세심하게 매만졌다.

영화로 접했던 섹스는, 격랑으로 돌변한 남자가 여자를 마구 휩쓰는 것이었다. 하지만 진혁은 그녀 안의 그녀까지 깨워 놓으며, 그는 여전히 그 자신임을 각인시켰다. 단단히 밀착한 남편의 품 안에서 지예는 외려 훨훨 날아갈 것 같았다.

아무래도 영화를 잘못 봤나 보다. 시답잖은 감상에 빠져들려는 찰나, 지예의 정신은 완전히 새로운 국면을 맞이했다. 그의 손이 갈비뼈 사이 움푹 들어간 부분을 지나 배꼽 아래를 건드려 놓았기 때문이다.

그 극히 짧은 순간, 지예는 허벅다리를 관통하는 이질적인 감각을 느꼈다.

"잠깐만."

진혁이 그녀의 몸을 떠나 캐리어를 뒤졌다. 잠시간 자유로워진 두 팔로 화끈거리는 양 볼을 감싸 쥔 지예에게, 그는 뜻밖의 물건을 들이댔다.

사각형 포장지에 든 동그란 것과, 작은 펌프 용기 안에 든 것. 직접 보기는 난생처음인 물건들임에도, 지예는 그 용도를 일목요연하게 알아채고는 반사적으로 다리를 오므렸다.

"나도 쓰는 건 처음이야."

이제 와서 그는 짐짓 순진한 상으로 말했다. 그 말의 진위는 의심되지 않지만, 그 표정 밑에 숨은 차고 넘치는 기대는 솔직히 좀 티가 난다.

"흑심이 아주 없었던 정도가 아니라, 차고 넘쳤네요……."

여유 만만한 그가 살짝 얄미워져서 지예가 원망스레 말했다. 하지만 진혁은 그녀의 하반신을 감싼 여유마저 탐욕스레 빼앗아 갔다.

"어멋!"

"그럼. 나도 일단은 남잔데."

진혁은 지예의 바지를 아까 침대 아래 놓아둔 그녀의 티 위에 올

479

렸다. 벗길 때는 번개같이 해 놓고 내려놓을 때는 보란 듯이 느른한 그의 움직임을 보고, 지예는 그제야 남편의 약간 변태적인(?) 면모를 알아챘다.

"술은 나만 마셨는데……."

"나도 취했어. 냄새 맡아서."

"그런 게 어딨…… 읍!"

지예의 항변이 포개어졌다. 키스를 퍼부으며, 진혁은 적당히 무게를 실어 그녀에게 자신을 기울였다.

서로를 겹친 채 오래도록 온기를 나누는 늦겨울 밤. 이마에서부터 밤이슬이 송골송골 피어났다. 이제는 그 느낌이 뜨거운지 차가운지조차 모를 지경이다.

진혁은 그녀의 소중한 여성을 감싼 마지막 천 자락을 보고는 입매를 굳혔다. 지금까지는 여러 날 품은 구상을 마음껏 퍼부어 댈 수 있었지만, 이제는 정말 그녀가 품은 긴장감에 이입해야만 한다.

"최대한 조심해서 하겠지만…… 못 참겠으면 바로 말해. 너무 무리는 하지 말자."

"네……."

위아래로 조심스레 쓸어내리는 손길을 느끼며 지예는 떨리는 목소리로 대답했다. 오늘따라 팬티가 터무니없이 얇게 느껴졌다.

팬티 안으로 들어간 손이 손가락을 세웠다. 지예는 거듭 자신을 달래는 입술을 받아들이며 그의 목을 붙들었다.

입술이 떨어지자 그녀가 들릴락 말락 한 목소리로 토로했다.

"머릿속이 마비될 거 같아요……."

"괜찮겠어?"

"네. 처음이니까 어쩔 수 없겠죠……."

진혁은 그녀의 몸이 갑작스레 서늘한 공기를 맞지 않도록 서서히 상체를 일으켰다. 지예는 가슴에 손을 모은 채 자신이 그 앞에서 완연히 나신이 되는 순간을 견뎌 냈다.

손가락에 젤을 짜낸 뒤, 진혁은 다시 그녀와 몸을 겹쳤다.

"아아……"

극도로 몰린 긴장감만큼이나 팍팍한 살이 미끈하게 헤집어지자 입술이 절로 벌어졌다. 지예는 가까스로 입술을 틀어막은 채, 지금껏 몸 안 깊숙이 간직한 비밀이 고개를 쳐드는 걸 생생히 느꼈다. 그 비밀이 오랜 침묵을 깨고 말하는 듯했다. 내가 간직한 비밀은, 뜨거움이야.

"아윽!"

진혁의 손가락이 드디어 지예의 모든 것을 밀고 들어왔다. 그가 주변을 문지르며 충분히 예고를 해 줘서 찢어질 듯 아프지는 않았다. 매일 아침 커피가 든 머그잔 손잡이를 잡아 올릴 때의 조심스러움을, 그녀는 자신의 가장 깊은 곳에서 느꼈다.

이제 진혁이 해 줄 수 있는 건 충분히 했다. 그가 자신에게 들어올 준비를 하는 동안 지예는 마음을 가다듬었다. 이제부터는 자신이 함께 넘어야 하는 과정임을 본능적으로 느꼈다.

그가 들어오는 순간, 공교롭게도 지예는 아랫배에 준 힘을 풀었다. 긴장에 긴장을 거듭하여 더 이상 몸에 힘이 들어가지 않아서 그랬다. 그 바람에, 그가 허리가 앞으로 나아감과 동시에 그녀의 입에서 새된 비명이 터져 나왔다.

"아이악!"

"괜찮아? 미안해. 많이 아파?"

그의 당황한 목소리가 의식에 스미고 나서야 지예는 뒤늦게 자책했다. 하지만 순간적으로 고개조차 저어지지 않았다.

"그만둘까?"

그가 자신의 몸을 열기 위해 들인 정성을 고스란히 아는데, 이제야 겨우 그도 즐길 수 있는 부분이 되었는데…… 그의 목소리는 딱 듣기에도 이미 자신의 쾌락은 안중에도 없었다.

"미안해요. 근데 움직이지 말고 잠시만…… 안아 주면 안 될까요?"

울먹이지 않으려 노력하며 지예가 간신히 발음했다.

"어어, 그래."

진혁은 그녀와 맺어진 채로 조심스레 몸을 겹쳤다. 그 과정에서 미세하게 오는 통증을, 지예는 입술을 꽉 깨물어 억눌렀다.

"아프지? 아프지 않게 해 주고 싶은데……."

진혁이 그녀의 등 밑으로 손을 넣어 등을 위아래로 주물러 주었다. 위로해 주는 말과 손길에 첫 교접이 가져온 고통이 조금씩 흩어졌다. 지예는 놀란 가슴을 진정시키고 두 팔로 진혁을 마주 안았다.

"원래 첫날밤에 끝까지 못 하는 경우도 많대. 다음은 좀 나을 거야."

진혁은 이미 반쯤은 다음을 기약하는 듯했다. 지예는 속상한 마음이 들어 그를 더 강하게 끌어안았다.

벽시계의 초침 소리가 고스란히 들릴 만큼 정신이 예리했다. 그의 하반신에 조심스레 다리를 감은 채 어떻게든 그의 남성에 맞추어지려고 노력하는 지예의 귓가에, 나직한 속삭임이 흘러들었다.

"아까, 나와 함께 속도를 내고 싶다고 했지? 그렇게 말해 줘서 정말 고마워. 하지만 난 지금껏 당신을 기다리면서 내가 원하는 걸 눌러 참지는 않았어."

그의 몸 아래서, 지예가 눈을 맞춰 왔다. 밤이슬 때문에 이마에 들러붙은 그녀의 머리칼을 부드럽게 쓸어 넘겨 주며, 진혁이 웃음 지었다.

"적어도 나를 만난 뒤부턴 당신이 자기 소질 충분히 발휘하면서 그 나이에 누릴 수 있는 걸 누리며 살아가기를, 원했어. 특히 당신 손재주 말야, 학교 가서 제대로 키웠으면 해."

지예의 눈이 크게 떠졌다. 그녀가 하고 싶은 말을 대강 알아챈 듯, 진혁이 먼저 입을 열었다.

"물론 당신 나름 우리 결혼에 책임감을 가지고 있다는 건 알아. 우리에게 의외로 빨리 아이가 생길 수도 있어. 그리되면 지금보다도 더 큰 책임감을 가지고, 하고 싶은 일을 어느 정도 절충해야겠지. 하지만 당신 혼자 꿈을 깎게 하진 않을 거야."

진혁의 엄지가 지예의 연한 입술과 턱을 부드럽게 매만졌다. 눈망울을 사정없이 떨며 자신을 올려다보는 그녀에게, 진혁이 다정하게 선언했다.

"내 속도를 좀 늦춰서라도, 당신이 책임감뿐만 아니라 꿈도 같이 챙기도록 노력할게."

눈물을 한가득 머금은 채, 지예의 눈살이 찌푸려졌다. 그는 손가락으로 그녀의 눈물을 훔쳐 내며 달래듯 말했다.

"나 행복하게 해 주는 거 다른 거 없어. 당신이 행복하면 돼. 너무 어렵게 생각하지 마."

"아……."

남편에게 매달린 채, 지예는 그의 가슴에 뜨거운 울음을 묻고 말았다.

온몸으로 한바탕 감정을 풀어내서일까. 지예는 몸 안 깊숙한 곳에서 무언가가 피어나는 감각을 느꼈다. 피차 그녀의 변화를 감지했는지, 한창 지예를 달래던 진혁 역시 한결 부드러우면서 뜨거워진 그녀를 하초로 느꼈다.

그녀의 호흡에 맞추어 진혁은 다시 움직이기 시작했다. 자신에게 절박하게 매달린 하얀 팔 때문에, 서로의 배가 맞도록 옥죄는 다리 때문에, 그리고 눈물에 젖어 별처럼 반짝이는 밝은 색조의 눈 때문에, 진혁은 점점 더 주체할 수 없게 되었다. 지예는 잇새로 신음을 내뱉으면서도 그에게 자신을 전부 내주었다.

"읏⋯⋯."

오래지 않아 그는 그녀의 안에 자신을 쏟아 냈다. 그녀의 아픔을 달래느라 시간을 많이 썼다. 좀 아쉽지만, 현실적으로 이만하면 처음을 제법 많이 버텼다.

산에 고개를 빼꼼 내민 달이 보였다. 지금껏 산 뒤에 숨어 있다가 이제야 행장을 꾸리고 긴 밤 여행길을 나서려는 모양이다.

"이제 달이 뜬 거 봐요."

한 이불을 덮고 누운 채, 지예가 유리문을 가리켰다. 진혁은 고개를 끄덕이며 한 손으로 그녀의 머리를 당겨 안았다.

"게을러터진 거 봐라. 이쪽은 벌써 한 판 했는데."

"아직 9시밖에 안 됐는데. 체감으론 한 새벽 두세 시는 된 거 같죠?"

"그러게. 아, 피곤하다. 진짜 죽겠네."

말로는 한껏 엄살을 피우면서도 지예를 끌어안는 힘은 외려 강해졌다. 말과 완전 따로 노는 행동에 지예가 픽 웃었다.

"정말 죽겠으면 적어도 저보다 약해야 되는 거 아니에요? 왜 이렇게 세요."

"당신도 죽겠나 보지."

"아이, 아파요!"

그에게 어깨를 너무 세게 틀어잡혀 지예가 순간적으로 비명을 내질렀다.

"아, 너무 피곤해서 별 구경도 못 하게 생겼네. 남쪽 끝까지 와 가지고……."

그래 놓고 그는 이번에 지예의 허리를 잡으려 했다. 지예는 얼른 그의 옆구리를 확 찔러 버렸다.

"악!"

불시의 기습에 그가 눈살을 찌푸리는 사이, 지예는 몸에 이불을 휘휘친친 감고 침대를 빠져나왔다.

"설지예. 이리 안 와?"

로댕의 조각상처럼 다리를 오므린 채로 진혁이 눈을 흘겼다. 지예는 유리문 앞에서 그를 돌아보며 고개를 저었다.

"싫어요. 여기서 별 구경이나 할래요."

"안 오면 내가 그리로 간다?"

"맘대로 하세……."

말을 마치지 못하고 지예는 유리문으로 홱 돌아서고 말았다. 예고한 대로, 그가 정말 맨몸으로 일어나 버렸기 때문이다. 순식간에 얼굴을 붉힌 그녀를, 진혁이 이불째로 넘어트렸다.

"꺄악!"

허공을 마구 휘젓는 지예의 두 팔을 낚아채어 진혁은 그녀를 잡아눌렀다.

"별 구경만 할 게 아니라, 우리도 별들의 구경거리가 되어 볼까?"

진혁으로선 그저 그녀를 놀려 줄 생각으로 해 본 말이었다. 하지만 이내 자신의 아래를 보고는 눈을 끔벅였다. 고개를 돌린 지예의 낯은, 밤눈으로 보기에도 한껏 달아올라 있었다.

"또 왜 그래? 그냥 해 본 말이야. 설마 내가 여기서 당신을 더 어떻게 할까 봐……."

"아뇨……. 그게……."

지예는 할 말을 찾지 못하고 눈동자를 아래로 굴렸다. 솔직히 아까는 많이 아팠다. 하지만 그가 준비해 온 윤활제 덕분인지 종래엔 분명 아프기만 하진 않았다. 통증에 어느 정도 둔감해지면서, 또 다른 순간의 막이 열리려 하였다. 모르긴 몰라도, 비로소 그와 완전히 합해질 듯한 느낌이었다. 하지만 좀 전 한 번의 정사만으로는, 그 느낌이 매우 미적지근한 암시로 남아 버렸다.

아직은 자기 입으로 대놓고 날것을 말하기에 저항감이 있다. 하지만 이대로 속마음을 숨기기엔 자신처럼 말똥말똥 깨어 있는 별들이 너무 아까워, 지예는 머뭇머뭇 입을 열었다.

"당신이 하고 싶으면…… 또 해도 되는데……."

"아, 그래? 근데……."

진혁은 말을 얼버무렸다. 실은 콘돔을 하나밖에 안 챙겼다. 아까는 흑심 운운하긴 했지만, 지예가 원치 않으면 오늘도 손만 잡고 잘 생각이었다. 운 좋게 거사를 치르더라도 하나만 필요하지 싶었다. 첫날부터 무리하면 여자가 다칠 수 있다는 말을 주워듣기도 한 데다, 불확실한 희망 사항을 이중 삼중으로 준비하는 건 솔직히 쑥스럽기도 해서였다.

하지만…….

"전 정말 괜찮은데……."

민망함에 실쭉 웃음 짓는 연한 입술이, 미치도록 매혹적이었다. 그제야 그는 자신만이 그녀를 가지고 싶어 하는 게 아님을 새삼 깨달았다. 앞으로 둘 사이에 벌어질 모든 일을 남김없이 품고 싶어 하는 남녀가 마주했다. 이 순간이 본능뿐만 아니라 숙명으로 채워졌음을, 서로 알아 버렸다.

별밤이 병풍처럼 늘어선 유리문 앞, 부부는 좀 전보다 서슴없는 몸짓으로 서로를 얽었다.

"하아……."

누가 먼저랄 것도 없이 고개를 떨어트렸다. 산에 고개를 내민 달이 하늘 한복판에 올라올 때까지, 둘은 서로에게 격정을 쏟았다. 머리칼이 죄 흥건하게 몸에 붙었다.

원 없이 별 구경 한 진혁이 호흡을 가다듬고 지예에게 말했다.

"이제 씻고 자자."

"그래요."

그나마 덜 죽을 것 같은 진혁이 지예의 몸을 부축해 주었다.

욕실에 불을 켜고 들어온 순간 지예는 깜짝 놀랐다. 진혁의 어깨에 붉은 생채기가 나 있었기 때문이다. 낮에 고양이가 할퀴었을 리는 없고…… 아무래도 좀 전에 그에게 안기며 자신이 남긴 작품임이 분명하다.

"미안해요."

거울에 그 생채기를 비추며 눈을 깜박이는 진혁에게 지예가 움츠러든 목소리로 사과했다. 결혼식 때 네일아트 받을 걸 생각하여 모처럼 손톱을 기른 게 참사를 불렀다.

"괜찮아. 당신은 '그때' 상처는 다 나았나 보네."

진혁이 지예의 어깨를 매만졌다. 재작년 겨울 조조가 낸 상처는 말끔히 나왔다. 지예는 그런 일까지 다 기억하고 있는 그가 그저 신통할 따름이었다.

그리 좁지 않은 욕실임에도 샤워기에서 폭우가 쏟아지는 느낌이었다. 둘이 함께 들어와서 그런가 보다. 지예는 거울에 낀 안개를 다행스럽게 여기며 손으로 가슴을 감쌌다. 그 곁에서 진혁은 물 온도를 맞추고는 샤워볼에 바디샴푸를 짜냈다.

오늘 생각 이상으로 속도를 내서일까. 부부가 같이 몸을 씻는 건 어느 정도 자연스러운 수순으로 여겨졌다. 그러나 지예는 거품을 잔뜩 품은 샤워볼이 대뜸 자신에게로 향할 줄은 몰랐다.

"앗! 잠깐만요! 제가 씻을게요!"

"그만 양양거려. 혹시라도 주인아저씨한테 들리면 어쩌려고."

그 순간, 지예는 기묘 원룸텔에 살 때 고양이들과 함께 목욕을 했던 순간을 떠올렸다.

진혁에게 완강하게 껴안긴 바람에 지예는 옴짝달싹할 수 없었다. 거품이 뜨뜻한 물줄기와 뒤섞여 그녀의 몸 구석구석에 흐르기 시작했다. 신음을 눌러 참는 그녀의 귓가에 진혁이 짐짓 여성스러운 말투로 속삭였다.

"아유, 역시 지예는 정말 얌전하네. 착하다, 착해."

어디서 한 번쯤 들어 본 듯한 말인데 정확히는 기억이 나지 않는다. 지예는 그 말이 재작년 겨울에 자신이 조조에게 한 말임을 끝내 깨닫지 못했다.

이윽고 진혁은 지예의 몸 구석구석에 심어 둔 거품을 고의적으로 섬세한 손길로 취했다. 손가락 놀림 하나하나 허투가 없는 마사지를 받으며 지예는 생각했다.

자신에게 목욕을 '당할 때' 마포나 조조가 바로 이런…… 지옥(?)

을 겪었겠구나.

"봐줘요. 제발……."

"내 속도에 맞춰 준다며."

"이건 너무 빨라요! 좀만 늦춰 주면 안돼요?"

가뜩이나 물방울 하나도 따끔거릴 만큼 예민해진 몸인데……. 눈을 질끈 감은 채 지예는 눈물을 글썽였다. 등 뒤에서 낮게 큭큭 대는 웃음소리가 물소리에 뒤섞여 들렸다. 진혁이 두 팔을 활짝 뻗어 그녀를 확 끌어안았다.

"사랑해. 우리 잘 살자."

그 말에 지예는 감은 눈을 서서히 떴다. 샤워기에서 나오는 미온수보다 뜨거운 물이 뺨을 적셨다. 심장이 녹을 때 나오는 물이었다.

❀

"잘 잤어?"

아침 햇살과 함께 진혁의 목소리가 지예의 의식을 적셨다. 눈을 뜨니 팔꿈치로 머리를 받쳐 든 채 자신을 보며 웃는 그가 보였다.

"네."

아침에 눈을 뜨자마자 그의 미소를 본 행복감을, 지예는 나른한 미소로 표현했다.

"몇 시예요?"

"8시 반."

"일어나야겠네요……."

11시까진 방을 비워 줘야 하니까. 게다가 일찍 길을 나서야 월요일에 출근해야 하는 진혁이 집에서 쉴 시간이 조금이나마 는다.

하지만 진혁이 그녀에게서 미끄러져 내린 이불을 도로 덮어 주었다.

"좀 더 자."

"이제 집에 가야죠. 일찍 가야 당신도 쉬고……."

사양하면서도 지예는 난감한 웃음을 지었다. 이대로 현실로 돌아가기엔 뭔가 아쉽긴 하다. 어떡하지.

같은 마음인지 진혁이 눈동자를 아래로 굴리며 한숨을 쉬었다. 그러다가 그가 지예와 눈을 마주치며 말했다.

"우리, 하루 더 있다 갈까?"

"내일 월요일인데요?"

"연차 내지 뭐. 마침 내일은 출장 건 없어."

"작은아버님한테 제가 혼나요……."

물론 신빙성은 다소 떨어지는 발언이었다. 진혁의 작은삼촌은 제 조카를 건드리면 건드렸지, 지예 쪽은 호 불면 날아갈 듯 대했다. 이번 일도 그녀보단 진혁을 혼내……지는 않고 놀릴 가능성이 높다.

"이렇게 하자. 펜션 주인아저씨한테 여쭤 봐서 이 방 다음 예약 있으면 집에 가자. 아니면 하루 더 머무는 거야."

평일로 넘어가는 날인 데다 비수기인데 다음 예약이 있을 리 만무하다. 진혁의 점잖은 억지에 지예는 웃음을 터트리고 말았다.

"그러면 오늘은 어디 가 볼까요?"

지예가 눈을 빛내며 물었다. 진혁은 잠시간 생각하는 모양새를 내다가, 이불 속으로 들어왔다. 그녀를 끌어안으며, 그가 말했다.

"오늘은 설지예한테만 가려고."

남편의 품 안에서 스르르 눈을 감은 지예는 다시금 행복한 꿈을 꾸었다.

　얼마 뒤, 북아현동 집의 자줏빛 방석은 곱게 포개어져 장롱에 들었다. 그로부터 수년 뒤 전 주인을 쏙 빼닮은 새 주인이 나타나 약속이라도 한 듯 차지하기까지, 그 방석은 지예의 마음 한구석에 고이 놓였다.

작가 후기

안녕하세요. 감초비입니다! '가려진 시간 속에서' 이후로 두 번째
로 인사드립니다.

전작을 보신 분이라면 고양이 신사의 일화를 듣는 설아와 인겸이
반가우셨으리라 생각됩니다. 아울러 자유형이라는 수수께끼의 인물
이 조금은 더 친근해……지셨을까요?(저조차 이 작자의 속내를 아직
까지도 도통 모르겠으니……. 진짜로요;)

고양이 신사의 주된 모티브는 2002년 개봉한 모리타 히로유키
감독의 장편 애니메이션 '고양이의 보은'에서 따왔습니다. 여주
하루는 우연한 계기로 고양이 왕자의 목숨을 구하게 되지요. 그러
자 고양이들은 보은을 한답시고 나름의 방식(쥐를 잡아다 준다든
지…….)으로 하루를 난처하게 하고, 급기야는 하루를 고양이 세
계로 납치해 고양이 왕자의 배필로 삼으려 합니다. 하루의 결혼식

을 위해 거대 케이크나 젤리 등 산해진미를 차려 놓는 고양이들의 블록버스터급 일방향 보은에서, 재정 파탄 직전의 고양이 세계와 일방적인 공로상 시상식을 떠올렸습니다. 워낙 유명한 애니메이션이라 이미 많은 분들이 보셨으리라 생각되지만, 아직 못 보셨다면 강력 추천드립니다.

자유형이 간략하게 소개하였듯, 캐트 시(Cait Sith)는 켈트 신화에 등장하는 고양이 요정입니다. 외견은 고양이와 거의 비슷하지만 대화가 가능하고 직립 보행을 한다고 하죠. 어렸을 적에 요정에 관련된 서적에서 캐트 시 이야기를 접한 바가 있습니다. 음…… 제가 너무 허랑방탕한 이미지로 써 버렸다고 집에 쳐들어오지는 않을까 두려워지네요……. ㄱ-(집고양이의 모습으로 시침을 떼는 경우가 많다고 하네요!)

저 자신이 고양이를 넷 키우는 집사이기도 한데요, 마포와 조조의 이미지는 저희 집에 가장 먼저 온 치즈 태비 고양이와 고등어 태비 고양이에게서 따왔습니다. 두 아이는 개인 사정으로 고양이를 더 이상 키울 수 없게 된 신혼부부에게서 입양했습니다. 치즈 태비 고양이의 이름은 '마포'였는데, 그 이름이 붙게 된 계기는 작중의 마포처럼 마포 대교에서 사람을 따라왔기 때문이랍니다. 전 주인이 들려준 일화에서, 힘겨운 시기에 서로를 의지하게 된 한 여린 여고생과 치즈 태비 고양이의 첫 만남을 떠올렸습니다.

전반적인 분위기 및 엔딩에서 추구한 모토는 '유쾌한 해프닝'입니다. 여주 곁에서 심쿵하다 못해 고X의 위협에도 시달리고, 급기야는 저승 문턱까지 다녀오는 남주의 모습을 떠올리며 나름 유쾌한 이야기가 되리라 예상했습니다.

한편으로는 세무 업계에 종사하시는 분들의 노고를 단편적으로나마 비추어 보고자 하였습니다. 종사자분들이 가장 어려움을 겪는다는 기장료 미수 문제, 거래처의 자료 제출 지연으로 인한 업무 처리 지연, 그리고 무엇보다도 세무사 사무실에 대한 인식 때문에 발생하는 인간 대 인간으로서의 어려움을 부족하게나마 다루어 보고자 하였습니다. 물론 안지영 씨의 일화는 지극히 극단적인 경우를 가정한 픽션입니다!

또한 명의대여사업자 문제의 일면도 담아 보았습니다. 사무직원 채용 형식, 혹은 사업 원조라는 미명하에 접근하여 금전적·법적으로 돌이킬 수 없는 책임을 떠안기고 잠적하는 이들 때문에 괴로워하고 후회하시는 분들을 적잖이 봐 왔습니다. 미수 씨가 겪은 사건은, 언젠가 지인이 실제로 받았던(그러나 제 충고로 미연에 방지했던) 제의를 각색한 것입니다. 지예의 말대로 사업자 등록은 생각 이상으로 많은 책임을 수반하는 일이며, 사업자 명의 대여는 대여자와 사용자 모두에게 징역형 또는 수천만 원의 벌금이 부과되는 범죄 행위이므로, 혹 주변에 비슷한 제의를 받고 고민하는 지인이 계실 경우 꼭 귀띔해 주시면 좋겠습니다!

주된 배경이 된 서울특별시 마포구 염리동은 실제 지명이며, 묘안동은 바로 그 옆에 소재한다고 설정한 가상의 동네입니다. 염리동은 한때는 작중에 묘사되었듯 어두컴컴하고 살풍경한 골목길로 악명을 떨치기도 했지만, 2012년 범죄예방디자인 프로젝트를 기점으로 시 차원에서 실시한 마을 살리기 사업 덕에 지금은 '소금길'이라는 산책로로 명성을 떨치게 되었지요. 낮에 가 보면 아기자기한 벽화를 감상할 수 있답니다. 외전에 나온 고양이 지상 낙원 욕지도 역시 한 번쯤 가 볼 여행지로 권해 드립니다!

작중 지예가 종종 언급한 '정연 언니'라는 인물에 대해 궁금증을 가진 분이 계실 텐데요, 정연은 현재 기획 중인 차기작 '악령의 반지'의 여주로 내정되어 있습니다. 과연 보육원 자매는 상봉할 수 있을지. 그리고 자유형은 또 어떤 수상한 물건과 제안을 준비할 것인지! 지켜봐 주시면 감사하겠습니다.

연재 중에 격려의 말씀과 조언을 아끼지 않으신 로망띠끄 독자님들, 이번에도 매 편 모니터링하며 오타를 잡아 주신 부모님, 언제나 저의 작품에 다함없는 애정을 주는 물안경 언니, 그리고 고마운 말씀으로 부족한 작품에 힘을 실어 주신 뿔미디어 스칼렛 로맨스 팀 여러분. 한 번 더 세상에 나아갈 수 있게 해 주셔서 감사합니다. 자유형이 세 번째 초대장을 준비하는 그날까지, 저는 열심히 장독을 채워 두겠습니다.

2016년 여름의 문턱에서,

감초비 올림.

고양이 신사

1판 1쇄 찍음 2016년 6월 8일
1판 1쇄 펴냄 2016년 6월 14일

지은이 | 감초비
펴낸이 | 정 필
펴낸곳 | (주)뿔미디어

기획 · 편집 | 박경희, 김수정

출판등록 | 2002년 9월 11일 (제1081-1-132호)
주소 | 경기도 부천시 원미구 소향로 17, 303(두성프라자)
전화 | 032)651-6513 / 팩스 032)651-6094
E-mail | scarlets2012@hanmail.net
블로그 | http://blog.naver.com/dahyangs
홈페이지 | http://bbulmedia.com

값 9,000원

ISBN 979-11-315-7182-8 03810

※파본은 구입하신 서점에서 교환하여 드립니다.